Oscar classici

di Jules Verne

nella collezione Oscar

Michele Strogoff
Ventimila leghe sotto i mari
Viaggio al centro della Terra

Jules Verne

VENTIMILA LEGHE SOTTO I MARI

Con uno scritto di Bruce Sterling

Traduzione di Enrico Lupinacci

OSCAR MONDADORI

Titolo originale dell'opera: *Vingt mille lieues sous les mers*

I edizione Oscar Leggere i classici ottobre 1994

ISBN 978-88-04-48054-9

Questo volume è stato stampato
presso ELCOGRAF S.p.A.
Stabilimento - Cles (TN)
Stampato in Italia. Printed in Italy

Anno 2013 - Ristampa 18 19 20 21

La prima edizione Oscar classici
è stata pubblicata in concomitanza
con la sesta ristampa
di questo volume

Mezzanotte in rue Jules Verne*

di Bruce Sterling

Un certo tipo di tradizione popolare, nel mondo della fantascienza, circonda la figura pionieristica di Jules Verne. Tutti sanno che fu un pezzo grosso al tempo in cui la moderna megalopoli di Fantascientopoli era ancora un villaggio del diciannovesimo secolo. C'è un suo monumento di bronzo nel quartiere vecchio della città, il Vieux Carré. Sapete, la parte costruita dai francesi un tempo, prima che le macchine cominciassero a circolare.

A mezzanotte rimane là, in balia delle piogge acide e dei piccioni, i suoi ciechi occhi di bronzo fissi su un futuro che l'ha superato ormai da tempo. I cittadini di Fantascientopoli gli passano di fianco ogni giorno, senza neanche degnarlo di uno sguardo, assorti nella loro routine quotidiana fra gli enormi palazzoni multipiano americani; se dessero un'occhiata verso l'alto rimarrebbero intimiditi dalla barba, dal modo in cui si aggrappa al bavero della giacca, dal puzzo di obsolescenza vittoriana.

Tutti qui conoscono almeno qualcosa del vecchio Jules. Il sottomarino, il cannone lunare, i ridicoli, pigri ottanta giorni. Quando raschiano l'asfalto puoi ancora vedere i

* Il saggio qui riportato (originariamente apparso su «SF Eye», 1, Winter 1987) è tratto da: Bruce Sterling, *Midnight on the Rue Jules Verne*, in William Gibson – Bruce Sterling, *Parco giochi con pena di morte*, Oscar Mondadori, Milano 2001, pp. 71-81 (trad. it. di Massimiliano Buvoli).

ciottoli delle strade che lui ha inaugurato. Sono ancora là, dico sul serio, le tracce di quando Fantascientopoli era ancora un villaggio, dove Verne visse e lavorò, discutendo favole scientifiche con quel fanfarone di H.G. Wells. Quelli di noi che percorrono queste strade, mormorando di demolizioni e della Nuova Gerusalemme, dovrebbero fermarsi un attimo e guardarsi alle spalle. Indietro. Ma dimentichiamo il vecchio Jules, per il momento. Che cosa sappiamo del giovane Jules?

Il giovane Jules era un ragazzo difficile. Suo padre, un ricco avvocato che esercitava a Nantes, ebbe in sorte il tipo di figlio che di solito fa disperare i genitori. L'anziano Verne era un cattolico reazionario, dedito a frequenti orge solitarie con il frustino penitenziale. Si attendeva la stessa fermezza di valori morali da parte del suo erede.

Il giovane Jules non voleva avere nulla a che fare con tutto ciò. La tradizione racconta che, ancora ragazzo, tentò di fuggire per mare come mozzo. Secondo la storia venne ricatturato, punito e costretto a giurare che da quel momento avrebbe viaggiato «solo nella sua immaginazione». Sembra carina. Non è andata affatto così. La verità è che l'undicenne Jules corruppe un mozzo della sua stessa età, e prendendone il posto si imbarcò su un mercantile. In quei tempi di lavoro minorile, l'equipaggio lo accettò senza fare storie. Fu solo per caso se un vicino di casa lo riconobbe e ne segnalò la fuga. Il padre riuscì a raggiungerlo a bordo di un battello più veloce.

Questa prova di testardaggine sembrava aver gettato nel panico la famiglia Verne, e negli anni seguenti Jules fu trattato con più attenzione. Il giovane Jules non ruppe mai, davvero, con i suoi genitori, molto probabilmente perché erano una fonte illimitata di denaro. Egli non amava in maniera particolare perdere il suo tempo con un lavoro. Era convinto di possedere del genio, a dispetto della totale mancanza di prove al riguardo.

In giovinezza, fino ai trent'anni, Jules si innamorò di donne irraggiungibili con la puntualità di un orologio. Veniva respinto di continuo da ninfette medio borghesi i cui genitori lo valutavano, abbastanza correttamente, come una sottospecie di artista capace soltanto di rovinare le loro figlie.

Con il ridicolo pretesto di voler studiare Legge, programmò di fuggire a Parigi. Aveva visto il peggio della soffocante provincia francese, o almeno così dovette credere: «Bene,» scrisse a un amico «alla fine me ne vado, non mi hanno mai voluto qui, ma un giorno capiranno a cosa era destinato, quel povero ragazzo conosciuto come Jules Verne».

Il «povero ragazzo» affittò una soffitta parigina con lo stipendio che gli passava la famiglia. Abbastanza presto cominciò a frequentare cattive compagnie – cioè, lo scrittore di romanzi d'avventura Alexander Dumas padre (autore del *Conte di Montecristo, I tre moschettieri* e un milione di altri ancora). Jules si calò prontamente nel ruolo dell'intellettuale *déclassé* e dello studente di professione. Durante la rivoluzione del 1848 distribuiva pamphlet radicali agli angoli delle vie parigine. Di notte, amareggiato dai rifiuti delle donne, scriveva sonetti sarcastici sulla perfidia femminile. Finché, alla fine, ebbe la sua prima avventura con una domestica, un'appartenente alle legioni di sostenitrici di Dumas. Dopodiché, il giovane Jules si abbandonò a una sorta di collasso morale, divenendo ben presto, per sua stessa ammissione, una figura familiare in tutti i migliori bordelli di Parigi.

Andò avanti così per anni. Occupando il suo tempo a scrivere poesie e sceneggiature teatrali. Diventò una specie di fattorino per Dumas, investendo grandi quantità di energie nel suo fallimentare teatro. (Dumas non aveva testa per le questioni finanziarie, teneva i suoi soldi dentro un fonte battesimale all'entrata di casa, ed era solito riempirsene le tasche prima di uscire.)

Soltanto pochi lavori di Jules furono prodotti – una commedia borghese, un'operetta – nel generale disinteresse di critica e pubblico. Durante questi anni sprecati scrisse dozzine di pezzi per il teatro, molti dei quali mai prodotti o pubblicati, con la stessa vena che ci metterebbe oggi un aspirante sceneggiatore di Hollywood. Alla fine, facendosi notare, con assiduità e costanza, all'interno dell'ambiente teatrale, ottenne lavoro in un altro teatro, per uno stipendio ridicolo. Pensò che fosse la sua grande occasione, e cantò vittoria a casa scrivendo allegre lettere canzonatorie.

Entrò in un ambiente frenetico. Fondò un gruppo artistico-letterario di anime affini, una combriccola dal nome appropriato, nota come gli Undici senza donne. Ma alla fine uno degli Undici cedette, e invitò Jules al suo matrimonio. Jules si innamorò immediatamente della sorella della sposa, una vedova con due figlie piccole. Lei accettò la sua proposta. (Dalle memorie dello scrittore si può dedurre che acconsentì perché non poteva più aspirare a qualcosa di meglio.)

Ora Jules era sposato, e sua moglie, assolutamente priva di fantasia, fece tutto quanto era in suo potere per trascinarlo in una routine medio borghese. Il cognato appena acquisito stava andando forte nel mercato finanziario, così anche Jules pensò di provarci. Estorse un cospicuo prestito a suo padre e si comprò una posizione in Borsa. Ben presto si guadagnò, tra i suoi colleghi, la reputazione di un tipo tagliente e piuttosto bislacco. Non riuscì mai a sfondare, ma un dagherrotipo del periodo mostra la sua ambizione. La famiglia Verne al completo è seduta rigidamente di fronte all'obiettivo. Jules è quello più in fondo, il volto contratto in una smorfia da clown, le braccia sfuocate e confuse come se stesse gesticolando per dare il segnale «comprare» nel linguaggio borsistico.

Abbandonata la sua tanto desiderata posizione teatrale, decise, lamentandosene, che avrebbe dovuto condiscendere a provare la prosa. Scrisse un paio di storie fortemente influenzate da Poe, per un lungo periodo uno degli scrittori prediletti dagli intellettuali francesi. Un piccolo editore stava fondando una rivista per ragazzi, «Musée des familles», dedicata alla scienza. Jules scrisse un paio di storie e riuscì a rientrare nelle spese. L'editore decise di metterlo alla prova con dei libri. Jules era volenteroso. Firmò un contratto in cui si impegnava a scrivere due libri all'anno, più o meno per tutta la vita, in cambio di uno stipendio mensile.

Jules, a cui piaceva stare in compagnia di esploratori e scienziati, conobbe un eccentrico sperimentatore chiamato Nadar. Il vero nome di Nadar era Felix Tournachon, ma tutti lo chiamavano Nadar, perché era uno di quei farfalloni gallici che passavano attraverso la vita con gran turbinare di rosso e porpora e con un aroma all'essenza di rose. Era coinvolto nello sviluppo di due diverse tecnologie: fotografia e aerostatica. (Infatti è ricordato soprattutto come il padre della fotografia aerea.)

Nadar aveva grandi idee. Il vero punto forte di Jules era la geografia – un meridiano o una geodetica lo mandavano in estasi – ma lo stile di Nadar gli piaceva, e seppe farne una buona imitazione una volta imparato. Jules era lì ad aiutarlo quando Nadar lanciò il *Gigante*, il più grande pallone mai visto, con una cabina delle dimensioni di una casa a due piani, riempita fino all'orlo di champagne. Jules non salì mai a bordo – aveva una moglie e due figlie ora – ma comunque si ritirò nel suo studio con l'abbozzo di quello che sarebbe diventato il suo primo romanzo, portando sua moglie sull'orlo della follia. «Ci sono manoscritti ovunque, nient'altro che manoscritti» disse in uno sbotto di confidenze domestiche. «Speriamo che non finiscano anche nelle pentole.»

Cinque settimane in pallone fu il primo incredibile successo commerciale di Jules. Costituì una vera fortuna per il suo editore, che riuscì a vendere il libro in tutto il mondo in innumerevoli edizioni straniere, per le quali Jules non ricevette che le briciole. Ma non se ne lamentò – probabilmente perché non vi prestava affatto attenzione.

Con un deciso riconoscimento da parte del pubblico, prese la strada dello scrittore famoso. Annunciò agli allarmati agenti di Borsa: «*Mes enfants*, vi sto abbandonando. Ho avuto un'idea, quel tipo di idea che fa la fortuna di un uomo. Ho appena scritto un romanzo in una forma affatto nuova, esclusivamente mia. Se avrà successo, per me sarà come inciampare in una miniera d'oro. In quel caso, andrò avanti a scrivere e scrivere senza pausa, mentre voi altri continuerete a comprare azioni il giorno prima che crollino per poi rivenderle il giorno prima che risalgano. Sto lasciando la Borsa. Buona serata, *mes enfants*».

Jules Verne ha inventato la fantascienza nella sua forma più radicale. Ne ha creato il *métier*, combinando le trame e i personaggi dei romanzetti da poco con la vasta messe divulgativa della scienza popolare. La sua capacità d'innovazione deriva da un'ingenuità letteraria; non si è mai migliorato o non ha mai sentito alcuna spinta a farlo. (Questo malgrado la tagliente osservazione di Apollinaire: «Che stile quello di Jules Verne, nient'altro che nomi».)

I dialoghi dei suoi libri, considerati abbastanza brillanti per il periodo, arrivano direttamente dal palcoscenico. I suoi personaggi assumono costantemente pose drammatiche: Ned Land che solleva la fiocina, Phileas Fogg che riappare nel club londinese all'ultimo rintocco possibile dell'orologio. I personaggi minori – i ridicoli scozzesi, russi, ebrei – sono tutti gergo da palcoscenico e barbe finte attaccate con la colla, subito riconoscibili per il lettore del periodo, e tuttavia vi è qualcosa di nuovo grazie all'effetto del miscuglio dei generi. Sono come un'istantanea protocinematografica mostrata a lettori abituati al mieloso, sentimentale e nobile modello dei personaggi, diciamo, di Stendhal.

I libri di cui ci ricordiamo, quei libri che alcune persone ancora leggono, furono concepiti da Verne fra i trenta e i cinquant'anni. (Scrisse il suo primo racconto a trentacinque anni.) In questi primi romanzi riaffiorano periodicamente alcuni flash del suo giovanile radicalismo studentesco, proprio come per il *Nautilus*. Il personaggio del capitano Nemo, per esempio, è spesso vicino alle convenzioni letterarie dell'eroe byroniano. Nemo, di fatto, è un terrorista democratico del '48. Quell'anno la classe lavoratrice sollevò le barricate a Parigi, e durante quelle poche settimane di guerra civile provò a eliminare più ufficiali dell'esercito francese di quanti fossero caduti durante le campagne napoleoniche. La rivolta fu sedata, ma la generazione del '48 parigino, a cui Jules apparteneva, come del resto quella del maggio '68, non dimenticò mai veramente quanto accaduto.

A Jules andò bene con la sua «nuova forma di romanzo». Alla fine divenne abbastanza ricco, anche se fu non grazie alla pubblicazione dei libri, ma per merito del teatro. (Ai giorni nostri sarebbero i diritti d'autore cinematografici, ma il principio è lo stesso.) Jules, incidentalmente, non scrisse le versioni teatrali dei suoi stessi romanzi; che furono invece adattati da scribacchini professionisti. Egli conosceva le riduzioni teatrali, e sapeva che non erano fedeli ai suoi romanzi, ma alla fine gli fecero guadagnare una fortuna. La versione teatrale del suo *Michele Strogoff* era infarcita di abbondanti effetti speciali, come per esempio un elefante vivo sul palco. Ebbe così tanto successo che il termine «Strogoff» entrò a far parte dello slang parigino di allora al posto di «bravissimo».

Reso forte dalla fama e dal denaro, Jules si lasciò tutto alle spalle. Viaggiò in America e in Scandinavia immaginando di poter trovare nuovi spunti. Comprò, uno dopo l'altro, tre yacht sempre più imponenti, e navigò per giorni e giorni, buttando giù, sdraiato sullo stomaco contro le tavole del ponte, *Ventimila leghe sotto i mari*.

All'apice della popolarità, radunò la sua famiglia e puntò lo yacht verso il Nord Africa, dove si divertì parecchio, ed ebbe uno scontro da brivido con dei rissosi libici. Sulla via del ritorno visitò l'Italia, paese in cui fu salutato da fuochi artificiali e discorsi. A Roma, il papa lo ricevette elogiandolo per i suoi romanzi privi di volgarità. Sua moglie, terrorizzata dal pensiero di annegare, si rifiutò di tornare di nuovo sulla barca, che alla fine Verne decise di vendere.

Convinto dalle insistenze della consorte, Jules si trasferì in provincia, ad Amiens, dove lei aveva dei parenti. Al piano di sotto, Mme Verne riceveva la società locale in un salotto colmo di bric-à-brac stile Secondo Impero, mentre Jules si isolò al piano superiore, in uno studio spartano degno dello stesso Nemo, con le pareti piene di scaffali in legno zeppi di importanti documenti archiviati. I due dormivano in stanze separate, e secondo alcune voci Jules manteneva un'amante a Parigi, dove spesso spariva per intere settimane.

Suo figlio Michel, crescendo, divenne una vera e propria disperazione, facendo ricadere su Jules tutto il karma accumulato dalla sua stessa mancanza di amore filiale. Il giovane Michel ebbe guai con la polizia, fu rinchiuso in manicomio, e perfino confinato in un lungo viaggio per nave. Finì a produrre film muti, senza grande successo. Le due figlie acquisite si sposarono con uomini di estrazione media e svanirono risucchiate da un'esistenza domestica rigidamente cattolica, da cui elevarono barriere familiari contro il loro dissoluto fratellastro.

Il lavoro di Verne è segnato dall'ossessione di isole deserte. Isole misteriose, vulcani segreti scavati nel mezzo dell'Atlantico, immensi iceberg che si schiantano dirigendosi verso il Polo Nord. Verne non riuscì mai a inserirsi davvero all'interno della società. Fece quanto poté, recitando comunque il suo ruolo sempre in primo piano, ma è facile rendersi conto che sapeva di essere, in qualche modo, «diverso dagli altri» e che sarebbe crollato se la sua facciata fosse venuta meno. Ci si accorge del suo desiderio di una libertà fatta di mari e cieli vuoti, di un sottomarino pieno di libri che può sprofondare sotto il livello della tempesta nella calma eterna, di un proiettile cavo sparato nel vuoto inabitato intorno all'orbita lunare.

All'interno della sua torre di carte e documenti, l'isolamento cominciò a farsi sentire per il vecchio Jules. Modernizzò la produzione di romanzi grazie a un lavoro di assemblaggio industriale, tanto che in giro si cominciò a dire che ormai avesse assoldato una truppa di scrittori fantasma. Poteva confezionare un libro alla Verne anche bendato, come un ingranaggio ben oliato in ogni sua parte – lo scienziato eccentrico, il ridicolo uomo muscoloso o l'acrobata, l'ordinario Joe che continua a fare domande, meravigliato di ogni cosa, la donna che appena si nota e che viene salvata dal *suttee* grazie agli squali o agli indiani. A volte l'eroe è la macchina – l'elefante meccanico, la macchina da guerra volante, la zattera gigantesca – a volte la geografia – caverne, miniere di carbone, iceberg, l'Africa Nera.

Annoiato, Jules entrò in politica, nel consiglio municipale di Amiens, dove fu immediatamente trascinato nella commissione culturale. Era la tipica sinecura, e lui fece un discreto lavoro, installando illuminazioni elettriche, ampliando alcune strade, costruendo un teatro municipale che tutti ammiravano ma nessuno frequentava. Le vendite dei suoi libri continuavano a buon ritmo. Ora i boschi erano pieni di gente che scriveva romanzi scientifici – gente che ci sapeva fare, come Herbert Wells. Secondo la tradizione popolare, Verne, riferendosi ai *Primi uomini sulla luna* di Wells, disse: «Dov'è questo metallo antigravitazionale? Lasciate che me lo mostri». Se non il primo, è sicuramente il più famoso esempio di quell'eterno atteggiamento che gli scrittori di fantascienza hard mantengono verso l'immaginazione.

Gli ultimi anni furono dolorosi. Un nipote degenerato gli sparò a un piede, rendendolo storpio; fu in questo periodo che scrisse una delle sue tarde e rare poesie, un sonetto dedicato alla morfina. Ebbe più che una superficiale frequentazione con questa sostanza, ma nei giorni in cui il mal di denti dei bambini veniva curato con il laudano nessuno ci fece molto caso. Morì a settantasette anni, in seno alla sua assai litigiosa famiglia, dopo aver ricevuto l'estrema unzione. Tutti quelli che si erano dimenticati di lui scrissero che era stato veramente un brav'uomo. Ecco il Verne che tutti pensano di ricordare: il padre di famiglia dalla barba grigia, il cattolico conservatore, l'uomo che predisse ciò che «sarebbe divenuto realtà» se ci si sforza abbastanza e si ignora la maggior parte del suo lavoro.

Jules Verne non seppe mai di «avere inventato la fantascienza», nelle riuscite parole della biografia di Peter Costello, scritta nel 1978. Era consapevole di aver messo le mani su qualcosa di scottante, ma cadde in un vortice commerciale che non era in grado di capire, e si fece prendere dai soldi e dalla fama. I primi fallimenti artistici e i rifiuti romantici lo ammorbidirono, e quando gli altri alla fine riconobbero il suo Genio lui si mostrò grato, e si conformò ai loro migliori desideri.

Jules rifiutò la rispettabilità abbastanza presto, quando gli fu offerta su un piatto d'argento. Ma quando l'ebbe guadagnata per suo conto, gli altri dissero che la rispettabilità era dandy, e lui non osò deluderli. Aspettandosi la luna, finì dentro a un sottomarino in cui c'era spazio per una persona soltanto, in una stanza al primo piano. Da qualche parte, lungo la strada, perse i suoi obiettivi, finendo per interpretare un ruolo che avrebbe potuto scegliergli suo padre: quello di consigliere municipale perbene. Le ghirlande nascondevano le briglie, e il radicale da angolo della strada con la testa piena di visioni divenne un polveroso pilastro della società.

Non è ciò che il mondo chiama una tragedia; ma non è neppure una cosa da poco avere dei libri ancora in stampa dopo centoventicinque anni. Tuttavia, il sentiero che il giovane Jules indicò, e quello che il vecchio Jules percorse con serenità, sono ancora ben praticati qui a Fantascientopoli. Se sei vicino alla sua statua, a mezzanotte, puoi ancora vedere il vecchio Jules zoppicare verso casa, sui ciottoli. O così dicono.

Cronologia della vita e delle opere

1828
Jules Gabriel Verne nasce l'8 febbraio a Nantes da Pierre Gabriel Verne, avvocato originario di Provins, e Sophie Allotte de la Fuÿe. L'anno seguente, il 26 giugno, viene alla luce il fratello Paul, per il quale Jules nutrirà sempre un affetto particolare.

1833-1846
Dopo aver iniziato gli studi con Madame Sambin, vedova di un capitano di lungo corso, Jules frequenta la scuola Saint-Stanislas, il seminario di Saint-Donatien e infine il liceo di Nantes.

1839
Durante l'estate si imbarca clandestinamente sulla *Coralie*, una nave diretta nelle Indie. Scopo della fuga è quello di riportare una collana di corallo alla sua amata cuginetta Caroline Tronson, ma a Paimbœuf il piccolo Jules viene rintracciato dal padre e punito severamente.

1846
Conseguimento della maturità e possibile stesura di *Alexandre VI – 1503*, dramma storico in cinque atti.

1847
Chiede la mano di sua cugina Caroline, ma quest'ultima rifiuta per sposare Emile Dezaunay, un giovane di Nantes. Disperato, Jules parte per Parigi, dove, iscrittosi alla facoltà di Legge, supera i primi esami di diritto.

1848
Si stabilisce nella capitale francese per terminare il secondo anno di università e nel frattempo inizia a frequentare i salotti letterari della capitale. Torna a Nantes solo occasionalmente.

1849
Stringe amicizia con Alexandre Dumas figlio. Consegue la laurea in Legge ma rifiuta categoricamente di seguire le orme paterne e di lavorare nello studio legale del padre a Nantes.

1850
Il 12 giugno mette in scena al Théâtre Historique di Parigi *Les pailles rompues*, una commedia in versi di un atto che non incontra grande favore di pubblico. Fa amicizia con Aristide Ignard, un musicista di Nantes, per il quale inizia a scrivere libretti d'opera, dando così inizio a una lunga e fruttuosa collaborazione artistica.

1851
Per mantenersi dà lezioni di diritto e lavora presso un avvocato. Frequenta la Biblioteca nazionale di Parigi, dove si interessa particolarmente alle invenzioni scientifiche. Conosce il viaggiatore Jacques Arago, fratello dell'astronomo, grazie al quale incontra alcuni esploratori e scienziati. In luglio pubblica sulla rivista «Musée des familles», diretta dal bretone Pitre-Chevalier, il suo primo racconto, *L'Amérique du Sud. Études historiques. Les premiers navires de la marine mexicaine*, seguito in agosto da *La science en famille. Un voyage en ballon*. Inizia a soffrire di nevralgie facciali, un disturbo che lo affliggerà per il resto della vita.

1852
All'inizio dell'anno Jules Seveste, direttore del Théâtre Lyrique, offre al giovane Verne il posto di segretario generale. Nel frattempo la rivista «Musée des familles» stampa la commedia *Les châteaux en Californie ou Pierre qui roule n'amasse pas mousse* (settembre) e la storia d'amore *L'Amérique du Sud. Mœurs péruviennes. Martin Paz* (luglio-agosto).

1853
In aprile viene messa in scena al Théâtre Lyrique l'operetta *Le Colin-Maillard*, scritta in collaborazione con Michel Carré e musicata da Hignard. Il padre, Pierre Verne, vende lo studio legale di Nantes e il fratello Paul fa ritorno da Haiti.

1854

A giugno Seveste muore di colera e Verne lascia il suo posto. In questo periodo conduce un'esistenza ritirata, frequentando di tanto in tanto gli amici e in particolare il matematico Henri Garcet. Tra aprile e maggio esce a puntate sul «Musée des familles» il racconto fantastico *Maître Zacharius ou l'horloger qui avait perdu son âme*.

1855

A Parigi, in giugno, si tiene la prima dell'operetta *Les compagnons de la Marjolaine*, scritta in collaborazione con Michel Carré e messa in musica da Hignard. Pubblica il racconto *Un hivernage dans les glaces* sul «Musée des familles» (aprile-maggio) e la canzone *En avant les Zouaves*.

1856

Il 17 maggio, per il matrimonio dell'amico Auguste Lelarge, si reca ad Amiens, dove incontra Honorine Morel, una giovane vedova madre di due bambine. Nonostante l'opposizione paterna, decide di lavorare in Borsa al fine di migliorare la propria situazione finanziaria e viene assunto prima dall'agente di cambio Giblain e in seguito dall'agenzia Eggly.

1857-1858

Il 10 gennaio sposa Honorine in un'atmosfera di grande semplicità. A metà febbraio dell'anno seguente si tiene alle Bouffes Parisiens la prima dell'operetta *Monsieur de Chimpanzé*, musicata da Hignard.

1859

Il 25 luglio parte in compagnia di Hignard alla volta dell'Inghilterra e della Scozia. Il resoconto del viaggio rimane inedito, sebbene le descrizioni dei paesaggi si ritrovino nei racconti *Les Indes noires* (1877) e *Le rayon vert* (1882). In ottobre, durante una battuta di caccia, rischia inavvertitamente di ferire a morte un gendarme. Continua ad abitare a Parigi e con il resto della famiglia si trasferisce da boulevard Montmartre a rue de Sèvres.

1860

Presso il Circolo della stampa scientifica Verne conosce l'aeronauta Felix Tournachon, detto Nadar, personaggio di grandissimo fascino. Viene allestita al Théâtre Lyrique l'opera buffa *L'auberge des Ardennes*, musicata da Hignard e scritta in collaborazione con Michel Carré.

1861
All'inizio di giugno ha luogo a Vaudeville la prima di *Onze jours de siège*, una commedia in tre atti scritta con Charles Wallut e Victorien Sardou, e a metà mese Verne parte con Hignard per la Norvegia e la Scandinavia. Il diario di quest'ultimo viaggio costituirà la fonte d'ispirazione per il racconto *Un billet de loterie* (1886). Il 3 agosto nasce Michel, il primo e unico figlio di Jules.

1862-1863
In estate conosce Pierre Jules Hetzel, editore, libraio e scrittore, al quale presenta un manoscritto dal titolo provvisorio: *Un voyage en l'air.* Dopo alcune sostanziali modifiche suggeritegli da Hetzel, l'anno seguente Verne pubblica il suo primo grande successo, intitolato *Cinq semaines en ballon*. Firma così il primo di una lunga serie di contratti che lo vedranno legato alla casa editrice parigina. A dicembre esce sul «Musée des familles» l'articolo *A propos du Géant*.

1864
Con la famiglia si trasferisce ad Auteuil, dove riceve le visite del caricaturista Philippe Gille, dei musicisti Léo Delibes e Victor Massé e del suo amico Hignard. Nel numero inaugurale del «Magasin d'éducation et de récréation», fondato da Hetzel e Jean Macé, esce il romanzo *Voyages et aventures du Capitaine Hatteras* (20 marzo 1864 - 5 dicembre 1865) e sul «Musée des familles» vengono pubblicati un articolo sullo scrittore americano Edgar Allan Poe e il racconto storico *Le Comte de Chanteleine* (ottobre-dicembre). Il 25 novembre esce il romanzo *Voyage au centre de la terre* presso l'editore Hetzel, il quale però rifiuta di pubblicare il manoscritto *Paris au XXe siècle*.

1865
Verne si trasferisce a Tréport, ma mantiene l'appartamento parigino. Pubblica a puntate sul «Journal des débats politiques et littéraires» il romanzo *De la terre à la lune* (14 settembre - 14 ottobre). In ottobre esce sul «Musée des familles» la storia d'amore *Études de mœurs contemporaines. Les forceurs de blocus*, e sul «Magasin d'éducation et de récréation» viene pubblicato *Les enfants du capitaine Grant* (20 dicembre 1865 - 5 dicembre 1867).

1866
A causa della scomparsa dello scrittore Théophile Lavallée, autore del libro *Géographie illustrée de la France et de ses colonies*,

Hetzel chiede a Verne di portare a termine la suddetta pubblicazione, compito che il romanziere conclude nel giro di due anni. A marzo si trasferisce a Crotoy.

1867
All'inizio della primavera si imbarca in compagnia del fratello Paul sulla *Great Eastern* alla volta degli Stati Uniti d'America, dove visita New York e le cascate del Niagara. Gli appunti presi durante il viaggio verranno utilizzati per il romanzo *Une ville flottante* (1870).

1868
Passa gran parte del suo tempo a bordo della propria barca, la *Saint-Michel I*, dove scrive *Vingt mille lieues sous les mers*, che viene pubblicato l'anno seguente sul «Magasin d'éducation et de récréation» (20 marzo 1869 - 20 giugno 1870). Compie un viaggio a Londra.

1869
Passa alcuni giorni a Parigi risalendo la Senna con la *Saint-Michel I*. Il «Journal des débats politiques et littéraires» stampa *Autour de la lune* (4 novembre - 8 dicembre).

1870
Durante la guerra è guardia costiera a Crotoy, mentre la moglie Honorine vive ad Amiens con le due bambine e il piccolo Michel. Gli viene conferito il titolo di Cavaliere della Legione d'Onore. Sul «Journal des débats politiques et littéraires» pubblica il romanzo *Une ville flottante* (9 agosto - 6 settembre).

1871
La casa editrice di Hetzel si trova in cattive acque e per qualche mese Verne riprende il lavoro in Borsa per poi riunirsi a luglio con la famiglia ad Amiens, dove si trasferisce definitivamente. Sul «Magasin d'éducation et de récréation» esce il romanzo *Aventures des trois Russes et de trois Anglais dans l'Afrique Australe* (20 novembre 1871 - 5 settembre 1872). Il 3 novembre perde il padre.

1872
Ad agosto riceve il riconoscimento dell'Académie Française per *Les voyages extraordinaires*. Tra marzo e maggio pubblica sul «Musée des familles» il racconto *Une fantaisie du docteur Ox* e sul «Ma-

gasin d'éducation et de récréation» esce il romanzo *Les pays des fourrures* (20 settembre 1872 - 15 dicembre 1873). Su «Le Temps» viene pubblicato *Le tour du monde en quatre-vingts jours* (6 novembre - 22 dicembre), un altro grande successo letterario.

1873
Il 17 aprile si tiene al Théâtre Cluny di Parigi la prima di *Un neveu d'Amérique ou les deux Frontignac*, una commedia in tre atti scritta con Charles Wallut e Edouard Cadol. Sul numero di luglio del «Bulletin de la Société de Géographie» esce lo scritto scientifico *Les méridiens et le calendrier*.

1874
Il 7 novembre al Théâtre de la Porte Saint-Martin di Parigi si tiene la prima di *Le tour du monde en quatre-vingts jours*, con testo a cura dello stesso Verne e Cadol e musica di Jean-Jacques Debillemont. Sul «Magasin d'éducation et de récréation» esce il romanzo *L'île mystérieuse* (1° gennaio 1874 - 15 dicembre 1875) e su «Le Temps» viene pubblicato *Le Chancellor* (17 dicembre 1874 - 24 gennaio 1875).

1875
Lo scrittore René de Pont-Jest accusa Verne di aver basato il racconto *Voyage au centre de la terre* sulla sua novella *La tête de Minerve*. Presso l'Accademia di scienze, lettere e arti di Amiens, il 12 dicembre, Verne tiene una lettura pubblica intitolata *Une ville idéale*.

1876
Michel si rivela un ragazzo dalla personalità alquanto problematica e nel corso degli anni numerosi saranno gli scontri tra padre e figlio. Jules acquista una nuova barca, il *Saint-Michel II*. Sul «Magasin d'éducation et de récréation» esce il romanzo *Michel Strogoff. De Moscou à Irkoutsk* (1° gennaio - 15 dicembre).

1877
Ad aprile organizza ad Amiens un ballo in maschera ispirato ai temi dei viaggi straordinari. In ottobre acquista il *Saint-Michel III*, uno yacht di ventotto metri. Si conclude a favore di Verne il processo intentatogli due anni prima da Pont-Jest. Il «Magasin d'éducation et de récréation» stampa il romanzo *Hector Servadac* (1° gennaio - 15 dicembre) e «Le Temps» pubblica *Les Indes noires* (28 marzo - 22 aprile).

1878

In giugno parte in compagnia del fratello Paul e del figlio di Hetzel per una crociera nel Mediterraneo con scali a Lisbona, Tangeri, Gibilterra e Algeri. Al Théâtre de la Porte Saint-Martin ha luogo la prima teatrale di *Les enfants du capitaine Grant*, pièce in cinque atti e un prologo scritta con d'Ennery e musicata da Jean-Jacques Debillemont. A seguito di vari incidenti, il figlio Michel viene fatto partire per le Indie. Presso Hetzel esce il primo volume dell'*Histoire des grands voyages et des grands voyageurs*, intitolato *Découverte de la terre* scritto in collaborazione con Gabriel Marcel, bibliotecario della Biblioteca nazionale di Parigi. Il «Magasin d'éducation et de récréation» pubblica il romanzo *Un capitaine de quinze ans* (1° gennaio - 15 dicembre).

1879

Compie una seconda crociera in Inghilterra e in Scozia. Sul «Magasin d'éducation et de récréation» escono i romanzi *Les cinq cents millions de la Bégum* (1° gennaio - 15 settembre), *Les révoltés de la Bounty* (1° ottobre - 1° dicembre) e *La maison à vapeur* (1° dicembre 1879 - 15 dicembre 1880), mentre su «Le Temps» viene pubblicato *Les tribulations d'un Chinois en Chine* (2 luglio - 7 agosto). Esce *Les grand navigateurs du XVIIIe siècle*, il secondo volume dell'*Histoire des grands voyages et des grands voyageurs*.

1880

In maggio parte per un viaggio alla volta di Norvegia, Irlanda e Scozia in compagnia dell'avvocato Raoul-Duval e del figlio di Hetzel. A novembre si tiene al Théâtre du Châtelet la prima di *Michel Strogoff*, nell'adattamento di Verne e d'Ennery con musica di Alexandre Artus e Georges Guilhaud. Viene pubblicato il volume *Les voyageurs du XIXe siècle* che conclude la serie delle *Histoires des grands voyages et des grands voyageurs*.

1881

Crociera nel Mare del Nord. Pubblicazione del romanzo *La Jangada* sul «Magasin d'éducation et de récréation» (1° gennaio - 1° dicembre) e del racconto *Dix heures en chasse. Simple boutade* sul «Journal d'Amiens. Moniteur de la Somme». Esce la raccolta di testi teatrali *Les voyages au théâtre*, scritta in collaborazione con d'Ennery.

1882
Il 25 novembre, al Théâtre de la Porte Saint-Martin, si tiene la prima di *Voyage à travers l'impossible*, un testo fantastico in tre atti scritto con d'Ennery e musicato da Oscar de Lagoanère. Vengono pubblicati i romanzi *L'école des Robinsons* e *Le rayon vert*, rispettivamente sul «Magasin d'éducation et de récréation» (1° gennaio - 1° dicembre) e su «Le Temps» (7 maggio - 23 giugno).

1883
Esce sul «Magasin d'éducation et de récréation» il romanzo *Kéreban-le-têtu* (1° gennaio - 15 ottobre), che viene messo in scena al Théâtre de la Gaîté Lyrique il 3 settembre dello stesso anno.

1884
A metà maggio Verne parte con la famiglia per una crociera nel Mediterraneo e durante il soggiorno a Roma viene ricevuto in udienza privata da papa Leone XIII. Escono sulle riviste «Le Temps», «Magasin d'éducation et de récréation» e «Figaro illustré» i romanzi *L'archipel en feu* (29 giugno - 3 agosto) e *L'étoile du sud* (1° gennaio - 15 dicembre) e il racconto fantastico *Frritt-Flacc*.

1885
Nel mese d'aprile organizza un altro ballo in maschera ad Amiens. Su «Le Temps» pubblica il romanzo *Mathias Sandorf* (16 giugno - 20 settembre).

1886
Il 9 marzo viene gravemente ferito da due colpi d'arma da fuoco sparati dal nipote Gaston in preda a una crisi di pazzia. L'incidente lo lascerà per sempre claudicante. A otto giorni di distanza dall'accaduto si spegne a Montecarlo l'amico Hetzel e la casa editrice passa nelle mani di Jules, figlio di quest'ultimo. Verne è costretto a vendere il suo amato yacht, il *Saint-Michel III*, per una somma irrisoria al principe del Montenegro. Escono i romanzi *Robour-le-conquérant*, sul «Journal des débats politiques et littéraires» (29 giugno - 18 agosto), e *Un billet de loterie*, sul «Magasin d'éducation et de récréation» (1° gennaio - 1° novembre).

1887
Il 15 febbraio muore la madre Sophie. In primavera Verne si reca a Nantes per finalizzare questioni inerenti all'eredità. In novembre tiene alcune letture pubbliche in Belgio e nei Paesi Bas-

si. Vengono pubblicati i romanzi *Nord contre Sud*, sul «Magasin d'éducation et de récréation» (1° gennaio - 1° dicembre) e *Le chemin de France*, su «Le Temps» (31 agosto - 30 settembre).

1888
A maggio si candida in una lista di estrema sinistra per essere eletto al consiglio municipale d'Amiens. Vince e viene rivotato nel 1892, nel 1896 e nel 1900. Sul «Magasin d'éducation et de récréation» pubblica il romanzo *Deux ans de vacances* (1° gennaio - 15 dicembre).

1889
Inaugura il circo municipale di Amiens. Sul «Magasin d'éducation et de récréation» pubblica il romanzo *Famille-sans-nom* (1° gennaio - 1° dicembre) e presso Hetzel esce *Sans dessus dessous*.

1890
Gli viene proposta la carica di tesoriere al Théâtre d'Amiens. Sul «Magasin d'éducation et de récréation» esce il romanzo *César Cascabel* (1° gennaio - 15 dicembre).

1891
Conduce un'esistenza alquanto ritirata dedicandosi principalmente alla scrittura e ai suoi doveri di consigliere municipale. Vengono stampati il romanzo *Mistress Branican* sul «Magasin d'éducation et de récréation» (1° gennaio - 15 dicembre) e il racconto *Aventures de la famille Raton* sul numero di gennaio di «Le Figaro illustré». Pubblica il racconto *La journée d'un journaliste américain en 2890* sul «Journal d'Amiens. Moniteur de la Somme».

1892
Gli viene conferito il titolo di Ufficiale della Legione d'Onore. Escono i romanzi *Le château des Carpathes* sul «Magasin d'éducation et de récréation» (1° gennaio - 15 dicembre) e *Claudius Bombarnac* (10 ottobre - 7 dicembre) su «Le Soleil».

1893-1895
Si riconcilia con il figlio Michel. Durante questo periodo la critica sembra mostrare poco interesse nei confronti degli ultimi lavori di Verne. Sul «Magasin d'éducation et de récréation» escono i romanzi *P'tit Bonhomme* (1° gennaio - 15 dicembre 1893), *Miri-*

fiques aventures de maître Antifer (1° gennaio - 15 dicembre 1894) e *L'île à hélice* (1° gennaio - 15 dicembre 1895). Sul numero di Natale del 1893 di «Le Figaro illustré» viene pubblicato il racconto *M. Ré-Dièze et Mlle Mi-Bémol.*

1896
Pubblica *Face au drapeau* (1° gennaio - 15 giugno) e il romanzo *Clovis Dardentor* (1° luglio - 15 dicembre) sul «Magasin d'éducation et de récréation». Il chimico Eugène Turpin intenta contro Verne un processo per diffamazione poiché ritiene di riconoscersi in Thomas Roch, uno dei personaggi del romanzo *Face au drapeau.* Verne si reca a Parigi per incontrare il suo avvocato Raymond Poincaré e a distanza di un anno vince la causa.

1897-1898
Il 27 agosto muore improvvisamente l'amato fratello Paul. In suo ricordo Verne decide di scrivere *Les frères Kip* (che uscirà nel 1902). Nel frattempo la salute del romanziere si va sensibilmente deteriorando: soffre di vertigini, accusa problemi alla vista e all'udito. Escono i romanzi *Le sphinx des glaces* (1° gennaio - 15 dicembre 1897) e *Le superbe Orénoque,* entrambi pubblicati sul «Magasin d'éducation et de récréation» (1° gennaio - 15 dicembre 1898).

1899-1900
In agosto si reca in vacanza per l'ultima volta a Petites Dalle, in Normandia. Pubblica sul «Magasin d'éducation et de récréation» i romanzi *Le testament d'un excentrique* (1° gennaio - 15 dicembre 1899) e *Seconde patrie* (1° gennaio - 15 dicembre 1900).

1901
Escono sul «Magasin d'éducation et de récréation» i romanzi *Le village aérien,* pubblicato con il titolo *La grande forêt* (1° gennaio - 15 giugno) e *Les histoires de Jean-Marie Cabidoulin* (1° luglio - 15 dicembre).

1902-1903
Sebbene i problemi alla vista si facciano sempre più seri e le sue condizioni di salute si deteriorino considerevolmente, Verne continua a scrivere. Il «Magasin d'éducation et de récréation» stampa *Les frères Kip* (1° gennaio - 15 dicembre) e, l'anno seguente, *Bourses de voyage* (1° gennaio - 15 dicembre).

1904
Escono i romanzi *Un drame en Livonie* (1° gennaio - 15 giugno) e *Maître du monde* (1° luglio - 15 dicembre) entrambi pubblicati dal «Magasin d'éducation et de récréation».

1905
A seguito di una grave crisi di diabete, Verne muore il 24 marzo. Il «Magasin d'éducation et de récréation» pubblica il suo ultimo romanzo, *L'invasion de la mer* (1° gennaio - 1° agosto).

(a cura di Valentina Olivastri)

Bibliografia essenziale

Opere di Jules Verne

ROMANZI - I VIAGGI STRAORDINARI

Le opere sono elencate in ordine cronologico. Si indicano, dove possibile, oltre alle prime edizioni in lingua originale, le edizioni italiane più recenti o più facilmente reperibili.

Cinq semaines en ballon, Hetzel, Paris 1863 (trad. it. di G.A. Marolla, *Cinque settimane in pallone*, Mursia, Milano 1989).

Voyage au centre de la terre, Hetzel, Paris 1864 (trad it. di C. Fruttero e F. Lucentini, *Viaggio al centro della terra*, Einaudi, Torino 1989).

De la terre à la lune, Hetzel, Paris 1865 (trad. it. di F. De Rosa, *Dalla terra alla luna. Intorno alla luna*, Mursia, Milano 1999).

Voyages et aventures du capitaine Hatteras, Hetzel, Paris 1866 (trad. it. di L. Malerba, *Le avventure del capitano Hatteras*, Mursia, Milano 1992).

Les enfants du capitaine Grant, Hetzel, Paris 1867-1868 (trad. it. di L. Tamburini, *I figli del capitano Grant*, Einaudi, Torino 1995).

Vingt mille lieues sous les mers, Hetzel, Paris 1869-1870 (trad. it. di E. Lupinacci, *Ventimila leghe sotto i mari*, Mondadori, Milano 1994).

Autour de la lune, Hetzel, Paris 1870 (trad. it. di F. De Rosa, *Intorno alla luna*, Mursia, Milano 1979).

Une ville flottante, Hetzel, Paris 1871 (trad. it. di G. Astengo e P. Foretti, *Una città galleggiante. Avventure di tre russi e tre inglesi nell'Africa australe*, Mursia, Milano 1989).

Aventures de trois Russes et de trois Anglais dans l'Afrique Australe, Hetzel, Paris 1872 (trad. it. di G. Astengo e P. Foretti, *Una città galleggiante. Avventure di tre russi e tre inglesi nell'Africa australe*, Mursia, Milano 1989).

Les pays des fourrures, Hetzel, Paris 1873 (trad. it. di C. Minola, *Il paese delle pellicce*, Mursia, Milano 1989).

Le tour du monde en quatre-vingts jours, Hetzel, Paris 1873 (trad. it. di M.V. Malvano, *Il giro del mondo in ottanta giorni*, Einaudi, Torino 1994).

L'île mystérieuse, Hetzel, Paris 1874 (trad. it. di J. De Michelis, *L'isola misteriosa*, Marsilio, Venezia 1999).

Le Chancellor, Hetzel, Paris 1875 (trad. it. di G. Mina ed E. Martello, *I naufraghi del «Chancellor». Le Indie nere*, Mursia, Milano 1993).

Michel Strogoff. De Moscou à Irkoutsk, Hetzel, Paris 1876 (trad. it. di E. Lupinacci, *Michele Strogoff*, Mondadori, Milano 1994).

Hector Servadac, Hetzel, Paris 1877 (trad. it. di S. Micheli e G. Pinelli, *Le avventure di Ettore Servadac. Un dramma nel Messico*, Mursia, Milano 1993).

Les Indes noires, Hetzel, Paris 1877 (trad. it. di G. Mina ed E. Martello, *I naufraghi del «Chancellor». Le Indie nere*, Mursia, Milano 1993).

Un capitaine de quinze ans, Hetzel, Paris 1878 (trad. it. di G. Mina, *Un capitano di quindici anni*, Mursia, Milano 1992).

Les cinq cents millions de la Bégum, Hetzel, Paris 1879 (trad. it. di A. Molina, R. Sanesi e M. Zani, *Cinquecento milioni della Begum. Le tribolazioni di un cinese in Cina*, Mursia, Milano 1993).

Les tribulations d'un Chinois en Chine, Hetzel, Paris 1879 (trad. it. di L. Bigiaretti, *Le tribolazioni di un cinese in Cina*, Giunti, Firenze 1989).

La maison à vapeur, Hetzel, Paris 1880 (trad. it. di G. Mina, *La casa a vapore*, Mursia, Milano 1990).

La Jangada, Hetzel, Paris 1881 (trad. it. di V. Bianchi, *La Jangada*, Mursia, Milano 1990).

L'école des Robinsons, Hetzel, Paris 1882 (trad. it. di G. Mina, *La scuola dei Robinson. Il raggio verde*, Mursia, Milano 1992).

Le rayon vert, Hetzel, Paris 1882 (trad. it. di G. Mina, *La scuola dei Robinson. Il raggio verde*, Mursia, Milano 1992).

Kéreban-le-têtu, Hetzel, Paris 1883 (trad. it. di B. Mirò, *Keraban il testardo*, Mursia, Milano 1972).

L'archipel en feu, Hetzel, Paris 1884 (trad. it di V. Casale, *L'arcipelago in fiamme con brani di altre opere*, Conte, Napoli 1971).

L'étoile du sud, Hetzel, Paris 1884 (trad. it. di M. Muggini e G. Mina, *La stella del sud. L'arcipelago in fiamme*, Mursia, Milano 1972).

Mathias Sandorf, Hetzel, Paris 1885 (trad. it. di F. Gambino, *Mathias Sandorf*, Mursia, Milano 1990).

Un billet de loterie, Hetzel, Paris 1886 (trad. it. di B. Mirò e C. Frangi, *Robur il conquistatore. Un biglietto della lotteria. Frritt-Flacc*, Mursia, Milano 1973).

Robour-le-conquérant, Hetzel, Paris 1886 (trad. it. di B. Mirò, *Robur il conquistatore*, Mursia, Milano 1984).

Le chemin de France, Hetzel, Paris 1887 (trad. it. di M. Mugnai, *La strada per la Francia. Il mondo sottosopra*, Mursia, Milano 1989).

Nord contre sud, Hetzel, Paris 1887 (trad. it. di F. Gambino, *Nord contro sud*, Mursia, Milano 1992).

Deux ans de vacances, Hetzel, Paris 1888 (trad. it. di G. Mina, *Due anni di vacanze*, Milano, Mursia 1993).

Famille-sans-nom, Hetzel, Paris 1889 (trad. it. di M. Mugnai, *Famiglia senza nome*, Mursia, Milano 1974).

Sans dessus dessous, Hetzel, Paris 1889.

César Cascabel, Hetzel, Paris 1890 (trad. it. di E. Peru, *César Cascabel*, Mursia, Milano 1989).

Mistress Branican, Hetzel, Paris 1891 (trad. it. di F. Gambino, *Mistress Branican*, Mursia, Milano 1974).

Le château des Carpathes, Hetzel, Paris 1892 (trad. it. di M. Di Maio, *Il castello dei Carpazi*, Studio Tesi, Pordenone 1991).

Claudius Bombarnac, Hetzel, Paris 1892 (trad. it. di G. Mina e G. Castoldi, *Il castello dei Carpazi. Claudius Bombarnac*, Mursia, Milano 1992).

P'tit-Bonhomme, Hetzet, Paris 1893 (trad. it. di A. Crespi Bortolini, *Avventure di un ragazzo*, Mursia, Milano 1991).

Mirifiques aventures de maître Antifer, Hetzel, Paris 1894 (trad. it. di F. Gambino, *Mirabolanti avventure di mastro Antifer*, Mursia, Milano 1988).

L'île à hélice, Hetzel, Paris 1895 (trad. it. di G. Castoldi, *L'isola a elica*, Mursia, Milano 1995).

Clovis Dardentor, Hetzel, Paris 1896 (trad. it. di M. Mugnai e G. Castoldi, *Di fronte alla bandiera. Clovis Dardentor*, Mursia, Milano 1994).

Face au drapeau, Hetzel, Paris 1896 (trad. it. di M. Mugnai e G.

Castoldi, *Di fronte alla bandiera. Clovis Daraentor*, Mursia, Milano 1994).

Le sphinx des glaces, Hetzel, Paris 1897 (trad. it. di P. Franchi, *La sfinge dei ghiacci*, Mursia, Milano 1989).

Le superbe Orénoque, Hetzel, Paris 1898 (trad. it. di V. Brinzi, *Il superbo Orinoco*, Mursia, Milano 1991).

Le testament d'un excentrique, Hetzel, Paris 1899 (trad. it. di V. Brinzi, *Il testamento di uno stravagante*, Mursia, Milano 1992).

Seconde patrie, Hetzel, Paris 1900 (trad. it. di V. Brinzi, *Seconda patria*, Mursia, Milano 1995).

Les histoires de Jean-Marie Cabidoulin, Hetzel, Paris 1901 (trad. it. di A. Agra e V. Brinzi, *Il villaggio aereo. Le fantasie di Jean-Marie Cabidoulin*, 1982).

Le village aérien, Hetzel, Paris 1901 (trad. it. di A. Agra e V. Brinzi, *Il villaggio aereo. Le fantasie di Jean-Marie Cabidoulin*, 1982).

Les frères Kip, Hetzel, Paris 1902 (trad. it. di V. Bianconcini, *I fratelli Kip*, Capitol, Bologna 1959).

Bourses de voyage, Hetzel, Paris 1903 (trad. it. di V. Brinzi, *Borse da viaggio*, Mursia, Milano 1994).

Un drame en Livonie, Hetzel, Paris 1904.

Maître du monde, Hetzel, Paris 1904 (trad. it. di B. Mirò, *Padrone del mondo*, Editrice Nord, Milano 1985).

L'invasion de la mer, Hetzel, Paris 1905 (trad. it. di G. Mina, *Il faro in capo al mondo. L'invasione del mare*, Mursia, Milano 1971).

RACCONTI

L'Amérique du Sud. Études historiques. Les premiers navires de la marine mexicaine, in «Musée des familles», vol. 8, n. 10 (luglio 1851), pp. 304-321.

La science en famille. Un voyage en ballon, in «Musée des familles», vol. 8, n. 11 (agosto 1851), pp. 329-336.

L'Amérique du Sud. Mœurs péruviennes. Martin Paz, in «Musée des familles», vol. 9, n. 20 (luglio 1852), pp. 301-313, e n. 21 (agosto 1852), pp. 321-335.

Maître Zacharius ou l'horloger qui avait perdu son âme, in «Musée des familles», vol. 21, n. 7 (aprile 1854), pp. 193-200, n. 8 (maggio 1854), pp. 225-231.

Un hivernage dans les glaces, in «Musée des familles», vol. 22, n. 6 (aprile 1855), pp. 161-172, e n. 7 (maggio 1855), pp. 209-220 (trad. it. di M. Faccioli, *Un inverno tra i ghiacci* Longanesi, Milano 1971).

Le Comte de Chanteleine, in «Musée des familles», vol. 32, n. 1 (ottobre 1864), pp. 1-15, n. 2 (novembre 1864), pp. 37-51, e n. 3 (dicembre 1864), pp. 73-85.

Études de mœurs contemporaines. Les forceurs de blocus, in «Musée des familles», vol. 33, n. 1 (ottobre 1865), pp. 17-21, e n. 2 (novembre 1865), pp. 35-47.

Une fantaisie du docteur Ox, in «Musée des familles», vol. 39, n. 3 (marzo 1872), pp. 65-74 , n. 4 (aprile 1872), pp. 99-107, e n. 5 (maggio 1872), pp. 133-141 (trad. it. di G. Acunzoli, *L'esperimento del dottor Ox*, La Spiga, Milano 1997).

Une ville idéale, in «Journal d'Amiens. Moniteur de la Somme», 13-14 dicembre 1875, pp. 1-2.

Les révoltés de la Bounty, in «Magasin illustré d'education et de récréation», vol. 30, n. 355 (1° ottobre 1879), pp. 193-198, n. 356 (15 ottobre 1879), pp. 225-230, e n. 357 (1° dicembre 1879), pp. 257-263 (trad. it. di C. Prada, *I ribelli del Bounty*, Ibis, Como 1992).

Dix heures en chasse. Simple boutade, in «Journal d'Amiens. Moniteur de la Somme», 19-20 dicembre 1881, pp. 2-3

Frritt-Flacc, in «Le Figaro illustré», 1884-1885 (numero unico), pp. 6-7 (trad. it. di B. Mirò e C. Frangi, *Robur il conquistatore. Un biglietto della lotteria. Frritt-Flacc*, Mursia, Milano 1973).

Aventures de la famille Raton, in «Le Figaro illustré», n. 10 (gennaio 1891), pp. 1-12.

La journée d'un journaliste américain en 2890, in «Journal d'Amiens. Moniteur de la Somme», 21 gennaio 1891, pp. 2-3 (trad. it. di C. Prada, *La giornata di un giornalista americano nel 2890*, Ibis, Como 1994).

M. Ré-Dièze et Mlle Mi-Bémol, in «Le Figaro illustré», n. 45 (dicembre 1893), pp. 221-228.

SCRITTI VARI E OPERE GEOGRAFICHE

A propos du Géant, in «Musée des familles», vol. 31, n. 3 (dicembre 1863), pp. 92-93.

Edgar Poe et ses œuvres, in «Musée des familles», 31 aprile 1864, pp. 193-208.

Géographie illustrée de la France et de ses colonies, scritto con Théophile Lavallée, Hetzel, Paris 1867-1868.

Les méridiens et le calendrier, in «Bulletin de la Société de Géographie», vol. 6, n. 6 (luglio 1873), pp. 423-433.

Histoire des grands voyages et des grands voyageurs. Découverte de la terre, scritto con G. Marcel, Hetzel, Paris 1878.
Histoire des grands voyages et des grands voyageurs. Les grand navigateurs du XVIIIe siècle, scritto con G. Marcel, Hetzel, Paris 1879.
Histoire des grands voyages et des grands voyageurs. Les voyageurs du XIXe, scritto con G. Marcel, Hetzel, Paris 1880.
The Story of my Boyhood, in «The Youth's Companion», 9 aprile 1891, p. 211.

PRINCIPALI OPERE TEATRALI

Les pailles rompues, Beck, Paris 1850.
Les châteaux en Californie ou Pierre qui roule n'amasse pas mousse, in «Musée des familles», vol. 19, n. 9 (settembre 1852), pp. 257-271.
Le Colin-Maillard, scritto con M.Carré, Lévy, Paris 1853.
Les compagnons de la Marjolaine, scritto con M. Carré, Lévy, Paris 1855.
L'auberge des Ardennes, scritto con M. Carré, Lévy, Paris 1860.
Onze jours de siège, scritto con C. Wallut e V. Sardou, Lévy, Paris 1861.
Un neveu d'Amérique ou les deux Frontignac, scritto con C. Wallut ed E. Cadol, Hetzel, Paris 1873.
Les enfants du capitaine Grant, scritto con A. d'Ennery, Hetzel, Paris 1879.
Le tour du monde en quatre-vingts jours, scritto con E. Cadol e A. d'Ennery, Hetzel, Paris 1879.
Michel Strogoff, scritto con A. d'Ennery, Hetzel, Paris 1881.
Les voyages au théâtre, scritto con A. d'Ennery, Hetzel, Paris 1881.

OPERE POSTUME

Monsieur de Chimpanzé, in «Bulletin de la Société Jules Verne», n. 57, 1981, pp. 13-32.
Voyage à travers l'impossible, scritto con D'Ennery, Pauvert, Paris 1981.
Le secret de Wilhem [sic] *Storitz*, Société Jules Verne, Paris 1985.
La chasse au météore, Société Jules Verne, Paris 1986 (trad. it. di V. Brinzi, *La caccia alla meteora*, Mursia, Milano 1988).
En Magellanie, Société Jules Verne, Paris 1987.
Le beau Danube jaune, Société Jules Verne, Paris 1988.
Kéraban-le-têtu, in «Bulletin de la Société Jules Verne», n. 85/86, 1988, pp. 27-134.
Poésies inédites, édité par C. Robin, Le Cherche Midi, Paris 1989

(trad. it. di L. Mazzoli, *Poesie inedite*, a cura di C. Robin, Mursia, Milano 1990).

Le volcan d'or, Société Jules Verne, Paris 1989 (trad. it. di P. Pellini, *Il vulcano d'oro*, Mondadori, Milano 1997).

Voyage à reculons en Angleterre et en Ecosse, édité par C. Robin, Le Cherche Midi, Paris 1989 (trad. it. di A. Riccioni, a cura di C. Robin, *Viaggio a ritroso in Inghilterra e Scozia*, Mursia, Milano 1989).

Jédédias Jamet ou l'histoire d'une succession, *Manuscrits nantais*, vol. 3, 1991, pp. 1471-1488.

L'oncle Robinson, *Manuscrits nantais*, vol. 3, 1991, pp. 1604-1785 (introduzione di A. Faeti, *L' isola dello zio Robinson*, Mondadori, Milano 1992).

Un prêtre en 1839, édité par C. Robin, Le Cherche Midi, Paris 1992.

San Carlos et autres récits inédits, édité par J. Davy, Le Cherche Midi, Paris 1993.

Paris au XXe siècle, édité par P. Gondolo della Riva, Le Cherche Midi, Paris 1994 (trad. it. di M. Grasso, *Parigi nel XX secolo*, Newton Compton, Roma 1995).

Monna Lisa, suivi de Souvenirs d'enfance et de jeunesse, L'Herne, Paris 1995 (trad. it. di A. De Lorenzo, *Monna Lisa*, Centro Biobibliografico Scrittori e Artisti, Firenze 1995).

EPISTOLARI

P. Gondolo della Riva – E. Weissenberg, *Dix lettres inédites, et une lettre inédite de M. Deviane (beau-père de Jules Verne)*, Société des Amis de la Bibliothèque municipale de Nantes, Nantes 1982

O. Dumas – P. Gondolo della Riva – V. Dehs (éd. par), *Correspondance inédite de Jules Verne et de Pierre-Jules Hetzel*, Slatkine Genève 1999.

Bibliografia critica

SAGGI CRITICI

Ci limitiamo ai titoli più importanti e noti di studi stranieri e italiani sulla vita e sull'opera dello scrittore. Per comodità i testi sono organizzati in ordine alfabetico per autore.

J. Bessière (éd. par) *Modernités de Jules Verne*, Presses Universitaires de France, Paris 1988.

F. Born, *Giulio Verne, l'uomo che inventò il futuro*, Mondadori, Milano 1971.

W. Butcher, *Verne's journey to the centre of the self: space and time in the «Voyages Extraordinaires»*, St Martin's Press, New York 1991.

G. Cacciavillani, *Jules Verne: l'isola misteriosa*, Lindau, Torino 1990.

C. Chelebourg, *Jules Verne. L'œil et le ventre: une poétique du sujet*, Lettres Modernes Minard, Paris 2000.

J. Chesneaux, *Jules Verne, un regard sur le monde: nouvelles lectures politiques*, Bayard, Paris 2001.

D. Compère, *Jules Verne écrivain*, Droz, Genève 1991.

D. Compère, *Jules Verne parcours d'une œuvre*, Encrage, Amiens 1996.

D. Compère – J.M. Margot (éd. par), *Entretiens avec Jules Verne*, Slatkine, Genève 1998.

P. Costello, *Jules Verne: inventor of science fiction*, Hodder & Stoughton, London 1978.

G. de Diesbach, *Le tour de Jules Verne en quatre-vingts livres*, Julliard, Paris 1969.

G. de Robien, *Jules Verne: le rêveur incompris*, M. Lafon, Neuilly-sur-Seine 2000.

J.P. Dekiss, *Jules Verne, le rêve du progrès*, Gallimard, Paris 1991.

L. Dupuy, *Espace et temps dans l'œuvre de Jules Verne: voyage au centre de la terre... et dans le temps*, Clef d'Argent, Dole 2000.

I.O. Evans, *Jules Verne and his work*, Aeonian Press, Mattituck 1976.

A. Faeti (a cura di), *Due isole in capo al mondo: Verne e Salgari. Viaggio nell'avventura dalla parola all'immagine*, Editori del Grifo, Montepulciano 1984.

P. Gondolo della Riva, *Spedizione Jules Verne: un viaggio straordinario*, Mazzotta, Milano 2000.

P. Haining (ed. by), *The Jules Verne companion*, Pictorial Presentations, London 1978.

M.H. Huet, *L'histoire des «Voyages Extraordinaires»: essai sur l'œuvre de Jules Verne*, Lettres Modernes, Paris 1973.

M. Lamy, *Jules Verne initié et initiateur: la clé du secret de Rennes-le-Château et le trésor des rois de France*, Payot, Paris 1994.

C. Lengrand, *Dictionnaire des «Voyages extraordinaires» de Jules Verne*, Encrage, Amiens 1998.

A. Martin, *The mask of the prophet: the extraordinary fictions of Jules Verne*, Clarendon, Oxford 1990.

M. Moré, *Les très curieux Jules Verne: le problème du père dans les «Voyages Extraordinaires»*, Gallimard, Paris 1960.

M. Moré, *Nouvelles explorations de Jules Verne: musique, misogamie, machine*, Gallimard, Paris 1963.

J. Noiray, *Le romancier et la machine: l'image de la machine dans le roman français*, Corti, Paris 1982.

F. Pollini – L. Righetti *et al.* (a cura di), *Viaggi straordinari attorno a Jules Verne*, Mursia, Milano 1991.

F. Raymond, *L'écriture vernienne*, Lettres Modernes, Paris 1978.

F. Rivière, *Jules Verne: images d'un mythe*, Veyrier, Paris 1978.

M. Serres, *Jouvences sur Jules Verne*, Éditions de Minuit, Paris 1974.

E. Smyth, *Jules Verne: narratives of modernity*, Liverpool University Press, Liverpool 2000.

B. Taves – S. Michaluk – E. Baxter, *The Jules Verne encyclopedia*, Scarecrow Press, Lanham 1996.

B. Traversetti, *Introduzione a Verne*, Laterza, Roma-Bari 1995.

S. Vierne, *«L'île mystérieuse» de Jules Verne*, Hachette, Paris 1973.

S. Vierne, *Jules Verne*, Balland, Paris 1986.

S. Vierne, *Jules Verne et le roman initiatique*, Éditions du Sirac, Paris 1973.

S. Vierne, *Jules Verne, mythe et modernité*, Presses Universitaires de France, Paris 1989.

BIOGRAFIE

M. Allotte de la Fuÿe, *Jules Verne: sa vie, son œuvre*, Hachette, Paris 1966.

P. Avrane, *Jules Verne*, Stock, Paris 1997.

J.P. Dekiss, *Jules Verne l'enchanteur*, Éditions du Félin, Paris 1999.

O. Dumas, *Jules Verne*, La Manufacture, Lyon 1988.

H.R. Lottman, *Jules Verne*, Flammarion, Paris 1996.

C.N. Martin, *La vie et l'œuvre de Jules Verne*, M. de l'Ormeraire, Paris 1978.

G. Prouteau, *Le grand roman de Jules Verne, sa vie*, Stock, Paris 1979.

M. Soriano, *Jules Verne*, Juillard, Paris 1978.

BIBLIOGRAFIE

A. Bottin, *Bibliographie des éditions illustrées des voyages extraordinaires de Jules Verne en cartonnages d'editeur de la collection Hetzel, précédé d'une chronologie de Jules Verne et de son temps, 1814-1919*, Bottin, Contes 1978.

E.J. Gallagher – J.A. Mistichelli – J.A. van Eerde, *Jules Verne: a primary and secondary bibliography*, G.K. Hall, Boston 1980.

P. Gondolo della Riva, *Bibliographie analytique de toutes les œuvres de Jules Verne. Œuvres romanesques publiées. Œuvres inédites*, 2 voll., Société Jules Verne, 1977-1985.
J.M. Margot, *Jules Verne: catalogue par mots-clés et par auteurs*, Club des Fantériens, Lausanne 1975.
J.M. Margot, *Bibliographie documentaire sur Jules Verne*, Centre de Documentation Jules Verne, Amiens 1989.
F. Raymond – D. Compère, *Le développement des études sur Jules Verne*, Lettres Modernes, Paris 1976.

RIVISTE LETTERARIE SPECIALIZZATE

«Bulletin de la Société Jules Verne», Paris 1935-1938.
«Bulletin de la Société Jules Verne», nuova serie, Paris 1967-.
«Cahiers du centre d'étudés verniennes et du musée Jules Verne», Nantes 1981-.
«Revue de lettres modernes», serie *Jules Verne*, Paris 1976-.
«Revue Jules Verne», Amiens 1996-.

(a cura di Valentina Olivastri)

Vingt Mille Lieues sous les Mers

VENTIMILA LEGHE SOTTO I MARI

PARTE PRIMA

I
UNO SCOGLIO FUGGENTE

L'anno 1866 presentò un bizzarro avvenimento, un fenomeno inspiegato e inesplicabile che certamente nessuno ha dimenticato. Senza parlare delle voci che spargevano agitazione tra le popolazioni delle città portuali e sovreccitavano l'opinione pubblica all'interno dei continenti, un'emozione particolare si diffuse tra la gente di mare. Mercanti, armatori, capitani di lungo corso, *skippers* e *masters* d'Europa e d'America, ufficiali delle flotte militari di tutti i paesi, e dopo di essi i governi dei diversi Stati di tutto il mondo, considerarono il fatto con la più profonda preoccupazione.

Effettivamente, da qualche tempo, vari bastimenti avevano incontrato in mare una "cosa enorme", un oggetto lungo, fusiforme, talvolta fosforescente, assai più grande e più veloce d'una balena.

I fatti relativi a tale apparizione, registrati nei diversi giornali di bordo, concordavano abbastanza nettamente sulla struttura dell'oggetto, o dell'essere, in questione, sulla velocità sbalorditiva dei suoi movimenti, sulla insolita potenza della sua locomozione, sulla vita particolare di cui sembrava dotato. Se si trattava d'un cetaceo, esso superava in volume tutti quelli classificati sino allora dalla scienza. Né Cuvier, né Lacépède, né il signor Dumeril né il signor De Quatrefages avrebbero mai ammesso l'esistenza di un mostro simile – a meno di averlo visto, letteralmente visto coi loro propri occhi di scienziati.

Attenendosi alla media delle osservazioni fatte in diverse occasioni – rifiutando le timide valutazioni che assegnavano a quell'oggetto una lunghezza di duecento piedi, e respingendo i giudizi esagerati che gli attribuivano fino a un miglio di larghezza e tre di lunghezza – si poteva comunque affermare che quest'essere fenomenale superava, nelle proprie dimensioni, tutte le misure ammesse fino allora dagli ittiologi – se pur tuttavia veramente esisteva.

Ma insomma esisteva, la cosa non poteva più negarsi; e, data la tendenza al meraviglioso che è propria allo spirito umano, si capirà facilmente l'emozione dovunque prodotta da quella sovrannaturale apparizione. Quanto a respingerla nel mondo delle favole, bisognava rinunziarvi.

Infatti, il 20 luglio 1866 il piroscafo *Governor Higginson*, della "Calcutta and Burnach Steam Navigation Company", aveva incontrato quella massa in movimento cinque miglia a est delle coste australiane. Il capitano Baker si era creduto, dapprima, in presenza d'uno scoglio sconosciuto; mentre si disponeva a rilevarne l'esatta posizione, due colonne d'acqua proiettate dal misterioso oggetto si erano scagliate sino a centocinquanta piedi d'altezza. Dunque, a meno che lo scoglio fosse sottoposto all'azione intermittente di un *geyser*, il *Governor Higginson* aveva a che fare né più né meno che con qualche mammifero marino, sino allora sconosciuto, che espelleva dai propri sfiatatoi colonne d'acqua mescolata ad aria e a vapore.

Analogo fatto venne osservato il 23 luglio dello stesso anno, nei mari del Pacifico, dal *Cristobal Colon* della "West India and Pacific Steam Navigation Company". Dunque, lo straordinario cetaceo poteva trasferirsi da un posto a un altro con velocità sorprendente, poiché, a distanza di tre giorni, il *Governor Higginson* e il *Cristobal Colon* lo avevano osservato in due punti separati, sulla carta oceanica, da più che settecento leghe marine.

Quindici giorni più tardi, duemila leghe più lontano, lo *Helvetia* della "Compagnie Nationale" e lo *Shannon* della "Royal Mail", incrociandosi in quella porzione dell'Atlantico che è compresa tra gli Stati Uniti e l'Europa, si segnalarono a vicenda il mostro a 42° 15' di latitudine Nord e 60° 35' di longitudine Ovest del meridiano di Greenwich. Da questa osservazione simultanea si ritenne poter valutare la lunghezza minima del mammifero in più di trecentocinquanta piedi inglesi,[1] dato che lo *Shannon* e l'*Helvetia* erano di dimensioni minori benché misurassero cento metri da prua a poppa. Ora, le più grosse balene, quelle che frequentano i paraggi delle isole Aleutine, il Kulammak e l'Ungullik, non hanno mai superato i cinquantasei metri di lunghezza – se pur li hanno mai toccati.

Tanto questi rapporti arrivati uno dopo l'altro che le nuove osservazioni fatte a bordo del transatlantico *Pereire*, e una collisione tra l'*Etna* della Linea Inman e il mostro, e un verbale steso dagli ufficiali della fregata francese *Normandie*, e un serissimo rilevamento ottenuto dallo stato maggiore del commodoro Fitz-James a bordo del *Lord Clyde*, emozionarono profondamente l'opinione pubblica. Nei paesi di umor lieve si fece del fenomeno oggetto di scherzo; ma i paesi gravi e pratici, l'Inghilterra, l'America, la Germania, se ne preoccuparono estremamente.

Dappertutto, nei grandi centri, il mostro andò di moda. Lo si cantava nei varietà e beffeggiava nei giornali, lo si recitò sui palcoscenici. I *canards* colsero bellissime occa-

[1] Circa 106 metri. Il piede inglese corrisponde a 30,40 cm. (*Nota di Verne*)

sioni di produrre uova di tutti i colori.[1] Si videro riapparire sui giornali, in mancanza di notizie, tutti gli esseri immaginari e giganteschi, a partire dalla balena bianca, il terribile "Moby Dick" delle regioni iperboreali, fino allo smisurato "Kraken" i cui tentacoli possono avvinghiare un bastimento di cinquecento tonnellate e trascinarlo negli abissi dell'oceano. Furono riprodotti perfino i verbali dell'antichità, i pareri d'Aristotele e di Plinio che ammettevano l'esistenza di quei mostri, poi i racconti norvegesi del vescovo Pontoppidan, le relazioni di Paul Heggede, e infine i rapporti di Harrington, la cui buona fede non può esser sospettata, in cui l'autore afferma di aver visto, trovandosi a bordo del *Castillan* nel 1857, quell'enorme serpente di mare che fino allora non aveva mai frequentato altri mari che quelli cartacei del vecchio *Constitutionnel*...[2]

Allora, esplose l'interminabile polemica dei creduli e degli increduli, nelle associazioni scientifiche e tra i loro periodici. La "questione del Mostro" infiammò gli spiriti. I giornalisti che professano la fede nella scienza e quelli che la professano nell'umorismo, in lotta tra loro, versarono fiumi d'inchiostro in quella memorabile battaglia; alcuni, anche qualche goccia di sangue, poiché dai serpenti di mare si erano lasciati portare ai personalismi più offensivi.

Per sei mesi la guerra imperversò con alterne fortune. Agli articoli di fondo dell'Istituto geografico del Brasile, dell'Accademia reale delle Scienze di Berlino, dell'Associazione britannica, dell'Istituto Smithsoniano di Washington, alle discussioni del "The Indian Archipelago", del "Cosmos" dell'abate Moigno, delle "Mittheilungen" di Petermann, alle cronache scientifiche dei grandi giornali della Francia e dell'estero, la stampa minore restituiva i colpi con spirito inesauribile. I suoi brillanti scrittori, parodiando una frase di Linneo citata dagli avversari del mostro, sostennero infatti che "la natura non fa degli stupidi",[3] e scongiurarono i loro

[1] Gioco di parole non traducibile: *canard* in francese significa letteralmente *anitra*, ma in accezione scherzosa corrisponde anche a notizia fantasiosa, sensazionalistica.

[2] All'apparizione del leggendario, enorme serpente di mare ricorrevano talvolta, nel secolo scorso, i giornali a corto di novità impressionanti.

[3] Altro gioco di parole intraducibile: « La Natura non fa salti », dice Linneo: e in francese *sauts* (salti) si pronuncia come *sots* (stupidi).

contemporanei di non smentire la natura con l'ammettere l'esistenza dei *Kraken*, dei serpenti di mare, dei "Moby Dick" e altre trovate di marinai in delirio. Finalmente, in un articolo su un giornale satirico molto temuto, il più popolare dei suoi redattori, tirando le somme di tutto, partì all'attacco del mostro come Ippolito, gli inferse un ultimo colpo e lo finì, tra le risate universali. La spiritosità aveva vinto la scienza.

Nei primi mesi del 1867 la cosa parve dimenticata, e non sembrava che dovesse tornare mai d'attualità, quando nuovi fatti furono portati a conoscenza del pubblico. Da quel momento non si trattò più di un problema scientifico da risolvere, ma di un pericolo reale, serio, da evitare. La questione prese un nuovo aspetto: il mostro ridiventò isolotto, roccia, scoglio, ma scoglio sfuggente, indeterminabile inafferrabile.

Il 5 marzo 1867, il *Moravian* della "Montreal Ocean Company", trovandosi di nottetempo a 27° 30' di latitudine e 72° 15' di longitudine, urtò con la sua fiancata di dritta una roccia che nessuna carta segnalava in quei paraggi. Sotto la doppia spinta del vento e dei suoi quattrocento cavalli-vapore, stava navigando alla velocità di tredici nodi. Non vi è dubbio che, non fosse stato per la qualità superiore della sua carena, il *Moravian*, squarciato nell'urto, si sarebbe inabissato con i duecentotrentasette passeggeri che aveva imbarcati nel Canada.

L'incidente era accaduto verso le cinque del mattino, sullo spuntar del giorno. Gli ufficiali del quarto di guardia si precipitarono a poppa. Scrutarono l'Oceano con la più scrupolosa attenzione. Non videro nulla, tranne un forte risucchio a tre gomene di distanza, come se la superficie liquida fosse stata violentemente sconvolta. Il rilevamento locale fu preso con esattezza e il *Moravian* riprese la rotta senza apparenti avarie. Aveva urtato contro una roccia sottomarina, o contro qualche enorme relitto di naufragio? Non si poté stabilirlo; ma, esaminata in bacino di raddobbo la sua carena, si constatò che una parte della chiglia era rimasta fracassata.

Questo fatto, per se stesso estremamente grave, sarebbe stato probabilmente dimenticato come tanti altri se, tre settimane dopo, non si fosse ripetuto in condizioni identiche. Soltanto, a causa della nazionalità della nave vittima di questa nuova collisione, e a causa della reputazione della Compagnia armatrice, l'avvenimento ebbe un'eco immensa.

Nessuno ignora il nome del celebre armatore inglese Cunard. Questo intelligente industriale fondò, nel 1840, un servizio postale tra Liverpool e Halifax con tre navi di legno e a ruote, della forza di quattrocento cavalli e d'una stazza di millecentosessantadue tonnellate. Otto anni dopo il naviglio della Compagnia si accresceva di quattro bastimenti di seicentocinquanta cavalli e di milleottocentoventi tonnellate, e due anni più tardi di due altri bastimenti superiori per potenza e tonnellaggio. Nel 1853 la Compagnia Cunard, il cui privilegio per il trasporto dei dispacci era stato rinnovato, aggiunse alla propria flotta l'*Arabia*, il *Persia*, il *China*, lo *Scotia*, il *Giava*, il *Russia*, tutte navi di prima qualità, le più grandi che dopo il *Great Eastern* avessero mai solcato i mari. Così dunque nel 1867 la Compagnia possedeva dodici bastimenti, dei quali otto a ruote e quattro a elica.

Se do molto succintamente questi dettagli, è perché ciascuno sappia l'importanza di questa Compagnia di trasporti marittimi, conosciuta dal mondo intero per la sua intelligente gestione. Nessuna impresa di navigazione transoceanica è stata mai condotta con tanta abilità, nessun affare è mai stato coronato da tanto successo. In ventisei anni i bastimenti *Cunard* hanno traversato duemila volte l'Atlantico, e mai una traversata è stata saltata, mai si è verificato un ritardo, mai una lettera, un uomo, una nave sono andati perduti. E così i viaggiatori scelgono ancora, malgrado la potente concorrenza francese, la Linea *Cunard* preferendola a qualunque altra, come appare da una statistica tratta dai documenti ufficiali degli ultimi anni. Detto ciò, nessuno si stupirà del clamore che suscitò l'incidente occorso a uno dei suoi *steamers* più belli.

Il 13 aprile 1867, con mare buono e vento favorevole, lo *Scotia* si trovava a 15° 12' di longitudine e 45° 37' di latitudine. Navigava a una velocità di tredici nodi e quarantatré centesimi sotto la spinta dei suoi mille cavalli-vapore. In quella traversata pescava sei metri e settanta centimetri; la sua stazza era di seimilaseicentoventiquattro metri cubi.

Alle quattro e diciassette del pomeriggio durante il pasto

dei passeggeri riuniti nel grande salone, un urto, tutto sommato poco sensibile, si avvertì nella carena dello *Scotia*, a poppavia della ruota di sinistra.

Lo *Scotia* non aveva urtato, era stato urtato, e da qualcosa piuttosto tagliente o perforante che contundente. La collisione era sembrata tanto leggera che nessuno a bordo avrebbe pensato ad inquietarsene, senza il grido degli uomini di stiva che salivano in coperta urlando:

« Affondiamo! affondiamo! ».

I passeggeri apparvero dapprima assai spaventati; ma il capitano Anderson si affrettò a rassicurarli. Infatti il pericolo non poteva essere imminente: lo *Scotia*, diviso in sette compartimenti stagni, doveva poter sfidare impunemente una via d'acqua.

Il capitano Anderson scese immediatamente nella stiva. Constatò che il quinto compartimento era stato invaso dall'acqua, e la rapidità dell'invasione provava che la falla era considerevole. Fortunatamente quel compartimento non era quello delle caldaie; altrimenti, i fornelli si sarebbero immediatamente spenti.

Il capitano Anderson fece mettere immediatamente in panna, e un marinaio si tuffò per una ricognizione dell'avaria. Pochi momenti dopo si constatava l'apertura di una falla larga due metri nella carena del piroscafo. Una via d'acqua di tal dimensione non poteva essere turata, e lo *Scotia*, con le sue ruote mezzo sommerse, dovette continuare così la sua rotta. A quell'ora si trovava a trecento miglia dal Capo Clear, e dopo un ritardo di tre giorni che inquietò molto Liverpool entrò nei bacini della Compagnia.

Gli ingegneri procedettero allora alla visita dello *Scotia*, che fu messo in bacino asciutto. Non poterono credere ai propri occhi: due metri e mezzo al di sotto della linea di galleggiamento si apriva uno squarcio regolare, della forma d'un triangolo isoscele. La ferita della lamiera era d'una nettezza perfetta, non meno che se fosse stata inferta con la cesoia. Lo strumento perforante che l'aveva prodotta doveva essere di tempra poco comune – e dopo essere stato lanciato con una forza prodigiosa, in modo da forare una lamiera di quattro centimetri, aveva dovuto ritirarsi autonomamente con un moto retrocedente e davvero inesplicabile.

Tale l'ultimo episodio, che determinò un nuovo appassio-

Gli ingegneri procedettero allora alla visita dello *Scotia.*

namento dell'opinione pubblica. Da quel giorno, i sinistri marittimi cui non si poteva attribuire una causa determinata furono messi in conto del mostro. A quel fantastico animale, fu imputata la responsabilità di tutti i naufragi misteriosi il cui numero è purtroppo considerevole: su tremila navi la cui perdita è registrata annualmente dal *Bureau Veritas*, il numero di quelle a vela o a vapore date per perdute corpo e beni per mancanza di notizie non è minore di duecento!

Ora, della loro scomparsa fu il "mostro" ad essere giustamente o ingiustamente accusato; e, poiché per sua colpa le comunicazioni tra i vari continenti diventavano sempre più pericolose, il pubblico prese posizione e chiese categoricamente che i mari fossero a qualsiasi costo sbarazzati di quel formidabile cetaceo.

II
IL PRO E IL CONTRO

All'epoca in cui si produssero questi avvenimenti, ritornavo da un'esplorazione scientifica nelle "cattive terre" del Nebraska, Stati Uniti. Nella mia qualità di professore supplente al Museo di Storia Naturale di Parigi il governo francese mi aveva fatto prendere parte a quella spedizione. Dopo sei mesi passati nel Nebraska, carico di collezioni preziose, arrivai a New York verso la fine di marzo. La mia partenza per la Francia era fissata per i primi di maggio. Nell'attesa, stavo dedicandomi a classificare le mie ricchezze mineralogiche, botaniche e zoologiche, quando avvenne l'incidente dello *Scotia*.

Ero perfettamente al corrente della questione all'ordine del giorno, e come avrei potuto non esserlo? Avevo letto e riletto tutti i giornali americani ed europei, senza avvantaggiarmene molto. Quel mistero mi attraeva. Nell'impossibilità di farmene un'opinione, passavo da un estremo all'altro. Che qualche cosa vi fosse, non poteva essere messo in dubbio, e gli increduli erano invitati a mettere il dito sulla piaga dello *Scotia*.

Al mio arrivo a New York l'interesse per la questione si

era fatto incandescente. L'ipotesi dell'isolotto galleggiante, dello scoglio inafferrabile, sostenuta da cervelli privi di competenza, era assolutamente abbandonata. E effettivamente, a meno di avere una macchina nel ventre, come poteva mai quello scoglio spostarsi con una rapidità così prodigiosa?

Parimenti si era esclusa l'esistenza di uno scafo alla deriva, di un relitto enorme, e sempre a causa della rapidità dei suoi spostamenti.

Restavano allora due soluzioni possibili della questione, per ciascuna delle quali militava un *clan* ben distinto di partigiani: da un lato, quelli che opinavano per un mostro di forza colossale; dall'altro, quelli che ipotizzavano un battello "sottomarino", di un'estrema potenza motrice.

Ora, quest'ultima ipotesi, dopo tutto anch'essa ammissibile, non poté resistere alle inchieste che furono organizzate nei due mondi. Che un signor Tal dei Tali potesse avere a propria disposizione un simile mezzo meccanico, sembrava poco probabile: dove e quando lo avrebbe fatto costruire? e come avrebbe potuto mantenere nel segreto questa costruzione?

Soltanto un governo avrebbe potuto possedere una simile macchina di distruzione, ed in questi tempi disastrosi in cui l'uomo impiega il suo ingegno nel moltiplicare la potenza delle armi da guerra, era possibile che uno Stato cercasse all'insaputa degli altri di esperimentare quel formidabile strumento. Dopo i fucili a retrocarica, le torpedini; dopo le torpedini, gli arieti sottomarini; poi – la reazione. Perlomeno, lo spero.

Ma l'ipotesi di una macchina da guerra cadde anch'essa davanti alle dichiarazioni dei governi. E poiché si trattava di una questione d'interesse generale, dato che ne soffrivano le comunicazioni transoceaniche, la sincerità dei governi non poteva esser messa in dubbio. D'altra parte, come ammettere che la costruzione di quella nave sottomarina avesse potuto rimanere nascosta agli occhi del pubblico? Mantenere il segreto in circostanze simili è già difficilissimo per un privato, ed è certamente impossibile per uno Stato, di cui tutti gli atti sono ostinatamente sorvegliati dalle potenze rivali.

Quindi, dopo inchieste fatte in Inghilterra, in Francia, in Russia, in Prussia, in Italia, in America, e persino in Turchia, l'ipotesi di un monitore sottomarino fu definitivamente scartata.

Così ritornò a galla il "mostro", a dispetto delle incessanti facezie con le quali lo punzecchiava la stampa minore; e su questa via le immaginazioni si lasciarono andare alle più assurde elucubrazioni di un'ittiologia fantastica.

Al mio arrivo a New York, parecchi mi avevano fatto l'onore di consultarmi sul fenomeno. Avevo pubblicato in Francia un'opera in-quarto, in due volumi intitolata *I misteri dei grandi fondali sottomarini.* Questo libro, particolarmente piaciuto agli scienziati, faceva di me uno specialista in questa parte piuttosto oscura della storia naturale. Mi fu richiesta la mia opinione. Fintanto che mi fu possibile non riconoscere la realtà del fatto, mi chiusi in un'assoluta negativa. Ma presto, messo con le spalle al muro, dovetti prender categoricamente posizione. Ed anche "l'onorevole Pierre Aronnax, professore al Museo di Parigi" si trovò costretto dal "New York Herald" a formulare un'opinione qualsiasi.

Mi sottomisi. Non potendo continuare a tacere, parlai. Discussi la questione sotto tutti i suoi aspetti, politici e scientifici, e qui do un estratto dell'articolo nutritissimo che pubblicai nel numero del 30 aprile.

Così insomma [dicevo] dopo avere esaminato una ad una tutte le ipotesi possibili, e avendo dovuto rifiutare ogni altra supposizione, è giocoforza ammettere l'esistenza di un animale marino di straordinaria potenza.

Le grandi profondità dell'Oceano ci sono del tutto sconosciute. Lo scandaglio non ha potuto raggiungerle. Che cosa avviene in quei remoti abissi? Quali esseri vivono e possono vivere a dodici o quindici miglia sotto la superficie delle acque? Come sono gli organismi di quegli animali? Si possono appena arrischiare delle congetture.

Eppure, la soluzione del problema che si sottopone al mio studio può assumere la forma di un dilemma.

O noi conosciamo tutte le specie di esseri che popolano il nostro pianeta, o non le conosciamo.

Se non le conosciamo tutte, se la natura per noi oppone ancora dei segreti all'ittiologia, non v'è nulla di più ammissibile dell'esistenza di pesci o cetacei, di specie e anche di generi nuovi per noi, di un'organizzazione biologica essenzialmente abissale, che abitano gli strati acquei inaccessibili allo scandaglio, e che un qualsiasi avvenimento, una fantasia, se si vuole, un capriccio, riporta a lunghi intervalli verso il livello superiore dell'Oceano.

Se invece conosciamo tutte le specie viventi, bisogna necessariamente che cerchiamo l'animale in questione tra gli esseri marini già catalogati; e in tal caso sarei disposto ad ammettere l'esistenza di un *Narvalo gigante*.

Il narvalo volgare o liocorno di mare raggiunge spesso una lunghezza di sessanta piedi. Quintuplicate, decuplicate magari questa dimensione, date a questo cetaceo una forza proporzionata alle sue misure, accrescete quella della sua arma offensiva, e otterrete l'animale che cercate. Esso avrà le proporzioni stabilite dagli ufficiali dello *Shannon*, lo strumento adatto per la perforazione dello *Scotia* e la potenza necessaria per sfondare la carena di un piroscafo.

Infatti il narvalo è armato di una specie di spada d'avorio, di un'alabarda secondo l'espressione usata da certi naturalisti. È un dente principale che ha la durezza dell'acciaio. Qualcuno di questi denti è stato trovato conficcato nel ventre di balene che il narvalo attacca sempre con successo. Altri hanno dovuto essere strappati, non senza fatica, da carene di navi che essi avevano passato da parte a parte, come una punta di trapano fora una botte. Il Museo della facoltà di Medicina di Parigi possiede una di queste zanne lunga due metri e venticinque centimetri e larga quarantotto centimetri alla base.

Ebbene, immaginate quest'arma dieci volte più forte, e l'animale dieci volte più potente; lanciatelo a una velocità di venti miglia all'ora, moltiplicate la sua massa per la sua velocità, ed ecco che ottenete un urto capace di produrre la catastrofe che temete.

Dunque, fino a più ampie informazioni, io opterei per un liocorno di mare, di dimensioni colossali, armato non di un'alabarda ma di un vero sperone simile a quello di una fregata corazzata o di un *ram* da guerra, di cui avrebbe al tempo stesso la massa e la potenza motrice.

Così si spiegherebbe questo fenomeno inspiegabile – a meno che non vi sia sotto assolutamente nulla, nonostante tutto ciò che si è intravisto, visto, sentito e risentito: cosa ancora possibile!

Queste ultime parole erano da parte mia una viltà; ma volevo fino a un certo punto mettere al sicuro la mia dignità di professore e non offrir troppo il fianco alle risate degli Americani, che quando ridono ridono bene. Mi riservavo una scappatoia. In fondo, io ammettevo l'esistenza del "mostro".

Il mio articolo venne discusso con calore, trovando così una vasta eco. Un certo numero di partigiani sposò la sua tesi. Del resto la soluzione che proponeva lasciava ogni libertà all'immaginazione. Lo spirito umano si compiace in queste grandiose concezioni di esseri soprannaturali. Ora, per questi, il mare è il miglior ambiente, il solo *habitat* dove questi giganti – a petto dei quali gli animali terrestri, elefanti o rinoceronti, sono appena dei nani – possano riprodursi e svilupparsi. Le masse liquide trasportano le più grandi specie conosciute di mammiferi, e forse nascondono anche dei molluschi di dimensioni senza pari, dei crostacei spaventevoli a vedersi, come aragoste di cento metri e granchi di duecento tonnellate! Perché no? Un tempo, gli animali terrestri delle epoche geologiche, i quadrupedi, i quadrumani, i rettili, gli uccelli, erano fabbricati su modelli giganteschi.

Il Creatore li aveva fusi in uno stampo colossale che il tempo ha piano piano ridotto. Perché il mare, nelle sue ignorate profondità, non potrebbe aver conservato quegli smisurati campioni della vita di un'altra età, lui che non cambia mai, mentre il nucleo terrestre muta quasi incessantemente? Perché non nasconderebbe nel suo seno le ultime varietà di quelle specie titaniche, per le quali sono i secoli gli anni, e i millenni i secoli?

Ma mi sto lasciando trascinare a delle fantasticherie che non ho più il diritto di perseguire! Basta con queste chimere che il tempo ha cambiate per me in terribili realtà. Ripeto: un'opinione si formò allora sulla natura del fenomeno, e il pubblico ammise senza contestazioni l'esistenza di un essere prodigioso che non aveva niente in comune coi favolosi serpenti di mare.

Ma se per gli uni tutto ciò non significò che un problema puramente scientifico da risolvere, per gli altri, più positivi, specialmente in America e in Inghilterra, si trattò innanzitutto di liberare l'Oceano da quel temibile mostro per tornare a render sicure le comunicazioni transoceaniche. La stampa industriale e quella commerciale affrontarono la questione soprattutto da questo punto di vista. La "Shipping and merchantile Gazette", il "Lloyd", il "Paquebot", la "Revue maritime et coloniale", tutti i periodici al servizio delle Compagnie d'assicurazioni, che minacciavano di aumentare il prezzo dei loro premi, furono unanimi su questo punto.

Essendosi l'opinione pubblica pronunciata in proposito, gli Stati dell'Unione assunsero la prima iniziativa. I preparativi di una spedizione destinata a dare la caccia al narvalo furono fatti a New York. Una fregata veloce, l'*Abraham Lincoln*, fu messa in grado di prendere il mare al più pre

La fregata *Abraham Lincoln*

sto. Gli arsenali furono aperti al comandante Farragut, che diede il massimo impulso all'armamento della sua nave.

Dal preciso momento (come succede sempre) in cui fu decisa la caccia al mostro, questi non si mostrò più. Per due mesi nessuno ne sentì più parlare. Nessuna nave lo incontrò. Sembrava che quel liocorno fosse al corrente dei complotti che si tramavano contro di lui. Se n'era tanto parlato, e anche attraverso il cavo transatlantico! Così, i begli spiriti sostenevano che quel volpone aveva intercettato qualche telegramma e adesso ne traeva profitto.

Talché, quella fregata armata per una crociera lontana e dotata di formidabili attrezzature da pesca, ora non si sapeva più verso dove dirigerla. E l'impazienza saliva, quando il 2 luglio si seppe che un piroscafo della linea San Francisco di California-Shanghai aveva rivisto la bestia, tre settimane prima, nei mari settentrionali del Pacifico.

L'emozione provocata da questa notizia fu grandissima. Non furono accordate al comandante Farragut neppure ventiquattr'ore di respiro. I suoi viveri erano a bordo. Le sue stive rigurgitavano di carbone. Non un uomo mancava dal ruolino dell'equipaggio. Doveva soltanto accendere le caldaie e salpare: non gli sarebbe stata perdonata neppure una mezza giornata di ritardo! Del resto, il comandante Farragut non desiderava che partire.

Tre ore prima che l'*Abraham Lincoln* lasciasse la banchina di Brooklyn, io ricevetti questa lettera:

Signor Aronnax, professore al Museo di Parigi
Fifth Avenue Hôtel
New York

Signore,
Se volete unirvi alla spedizione dell'*Abraham Lincoln*, il governo degli Stati Uniti gradirà assai che la Francia sia rappresentata in questa impresa da voi. Il comandante Farragut tiene una cabina a vostra disposizione.

Cordialmente vostro *J.B. Hobson*
Segretario della Marina

III
« COME PIACERÀ AL SIGNORE »

Tre secondi prima dell'arrivo della lettera di J.B. Hobson, pensavo a inseguire il Liocorno quanto a tentare il famoso Passaggio di Nord-Ovest. Tre secondi dopo aver letto la lettera dell'onorevole segretario della Marina, avevo capito, finalmente, che la mia vera vocazione ossia il reale scopo della mia vita era dar la caccia a questo mostro inquietante, e liberarne il mondo.

Eppure, ero di ritorno da un faticoso viaggio: stanco, avido di riposo. Non sognavo che di rivedere il mio paese e gli amici, il mio piccolo appartamento al Jardin des Plantes, le mie care e preziose collezioni! Ma nulla poté trattenermi. Dimenticai tutto, fatiche, amici, collezioni; accettai, senza esitare, l'offerta del governo americano.

"Del resto" pensavo "tutte le strade riconducono in Europa; e il Liocorno sarà così gentile da trascinarmi verso le coste della Francia. Quel degno animale si lascierà cogliere nei mari europei – per il mio piacere personale – e non voglio portare al Museo di Storia naturale meno di mezzo metro della sua alabarda."

Ma intanto mi toccava cercare quel narvalo nel nord dell'Oceano Pacifico: cosa che, nei riguardi del ritorno in Francia, equivaleva a prender la via degli antipodi.

« Conseil! » gridai con voce impaziente.

Conseil era il mio domestico. Un giovane devoto che mi accompagnava in tutti i miei viaggi; un bravo fiammingo cui volevo bene e che me ne voleva altrettanto a sua volta; un essere flemmatico per natura, metodico per principio, zelante per abitudine, non facile a stupirsi delle sorprese della vita; abilissimo di mano, adattabile a tutti i servizi e, a dispetto del suo nome, alieno dal dar consigli – perfino quando non gli venivano richiesti.

A forza di avvicinare gli scienziati del nostro piccolo mondo del Jardin des Plantes, Conseil aveva finito con l'acquisire parecchie cognizioni scientifiche. In lui, avevo uno specialista ferratissimo quanto a classificazioni di scienze naturali, capace di percorrere con un'agilità da acrobata tutta la gamma dei rami, dei gruppi, delle classi, delle sottoclassi, degli ordini, delle famiglie, dei generi, dei sottogeneri, delle specie e delle varietà. Ma là si fermava la sua scienza. Classificare era il suo vivere, e non ne sapeva di più. Versatissimo nella teoria della classificazione, quasi digiuno della pratica, credo che non avrebbe saputo distinguere un capodoglio da una balena. Eppure, che bravo e degno ragazzo!

Fin allora e ormai da dieci anni Conseil mi aveva seguito dovunque la scienza mi avesse trascinato. Da lui, mai un'osservazione sulla lunghezza o la faticosità d'un viaggio. Mai un'obbiezione al dover preparar le valige per qualsiasi paese, Cina o Congo, per lontano che fosse. Andava qui come là, senza chieder nulla. Inoltre aveva una salute che sfidava tutte le malattie; muscoli solidi, ma niente nervi, niente apparenza di nervi – nel senso morale, beninteso.

Questo giovane aveva trent'anni e la sua età stava a quella del suo padrone come quindici sta a venti. Chiedo scusa di far sapere, così, che avevo quarant'anni.

Ma Conseil aveva un difetto: formalista arrabbiato non mi parlava mai se non in terza persona, fino a riuscir irritante.

« Conseil! » ripetei cominciando febbrilmente a fare i miei preparativi di partenza.

Certo mi dava sicurezza un giovanotto tanto devoto. Di solito, non domandava mai se gli conveniva o no seguirmi in un viaggio; ma, questa volta, si trattava d'una spedizione che poteva durare Dio sa quanto, di un'impresa rischiosa, alla caccia di un animale capace di affondar una fregata come si spinge sott'acqua un guscio di noce! Vi era da riflettere, anche per il più impassibile uomo del mondo. Che ne avrebbe detto Conseil?

« Conseil! » chiamai per la terza volta.

Conseil apparve.

« Il signore mi desidera? » disse entrando.

« Sì, ragazzo mio. Preparami, e preparati: fra due ore partiamo. »

« Come piacerà al signore » rispose tranquillamente Conseil.

« Non abbiamo un minuto da perdere. Metti nel mio baule tutti i miei strumenti da viaggio, e dei vestiti, delle camicie, dei calzini, senza contarli, quanti più puoi, e sbrigati! »

« E le collezioni del signore? » fece osservare Conseil.

« Ce ne occuperemo più in là. »

« Come piacerà al signore. »

« Come!... Gli archioterium, gli hiracotherium, gli oreodon, i cheropotamus e tutte le altre carcasse del signore? »

« Ce le terranno qui all'albergo. »

« E il babirussa vivo del signore? »

« Penseranno a nutrirlo durante la nostra assenza. Del resto, darò ordine di spedirci tutto il nostro serraglio in Francia. »

« Allora, noi non torniamo a Parigi? » domandò Conseil.

« Sì, certo..., » risposi evasivamente « ma facendo una deviazione. »

« La deviazione che piacerà al signore. »

« Oh, sarà roba da poco! Una via un po' meno diretta, ecco tutto: ci imbarchiamo sull'*Abraham Lincoln.* »

« Come al signore converrà meglio » ribadì pacificamente Conseil.

« Sai, amico mio, si tratta del mostro... del famoso narvalo... Andiamo a liberarne i mari!... L'autore di un'opera in-quarto in due volumi sui *Misteri dei grandi fondali sottomarini* non può esimersi dall'imbarcarsi col comandante Farragut. Missione gloriosa... ma anche pericolosa. Non si sa dove si va. Queste bestie possono essere molto capricciose! Ma noi andremo comunque! Abbiamo un comandante che ha fegato da vendere! »

« Quel che farà il signore, farò io. »

« Ma rifletti bene! Perché io non voglio nasconderti nulla. È uno di quei viaggi da cui non sempre si ritorna. »

« Come piacerà al signore. »

Un quarto d'ora dopo, il nostro bagaglio era pronto. Conseil aveva sbrigato tutto in un lampo, e io ero sicuro che non mancasse nulla perché il giovanotto classificava le camicie e i vestiti tanto bene quanto gli uccelli o i mammiferi.

L'ascensore dell'albergo ci portò al grande vestibolo del mezzanino. Feci i pochi scalini che scendevano al pianterreno. Pagai il mio conto a quel vasto bancone, sempre assediato da una considerevole folla. Diedi ordine di spedire a Parigi i miei pacchi di animali impagliati e di piante essiccate. Feci aprire un credito sufficiente per il mantenimento del babirussa e, seguito da Conseil, presi una carrozza.

Il veicolo a venti franchi per corsa discese Broadway fino a Union Square, seguì Fourth Avenue fino alla congiunzione con Bowery Street, e svoltato in Katrin Street si fermò alla trentaquattresima banchina. Di là il *Katrin Ferryboat* ci trasportò – uomini, cavalli e carrozza – a Brooklyn, la grande frazione di New York sulla riva sinistra dell'East River; arrivammo in qualche minuto alla banchina, presso la quale l'*Abraham Lincoln* vomitava dai suoi due fumaioli torrenti di fumo nero.

Il nostro bagaglio fu subito trasbordato sul ponte della fregata. Mi precipitai a bordo e chiesi del comandante Farragut. Un marinaio mi guidò sul casseretto, dove mi trovai alla presenza di un ufficiale dalla faccia simpatica, che mi tese la mano.

« Il signor Pierre Aronnax? » mi domandò.

« In persona » risposi. « Il comandante Farragut? »

« Esattamente. Siate il benvenuto, signor professore. La vostra cabina vi aspetta. »

Salutai, e lasciato il comandante ai suoi compiti mi feci accompagnare alla cabina.

L'*Abraham Lincoln* era stato opportunamente scelto e attrezzato per la sua eccezionale missione. Era una nave veloce, munita di apparecchiature surriscaldanti che permettevano di portare fino a sette atmosfere la pressione del vapore. Sotto una tale pressione, l'*Abraham Lincoln* raggiungeva una velocità media di diciotto miglia e tre decimi all'ora: velocità considerevole, però sempre insufficiente per la lotta contro il gigantesco cetaceo.

La sistemazione interna della nave era all'altezza delle sue qualità nautiche. Rimasi molto soddisfatto della mia cabina che, situata nella parte poppiera, dava sul quadrato ufficiali.

« Ci troveremo bene qui » dissi a Conseil.

« Tanto bene (se il signore me lo permette) quanto un bernardo-l'eremita nella conchiglia di una buccina. »

Lasciai Coseil sistemar convenientemente il nostro bagaglio, e risalii in coperta per assistere ai preparativi della partenza.

Il comandante Farragut stava facendo mollare le ultime cime che ormeggiavano l'*Abraham Lincoln* alla banchina di Brooklyn. Così, dunque, un quarto d'ora e anche meno di ritardo, e la fregata sarebbe partita senza di me; e io avrei fallito l'occasione di partecipare a quella spedizione straordinaria, sovrannaturale, inverosimile, il cui racconto veridico potrà pur sempre trovare degli increduli.

Ma il comandante Farragut non voleva perdere né un giorno né un'ora per portarsi sui mari nei quali l'animale era stato ultimamente segnalato. Fece chiamar l'ufficiale macchinista.

« Siamo sotto pressione? » gli domandò.

« Sì signore » fu la risposta.

« Go ahead! »[1] gridò il comandante.

Ricevuto quest'ordine trasmesso alla sala macchine per mezzo di apparecchi ad aria compressa, i macchinisti fecero agire la ruota della messa in marcia. Il vapore fischiò precipitandosi nei tubi dischiusi. I lunghi pistoni orizzontali gemettero, e spinsero le bielle dell'albero. Le pale dell'elica batterono i flutti con crescente rapidità; l'*Abraham Lincoln* avanzò maestosamente fra un centinaio di ferry-boats e di *tenders*[2] che gli facevano corteo.

Le banchine di Brooklyn e tutta quella parte di New York che copre le sponde dell'East River erano brulicanti di curiosi. Tre hurrah scaturiti da mezzo milione di petti esplosero in successione. Migliaia di fazzoletti si agitarono sulla massa compatta: salutarono l'*Abraham Lincoln* fino al suo ingresso nelle acque dello Hudson, alla punta di quella penisola oblunga che forma la città di New York.

Allora la nave, seguendo dalla parte di New Jersey l'ammirevole riva destra del fiume tempestata di ville, passò tra i forti che la onorarono con le salve dei loro più grossi cannoni. L'*Abraham Lincoln* rispose ammainando e issando tre volte la bandiera americana, le cui trentanove stelle splendevano al picco di mezzana; poi, correggendo la rotta per infilare il canale segnalato da boe che si incurva nella baja interna formata dalla punta di Sandy Hook, sfiorò quella lingua sabbiosa sulla quale alcune migliaia di spettatori l'acclamarono ancora una volta.

Il corteo dei *ferry-boats* e dei *tenders* seguiva sempre la fregata, e non la lasciò se non all'altezza del faro galleggiante le cui due luci indicano l'imbocco dei canali navigabili di New York.

Suonavano, in quel momento, le tre. Il pilota scese nel

[1] « Avanti dritta! »

[2] Piccoli battelli a vapore, adibiti al servizio portuale dei grandi piroscafi (*Nota di Verne*)

Il corteo seguiva sempre la fregata.

suo canotto e raggiunse la piccola goletta che lo aspettava sottovento. La pressione del vapore fu aumentata; l'elica batté l'acqua più rapidamente; la nave costeggiò la riva gialla e bassa di Long Island e, alle otto di sera, dopo aver perduto di vista a nord-ovest le luci del faro di Fire Island corse a tutto vapore sulle buie acque dell'Atlantico.

IV
NED LAND

Il comandante Farragut era un buon marinaio, degno della nave che comandava. Formavano una cosa sola; lui ne era l'anima. Sulla questione del cetaceo nessun dubbio si affacciava alla sua mente, ed egli non permetteva a nessuno di metterne in discussione l'esistenza a bordo della sua nave. Vi credeva come certe buone donne credono al Leviatano – per fede, non per ragionamento. Il mostro esisteva, lui avrebbe liberato il mare della sua presenza: lo aveva giurato. Era una specie di cavaliere di Rodi, di Dieudonné de Gozon in marcia verso il serpente che desolava la sua isola. O il comandante Farragut avrebbe ucciso il narvalo, o il narvalo avrebbe ucciso il comandante Farragut: nessun compromesso.

Gli ufficiali di bordo condividevano l'opinione del loro capo. Bisognava sentirli parlare, discutere, disputare, calcolare le probabilità di un incontro, e vederli scrutare la vasta distesa dell'Oceano. Più d'uno di essi si imponeva un volontario quarto di guardia sulle crocette di velaccio, che in tutt'altre circostanze avrebbe maledetto come una dannata *corvée*. Quando il sole percorreva il suo arco diurno, l'alberatura era popolata di marinai cui l'assito del ponte bruciava i piedi, e che non potevano restarvi tranquilli. Eppure l'*Abraham Lincoln* non tagliava ancora con la sua prua le acque sospette del Pacifico.

Quanto all'equipaggio, esso non chiedeva che di incontrare il liocorno, arpionarlo, issarlo a bordo, tagliarlo a pezzi. E sorvegliava il mare con scrupolosa attenzione. Non per nulla del resto il comandante Farragut parlava di una certa somma di duemila dollari riservata a chiunque, mozzo o marinaio, sottufficiale o ufficiale, avesse avvistato per primo l'animale. Lascio immaginare quanto si prodigassero gli sguardi, a bordo dell'*Abraham Lincoln*.

Per mio conto non ero da meno di nessuno, e non abbandonavo a nessuno la mia parte d'osservazione quotidiana. La fregata avrebbe avuto mille e una ragioni per chiamarsi l'*Argus*. Solo fra tutti, Conseil aveva l'aria di protestare, con la sua indifferenza per la questione che ci appassionava tutti; era una nota stonata nell'entusiasmo generale.

Ho già detto che il comandante Farragut aveva accuratamente provvisto la sua nave di apparecchi idonei alla pesca del gigantesco cetaceo. Una baleniera non avrebbe potuto essere meglio armata. Eravamo in possesso di tutti i mezzi conosciuti, dall'arpione che viene scagliato a mano fino alle frecce spinate delle spingarde e alle pallottole esplosive delle carabine. Sul castello di prua si allungava un cannone di tipo perfezionato, a retrocarica, dalla canna spessissima e l'anima assai stretta, il cui modello deve figurare all'Esposizione universale del 1867. Quel prezioso congegno, di produzione americana, poteva spedire senza fatica un proiettile cilindroconico di quattro chilogrammi a una distanza media di sedici chilometri.

Insomma, l'*Abraham Lincoln* non mancava di alcun mezzo di distruzione. Ma aveva a bordo ancora di meglio: aveva Ned Land, il re dei fiocinieri.

Ned Land era un canadese di mano eccezionalmente abile, e non aveva rivali nel suo pericoloso mestiere. Abilità e sangue freddo, audacia e astuzia, queste qualità egli le possedeva in modo superiore, e bisognava essere una balena ben furba o un capodoglio singolarmente astuto per sfuggire al colpo del suo arpione.

Ned Land aveva circa quarant'anni. Era un uomo di alta statura (più di sei piedi inglesi), vigorosamente costruito, l'aria grave, poco comunicativo, e talvolta violento e irascibilissimo quando incontrava qualche opposizione. La sua figura richiamava l'attenzione, e ancor di più la potenza del suo sguardo, che accentuava singolarmente la sua fisionomia.

Credo che il comandante Farragut avesse fatto molto bene ad arruolare quell'uomo. Egli valeva da solo tutto l'equipaggio, come occhio e come braccio. Non potrei far meglio che paragonarlo a un potente telescopio che sia nello stesso tempo un cannone pronto a far fuoco.

Ned Land aveva circa quarant'anni

Quando si dice "canadese" si dice "francese"; e, per quanto poco comunicativo fosse Ned Land, devo dire che fu preso da un certo affetto per me. La mia nazionalità senza dubbio lo attirava. Era per lui un'occasione di parlare, e per me di sentire, quella vecchia lingua di Rabelais che è viva ancora in certe province canadesi. La famiglia del fiociniere era oriunda di Quebec, ed aveva formato una tribù di arditi pescatori già nell'epoca in cui quella città apparteneva ancora alla Francia.

A poco a poco, Ned prese gusto a chiacchierare, e io mi dilettavo ascoltanto i racconti delle sue avventure nei mari polari. Narrava cacce e combattimenti con una grande e naturale poesia. La narrazione prendeva forme epiche, e mi sembrava di ascoltare un Omero canadese che cantasse l'*Iliade* delle regioni iperboreali.

Dipingo ora quell'ardito compagno, tal quale attualmente lo conosco: perché siamo diventati due vecchi amici, uniti da quell'inalterabile amicizia che nasce e si cementa nelle congiunture più spaventevoli. Ah! valoroso Ned! Chiedo soltanto di vivere ancora cento anni per poter ricordarmi più a lungo di te!

E adesso: qual era l'opinione di Ned sulla questione del mostro marino? Debbo confessare che assolutamente non credeva al liocorno, e che era il solo a bordo a non condividere la convinzione generale. E perfino evitava di trattare l'argomento, sul quale ritenni una buona volta necessario intrattenermi con lui.

In una magnifica serata, il 30 luglio, cioè tre settimane dopo la nostra partenza, la fregata si trovava all'altezza di Capo Bianco: trenta miglia sottovento alle coste patagone. Avevamo oltrepassato il tropico e lo Stretto di Magellano si apriva a meno di settecento miglia a sud. Prima di otto giorni l'*Abraham Lincoln* avrebbe solcato i flutti del Pacifico.

Seduti sul casseretto Ned Land ed io parlavamo del più e del meno, guardando quel misterioso mare le cui profondità sono rimaste sinora inaccessibili allo sguardo dell'uomo. Io portai con naturalezza la conversazione sul liocorno gigante, ed esaminai le varie possibilità di successo o di insuccesso della nostra spedizione. Poi, accorgendomi che Ned mi lasciava parlare un po' troppo da solo, lo incalzai più apertamente.

« Ma come, Ned, » gli domandai « ma come potete non essere convinto dell'esistenza del cetaceo cui stiamo dando la caccia? Avete delle ragioni per mostrarvi tanto incredulo? »

Il fiociniere mi guardò per qualche momento prima di rispondere, si batté la mano sulla larga fronte con un gesto che gli era abituale, chiuse gli occhi come per raccogliersi in sé. Disse finalmente:

« Può essere proprio così, signor Aronnax ».

« Eppure, Ned, voi baleniere di professione, voi che siete in familiarità coi grandi mammiferi marini e la cui immaginazione dovrebbe facilmente accettare l'ipotesi dell'esistenza di cetacei enormi, proprio voi nutrite dubbi in circostanze simili? »

« Qualcosa vi inganna signor professore » rispose Ned. « Che l'ignorante creda a straordinarie comete che attraversano lo spazio, o all'esistenza di mostri antidiluviani che popolano l'interno del globo, sia pure; ma né l'astronomo né il geologo ammettono tali chimere. E così il baleniere. Ho cacciato molti cetacei, ne ho arpionato un gran numero, ne ho uccisi parecchi; ma per quanto potenti e bene armati fossero, né le loro code né i loro denti avrebbero potuto intaccare le piastre di lamiera d'un piroscafo. »

« Eppure, Ned, vengono citati dei bastimenti che il dente del narvalo ha passati da parte a parte. »

« Dei bastimenti di legno, è una cosa possibile, » rispose il canadese « e per giunta io non li ho mai visti. Così, fino a prova contraria, io nego che balene, capodogli o liocorni possano produrre danni simili. »

« Ascoltatemi, Ned... »

« No, signor professore, no. Tutto quello che volete, ma non questo. Un polipo gigantesco, forse?... »

« Ancora meno, Ned. Il polipo non è che un mollusco, e questo stesso nome indica la poca consistenza delle sue carni. Fosse anche lungo cinquecento piedi, il polipo, che non appartiene alla specie dei vertebrati, è del tutto innocuo per navi come lo *Scotia* o l'*Abraham Lincoln*. Bisogna dunque respingere tra le favole le prodezze dei Kraken e di altri mostri dello stesso genere. »

« Allora, signor naturalista, » replicò Ned Land in tono alquanto malizioso « voi persistete ad ammettere l'esistenza di un enorme cetaceo... »

« Sì, Ned, e ve lo ripeto con una convinzione che si appoggia alla logica dei fatti. Io credo all'esistenza di un mammifero di potente costituzione, appartenente alla specie dei vertebrati come le balene, i capodogli o i delfini, e munito d'una zanna cornea di un'estrema forza di penetrazione. »

« Hum... » fece il fiociniere scuotendo la testa con l'aria d'un uomo che non vuol lasciarsi convincere.

« Osservate, mio degno canadese, » ripresi « che se un simile animale esiste, se esso abita nella profondità dell'Oceano, se frequenta gli strati liquidi situati a qualche miglio sotto la superficie acquea, esso necessariamente possiede un organismo la cui solidità sfida qualsiasi confronto.

« E perché un organismo tanto potente? »

« Perché occorre una forza incalcolabile per mantenersi negli strati profondi e resistere alla loro pressione. »

« Davvero? » disse Ned, che mi guardava strizzando l'occhio.

« Davvero, e poche cifre ve ne convinceranno senza fatica. »

« Oh, le cifre! » ribatté Ned. « Si fa quel che si vuole, con le cifre! »

« Negli affari, Ned, ma non nelle matematiche. Sentitemi bene. Ammettiamo che la pressione di un'atmosfera sia rappresentata dalla pressione d'una colonna d'acqua alta trentadue piedi. In realtà, la colonna d'acqua sarebbe d'altezza minore perché si tratta d'acqua di mare, la cui densità è superiore a quella dell'acqua dolce. Ebbene, quando voi vi tuffate, Ned, tante volte trentadue piedi d'acqua sopra di voi, tante volte il vostro corpo sopporta una pressione eguale a quella dell'atmosfera, cioè di chili su ogni centimetro quadrato della sua superficie. Ne consegue che a trecentoventi piedi questa pressione è di dieci atmosfere, di cento atmosfere a tremiladuecento piedi, e di mille atmosfere a trentaduemila piedi, cioè circa due leghe e mezza. Ciò che equivale a dire che se voi poteste raggiungere questa profondità nell'Oceano, ogni centimetro quadrato della superficie del vostro corpo subirebbe una pressione di mille chilogrammi. E adesso, mio caro Ned, sapete quanti centimetri quadrati conta la vostra superficie? »

« Non ne ho la minima idea, signor Aronnax. »

« Circa diciassettemila. »

« Tanti? »

« E poiché in realtà la pressione atmosferica è un po' superiore al peso di un chilogrammo per centimetro quadrato, i vostri diciassettemila centimetri quadrati in questo momento sopportano una pressione di diciassettemilacinquecentosessantotto chilogrammi. »

« Senza ch'io me ne accorga? »

« Senza che ve ne accorgiate. E se non siete schiacciato da una tale pressione, è perché l'aria penetra all'interno del vostro corpo con una pressione eguale. Donde un perfetto equilibrio tra la spinta interna e quella esterna, che si neutralizzano a vicenda, il che vi permette di sopportarle senza inconvenienti. Ma nell'acqua, le cose sono ben diverse. »

« Sì, capisco: » disse Ned diventato più attento « perché l'acqua mi circonda ma non mi penetra. »

« Precisamente, Ned. Così dunque, a trentadue piedi sotto la superficie marina voi subireste una pressione di diciassettemilacinquecentosessantotto chilogrammi; a trecentoventi piedi, dieci volte quella pressione, vale a dire centosettantacinquemilaseicentoottanta chilogrammi; a tremiladuecento piedi cento volte quella pressione, vale a dire un milione settecentocinquantaseimila ottocento chilogrammi; e finalmente a trentaduemila piedi, mille volte quella pressione, vale a dire diciassette milioni cinquecentosessantottomila chilogrammi; cioè sareste appiattito come se vi si ritirasse da sotto i rulli d'una macchina idraulica. »

« Càspita! » fece Ned.

« Ebbene, mio degno fiociniere, se dei vertebrati lunghi più centinaia di metri e grossi in proporzione si mantengono in vita a simili profondità, loro la cui superficie è rappresentata da milioni di centimetri quadrati, è in miliardi di chilogrammi che bisogna calcolare il peso che sopportano. Calcolate dunque quale dev'essere la resistenza della loro ossatura, e quale la potenza del loro organismo per poter resistere a tali pressioni! »

« Bisogna » rispose Ned Land « che siano costruiti in piastre di lamiera di otto pollici come le fregate corazzate. »

« Proprio come dite, Ned, e pensate allora alle devastazioni che può produrre una simile massa lanciata con la velocità d'un treno espresso contro lo scafo d'una nave. »

« Sì... effettivamente... forse... » rispose il canadese

che scosso da quelle cifre, non voleva tuttavia arrendersi.

« Ebbene, vi ho convinto? »

« Mi avete convinto d'una cosa, signor naturalista: che se esistono in fondo ai mari degli animali simili, debbono necessariamente esser forti come dite voi. »

« Ma se non esistono, cocciuto d'un fiociniere, come spiegate l'incidente dello *Scotia*? »

« È che forse... » disse Ned esitante.

« Continuate! »

« Che forse... la cosa non è vera! » rispose il canadese, ripetendo senza saperlo una celebre risposta di Arago.

Ma tal genere di risposta provava l'ostinazione del fiociniere e nient'altro. Quel giorno, non insistetti oltre. L'incidente dello *Scotia* non si poteva negare. La falla era tanto vera che si era dovuto turarla, e non ritengo che l'esistenza di un foro possa essere dimostrata in modo più inoppugnabile. Certamente la falla non si era prodotta da sola, e poiché non era stata prodotta da rocce sottomarine o da macchine sottomarine, era ovviamente dovuta all'arma perforante di un animale.

Ora, secondo me e in base a tutte le ragioni dedotte in precedenza, l'animale apparteneva alla specie dei vertebrati, alla classe dei mammiferi, al gruppo dei pisciformi, e infine all'ordine dei cetacei. Quanto alla famiglia di cui faceva parte, balene, capodogli o delfini, e quanto alla specie nella quale occorresse catalogarlo, la questione era da metter in chiaro ulteriormente. Per risolverla bisognava disseccare quell'ignoto mostro, per disseccarlo prenderlo, per prenderlo arpionarlo – cosa che era di competenza di Ned Land – per arpionarlo vederlo – cosa che era di competenza dell'equipaggio – e per vederlo incontrarlo: ciò dipendeva dal caso.

V
ALLA VENTURA!

Il viaggio dell'*Abraham Lincoln* non fu segnato per qualche tempo da incidenti. Ma una circostanza mise in rilievo la meravigliosa abilità di Ned Land e mostrò quale fiducia si potesse aver in lui.

Al largo delle Malvine, il 30 giugno, la fregata si mise in contatto con alcuni balenieri americani; sapemmo che non avevano nulla da dire del narvalo. Uno di essi, tuttavia, il capitano del *Monroe*, appreso che Ned Land era a bordo dell'*Abraham Lincoln*, chiese il suo aiuto per cacciare una balena che era in vista. Il comandante Farragut desideroso di veder Ned Land all'opera lo autorizzò a passar a bordo del *Monroe*. E il caso servì così bene il nostro canadese che, invece di una balena, egli ne arpionò due con una felice doppietta: colpendo l'una al cuore e impadronendosi dell'altra dopo un inseguimento di qualche minuto.

Decisamente, se il mostro avesse avuto mai da fare i suoi conti con Ned Land, non avrei scommesso per il mostro.

La nave procedé lungo la costa sud-est dell'America con prodigiosa rapidità. Il 3 luglio eravamo all'imboccatura dello Stretto di Magellano, all'altezza del Capo delle Vergini. Ma il comandante Farragut non volle cacciarsi in quel tortuoso passaggio e manovrò in modo da doppiare il Capo Horn.

L'equipaggio gli diede ragione all'unanimità. E infatti che probabilità vi era di poter incontrare il narvalo in quell'angusto Stretto? Molti marinai affermavano che il mostro non poteva passarvi, che « era troppo grosso per farlo ».

Il 6 luglio, verso le tre pomeridiane l'*Abraham Lincoln* doppiò quell'isolotto solitario, quello scoglio perduto all'estremità del continente americano, al quale dei marinai olandesi diedero il nome della loro città natale: il Capo Horn. La rotta fu tenuta per nord-est, e l'indomani l'elica della fregata batté finalmente le acque del Pacifico.

« Apri l'occhio! apri l'occhio! » ripetevano i marinai dell'*Abraham Lincoln*.

E lo aprivano a dismisura. Occhi e cannocchiali – un po' abbagliati, è vero, dalla prospettiva dei duemila dollari – non si diedero un momento di riposo. Giorno e notte si scrutava la superficie dell'Oceano, e i nittalopi, per i quali la facoltà di vedere nella notte aumentava del cinquanta per cento le possibilità, avevano buon gioco nella gara per il premio.

Io, pur non attirato dal denaro, non ero tuttavia il meno attento. Non concedendo che qualche minuto ai pasti e qualche ora al sonno, indifferente al sole o alla pioggia, non la sciavo più il ponte della nave. Ora chino sul bastingaggio del castello di prua, ora appoggiato al parapetto di poppa, divoravo con occhio avido la cotonosa scia che imbiancava il mare a perdita d'occhio. E quante volte ho condiviso l'emozione dello stato maggiore, dell'equipaggio, allorché qualche capricciosa balena faceva sorgere dai flutti il suo dorso nerastro! Il ponte della fregata si affollava in un momento: i boccaporti emettevano un torrente di marinai e di ufficiali. Ciascuno, col petto ansante, l'occhio torbido, osservava il cammino del cetaceo. Io guardavo, guardavo fino a consumarmi la rètina, a diventar cieco; mentre Conseil sempre flemmatico mi ripeteva, in tono calmo:

« Se il signore volesse aver la bontà di sgranare meno gli occhi, forse il signore ci vedrebbe molto meglio ».

Vane speranze! L'*Abraham Lincoln* correggeva la rotta, correva sull'animale avvistato, semplice balena o volgare capodoglio, che presto spariva sotto un concerto di imprecazioni.

Ma il tempo restava favorevole. Il viaggio procedeva nelle condizioni migliori. Si era nella cattiva stagione australe, dato che il luglio di quella zona corrisponde al nostro gennaio di Europa; ma il mare si manteneva buono e si lasciava osservare facilmente su un vasto perimetro.

Ned Land continuava a mostrare la più tenace incredulità. Ostentava, persino, di non esaminare la superficie delle acque quando non era il suo turno di guardia, perlomeno quando nessuna balena era in vista. Eppure la sua meravigliosa potenza visiva avrebbe reso grandi servizi. Ma per otto ore su dodici quell'ostinato canadese leggeva o dormiva nella sua cabina. Cento volte gli rimproverai la sua indifferenza.

« Bah! » rispondeva « non c'è mai nulla, e anche se qualche animale ci fosse, quali probabilità avremmo di vederlo? Ma non stiamo correndo alla ventura? Quella bestia introvabile è stata rivista, si dice, negli alti mari del Pacifico, ed io voglio anche ammetterlo: ma da quell'incontro sono passati ormai già due mesi, e, a giudicare dal temperamento del vostro narvalo, a lui non piace affatto ammuffire a lungo negli stessi paraggi. È dotato di un'immensa facilità di spostamento. Ora, voi lo sapete meglio di me, signor professore, la natura non fa mai nulla senza ragione, e non darebbe a un animale naturalmente lento la facoltà di muo-

Ora appoggiato al parapetto di poppa

versi rapidamente se lui non avesse bisogno di servirsene. Dunque, se la bestia esiste, è già lontana! »

A questo non sapevo rispondere. Evidentemente noi andavamo alla cieca. Ma quale il modo di fare diversamente? Così, le nostre probabilità di successo erano assai limitate. Tuttavia del successo nessuno ancora dubitava, e nessun marinaio di bordo avrebbe scommesso contro il narvalo e contro la sua prossima apparizione.

Il 20 luglio il Tropico del Capricorno fu da noi tagliato a 105° di longitudine, e il 27 dello stesso mese passavamo l'Equatore sul 110° meridiano. Rilevata questa posizione, la fregata prese una direzione più precisa verso l'ovest, e si inoltrò nei mari centrali del Pacifico. Il comandante Farragut pensava, giustamente, che fosse meglio frequentare le acque profonde e allontanarsi dai continenti e dalle isole, di cui sembrava che l'animale avesse sempre evitato la vicinanza: « senza dubbio perché non c'è abbastanza acqua per lui », diceva il primo nostromo. La nave passò dunque al largo delle Pomotù, delle Marchesi, delle Sandwich, tagliò il Tropico del Cancro a 132° di longitudine e fece rotta verso i mari della Cina.

Eravamo, finalmente, sui luoghi delle ultime famose scorrerie del mostro! E in poche parole, a bordo non si viveva più. I cuori palpitavano terribilmente e si preparavano per l'avvenire incurabili aneurismi. L'intero equipaggio subiva una sovreccitazione nervosa di cui non riuscirei a dare l'idea. Non si mangiava, non si dormiva più. Venti volte al giorno l'errore d'apprezzamento, l'illusione ottica di qualche marinaio inerpicato sull'alberatura producevano effetti intollerabili, e queste emozioni ripetute venti volte ci mantenevano in uno stato di eretismo troppo violento per non condurre ad una reazione.

Essa, infatti, finì col prodursi. Ma per tre mesi, tre mesi dei quali ogni giornata sembrava un secolo!, l'*Abraham Lincoln* solcò tutti i mari settentrionali del Pacifico, correndo verso tutte le balene avvistate, facendo bruschi cambiamenti di rotta, fermandosi repentinamente, virando all'improvviso di bordo, forzando o invertendo il vapore, un colpo dietro l'altro, a rischio di causar guasti alle macchine, e non lasciò inesplorato neppure un punto solo dalle coste del Giappone a quelle americane. Nulla! null'altro che l'immensità dei flutti deserti! Niente che somigliasse a un narvalo gigantesco né a un isolotto sottomarino, né a un relitto di naufragio né a uno scoglio fuggente, né a qualsiasi entità soprannaturale!

Venne la reazione. Lo scoraggiamento si impadronì degli spiriti e aprì un varco alla sfiducia completa. Un nuovo sentimento si diffuse a bordo, composto per tre decimi di vergogna e sette decimi di furore. Si era avviliti d'essersi lasciati affascinare da una chimera, ma ancor più furiosi! Le montagne d'argomenti favorevoli accumulate in un anno crollarono a un tratto, e ciascuno non pensò più che a ricuperare all'ora dei pasti o del sonno il tempo che aveva tanto stupidamente sacrificato.

Con la naturale incostanza dell'animo umano, da un eccesso si precipitò in un altro. I più caldi fautori dell'impresa diventarono fatalmente i suoi più ardenti denigratori. La reazione salì dal fondo della nave, dai carbonili fino al quadrato dello stato maggiore; e certamente, non fosse stato per un'ostinazione personalissima del comandante Farragut, la nave avrebbe definitivamente rivolto la prua a sud.

Tuttavia quella inutile ricerca non poteva prolungarsi oltre. L'*Abraham Lincoln* non aveva nulla da rimproverarsi, avendo fatto tutto il possibile per riuscire. Mai equipaggio della marina americana aveva mostrato maggiore pazienza e maggior zelo: l'insuccesso non avrebbe potuto esserle imputato; non rimaneva che tornare.

Un ricorso collettivo venne fatto presso il comandante. Questi tenne duro. I marinai non nascosero il loro malcon tento, e il servizio venne a soffrirne. Non voglio dire che vi sia stata rivolta, a bordo; ma dopo un ragionevole pe riodo d'ostinazione il comandante Farragut, come Cristoforo Colombo, chiese gli ultimi tre giorni di pazienza. Se entro tre giorni il mostro non fosse apparso, il timoniere avrebbe dato tre giri di ruota indirizzando l'*Abraham Lincoln* verso i mari americani.

La promessa venne fatta il 2 novembre. Ebbe, dapprima, l'effetto di rianimare gli spiriti crollanti. L'Oceano fu scrutato con rinnovata attenzione. Ognuno voleva gettargli quell'ultimo sguardo nel quale si concentra tutto un ricordo. I cannocchiali tornarono a funzionare con attività febbrile. Era una suprema sfida lanciata al narvalo gigante; poteva esso ragionevolmente esimersi dal rispondere a questo "mandato di comparizione"?

Passarono due giorni. L'*Abraham Lincoln* navigava a piccolo vapore. I mezzi più diversi vennero impiegati per risvegliare l'attenzione o pungolare l'apatia dell'animale, nel caso si fosse trovato in quei paraggi. Enormi pezzi di lardo furono messi a rimorchio – per la maggior gioia dei pescicani, debbo riconoscerlo... Le imbarcazioni si irradiarono in tutte le direzioni intorno all'*Abraham Lincoln* mentre la nave metteva in panna; e non lasciarono inesplorato un sol punto del mare. Ma la sera del 4 novembre arrivò senza che il mistero sottomarino si fosse svelato.

L'indomani, 5 novembre, a mezzogiorno, scadeva il termine della dilazione. Dopo aver fatto il punto il comandante Farragut, secondo la sua promessa, avrebbe dovuto ordinare la rotta per sud-est e abbandonare definitivamente le regioni settentrionali del Pacifico.

La nave si trovava allora a 31° e 15' di latitudine nord e a 136° 42' di longitudine est. Le terre del Giappone erano a meno di duecento miglia da noi sottovento. Si avvicinava la notte. Erano appena sonate le otto. Grandi nuvole velavano il disco della luna, allora al suo primo quarto. Il mare ondulava pacificamente sotto la prua della fregata.

Io ero a pruavia, affacciato al bastingaggio di sinistra Conseil, al mio fianco, guardava davanti a sé. L'equipaggio, appollaiato nel sartiame, scrutava l'orizzonte che si restringeva e si oscurava a poco a poco. Gli ufficiali si erano armati del loro cannocchiale notturno e frugavano nell'oscurità crescente. Di tanto in tanto il cupo Oceano scintillava sotto un raggio che la luna dardeggiava tra le frange di due nuvole. Poi qualsiasi traccia di luce svaniva nelle tenebre.

Osservando Conseil, vidi che il bravo figliolo risentiva almeno un po' dell'influenza generale. Per lo meno mi parve di constatarlo. Forse, e per la prima volta, i suoi nervi vibravano sotto l'azione di un sentimento di curiosità.

« Coraggio, Conseil: » gli dissi « ecco l'ultima occasione per intascare duemila dollari. »

« Che il signore mi permetta di dirlo, » rispose Conseil « io non ho mai contato su questo premio e il governo del l'Unione avrebbe potuto promettere anche cento milioni senza pericolo d'impoverirsi. »

Le imbarcazioni si irradiarono intorno all'*Abraham Lincoln*.

« Hai ragione, Conseil. Si tratta d'una stupidaggine, dopo tutto, nella quale ci siamo lanciati con troppa leggerezza. Quanto tempo perduto, quante emozioni inutili!... Già da sei mesi avremmo potuto essere ritornati in Francia... »

« Nel piccolo appartamento del signore, » replicò Conseil « nel museo del signore! E io avrei già classificato i fossili del signore! E il suo babirussa, già installato nella gabbia al Jardin des Plantes, attirerebbe tutti i curiosi della capitale! »

« Proprio come dici, Conseil. Senza contare, inoltre, che ci si burlerà di noi! »

« Effettivamente » rispose con tutta calma Conseil. « Penso che ci si burlerà del signore. E, bisogna dirlo?... »

« Bisogna dirlo Conseil. »

« Bene: il signore non avrà che quello che si è meritato. »

« Davvero! »

« Quando si ha l'onore di essere uno scienziato come il signore, non ci si espone... »

Conseil non poté finire il suo complimento. Nel silenzio circostante risonò una voce. Era la voce di Ned Land e gridava:

« Ohé! La cosa di cui si tratta: sottovento per traverso! »

VI
A TUTTO VAPORE

A quel grido, ogni uomo imbarcato sull'*Abraham Lincoln* si precipitò verso il fiociniere: comandante, ufficiali, sottufficiali, marinai, mozzi, e gli stessi ufficiali di macchina e gli addetti al carbone che avevano subito abbandonato i loro forni. L'ordine di fermare era stato dato, e la nave correva sull'abbrivo.

L'oscurità era profonda, per quanto eccellenti fossero gli occhi del canadese, mi domandavo in quale modo e quale cosa egli avesse potuto *vedere.* Il mio cuore batteva fino a rompersi.

Ma Ned Land non si era ingannato, e potemmo scorgere tutti la cosa che egli accennava con la mano.

A due gomene dalla nostra fiancata di dritta, il mare pareva illuminato dal sotto in su. Non era un semplice fenomeno di fosforescenza, e non ci si poteva sbagliare. Il mostro, immerso a poche tese dalla superficie acquea, emanava quel bagliore intensissimo ma inesplicabile che avevano menzionato i rapporti di diversi capitani. Quella magnifica irradiazione doveva essere prodotta da una fonte di luce di rara potenza. La parte luminosa formava sul mare un grandissimo ovale molto allungato, al cui centro si condensava una sorgente il cui splendore insostenibile si smorzava gradatamente.

« Ma è solo un'agglomerazione di molecole fosforescenti » esclamò un ufficiale.

« No, signore: » risposi io con convinzione « le foladi o le salpe non producono una luce così potente. Quello splendore è di natura essenzialmente elettrica... Del resto, vedete, vedete!, si sta movendo avanti e indietro! Sta per irrompere su di noi! »

Un grido generale si alzò dalla nave.

« Silenzio! » disse il comandante Farragut. « La barra al vento, tutta! Macchina indietro! »

I marinai si precipitarono alla barra; il personale di macchina si precipitò sottocoperta. Il vapore fu immediatamente invertito e l'*Abraham Lincoln*, virando sulla sinistra, descrisse un semicerchio.

« Via così! Macchina avanti! » gridò il comandante Farragut.

Gli ordini furono eseguiti e la nave si allontanò rapidamente dalla fonte luminosa.

Mi sbaglio. Essa volle allontanarsene, ma il soprannaturale animale si avvicinò a una velocità doppia della sua.

Eravamo ansimanti. Ben più che il timore, lo stupore ci teneva muti e immobili. L'animale ci raggiungeva prendendosi gioco di noi. Esso fece un giro intorno alla fregata che in quel momento filava quattordici nodi, e l'avvolse nel suo alone elettrico come in un polverio luminoso. Poi si allontanò di uno o due miglia lasciando una scia fosforescente, simile ai vortici di vapore che proietta dietro a sé la locomotiva d'un treno espresso. Tutt'a un tratto, dai bui limiti dell'orizzonte dove era andata a prender la sua rincorsa, il mostro si scagliò d'improvviso verso l'*Abraham Lincoln* con una rapidità terrificante; si fermò di colpo a venti piedi dal

Il mostro, immerso a poche tese...

suo fasciame, si spense – non eclissandosi sotto le acque poiché il suo splendore non subì alcuna diminuzione graduale – ma di colpo, e come se la fonte di quell'effluvio luminoso si fosse improvvisamente esaurita. Poi riapparve dall'altro lato della nave, come se l'avesse aggirata o fosse scivolato sotto la sua chiglia. Ad ogni momento poteva prodursi una collisione che ci sarebbe stata fatale.

Ma ero stupito per le manovre della nostra nave. Essa fuggiva e non attaccava. Era inseguita, lei che avrebbe dovuto inseguire; e lo dissi al comandante Farragut. Il suo volto, normalmente tanto impassibile, esprimeva un'indefinibile meraviglia.

« Signor Aronnax, » mi rispose « io non so con quale essere formidabile sono alle prese, e non voglio arrischiare imprudentemente la mia nave in questo buio. Del resto, come attaccare? come difendersi? Aspettiamo la luce del giorno, e le parti si invertiranno. »

« Non avete più dubbi, comandante, sulla natura dell'animale? »

« No, signore: è evidentemente un narvalo gigantesco. Ma è anche un narvalo *elettrico*. »

« Forse » aggiunsi « non è più avvicinabile di un gimnoto o di una torpedine! »

« Probabilmente; » rispose il comandante « e se possiede anche una forza fulminatrice è senza dubbio l'animale più terribile che sia mai uscito dalle mani del Creatore. È per questo, signore, che starò bene in guardia. »

Tutto l'equipaggio passò la notte vegliando. A nessuno venne l'idea di dormire. Non potendo gareggiare in velocità l'*Abraham Lincoln* aveva rallentato il cammino e procedeva a piccolo vapore. Dal canto suo il narvalo, imitando la nave, si lasciava cullare dalle onde e sembrava deciso a non lasciar il campo della lotta.

Però verso mezzanotte scomparve, o per dir meglio "si spense" come una grossa lucciola. Era fuggito? Bisognava temerlo, non sperarlo. Ma all'una meno sette del mattino un fischio assordante si fece udire, simile a quello prodotto da una colonna d'acqua espulsa con estrema violenza.

Il comandante Farragut, Ned Land ed io ci trovavamo in quel momento, insieme, sul casseretto, gettando avidi sguardi attraverso le tenebre profonde.

« Ned Land, » chiese il comandante « avete spesso sentito ruggire le balene? »

« Spesso, signore; ma non mai balene il cui avvistamento mi abbia fatto guadagnare duemila dollari. »

« Infatti siete voi che avete diritto al premio. Ma ditemi, non era questo il rumore che fanno i cetacei quando espellono l'acqua dai loro sfiatatoi? »

« Lo stesso, signore; ma incomparabilmente più forte. Cosicché non ci si può sbagliare: è proprio un cetaceo che abbiamo nelle nostre acque. Col vostro permesso, aggiunse il fiociniere, gli diremo due parolette domani al levar del sole. »

Se sarà di umore tale da volervi ascoltare, mastro Land » risposi io in tono poco convinto.

« Fatemelo avvicinare a quattro lunghezze d'arpione » ribatté il canadese « e vedrete se non mi ascolterà. »

« Ma per farvelo avvicinare » riprese il comandante « dovrò mettere a vostra disposizione una baleniera? »

« Certo, signore. »

« Sarà mettere in gioco la vita dei miei uomini? »

« E la mia » rispose semplicemente il fiociniere.

Verso le due del mattino la fonte luminosa si manifestò, non meno intensa, a cinque miglia sopravvento dalla *Abraham Lincoln*. Nonostante la distanza si udivano i formidabili colpi di coda dell'animale e perfino l'ansare della sua respirazione. Sembrava che al momento in cui l'enorme narvalo veniva a respirar alla superficie dell'Oceano, l'aria si precipitasse nei suoi polmoni come fa il vapore nei vasti cilindri di una macchina da duemila cavalli.

"Hum!" pensai "una balena che avesse la forza d'un reggimento di cavalleria, sarebbe pur una graziosa balena!"

Si restò sul chi-vive fino all'alba e ci si preparava al combattimento. I congegni da pesca vennero disposti lungo i bastingaggi. Il comandante in seconda fece caricare quelle spingarde che scagliano un arpione a un miglio di distanza, e le lunghe carabine a pallottola esplosiva la cui ferita è mortale anche per gli animali più potenti. Ned Land si era accontentato di affilare il suo arpione, arma terribile nelle sue mani.

Alle sei, l'alba cominciò a sorgere; e con le prime luci dell'aurora si spense lo splendore elettrico del narvalo. Alle sette si era fatto giorno abbastanza, ma una bruma mattutina molto fitta restringeva l'orizzonte, e i migliori cannocchiali non riuscivano a forarla. Donde disappunto e collera.

Mi inerpicai fino alle barre di trinchetto. Alcuni ufficiali si erano già arrampicati fino in cima agli alberi.

Alle otto la bruma prese a rotolare pesantemente sui flutti, e le sue grosse volute si alzarono poco a poco. L'orizzonte si allargava e si purificava al tempo stesso.

A un tratto e come il giorno prima, si fece udire la voce di Ned Land:

« La cosa in questione: dietro a sinistra! »

Tutti gli sguardi si puntarono sul punto indicato.

Là, a un miglio e mezzo dalla nave un lungo corpo nerastro emergeva di un metro dai flutti. La sua coda, agitata violentemente, provocava un risucchio considerevole: mai apparecchio caudale aveva battuto il mare con simile potenza. Un'immensa scia di un candore abbagliante segnava il percorso dell'animale tracciando una curva allungata.

La fregata si avvicinò al cetaceo. Lo esaminai in piena libertà di spirito. I rapporti dello *Shannon* e dello *Helvetia* avevano un po' esagerato le sue dimensioni: io stimai la sua lunghezza appena duecentocinquanta piedi. Quanto alla grossezza, non potevo valutarla facilmente; ma insomma l'animale mi parve ammirevolmente proporzionato nelle tre dimensioni.

Mentre osservavo quell'essere fenomenale due getti di vapore e d'acqua eruppero dai suoi sfiatatoi raggiungendo un'altezza di quaranta metri, cosa che mi rivelò il suo modo di respirare. Ne conclusi definitivamente che apparteneva al ramo dei vertebrati, classe dei mammiferi, sottoclasse dei monodelfi, gruppo dei pisciformi, ordine dei cetacei, famiglia dei... Su questo punto, non mi potevo ancora pronunciare. L'ordine dei cetacei comprende tre famiglie: le balene, i capodogli e i delfini, ed è in quest'ultima che sono annoverati i narvali. Ciascuna di queste famiglie si divide in più generi; ciascun genere, in specie; ciascuna specie in "varietà". Varietà, specie, genere e famiglia ancora mi mancavano, ma io ero sicuro di poter completare la mia classificazione: con l'aiuto del cielo e del comandante Farragut.

L'equipaggio attendeva impaziente gli ordini del capo. Questi, dopo aver attentamente osservato l'animale, fece chiamare l'ufficiale di macchina. L'ufficiale accorse.

« Signore, » disse il comandante « siamo in pressione? »

« Sì, signore » rispose l'ufficiale.

« Bene. Forzate le macchine e a tutto vapore! »

Tre *hurrah* accolsero quest'ordine. L'ora della lotta era suonata. Pochi momenti dopo le due ciminiere della fregata vomitavano torrenti di fumo nero, il ponte fremeva ripercotendo il tremito delle caldaie.

L'*Abraham Lincoln* spinto in avanti dalla sua elica possente, andò diritto sull'animale. Questo lo lasciò, con indifferenza, avvicinarsi fino a mezza gomena; poi, non degnandosi d'immergersi, prese una piccola andatura di fuga e tenne la distanza.

L'inseguimento si prolungò per circa tre quarti d'ora senza che la fregata guadagnasse due tese sul cetaceo. Era evidente che continuando così non lo si sarebbe mai potuto raggiungere.

Il comandante Farragut torceva con rabbia il folto ciuffo di peli che gli cresceva sotto il mento.

« Ned Land! » gridò.

Il canadese si mise a disposizione.

« Ebbene mastro Land, » domandò il comandante « mi consigliate ancora di metter in mare le scialuppe? »

« No, signore, » rispose Ned Land « perché quella maledetta bestia non si lascerà prendere se non a suo piacimento. »

« E allora che fare? »

« Forzare le macchine, se è possibile, signore. Quanto a me (col vostro permesso naturalmente) vado a installarmi sulle sottobarbe di bompresso e se arriviamo a portata d'arpione, io arpiono. »

« Andate, Ned » rispose il comandante Farragut. « Macchina! » gridò « fate salire la pressione! »

Ned Land si portò al suo posto di combattimento. I fuochi furono più fortemente alimentati; l'elica diede quarantatré giri al minuto e il vapore scaturì da tutte le valvole. Gettato il loch, si vide che l'*Abraham Lincoln* correva a diciotto miglia e cinque decimi all'ora.

Ma il maledetto animale filava anche lui a una velocità di diciotto miglia e cinque decimi all'ora.

Per un'ora ancora la nave tenne questa andatura, senza guadagnare una tesa! Era umiliante, per uno tra i più veloci corridori della marina americana. Una sorda collera correva tra l'equipaggio. I marinai insultavano il mostro che, peraltro non si degnava di rispondere. Il comandante Farragut non si contentava più di torcersi la barbetta, se la mordeva.

L'ufficiale di macchina fu chiamato ancora una volta.

« Avete raggiunto il massimo di pressione? » gli domandò il comandante.

« Sì, signore » rispose l'ufficiale.

« E le vostre valvole sono cariche?... »

« Cariche a sei atmosfere e mezza... »

« Caricatele a dieci atmosfere. »

Mai vi fu un ordine più americano di questo. Non si sarebbe fatto di meglio sul Mississippi per distanziare "un concorrente".

« Conseil, » dissi al mio bravo domestico che si trovava al mio fianco « lo sai che stiamo forse per saltare in aria? »

« Come piacerà al signore » rispose Conseil.

Ebbene! confesso che questa probabilità non mi spiaceva rischiarla.

Le valvole furono caricate. Il carbone si riversò nei forni. I ventilatori spedirono torrenti d'aria sulla brace. La velocità dell'*Abraham Lincoln* aumentò. I suoi alberi tremavano fino nelle loro basi, e i turbini di fumo potevano appena riuscire a passare per le ciminiere troppo strette.

Fu gettato per la seconda volta il *loch*.

« Ebbene timoniere? » domandò il comandante Farragut.

« Diciannove miglia e tre decimi, signore. »

« Forzate le macchine! »

L'ordine fu eseguito. Il manometro segnò dieci atmosfere. Ma il cetaceo evidentemente "forzò le macchine" anche lui, perché senza fare complimenti si mise a filare anche lui le sue diciannove miglia e tre decimi all'ora.

Che inseguimento! No, non posso descrivere l'emozione che faceva vibrare tutto il mio essere. Ned Land era sempre al suo posto, l'arpione in pugno. Più d'una volta l'animale si lasciò avvicinare.

« Lo prendiamo! Lo prendiamo! » gridava il canadese.

Poi al momento in cui Ned si preparava a colpire, il cetaceo sfuggiva con una rapidità che non potevo stimare minore di trenta miglia all'ora. E addirittura, mentre andavamo al nostro maximum di velocità, non si permise forse di dar la baia alla fregata facendone il giro? Un urlo di furore esplose da tutti i petti.

A mezzogiorno non ci trovavamo meglio che alle otto del mattino.

Il comandante Farragut si decise allora a impiegar mezzi più diretti.

« Ah, » disse « quell'animale va più veloce dell'*Abraham Lincoln*! Ebbene, adesso vedremo se andrà più veloce anche dei suoi proiettili-cilindro-conici! Quartiermastro! degli uomini al pezzo di prua! »

Il cannone del castello di prua fu immediatamente caricato e puntato. Il colpo partì ma il proiettile passò di qualche piede al disopra del cetaceo, che si teneva a mezzo miglio.

« Avanti un altro più bravo! » gridò il comandante. « E cinquecento dollari a chi mi bucherà quella bestia infernale! »

Un vecchio cannoniere dalla barba grigia – mi pare di vederlo ancora –, l'occhio calmo, la fisionomia fredda, si avvicinò al suo pezzo e lo mise in posizione di tiro: mirò a lungo. Echeggiò una forte detonazione, alla quale si mischiarono gli *hurrah* dell'equipaggio.

Il proiettile andò a segno e colpì l'animale, ma non normalmente: scivolando sulla sua superficie tondeggiante andò a perdersi in mare due miglia più lontano.

« Ah, perdinci! » disse il vecchio cannoniere rabbiosamente « quel birbante là dev'essere blindato con piastre di sei pollici! »

« Maledizione! » esclamò il comandante Farragut.

La caccia riprese. Il comandante disse chinandosi su di me:

« Lo inseguirò fino a quando scoppia la mia nave! ».

« Sì, » risposi « e avrete ragione! »

Si poteva sperare che l'animale si stancasse, non essendo indifferente alla fatica come una macchina a vapore. Ma non avveniva così. Le ore passarono senza che desse segno di esaurimento.

Tuttavia bisogna dire, in lode all'*Abraham Lincoln*, che essa lottò con tenacia instancabile. Non calcolo a meno di cinquecento chilometri la distanza percorsa in quella disgra

Un vecchio cannoniere dalla barba grigia.

ziata giornata del 6 novembre. Ma la notte discese e avvolse nelle sue ombre l'Oceano agitato.

Allora credetti che la nostra spedizione fosse giunta al suo termine, e che non avremmo mai più rivisto il fantastico animale. Ma sbagliavo.

Alle dieci e cinquanta di sera il chiarore elettrico apparve di nuovo, a tre miglia sopravvento dalla fregata, così puro, così intenso come la notte precedente.

Il narvalo sembrava immobile. Forse, stanco della sua giornata, stava dormendo abbandonandosi all'ondulare delle acque? Era una probabilità di successo, di cui il comandante Farragut decise di approfittare.

Egli impartì i suoi ordini. A piccolo vapore l'*Abraham Lincoln* avanzò con prudenza, per non svegliare l'avversario. Non è raro incontrar in pieno Oceano delle balene profondamente addormentate che si possono allora attaccare con successo, e Ned Land ne aveva arpionate più d'una durante il sonno. Il canadese andò a riprendere il suo posto di combattimento nelle sottobarbe di bompresso.

La fregata si avvicinò senza far rumore, fermò le macchine a due gomene dall'animale e corse sull'abbrivo. A bordo non si respirava più. Un profondo silenzio regnava sul ponte. Eravamo ormai a meno di cento piedi dall'ardente fonte di luce, il cui splendore cresceva, abbagliandoci.

In quel momento, affacciato al parapetto del castello di prua, vedevo sotto di me Ned Land che, afferrato con una mano alla martingala, brandiva con l'altra il suo terribile arpione. Venti piedi soltanto lo separavano dall'animale immobile.

A un tratto il suo braccio si distese violentemente, e l'arpione fu scagliato. Udii l'urto sonoro dell'arma che sembrava avesse colpito un corpo duro.

Il chiarore elettrico si spense di colpo, e due enormi trombe d'acqua si abbatterono sul ponte della fregata correndo come un torrente da prua a poppa, rovesciando gli uomini, fracassando tutto sul loro passaggio.

Seguì un urto tremendo e, scaraventato al di sopra del parapetto senza aver il tempo di afferrarmi a qualcosa, precipitai in mare.

VII
UNA BALENA DI SPECIE IGNOTA

Benché del tutto sorpreso, ebbi intiera coscienza delle mie sensazioni.

Fui dapprima trascinato ad una profondità di circa venti piedi. Sono un buon nuotatore, senza pretendermi pari a Byron e a Edgar Poe che sono dei maestri, e quel tuffo non mi fece perdere la testa. Due vigorose tallonate mi riportarono alla superficie.

Il mio primo pensiero fu di cercare con gli occhi la nave. L'equipaggio si era accorto della mia scomparsa? L'*Abraham Lincoln* aveva virato di bordo? Il comandante Farragut faceva calare in mare una scialuppa? Potevo sperare di esser salvato?

Le tenebre erano profonde. Intravidi una massa nera che spariva verso est e i cui fanali di posizione si spensero nella lontananza. Era la fregata. Mi sentii perduto.

« Aiuto, aiuto » gridai nuotando verso l'*Abraham Lincoln* a bracciate disperate.

I miei indumenti mi imbarazzavano. L'acqua li incollava al mio corpo, essi paralizzavano i miei movimenti. Io sprofondavo! soffocavo! ..

« Aiuto! »

Fu il mio ultimo grido. La mia bocca si riempì d'acqua. Mi dibattei, trascinato nell'abisso...

A un tratto il mio vestito fu afferrato da una mano vigo rosa, mi sentii violentemente riportato alla superficie e udii, sì, udii pronunciare al mio orecchio queste parole:

« Se il signore volesse usarmi l'estrema cortesia d'appoggiarsi alla mia spalla, nuoterebbe molto meglio ».

Strinsi con una mano il braccio del fedele Conseil.

« Tu! » dissi « tu! »

« Io in persona, » rispose Conseil « e agli ordini del signore. »

« E quell'urto ti ha fatto cadere insieme a me in mare? »

« Niente affatto. Ma, essendo al servizio del signore, ho seguito il signore. »

Il degno giovanotto trovava tutto questo naturalissimo!

« E la nave? » domandai.

« La nave! » rispose Conseil voltandosi sul dorso. « Credo che il signore farà bene a non contar troppo su di lei. »

« Cosa dici? »

« Dico che al momento di saltare in mare, udii gli uomini di barra gridare: "L'elica e il timone sono rotti!". »

« Rotti? »

« Sì: rotti dal dente del mostro. Credo sia la sola avaria subìta dall'*Abraham Lincoln*; ma, spiacevole circostanza, la nave non governa più. »

« Allora siamo perduti! »

« Forse » rispose tranquillamente Conseil. « Però, abbiamo ancora qualche ora davanti a noi, e in qualche ora si fanno tante cose! »

L'imperturbabile sangue freddo di Conseil mi confortò. Nuotai con maggior vigore; ma, imbarazzato dai miei vestiti che mi sembravano una cappa di piombo, mi riusciva estremamente difficile sostenermi. Conseil se ne accorse.

« Che il signore mi permetta di praticargli un'incisione » disse.

E facendo passare sotto i miei vestiti un coltello aperto, li tagliò dall'alto in basso con un colpo rapido. Poi me ne liberò lestamente, mentre io nuotavo per tutti e due.

A mia volta resi a Conseil lo stesso servizio, e continuammo a "navigare" l'uno accanto all'altro.

Ma la nostra situazione non diventava meno terribile. Forse la nostra scomparsa non era stata notata, e se anche lo fosse stata la fregata non avrebbe potuto tornare sottovento per noi, essendo stata privata del timone. Non si poteva perciò contare che sulle sue scialuppe.

Conseil ragionò freddamente su questa ipotesi, e fece in base a ciò il suo piano. Curioso carattere! Quel flemmatico giovane si trovava come a casa propria.

Fu dunque deciso che, poiché le nostre sole probabilità di salvezza erano quelle d'essere raccolti dalle scialuppe dell'*Abraham Lincoln*, dovevamo organizzarci in modo da poter aspettare il più a lungo possibile. Io risolsi allora di dividere le nostre forze per non esaurirle completamente, ed ecco quanto fu convenuto: mentre uno, steso sul dorso, sarebbe rimasto immobile a braccia incrociate e gambe distese, l'altro avrebbe nuotato spingendolo in avanti. Questo compito da rimorchiatore non doveva durare più di dieci minuti, e, facendo così a turno, avremmo potuto tenerci a galla per qualche ora, e forse fino allo spuntar del giorno.

Deboli speranze! ma la facoltà di sperare è tanto radicata nel cuore dell'uomo! E poi, eravamo in due. E infine, lo dichiaro benché la cosa possa sembrare inverosimile, se cercavo di distruggere in me ogni illusione, se volevo "disperare" non ci riuscivo!

La collisione tra la fregata e il mostro si era prodotta all'incirca verso le undici di sera. Contavo dunque su otto ore di nuoto fino al levar del sole. Operazione rigorosamente possibile, dandoci il turno. Il mare, piuttosto buono, ci stancava poco. Talvolta cercavo di penetrare con lo sguardo quelle fitte tenebre rotte soltanto dalla fosforescenza provocata dai nostri movimenti. Guardavo quelle onde luminose che si frangevano sulla mia mano e il cui specchio luccicante si macchiava di placche livide. Si sarebbe detto che fossimo immersi in un bagno di mercurio.

Verso l'una del mattino fui preso da una estrema stanchezza. Le mie membra si irrigidirono sotto la stretta di crampi violenti. Conseil dovette sostenermi, e la difesa della nostra conservazione fu affidata a lui solo. Presto sentii il povero giovane ansimare: il respiro gli si fece corto e affrettato. Compresi che non avrebbe potuto resistere a lungo.

« Lasciami, lasciami! » gli dissi.

« Abbandonare il signore? mai » egli rispose. « Io conto assolutamente d'annegare per primo! »

In quel momento la luna apparve attraverso le frange di una grossa nuvola che il vento spingeva verso est. La superficie del mare balenò sotto i suoi raggi. Quella benefica luce rianimò le nostre forze. La mia testa si rialzò. I miei sguardi si portarono su tutti i punti dell'orizzonte. Scorsi la fregata. Era a cinque miglia da noi, e non formava più che una massa scura, appena percettibile. Ma di scialuppe, nessuna!

Volli gridare. Ma a che serviva, a tanta distanza? Le mie labbra gonfiate non fecero passare alcun suono. Conseil poté articolare qualche parola, e lo udii ripetere a più riprese:

« Aiuto! Aiuto! ».

Sospeso ogni movimento per un istante, ascoltammo. E, forse, per uno di quei ronzii dei quali il sangue oppresso riempie l'orecchio, mi parve che un grido rispondesse al grido di Conseil.

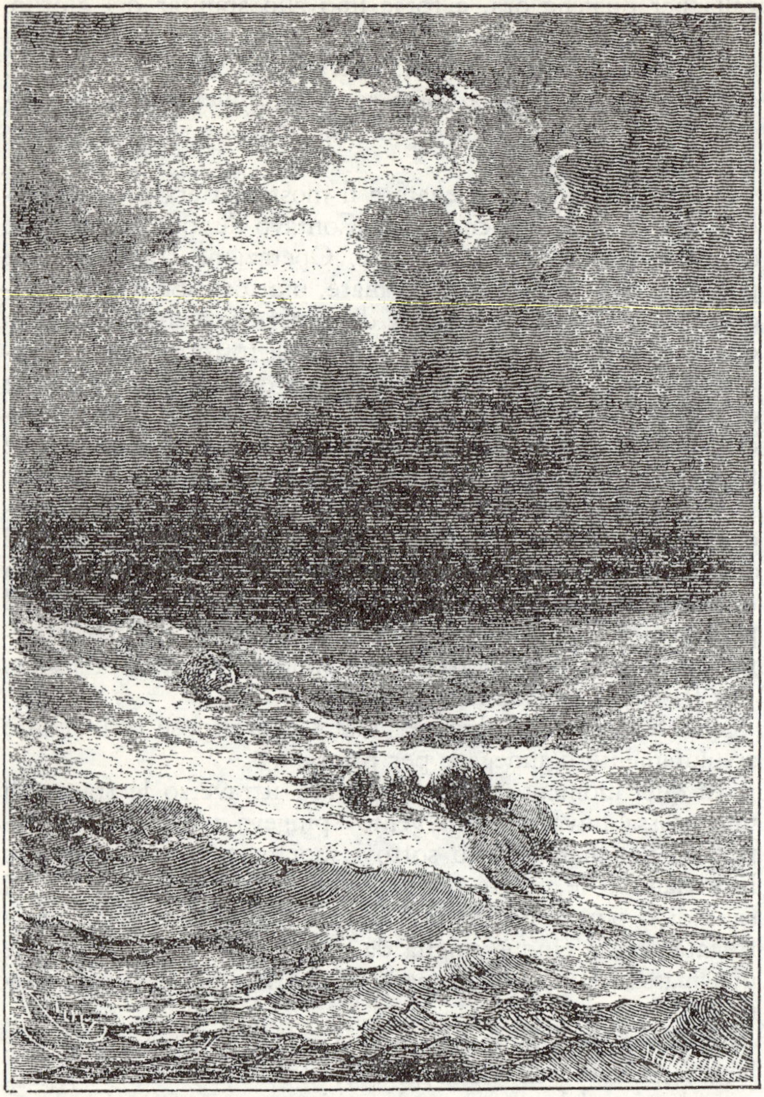

Mentre uno, steso sul dorso...

« Hai sentito? » mormorai.

« Sì! sì! »

E Conseil lanciò allo spazio un nuovo appello disperato.

Questa volta, nessun errore possibile: una voce umana rispondeva alla nostra. Era la voce di qualche sventurato, abbandonato in mezzo all'Oceano, di qualche altra vittima dell'investimento subìto dalla nave? O forse una scialuppa della fregata ci chiamava nell'ombra?

Conseil fece uno sforzo supremo e, appoggiandosi alla mia spalla mentre io resistevo in un'ultima convulsione, si erse per metà dall'acqua e ricadde, esaurito.

« Cosa hai visto? »

« Ho visto..., » mormorò « ho visto... Ma non parliamo... conserviamo tutte le nostre forze!... »

Che aveva visto? Allora, non so perché, il pensiero del mostro mi tornò per la prima volta alla mente!... Però, quella voce?... Sono passati i tempi in cui i Giona si rifugiavano nel ventre delle balene!

Tuttavia Conseil mi rimorchiava ancora. Alzava ogni tanto la testa, guardava davanti a sé e gettava un grido di richiamo al quale rispondeva una voce sempre più vicina. Io l'udivo appena. Le mie forze erano allo stremo. Le mie dita si aprivano; la mano non mi offriva più un punto d'appoggio; la bocca, convulsamente aperta, si riempiva d'acqua salata; il freddo mi invadeva. Alzai la testa un'ultima volta e sprofondai...

Nel medesimo istante venni urtato da un corpo duro. Mi ci aggrappai. Poi sentii che venivo preso, riportato alla superficie, che il mio petto si sgonfiava; e svenni.

È certo che tornai in me prontamente, grazie a vigorose frizioni che mi frustarono il corpo. Socchiusi gli occhi.

« Conseil... » mormorai.

« Il signore ha suonato? » rispose Conseil.

Nell'ultimo chiarore della luna che declinava all'orizzonte scorsi un viso che non era quello di Conseil, e che subito riconobbi.

« Ned! » esclamai.

« Proprio io, signore, e sto correndo dietro al mio premio » rispose il canadese.

« Siete stato gettato in mare quando il mostro urtò la nave? »

« Sì, signor professore, ma più fortunato di voi ho potuto immediatamente metter piede su un isolotto galleggiante. »

« Un isolotto? »

« O, per meglio dire, sul nostro narvalo gigantesco. »

« Spiegatevi, Ned. »

« E ho soltanto capito ben presto perché il mio arpione non aveva potuto intaccarlo e si era spuntato sulla sua pelle. »

« Perché, Ned, perché? »

« Perché questa bestia, signor professore, è fatta di lamiera d'acciaio. »

Qui bisogna che io ritrovi il mio equilibrio, rivivifichi i miei ricordi, controlli io stesso le mie asserzioni.

Le ultime parole del canadese avevano operato un istantaneo capovolgimento dei miei pensieri. Mi inerpicai rapidamente in cima all'essere o all'oggetto semi-immerso che ci serviva da rifugio. Lo tastai col piede. Era innegabilmente un corpo duro, impenetrabile, non fatto di quella sostanza molle che forma la massa dei grandi mammiferi marini.

Ma quel corpo duro poteva essere una corazza ossea, simile a quella di certi animali antidiluviani, e ciò mi avrebbe autorizzato a classificare il mostro fra i rettili anfibi, come le tartarughe e gli alligatori.

Ebbene no. Il dorso nerastro che mi sopportava era liscio, lucido, non embricato. Rispondeva all'urto con una sonorità metallica, e per quanto incredibile ciò potesse essere sembrava fatto, cosa dico mai! – di piastre bullonate.

Nessun dubbio era possibile. L'animale, il mostro, il fenomeno naturale che aveva incuriosito l'intero mondo degli scienziati, sconvolto e fuorviato l'immaginazione dei marinai di due emisferi, bisognava riconoscerlo: era un fenomeno ancora più stupefacente, un fenomeno dovuto alla mano dell'uomo!

La scoperta dell'esistenza dell'essere più favoloso, più mitologico, non avrebbe tanto sorpreso la mia ragione. Che ciò che è prodigioso ci venga dal Creatore, la cosa è semplicissima. Ma trovarsi tutt'a un tratto sotto gli occhi l'impossibile misteriosamente e umanamente fatto realtà, era cosa da confondere le idee.

Eppure non vi era da esitare. Eravamo distesi sul dorso d'una specie di nave sottomarina, che presentava – almeno da quanto potevo giudicare – la forma di un immenso pesce d'acciaio. L'opinione di Ned Land in proposito era già cosa fatta: Conseil ed io non potemmo che condividerla.

« Ma allora » dissi « questo apparecchio racchiude in sé un meccanismo di locomozione e un equipaggio per manovrarlo? »

« Evidentemente, » rispose il fiociniere « eppure, in tre ore che mi trovo ad abitare in questa isola galleggiante nessuno ha dato segno di vita. »

« Questo battello non ha camminato? »

« No, signor Aronnax: si lascia cullare dalle onde, ma non si muove. »

« Noi sappiamo, senza possibilità di dubbio, che è capace di una grande velocità. Ora, poiché occorre una macchina per produrre questa velocità, e un meccanico per guidare questa macchina, ne concludo... che siamo salvi. »

« Hum... » fece Ned Land in tono di riserbo.

In quel momento, quasi per dar ragione al mio argomentare, un'ebullizione si produsse a poppa di quello strano apparecchio, il cui propulsore doveva evidentemente essere un'elica; ed esso si mise in moto. Avemmo appena il tempo di aggrapparci alla sua parte superiore, che emergeva per circa ottanta centimetri. Fortunatamente la sua velocità non era eccessiva.

« Fin tanto che naviga orizzontalmente » mormorò Ned Land « non ci trovo nulla a ridire. Ma se gli prende la fantasia di tuffarsi, non darei due dollari della mia pelle! »

Ancora meno avrebbe potuto dir il canadese. Diventava quindi urgente entrare in comunicazione con gli esseri rinchiusi nei fianchi di quella macchina. Cercai sulla sua superficie un'apertura, un boccaporto, un qualsiasi passaggio per uomini; ma le linee di bulloni, solidamente ribaditi sulla giuntura delle lamiere, erano nette ed uniformi.

Del resto la luna spariva e ci lasciava in una profonda oscurità. Bisognava aspettare il giorno per pensare al modo di penetrare all'interno di quella nave sottomarina.

E così dunque la nostra salvezza dipendeva unicamente dal capriccio dei misteriosi timonieri che dirigevano quell'apparecchio, e se essi decidevano l'immersione noi erava-

Eravamo sul dorso d'una specie di nave sottomarina.

mo perduti! Salvo in questo caso, non mettevo in dubbio la possibilità di entrare in contatto con loro. E infatti, se essi non producevano loro stessi la loro aria, bisognava necessariamente che risalissero ogni tanto alla superficie per rinnovare la loro provvista di molecole respirabili. Quindi, necessità di un'apertura attraverso la quale mettere l'interno della nave in comunicazione con l'atmosfera.

Quanto alla speranza di esser salvati dal comandante Far ragut, bisognava completamente rinunciarvi. Eravamo trascinati verso ovest, e calcolavo che la nostra velocità, relativamente moderata, raggiungeva le dodici miglia all'ora. L'elica batteva i flutti con regolarità matematica, emergendo talvolta e facendo schizzare a grande altezza l'acqua fosforescente.

Verso le quattro del mattino la velocità dell'apparecchio crebbe. Noi resistevamo con difficoltà a quello spostamento vertiginoso quando le onde ci prendevano in pieno. Per fortuna Ned si trovò sotto mano un largo anello di ferro per filare i cavi fissato alla parte superiore del dorso di lamiera e riuscimmo ad aggrapparci ad esso solidamente.

Finalmente quella lunga notte ebbe termine. Il mio ricordo incompleto non mi permette di risuscitarne tutte le impressioni. Un solo particolare torna alla mia mente. Durante certi momenti di calma del mare e del vento, credetti più volte di udire dei suoni vaghi, una specie di fuggente armonia prodotta da accordi lontani. Qual era dunque il mistero di quella navigazione sottomarina di cui il mondo cercava inutilmente la spiegazione? Quali esseri vivevano in quella strana nave? Quale agente meccanico le permetteva di muoversi a una velocità tanto prodigiosa?

Il giorno spuntò. Le brume del mattino ci avvolgevano, ma non tardarono a lacerarsi. Stavo per procedere ad un attento esame dello scafo, che formava nella sua parte superiore una specie di piattaforma orizzontale, quando sentii che esso si immergeva a poco a poco.

« Ehi! per mille diavoli! » esclamò Ned Land battendo col piede la lamiera sonora « aprite, navigatori poco ospitali! »

Ma era difficile farsi sentire tra i battiti assordanti dell'elica. Fortunatamente il movimento d'immersione si fermò.

All'improvviso un rumore di ferraglie sbattute con violenza venne dall'interno del battello. Una piastra si sollevò un uomo apparve, gettò un grido bizzarro e sparve immediatamente.

Qualche istante dopo apparivano otto personaggi robusti, dal viso velato; in silenzio ci trascinarono nella loro formidabile macchina

VIII
MOBILIS IN MOBILE

Questo brutale rapimento fu compiuto con la rapidità del lampo. I miei compagni e io eravamo stati presi del tutto alla sprovvista. Non so che cosa provarono, loro, sentendosi introdotti in quella prigione galleggiante; quanto a me, un fulmineo brivido mi agghiacciò la pelle. Con chi avevamo a che fare? Senza dubbio con pirati di nuovo genere, che sfruttavano il mare a modo proprio.

Appena lo stretto boccaporto si fu richiuso, mi trovai avvolto da un'oscurità profonda. I miei occhi ancora impregnati dalla luce marina non potevano distinguere nulla. Sentii i miei piedi nudi aggrapparsi ai pioli d'una scaletta di ferro. Ned Land e Conseil, solidamente tenuti, mi seguivano. Ai piedi della scaletta una porta si aprì, e si richiuse immediatamente dietro a noi con un secco frastuono.

Eravamo soli. Dove? Non potevo saperne nulla, ma appena immaginarlo. Tutto era nero, di un nero così assoluto che dopo un certo tempo i miei occhi non avevano scoperto alcunché di quei barlumi indeterminati che pur fluttuano nelle notti più fonde.

Ned Land, furibondo contro questo modo di procedere, dava intanto libero corso alla sua collera.

« Per mille diavoli! » vociava « ecco gente che in fatto d'ospitalità darebbe dei punti ai selvaggi della Nuova Caledonia! Non manca loro che d'essere, anche, antropofagi! Non ne sarei sorpreso; ma dichiaro che farò energiche obiezioni ai miei divoratori! »

« Calmatevi, amico Ned, calmatevi » rispose tranquillamente Conseil. « Non vi lasciate trascinare dalla rabbia prima del momento giusto. Non siamo ancora sul girarrosto. »

« Sul girarrosto no, » ribatté il canadese « ma sul forno sì! Ci fa abbastanza buio. Fortunatamente il mio *bowieknife*[1] non mi ha lasciato, e ci vedo abbastanza per servirmene. Il primo di questi banditi che mi mette le mani addosso... »

« Non irritatevi, Ned, » dissi allora io al fiociniere « e non vi compromettete con inutili violenze. Forse ci stanno ascoltando. Cerchiamo, piuttosto, di saper dove siamo. »

Camminai a tastoni. Dopo cinque passi incontrai una muraglia di ferro fatta di lamiere bullonate. Poi, voltandomi, urtai in una tavola di legno, vicino alla quale stavano alcuni sgabelli. Il pavimento della prigione era coperto da una spessa stuoia di lino che attutiva il rumore dei passi. Le pareti nude non rivelavano l'esistenza di porte né di finestre. Conseil, girando in senso inverso, mi incontrò; e tornammo al centro di quella cabina che doveva avere una lunghezza di venti piedi e una larghezza di dieci. Quanto all'altezza, Ned Land malgrado la sua alta statura non riuscì a misurarla.

Una mezz'ora era già passata senza cambiamenti nella situazione quando, dalla più nera oscurità, i nostri occhi passarono nella luce più violenta. La nostra prigione si illuminò a un tratto, vale a dire che si riempì di una materia luminosa talmente viva che dapprima non potei sostenerne lo splendore. Dalla sua bianchezza, dalla sua intensità, riconobbi quella luce elettrica che avevo visto irradiarsi intorno al battello sottomarino come uno splendido fenomeno di fosforescenza. Dopo aver involontariamente chiuso gli occhi li riaprii, e vidi che la fonte luminosa era un mezzo-globo smerigliato, tondeggiante sulla parte superiore della cabina.

« Finalmente ci si vede chiaro! » esclamò Ned Land che col coltello in pugno stava sulla difensiva.

« Già, » risposi io arrischiandomi nell'antitesi « ma la situazione non rimane meno oscura. »

« Il signore abbia pazienza » fece l'impassibile Conseil.

L'illuminazione della cabina mi permetteva d'esaminarla anche nei minimi particolari. Non conteneva che la tavola e i cinque sgabelli. La porta invisibile doveva essere ermeticamente chiusa. Nessun rumore giungeva alle nostre orec-

[1] Coltello americano a lama libera, d'uso frequente nel Far West.

La nostra prigione si illuminò a un tratto.

chie. Tutto sembrava morto a bordo della nave. Era in movimento o si teneva immobile alla superficie dell'Oceano, o stava immergendosi nelle sue profondità? Non potevo indovinarlo.

Tuttavia il globo luminoso doveva essersi acceso per qualche motivo. Speravo che gli uomini dell'equipaggio non avrebbero tardato a mostrarsi: quando si vogliono dimenticare le persone, non si illumina la cella.

Era un pensiero giusto. Un rumore di catenacci si fece udire, la porta si aprì e apparvero due uomini.

Uno era di piccola statura, muscoloso, spalle larghe, membra robuste, testa solida, capigliatura abbondante e nera, folti baffi, sguardo vivo e penetrante; in tutta la persona notavo quella vivacità meridionale che in Francia caratterizza i provenzali. Diderot sostiene a ragione che il gestire umano è metaforico, e quel piccolo uomo ne dava certo una prova vivente. Nel suo linguaggio abituale dovevano abbondare prosperose le metonimie, le ipallagi. Cosa che però non fu mai in grado d'accertare, perché davanti a me egli ricorse sempre a un idioma lontano dai miei poteri di comprensione.

Il secondo sconosciuto merita una descrizione meno sommaria. Un discepolo di Gratiolet o di Engels avrebbe letto sulla fisionomia come in un libro aperto. Riconobbi immediatamente le sue qualità dominanti: la fiducia in se stesso poiché il capo si alzava nobilmente sull'arco formato dalla linea delle spalle, gli occhi neri guardavano con fredda sicurezza; la calma, perché la sua pelle tendente piuttosto al pallido che all'incarnato denotava sangue freddo; l'energia, segnalata dalla rapida contrazione dei muscoli sopracciliari; e finalmente il coraggio, perché nella vasta respirazione era avvertibile una grande espansione vitale.

Dirò inoltre che quest'uomo era fiero, che il suo sguardo fermo e calmo sembrava riflettere elevati pensieri, e che da tutto l'insieme, dall'omogeneità delle espressioni nei moti del corpo e del viso risultava un'indiscutibile franchezza.

Mi sentii "involontariamente" rassicurato dalla sua presenza, traendone buoni auspici per il nostro colloquio.

Poteva avere trentacinque o cinquant'anni, non avrei saputo precisarlo. La statura era alta, la fronte larga, il naso diritto; la bocca disegnata con esattezza, la dentatura magnifica; le mani erano fini, lunghe, eminentemente "psichiche" per usare una parola della chirognomonia, cioè degne di servir un animo nobile e appassionato. Questo individuo formava certamente il più ammirevole tipo umano che avessi mai incontrato. Particolarità suggestiva: occhi alquanto discosti l'uno dall'altro, potevano abbracciare simultaneamente circa un quarto dell'orizzonte. A tale facoltà – lo accertai più tardi – si univa una potenza di vista superiore ancora a quella di Ned Land. Quando lo sconosciuto fissava qualcosa la linea delle sopracciglia si aggrottava, le palpebre si ravvicinavano talmente da circoscrivere le pupille e restringere, così, il campo visivo; e in che modo guardava! Come ingrandiva le cose rimpicciolite dalla distanza! Come vi sentivate penetrati fino all'animo! E come sapeva veder addentro alle acque impenetrabili dai nostri sguardi e leggere nel profondo del mare!...

I due sconosciuti portavano berretti di lontra marina, calzavano stivali in pelle di foca; i loro abiti, d'una pelle a me ignota, lasciavano una straordinaria libertà di movimenti.

Il più alto tra i due – evidentemente il "capo" – ci esaminò con attenzione estrema senza pronunciare parola. Poi rivolgendosi al compagno usò una lingua che non potei riconoscere. Era un idioma sonoro, armonioso, flessibile, le cui vocali parevano svariare moltissimo l'accentazione.

L'altro rispose scuotendo la testa, e aggiunse due o tre parole perfettamente incomprensibili. Poi con lo sguardo parve interrogarmi direttamente.

Risposi, in buon francese, che non capivo la sua lingua; ma lui a sua volta sembrò non comprendermi, e la situazione diventava alquanto imbarazzante.

« Il signore voglia comunque raccontare la sua storia » mi disse Conseil. « Questi signori ne intenderanno forse qualcosa. »

Incominciai il racconto, articolando nettamente ogni sillaba e senza omettere i particolari. Declinai le nostre generalità e le nostre professioni; presentai nelle dovute forme il prof. Aronnax, il domestico Conseil e mastro Ned Land fiociniere.

L'uomo dagli occhi dolci e calmi mi ascoltò tranquillamente, anche cortesemente, e in modo senza dubbio attento. Ma nella sua fisionomia nulla segnalò comprensione. Quando ebbi finito non pronunciò una parola.

Poteva avere trentacinque o cinquant'anni.

Restava ancora la risorsa d'esprimermi in inglese. Forse ci saremmo fatti capire, in quella lingua pressappoco universale. Io la conoscevo, così come la tedesca, abbastanza per leggerla correntemente; ma a parlarla riuscivo male. E ciò che occorreva qui era soprattutto farsi capire.

« Animo, è la vostra volta » dissi al fiociniere. « Mastro Land, esca dal vostro sacco il miglior inglese che un anglosassone abbia mai parlato; e abbiate più fortuna di me. »

Ned non si fece pregare. Rifece il mio racconto, lo capii approssimativamente. Il contenuto fu analogo, ma la forma assai diversa. Trasportato dal carattere, il canadese vi mise molta animazione. Protestò con violenza per essere tenuto prigioniero in spregio al diritto delle genti, domandò in forza di quale legge lo si trattava così; invocò l'*habeas corpus*; minacciò denunce contro chi indebitamente lo sequestrava; si dimenò, gesticolò, gridò e inoltre fece capire con mimica adeguata che morivamo di fame.

Cosa perfettamente vera, ma l'avevamo messa in disparte.

Con sua grande meraviglia il fiociniere non ebbe più fortuna di me. I nostri cari amici non batterono ciglio. Era evidente che ignoravano tanto la lingua di Arago come quella di Faraday.

Pieno d'imbarazzo, dopo aver vanamente esaurito le nostre risorse filologiche, non sapevo più che pesci pigliare quando Conseil intervenne.

« Se il signore mi autorizza, racconterò la cosa in tedesco. »

« Come! Sai il tedesco? »

« Come un fiammingo se non spiace al signore. »

« Anzi, mi piace. Coraggio ragazzo mio. »

E con la sua voce tranquilla egli narrò per la terza volta le peripezie della nostra storia. Ma nonostante l'ottimo eloquio e il bellissimo accento del nostro narratore, anche la lingua tedesca non trovò alcun successo.

Finalmente, sentitomi con le spalle al muro, chiamai a raccolta quanto mi restava dei primi studi e descrissi le nostre avventure in latino. Cicerone si sarebbe turato le orecchie e mi avrebbe spedito in cucina, purtuttavia seppi cavarmela. Identico risultato negativo.

Dopo il fallimento di quest'ultimo tentativo, i due ignoti scambiarono alcune parole nella loro incomprensibile lingua e se ne andarono. Non ci avevano neppur indirizzato uno di quei gesti rassicuranti che hanno corso in tutti i paesi del mondo. La porta si richiuse.

« È un'infamia » esclamò Ned Land esplodendo per la ventesima volta. « Ma come! gli parliamo in francese e in inglese, in tedesco e in latino a questi furfanti, e nemmeno uno di loro è tanto civile da risponderci! »

« Calmatevi Ned, » dissi al bollente fiociniere « la collera non servirebbe a nulla. »

« Ma voi sapete, signor professore, che possiamo assolutamente morire di fame in questa gabbia di ferro? »

« Bah! » fece Conseil « con un po' di filosofia possiamo ancora resistere a lungo. »

« Amici miei, » dissi io « non ci dobbiamo disperare. Ne abbiamo passate di peggio. Fatemi il piacere di non formular subito un'opinione sul comandante e sull'equipaggio di questa nave. »

« La mia opinione è bell'e fatta » rispose Ned Land. « Sono furfanti! »

« Bene; e di che paese? »

« Del paese dei furfanti! »

« Mio bravo Ned, questo paese non è ancora abbastanza segnato sul mappamondo e confesso che la nazionalità dei due sconosciuti resta un enigma. Né francesi né inglesi né tedeschi, ecco tutto quanto si può dire. Ma non sarei alieno dal credere che il comandante e il secondo provengano da basse latitudini. C'è del meridionale in loro. Ma che siano spagnoli o turchi, arabi o indiani, il loro tipo fisico non lo rivela abbastanza. Quanto al loro linguaggio, è del tutto misterioso. »

« Ecco l'inconveniente di non sapere tutte le lingue, » disse Conseil « o insomma il guaio che manca una lingua universale! »

« Non servirebbe a nulla » rispose Ned Land. « Non vedete che questa gente ha un linguaggio a sé, un linguaggio inventato per far disperare le brave persone che chiedono un pranzo? Ma in tutti i paesi della terra, aprir la bocca, muovere le mascelle, afferrare l'aria coi denti e con le labbra, non è cosa che tutti capiscono? Non significa forse a Quebec come alle Pomotù, a Parigi come agli antipodi: Ho fame! Datemi da mangiare? »

« Oh, » fece Conseil « esistono nature così poco intelligenti!... »

Mentre egli diceva queste parole entrò uno *steward*.[1] Ci portava del vestiario, giubbe e pantaloni da mare fatti di una stoffa di cui non riconobbi la sostanza. Mi affrettai a indossarli e i miei compagni mi imitarono.

Intanto lo *steward* – muto, forse sordo – aveva preparato la tavola e disposto tre coperti.

« Ecco un fatto serio » disse Conseil. « La cosa promette bene. »

« Bah, » rispose l'acrimonioso fiociniere « cosa volete che diano da mangiare? Fegato di tartaruga, filetto di pescecane, bistecca di bue marino! »

« Staremo a vedere » disse Conseil.

Piatti ricoperti da campane d'argento furono simmetricamente posati sulla tovaglia, e noi sedemmo a tavola. Decisamente, avevamo a che fare con gente civilizzata e – a parte quella luce elettrica che ci inondava – mi sarei creduto nella sala da pranzo dell'Adelphi Hôtel di Liverpool o del Grand Hôtel di Parigi.

Devo dire che purtroppo pane e vino erano totalmente assenti. L'acqua era fresca e limpida, ma sempre acqua – cosa estranea ai gusti di Ned Land. Tra le cibarie che ci furono servite riconobbi diversi pesci delicatamente preparati; ma su certe vivande d'altra parte eccellenti, non avrei saputo pronunziarmi e nemmeno avrei saputo dire a qual regno, vegetale o animale, appartenessero. Il servizio da tavola era elegante e di un gusto inappuntabile. Ogni utensile, cucchiaio o forchetta, coltello o piatto recava una lettera e un'insegna di cui ecco il fac-simile:

MOBILIS IN MOBILE

N

[1] Cameriere di bordo.

Mobile nel mobile elemento! Il motto si addiceva perfettamente a quel battello sottomarino, se la preposizione venisse davvero tradotta con *in.* E dalla lettera N senza dubbio incominciava il nome dell'enigmatico comandante nel fondo dei mari!

Ned e Conseil sembravano ragionare meno di me. Divoravano e io non tardai a imitarli. Ero già in qualche modo rassicurato sul nostro destino; mi sembrava chiaro che gli ospiti non volevano farci morire di fame.

Ma tutto quaggiù ha una fine, tutto passa, persino la fame di gente che non ha mangiato da quindici ore. E conclusosi l'appetito il bisogno del sonno si fece immediatamente sentire. Reazione ben naturale, dopo l'interminabile notte in cui avevamo lottato con la morte.

« In fede mia dormirei volentieri » disse Conseil.

« E io, io dormo! » rispose Ned.

Entrambi si distesero sul tappeto della cabina, e sprofondarono presto nel sonno.

Io mi abbandonai meno facilmente a questo violento bisogno di dormire. Troppi pensieri si accumulavano nella mia mente, troppe domande insolubili vi si affollavano. Dove eravamo? Quale strana potenza ci trascinava con sé? Sentivo – o piuttosto credevo di sentire – la nave scendere verso gli strati marini più profondi. Incubi febbrili mi assediavano. Travedevo in quei misteriosi asili tutto un mondo di animali ignoti, cui il battello sottomarino pareva somigliare: vivente, dinamico, tremendo come loro!... Poi il cervello si calmò e l'immaginazione divenne torpida, presto caddi nel sonno.

IX
LE COLLERE DI NED LAND

Quanto durò il sonno lo ignoro. Ma dovette esser lungo, poiché ci ristorò completamente dalle nostre fatiche. Fui io il primo a svegliarmi. I miei compagni non si erano ancora mossi e restavano stesi nei loro angoli come masse inerti.

Appena levatomi da quel giaciglio piuttosto duro sentii

Entrambi si distesero sul tappeto.

il cervello sgombro, lo spirito chiarissimo. Ricominciai allora un esame attento della cella.

Nulla era cambiato nelle sue condizioni essenziali. La prigione era rimasta prigione, e i prigionieri restavano prigionieri. Lo *steward* intanto, approfittando del nostro sonno aveva sparecchiato. Dunque, nulla indicava un mutamento prossimo della situazione; mi domandai se era nostro destino vivere per molto tempo in questa gabbia...

La prospettiva mi riuscì tanto più ostica quanto più – se il cervello era libero dalle oppressioni del giorno prima – mi sentivo il respiro stranamente oppresso. L'aria pesante non bastava ormai a soddisfare i miei polmoni. La cella era vasta ma evidentemente avevamo consumato gran parte del suo contenuto d'ossigeno. L'uomo spende, in un'ora, l'ossigeno diffuso in cento litri d'aria; e quest'aria se contiene pressappoco un'eguale quantità di acido carbonico diventa irrespirabile.

Urgeva rinnovar l'atmosfera della nostra prigione, senza dubbio anche quella del battello sottomarino.

Qui una domanda si offrì alla mia mente. Come procedeva il signore di questa dimora galleggiante? Otteneva l'aria con mezzi chimici liberando grazie al calore l'ossigeno contenuto nel clorato di potassa, e assorbendo l'acido carbonico mediante potassa caustica? In tal caso, per procurarsi le materie necessarie all'operazione doveva aver conservato qualche rapporto con la terraferma. O si limitava soltanto a immagazzinare l'aria sotto alte pressioni in appositi serbatoi, liberandola poi secondo i bisogni dell'equipaggio? Forse. Oppure, procedimento più comodo, più economico e dunque più probabile si contentava di tornar a respirare alla superficie, come un cetaceo, e rinnovare per ventiquattr'ore la provvista d'atmosfera? Comunque fosse, qualunque fosse il metodo mi pareva urgente ricorrervi senza tardare.

Mi trovavo infatti già costretto a moltiplicare le inspirazioni, per estrarre dall'ambiente il poco ossigeno che racchiudeva. Ma all'improvviso, mi sentii rinfrescato da una corrente d'aria pura tutta profumata d'emanazioni saline. Era proprio una brezza di mare, vivificante e carica di iodio! Spalancai la bocca, i polmoni si riempirono di fresche molecole. Nello stesso tempo sentii un ondeggiamento, un rollio non fortissimo, ma assai ben precisabile. Il battello, il mostro metallico era dunque risalito alla superficie dell'Oceano per respirarvi come una balena. Non avevo più dubbi sul sistema di ventilazione.

Quando ebbi assorbito a pieni polmoni quell'aria pura, cercai l'*aerifero* se così si può dire, che faceva giungere fino a noi il benefico effluvio; e non tardai a trovarlo. Sopra la porta si apriva un foro d'aerazione che lasciava passare una fresca colonna d'aria, l'atmosfera impoverita della cella ne veniva rinnovata.

Proprio allora Ned e Conseil si svegliarono quasi contemporaneamente, richiamati dalla benefica ventilazione. Si stropicciarono gli occhi, si stirarono e si alzarono in piedi.

« Il signore ha dormito bene? » domandò Conseil con la solita gentilezza.

« Molto bene, caro figliolo » risposi. « E voi, mastro Land? »

« Come un ghiro, signor professore. Ma sbaglio, o sto respirando brezza di mare? »

Un marinaio non poteva sbagliarsi. Gli raccontai quanto era accaduto mentre dormiva.

« Bene! » commentò. « Ora mi spiego i muggiti che sentivamo quando il cosiddetto narvalo era in vista dell'*Abraham Lincoln.* »

« Proprio così, mastro Land. Era la sua respirazione. »

« In ogni modo, signor Aronnax, non ho idea dell'ora a meno che sia l'ora di pranzo. »

« Di pranzo, Ned? Dite almeno l'ora di colazione. Siamo certamente all'indomani di ieri... »

« Ciò dimostra » aggiunse Conseil « che abbiamo dormito ventiquattr'ore. »

« Lo credo anch'io » dissi.

« Non voglio contraddirvi, » riprese Ned Land « ma sia pranzo o colazione lo *steward* sarà il benvenuto. Con l'uno o con l'altra. »

« L'uno e l'altra » disse Conseil.

« Giusto » approvò il canadese. « Ci spettano due pasti, e per mio conto farò onore a tutt'e due. »

« Bene, Ned, aspettiamo. È chiaro » risposi « che questi sconosciuti non intendono affatto lasciarci morire di fame. O il pranzo di ieri non avrebbe più senso. »

« Se non ci stiano ingrassando per i loro fini... »

« Protesto! » dissi. « Non siamo caduti in mano a dei cannibali. »

« Una rondine non fa primavera » rispose seriamente il canadese. « Chi sa se questa gente non è privata da molto tempo di carne fresca; e in questo caso tre galantuomini sani e ben costituiti, come il signor professore, il suo domestico ed io... »

« Basta con queste idee mastro Land » ribattei al fiociniere. « E soprattutto non prendetene motivo per uscir dai gangheri coi nostri ospiti, cosa che può solo aggravare la situazione. »

« Comunque io ho una fame del diavolo e, pranzo o colazione, il pasto non viene. »

« Mastro Land, » risposi « bisogna conformarsi al regolamento di bordo e credo che il nostro stomaco sia più avanti dell'orologio del cuoco. »

« Ebbene lo rimetteremo all'ora giusta » concluse tranquillo Conseil.

« Vi riconosco o amico Conseil » replicò l'impaziente canadese. « Voi risparmiate la bile e i nervi. Sempre calmo. Sapreste dire le *Grazie* prima del *Benedicite*, morir di fame piuttosto che lamentarvi! »

« A che mi servirebbe lamentarmi? »

« Ma proprio a lamentarvi perdinci! È già qualche cosa. E se questi pirati (dico pirati per rispetto e per non contrariare il signor professore che proibisce di chiamarli cannibali), se questi pirati, credono che potranno tenermi chiuso in questa gabbia dove soffoco, senza imparare di quali imprecazioni condisco le mie arrabbiature, si sbagliano! Vediamo un po', signor Aronnax, parlate con franchezza: credete che ci terranno a lungo in questa scatola di ferro? »

« Per dire il vero non ne so più di voi, amico Land. »

« Ma insomma, cosa pensate? »

« Penso che il caso ci ha resi partecipi di un segreto importante. Ora, se l'equipaggio di questa nave sottomarina tiene a mantenerlo tale, e se questo suo interesse è più grave della vita di tre uomini, credo la nostra esistenza molto compromessa. Nel caso contrario, alla prima occasione, il mostro che ci ha inghiottiti ci restituirà al mondo abitato dai nostri simili. »

« A meno che questa nave non ci arruoli nel suo equipaggio, » disse Conseil « e ci conservi così... »

« Fino al momento » proseguì Ned Land « in cui qualche fregata, più rapida o più abile dell'*Abraham Lincoln*, si impadronirà di questo nido di fuorilegge, e spedirà il suo equipaggio e noi a respirare per l'ultima volta penzolando dal pennone di maestra. »

« Giusto, mastro Land » dissi. « Ma non ci sono state ancora fatte, a quanto sappia, proposte al riguardo. Perciò, inutile discutere le decisioni che dovremo prendere in questo o quel caso. Ve lo ripeto, aspettiamo, lasciamoci consigliare dalle circostanze, e non facciamo nulla poiché non v'è nulla da fare.

« Al contrario, signor professore! » ribatté il fiociniere, che non voleva darsi vinto « *bisogna* fare qualche cosa. »

« E cosa allora, mastro Land? »

« Fuggire. »

« Fuggire da una prigione "terrestre" è spesso difficile, ma da una prigione sottomarina mi pare assolutamente impossibile. »

« Andiamo, amico Ned, » intervenne Conseil « che rispondete all'obiezione del signore? Non posso credere che un americano si trovi a corto di risorse! »

Il fiociniere, visibilmente imbarazzato, taceva. Una fuga, nelle condizioni in cui il caso ci aveva gettati, era del tutto impossibile. Ma un canadese è per metà francese, e mastro Ned Land lo fece ben capire dalla sua risposta:

« Di modo che, signor Aronnax, » disse dopo qualche momento di riflessione « voi non indovinate cosa debbono fare delle persone che non possono fuggire dalla loro prigione? ».

« No, amico mio. »

« Eppure è semplicissimo: bisogna che si arrangino per restarci. »

« Perbacco, » fece Conseil « sempre meglio esser dentro che sopra o sotto! »

« Ma, » aggiunse Ned Land « dopo aver buttato fuori i carcerieri, secondini e guardiani. »

« Cosa, Ned? Pensereste seriamente di impadronirvi di questo bastimento? »

« Serissimamente » rispose il canadese.

« È impossibile. »

« E perché, signore? Può presentarsi qualche circostanza fortunata, e non vedo che cosa potrebbe impedirci di approfittarne. Se non c'è più di una ventina d'uomini a bordo di questa macchina, questi non faranno indietreggiare due francesi e un canadese, credo! »

Era meglio ammettere le vedute del fiociniere che discuterle. Perciò mi accontentai di rispondere:

« Lasciamo venire le circostanze, mastro Land, e vedremo. Ma per intanto, ve ne prego, contenete la vostra impazienza. Non possiamo agire che d'astuzia, e non è perdendo le staffe che farete nascere le circostanze favorevoli. Perciò promettetemi che accetterete la situazione senza troppa collera ».

« Ve lo prometto, signor professore » rispose Ned Land in tono poco rassicurante. « Dalla mia bocca non uscirà una sola parola violenta, non mi lascerò tradire da nessun gesto brutale, anche se il servizio di tavola non sarà fatto con la regolarità desiderabile. »

« Ho la vostra parola, Ned » risposi al canadese.

Poi la conversazione fu sospesa e ciascuno si mise a riflettere per conto suo. Confesserò che dal mio canto e nonostante la baldanza del fiociniere, non conservavo nessuna illusione. Non riuscivo ad ammettere le circostanze favorevoli di cui Ned Land aveva parlato. Per essere manovrato con tanta sicurezza, il battello aveva bisogno di un equipaggio numeroso, e perciò in caso di lotta ci saremmo trovati alle prese con un nemico troppo forte. Del resto per prima cosa avremmo dovuto esser liberi, e non lo eravamo. Non vedevo neppure un modo per fuggire da questa cella di lamiera ermeticamente chiusa. E per poco che lo strano comandante di quel battello avesse un segreto da difendere – cosa apparentemente probabile – non ci avrebbe lasciato liberi a bordo. Adesso, si sarebbe sbarazzato di noi con la violenza o ci avrebbe gettati un giorno su qualche angolo di terra? Questo era l'ignoto. Tutte queste ipotesi mi sembravano perfettamente logiche, e bisognava essere proprio un fiociniere per sperar nella riconquista sollecita della propria libertà.

Notavo intanto che gli umori di Ned si inasprivano attraverso le riflessioni elaborate dal suo cervello. Sentivo a poco a poco le imprecazioni brontolare in fondo alla sua gola e vedevo i suoi gesti tornare a farsi minacciosi. Si alzava, si aggirava come una belva in gabbia, percuoteva le pareti col piede e col pugno. D'altronde il tempo passava, la fame si faceva crudelmente sentire, e questa volta lo *steward* non si faceva vivo. Ed era un dimenticar troppo a lungo le nostre condizioni di naufraghi, se veramente si avevano buone intenzioni nei nostri riguardi.

Ned Land, tormentato dai crampi del suo robusto stomaco, si incolleriva sempre più e, nonostante la sua parola d'onore, temevo veramente un'esplosione quando egli si ritrovasse dinnanzi qualcuno dell'equipaggio.

Durante due ore, la sua collera andò esaltandosi. Il canadese chiamava, gridava, ma inutilmente. Le muraglie di lamiera restavano sorde. Non avvertivo rumori dall'interno del battello, che sembrava morto. Non si moveva, altrimenti avrei sentito il fremito dello scafo sotto l'impulso dell'elica. Immerso senza dubbio nell'abisso delle acque, non apparteneva più alla terra. Tutto questo silenzio era spaventoso.

Quanto al nostro esilio, al nostro isolamento in fondo a una cella, non osavo immaginare la sua durata. Le speranze che avevo concepite dopo l'incontro col comandante svanivano, a poco a poco. La dolcezza dello sguardo di quell'uomo, l'espressione generosa della sua fisionomia, la nobiltà del suo portamento, tutto spariva dal mio ricordo. Rivedevo l'enigmatico personaggio tal quale doveva essere, necessariamente spietato, crudele. Lo sentivo estraneo all'umanità, inaccessibile a qualunque sentimento di compassione, implacabile nemico dei suoi simili cui doveva aver votato odio inestinguibile.

Ma quest'uomo ci avrebbe dunque lasciato perire d'inedia, chiusi in una stretta prigione, abbandonati alle tentazioni orrende che provengono dalla fame più selvaggia? Questo pensiero spaventevole prese nella mia mente un'intensità terribile, e con la complicità dell'immaginazione mi sentii invaso da un terrore insensato. Conseil restava calmo, Ned Land ruggiva.

A un tratto, dall'esterno si udì un rumore. Dei passi risuonavano sulle lastre di metallo. Le serrature furono mosse: la porta si aprì, apparve lo *steward*.

Il canadese si precipitò su quel disgraziato.

Prima che potessi far un movimento per impedirglielo il canadese si precipitò su quel disgraziato, lo stese al suolo e lo strinse alla gola. Lo *steward* rantolava sotto una mano potente.

Conseil cercava di toglier dalla stretta del fiociniere la vittima semisoffocata, e io stavo per unire ai suoi i miei sforzi, quando venni inchiodato al mio posto da alcune parole pronunziate in francese:

« Calmatevi, mastro Land; e voi, signor professore, vogliate ascoltarmi. »

X
L'UOMO DELLE ACQUE

Era il comandante del battello a parlare così.

Ned Land si levò subito in piedi.

Lo *steward*, mezzo strangolato, finì per uscire barcollando, a un cenno del suo padrone. Era tale a bordo l'autorità del comandante, che non un gesto tradì risentimento da parte dell'aggredito. Conseil interessato suo malgrado, io stupefatto, aspettavamo in silenzio il finale della scena.

Il comandante, in piedi con le braccia conserte, ci osservava con attenzione profonda. Esitava a parlare? Gli dolevano quelle parole appena pronunciate in francese? Potevamo crederlo.

Dopo un silenzio che nessuno di noi tre osava interrompere:

« Signori, » disse con voce calma e penetrante « io parlo ugualmente il francese, l'inglese, il tedesco e il latino. Avrei potuto quindi rispondervi già al nostro primo incontro, ma volevo innanzi tutto conoscervi, poi riflettere. Il vostro quadruplo racconto, assolutamente coerente in sostanza, mi ha affermato l'identità delle vostre persone. Adesso so che il caso ha messo in mia presenza il signor Pierre Aronnax, professore di storia naturale al Museo di Parigi, incaricato d'una missione scientifica all'estero, il suo domestico Conseil e Ned Land, canadese d'origine, fiociniere della fregata *Abraham Lincoln*, della Marina nazionale degli Stati Uniti d'America ».

Lo *steward* finì per uscire barcollando.

Mi inchinai, in guisa di assenso. Non era una domanda che il comandante mi rivolgeva; dunque nessuna risposta da dare. Quell'uomo si esprimeva con scioltezza completa, senza alcun accento. La sua frase era netta, le sue parole esatte, la sua facilità d'eloquio notevole. Eppure, io non "sentivo" in lui un compatriota.

Riprese il discorso in questi termini:

« Senza dubbio, signore, avete trovato che tardavo molto a farvi questa seconda visita. Il fatto era che, conosciuta la vostra identità, volevo maturamente pesare la decisione che avrei presa nei vostri confronti. Ho esitato molto. Le più spiacevoli circostanze vi hanno messi alla presenza d'un uomo che ha rotto i ponti con l'umanità. Siete venuti a turbare la mia esistenza... »

« Involontariamente » dissi io.

« Involontariamente? » rispose lo sconosciuto alzando un poco la voce. « È involontariamente che l'*Abraham Lincoln* mi dà la caccia su tutti i mari? È involontariamente che voi vi siete imbarcato su quella fregata? Involontariamente i vostri proiettili sono rimbalzati sullo scafo della mia nave? Involontariamente, mastro Ned Land mi ha colpito col suo arpione? »

Sentivo, in queste parole, l'irritazione repressa. Ma alle recriminazioni avevo una risposta pronta da dare, e la diedi.

« Signore, » dissi « voi ignorate senza dubbio le discussioni che hanno avuto luogo riguardo a voi in America ed in Europa. Non sapete che diversi incidenti, provocati dall'urto contro il vostro sottomarino, hanno scosso l'opinione pubblica dei due continenti. Vi risparmio le innumerevoli ipotesi mediante le quali si è cercato di spiegare il fenomeno inspiegabile di cui soltanto voi conoscevate il segreto. Ma sappiate che inseguendovi fino negli alti mari del Pacifico l'*Abraham Lincoln* credeva di andare alla caccia di qualche potente mostro marino del quale bisognava ad ogni costo liberare l'Oceano. »

Un mezzo sorriso distese le labbra del comandante; poi, in tono più calmo:

« Signor Aronnax, » riprese « potreste affermare che la vostra fregata non avrebbe inseguito e cannoneggiato un battello sottomarino altrettanto che un mostro? ».

Questa domanda mi mise in imbarazzo, perché certamente

il comandante Farragut non avrebbe esitato a farlo. Egli avrebbe creduto suo dovere distruggere tanto un apparecchio di quel genere quanto un narvalo gigantesco.

« Voi quindi capite, signore, » continuò lo sconosciuto « che io ho il diritto di trattarvi come nemici. »

Non risposi, e non potevo far altro. A che serviva discutere una tesi simile, quando la forza può distruggere i migliori argomenti?

« Ho esitato a lungo » riprese il comandante. « Non c'era nulla che mi obbligasse a darvi la mia ospitalità. Se dovevo separarmi da voi, non avevo alcun interesse a rivedervi. Vi mettevo sul ponte di questa nave che vi aveva servito da rifugio. Mi immergevo sotto il mare, e dimenticavo che foste mai esistiti. Non era forse nel mio diritto? »

« Forse nel diritto d'un selvaggio, » risposi « non in quello d'un uomo civile. »

« Signor professore! » ribatté vivacemente il comandante « io non sono quello che voi chiamate un uomo civile! Ho rotto con la società intera, per ragioni che io solo ho il diritto di giudicare. Quindi, non ubbidisco alle sue regole; e chiedo che non le invochiate mai davanti a me! »

Tutto questo fu detto in modo chiaro e netto. Un lampo di collera o disprezzo aveva balenato negli occhi dello sconosciuto: nella sua vita credetti d'intravedere un formidabile passato. Non soltanto si era messo fuori delle leggi umane, ma si era fatto indipendente, libero nella più rigorosa accezione della parola, al sicuro da qualsiasi attacco! Chi mai avrebbe osato dargli la caccia nelle profondità dei mari, dato che alla loro superficie sventava gli sforzi tentati contro di lui? Quale nave avrebbe potuto resistere all'urto del suo monitore sottomarino? Quale corazza, per quanto spessa, avrebbe potuto sostenere i colpi del suo sperone? Nessuno, fra tutti gli uomini, poteva chiedergli conto delle sue opere. Dio se egli vi credeva, la sua coscienza se ne aveva una, erano i soli giudici dai quali potesse dipendere.

Queste riflessioni attraversarono la mia mente velocissimamente mentre lo strano personaggio rimaneva silenzioso, assorbito e come ritirato in se stesso. Io lo guardavo con un terrore misto a interesse, e senza dubbio come Edipo guardava la Sfinge.

Dopo un lungo silenzio, il comandante riprese a parlare.

« Ho dunque esitato, » disse « ma ho pensato che il mio interesse poteva accordarsi con quella pietà naturale alla quale ogni essere umano ha diritto. Voi resterete a bordo della mia nave, poiché vi siete stati gettati dalla fatalità. Voi sarete liberi, e in cambio di questa libertà molto relativa del resto, non vi imporrò che una condizione. La vostra parola mi basterà. »

« Parlate, signore » risposi. « Penso che questa condizione sarà accettabile da un galantuomo. »

« Sì, signore, ed eccola. È possibile che certi avvenimenti imprevisti mi obblighino a tenervi serrati nelle vostre cabine per qualche ora o per qualche giorno, secondo i casi. Poiché desidero non dover mai usare la violenza, mi aspetto da voi in questi casi, più ancora di sempre, una completa obbedienza. Facendo così vi metto al coperto, vi libero da ogni responsabilità. Non potrete infatti vedere ciò che non dev'essere visto. Accettate questa condizione? »

Dunque a bordo dovevano accadere cose perlomeno singolari, e non dovevano essere viste da quanti non si fossero estraniati dalle norme sociali! Nel conto generale delle sorprese che l'avvenire mi riservava, questa era certamente destinata a riapparirmi notevole.

« Accettiamo » risposi. « Soltanto vi chiedo il permesso di farvi una domanda: una sola. »

« Dite, signore. »

« Avete detto che saremo liberi a bordo della vostra nave? »

« Del tutto. »

« Vi chiedo, allora, che cosa intendete per questa libertà. »

« Ma di andare e venire, vedere, osservare tutto quel che succede, – tranne che in qualche rara circostanza; la libertà insomma di cui godiamo noi stessi, i miei compagni ed io. »

Era chiaro che non ci intendevamo.

« Scusatemi signore, » ripresi « ma questa libertà corrisponde a quella di ogni prigioniero nella sua prigione! Non può bastarci. »

« Pure dovrà bastarvi. »

« Come! Dobbiamo rinunciare per sempre a rivedere la nostra patria, i nostri amici, i nostri parenti? »

« Sì, signore. Ma rinunciare a quell'insopportabile giogo della terra che gli uomini credono libertà, non è forse tanto penoso quanto credete. »

« Per esempio, » esclamò Ned Land « io non darò mai la mia parola di non cercar di fuggire! »

« Non vi chiedo nessuna parola, mastro Land » rispose freddamente il comandante.

« Signore, » risposi incollerito malgrado me stesso « voi abusate della vostra situazione nei nostri rapporti. Questo si chiama crudeltà! »

« No, signore: si chiama clemenza. Voi siete miei prigionieri di guerra. Io vi tengo con me quando, con una sola parola, potrei restituirvi agli abissi dell'Oceano. Voi mi avete attaccato. Siete venuti a violare un segreto che nessun uomo al mondo deve penetrare, il segreto di tutta la mia esistenza! E credete che io possa farvi tornare in terraferma, dove nessuno deve conoscermi più? Mai. Trattenendovi non custodisco voi quanto me stesso! »

Parole che indicavano da parte del comandante un partito preso, superiore per lui a qualsiasi discussione.

« Dunque signore, » ripresi « ci lasciate semplicemente scegliere fra la vita e la morte? »

« Semplicemente. »

« Amici, » dissi « a una domanda posta in questi termini non c'è nulla da rispondere. Ma nessuna parola ci lega al padrone di questa nave. »

« Nessuna » confermò lo sconosciuto.

Poi con voce più dolce:

« Adesso permettetemi di completare quanto ho da dirvi. Io vi conosco, signor Aronnax. Voi, se pur non i vostri compagni, non avrete forse tanto da lamentarvi del caso che vi lega al mio destino. Troverete tra i libri che mi servono per i miei studi favoriti l'opera che avete pubblicata sui grandi fondali marini. L'ho letta spesso. Voi avete portato questa vostra opera tanto lontano quanto ve lo permetteva la scienza terrestre. Ma non sapete tutto, non avete visto tutto. Perciò lasciatemi dire, signor professore, che non deplorerete il tempo passato a bordo della mia nave. Viaggerete nel paese delle meraviglie. La meraviglia, lo stupore, saranno probabilmente lo stato normale della vostra mente. Non vi stancherete facilmente dello spettacolo che sarà incessantemente offerto ai vostri occhi. Io sto per rivedere in un nuovo giro del mondo sottomarino – chi sa, forse l'ultimo – tutto ciò che ho potuto studiare in fondo a quei mari percorsi tante volte, e voi sarete il mio compagno di studi. A partire da questo giorno voi entrate in un nuovo elemento, voi vedrete ciò che nessun uomo ha ancora visto – poiché io e i miei non contiamo più – e il nostro pianeta, grazie a me, sta per svelarvi i suoi ultimi segreti. »

Non posso negarlo: tali parole ebbero su me un grande effetto. Ero preso dal mio lato debole e dimenticai per un momento che la contemplazione di quelle cose sublimi non poteva valere la libertà perduta. D'altronde contavo sull'avvenire per risolvere questa grave questione. Così, mi accontentai di rispondere:

« Signore, se avete rotto con l'umanità voglio credere che non abbiate rinnegato ogni umano sentimento. Noi siamo dei naufraghi caritatevolmente raccolti a bordo della vostra nave, e non lo dimenticheremo. Quanto a me personalmente, non nego che se l'interesse della scienza potesse assorbire anche il bisogno di libertà, ciò che il nostro incontro mi promette offrirebbe grandi compensi. »

Credevo che il comandante mi avrebbe teso la mano per suggellare il nostro trattato. Non ne fece nulla. Mi dispiacque per lui.

« Un'ultima domanda » dissi al momento in cui quell'uomo inesplicabile sembrò voler ritirarsi.

« Dite, signor professore. »

« Con quale nome debbo chiamarvi? »

« Signore, » rispose il comandante « io non sono per voi che il capitano Nemo; e per me i vostri compagni e voi siete esclusivamente i passeggeri del *Nautilus*. »

Il capitano Nemo chiamò. Apparve uno *steward*. Il capitano gli impartì ordini in quella lingua straniera che non sapevo qualificare. Poi, rivolgendosi al canadese e a Conseil:

« Un pasto vi aspetta nella vostra cabina » disse loro. « Vogliate seguire quest'uomo. »

« Non è il caso di fare complimenti! » esclamò il fiociniere.

Lui e Conseil uscirono, finalmente, dalla cella dov'erano rinchiusi da più di trenta ore.

« E ora signor Aronnax, la nostra colazione è pronta. Permettetemi di farvi strada. »

« Ai vostri ordini, capitano. »

Seguii il capitano Nemo. Appena varcata la soglia prendemmo per un corridoio illuminato elettricamente. Dopo una decina di metri una seconda porta si aprì davanti a me.

Entrai allora in una sala da pranzo, ornata e mobiliata con gusto severo. Alte credenze di quercia incrostata d'ornamenti di ebano si ergevano alle due estremità della sala, e sulle loro scaffalature a linea ondulata sfavillavano maioliche, porcellane, cristallerie d'un valore inestimabile. Il vasellame piatto vi risplendeva sotto i raggi versati da un soffitto luminoso, del quale fini pitture attutivano e addolcivano l'intensità.

Al centro della sala vi era una tavola riccamente imbandita. Il capitano Nemo mi indicò il mio posto.

« Sedetevi, signore, » mi disse « e mangiate come un uomo che deve morire di fame. »

La colazione era composta da un certo numero di piatti di cui il solo mare aveva fornito il contenuto, e di alcuni cibi dei quali mi erano ignote la natura e la provenienza. Riconoscerò che erano buoni, ma d'un gusto particolare al quale mi abituai facilmente. Quei diversi alimenti mi parvero ricchi di fosforo e pensai che dovessero avere un'origine marina.

Il capitano Nemo mi guardava. Io non gli domandai nulla, ma lui indovinò i miei pensieri e rispose di propria iniziativa alle domande che urgevano nel mio pensiero.

« La maggior parte di questi cibi vi è sconosciuta, » mi disse « ma potete mangiarne senza timore. Sono sani e nutrienti. Da molto tempo ho rinunciato agli alimenti della terra, non me ne trovo affatto male. Il mio equipaggio (gente assai vigorosa) non si nutre diversamente da me. »

« Allora, tutti questi alimenti sono prodotti del mare? »

« Sì, signor professore, il mare soddisfa tutti i miei bisogni. Talvolta calo le reti e vado alla traina; le ritiro gonfie da rompersi. Altre volte vado a caccia in seno a questo elemento che sembra inaccessibile all'uomo, e mi procuro la selvaggina che abita nelle mie foreste sottomarine. Le mie greggi, come quelle del vecchio pastore di Nettuno, pascolano senza timore sulle immense praterie dell'Oceano. Io sono proprietario di una sconfinata tenuta che sfrutto da solo, e che è seminata dalla mano del Creatore universale. »

Entrai allora in una sala da pranzo.

Guardai il capitano Nemo con una certa meraviglia, gli risposi:

« Capisco perfettamente, signore, come le vostre reti forniscano eccellenti pesci alla vostra tavola; capisco meno come diate la caccia alla selvaggina acquatica delle vostre foreste sottomarine; ma non capisco affatto, come una particella di carne per quanto piccola possa figurare nel vostro *menu* ».

« Quel che voi credete carne, signor professore, è filetto di tartaruga marina. Ecco intanto del fegato di delfino, che prendereste facilmente per ragù di maiale. Il mio cuoco è un abile dispensiere, eccelle nel conservar i più vari prodotti dell'Oceano. Assaggiate tutti questi cibi. Ecco una conserva d'oloturie che un malese dichiarerebbe senza rivali al mondo, ecco della crema per la quale il latte è stato fornito dalla mammella dei cetacei e lo zucchero dai grandi fuchi del Mare del Nord; e, finalmente, permettetemi di offrirvi confetture di anemoni che valgono quelle dei frutti più saporiti. »

Io assaggiavo, da curioso più che da buongustaio, mentre il capitano Nemo mi incantava coi suoi racconti inverosimili.

« Ma questo mare signor Aronnax, » mi disse « questa nutrice prodigiosa, inesauribile, non soltanto mi nutre: mi veste pure. Queste stoffe che vi coprono sono tessute col bisso di certe conchiglie; sono tinte con la porpora degli antichi e sfumate da colori violetti che estraggo dalle aplysis del Mediterraneo. I profumi che troverete sulla toletta della vostra cabina sono prodotti dalla distillazione di piante marine. Il vostro letto è fatto con la più dolce zosteria dell'Oceano. La vostra penna sarà un fanone di balena, il vostro inchiostro il liquore secreto dalla seppia o dal calamaro. Tutto ora mi viene dal mare, come tutto ritornerà al mare un giorno! »

« Voi amate il mare, capitano. »

« Sì! Lo amo! Il mare è tutto! Copre i sette decimi del globo terrestre. Il suo alito è puro e sano. È l'immenso deserto dove l'uomo non è mai solo, poiché sente la vita fremere accanto a lui. Il mare non è che il veicolo d'una sovrannaturale e prodigiosa esistenza; non è che movimento e amore; è l'infinito vivente, come ha detto un vostro poeta. E infatti, signor professore, la natura vi si manifesta coi suoi tre regni, minerale, vegetale, animale. Quest'ultimo vi è largamente rappresentato dai quattro gruppi degli zoofiti, da tre classi degli articolati, da cinque classi dei molluschi, da tre classi dei vertebrati, i mammiferi, i rettili e quelle innumerevoli legioni di pesci, ordine infinito di animali che conta più di tredicimila specie, delle quali soltanto un decimo appartiene all'acqua dolce. Il mare è il vasto serbatoio della natura. È col mare che il globo ha per così dire cominciato a vivere, e chi sa se non finirà con lui! Qui è la tranquillità suprema. Il mare non appartiene ai despoti. Alla sua superficie questi possono ancora esercitare dei diritti iniqui, battersi, divorarsi, trasportarvi tutti gli orrori terrestri. Ma a trenta piedi sotto il suo livello il loro potere cessa, la loro influenza si spegne, la loro potenza sparisce. Ah, signore, vivete, vivete in seno al mare! Soltanto qui è l'indipendenza. Qui non riconosco padroni! Qui sono libero. »

Il capitano tacque all'improvviso, nel bel mezzo dell'entusiasmo che da lui straripava. Si era forse lasciato trascinare oltre al suo abituale riserbo? Aveva parlato troppo? Per qualche momento camminò in su e in giù, agitatissimo. Poi i nervi si calmarono, la fisionomia riprese l'abituale freddezza.

« Adesso, » esclamò « signor professore, se volete visitar il *Nautilus* sono ai vostri ordini. »

XI
IL *NAUTILUS*

Il capitano Nemo mi fece strada. Una doppia porta, situata nel retro della sala, si aprì ed entrammo in una stanza ampia come quella che avevo appena lasciata.

Era una biblioteca. Alti mobili di palissandro nero intarsiato di rame sorreggevano, sui loro larghi ripiani, moltissimi libri rilegati in modo uniforme. Seguivano il perimetro della sala, e nella loro parte inferiore terminavano in vasti divani imbottiti di cuoio marrone, che offrivano le più comode curve. Leggii avvicinabili o allontanabili a volontà si ergevano con leggerezza. Al centro era collocata una vasta tavola sparsa d'altri libri, tra i quali appariva qualche giornale ormai vecchio. La luce elettrica inondava quest'insieme armonioso piovendo da quattro globi racchiusi per metà, nelle volute del soffitto. Io guardavo con autentica ammirazione una sala così ingegnosamente disposta, e non potevo credere ai miei occhi.

« Capitano Nemo, » dissi al mio ospite che si era adagiato su un divano « ecco una biblioteca invidiabile da molte grandi dimore continentali, e veramente mi sbalordisce la sua destinazione a seguirvi nel più profondo del mare. »

« Dove si può trovare maggior solitudine, un silenzio più tenace, signor professore? » rispose il capitano Nemo. « Il vostro luogo di studio al Museo vi garantisce una quiete altrettanto grande? »

« No, signore, e debbo aggiungere che è ben povero a confronto del vostro. Voi dovete tener qui sei o settemila volumi... »

« Dodicimila, signor Aronnax. Sono i soli legami che mi uniscono alla terra. Ma il mondo è finito per me il giorno nel quale il *Nautilus* si è immerso per la prima volta nel mare. Quel giorno, avevo acquistato i miei ultimi volumi, le mie ultime riviste, i miei ultimi giornali, e da allora, voglio credere che l'umanità non ha più pensato né scritto. Del resto i miei libri sono a vostra disposizione, signor professore, e vi invito a servirvene liberamente. »

Ringraziai il capitano Nemo, mi avvicinai alle scaffalature. Libri di scienza morale e letteratura scritti nelle lingue più varie vi abbondavano; ma non vidi una sola opera di economia politica, libri del genere sembravano severamente messi al bando dalla nave. Particolare curioso, tutti i volumi erano indistintamente classificati, in qualsiasi lingua fossero scritti, e il miscuglio provava che il capitano del *Nautilus* doveva leggere correntemente i volumi che la sua mano prendeva a caso.

Tra queste opere notai capolavori dei maestri antichi e moderni, cioè tutto quel che di più bello l'umanità ha prodotto nella storia, nella poesia, nel romanzo e nella scienza, da Omero a Victor Hugo, da Senofonte fino a Michelet, da Rabelais fino alla signora Sand. Ma era stata più particolarmente la scienza a contribuire alla costituzione della biblioteca: libri di meccanica, balistica e idrografia, meteorologia, geografia e geologia ecc. occupavano un posto non meno

Era una biblioteca.

importante di quello delle opere di storia naturale, e compresi che formavano i principali studi del capitano. Vidi tutte le opere di Humboldt e di Arago, i lavori di Foucault, Henry Sainte-Claire Deville, Chasles, Milne-Edwards, Quatrefages, Tyndall, Faraday, Berthelot; dell'abate Secchi, di Petermann, del comandante Maury, di Agassiz ecc.; le memorie dell'Accademia delle Scienze, i bollettini di diverse società geografiche e – in buona posizione – i due volumi che forse mi avevano valso l'accoglienza relativamente buona del capitano Nemo. Tra quelli di Joseph Bertrand, il volume intitolato *I fondatori dell'astronomia* mi fornì anche una data sicura di riferimento; sapendo che era stato pubblicato nel 1865, potei concluderne che l'installazione del *Nautilus* non risaliva a un'epoca precedente. Dunque tutt'al più da tre anni il capitano Nemo aveva iniziato la sua esistenza sottomarina. Speravo inoltre, che qualche libro di pubblicazione ancor più recente mi permettesse di stabilire con precisione quell'epoca; ma avevo dinnanzi a me gran tempo per fare questa ricerca, e non volli ritardar oltre la nostra passeggiata fra le meraviglie del *Nautilus*.

« Signore, » dissi al capitano « vi ringrazio di aver messo a mia disposizione questa biblioteca. Contiene tesori di scienza, e ne approfitterò. »

« Questa sala non è solo una biblioteca, » disse il capitano Nemo « ma è anche il *fumoir*. »

« *Fumoir*? » esclamai « ma dunque a bordo si fuma? »

« Certamente. »

« Allora debbo credere che avete relazioni con l'Avana... »

« Nessuna » rispose il capitano. « Accettate questo sigaro, signor Aronnax. Benché non venga dall'Avana vi piacerà, se non siete un novizio. »

Presi il sigaro che mi veniva offerto e la cui forma ricordava quella dei *londrès*, ma sembrava fatto con foglie d'oro. Lo accesi a un piccolo braciere sostenuto da un elegante piede di bronzo, aspirai le prime boccate con la voluttà di un intenditore che da due giorni non ha fumato.

« È eccellente » dissi. « Ma non è tabacco. »

« Infatti, » rispose il capitano « non viene dall'Avana né dall'Oriente. È una specie di alga, ricca di nicotina, che il mare mi fornisce: non senza parsimonia. Rimpiangete i *londrès*, signore? »

« Capitano, a partire da oggi li disprezzerò. »

« Fumate allora a vostro piacere, e senza preoccuparvi per l'origine di questi sigari. Nessuna regia li ha controllati ma non sono perciò meno buoni, credo. »

« Anzi! »

Poi il capitano Nemo aprì una porta, che fronteggiava quella dalla quale ero entrato nella biblioteca, e passammo in un salone immenso splendidamente illuminato.

Era un gran quadrilatero dagli angoli smussati, lungo dieci metri, largo sei, alto cinque. Un soffitto luminoso e adorno di sottili arabeschi diffondeva una dolce chiarezza sulle meraviglie radunate, distribuite in questo museo. Poiché, davvero un museo era, nel quale una prodiga mano intelligente aveva collocato moltissimi tesori della natura e dell'arte, con l'estrosa libertà che distingue gli studi dei pittori.

Una trentina di quadri di grandi maestri, in analoghe cornici, separati da scintillanti panoplie, animavano le pareti tappezzate di stoffe dai colori severi. Vidi tele d'enorme valore che in gran parte avevo già ammirato nelle collezioni private d'Europa o in esposizioni. Le scuole degli antichi maestri erano presenti con una Madonna di Raffaello, una giovane di Leonardo da Vinci e una ninfa del Correggio; una donna di Tiziano, una Adorazione del Veronese e un'Assunzione di Murillo; un ritratto di Holbein, un monaco di Velázquez, un martirio di Ribera e una *kermesse* di Rubens, due paesaggi fiamminghi di Teniers, tre piccoli Gérard Dow, Metsu e Paul Potter, due tele di Géricault e di Prud'hon, alcune marine di Backuysen e Vernet. Tra le opere moderne figuravano dipinti firmati Delacroix, Ingres, Decamps, Troyon, Meissonnier, Daubigny ecc.; – ammirevoli statuette in marmo o in bronzo riproducenti i più bei modelli dell'antichità si ergevano, negli angoli, sui loro piedistalli. La stupefazione annunciatami dal comandante del *Nautilus* cominciava a far massa.

« Signor professore, » mormorò allora questo strano uomo « vorrete scusare la disinvoltura con la quale vi ricevo, e il disordine che regna nel salone. »

« Signore, » risposi « senza cercar di sapere chi siete mi è lecito veder in voi un artista? »

« Tutt'al più un dilettante, signore. In altri tempi amavo collezionare queste bellezze create dall'uomo. Ero un avido

Un gran quadrilatero dagli angoli smussati.

ricercatore, un instancabile segugio, e ho potuto raccogliere alcune cose eccellenti. Sono gli ultimi ricordi di quella terra che per me è morta. Per i miei occhi i vostri artisti moderni sono già più che degli antichi: hanno due o tremila anni di vita e li confondo nella mia mente. Ma i maestri non hanno età. »

« E i musicisti? » chiesi mostrando gli spartiti di Weber, Rossini e Mozart, di Beethoven, di Haydn; di Meyerbeer e Hérold, di Wagner, Auber, Gounod e altri, sparsi su un grandioso organo addossato a una tra le pareti del salone.

« Questi musicisti » rispose il capitano Nemo « sono contemporanei di Orfeo poiché le differenze cronologiche si annullano nella memoria dei morti. E io sono morto, signor professore, morto quanto i vostri amici che riposino sei piedi sotto la terra! »

Il capitano Nemo tacque, parve immergersi in una profonda fantasticheria. Io lo guardavo con emozione, indagavo le stranezze del suo aspetto. Tenendo i gomiti appoggiati su una preziosa tavola di mosaico lui non mi vedeva più, dimenticava la mia presenza.

Rispettai questo raccoglimento e continuai a passare in rivista le meraviglie che arricchivano il salone.

Accanto alle opere d'arte, le rarità naturali tenevano un posto molto importante. Consistevano soprattutto in piante marine, conchiglie e altri prodotti dell'Oceano che dovevano rappresentare personali scoperte del capitano Nemo. Nel centro del salone uno zampillo d'acqua illuminato elettricamente ricadeva in una vasca fatta da una sola tridacne. Tale conchiglia, in cui vive il più grande tra i molluschi acefali, misurava sui suoi orli delicatamente fatti a festoni una circonferenza di sei metri circa: superava dunque in grandezza le affascinanti tridacni regalate a Francesco I dalla repubblica di Venezia, e delle quali a Parigi la chiesa di San Sulpizio ha fatto due acquasantiere gigantesche.

Intorno alla vasca, in eleganti vetrine dall'armatura di rame erano esposti e classificati i prodotti del mare complessivamente più preziosi che si fossero mai offerti allo sguardo d'un naturalista. Si può immaginare la mia gioia di scienziato.

Il reparto zoofiti forniva curiosissimi esemplari dei suoi due gruppi dei polipi e degli echinodermi. Nel primo gruppo, tubipore, gorgoni disposte a ventaglio, spugne dolci di

Siria, isidi delle Molucche; pennatuli, un'ammirevole virgularia dei mari di Norvegia, ombellularie varie, alcionarie, tutta una serie di madrepore che il mio maestro Milne-Edwards ha tanto saviamente classificate in sezioni, e tra le quali notai delle adorabili flabelline, delle oculine dell'Isola Borbone, il "Carro di Nettuno" delle Antille, delle superbe varietà di coralli, e infine tutte le specie di quei curiosi polipi il cui raggrupparsi forma isole intere che un giorno diventeranno continenti. Negli echinodermi (notevoli per la loro copertura spinosa) le asterie e le stelle di mare, le pantacrine le comatle gli asterofoni, i ricci le oloturie ecc. formavano una collezione completa degli individui di tale gruppo.

Un conchiliologo un po' nervoso sarebbe andato certamente in deliquio davanti ad altre, più numerose, vetrine dov'erano raccolti i campioni del ramo dei molluschi. La collezione aveva un valore inestimabile, per descriverla completamente il tempo mi mancherebbe. Tra questi prodotti del mare citerò soltanto l'elegante martello reale dell'Oceano Indiano, le cui macchie bianche risaltavano vivacemente su un fondo rosso e bruno; uno spondilo imperiale dai vivissimi colori, tutto irto di aculei, esemplare raro nei musei europei e del quale stimai il valore a ventimila franchi; un martello comune dei mari della Nuova Olanda, quanto mai raro; buccarde esotiche del Senegal, fragili conchiglie bianche a doppia valva, che un soffio avrebbe dissipate come una bolla di sapone; alcune varietà d'innaffiatoi di Giava, specie di tubi calcarei orlati di spire fogliacee, disputatissimi dagli amatori; tutta una serie di tronchi, quali d'un giallo verdastro, pescati nei mari dell'America, quali d'un bruno rosso, amici delle acque della Nuova Olanda, venuti quelli dal Golfo del Messico e notevoli per il loro guscio embricato, delle stellarie trovate nei mari australi e finalmente l'esemplare più raro di tutti, il magnifico sperone della *Nuova Zelanda*. Poi le ammirevoli telline sulfuree, certe preziose famiglie di citeree e di veneri, il quadrante graticciato delle Coste di Tranquebar, lo zoccolo marmorizzato della madreperla risplendente, i pappagalli verdi marini della Cina, il cono quasi sconosciuto del genere *Coenodulli*, tutte le varietà di porcellane che servono da moneta in India e in Africa, la "Gloria del Mare", la più preziosa conchiglia delle Indie Orientali; infine littorine e delfinule, e turritelle, jantine, ovuli, volute e olive, mitre, rocce, tritoni; cerite, caschi, porpore; delle bùccine, delle arpe, dei fusi, strombi, pteroceri, delle patelle, delle iale, delle cleodore, conchiglie delicate e fragili che la scienza ha battezzate con i suoi nomi più graziosi.

A parte, in compartimenti speciali si snodavano rosarî di perle della più grande bellezza, che la luce elettrica pungeva con punte di fuoco: perle rosa, strappate alle pinne marine del Mar Rosso; verdi dell'aliotide iris; gialle, blu, nere, curiosi prodotti di varî molluschi di tutti gli oceani e di certi mitili dei corsi d'acqua del Nord, e finalmente diversi campioni d'un valore inestimabile, distillati dalle meleagrine più rare. Qualcuna tra queste perle sorpassava in grossezza un uovo di piccione. Valevano altrettanto e anche più di quella che il viaggiatore Tavernier vendette per tre milioni allo Scià di Persia; superavano l'altra perla, dell'Iman di Mascate, che avevo creduta senza rivali al mondo.

Formulare in cifre il pregio di quella collezione era dunque per così dire, impossibile. Il capitano Nemo doveva aver speso milioni, per tutti questi esemplari; e mi chiedevo dove avesse mai trovato i mezzi per farlo, quando udii:

« State esaminando le mie conchiglie, signor professore? Certo, possono interessar un naturalista; ma per me hanno un altro titolo di merito, le ho tutte raccolte con le mie mani e non c'è mare di questo globo che sia sfuggito alle mie ricerche. »

« Capisco, capitano, intendo bene la gioia di muoversi fra tali ricchezze. Siete di quelli che hanno raccolto da soli il proprio tesoro. Nessun museo d'Europa ha una simile collezione di prodotti marini. Ma se esaurisco per essa la mia ammirazione, che cosa mi resterà per la nave che la porta? Non voglio penetrar i segreti che vi appartengono. Ma confesso che il *Nautilus*, la forza motrice che racchiude in sé e gli apparecchi che permettono di manovrarlo, tutto questo eccita al massimo la mia curiosità. Vedo alle pareti di questa sala appesi strumenti il cui impiego mi è sconosciuto. Posso sapere?... »

« Signor Aronnax, » rispose il capitano Nemo « vi ho detto che siete libero a bordo della mia nave, e per conseguenza nessuna parte del *Nautilus* vi è interdetta. Potete visitarlo a fondo, e ben volentieri io vi farò da *cicerone.* »[1]

« Non saprei come ringraziarvi signore, ma non abuserò della vostra cortesia. Vi domando solo a quale uso sono destinati questi strumenti di fisica... »

« Signor professore, identici strumenti si trovano nella mia camera e avrò il piacere di spiegarvi là il loro impiego. Ma venite, prima, a visitare la cabina che vi è riservata. Non deve restarvi oscura la vostra sistemazione a bordo del *Nautilus.* »

Seguii il capitano Nemo che mi fece tornare nei corridoi della nave. Mi guidò verso prua e trovai non una cabina ma un'elegante camera da letto, con toletta e altro mobilio.

Ringraziai il mio ospite.

« La vostra camera è contigua alla mia, » mi disse aprendo la porta « e la mia dà sul salone che abbiamo appena lasciato. »

Entrammo nella stanza del capitano. Aveva un aspetto severo, quasi cenobitico. Un lettino di ferro, un tavolo da lavoro e qualche mobile da toletta. Una luce moderata. Nessun *comfort.* Lo stretto necessario e basta.

Il capitano mi offrì una sedia.

« Sedete, » disse « vi prego. »

Mi sedetti, e parlò nei termini che seguono.

XII
TUTTO MEDIANTE L'ELETTRICITÀ

« Signore, » disse il capitano Nemo mostrandomi gli strumenti appesi alle pareti della sua camera « ecco gli apparecchi richiesti dalla navigazione del *Nautilus.* Qui, come nel salone, li tengo sotto gli occhi; indicano la mia posizione e la mia direzione esatte in mezzo all'Oceano. Certuni vi sono noti, come il termometro, che dà la temperatura interna del *Nautilus*; il barometro, che pesa l'aria e predice i cambiamenti di tempo; l'igrometro, che segna il grado di umidità dell'atmosfera; lo *storm-glass*, il cui miscuglio, scom-

[1] In italiano nel testo.

La stanza del capitano Nemo.

ponendosi, annunzia l'arrivo delle tempeste; la bussola, che dirige la mia rotta; il sestante, che con l'altezza del sole mi dice la latitudine; i cronometri, che mi permettono di calcolare la longitudine; e infine dei cannocchiali da giorno e da notte, che mi servono a scrutare tutti i punti dell'orizzonte quando il *Nautilus* è risalito alla superficie.

« Sono gli strumenti classici del navigatore, » risposi « e il loro uso mi è noto. Ma eccone altri che, senza dubbio, rispondono alle esigenze del *Nautilus*. Questo quadrante percorso da un ago mobile, non è un manometro? »

« Infatti. È un manometro. Messo in comunicazione con l'acqua, di cui indica la pressione esterna, mi rivela la profondità dove si trova la mia nave.

« E queste sonde di nuovo tipo? »

« Sonde termometriche: misurano le temperature dei vari strati d'acqua. »

« E questi altri strumenti dei quali non so immaginare l'impiego? »

« A questo punto signor professore, devo darvi qualche spiegazione » disse il capitano Nemo. « Vogliate ascoltarmi. »

Restò silenzioso per qualche attimo, poi disse:

« C'è un *agente* pieno di potenza, obbediente, rapido, sbrigativo, che si piega a tutti gli usi e regna da padrone a bordo della mia nave. Tutto vien fatto grazie a lui. Mi illumina, mi riscalda, è l'anima di tutti i miei apparecchi meccanici. Questo *agente* è l'elettricità ».

« L'elettricità! » esclamai con sorpresa.

« Sì, signore. »

« Ma il *Nautilus* compie movimenti veloci che oltrepassano i poteri attuali dell'elettricità. Finora la potenza dinamica dell'elettricità è rimasta assai limitata, non si è espressa in forze ingenti. »

« Signor professore, » rispose il capitano Nemo « la mia elettricità non è quella degli altri; è tutto quanto mi sento ora di comunicarvi in proposito. »

« Non insisto, signore, e mi contenterò d'essere molto sorpreso. Un'unica domanda: risponderete o meno, ve ne lascio ben il diritto. Gli elementi che impiegate per produrre questo meraviglioso *agente* devono consumarsi alla svelta. Lo zinco, per esempio, come lo rinnovate non avendo rapporti con la terraferma? »

« La vostra domanda avrà risposta » disse il capitano Nemo. « Vi dirò prima di tutto, che in fondo ai mari esistono miniere di zinco e di ferro, d'argento, d'oro il cui sfruttamento sarebbe possibile. Ma non mi sono affatto rivolto a questi metalli terrestri, ho voluto chiedere al mare stesso i mezzi per produrre la mia elettricità. »

« Al mare? »

« Sì, signor professore, e i mezzi non facevano difetto. Avrei potuto, stabilendo un circuito tra fili immersi più o meno profondamente, ottenere elettricità grazie alle differenze di temperatura; ma ho preferito ricorrere a un sistema più pratico. »

« E quale? »

« Conoscete la composizione dell'acqua marina. Su mille grammi si trovano novantasei centesimi e mezzo d'acqua, e circa due centesimi e due terzi di cloruro di sodio; poi, in piccola quantità, cloruro di magnesio e di potassio, bromuro di magnesio, solfato di magnesio, solfato e carbonato di calcio. Vedete che il cloruro di sodio vi si incontra in notevole proporzione. Ora, è questo sodio che io estraggo dall'acqua e di cui compongo i miei elementi. »

« Il sodio? »

« Sì, signore. Mescolato al mercurio forma un amalgama che sostituisce lo zinco negli elementi Bunsen. Il mercurio non si consuma. Solo il sodio devo rinnovare, e il mare me lo fornisce direttamente. Vi dirò inoltre che le pile al sodio hanno un'energia impareggiabile, e che la loro forza elettromotrice è doppia di quella delle pile allo zinco. »

« Capisco bene, capitano, l'eccellenza del sodio nelle condizioni in cui vi trovate. È il mare a fornirvelo. Benissimo. Ma occorre anche fabbricarlo, insomma, estrarlo. E come fate? Le vostre pile evidentemente permetterebbero questa estrazione; ma se non sbaglio, il consumo di sodio richiesto dagli apparecchi elettrici sorpasserebbe la quantità estratta. Ovverosia, per produrlo ne consumereste più di quanto venga infine prodotto. »

« Perciò signor professore, non lo estraggo mediante la pila: e impiego semplicemente il calore del carbone di terra. »

« Di terra? » insistetti.

« Diciamo, se volete, carbone di mare » rispose il capitano.

« E riuscite a sfruttare miniere sottomarine di carbone? »

« Signor Aronnax, mi vedrete all'opera. Non vi domando che un po' di pazienza, ne avrete ben il tempo. Ricordatevi solo di questo: io all'Oceano debbo tutto: esso produce elettricità, e l'elettricità dà al *Nautilus* il calore, la luce, il moto, in una sola parola la vita. »

« Ma non l'aria che respirate... »

« Oh! potrei fabbricarmela l'aria necessaria ai miei consumi, ma è inutile dato che risalgo alla superficie del mare quando voglio. Tuttavia se l'elettricità non mi fornisce l'aria respirabile, fa agire pompe possenti che la immagazzinano in speciali serbatoi; ciò mi permette di prolungare in caso di bisogno, per quanto tempo io voglia, la permanenza negli strati più profondi. »

« Capitano, » risposi « mi contento di ammirare. Evidentemente avete trovato ciò che gli uomini troveranno, senza dubbio, in futuro: la reale potenza dinamica dell'elettricità. »

« Non so se la troveranno » rispose freddamente il capitano Nemo. « Comunque sia conoscete già la mia prima applicazione di questo agente prezioso. Ci illumina con una uniformità, una continuità sconosciute alla luce del sole. Guardate ora quest'orologio: è elettrico, e la sua regolarità sfida quella dei migliori cronometri. L'ho diviso in ventiquattro ore, come gli orologi italiani, dato che non esistono per me la notte né il giorno né il sole né la luna, ma solo questa luce artificiale che io porto con me fin nel fondo dei mari. Vedete, ora sono le dieci del mattino. »

« Perfettamente. »

« Altra applicazione dell'elettricità: il quadrante dinnanzi a noi serve a indicare la velocità del *Nautilus*. Un filo elettrico lo mette in comunicazione con l'elica del *loch*, e il suo ago mi indica la velocità reale della nave. E vedete, in questo momento filiamo a una velocità moderata, quindici miglia l'ora. »

« È meraviglioso, » risposi « e vedo bene che avete avuto ragione di impiegare questo agente destinato a sostituir il vento, l'acqua, il vapore. »

« Non abbiamo finito » disse il capitano Nemo alzandosi. « E se volete seguirmi visiteremo la parte poppiera del *Nautilus*. »

Infatti, conoscevo ormai la parte prodiera di questa nave sottomarina, eccone l'esatta suddivisione andando dal centro dello scafo allo sperone: la sala da pranzo lunga cinque metri, separata dalla biblioteca da una chiusura stagna, cioè al sicuro da ogni via d'acqua; la biblioteca di cinque metri; il grande salone di dieci metri, separato dalla camera del capitano da un'altra chiusura stagna; la detta camera del capitano, di cinque metri; la mia, di due metri e mezzo; e finalmente un serbatoio per l'aria, di sette metri, che arrivava fino al dritto di prua. In totale trentacinque metri di lunghezza. Nelle chiusure stagne, erano praticate delle porte che si chiudevano ermeticamente per mezzo di otturatori di caucciù, e garantivano a bordo del *Nautilus* ogni sicurezza nel caso che si aprissero delle falle.

Seguii il capitano Nemo per i corridoi, arrivammo al centro della nave. Qui una specie di pozzo si apriva fra due chiusure stagne. Una scala di ferro aggrappata alla parete portava all'estremità superiore. Domandai al capitano per quale uso servisse.

« Porta al canotto » rispose.

« Come? avete un canotto? » esclamai meravigliato.

« Certamente. Un'ottima imbarcazione, leggera e inaffondabile, che serve a passeggiare e a pescare. »

« Ma allora per imbarcarvici dovete risalir alla superficie? »

« Neanche per sogno. Il canotto aderisce alla parte superiore dello scafo, occupa una cavità apposita. È interamente pontato, assolutamente stagno e trattenuto da solidi bulloni. La scala conduce ad un'apertura nello scafo del *Nautilus*, che corrisponde a un'apertura identica nel fianco del canotto. È da queste due aperture che mi introduco in esso. La prima, quella del *Nautilus*, viene richiusa dall'interno; io chiudo l'altra per mezzo di viti a pressione, svito i bulloni, e l'imbarcazione a velocità prodigiosa raggiunge la superficie del mare. Apro allora il boccaporto del ponte, fino allora ermeticamente chiuso, drizzo l'albero, isso una vela o prendo i miei remi e vado a spasso. »

« Ma per tornare a bordo? »

« Non sono io che torno, signor Aronnax: è il *Nautilus* che torna. »

« Al vostro comando? »

« Al mio comando. Un filo elettrico mi collega al *Nautilus*. Lancio un telegramma e tanto basta. »

« Veramente, » dissi, un po' ubriaco di tante meraviglie « nulla c'è di più semplice! »

Dopo aver passato la gabbia della scala che recava alla piattaforma, vidi una cabina lunga due metri nella quale Conseil e Ned Land erano beatamente indaffarati a pranzare. Poi una porta si aprì sulla cucina, lunga tre metri, situata tra le vaste cambuse di bordo.

L'elettricità, più energica e obbediente dello stesso gas, provvedeva a tutta la bisogna. Arrivando sotto i fornelli, i fili comunicavano a spugne di platino un calore che si distribuiva e si manteneva uniformemente. Essa scaldava egualmente degli apparecchi distillatori che, mediante la vaporizzazione, fornivano un'eccellente acqua potabile. Presso la cucina si apriva una sala da bagno confortevolmente attrezzata, i cui rubinetti fornivano acqua fredda o calda a volontà.

Alla cucina seguiva la stanza dell'equipaggio, lunga cinque metri. Ma l'uscio era chiuso, non potei vedere l'arredamento che mi avrebbe forse illuminato sul numero di uomini in servizio nel *Nautilus*.

In fondo si alzava una quarta chiusura stagna che separava l'ultima stanza dalla sala delle macchine. Si aprì un uscio e mi trovai nel compartimento dove il capitano Nemo – un ingegnere di prim'ordine senza dubbio – aveva installato i suoi apparecchi di locomozione.

Questa sala macchine, fortemente illuminata non misurava meno di venti metri di lunghezza. Era divisa in due parti: nella prima stavano gli elementi produttivi dell'elettricità, nella seconda il meccanismo che trasmetteva all'elica il moto. Da principio mi sorprese l'odore *sui generis* che riempiva il compartimento. Il capitano Nemo se ne accorse.

« Sono emanazioni di gas, » spiegò « prodotte dall'impiego del sodio. Ma è un lieve inconveniente. Del resto, ogni mattina purifichiamo la nave ventilandola a fondo. »

Esaminai con un interesse ben immaginabile la macchina del *Nautilus*.

« Come vedete io impiego elementi Bunzen, » disse il capitano « non elementi Ruhmkorff. Questi non servirebbero. I Bunzen qui sono pochi ma forti e grandi, cosa che risultò migliore a esperienza fatta. L'elettricità si dirige verso pop-

La sala macchine, fortemente illuminata.

pa, dove agisce mediante grandi elettro-calamite su un particolare sistema di leve e ingranaggi che trasmettono il moto all'albero dell'elica. Questa, il cui diametro è di sei metri e che ha un passo di sette metri e mezzo, può dar fino a centoventi giri al secondo. »

« E allora voi ottenete... »

« Una velocità di cinquanta miglia all'ora. »

C'era un mistero per me in questo fatto, ma lasciai stare. Come poteva l'elettricità aver tanta potenza? Dove prendeva origine questa forza quasi illimitata? Forse nell'enorme tensione ottenuta con bobine di nuovo tipo? Forse nella trasmissione, che un nuovo sistema di leve[1] accrescesse all'infinito? Non riuscivo a farmene un'idea precisa.

« Capitano Nemo, » dissi « constato i risultati e non cerco di spiegarli. Ho visto il *Nautilus* manovrare davanti all'*Abraham Lincoln*, ho avvertito bene la sua velocità. Ma camminare non basta! Bisogna sapere dove si va! Occorre poter dirigersi a destra o a sinistra, in alto o in basso. Come raggiungete le grandi profondità, dove una resistenza crescente si misura a centinaia d'atmosfere? Come risalite alla superficie? Infine, come vi è possibile tener la quota più conveniente? Sono indiscreto se ve lo chiedo? »

« Niente affatto, signor professore, » mi rispose il capitano dopo una lieve incertezza. « A me basta che non lasciate più questa nave sottomarina... Andiamocene nel salone: è il nostro vero gabinetto di lavoro e lì saprete tutto quanto dovete sapere del *Nautilus*! »

XIII
QUALCHE CIFRA

Poco dopo eravamo seduti su un divano nel salone, fumando dei sigari. Il capitano Nemo mi presentò un disegno che dava la pianta, la sezione e la proiezione del *Nautilus*. Poi cominciò a dirmi:

[1] Molte opere scientifiche o pseudoscientifiche, pressapoco in quel tempo, si occupavano di "nuovi sistemi di leve" prossimi a dare frutti straordinari. Verne, come al solito, è aggiornato.

Eravamo seduti su un divano.

« Ecco, signor Aronnax, le varie dimensioni del battello in cui siete. È un cilindro molto oblungo, ad estremità coniche. Imita sensibilmente la forma di un sigaro, forma già adottata a Londra in costruzioni del genere. La lunghezza totale di questo cilindro è esattamente settanta metri, e il diametro massimo otto metri. Non è quindi costruito sulla base di uno a dieci come i vostri piroscafi veloci, ma la sua linea è abbastanza lunga e l'immersione tale che l'acqua spostata non opponga resistenza al suo cammino.

« Queste dimensioni vi permettono d'ottenere mediante un calcolo molto semplice la superficie e il volume del *Nautilus*. La superficie è di mille e undici metri quadrati e quattro centesimi; il volume, millecinquecento metri cubi e due decimi. (Equivale a dire che, del tutto immerso, il *Nautilus* disloca o pesa millecinquecento metri cubi o tonnellate.) Quando ho messo in progetto questa nave destinata alla navigazione sottomarina, ho stabilito che durante il suo galleggiare restasse immerso per nove decimi emergendo per un decimo soltanto. Non dovevo dunque, in tali condizioni, spostare che i nove decimi del suo volume cioè milletrecentocinquantasei metri cubi e quarantotto centesimi, pesando l'identico numero di tonnellate. Mi sono tenuto nei limiti di questo peso costruendolo nelle dimensioni che vi ho dette.

« Il *Nautilus* è composto di due scafi l'uno interno, l'altro esterno, uniti tra loro da ferri a T che danno un'estrema rigidità. Grazie alla disposizione cellulare resiste infatti come un blocco, come se fosse pieno. Il fasciame non può cedere: aderisce da se stesso, non per la stretta dei rivetti, e l'omogeneità della costruzione dovuta alla perfetta concordanza dei materiali permette al *Nautilus* di sfidare i mari più violenti.

« I due scafi sono costruiti in una lamiera d'acciaio la cui densità relativamente all'acqua è di sette e otto decimi. Il primo non ha meno di cinque centimetri di spessore, pesa trecentonovantaquattro tonnellate e novantasei centesimi. Il secondo, con la chiglia alta cinquanta centimetri e larga venticinque, pesante essa sola sessantadue tonnellate – le macchine, la zavorra, i varî accessori e installazioni diverse, i serramenti e le puntellature interne, hanno un peso complessivo di novecentosessantuno tonnellate e sessantadue centesimi: aggiunte a quelle trecentonovantaquattro e novantasei centesimi, dànno il totale voluto di milletrecentocinquantasei tonnellate virgola quarantotto. D'accordo? »

« D'accordo, capitano. »

« Quando il *Nautilus* galleggia in condizioni simili, emerge dunque per un decimo. Ora, se ho serbatoi di una capacità eguale a questo decimo vale a dire centocinquanta tonnellate virgola settantadue, e li riempio d'acqua la nave dislocando allora millecinquecentosette tonnellate si immergerà completamente. È quel che succede, signor professore. Il *Nautilus* contiene nelle parti inferiori questi serbatoi. Apro delle valvole ed essi si riempiono, e la nave scendendo nelle acque viene a sfiorare la superficie. »

« Bene, capitano; ma arriviamo alla vera difficoltà. Che possiate sfiorare la superficie dell'Oceano lo capisco. Tuttavia immergendosi al disotto di questa superficie, la vostra nave sottomarina non incontra una pressione crescente e non subisce dunque una spinta dal basso in alto, valutabile a un'*atmosfera* ogni trenta piedi d'acqua cioè un chilogrammo per centimetro quadrato, all'incirca? »

« Esattamente, signore. »

« Allora se non riempite d'acqua l'intero *Nautilus*, non vedo come possiate fargli attraversare le masse liquide sottostanti. »

« Professore, » rispose il capitano Nemo « non bisogna confondere la statica con la dinamica o ci si espone a gravi errori. Poco lavoro basta in questo caso a raggiungere le zone basse dell'oceano, perché i corpi tendono verso il *fondo*! Seguite il mio ragionamento. »

« Vi ascolto capitano. »

« Quando ho voluto determinare l'aumento di peso che bisogna dar al *Nautilus* perché si immerga, ho dovuto preoccuparmi solo della riduzione del volume che si produce nell'acqua di mare man mano che gli strati diventano più profondi. »

« È evidente » dissi.

« Ora, se l'acqua non è del tutto incomprimibile è perlomeno assai poco comprimibile. Secondo i calcoli più recenti, la riduzione non è che di quattrocentotrentasei decimilionesimi per atmosfera o per ogni trenta piedi di profondità. Se dobbiamo andare a mille metri, tengo conto allora della riduzione del volume sotto una pressione equivalente a quella di una colonna d'acqua di mille metri, cioè sotto una pressione di cento atmosfere. Questa riduzione sarà di quattrocentotrentasei centomillesimi. Dovrò aumentare il peso in modo da raggiungere millecinquecentotredici tonnellate e settantasette centesimi, invece di millecinquecentosette e due decimi. L'aumento non sarà appena di sei tonnellate e cinquantasette centesimi? »

« Soltanto? »

« Soltanto, signor Aronnax; e verificare il calcolo è facile. Ora, io ho serbatoi supplementari capaci d'imbarcare cento tonnellate d'acqua. Posso scendere a profondità considerevoli. Quando voglio risalir alla superficie e affiorarvi, mi basta espellere quell'acqua, e vuotar per intiero i serbatoi se desidero che il *Nautilus* emerga per un decimo della sua capacità totale. »

Di fronte a simili ragionamenti appoggiati su tante cifre, non avevo nulla da obbiettare.

« Accetto i vostri calcoli, capitano, » risposi « e male mi opporrei a contestarli poiché l'esperienza dà loro ragione ogni giorno. Ma insorge un nuovo autentico problema. »

« Quale, signore? »

« Quando siete a mille metri di profondità, le pareti del *Nautilus* sopportano una pressione di cento atmosfere. Dunque, se volete allora vuotar i serbatoi supplementari per alleggerire la vostra nave e risalire alla superficie, bisogna che le pompe vincano questa pressione di cento atmosfere, che è di cento chilogrammi per centimetro quadrato. Donde una potenza... »

« ... Che soltanto l'elettricità poteva darmi » si affrettò a dire il capitano Nemo. « Vi ripeto, signor professore, che la potenza dinamica delle mie macchine è press'a poco infinita. Le pompe del *Nautilus* hanno una forza prodigiosa; dovete esservene accorto quando colonne d'acqua si sono scagliate come un torrente sull'*Abraham Lincoln*. Del resto, non mi servo dei serbatoi supplementari che per raggiungere profondità medie, dai millecinquecento ai duemila metri, e questo allo scopo di risparmiare i miei apparecchi. Perciò, se intendo visitare le profondità dell'Oceano due o tre leghe sotto la superficie compio manovre più lunghe, ma non meno infallibili. »

« Quali, capitano? » domandai.

« Ciò ovviamente mi porta a descrivervi le manovre del *Nautilus.* »

« Mi interessano molto. »

« Per governare la nave a dritta o a sinistra, per manovrare in una parola sul piano orizzontale, mi servo di un comune timone a piatto largo – fissato alla ruota di poppa, – che funziona mediante una ruota e alcuni paranchi. Ma posso far muovere il *Nautilus* anche dal basso in alto o dall'alto in basso, in senso verticale, usando due piani inclinati messi ai suoi fianchi sulla linea di galleggiamento: piani mobili, atti a prender qualsiasi posizione e che si manovrano dall'interno mediante leve potenti. Se "piani" sono tenuti paralleli al bastimento questo si muove orizzontalmente. Se vengono inclinati, il *Nautilus* seguendo tale inclinazione e rispondendo alla spinta dell'elica o discende secondo una diagonale che regolo a mio piacimento, o risale per la stessa diagonale. C'è di più: quando voglio risalir alla superficie con accentuata rapidità blocco l'elica; la pressione delle acque manda il *Nautilus* in verticale come un pallone che gonfio di idrogeno si alzi rapidamente nell'aria. »

« Bravo, capitano! » esclamai. « Ma come fa il timoniere a seguir la rotta che gli assegnate, dentro alle acque? »

« Egli sta in una gabbia a vetri che sporge sulla parte superiore del *Nautilus*, guarnita di cristalli lenticolari. »

« Vetri resistenti a pressioni simili? »

« Proprio così. Il cristallo, fragile all'urto, offre tuttavia notevole resistenza. Durante certe pratiche di pesca alla luce elettrica svoltesi nel 1864 in pieno Mare del Nord, si sono viste placche di cristallo il cui spessore non superava i sette millimetri resistere a una pressione di sedici atmosfere, continuando a lasciar passare potenti raggi calorifici. Ora, i vetri dei quali mi servo io hanno al loro centro uno spessore di ventun centimetri, trenta volte quello che accennavo. »

« Ammesso, capitano Nemo. Ma infine, per vedere bisogna che la luce scacci le tenebre e io mi chiedo come, nell'oscurità delle acque... »

« Dietro la gabbia del timoniere sta un potente riflettore elettrico, che illumina il mare fino a mezzo miglio di distanza. »

« Ah, tre volte bravo! Mi spiego ora la fosforescenza del cosiddetto narvalo, che intrigava tanto gli scienziati. Vorrei domandarvi a proposito se la collisione tra il *Nautilus* e lo *Scotia*, che sollevò tanto clamore, fu dovuta al caso. »

« Unicamente al caso, signore. Navigavo due metri sotto la superficie, quando avvenne l'urto. Del resto non ho notato conseguenze spiacevoli. »

« Nessuna, signore. Ma quanto all'incontro con l'*Abraham Lincoln*?... »

« Signor professore, mi duole per quella nave tra le migliori della prode marina americana, ma ero aggredito e ho dovuto difendermi. Limitandomi però a mettere la nave avversaria in condizioni tali da non potermi nuocere, le sarà facile riparare le avarie nel porto più vicino. »

« Ah comandante, » esclamai dal fondo dell'animo « è davvero una nave meravigliosa il vostro *Nautilus*! »

« Sì, professore, » rispose con visibile emozione il capitano Nemo « e io l'amo come carne della mia carne! Se tutto è pericolo sulle vostre navi esposte ai capricci dell'Oceano, se in pieno mare l'impressione originaria è il sentimento dell'abisso, come ha ben detto l'olandese Jansen, nelle sue profondità raggiunte a bordo del *Nautilus* il cuore dell'uomo non ha nulla da temere. Nessuna deformazione, perché il doppio scafo di questa nave è rigido come il ferro; manca d'alberatura che rollìo e beccheggio possano travagliare; niente vele alla mercé del vento; niente caldaie che il vapore possa rompere; nessun incendio di cui aver paura, questa nave è in lamiera e non in legno; niente carbone soggetto a esaurirsi, qui l'unico agente meccanico è l'elettricità. Nessun cattivo incontro da temere, il *Nautilus* naviga solitario nelle acque profonde; nessuna tempesta da sfidare, poiché a pochi metri dalla superficie trova assoluta quiete. Ecco, signore. Ecco la nave per eccellenza! E se davvero il progettista ha fiducia in un bastimento ancor più che il costruttore, e il costruttore più del capitano stesso, immaginatevi quanto mi fidi del *Nautilus* io che ne sono plenariamente il capitano, il costruttore e il progettista.

Parlava con un'eloquenza trascinante. L'ardore dello sguardo, l'espressività appassionata dei gesti lo trasfiguravano. Sì! egli amava la sua nave come un padre ama il figlio.

Ma una domanda, forse indiscreta, si era fatta naturale e non potei reprimerla:

« Siete dunque ingegnere, capitano Nemo? ».

« Sì » mi rispose. « Ho studiato ingegneria a Londra a Parigi e a New York, quando abitavo in terraferma. »

« Ma come siete riuscito a produrre in segreto questo ammirevole *Nautilus*? »

« Ciascuno tra i suoi pezzi, signor Aronnax, mi arrivò da un diverso punto del globo e sotto una destinazione mascherata. La chiglia è stata forgiata al Creusot, l'albero dell'elica da Pen & Co. di Londra, le piastre di lamiera per lo scafo da Leard di Liverpool, l'elica da Scott di Glasgow. I serbatoi provengono da Cail et Cie. di Parigi, la macchina da Krupp, in Prussia, lo sperone dalle officine di Motala in Svezia; gli strumenti di precisione, dai fratelli Hart di New York ecc.; ognuno di questi fornitori aveva ricevuto i miei progetti sotto nomi diversi. »

« Ma una volta fabbricate queste parti si è ben dovuto montarle, sistemarle? »

« Avevo fissato la mia officina su un isolotto deserto, in pieno Oceano. Là i miei operai ossia i valorosi compagni che avevo istruito e formato, e io, abbiamo messo insieme il nostro *Nautilus*. Poi ad operazione conclusa il fuoco ha tolto ogni traccia del nostro passaggio sull'isolotto, che avrei fatto saltare in aria se fosse stato possibile. »

« Mi lasciate credere che la spesa per questa costruzione fu enorme? ».

« Signor Aronnax, una nave di ferro costa millecentoventicinque franchi la tonnellata. Ora, il *Nautilus* ne stazza millecinquecento. Il suo costo è di un milione seicentomila franchi, – due milioni se aggiungiamo le installazioni interne e l'arredamento: quattro o cinque ne vale comprendendo le opere d'arte, le collezioni che racchiude. »

« Un'ultima domanda, capitano. »

« A vostro agio, signor professore. »

« È grande la vostra ricchezza? »

« Enormemente grande, signore, e potrei senza difficoltà pagare i dieci miliardi di debiti della Francia. »

Guardai con insistenza lo strano personaggio che parlava così. Abusava della mia disposizione a credergli? L'avvenire mi avrebbe dato una risposta.

Il fuoco ha tolto ogni traccia del nostro passaggio.

XIV
IL FIUME-NERO

La porzione del globo terrestre ricoperta dalle acque è calcolata in tre milioni ottocentotrentaduemila cinquecentocinquantotto miriametri quadrati, ossia più che trentotto miliardi di ettari. Tale massa liquida comprende due miliardi duecentocinquanta milioni di miglia cube, e formerebbe una sfera il cui diametro abbia sessanta leghe, con un peso di tre quintilioni di tonnellate. Bisogna dire che il quintilione sta al miliardo come il miliardo all'unità: stanno insomma in un quintilione tanti miliardi quante unità in un miliardo. Ora, questa massa liquida rappresenta pressappoco la quantità d'acqua che verserebbero, insieme, tutti i fiumi della terra per quarantamila anni.

Durante le ère geologiche, al periodo del fuoco seguì il periodo dell'acqua. L'Oceano fu dapprima universale. Poi a poco a poco, nei tempi siluriani apparvero cime di montagne, isole emersero e scomparvero sotto diluvî parziali, riapparvero, si saldarono tra loro, formarono dei continenti, e finalmente le terre si stabilirono geologicamente come noi le vediamo. Il solido aveva conquistato sul liquido trentasette milioni seicentocinquantasettemila miglia quadrate, cioè dodici miliardi e novecentosedici milioni di ettari.

La configurazione dei continenti porta a dividere le acque in cinque oceani detti Glaciale Artico, Glaciale Antartico, Indiano, Atlantico e Pacifico.

L'Oceano Pacifico si estende da nord a sud fra i due circoli polari, da ovest a est fra l'Asia e l'America, per centoquarantacinque gradi di longitudine. È il mare più "tranquillo"; le sue correnti sono larghe e lente, le sue maree moderate, le sue piogge abbondanti. Tale oceano un destino mi chiamava a percorrerlo, almeno ora, nelle condizioni più strane.

« Signor professore, » mi disse il capitano Nemo « se vi piace rileveremo adesso esattamente la nostra posizione e fisseremo il punto di partenza di questo viaggio. È mezzogiorno meno un quarto. Stiamo per risalire alla superficie. »

Tre volte egli pigiò un bottone elettrico. Le pompe cominciarono a espellere acqua dai serbatoi; l'ago del manometro mise in chiaro, secondo le varie pressioni, il movimento ascensionale del *Nautilus* e infine si fermò.

« Siamo arrivati » disse il capitano.

Raggiunsi la scala centrale che portava alla piattaforma. Salii per i gradini metallici, e attraverso il boccaporto aperto uscii sulla groppa del *Nautilus.*

La piattaforma emergeva solo di ottanta centimetri. La prua e la poppa del *Nautilus* presentavano l'aspetto fusiforme che lo faceva giustamente paragonare a un lungo sigaro. Notai come le piastre di lamiera, leggermente embricate, somigliassero alle scaglie che rivestono il corpo dei grandi rettili terrestri. Mi risultò naturale che nonostante i migliori cannocchiali, si fosse sempre considerata questa nave un animale marino.

Verso la metà della piattaforma il canotto, semincastrato nello scafo, formava una leggera tumescenza. Davanti e dietro a questa si ergevano due gabbie molto alte, a pareti inclinate e in parte chiuse da spessi cristalli lenticolari: una era destinata al timoniere, dall'altra il potente riflettore elettrico illuminava la rotta.

Vedevo un mare magnifico, un cielo senza nuvole. Il lungo veicolo risentiva appena delle larghe ondulazioni dell'Oceano. Una leggera brezza di levante corrugava la superficie delle acque. L'orizzonte, sgombro di brume, consentiva le migliori osservazioni.

Nulla in vista. Non uno scoglio, non un isolotto, niente *Abraham Lincoln.* L'immensità deserta.

Il capitano Nemo misurò col sestante l'altezza del sole, che doveva dargli la latitudine. Attese per qualche minuto. Mentre osservava, non uno dei suoi muscoli aveva un fremito, e lo strumento non sarebbe stato più immobile in una mano di marmo.

« Mezzogiorno » disse. « Signor professore, quando verrete... »

Gettai un'ultima occhiata su quel mare un po' giallastro per la vicinanza delle coste giapponesi, e scesi nel salone principale.

Qui il capitano fece il punto e cronometrò la longitudine, controllandola in base a precedenti osservazioni d'angoli orarii. Poi disse:

« Signor Aronnax, siamo a centotrentasette gradi di longitudine ovest ».

Il capitano Nemo misurò l'altezza del sole.

« Di quale meridiano? » domandai vivacemente, sperando dalla risposta un indizio sulla nazionalità del mio ospite.

« Signore, » mi rispose « io ho diversi cronometri regolati sui meridiani di Parigi, Greenwich e Washington. Ma in vostro onore ricorrerò a quello di Parigi. »

Ciò non mi diceva nulla. Mi inchinai, e il comandante riprese:

« Trentasette gradi e quindici minuti di longitudine est del meridiano di Parigi, e trenta gradi e sette minuti di latitudine nord ossia circa trecento miglia dalle coste del Giappone. Qui oggi, 8 novembre, a mezzogiorno, comincia il nostro viaggio d'esplorazione sottomarina ».

« Dio ci assista. »

« E ora signor professore, » concluse il capitano « vi lascio ai vostri studî. Ho dato la rotta per est-nord-est, profondità cinquanta metri. Eccovi le carte marine su cui potrete seguirla. Il salone è a vostra disposizione, e permettetemi di ritirarmi. »

Il capitano Nemo mi salutò. Rimasi solo, assorto nei miei pensieri. Gravitavano tutti sul comandante del *Nautilus*. Avrei mai saputo a quale paese apparteneva lo strano uomo che si vantava di non avere nazione? L'odio che aveva votato all'umanità, quest'odio che cercava forse vendette terribili, chi l'aveva provocato? Era forse il capitano Nemo uno tra quegli scienziati incompresi, tra quei genî « ai quali si sono fatti dei dispiaceri », secondo l'espressione di Conseil, – un Galileo moderno, oppure uno di quei dotti come l'americano Maury, la cui carriera è stata sconvolta da rivoluzioni politiche? Non potevo ancora saperlo. Io che ero stato gettato dalla sorte a bordo della sua nave, e mi trovavo in suo potere, dovevo riconoscere in lui un ospite cortese. Ma non aveva mai stretto la mia mano tesa. Non mi aveva mai offerto la sua.

Per un'ora intera restai sprofondato in queste riflessioni, cercando luce dentro a un enigma tanto interessante per me. Poi gli sguardi mi si fissarono sul vasto planisfero steso sulla tavola, e misi il dito là dove si incrociavano la latitudine e la longitudine rilevate.

Il mare ha i suoi fiumi come li hanno i continenti. Sono correnti particolari, riconoscibili dalle loro temperature e dai colori; la più considerevole va sotto il nome di Gulf

Stream o Corrente del Golfo. La scienza ha precisato la direzione di cinque correnti principali: una nell'Atlantico nord, la seconda nell'Atlantico sud, una terza nel Pacifico nord, una quarta nel Pacifico sud e una quinta nell'Oceano Indiano sud. È probabile che una volta ne esistesse anche una sesta, nell'Oceano Indiano nord, quando il Mar Caspio e l'Aral riuniti ai grandi laghi d'Asia formavano una sola estensione d'acque.

Ora, nel punto indicato sul planisfero passava una tra queste correnti: il Kuro-Scivo dei giapponesi, il Fiume-Nero che uscito dal Golfo del Bengala dove lo scaldano i raggi perpendicolari del sole dei tropici, attraversa lo Stretto di Malacca, si spinge oltre la costa asiatica, si incurva nel Pacifico nord fino alle isole Aleutine trascinando con sé anche tronchi d'albero della canfora, e stagliando tra i flutti marini il puro indaco delle sue acque. Era questa corrente, che il *Nautilus* avrebbe percorsa. La seguivo con lo sguardo, la vedevo perdersi nell'immensità del Pacifico e mi sentivo come rapito insieme a essa, quando Ned Land e Conseil apparvero sulla soglia del salone.

Rimasero pietrificati vedendo tante meraviglie.

« Ma dove siamo? dove siamo? » esclamava il canadese. « Al museo di Quebec? »

« Se il signore permette, » obiettò Conseil « direi piuttosto al palazzo del Sommerard! »

« Amici miei, » risposi facendo loro cenno d'entrare « non siete nel Canada né in Francia ma davvero a bordo del *Nautilus*, e a cinquanta metri sotto il livello del mare. »

« Bisogna credere al signore dato che lo afferma, » replicò Conseil « ma francamente questo salone dà meraviglia anche a un fiammingo come me. »

« Meravigliati amico mio, e guarda: a un classificatore della tua forza si offre qui un gran lavoro. »

Conseil non aveva bisogno d'esser incoraggiato. Questo bravo ragazzo, curvo sulle vetrine, stava già mormorando parole tipiche alla lingua dei naturalisti: classe dei Gasteropodi, famiglia delle Buccinoidi, genere delle Porcellane, specie delle *Cyproea Madagascariensis*...

Intanto Ned Land, pochissimo conchiliologo, mi interrogava sul capitano Nemo. Avevo dunque scoperto chi era e la sua provenienza e la sua meta? Verso quali profondità ci trascinava? Insomma, mille domande cui non avevo nemmeno tempo per rispondere.

Lo misi poi al corrente di tutto quanto sapevo, o piuttosto non sapevo; e domandai che cosa egli avesse a sua volta visto o sentito.

« Visto niente, sentito niente » rispose il canadese. « Non ho potuto identificare neanche l'equipaggio di questa nave. Per caso, sarà elettrico anche l'equipaggio? »

« Elettrico? »

« In fede mia si è tentati a crederlo. Ma voi, signor Aronnax, » domandò Ned Land che aveva sempre la sua idea « potete dirmi almeno quanti uomini ci siano a bordo? Dieci, venti, cinquanta, cento? »

« Non so rispondervi mastro Land. Del resto, credete a me, abbandonate per ora l'idea d'impadronirvi del *Nautilus* o scappare. Questa nave è un capolavoro dell'industria moderna, e mi dispiacerebbe non averla vista! Moltissimi accetterebbero la nostra situazione, non fosse che per passeggiare fra queste meraviglie. Perciò state quieto, e proviamoci a vedere che cosa succede intorno a noi. »

« Vedere! » esclamò il fiociniere. « Ma non si vede niente, non si vedrà mai niente che riguardi questa prigione di lamiera! Ci si muove, si naviga come ciechi... »

Ned Land stava pronunciando tale frase quando il salone cadde repentinamente nell'oscurità, nel buio completo. Il soffitto luminoso si spense, in modo così fulmineo che i miei occhi ne ricevettero un'impressione dolorosa, simile a quella che accompagna il passaggio dalla profondità delle tenebre a una luce sgargiante.

Restammo in silenzio, immobili, non sapendo quale sorpresa buona o cattiva ci aspettasse. Ma uno scivolìo si fece udire. Pareva che delle imposte scorressero sui fianchi del *Nautilus*.

« È la fine della fine! » disse Ned Land.

« Ordine delle Idromeduse! » soggiunse Conseil.

A un tratto entrò la luce, invase il salone da due oblunghe aperture sui lati. Apparvero masse liquide vivamente illuminate dall'eletricità. Due lastre di cristallo ci separavano dal mare. Dapprima fremetti, al pensiero che difese così fragili si rompessero; ma armature ben forti, di rame, le sostenevano e davano loro una resistenza quasi illimitata.

Il mare era nettamente visibile almeno per un miglio intorno al *Nautilus*. Quale spettacolo! Chi saprebbe descriverlo? O raffigurare in un quadro gli effetti di luce attraverso quelle trasparenze, la dolcezza delle varie sfumature su e giù nell'oceano!

È noto come il mare sia diafano. E che la sua limpidezza supera quella dell'acqua di fonte. Le sostanze minerali e organiche aumentano ancora la sua trasparenza. In alcune parti dell'oceano, nelle Antille, centoquarantacinque metri d'acqua lasciano scorgere il fondo di sabbia con sorprendente esattezza, e la forza di penetrazione dei raggi solari sembra arrivare fino a una profondità di trecento metri. Ma in questo caso l'illuminante elettricità operava all'interno stesso del mare. Non vedevamo acqua luminosa ma luce liquida...

Se si ammette l'ipotesi di Ehrenberg, che crede ad un'illuminazione fosforescente dei fondali sottomarini, la natura ha senza dubbio riservato agli abitanti del mare uno tra i suoi spettacoli più mirabili, e ora potevo esserne buon giudice grazie ai giochi incessanti della luce. Da un lato e dall'altro restava aperta per noi una finestra su quegli abissi inesplorati. Il buio totale nel salone faceva risaltare la chiarezza all'esterno, e guardavamo intenti come se quei cristalli purissimi fossero le vetrine d'un acquario immenso.

Pareva che il *Nautilus* non si muovesse, – per la mancanza d'ogni riferimento. Però a volte le zone d'acqua tagliate dal suo sperone correvano dinnanzi a noi con slancio evidentissimo.

Stupefatti, guardavamo in silenzio. Poi Conseil esclamò:

« Volevate vedere, amico Ned? Ecco uno spettacolo! »

« Curioso, curioso » faceva il canadese che dimenticando le collere e i progetti d'evasione subiva un'attrazione irresistibile. « Si verrebbe da più lontano, per ammirare una faccenda simile! »

« Ah, » dissi a gran voce « io comprendo quest'uomo! Si è creato un mondo a sé, stupendamente esclusivo. »

« Ma i pesci? » osservò il canadese. « Non ne vedo. »

« Che vi importa amico, » rispose Conseil « dato che non sapete cosa sono? »

« Io! non sarei dunque un pescatore? » ribatteva Ned Land.

Restava aperta una finestra su quegli abissi inesplorati.

E su questo argomento nacque una gran discussione fra i due amici, entrambi conoscevano i pesci ma in modi differentissimi.

Tutti sanno che i pesci formano la quarta ed ultima classe del ramo dei vertebrati. Sono stati giustamente definiti « dei vertebrati a circolazione doppia e a sangue freddo, che respirano con le branchie e debbono vivere nell'acqua ». Compongono due famiglie ben distinte; la serie dei pesci ossei (quelli la cui spina dorsale è fatta di vertebre ossee) e i pesci cartilaginosi, la cui spina dorsale ha vertebre cartilaginose.

Il canadese conosceva forse questa distinzione, ma Conseil ne sapeva molto di più; diventato ora amico di Ned non tollerava che questi ne sapesse meno di lui.

« Amico Ned, » disse fra l'altro « siete un uccisore di pesci: un abilissimo pescatore. Avete preso un gran numero di questi animali interessanti. Ma scommetterei che non sapete come vanno classificati. »

« Sì » rispose con serietà il fiociniere. « Si distinguono fra pesci che si mangiano e pesci che non si mangiano. »

« È un *distinguo* da ghiottone » obiettò Conseil. « Ma conoscete la differenza fra i pesci ossei e i cartilaginosi? »

« Magari anche, Conseil. »

« E il suddivedersi di queste grandi classi? »

« Niente affatto. »

« Bene, amico Ned: ascoltate e ricordatevene. I pesci ossei si suddividono in sei ordini: gli acantopterigiani, la cui mascella superiore è completa, mobile, e le cui branchie hanno la forma di un pettine. Quest'ordine comprende quindici famiglie, cioè i tre quarti dei pesci conosciuti. Tipo: il pesce persico comune. »

« Abbastanza gustoso » commentò Ned Land.

« Secondo: gli addominali che hanno pinne ventrali sospese sotto l'addome e dietro alle pettorali, senza esser attaccate agli ossi della spalla; ordine che si divide in cinque famiglie, e comprende la maggior parte dei pesci d'acqua dolce. Tipi: la carpa, il luccio. »

« Puah! » fece il canadese con un certo sdegno: « pesci d'acqua dolce! »

« Terzo, » disse Conseil « i subrachiani le cui ventrali sono attaccate sotto le pettorali, e immediatamente sospese agli ossi della spalla. L'ordine contiene quattro famiglie. Tipi: le passere di mare e le limande, i rombi, le sogliole, ecc. »

« Eccellenti! eccellenti! » gridava il fiociniere, ostinato nel considerare i pesci solo in quanto commestibili.

« Quarto, » riprese Conseil senza lasciarsi smontare « gli apodi dal corpo allungato, sprovvisti di pinne ventrali e rivestiti d'una pelle spessa, frequentemente appiccicosa. L'ordine comprende una sola famiglia. Tipi: l'anguilla e il gimnoto. »

« Mediocri! »

« Quinto: i lofobranchi che hanno mascelle complete e libere, ma le cui branche sono formate da piccoli fiocchi distribuiti a due a due, lungo gli archi branchiali. Anche quest'ordine conta una famiglia sola. Tipi: gli ippocampi e i pègasi draghi. »

« Cattivi! cattivi! »

« Sesto, finalmente, i plectognati. Il loro osso mascellare sta sul lato dell'intermascellare che forma la mascella, e la cui arcata palatina si ingrana mediante sutura col cranio. Ne è resa immobile; l'ordine manca di autentiche ventrali e si compone di due famiglie. Tipi: i tetrodoni e i pesci-luna. »

« Buoni per disonorare una pentola! » esclamò il canadese.

« Avete capito amico Ned? » domandò il sapiente Conseil.

« Neppur una parola, amico. Ma continuate pure. Il discorso è interessante. »

« Quanto ai pesci cartilaginosi non comprendono che tre ordini. »

« Tanto meglio così. »

« Primo: i ciclostomi le cui mascelle sono saldate in un anello mobile. Le branchie si aprono in molti fori. Ordine che comprende una sola famiglia. Tipo: la lampreda. »

« Bisogna amarla » rispose Ned Land.

« Secondo: i selacidi, con le branchie simili a quelle dei ciclostomi. Ma la mascella inferiore è mobile. Quest'ordine che è il più importante della classe ha due famiglie. Tipi: la razza e gli squali. »

« Come? » esclamò Ned « razze e pescicani nel medesimo ordine? Bene, amico Conseil: nell'interesse delle razze non vi consiglio di metterle coi pescicani, nello stesso boccale! »

Hildebrand

« Terzo gli sturionidi: le branchie sono aperte da una sola fessura guarnita di opercolo. L'ordine comprende quattro famiglie. Tipo: lo storione. »

« Ah, mio caro, avete tenuto il meglio per la fine... Almeno a parer mio. Ed è tutto? »

« Sì, egregio Ned. Ma notate che sapendo tutto questo non si sa ancora un bel nulla, perché le famiglie si ripartiscono poi in generi e sottogeneri, specie, varietà... »

« Ebbene Conseil, » disse il fiociniere chinandosi sul cristallo « alcune varietà stanno passando. »

« Sì, ecco dei pesci! Pare d'essere in un acquario! »

« No » replicai. « L'acquario è una gabbia ma i pesci che vediamo sono liberi come gli uccelli nell'aria. »

« Bene. Dite i nomi Conseil! fate i nomi! » chiedeva Ned Land.

« Io? Non ne sono capace. Questo spetta al mio padrone. »

E infatti il degno giovane, classificatore arrabbiato, non era affatto un naturalista. Forse non avrebbe saputo distinguere un tonno da un merluzzo. Insomma il contrario del canadese, che definiva adesso ogni pesce senza esitare.

« Un pesce balestra » avevo detto io.

« Pesce balestra cinese » completava Ned.

« Genere delle balestre famiglia degli sclerodermi ordine dei plactognati » soggiungeva Conseil.

Decisamente Ned e Conseil insieme avrebbero costituito un naturalista coi fiocchi.

Il fiociniere non si era sbagliato. Un branco di pesci-balestra dal corpo compresso, la pelle granulosa, armati d'un aculeo sulla loro dorsale, giocavano intorno al *Nautilus* agitando i quattro ordini di spine che si rizzano su ogni lato della loro coda. Molto affascinante la loro epidermide grigia in alto, bianca in basso a macchie d'oro, scintillanti fra le onde. Là in mezzo ondulavano delle razze come drappi abbandonati ai venti, e scòrsi con gioia una razza cinese giallastra nella parte superiore, rosa-tenero sotto il ventre, munita di tre aculei dietro l'occhio; specie rara, d'incerta catalogazione ai tempi di Lacépède che non la vide mai se non in una raccolta di disegni giapponesi.

Per due ore tutto un esercito acquatico fece scorta al *Nautilus*. Nei loro giochi, nei loro impeti, mentre rivaleggiavano in lucentezza bellezza velocità, distinsi il labbro verde e la mola barberina, segnata da una doppia riga nera: la gobia eleotra dalla caudale arrotondata, bianca e macchiata di violetto sul dorso; lo sgombro giapponese, ammirevole abitante di quei mari, dal corpo blu e la testa argentata, certi splendidi *azuror* il cui nome esenta da ogni descrizione; *spari rigati* con le pinne sparse di blu e giallo, *spari fasciati* che distingue una riga nera sulla caudale, *spari zonefori* elegantemente stretti nelle loro sei cinture, aulostoni simili a veri becchi da flauto detti anche beccacce di mare (alcuni esemplari raggiungono in lunghezza un metro); salamandre del Giappone e murene echidnee, serpenti lunghi sei piedi, dagli occhietti vispi e dalla grande bocca a dentatura aguzza...

La nostra ammirazione non diminuiva. Ned continuava a nominare i pesci, Conseil li classificava; io mi estasiavo per la vivacità dei movimenti e la bellezza delle forme. Non avevo mai sorpreso i pesci, finora, liberi nel loro elemento naturale.

Rinuncio a dire tutte le varietà presentatesi ai nostri occhi sbalorditi, tutto quel repertorio dei mari del Giappone e della Cina. I pesci accorrevano numerosi più che uccelli nell'aria, – attirati certamente dalla profusa luce elettrica.

A un tratto, questa inondò di nuovo il salone. Le imposte di lamiera si richiusero. La visione incantevole disparve. Ma io non mi tolsi da una specie di sogno, fino a quando gli occhi si fissarono su gli strumenti appesi alle pareti. La bussola indicava sempre la direzione est-nord-est, il manometro una pressione di cinque atmosfere corrispondente ad un'immersione di cinquanta metri, e il loch elettrico segnava una velocità di quindici miglia all'ora.

Aspettavo il capitano Nemo. Ma non venne. L'orologio segnò le cinque.

Ned Land e Conseil tornarono nelle loro cabine, io nella mia camera dov'era già allestito il pranzo. Lo costituivano una minestra di tartaruga, fatta con le più delicate testuggini marine, una triglia gigante dalla carne un po' a sfoglia, il cui fegato preparato a parte mi fornì un contorno delizioso; e filetti d'olocante-imperatore, gustoso più del salmone stando a quanto mi parve.

Passai la serata leggendo, scrivendo e pensando. Poi, insonnolito, mi coricai sul giaciglio di zostèra; profondamente dormii mentre il *Nautilus* correva insieme al veloce Fiume-Nero.

XV
UNA LETTERA D'INVITO

Mi svegliai l'indomani 9 novembre, dopo un sonno di dodici ore. Conseil venne come sempre a domandare « come aveva passato la notte il signore » e ad offrir i suoi servigi. Aveva lasciato l'amico Ned Land addormentato come chi non abbia fatto mai altro nella vita.

Lasciai il bravo giovane chiacchierare quanto voleva, senza rispondere troppo. Mi preoccupava ora l'assenza del capitano Nemo dalla nostra grande avventura della vigilia, e speravo rivederlo in giornata.

Indossai alla svelta i miei abiti di bisso, molto suggestivi per le riflessioni di Conseil. Gli feci sapere che erano intessuti di quei filamenti lucidi e serici che fissano alle rocce le "nacchere", specie di conchiglie frequenti intorno al Mediterraneo. Una volta, se ne facevano belle stoffe, calze, guanti, essendo questi filamenti nel tempo stesso morbidi e calorosi. L'equipaggio del *Nautilus* poteva dunque vestirsi a buon mercato, senza ricorrere al cotone né ai montoni né ai bachi da seta terrestri.

Quando fui vestito andai nel grande salone. Era deserto.

Mi sprofondai nello studio dei tesori di conchiliologia accumulati nelle vetrine. Sfogliai anche i grandi erbarî, riempiti delle più rare piante marine che, pur disseccate, conservavano i loro ammirevoli colori. Tra quelle preziose idrofite notai le cladostefe verticillate, le padine-pavone, le caulerpe a foglia di vigna; e callithamne granifere, agare fatte a ventaglio, acetabule, simili a cappelle di fungo molto appiattite e che per molto tempo restarono classificate tra le zoofite; infine, tutta una serie di alghe.

La giornata intera trascorse senza che il capitano Nemo mi onorasse con una visita. Le imposte verso l'oceano non si aprirono. Forse non ci si voleva disincantare con l'abitudine agli incanti dello spettacolo.

La direzione del *Nautilus* si mantenne all'est-nord-est, la velocità a dodici miglia; l'immersione fra i cinquanta e i sessanta metri.

L'indomani 10 novembre, identico abbandono identica solitudine. Non vidi nessuno dell'equipaggio. Ned e Conseil passarono la maggior parte della giornata con me. Si meravigliarono dell'inspiegabile assenza del capitano. Quest'uomo sorprendente era forse ammalato? O intendeva modificare i progetti a nostro riguardo?

Dopo tutto, come osservò Conseil, godevamo d'una libertà e venivamo nutriti con raffinata abbondanza. Il nostro ospite rispettava le clausole da lui stabilite. Non potevamo lagnarci; e inoltre la stessa aberrazione della nostra sorte ci offriva compensi tali che non avevamo ancora il diritto di tenerla in stato d'accusa.

Incominciai allora il diario di queste avventure, il diario che mi permette di narrarle con l'esattezza più scrupolosa; e – particolare curioso – scrivevo su una carta fabbricata con la zostera marina.

L'11 novembre, al mattino presto, l'aria largamente penetrata nel *Nautilus* mi rivelò che eravamo tornati alla superficie, per il rinnovo delle provviste d'ossigeno. Mi diressi alla scala centrale e salii sulla piattaforma.

Erano le sei. Trovai tempo coperto, mare grigio ma calmo: appena un'*onda lunga.* Il capitano Nemo, che speravo incontrare lassù, sarebbe venuto? Non vidi altri che il timoniere imprigionato nella sua gabbia di cristallo. Dalla sporgenza dovuta al canotto, aspirai con delizia le emanazioni saline.

A poco a poco la bruma si dissipò sotto i raggi solari. L'astro radioso valicava l'orizzonte orientale. Il mare si infiammò nel suo sguardo come una massa di polvere da sparo. Le nubi alte nel cielo presero toni vividi ma ammirevolmente sfumati, molte "lingue di gatto"[1] annunciavano, intanto, una giornata ventosa.

Ma che poteva il vento sul *Nautilus* insensibile alle tempeste?

Stavo godendomi una splendida aurora, così gioiosa, vivificante, quando udii salire qualcuno verso la piattaforma.

[1] Piccole e lievi nuvole bianche, dagli orli dentellati. (*Nota di Verne*)

Il mare s'infiammò nel suo sguardo.

Mi preparavo a salutare il capitano Nemo ma apparve il suo secondo, che avevo già visto durante la prima visita del capitano. Mentre avanzava sulla piattaforma, parve non accorgersi della mia presenza. Con un potente cannocchiale scrutò l'orizzonte con minuziosa attenzione. Poi, finito quest'esame, si avvicinò al boccaporto e disse esattamente (ne ho il ricordo perché ogni mattina la frase fu ripetuta nell'identico modo):

« Nautron respoc lorni virch ».

Il significato mi è ancora ignoto.

Dette queste parole ridiscese. Pensavo che il *Nautilus* si disponesse a riprendere la navigazione sottomarina. Tornai al boccaporto, e per i corridoi raggiunsi la mia camera.

Cinque giorni passarono così, senza che la situazione cambiasse. Ogni mattina salivo sulla piattaforma. La medesima frase veniva pronunciata dallo stesso individuo. Il capitano Nemo non si mostrava.

Mi ero rassegnato a non vederlo più, quando il 16 novembre rientrato nella mia stanza con Ned e Conseil trovai sul tavolo un biglietto per me.

Lo aprii con mano impaziente. Era scritto in una calligrafia franca e chiara ma un po' gotica, alla tedesca. Il biglietto diceva:

« Signor professore Aronnax, a bordo del *Nautilus*
16 novembre 1867

« Il capitano Nemo invita il professor Aronnax a una partita di caccia che avrà luogo domattina, nei suoi boschi dell'isola Crespo. Spera che nulla impedirà al signor professore di parteciparvi, ed estende vivamente l'invito ai suoi compagni.

Il comandante del *Nautilus*
Capitano NEMO »

« Una caccia! » gridò Ned.

« E nei suoi boschi dell'isola Crespo! » aggiunse Conseil.

« Ma allora scende a terra questo signore? » riprese Ned.

« Mi pare certo » dissi rileggendo la lettera.

« Ebbene bisogna accettare » replicò il canadese. « Una volta a terra vedremo che fare. Del resto, mangerei volentieri un po' di selvaggina fresca. »

Senza cercar scappatoie da quanto stava di contraddittorio, fra l'orrore tipico al capitano Nemo per continenti ed isole e quell'invito a caccia in foresta, mi contentai di rispondere:

« Vediamo, intanto, cos'è l'isola Crespo. »

La cercai sul planisfero. A 32° 40' di latitudine nord e 167° 50' di longitudine ovest, trovai un isolotto che era stato scoperto dal capitano Crespo e che le antiche carte spagnole chiamavano Rocca de la Plata, ossia "Rocca d'argento". Eravamo quindi a circa milleduecento miglia dal nostro punto di partenza, e la direzione un po' modificata del *Nautilus* portava a sud-est.

Mostrai ai compagni il segno della piccola isola sperduta nel Pacifico settentrionale.

« Quando il capitano Nemo scende a terra, » dissi « sceglie almeno delle isole assolutamente deserte! »

Ned Land scosse il capo senza rispondere, poi Conseil e lui mi lasciarono. La cena, mi fu servita dallo *steward* muto e impassibile; presi sonno dopo una certa inquietudine.

L'indomani al risveglio, notai che il *Nautilus* era fermo. Mi vestii rapidamente e andai nel salone.

Il capitano Nemo era là. Mi aspettava, alzandosi mi salutò e chiese se mi faceva piacere d'accompagnarlo.

Poiché non alludeva in nessun modo alla propria sparizione durante quei giorni, mi astenni dal parlargliene, e semplicemente risposi che i miei compagni ed io eravamo pronti a seguirlo.

« Soltanto, » aggiunsi « mi permetterei di rivolgervi una domanda. »

« Rivolgetemela signor Aronnax, e se mi è consentita una risposta ve la darò. »

« Ebene, capitano, come mai voi che avete rotto ogni legame con la terraferma possedete boschi nell'isola Crespo? »

« Signor professore, » mi rispose il capitano « le foreste che posseggo non chiedono al sole né luce né calore. Non sono frequentate da leoni né da tigri né da pantere. Sono conosciute da me solo. Non crescono che per me solo. Tali foreste, non sono terrestri ma sottomarine. »

« Foreste sottomarine! » esclamai.

« Sì, professore. »

« E mi offrite d'andarci con voi? »

« Precisamente. »
« A piedi? »
« E anche a piedi asciutti. »
« Cacciando? »
« Cacciando. »
« Fucile alla mano? »
« Fucile alla mano. »
Guardai il comandante del *Nautilus* in un modo poco lusinghiero.
"Decisamente," pensavo "ha il cervello infermo. Ha avuto un accesso durato otto giorni e che per giunta dura ancora. Peccato: bizzarro mi piaceva di più che non adesso, propriamente matto."
Erano pensieri trasparenti dal mio viso, ma il capitano si limitò a farmi strada e lo seguii, da uomo rassegnato a tutto.
Arrivammo in sala da pranzo, era già servita la colazione.
« Signor Aronnax, » disse il capitano « vi prego di condividere alla buona la mia colazione. Discorreremo mangiando. Ma se vi ho promesso una gita in foresta, non mi sono impegnato a farvici trovare un ristorante. Fate, perciò, colazione come uno che si aspetti di pranzare molto tardi. »
Feci onore all'invito. C'erano pesci vari e fette d'oloturia, eccellente zoofita, rinforzati da alghe piene di virtù aperitive come la *Porphyria laciniata* e la *Laurentia primafoetida*. Si beveva acqua limpida, cui imitando il capitano aggiunsi un po' di liquore fermentato, estratto secondo gli usi del Kamciatka dall'alga detta "Rhodomenia palmata".
Il capitano mangiò dapprima in silenzio. Poi disse:
« Signor professore, quando vi ho offerto di venir a caccia nei miei boschi di Crespo mi avete ritenuto in contraddizione con me stesso. Quando ho detto: foreste sottomarine, mi avete creduto matto. Signor professore, non bisogna mai giudicar gli uomini sommariamente ».
« Ma capitano, non... »
« Vogliate ascoltarmi, e vedrete se occorre accusarmi di pazzia o di contraddizione. »
« Vi ascolto. »
« Signor professore, il fatto è noto a voi quanto a me: l'uomo può viver sott'acqua, avendo una provvista d'aria buona. Nei lavori sottomarini l'operaio, rivestito d'un abito

Feci onore all'invito.

impermeabile e con la testa imprigionata in una capsula di metallo, riceve l'aria dall'esterno grazie alle pompe apposite e ai regolatori della faccenda. »

« È il sistema dei palombari » dissi.

« Giusto. Ma in condizioni simili, l'uomo non è libero. È legato alla pompa che gli manda aria mediante un tubo di caucciù, vera catena che lo tiene unito alla terra, e se noi dovessimo ugualmente dipendere dal *Nautilus* non andremmo lontano. »

« Ma il modo per essere liberi...? » domandai.

« Impiegare l'apparecchio Rouquayrol-Denayrouze, concepito da due vostri compatrioti ma che io ho perfezionato per mio uso, e vi permetterà d'affrontare queste nuove condizioni fisiologiche senza che gli organi abbiano minimamente a soffrirne. L'apparecchio si compone d'un serbatoio di lamiera spessa, nel quale io immagazzino l'aria a una pressione di cinquanta atmosfere. Lo si porta sul dorso, ben appeso a bretelle, come uno zaino da soldato. La parte superiore forma una scatola da cui l'aria, mantenuta da un meccanismo a mantice, non può uscire che alla pressione normale. Nell'apparecchio Rouquayrol come viene impiegato normalmente, due tubi di caucciù partono da questa scatola e arrivano a una specie di maschera che imprigiona il naso e la bocca dell'operatore. Il primo serve all'aria da inspirare, l'altro allo sfogo dell'aria espirata, e la linguetta chiude questo o quello stando ai bisogni della respirazione. Io che in fondo ai mari affronto pressioni fortissime ho dovuto racchiudere la mia testa, come quella dei palombari, in una sfera di rame, e qui si concludono i due tubi, inspiratore ed espiratore. »

« Benissimo, capitano. Ma l'aria che portate con voi deve presto esaurirsi, e dal momento in cui essa non contiene più che il quindici per cento di ossigeno si fa irrespirabile. »

« Certamente, ma ve l'ho detto signor Aronnax: le pompe del *Nautilus* mi permettono d'immagazzinarla a una pressione considerevole, e in tal modo il serbatoio fornisce aria respirabile anche per nove o dieci ore. »

« Non ho più obiezioni da fare » risposi. « Vi domando soltanto, come potete illuminare il vostro percorso in fondo all'Oceano. »

« Con l'apparecchio Ruhmkorff, signor Aronnax. Se l'altro si porta sulla schiena questo è attaccato alla cintura. Gli appartiene una pila Bunzen che io tengo in attività non con bicromato di potassa ma con sodio. Una bobina d'induzione raccoglie l'elettricità prodotta, dirigendola verso una lanterna a disposizione particolare. Nella lanterna sta una serpentina di vetro con appena un residuo di gas carbonico. Quando l'apparecchio funziona il gas dà una luce, biancastra e tenace. Così equipaggiato io respiro e vedo. »

« Capitano Nemo, a tutte le mie osservazioni voi date risposte così schiaccianti che non oso più avere dubbi. Tuttavia – costretto ad ammettere gli apparecchi Rouquayrol e Ruhmkorff – chiedo di poter sollevare qualche riserva sul fucile che mi destinate. »

« Ma non è un fucile a polvere » rispose il capitano.

« Allora un fucile ad aria? »

« Senza dubbio. Come potrei fabbricare della polvere nella mia nave, quando non ho salnitro né zolfo né carbone? »

« D'altra parte, » dissi « per sparare sott'acqua cioè in un ambiente ottocentocinquantacinque volte più denso dell'aria, bisognerebbe vincere una resistenza grandissima. »

« Non sarebbe un ostacolo. Esistono cannoni, perfezionati dopo Fulton dagli inglesi Philip Coles e Burley, dal francese Furcy, dall'italiano Landi, che muniti d'un acconcio sistema di chiusura riescono a sparare in queste condizioni. Ma come vi ho detto, non potendo farmi la polvere l'ho sostituita con aria ad alta compressione, che le pompe del *Nautilus* mi forniscono in abbondanza. »

« Ma quest'aria si consumerà in breve... »

« Ebbene, il serbatoio Rouquayrol non mi assicura un rifornimento? Basta, per questo, un rubinetto *ad hoc*. Infine signor Aronnax, vedrete voi stesso che in queste cacce sottomarine non si fa gran consumo d'aria né di proiettili. »

« Ma in una semioscurità, dentro a quell'acqua molto più densa dell'atmosfera, direi che i colpi non possono andar lontano e difficilmente saranno mortali. »

« Signore, con questo fucile tutti i colpi sono invece *mortali*. Non appena un animale è colpito, anche se leggermente, cade fulminato. »

« Perché mai? »

« Perché non sono pallottole ordinarie quelle che il mio fucile spara, ma piccole capsule di vetro – inventate dal chimico austriaco Leniebroek – di cui ho una provvista considerevole. Tali capsule di vetro, ricoperte da un blindaggio in acciaio e appesantite da una culatta di piombo, sono autentiche bottigliette di Leyda in cui l'elettricità è tenuta a un'altissima tensione. L'urto anche leggero provoca la scarica, e l'animale, per quanto robusto possa essere, viene ucciso. Aggiungo che le capsule sono grosse non più d'una munizione numero quattro, e la carica d'un fucile ordinario ne conterrebbe dieci. »

« Non discuto oltre » risposi alzandomi da tavola. « Ho da prendere solo il mio fucile oramai. Per il resto, dove andrete voi io verrò. »

Il capitano mi fece strada verso poppa, e passando davanti alla loro cabina invitai Ned e Conseil a seguirci. Arrivammo tutt'e quattro a uno stanzino nei pressi della sala macchine; dovevamo, là dentro, indossare i nostri indumenti da escursione.

XVI
PASSEGGIATA IN PIANURA

Lo stanzino era, per dirla esattamente, l'arsenale e guardaroba del *Nautilus*. Una dozzina di scafandri aspettava là gli escursionisti.

Ned Land manifestò una netta ripugnanza a servirsene.

« Ma caro Ned, » gli dissi « le foreste dell'isola Crespo non sono altro che sottomarine! »

« Bene! » fece deluso il fiociniere cui svanivano i sogni di carne fresca. « Ma voi, signor Aronnax, voi entrerete in questi vestiti? »

« Bisogna farlo mastro Ned. »

« Siete liberissimo di farlo, signore » rispose il fiociniere alzando le spalle. « Quanto a me, tranne che mi si costringa non entrerò mai qua dentro. »

« Nessuno vi costringe, mastro Ned » disse il capitano Nemo.

« E Conseil ci si arrischia? »

« Io seguo il signore dovunque va » Conseil rispose.

A una chiamata del capitano vennero due uomini dell'equipaggio, per aiutarci a indossare quei grevi vestiti impermeabili, in caucciù senza cuciture e preparati così da poter sopportare pressioni enormi. Somigliavano ad armature insieme resistentissime e flessibili, ...dal pantalone alla giubba. Il pantalone finiva in grosse calzature con pesanti suole di piombo. Il tessuto della giubba era sostenuto da lamelle di rame che corazzavano il petto, lo difendevano contro la pressione dell'acqua lasciando ai polmoni libertà di respiro; le maniche finïvano in forma di guanti, così ammorbiditi da non turbare i movimenti della mano.

C'era una bella differenza, lo si vede, fra questi nuovi scafandri e i ritrovati informi quali le corazze di sughero, sopravvesti, abiti di mare e cassoni ecc., inventati e celebrati nel '700.

Il capitano Nemo e uno tra i suoi compagni – un Ercole all'aspetto – Conseil e io ci trovammo rapidamente addosso gli scafandri. Restava solo da chiuder la testa nella sfera metallica. Ma prima di questa operazione domandai al capitano il permesso di esaminar i fucili.

Mi venne presentato un fucile a canna unica, il cui calcio, in lamiera d'acciaio e vuoto all'interno, aveva dimensioni piuttosto grandi. Faceva da serbatoio per l'aria compressa, che una valvola manovrata da un grilletto lasciava passare nella culatta. Un contenitore di proiettili ricavato nello spessore del calcio, racchiudeva una ventina di pallottole elettriche che, per mezzo di una molla, si collocavano automaticamente nella canna del fucile. Appena partito un colpo, un altro era pronto.

« Capitano Nemo, » dissi « quest'arma è perfetta e facile da maneggiare. Chiedo solo di provarla. Ma come ci caleremo fino al fondo del mare? »

« Attualmente, signor professore, il *Nautilus* è posato sul fondo, a dieci metri dalla superficie, e non dobbiamo far altro che metterci in cammino. »

« Ma come usciremo? »

« Lo vedrete subito. »

Il capitano infilò la testa nella calotta sferica, Conseil ed io facemmo altrettanto mentre il canadese ci indirizzava un ironico « buona caccia! ». La parte superiore del nostro vestito terminava in un colletto di rame filettato su cui venne avvitato il casco di metallo. Tre aperture protette da solidi cristalli permettevano di veder in tutte le direzioni, girando la testa nella calotta. Sistemata questa gli apparecchi Rouquayrol che portavamo sulla schiena cominciarono a funzionare e, per quanto mi riguardava, respiravo comodamente.

Lampada Ruhmkorff alla cintura, fucile in pugno ero pronto ad andare. Ma per esser sincero, così imprigionato nel mio greve vestito e avendo ai piedi quelle suole di piombo, non avrei saputo muovere un passo.

Ma la cosa doveva essere prevista, venni spinto in una cameretta attigua al guardaroba. I miei compagni di spedizione ricevettero identico trattamento. Sentii chiudersi una porta munita d'otturatori, e una profonda oscurità ci avvolse.

Dopo qualche minuto udii un gran fischio diffuso. Una impressione di freddo mi saliva dai piedi allo stomaco. Evidentemente, aprendo dall'interno del battello una valvola si era dato libero accesso all'acqua marina; e la stanza ne fu presto riempita. Un'altra porta allora si aprì, sul fianco del *Nautilus*. Mi arrivava una luce fioca. Subito dopo i nostri piedi calpestavano il fondo del mare.

E adesso come potrei rievocar le impressioni lasciate in me da questa passeggiata sotto le acque? Se nessun pittore ha saputo farsi emulo degli effetti particolari all'elemento liquido, come li riprodurrebbe la penna?

Il capitano Nemo camminava in testa, e il suo compagno ci seguiva a qualche passo di distanza. Conseil e io restavamo l'uno accanto all'altro, come se un dialogo fosse possibile attraverso le nostre armature metalliche. Avevo già finito di sentire pesanti i vestiti, le scarpe, il serbatoio d'aria, e quella grossa calotta in cui la mia testa ballonzolava come una mandorla nel guscio. Tutte queste cose, immerse nell'acqua perdevano una parte del loro peso analogo alla quantità di liquido spostata, e trovavo eccellente tale legge fisica scoperta da Archimede. Non ero più una massa inerte, avevo una nuova libertà di movimenti.

La luce che rischiarava il suolo fin a trenta piedi sotto la superficie oceanica mi stupì con la sua forza. I raggi solari attraversavano facilmente la massa acquea vincendone la colorazione stessa. Potevo distinguer nettamente le cose a una distanza di cento metri. Più in là, i vari aspetti venivano a sfumar nelle sottili gradazioni dell'oltremare, poi in lontananza si inazzurravano e svanivano nella penombra.

Ero pronto ad andare.

L'acqua da cui mi trovavo circondato non era invero che una specie d'aria, più densa dell'atmosfera terrestre ma altrettanto diafana. In alto scorgevo la calma estensione marina.

Camminavamo su una sabbia fine, uniforme, non rugosa come quella delle spiagge che porta l'impronta delle onde. Questo splendido tappeto faceva da autentico riflettore, i raggi del sole vi rimbalzavano con una forza sorprendente. L'immenso riverbero penetrava in ogni molecola liquida. Sarò creduto, se affermo che a quella profondità di trenta piedi *vedevo* come in pieno giorno?

Per un quarto d'ora camminai sulla fulgida sabbia disseminata di un'impalpabile polvere di conchiglie. Lo scafo del *Nautilus* profilandosi come un lungo scoglio, a poco a poco svaniva; ma il suo riflettore avrebbe certamente aiutato durante la notte il nostro ritorno a bordo proiettando raggi nitidissimi. Difficile comprendere quest'effetto avendo visto solo in terraferma le biancosità emanate da un riflettore. Per il pulviscolo di cui l'aria è satura, assumono in terraferma l'aspetto d'una nebbia luminosa; ma in mare, o sotto il mare, questi dardi elettrici si trasmettono con una purezza incomparabile.

Continuavamo intanto a camminare, e la vasta pianura di sabbia sembrava illimitata. Tenendo innanzi una mano attraversavo le cortine liquide che si chiudevano nuovamente dietro a me, e la traccia dei passi via via si cancellava per la pressione dell'acqua.

In breve alcune forme vagamente sfumate mi apparvero di lontano. Riconobbi stupendi primi piani di rocce, che zoofiti della più bella specie tappezzavano, e fui subito colpito da un fenomeno tipico a quei luoghi.

Erano le dieci del mattino; i raggi solari battevano sulle acque in modo obliquo e ricevendo una luce scomposta dalla rifrazione come in un prisma i fiori, le rocce, le minuscole piante e le conchiglie, i polipi svariavano nei propri contorni i sette colori dell'iride. Meraviglioso spettacolo, una festa per gli occhi quel pullulare insieme di toni colorati, simile a un brivido caleidoscopico di verde e giallo, arancione e violetto, indaco e blu: insomma, tutta la tavolozza d'un colorista a oltranza! Disgraziatamente non potevo comunicar a Conseil le sensazioni fervide che mi salivano al

Paesaggio sottomarino dell'isola Crespo.

cervello, e gareggiare con lui in mugolii ammirativi. Purtroppo non sapevo come il capitano Nemo e il suo compagno, trasmettere i pensieri secondo gesti convenuti. Dunque in mancanza di meglio parlavo a me stesso, gridavo nella scatola di rame dove stava chiusa la mia testa; ed era forse uno spendere, in vane parole, aria più del dovuto.

Davanti allo splendido spettacolo, Conseil si era fermato come me. Evidentemente il bravo giovanotto, osservando quegli esemplari di zoofiti e molluschi, seguitava a classificarli. Polipi ed echinodermi abbondavano. Gli isidi variegati, le cornularie che vivono in solitudine; ciuffi di oculine vergini (chiamate un tempo "corallo bianco"), le fungie in forma di funghi, gli anemoni col loro aderente disco muscolare evocavano un tappeto di fiori, smaltato di porpite in cui faceva spicco il collaretto di tentacoli azzurrati e stelle di mare e asterofiti verrucosi, finissime trine come ricamate dalle najadi (i loro festoni oscillavano secondo i lievi ondeggiamenti prodotti dal nostro passaggio). Era per me un dispiacere autentico lo schiacciare camminando gli ammirevoli molluschi sparsi al suolo a migliaia: i "pettini" concentrici, i martelli, i donaci (vere conchiglie saltellanti), i trochi, i caschi rossi, gli strombi ala-d'angelo, gli afisii, e tante altre creature dell'inesauribile Oceano. Ma bisognava camminare, e noi procedevamo mentre sopra le nostre teste nuotavano branchi di physalie che lasciavano fluttuare dietro a sé i tentacoli color oltremare, e meduse il cui ombrello opalino o rosa-tenero, listato d'azzurro, ci riparava dai raggi del sole; e pelagie panopire che, nell'oscurità, avrebbero avvolto il nostro cammino di barlumi fosforescenti!

Tutti questi splendori li intravidi a miriadi per un quarto di miglio, fermandomi ogni tanto per un attimo e obbedendo subito al capitano Nemo che mi faceva un gesto di richiamo. Poi la natura del suolo cambiò. Alla pianura di sabbia seguì uno strato di fango vischioso, che gli americani chiamano "oaze", composto unicamente di conchiglie silicee o calcaree. Percorremmo in seguito una prateria d'alghe, piante pelagiche che le acque non avevano ancora sradicato, e dalla vegetazione prorompente. Quei prati a tessuto stretto, dolci al passo, corrispondevano ai più soffici tappeti prodotti dall'uomo. Se la verzura accompagnava via via i nostri passi, non diminuiva peraltro al di sopra delle nostre teste. Un lieve pergolato mobile di piante marine classificate in quell'esuberante famiglia delle alghe di cui si conoscono più di duemila specie, librava il suo intreccio verso la superficie delle acque. Vedevo fluttuare lunghi nastri di fuco, globulosi o tubolari; e laurenzie e cladostefi dal fogliame agilissimo, rodimeni palmati, simili a ventagli di cactus. Notai che le piante verdi si tenevano più vicine alla superficie, quelle rosse stavano a profondità medie, lasciando che gli idrofiti neri o bruni formassero giardini ed aiuole nei più intimi strati dell'oceano.

Tali alghe sono un vero miracolo della creazione, una tra le meraviglie della flora universale. La loro famiglia produce al tempo stesso i più piccoli e i più grandi vegetali del globo. Così come si sono contate quarantamila di queste impercettibili pianticelle entro cinque millimetri quadrati, pur si sono raccolti dei fuchi la cui lunghezza superava i cinquecento metri.

Avevamo lasciato il *Nautilus* pressappoco da un'ora e mezza. Si avvicinava mezzogiorno. Me ne accorsi dalla perpendicolarità dei raggi solari. La magia delle tinte svaniva a poco a poco, le sfumature di smeraldo e zaffiro disertarono il nostro firmamento. Camminavamo a passi regolari che davano un suono d'intensità stupefacente. Il minimo rumore si trasmetteva con uno slancio al quale l'orecchio non è abituato in terraferma. E infatti l'acqua è per il suono un veicolo migliore dell'aria, esso vi si propaga quattro volte più in fretta.

Il terreno cominciò ad abbassarsi nettamente. La luce prese una tinta uniforme. Raggiungemmo una profondità di cento metri, subendo così una pressione di dieci atmosfere. Ma lo scafandro era fatto in modo da rendere innocua questa pressione. Provavo solo un certo fastidio alle articolazioni delle dita, ma in breve finì. Quanto alla stanchezza che avrebbe dovuto provocare in me la camminata di due ore sotto una bardatura tanto insolita, non la sentivo affatto: i miei movimenti, col favore dell'acqua mantenevano una sorprendente facilità.

Sceso a trecento piedi sotto il livello del mare, percepivo ancora i raggi del sole ma debolmente. Al loro intenso bagliore era seguìto un crepuscolo rossastro, quasi un termine medio fra il giorno e la notte. Tuttavia ci si vedeva ancora abbastanza per orientarci, non era ancora necessario usare gli apparecchi Ruhmkorff.

A un tratto il capitano Nemo si fermò. Quando lo ebbi raggiunto, mi indicò varie masse oscure che nell'ombra si profilavano a breve distanza.

"È la foresta dell'isola Crespo" pensai, e non sbagliavo.

XVII
UNA FORESTA SOTTOMARINA

Eravamo finalmente arrivati all'orlo della foresta, senza dubbio una tra le più belle nell'immenso possedimento del capitano Nemo. Egli la considerava sua, e si attribuiva al riguardo gli stessi diritti che i primi uomini avevano nei primi giorni del mondo. D'altra parte, chi gli avrebbe contestato una simile "proprietà"? Quale pioniere più audace di lui sarebbe venuto, con l'ascia in pugno, a diboscarne i cupi recessi?

La foresta era formata di grandi piante arborescenti, e quando ci trovammo sovrastati dalle sue vaste vôlte gli sguardi mi resero evidente una singolare disposizione del complesso boschivo – disposizione che non avevo mai vista.

Nessuna tra le pianticelle ed erbe di cui il suolo era tappezzato, nessuno tra i rami d'albero strisciava, o si curvava, o aveva una direzione orizzontale. Tutto si ergeva verso la superficie dell'Oceano. Non un filamento, per quanto fosse sottile, che non stesse dritto come uno stelo di ferro. I fuchi e le liane tenevano nello svilupparsi una linea rigida e perpendicolare, governata dalla densità dell'elemento che li aveva prodotti. Normalmente immobili, se le scostavo con la mano queste piante riprendevano subito la primitiva posizione. Era il regno della verticalità.

Presto mi abituai a questa visione bizzarra come alla penombra che ci avvolgeva. Il suolo era cosparso di massi aguzzi, difficili da evitare. La flora sottomarina mi risultò abbastanza completa, più ricca anche di quanto lo sarebbe stata nelle profondità artiche o tropicali, dove i suoi elementi sono meno numerosi. Ma per qualche minuto confusi istintivamente due regni della natura tra loro, prendendo zoofiti per idrofiti, animali per piante. E chi non si sarebbe ingannato? Fauna e flora sono così limitrofe nel mondo sottomarino!

Osservavo che tutti quei prodotti vegetali erano uniti al suolo da nient'altro che un legame superficiale. Sprovvisti di radici, indifferenti al corpo solido – sabbia, conchiglia, guscio o ghiaia – che li regge, non gli chiedono vitalità ma solo un punto d'appoggio. Queste piante dipendono per la propria esistenza solo dall'acqua che le sostiene, che le nutre. La maggior parte invece di foglie presentava *lamelle* dalle forme capricciose, in una gamma di colori limitata al rosa e al carminio, al verde, all'olivastro, al fulvo e al bruno. Rividi là, ma non disseccate come gli esemplari del *Nautilus*, padine a ventaglio che sembravano offrirsi alla brezza, ceramie scarlatte, laminarie i cui giovani germogli commestibili si protendevano, nereocistee filiformi e flessuose che all'altezza di quindici metri si ampliavano; mazzi di quelle acetabili i cui steli si ingrossano in cima, e una quantità d'altre piante pelagiche tutte sprovviste di fiori. « Curiosa anomalia questo bizzarro elemento, » ha detto un sàpido naturalista « in cui il regno animale fiorisce e il regno vegetale no! »

Fra i varî arbusti, sviluppatisi come alberi delle zone temperate, e nella loro umida ombra si addensavano cespugli autentici di fiori viventi, siepi di zoofiti sotto vaste meandrine striate da linee tortuose, cariofille giallicce dai tentacoli diafani, ciuffi erbosi di zoantàrie, – e completando l'illusione i pescimosca svolazzavano di ramo in ramo come uno sciame di colibrì, mentre i gialli lepisacanti dalla mascella irsuta, dalle scaglie aguzze, e i dattilotteri e i monocentri si alzavano a volo fra i nostri passi come uno stormo di beccaccini.

Verso l'una il capitano Nemo diede il segnale della sosta. Per mio conto ne fui molto soddisfatto; ci sdraiammo sotto un pergolato di alarie, le cui lunghe strisce si drizzavano come frecce.

La tregua mi riuscì deliziosa. Non mancava che il piacere della conversazione. Impossibile parlare, impossibile rispondere. Mi contentai di avvicinar la grossa mia testa di rame a quella di Conseil. Gli occhi del bravo giovane brillarono di contentezza, e lo vidi agitarsi nell'armatura con un'aria soddisfatta estremamente comica.

Dopo quattro ore di cammino, fui stupito di non sentirmi una gran fame. Da che cosa dipendesse non saprei dirlo. Ma in compenso provavo un'irresistibile voglia di dormire, come avviene a tutti i tuffatori. Così i miei occhi si chiusero presto dietro i grossi cristalli; caddi nell'invincibile sonnolenza che solo il moto aveva potuto rinviare fin allora. Il capitano Nemo e il suo robusto compagno, stesi nella purezza marina, davano l'esempio del sonno.

Per quanto tempo restai così assopito, non potrei dirlo; ma svegliandomi ebbi l'impressione che il sole tramontava. Il capitano si era già alzato e io cominciavo a stirarmi, quando una visione inattesa mi fece alla meglio balzar in piedi. Un mostruoso ragno di mare alto un metro mi guardava con gli occhi loschi a qualche passo da me, pronto ad assalirmi. Benché lo scafandro fosse abbastanza solido per difendermi contro i suoi morsi, non trattenni un moto d'orrore. Conseil e il marinaio del *Nautilus* si svegliarono in quel momento. Il capitano indicò al compagno l'orrendo crostaceo; egli lo abbatté subito usando il calcio del fucile, e vidi le zampe del mostro torcersi in convulsioni atroci.

L'incidente mi fece pensare che altri animali, più temibili, dovevano frequentare quelle profondità, e che lo scafandro non mi avrebbe protetto dai loro assalti. Fin allora non lo avevo immaginato, decisi adesso di star in guardia. Supponevo, del resto, che la sosta corrispondesse al traguardo della nostra impresa; ma sbagliavo e, invece di tornare al *Nautilus*, il capitano prolungò l'audace escursione. Il suolo continuava ad abbassarsi e la pendenza, accentuandosi via via, ci portava a profondità assai maggiori. Dovevano essere pressappoco le tre quando giungemmo a una valle, stretta fra alte pareti a picco e situata a centocinquanta metri di profondità. Grazie ai nostri perfettissimi apparecchi, superavamo così di novanta metri il limite che la natura sembrava fin allora aver posto alle discese sottomarine dell'uomo.

Ho detto centocinquanta metri, benché nessuno strumento mi rendesse misurabile la distanza. Ma sapevo che anche nei mari più limpidi i raggi solari non vanno oltre. Ebbene, l'oscurità si fece allora decisa. Niente era visibile a più che dieci passi. Procedevo a tentoni, ma improvvisamente brillò una vivida luce bianca. Il capitano aveva messo in funzione

Un mostruoso ragno di mare.

l'apparecchio elettrico. Il suo compagno lo imitò, Conseil e io seguimmo i loro esempi. Stabilii, girando una vite, la comunicazione fra la bobina e la serpentina di vetro, e rischiarato dalle nostre quattro lanterne il mare si illuminò per un raggio di venticinque metri.

Il capitano avanzava nella foresta; le piante andavano ora diradandosi. Osservai che la vita vegetale si rarefaceva più in fretta di quella animale. Le piante pelagiche già disertavano il suolo inaridito, mentre un'enorme quantità di animali (zoofiti, articolati, molluschi e pesci) vi pullulava ancora.

Camminando, pensavo che la luce dei nostri apparecchi Ruhmkorff doveva necessariamente attrarre qualche abitante degli oscuri paesi da noi attraversati. Ma se davvero si avvicinò, rimase almeno a una distanza deplorevole da un cacciatore. Non una volta sola vidi il capitano Nemo fermarsi, prender la mira; poi, dopo qualche attimo d'osservazione, si raddrizzava e riprendeva il cammino.

Verso le quattro finì la nostra stupenda escursione. Un imponente muro di rocce apparve dinnanzi a noi: un cumulo di blocchi giganteschi, in granito, fra i quali si aprivano buie grotte ma dove non era visibile alcuna possibilità di scalata. Vi aveva i suoi puntelli l'isola Crespo. Era "la terra".

Il capitano Nemo si fermò all'improvviso. Un suo gesto ci diede l'alt, e nonostante la mia voglia d'andare oltre non potevo che obbedire. Qui finiva il regno del capitano Nemo. Egli non voleva uscirne. Al di là, stava tutta la parte del mondo in cui egli non avrebbe più messo piede.

Cominciammo a tornare verso il *Nautilus*; il capitano Nemo stava in testa, di nuovo, e non mostrava incertezze. Notai che non tenevamo la via precedente. Quella attuale, molto ripida e dunque molto faticosa, portava in fretta verso il livello del mare. Ma il ritorno non fu tanto brusco da farci troppo sentire la decompressione, provocando nei nostri organismi disordini gravi e forse quelle lesioni interne così temibili dai sommozzatori. La luce, in breve, riapparve, si accrebbe: essendo il sole già basso all'orizzonte, la rifrazione mise di nuovo sulle cose i suoi fantomatici anelli.

Dieci metri sotto la superficie, ci avvolse uno sciame di eterogenei pesciolini che risultavano più numerosi degli uc-

Un gesto del capitano ci diede l'alt.

celli nell'aria, e ancor più sciolti nei movimenti: ma nessuna selvaggina acquatica degna d'un colpo di fucile si era presentata fin allora.

Poi a un tratto vidi il fucile del capitano velocemente imbracciato e puntato, perseguir fra i cespugli qualcosa di mobile. Il colpo partì, intesi un fischio leggero, e un animale cadde fulminato a pochi passi da me.

Era una magnifica lontra di mare, un enidro, il solo quadrupede esclusivamente marino. Questa lontra lunga un metro e mezzo doveva valer molto. La pelle, d'un bruno marrone sul ventre e argentata altrove, si prestava a diventar una tra quelle splendide pellicce così in voga sui mercati russi e cinesi; la finezza, la lucentezza del pelame garantivano un valore minimo di duemila franchi. Ammirai questo strano mammifero dalla testa arrotondata e orecchie corte, occhi a cerchio, baffi bianchi e somiglianti a quelli dei gatti – piedi palmati e ungulati, coda folta. Tale carnivoro, ricercatissimo dai pescatori, sta diventando molto raro e si è rifugiato specialmente nelle zone boreali del Pacifico, dove è probabile che venga presto ad estinguersi.

Il marinaio del *Nautilus* andò a raccogliere questa lontra, se la mise in spalla e riprendemmo il cammino.

Per un'ora attraversammo una pianura di sabbia. Risaliva spesso a meno di due metri dalla superficie. Vedevo allora le nostre immagini, nitidamente rispecchiate mostrarsi in senso inverso: sopra di noi apparivano quattro personaggi tenaci nel far i nostri movimenti e i nostri gesti, – senonché mai smettevano di tener la testa in basso e i piedi in alto.

Altro effetto notevole: un passaggio di nuvole dense che via via si dissolvevano in fretta. Ma a un certo punto capii che le "nuvole" erano relative al variabile spessore delle ondate di fondo; e scorgevo le "pecorelle" di schiuma trascorrenti dalla cresta di quelle onde sulle acque. Notavo anche le ombre dei grandi uccelli marini, quando sfioravano in volo il nostro liquido soffitto.

Potei assistere a una tra le più entusiasmanti fucilate che abbiano mai fatto sussultare le fibre di un cacciatore. Un grande uccello, ben visibile nella sua ampiezza d'ali, si avvicinava planando. Il compagno del capitano Nemo prese la mira e sparò nel momento giusto. La preda cadde fulminata, e affondò fino a portata di mano dell'abile cacciatore.

Era un albatro della miglior specie, un esemplare ammirevole d'ornitologia pelagica.

Il nostro cammino non era stato gran che interrotto da questo episodio. Per due ore seguimmo pianure sabbiose o praterie d'alghe, che era faticoso attraversare. Francamente non ne potevo più; scorsi infine una vaga lucentezza nelle acque, a un miglio di distanza. Veniva dal proiettore del *Nautilus*. Saremmo dunque arrivati circa in venti minuti, e a bordo avrei di nuovo respirato a mio agio. (Il serbatoio adesso mi pareva nettamente impoverito d'ossigeno.) Ma non avevo fatto i conti con un improvviso motivo di ritardo.

Ero rimasto un po' indietro, quando vidi il capitano Nemo tornar bruscamente verso di me. Dalla sua mano vigorosa mi trovai atterrato, mentre il marinaio faceva altrettanto con Conseil. Dapprima questa specie d'assalto mi allarmò – poi mi diede un certo sollievo vedere che il capitano mi si accucciava accanto e restava fermo.

Ero dunque steso al suolo e precisamente al riparo di un cespuglio d'alghe, quando, alzata la testa, scorsi due masse enormi passar impetuosamente in un ribollio di fosforescenze.

Mi si gelò il sangue nelle vene. Avevo riconosciuto i formidabili squali che ci insidiavano. Erano una coppia di *tintoréas*, pescicani terribili dalla coda enorme, dallo sguardo opaco e vitreo, che attraverso fori sparsi nel loro corpo distillano una materia fosforescente. Lucciole mostruose, che nelle loro mascelle di ferro stritolano un uomo intero! Non so quanto si preoccupasse Conseil di classificarli, ma certamente almeno io ero sensibile al loro ventre d'argento, alla formidabile loro bocca irta di zanne, non reagendo con spirito scientifico ma piuttosto da vittima che da naturalista.

Per fortuna questi esseri voraci hanno una vista cortissima. Passarono senza accorgersi di noi, quasi sfiorandoci con le pinne, ci salvammo così da un rischio certamente più atroce che non quello dovuto all'incontro con una tigre in piena foresta.

Mezz'ora dopo, orientati dall'alone elettrico, raggiungevamo il *Nautilus*. Il portello esteriore era rimasto aperto, e il capitano Nemo lo chiuse dopo la nostra entrata nel primo stanzino. Poi schiacciò un bottone. Udii manovrare le pompe all'interno della nave, sentii l'acqua abbassarsi in-

Un grande uccello si avvicinava planando.

torno a me, e in pochi momenti il locale fu del tutto vuotato. Allora il portello interno si aprì e passammo nello spogliatoio.

Toglierci gli scafandri non fu esente da difficoltà. Morto di stanchezza, di sonno e inanizione, tornai nella mia stanza ancora tutto allibito per quell'impresa sottomarina.

XVIII
QUATTROMILA LEGHE SOTTO IL PACIFICO

L'indomani mattina 18 novembre, mi ero perfettamente rimesso dalle fatiche della vigilia. Salii in piattaforma mentre il secondo ufficiale pronunciava la sua frase quotidiana. Pensai allora che riguardasse le condizioni del mare, o chissà, voleva dire "niente in vista".

L'oceano era infatti deserto. Non una vela all'orizzonte. Le alture dell'isola Crespo erano sparite durante la notte. Il mattino, assorbendo i colori del prisma a eccezione dei raggi blu, li rifletteva in tutte le direzioni vestendosi d'una magnifica tinta indaco. Proprio una stoffa marezzata a righe larghe, pareva svolgersi insieme al ritorno delle onde.

Vidi apparire il capitano Nemo. Non sembrò accorgersi della mia presenza: lo assorbirono certe osservazioni astronomiche. Poi si appoggiò alla gabbia del proiettore perdendosi con lo sguardo nella grandezza dell'oceano.

Forse una ventina di marinai, tutta gente robusta e ben fatta, era intanto salita in piattaforma. Doveva tirar su, svuotare le reti gettate alla traina durante la notte. Quei marinai appartenevano evidentemente a nazioni diverse, benché il tipo europeo fosse comune a tutti. Riconobbi senza incertezza degli inglesi, dei francesi e alcuni slavi, un greco o candiota. Ma quegli uomini erano poco loquaci, e usavano l'idioma bizzarro di cui non sapevo identificare nemmeno l'origine. Rinunciai dunque a interrogarli.

Le reti vennero issate a bordo. Erano delle specie di sciàbiche, simili alle normanne, vaste sacche che una verga galleggiante e una catena passata fra le maglie inferiori mantengono socchiuse. Le sacche, così rimorchiate, spazzavano il fondo dell'oceano. Quel giorno ne vidi emergere, lofie (chiamate *istrioni* per i loro buffi movimenti), pescibalestra ondulati e avvolti da nastri rossi, tetrodoni-mezzaluna dal veleno finissimo, lamprede olivastre, macrorrinque coperte di scaglie argentate, trichiuri la cui irradiazione elettrica è pari a quella del gimnoto e della torpedine, notopterii scagliosi a fasce brune e trasversali, varietà diverse di gobie,... e finalmente pesci grossi: un carando dalla testa prominente, lungo un metro; vari sgombri-bonite, decorati in blu e argento, e tre magnifici tonni che la rapidità non aveva potuto salvare.

Stimai a mille libbre di pesce il frutto della retata. Era una buona pesca ma non sorprendente. Reti come quelle stanno a rimorchio per varie ore, e inghiottono nel loro carcere di cordella tutto un mondo acquatico. Avremmo dunque sempre conquistato viveri d'ottima qualità.

Quei pesci furono subito calati attraverso il boccaporto fin alle cambuse, gli uni per essere mangiati freschi, gli altri da conservare.

Credevo poi che il *Nautilus* riprendesse la navigazione sottomarina e mi disponevo a tornare nella mia stanza, quando il capitano Nemo esclamò senza preamboli:

« Guardate l'oceano, signor professore: non è forse realmente vivo? Con le sue ire e le sue tenerezze? Si è addormentato ieri come noi, eccolo risvegliarsi dopo una notte quieta ».

Né buongiorno né buonasera! Non sembrava proseguire con me un discorso mai interrotto, questo strano personaggio?

« Guardate » egli riprese. « Si sveglia sotto le carezze del sole. Ricomincia a vivere la sua esistenza diurna. È uno studio interessante, seguire il gioco del suo organismo. Ha un polso, delle arterie, ha i suoi spasimi, e do ragione a quel sapientissimo Maury che vi ha scoperto una circolazione effettiva quanto la circolazione sanguigna negli animali. »

È certo che il capitano Nemo non si aspettava da me alcuna risposta, e mi parve inutile prodigargli gli "evidentemente", i "sicuro" e gli "avete ragione". Egli parlava, piuttosto, con se stesso, facendo lunghe pause tra una frase e l'altra. Era una meditazione ad alta voce.

« Sì, » disse « l'oceano ha un'effettiva circolazione, e al Creatore di tutte le cose è bastato, per provocarla, moltiplicare nell'oceano il calorico, il sale e gli infusorii. Il calorico infatti produce densità diverse che suscitano le correnti e controcorrenti. L'evaporazione, inesistente nelle regioni iperboree, attivissima nelle zone equatoriali, costituisce uno scambio permanente tra le acque tropicali e quelle polari. Inoltre ho scoperto l'esistenza di correnti dall'alto in basso e dal basso in alto che formano la respirazione vera dell'Oceano. Ho visto la molecola d'acqua di mare, riscaldata alla superficie, ridiscendere verso il profondo, raggiungere il suo massimo di densità a due sottozero, poi di nuovo raffreddandosi diventar più leggera e risalire. Al Polo vedrete le conseguenze del fenomeno e capirete perché, grazie a questa legge della previdente natura, la congelazione non può avvenire se non alla superficie delle acque. »

Mentre il capitano Nemo terminava la frase io pensavo: "Il Polo! Ma questo risicatore vuole condurci fin là?".

Adesso, egli guardava in silenzio l'elemento così ampiamente, così incessantemente studiato da lui. Poi riprendendo:

« Nel mare si trovano in grande quantità i sali, signor professore, e raccogliendo tutti quelli che esso tiene in soluzione ne potreste fare una massa in quattro milioni e mezzo di leghe cubiche: distribuita alla superficie del globo, formerebbe uno strato di più che dieci metri d'altezza. E non crediate che la presenza di questi sali sia dovuta solo a un capriccio della natura. No. Rendono le acque marine meno evaporabili, e impediscono ai venti di portar via, a esse, una quantità troppo grande di vapori, che sciogliendosi sommergerebbero le zone temperate. Grande compito! Di ponderatore nell'economia del globo! ».

Tacque di nuovo, fece qualche passo sulla piattaforma e mi tornò vicino.

« Quanto agli infusorii, » riprese « ossia ai miliardi di animaluzzi che esistono a milioni in una piccola goccia e ottocentomila dei quali pesano un milligrammo, il loro compito non è meno importante. Assorbono i sali marini, assimilano gli elementi solidi dell'acqua e – veri costruttori di continenti calcarei – fabbricano coralli e madrepore! E allora la goccia d'acqua, privata del suo alimento minerale, si alleggerisce: risale alla superficie, vi assorbe i sali abbandonati dall'evaporazione; si appesantisce, ridiscende e a quegli animaluzzi riporta nuovi elementi da assorbire. Si ha una duplice corrente ascendente e discendente, e sempre il movimento, sempre la vita! Una vitalità più intensa che sui continenti, più esuberante, che prospera dovunque nell'oceano: elemento mortifero per l'uomo fu detto, ma vitale per miriadi di esseri viventi – e per me! »

Quando il capitano Nemo teneva simili discorsi, si trasfigurava provocando in me emozioni straordinarie.

« Tutto sommato, » egli aggiunse « qui è l'esistenza vera! E io capirei la fondazione di città nautiche, d'agglomerati urbani sottomarini che, come il *Nautilus*, tornino a respirare ogni mattina alla superficie dei mari, città libere se mai ve ne furono, città indipendenti! Ma poi, forse qualche despota... »

La frase si interruppe in un gesto violento. E rivolgendomisi poi direttamente, come per scacciar un pensiero funesto:

« Signor Aronnax, » domandò « sapete quant'è profondo l'oceano? »

« So almeno quel che i principali scandagli hanno insegnato. »

« Volete citarmeli perché possa controllarli, se necessario? »

« Eccone alcuni, » dissi « che mi tornano alla memoria. Se non sbaglio fu trovata una profondità media di otto miglia e duecento metri nell'Atlantico nord, due miglia e cinquecento metri nel Mediterraneo. Gli scandagli più importanti sono stati fatti nell'Atlantico sud, vicino al 35°; essi hanno dato rispettivamente dodicimila, quattordicimilanovantasei e quindicimilacentoquarantanove metri. Insomma, si calcola che se il fondo del mare fosse portato a un livello unico, la profondità media sarebbe circa sette chilometri.

« Bene, signor professore. Ma spero che vi mostreremo di meglio. Quanto alla profondità media in questa parte del Pacifico sappiate che è appena quattromila metri. »

Dopodiché il capitano Nemo si diresse verso il boccaporto e sparì nel vano della scaletta. Io andai nel salone principale. Presto l'elica si mise in moto, e il *loch* indicava una velocità di venti miglia all'ora.

Nei giorni, nelle settimane seguenti il capitano mi cercò

pochissimo. Non lo vidi che a lunghi intervalli. Il suo secondo, regolarmente, faceva il punto, che io trovavo ogni volta sulla carta; e potevo dunque rilevare con esattezza la rotta del *Nautilus*.

Conseil e Land passavano con me lunghe ore. Conseil aveva narrato all'amico gli incanti della nostra escursione, e il canadese rimpiangeva di non averci accompagnati. Io speravo in una nuova occasione per visitare le foreste oceaniche.

Quasi ogni giorno le imposte del salone si aprivano per qualche ora, e non ci stancava mai di penetrare con lo sguardo nei misteri sottomarini.

Il *Nautilus* procedeva in genere verso sud-est restando fra i cento e i centocinquanta metri di profondità. Ma un giorno, non so per quale capriccio, filando diagonalmente scese a duemila metri. Il termometro segnava 4,25 centigradi, temperatura che a quella profondità pare condivisa da tutte le latitudini.

Alle tre del mattino del 26 novembre il *Nautilus* varcò il tropico del Cancro, a 172° di longitudine. Il 27, passava in vista delle Sandwich dove l'illustre Cook trovò la morte il 14 febbraio 1779. Dal nostro punto di partenza avevamo percorso quattromilaottocentosessanta leghe. La mattina, quando arrivai sulla piattaforma vidi a due miglia sottovento Hawaii, la più importante fra le isole dell'arcipelago omonimo. Distinsi bene le sue rive coltivate, le varie catene di montagne parallele alla costa e i vulcani culminanti nel Muna-Rea, a cinquemila metri d'altezza. Fra altri esemplari locali le reti ci procurarono diverse flabellarie pavonate, polipi a forma schiacciata e invero elegante.

La direzione del *Nautilus* rimaneva a sud-est. Tagliò l'Equatore il 1° dicembre a 142° di longitudine; e il 4 dello stesso mese, dopo una rapida traversata senza incidenti, trovammo le isole Marchesi. Scorsi a tre miglia, a 8° 57' di latitudine sud e 139° 32' di longitudine ovest la Punta Martin di Nuka-Hiva, principale isola di quel gruppo appartenente alla Francia. Ne vidi solo le montagne boscose all'orizzonte, poiché il capitano Nemo non amava accostar a terra. Le reti fornirono nuovi tipi di pesce, corifeni dalle pinne azzurre e dalla coda d'oro insuperabili per squisitezza, eccellenti *ologimnosi* quasi privi di scaglie, ostorinchi dalla mascella ossea, *tasardi* giallastri – degni tutti d'essere ben classificati in cucina.

Dopo aver avvistato quelle simpatiche isole protette dalla bandiera francese, fra il 4 e l'11 dicembre il *Nautilus* percorse circa duemila miglia. Tale navigazione fu segnata dall'incontro con un immenso branco di calamari. I pescatori francesi li chiamano "encornets": appartengono alla classe dei cefalopodi e alla famiglia dei dibranchiati, come le seppie e gli argonauti. Furono particolarmente studiati dai naturalisti nell'antichità; fornivano, intanto, numerose metafore agli oratori dell'Agora e ottimi piatti alle mense dei ricchi, se dobbiamo credere ad Ateneo medico greco qualche tempo prima dell'impero di Galliano.

Fu nella notte dal 9 al 10 dicembre che il *Nautilus* incontrò quei molluschi, di abitudini particolarmente notturne. Potevano essere milioni. Emigravano dalle zone temperate verso altre più calde, seguendo l'itinerario delle aringhe e delle sardine. Li guardavamo dai nostri robusti tramezzi di cristallo: nuotavano all'indietro con estrema rapidità per mezzo del loro tubo locomotore, inseguendo pesci e molluschi, mangiando i piccoli e venendo divorati dai grossi, e agitando in una confusione indescrivibile i dieci piedi che ad ogni calamaro la natura ha impiantato sulla testa, come una capigliatura di serpenti pneumatici. Nonostante il suo passo veloce, per ore il *Nautilus* navigò in mezzo a quel branco e le reti fecero un'immensa provvista di calamari. Vi riconobbi le nove specie classificate da d'Orbigny per l'Oceano Pacifico.

Il mare prodigava dunque senza tregua i suoi spettacoli affascinanti. Ma anche i suoi più terribili segreti cominciavano a sorprendere.

L'11 dicembre, stavo leggendo nel grande salone. Ned Land e Conseil osservavano lo sfavillio delle acque fra le imposte socchiuse. Il *Nautilus* era fermo. Riempiti i serbatoi faceva sosta a una profondità di mille metri, livello oceanico al quale è raro che i grossi pesci dirigano le proprie nuotate. Leggevo un piacevole libro di Jean Macè, *I servitori dello stomaco*; ne assaporavo le ingegnose lezioni. Conseil interruppe la mia lettura.

« Il signore vuol venire un momento? » disse con voce strana.

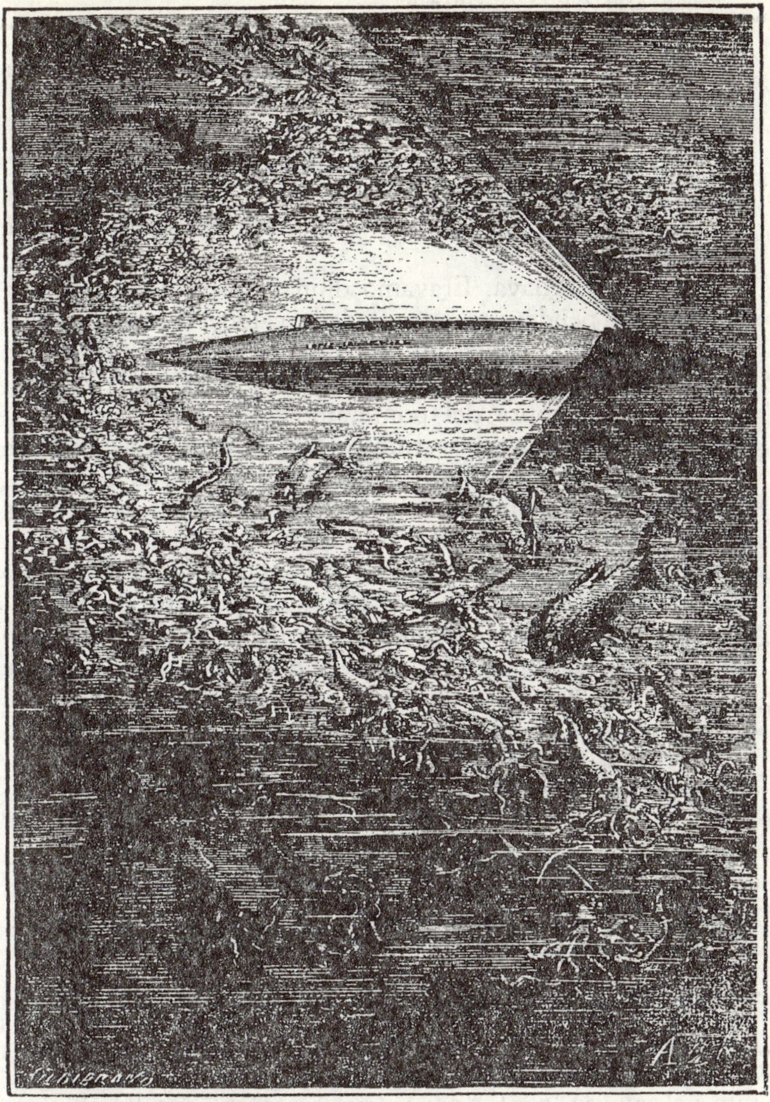

Questi calamari potevano essere milioni.

« Ma che c'è, Conseil? »

« Il signore guardi. »

Andai a guardare dal vetro. Nel vivo della luce elettrica una gran massa nerastra, immobile, rimaneva sospesa nell'acqua. Osservai attentamente, volevo scorgere di quale gigantesco cetaceo si trattasse. Ma all'improvviso:

« Una nave! » esclamai.

« Sì, » rispose Ned Land « una nave disalberata che è colata a picco. »

Ned non sbagliava. Eravamo dinnanzi a una nave, le sartie spezzate pendevano ancora dalle catene. Lo scafo appariva in ordine, il naufragio non doveva essere avvenuto da più che qualche ora. I tronconi d'albero nettamente tagliati, due piedi al disopra del ponte, indicavano che la nave in pericolo aveva dovuto sacrificare l'alberatura. Ma sbandata sul fianco si era riempita d'acqua: dava ancora della banda, a sinistra. Cupo spettacolo quella carcassa affondata: ma ancora più triste veder che in coperta giacevano alcuni cadaveri, trattenuti dai cordami. Ne contai quattro – quattro uomini, dei quali uno ritto al timone – poi una donna, appena per metà fuori dal casseretto con un bambino in braccio. Era una donna giovane. Vedevo bene nella gran luce emanata dal *Nautilus*, i lineamenti che l'acqua non aveva ancora decomposto. In un supremo sforzo aveva levato alto sulla propria testa il bambino, le cui esili braccia erano ancora puntate al collo della madre. L'aspetto dei marinai mi riuscì terrificante, contorti com'erano rimasti dagli ultimi movimenti convulsivi, nell'estremo sforzo per togliersi dalle corde che li trattenevano. Isolato, più calmo nel volto, con una fisionomia limpida e seria, i grigi capelli incollati alla fronte, la mano contratta sulla ruota affidatagli, il timoniere pareva dirigere nell'oceano profondo il Trealberi vinto dal naufragio.

Quale scena! Restavamo in silenzio, palpitando, dinnanzi a quella tragedia colta in flagrante e, per così dire, fotografata nel suo epilogo! Vedevo già irrompere con l'occhio ardente certi squali mostruosi, attirati dalla preda di carne umana...

Poi il *Nautilus*, manovrando girò intorno alla nave sommersa. Sulla targa di poppa si leggeva: "Florida, Sunderland".

Eravamo dinnanzi a una nave.

XIX

VANIKORO

Questo spettacolo atroce inaugurava la serie delle catastrofi navali che il *Nautilus* avrebbe incontrato sulla sua rotta. Quando si trovò a percorrere mari più frequentati, vedemmo numerosi relitti che imputridivano nell'acqua a minor profondità dei loro cannoni, – ancore, catene e mille altre cose che la ruggine divorava.

Nel frattempo, sempre stretti a questo *Nautilus* l'11 dicembre avvistammo l'arcipelago delle Pomotù, l'antico "gruppo pericoloso" di Bougainville, sparso per cinquecento leghe da est-sud-est a ovest-nord-ovest, fra i 13° 30' e i 23° 50' di latitudine sud, tra i 125° 30' e i 151° 30' di longitudine ovest; dall'isola Ducie all'isola Lazareff. L'arcipelago copre una superficie di trecentosettanta miglia quadrate, vi stanno una sessantina di gruppi di isole tra i quali Gambier, protettorato francese. Le isole sono coralligene. Uno sviluppo lento ma continuo, dovuto al lavoro dei polipi, le collegherà un giorno tra loro. Poi questa nuova isola andrà unendosi agli arcipelaghi vicini, un quinto continente si estenderà dalla nuova Zelanda e dalla nuova Caledonia fino alle Marchesi.

Il giorno in cui svolsi questa teoria parlando al capitano Nemo, mi rispose freddamente:

« Non di nuovi continenti ha bisogno la Terra, ma di uomini nuovi ».

La navigazione aveva condotto il *Nautilus* precisamente verso l'isola Clermont-Tonnerre, una delle più suggestive nel gruppo che fu scoperto nel 1822 dal capitano Beel, della *Minerve.* Potei allora studiare il tipo di formazione madreporica relativo a queste isole.

Le madrepore, che non bisogna confondere con i coralli, sono rivestite da un'incrostazione calcarea, e le varietà di struttura hanno indotto il signor Milne-Edwards, mio illustre maestro, a classificarle in cinque sezioni. Gli animaluzzi che secernono questo polipaio vivono a miliardi in fondo alle loro celle. Sono i loro depositi calcarei a farsi rocce e scogliere, isolotti, isole.

Formano un anello circolare dove sta un *lagoon,* o piccolo lago interno, che qualche breccia mette in comunicazione col mare; si configurano là in barriere di scogli, simili a quelle della Nuova Caledonia e varie isole delle Pomotù. In altri luoghi come alla Réunion o a Maurice, innalzano scogliere frangiate, alte muraglie diritte, presso le quali è assai profondo l'oçeano.

Costeggiando, in questo caso, a poche gomene di distanza le fondamenta dell'isola di Clermont-Tonnerre ammirai l'opera gigantesca compiuta dai microscopici lavoratori. Le "muraglie" rappresentavano specialmente il lavoro di madreporarie chiamate millepore, porite, astree e meandrine. Tali polipi si sviluppano in modo particolare nelle zone agitate della superficie marina; si inizia dunque dalla parte superiore il complesso di queste costruzioni. Si abbassano via via con i frammenti di secrezione che le sorreggono. Tale almeno la teoria di Darwin, che così spiega la formazione degli atolli, teoria preferibile secondo me a quella che riferisce i lavori madreporici a una base fornita di cime di montagne, di vulcani sottomarini.

Potei osservar da vicino queste interessanti muraglie: presso la loro verticale lo scandaglio indicava più di trecento metri di profondità, e la nostra luce elettrica rendeva scintillante il calcare.

Rispondendo a una domanda fattami da Conseil sui tempi di crescita di queste colossali barriere, lo stupii moltissimo dicendogli che gli scienziati calcolavano la crescita in un ottavo di pollice al secolo.

« Così, » mi disse « per innalzare le muraglie in questione, sono occorsi... »

« Centonovantaduemila anni, caro Conseil... Allungano di molto le giornate bibliche. Del resto il formarsi del carbone, ossia la mineralizzazione delle foreste sommerse dai diluvî, ha richiesto un tempo molto più lungo. Ma aggiungerò che queste giornate della Bibbia rappresentano un'epoca ciascuna e non l'intervallo fra due albe: secondo la Bibbia, il sole non esisteva il primo giorno della creazione. »

Quando il *Nautilus* risalì alla superficie potei scorgere in tutta la sua estensione l'isola di Clermont-Tonnerre, bassa e boscosa. Le sue rocce madreporiche erano state fertilizzate dai cicloni e dalle tempeste. Un giorno qualche seme, rapito dall'uragano a territori vicini, cadde sugli strati calcarei mischiati alle decomposizioni di pesci e piante marine che formano qui, l'*humus* vegetale. Spinta dalle onde, una noce di cocco arrivò su questa nuova costa. Il seme mise radici. L'albero, crescendo, intercettò il vapore acqueo. Nacque un ruscello. La vegetazione si estese a poco a poco. Degli animaluzzi, dei vermi, degli insetti approdavano con i tronchi strappati alle isole dal vento. Le tartarughe vennero a deporre uova, gli uccelli nidificarono sui giovani alberi. Così la vita animale prendeva sviluppo, e attirato dalla verzura e dalla fertilità apparve l'uomo; si formarono dunque tali isole, primamente opere immense d'animali preistorici.

Verso sera Clermont-Tonnerre svanì nella lontananza, e la rotta del *Nautilus* cominciò a mutare sensibilmente. Tagliato il tropico del Capricorno al 135° di longitudine, il battello si diresse verso ovest-nord-ovest risalendo tutta la zona intertropicale. Benché il sole estivo fosse prodigo dei suoi raggi, non soffrivamo assolutamente il caldo: a trenta o quaranta metri sott'acqua la temperatura non andava oltre i dieci o dodici gradi.

Il 15 dicembre, lasciammo a est il seducente arcipelago della Società e la bella Tahiti regina del Pacifico. Scòrsi, al mattino, poche miglia sottovento le alte cime di quest'isola. Le sue acque fornirono alle mense di bordo ottimi pesci: sgombri, bonite, albicore e certe varietà d'un serpente di mare chiamato *munerophis*.

Il *Nautilus* aveva percorso ottomilacento miglia. Ne furono segnalate novemilasettecentoventi, dal *loch*, quando passammo fra l'arcipelago di Tonga-Tabù, dove gli equipaggi dell'*Argo*, della *Port-au-Prince* e della *Duke of Portland* perirono, e l'arcipelago dei Navigatori riuscito fatale al capitano De Langle amico di La Pérouse. Poi apparve l'arcipelago Viti; già i selvaggi avevano massacrato i marinai dell'*Union* e il capitano Bureau, di Nantes, comandante dell'*Aimable Josephine*.

L'arcipelago Viti si prolunga per cento leghe da nord a sud e novanta da est a ovest; è compreso fra i 6° e i 2° di latitudine sud, fra i 174° e i 179° di longitudine ovest, con le sue isole e i suoi isolotti e scogli. (Isole principali Viti-Levù, Vanua-Levù e Kandubon.)

Fu Tasman a scoprire l'arcipelago Viti nel 1643 – l'anno stesso in cui Torricelli inventava il barometro e Luigi XIV saliva sul trono. Giudichi il lettore quale sia stato il fatto più utile all'umanità, in questa serie. Vennero poi Cook nel 1774, D'Entrecasteaux nel 1793; e infine, nel 1827, Dumont d'Urville mise ordine nel caos geografico dell'arcipelago.

Il *Nautilus* entrava nella baia di Wailea, nota per le terribili avventure di quel capitano Dillon che per primo svelò il mistero del naufragio di La Pérouse.

La baia, dragata a varie riprese, ci fornì in abbondanza ostriche eccellenti. Ne mangiammo a bizzeffe dopo averle aperte sulla tavola secondo il precetto di Seneca. Il banco d'ostriche a Wailea doveva essere molto ricco e certamente, se non esistessero svariate forze distruttive queste agglomerazioni finirebbero per colmare i golfi, dato che si contano anche due milioni d'uova in un solo individuo.

Ned Land non dovette allora pentirsi della sua ghiottoneria solo perché l'ostrica è un alimento non soggetto mai a provocare indigestione. In realtà sedici dozzine di questi molluschi acefali corrispondono ai trecentoquindici grammi di sostanza azotata necessarî per la nutrizione quotidiana d'un uomo.

Il 25 dicembre eravamo nelle acque dell'arcipelago delle Nuove Ebridi, che Quiros scoprì nel 1606, Bougainville lo esplorò nel 1768, Cook gli diede il nome attuale nel 1773. Si compone principalmente di nove grandi isole, in una fascia di centoventi leghe da nord-nord-ovest a sud-sud-est. Passammo vicino all'isola di Aurù, che durante le osservazioni di mezzogiorno mi apparve come una verde massa di boschi sovrastata da un picco imponente.

Era Natale, e Ned Land mi sembrò rimpiangere a fondo la celebrazione del "Christmas", la vera festa della famiglia di cui i protestanti sono fanatici.

Da circa otto giorni non avevo visto il capitano Nemo, quando il 27 mattina entrò nel salone, con la solita aria di chi vi abbia lasciato cinque minuti fa. Stavo ricostruendo sul planisfero la rotta del *Nautilus*. Il capitano si avvicinò, mise un dito su un punto della carta pronunciando questa sola parola:

« Vanikoro ».

Il nome ebbe per me una magia. Sugli isolotti di Vanikoro erano andati a perdersi i vascelli di La Pérouse. Mi alzai di colpo.

« Il *Nautilus* ci porta a Vanikoro? » domandai.

« Sì, professore » rispose il capitano.

« E potrò visitare le famose isole dove naufragarono la *Boussole* e l'*Astrolabe*? »

« Se vi è gradito, signor professore. »

« Quando arriviamo a Vanikoro? »

« Ci siamo, signor professore. »

Col capitano salii in piattaforma, e i miei sguardi percorsero avidamente l'orizzonte.

A nord-est emergevano due isole vulcaniche d'ineguale grandezza, circondate da una barriera corallifera estesa per quaranta miglia. Ci stava dinnanzi Vanikoro propriamente detta, cui Dumont d'Urville diede il nome di isola della Ricerca; e precisamente il porticciolo naturale di Vanù. L'isola appariva coperta di verde dalla spiaggia fino alle cime dell'interno, al dominante monte Kapogo, alto quattrocentosettantasei tese.

Il *Nautilus* dopo aver attraversato la cinta di rocce per lo stretto canale si trovò all'interno dei frangenti; qui il mare aveva una profondità di trenta o quaranta braccia. All'ombra verdeggiante dei paletuvieri vidi alcuni selvaggi, e si mostrarono estremamente sorpresi della nostra apparizione. Nel lungo corpo nerastro che avanzava a fior d'acqua, scorgevano forse un terribile, insidioso cetaceo?

Mi veniva domandato intanto dal capitano Nemo che cosa sapessi del naufragio di La Pérouse.

« Quel che ne sanno tutti, capitano » risposi.

« E potreste insegnarmelo? » egli disse in tono un po' ironico.

« È facile. »

Gli narrai quel che avevano reso noto gli ultimi lavori di Dumont d'Urville, eccone il riassunto molto succinto.

La Pérouse e il suo secondo, capitano De Langle, furono mandati da Luigi XVI nel 1785 a compiere un viaggio di circumnavigazione. Comandavano le due corvette la *Boussole* e l'*Astrolabe*, che non tornarono mai più.

Nel 1791 il governo francese, giustamente inquieto sulla sorte delle due corvette, armò due grandi trasporti della flotta, la *Recherche* e l'*Espérance*, che lasciarono Brest il 28 settembre sotto il comando di Bruni D'Entrecasteaux. Due mesi dopo si veniva a sapere, dalla deposizione di un

L'isola di Vanikoro.

certo Bowen comandante dell'*Albermale*, che relitti di naufragio erano stati avvistati sulle coste della nuova Georgia.

Ma D'Entrecasteaux ignorando questa comunicazione – fra l'altro molto incerta – puntò sulle isole dell'Ammiragliato, indicate dal capitano Hunter in un rapporto come il luogo del naufragio di La Pérouse.

Le ricerche furono vane. L'*Espérance* e la *Recherche* passarono anche in vista di Vanikoro senza fermarsi, e tutto sommato il viaggio fu sfortunatissimo poiché costò la vita a D'Entrecasteaux, a due suoi ufficiali e a diversi marinai.

Fu un vecchio lupo di mare del Pacifico, il capitano Dillon, a scoprire per primo sicure tracce dei naufraghi. Il 15 maggio 1824 la sua nave, la *Saint-Patrick*, passò vicino a Tikopia, un'isola delle Nuove Ebridi. Un indigeno che aveva accostata la sua piroga, vendette al capitano un'elsa di spada, d'argento, che portava l'impronta di caratteri incisi col bulino. L'indigeno sosteneva inoltre di aver visto sei anni prima, durante un soggiorno a Vanikoro, due europei appartenenti agli equipaggi di navi naufragate da molti anni sulle scogliere dell'isola.

Dillon intuì che si trattava delle navi di La Pérouse, la cui scomparsa aveva tanto commosso il mondo. Volle fare scalo a Vanikoro, dove secondo l'indigeno erano rintracciabili numerosi rottami del naufragio; ma i venti e le correnti glielo impedirono.

Dillon tornò a Calcutta, seppe interessare alla propria scoperta la Società Asiatica e la Compagnia delle Indie. Una nave cui fu dato il nome di *Recherche* fu messa a sua disposizione, ed egli partì il 23 gennaio 1827 accompagnato da un agente del governo francese.

La *Recherche* fece scalo in vari punti del Pacifico, gettò infine l'ancora davanti a Vanikoro, nello stesso porticciolo naturale di Vanù dove il *Nautilus* entrava mentre parlavo.

Dillon trovò numerosi resti di naufragio, utensili di ferro, ancore, stroppi di puleggia, petriere, una palla da cannone da diciotto, frantumi di strumenti astronomici, un pezzo del coronamento di poppa e una campana di bronzo recante questa iscrizione "*Bazin mi ha fatta*", marchio della fonderia dell'arsenale di Brest verso il 1785. Un dubbio non era quindi più possibile.

Completando le sue informazioni Dillon rimase sui luoghi fino a ottobre. Lasciata poi Vanikoro, finì per gettare l'ancora a Calcutta il 7 aprile 1828, e di là tornò in Francia, dove fu molto simpaticamente accolto da Carlo X.

Ma intanto Dumont d'Urville, nulla sapendo del lavoro di Dillon, era già partito per cercare altrove il luogo del naufragio. Dai rapporti di un baleniere si era appreso che medaglie e una croce di San Luigi erano nelle mani dei selvaggi della Luisiade, della Nuova Caledonia.

Dumont d'Urville col suo *Astrolabe*, due mesi dopo che Dillon aveva lasciato Vanikoro gettava l'ancora davanti a Hobar Town. Veniva qui a conoscenza dei risultati ottenuti da Dillon e per di più seppe che un certo James Hobbs, secondo ufficiale dell'*Union* di Calcutta, sceso a terra su un'isola situata a 8° 18' di latitudine sud e 156° 30' di longitudine est aveva notato barre di ferro e stoffe rosse in possesso degli indigeni.

Molto incerto e non sapendo quanto fidarsi di narrazioni riportate da giornali poco autorevoli, finì tuttavia col decidersi a seguire le tracce di Dillon.

Il 10 febbraio 1828 l'*Astrolabe* arrivava a Tikopia; prese come guida un disertore stabilitosi sull'isola e fece rotta su Vanikoro. L'avvistò il 12 febbraio, costeggiò i suoi frangenti fino al 14, e solo il 20 gettò l'ancora all'interno della barriera, nel porticciolo di Vanù.

Il 23 alcuni suoi ufficiali fecero il giro dell'isola trovando rottami poco importanti. Gli indigeni, con un loro sistema di negazioni e sotterfugi, si rifiutavano di condurli sul luogo del disastro. Tale contegno fece sospettare che essi avessero perlomeno maltrattato i naufraghi; e infatti, sembravano temere che Dumont d'Urville fosse venuto a vendicar La Pérouse e i suoi sventurati compagni.

Ma il 26, convinti da alcuni regali e intuendo che non avevano da temere rappresaglie, gli indigeni condussero al luogo del naufragio il secondo ufficiale, Jacquinot.

Là, sotto quattro braccia d'acqua fra gli scogli Pacù e Vanù, giacevano áncore e cannoni, pani di ferro e di piombo, che le concrezioni calcaree avevano incrostato. La scialuppa e la baleniera dell'*Astrolabe* andarono sul luogo. Non senza grande fatica gli equipaggi riuscirono a estrarre dall'acqua un'áncora di milleottocento libbre, un cannone da otto di ghisa, un pane di piombo e due petriere di rame.

Interrogando i nativi, Dumont d'Urville seppe anche che La Pérouse dopo aver perduto le sue due navi sui frangenti dell'isola aveva costruito una navicella più piccola – per andare a perdersi una seconda volta. Dove?... Nessuno poteva dirlo.

Il capitano dell'*Astrolabe* fece allora costruire in un boschetto di manghi un cenotafio alla memoria del famoso navigatore, dei suoi compagni: una semplice piramide quadrangolare posta su una base di corallo, senza nessuna parte metallica che potesse tentare la cupidigia degli indigeni.

Poi Dumon d'Urville voleva partire. Ma il suo equipaggio aveva preso le febbri di quelle costi insalubri e, molto malato lui stesso, non poté riprendere il mare fino al 17 marzo.

Intanto, temendo che Dumont d'Urville non fosse al corrente del lavoro di Dillon, il governo francese aveva mandato a Vanikoro dall'America occidentale la corvetta *Bayonnaise*, capitano Legoarant de Tromelin. La *Bayonnaise* arrivò a Vanikoro qualche mese dopo la partenza dell'*Astrolabe*, non scoprì alcun nuovo segno del naufragio, ma fu notato che i selvaggi avevano rispettato il mausoleo di La Pérouse.

Ecco la sostanza del racconto da me fatto al capitano Nemo.

« E così, » mi disse « non si sa ancora dove sia andata quella terza nave costruita dai naufraghi a Vanikoro? »

« Non se ne sa nulla. »

Il capitano Nemo, senza parlare mi condusse nel salone. Poco dopo, il *Nautilus* si immerse di qualche metro e le imposte si aprirono.

Mi precipitai ai vetri. Sotto le incrostazioni coralline e altri rivestimenti, fra miriadi di pesci, notai alcuni rottami che i dragatori non avevano potuto riportare alla superficie: staffe di ferro, ancore, cannoni e palle da cannone, una guarnizione d'argano, un dritto di prua, tutte cose provenienti dalle navi naufragate, e ora tappezzate di fiori viventi.

Mentre io guardavo quei tristi rottami, il capitano Nemo disse con voce grave:

« Il capitano La Pérouse partì il 7 dicembre 1785 con le sue navi la *Boussole* e l'*Astrolabe.* Approdò prima a Botany Bay, visitò l'arcipelago degli Amici e la Nuova Caledonia, fece rotta su Santa Cruz e fece scalo a Namuka, una delle isole del gruppo Hapai. Poi le sue navi giunsero sulle sconosciute scogliere di Vanikoro. La *Boussole* che precedeva, si incagliò sulla costa meridionale; l'*Astrolabe* le venne in aiuto ma ebbe la stessa sorte. Il primo dei due bastimenti si sfasciò quasi subito. Il secondo, incagliato sottovento, resistette qualche giorno. I nativi fecero ai naufraghi accoglienze abbastanza buone. Questi si installarono sull'isola e con i rottami delle due navi ne costruirono una più piccola. Alcuni marinai rimasero volontariamente a Vanikoro. Gli altri, debilitati, malati, partirono con La Pérouse. Fecero rotta sulle Salomone e si persero, corpo e beni, sulla costa ovest dell'isola principale del gruppo, fra il Capo Delusione e il Capo Soddisfazione! »

« E come lo sapete » esclamai.

« Ecco ciò che ho trovato sul luogo di quest'ultimo naufragio. »

Il capitano mi mostrò una scatola di latta, col sigillo delle armi di Francia, tutta corrosa dall'acqua salata. L'aprì: vidi un fascio di carte ingiallite ma ancora leggibili.

Erano le istruzioni del ministro della Marina al comandante La Pérouse annotate, in margine, da Luigi XVI.

« Ah, una bella morte per un marinaio! » disse il capitano Nemo. « È una tomba molto tranquilla, questa di corallo, e voglia il Cielo che i miei compagni ed io non ne abbiamo una diversa! »

XX
LO STRETTO DI TORRES

Nella notte dal 27 al 28 dicembre lasciammo i paraggi di Vanikoro, a grande velocità. La rotta era per sud-ovest, e in tre giorni il *Nautilus* percorse le settecentocinquanta leghe che separano il gruppo di La Pérouse dalla punta sud-est della Papuasia.

Il 1° gennaio 1863, prestissimo al mattino, Conseil mi raggiunse sulla piattaforma.

« Il signore » disse « mi permette di augurargli il buon anno? »

Vidi un fascio di carte ingiallite.

« Come no, Conseil! esattamente come se mi trovassi a Parigi, nel mio ufficio al Jardin des Plantes. Accetto i tuoi auguri e te ne ringrazio. Soltanto ti domando cosa intendi per "buon anno", nelle circostanze in cui ci troviamo. È l'anno che porterà alla fine la nostra prigionia, oppure un anno che lascerà continuare questo strano viaggio? »

« Parola mia, » rispose Conseil « non so che dire al signore. Senza dubbio vediamo cose fuori dell'ordinario, e in questi due mesi non si è avuto il tempo di annoiarci. L'ultima meraviglia è sempre la più sbalorditiva e se dura questo progresso, non so come andrà a finire. Penso che non ritroveremo mai un'occasione simile. »

« Mai, Conseil. »

« Inoltre, il signor Nemo, che giustifica molto bene il suo nome latino, ci dà tanto fastidio quanto ce ne darebbe se non esistesse affatto. »

« Proprio come dici, Conseil. »

« E allora, se il signore permette, penso che un "buon anno" sarebbe quello che ci permettesse di veder tutto... »

« *Tutto*, Conseil? Sarebbe forse troppo. Ma Ned Land che ne pensa? »

« Esattamente il contrario di me. È uno spirito positivo e ha uno stomaco imperioso. Sempre guardare, mangiare sempre pesci non gli basta. La mancanza di vino, di pane, di carne non piace a un degno sassone che ha l'abitudine delle bistecche e che il brandy e il gin, presi in quantità moderata, non spaventano. »

« Per conto mio, Conseil, non è questo che mi tormenta; e col regime di bordo mi trovo benissimo. »

« Anch'io » rispose Conseil. « Penso a rimanere quanto mastro Land a fuggire. Dunque l'anno se non sarà buono per me lo sarà per lui, e viceversa. Ci sarà sempre qualcuno di soddisfatto. Per concludere, auguro al signore ciò che gli piaccia. »

« Grazie, Conseil. Ti chiedo solo di rimettere a più tardi la questione dei regali, e provvisoriamente sostituirli con una buona stretta di mano. Non ho altro da offrirti! »

« Il signore non è mai stato così generoso » rispose Conseil e su queste parole andò a imboccare la scala.

Il 2 gennaio avevamo percorso undicimilatrecentoquaranta miglia, cioè cinquemiladuecentocinquanta leghe, dal nostro punto di partenza nei mari del Giappone. Dinnanzi allo sperone del *Nautilus* si estendevano gli insidiosi paraggi del Mar dei Coralli, verso la costa australiana di nord-est. La nostra nave distava qualche miglio dal temibile banco su cui per poco non andarono a perdersi le navi di Cook, il 10 giugno 1770. Quella direttamente comandata da Cook urtò in una roccia corallifera, e se non affondò lo dovette solo a questa circostanza: il pezzo di corallo strappato dall'urto restò immesso nello scafo.

Desideravo moltissimo visitare la scogliera sommersa per trecentosessanta leghe, contro la quale un'onda sempre "lunga" si frange con un'intensità formidabile evocando il rombo del tuono. Ma i piani inclinati del *Nautilus* ci trascinavano nel profondo e non potei vedere nulla di quelle muraglie coralligene. Unica rivincita i nuovi esemplari di pesci raccolti poco prima dalle nostre reti. Ora vi notai dei germoni, specie di sgombri grossi come tonni, dai fianchi bluastri e fasciati di strisce che svanivano con la vita del loro portatore. Fornirono alla nostra tavola una carne assai delicata. Fu preso anche un gran numero di spari *vertors* lunghi mezzo decimetro, che hanno il sapore dell'orata; e pirapedi volanti, vere e proprie rondini sottomarine che nelle notti oscure rigano alternatamente l'aria e le acque con bagliori fosforescenti. Tra i molluschi e zoofiti trovai nelle maglie della traina vari tipi d'alcionarî, ricci di mare e martelli, speroni, quadranti, cerite, ialle. La flora era rappresentata da certe belle alghe galleggianti, laminarie e macrociste, impregnate d'una mucillagine che traspirava dai pori; e tra esse còlsi un'ammirevole *Nemastoma geliniaroide*, classificava sùbito come una piccola gemma del museo.

Due giorni dopo la traversata del Mare dei Coralli, il 4 gennaio avvistammo le coste della Papuasia. Il capitano Nemo mi rivelò allora che intendeva passare nell'Oceano Indiano per lo stretto di Torres. La comunicazione si limitò a questo. Ned mormorava con piacere che la rotta ci avvicinava ai mari europei.

Lo stretto di Torres è ritenuto non meno pericoloso per gli scogli di cui è irto che per i selvaggi abitanti delle sue rive. Divide dalla Nuova Olanda la grande isola della Papuasia, chiamata anche Nuova Guinea.

Quest'ultima è lunga quattrocento leghe e larga centotrenta, con una superficie di quarantamila leghe geografiche, fra i 0° 19' e 10° 2' di latitudine e i 128° 23' e 146° 15' di longitudine. A mezzogiorno, mentre il *secondo* rilevava l'altezza del sole, scorsi i monti Arfalxs formati da piani successivi e coronati da pochi picchi aguzzi.

La Papuasia, scoperta nel 1511 dal portoghese Francisco Serrano fu visitata poi successivamente da don José de Menesès nel 1526, da Grijalva nel 1527, dal generale spagnolo Alvar de Saavedra nel 1528, da Juigo Ortez nel 1545, dall'olandese Shouten nel 1616, da Nicolas Sruick nel 1753, da Tasman, Dampier, Fumel e Carteret, Edwards, Bougainville, Cook, Forrest e Mac Cluer, D'Entrecasteaux nel 1792; nel 1823 da Duperrey e Dumont d'Urville nel 1827. « Di qui si diffondono i negri per tutta la Malesia » ha detto il signor De Rienzi; non immaginavo che le sorti della nostra navigazione mi avrebbero fatto incontrare tali pericolosi indigeni.

Il *Nautilus* si presentò dunque all'ingresso del più temibile stretto del globo – con il quale i più arditi navigatori a stento osano misurarsi: lo stretto che Louis Paz de Torrès affrontò tornando dai mari melanesiani del Sud, e in cui le corvette incagliatesi di Dumont d'Urville stavano, nel 1840, per perdersi corpo e beni. Il *Nautilus* stesso, estraneo in genere ai pericoli del mare, avrebbe dovuto guardarsi dalle scogliere coralline.

Lo stretto di Torres raggiunge in ampiezza circa trentaquattro leghe, ma è quasi ostruito da un'enorme varietà di isole e isolotti, rocce, frangenti, che lo rendono poco meno che impraticabile. Quindi il capitano Nemo prese tutte le precauzioni del caso. Il *Nautilus* galleggiando a fior d'acqua teneva un'andatura moderata. L'elica, come la coda d'un cetaceo, batteva i flutti lentamente.

Approfittando della situazione i miei due compagni e io avevamo preso posto sulla piattaforma deserta. Davanti a noi stava la gabbia del timoniere, e se non sbagliavo il capitano Nemo doveva essere là dentro a dirigere personalmente il suo battello.

Avevo sotto gli occhi alcune carte eccellenti dello Stretto, dovute all'ingegnere-idrografo Vincendon Dumoulin e al guardiamarina Coupvent-Desbois (oggi ammiraglio) che avevano fatto parte dello stato maggiore di Dumont d'Urville nell'ultimo suo viaggio circumnavigatorio. Con quelle del capitano King, sono le migliori carte relative allo stretto e io le consultavo con scrupolosa attenzione.

Intorno al *Nautilus*, il mare ribolliva furiosamente. La corrente, muovendo da sud-est a nord-ovest con una velocità di due miglia e mezza, veniva a frangersi sui coralli le cui punte emergevano a tratti.

« Ecco un mare detestabile » disse Ned Land.

« Davvero, » risposi « è molto inadatto a una nave come il *Nautilus*. »

« Questo dannato capitano deve essere ben sicuro della rotta » aggiunse il canadese. « Vedo certi ammassi di corallo che ridurrebbero il suo scafo in pezzi, solo a sfiorarli. »

La situazione era infatti pericolosa, ma il *Nautilus* pareva scivolare per incanto fra tutti quei vortici. Non seguiva esattamente la rotta dell'*Astrolabe* e della *Zélée*, fatale a Dumont d'Urville. Aveva preso più a nord, costeggiò l'isola Murray tornando poi a sud-est verso il passaggio di Cumberland. Pensavo che lo imboccasse senz'altro, quando rimessa la prua a nord-ovest, attraversò una miriade di isole e isolette mal note dirigendosi verso la Tound e il Canale Cattivo.

Mi domandavo se il capitano Nemo, divenuto incauto fino alla pazzia, volesse sfidare il passaggio nel quale si incagliò Dumont d'Urville. Ma cambiando un'altra volta la rotta e puntando dritto a ovest si avvicinò all'isola Gueboroar.

Erano le tre pomeridiane. I flutti rompevano; la marea era quasi al massimo. Il *Nautilus* si accostava a quell'isola che vedo ancora tutta orlata di pendanus. Stava a meno di due miglia quando un urto mi gettò a terra. Il battello aveva preso di striscio uno scoglio, e restò poi fermo, sbandato leggermente a sinistra.

Quando mi rialzai vidi in piattaforma il capitano Nemo col *secondo*. Esaminavano la situazione, scambiandosi qualche parola nella loro incomprensibile lingua.

Ecco all'incirca la situazione. Due miglia a dritta stava l'isola Gueboroar, curva da nord a ovest come un braccio lunghissimo. Verso sud e ad est apparivano già numerosi coralli che il deflusso, via via, lasciava allo scoperto. Ci eravamo incagliati durante l'alta marea più sviluppata e in una zona le cui maree sono mediocri, circostanza negativa per la liberazione del *Nautilus*. Questo non aveva sofferto danni,

Il *Nautilus* aveva preso di striscio uno scoglio.

tanto saldo era il suo scafo. Ma se non poteva affondare né spaccarsi c'era il grosso pericolo di restare, per sempre, nella presa di quegli scogli; e allora, sarebbe stata finita per il sottomarino del capitano Nemo.

A un certo punto il capitano, freddo e calmo, sempre padrone di se stesso si avvicinò mostrandosi neppur contrariato.

« Un accidente? » gli dissi.

« No: un incidente » rispose.

« Ma un incidente che vi obbligherà forse a tornare su quella terraferma a voi odiosa. »

Mi guardò con un'aria bizzarra e fece segno di no. Era già dirmi abbastanza che nulla poteva toglierlo dal mare. Aggiunse:

« Aronnax, il *Nautilus* non si trova in perdizione. Vi porterà ancora fra le meraviglie dell'oceano. Il nostro viaggio è appena al suo inizio e non desidero perdere tanto presto l'onore della vostra compagnia ».

« Però, capitano, » obiettai senza rilevare quel linguaggio ironico « il *Nautilus* si è incagliato durante la piena marea. Nel Pacifico le maree non sono forti: e se non alleggerite il battello – cosa che mi sembra impossibile – non vedo come si possa liberare. »

« Le maree nel Pacifico non sono forti, avete ragione, signor professore, » egli rispose « ma nello Stretto di Torres i livelli per l'alta e bassa marea differiscono ancora di un metro e mezzo. Oggi è il 4 gennaio e fra cinque giorni sarà luna piena. Mi stupirebbe che questo compiacente satellite rinunciasse a sollevar abbastanza le presenti masse d'acqua, non mi rendesse un servigio che volentieri dovrò a lui solo. »

Ciò detto, il capitano Nemo ridiscese col suo *secondo* all'interno del *Nautilus*. Quanto al battello, se ne stava fermo come se i polipi corallini l'avessero già murato nel loro indistruttibile cemento.

« E allora, signore? » mi domandò Ned Land avvicinandosi dopo che il capitano se ne fu andato.

« Eh, caro amico, tranquillamente aspetteremo la marea del giorno 9. Sembra che la luna vorrà disincagliarci. »

« Tutto qui? »

« Tutto qui. »

« E il nostro capitano non getta le ancore al largo, non

manda la sua macchina a tutta forza cercando il possibile per disincagliarsi? »

« Basterà ben la marea! » rispose calmo calmo Conseil.

Ned Land guardandolo alzò le spalle. Era il *marinaio* ad esprimersi in lui.

« Signore, » replicò « potete credermi. Questo pezzo di ferro mai navigherà ancora: né sopra né sotto i mari. Lo si può solo vendere a peso. Immagino dunque venuto il momento di tagliar la corda con buona pace del capitano Nemo. »

« Amico Ned, » risposi « non dispero come voi su questo ottimo *Nautilus*. Fra alcuni giorni sapremo che idea farci delle maree del Pacifico. D'altra parte l'idea di fuggire sarebbe pur apprezzabile se fossimo vicini all'Inghilterra o alla Provenza; ma accanto alla Papuasia la cosa è ben diversa. Ci penseremo se il *Nautilus* non riesce a riprendersi, faccenda grave anche per noi se vedo bene. »

« Ma non si può almeno un poco saggiar questa terra? » mormorava Ned Land. Ecco un'isola. Sull'isola degli alberi. Sotto gli alberi degli animali terrestri, portatori di cotolette e rosbif. Darei loro con gioia qualche morso. »

« Qui l'amico Ned ha ragione, » disse Conseil « e io mi unisco alla sua tesi. Non potrebbe il signore ottener dal capitano Nemo un viaggetto fino a terra, almeno almeno per onorar l'abitudine di calpestare il nostro pianeta sulle parti solide? »

« Posso chiederlo, » risposi « ma lui non vorrà. »

« Che il signore ci provi » insistette Conseil. « E sapremo poi che cosa pensare della gentilezza del capitano. »

Con mia grande sorpresa il capitano Nemo diede il permesso che gli chiedevo, lo fece con molta buona grazia e premura senza neppur indurmi a promettere il ritorno a bordo. Ma una fuga attraverso la Nuova Guinea sarebbe stata pericolosissima, non avrei mai consigliato a Ned Land di tentarla. Meglio restar prigionieri nel *Nautilus* che venir catturati dagli indigeni della Papuasia.

Fu messo a nostra disposizione il canotto per l'indomani mattina. Non cercai di sapere se il capitano ci accompagnava. Pensai anzi, che non sarebbe venuto con noi nessuno dell'equipaggio, e che a guidare il canotto avrebbe provveduto il solo Ned Land. Infine, la "terra" stava tutt'al più a due miglia di distanza ed era uno scherzo per il canadese destreggiarsi con quel leggero canotto fra gli scogli fatali alle navi.

L'indomani mattina 5 gennaio fu messo in mare il canotto dall'alto della piattaforma. Due uomini bastarono per l'operazione. I remi erano già nella barca e non ci restava altro che scendervi.

Armati di fucili e di asce lasciammo il *Nautilus* alle otto. Il mare era abbastanza calmo. Una brezza lieve soffiava da terra. Conseil e io vogavamo con forza, Ned manovrava il timone negli stretti passaggi che i frangenti lasciavano aperti: la barca era maneggevole e filava veloce.

Ned non riuscì a contenere la sua gioia. Si sentiva un prigioniero evaso, era lontano dal ricordarsi che bisognava poi tornare in prigione.

« Della carne! » ripeteva. « Mangeremo carne e che carne! Vera selvaggina. Niente pane: lo so. Ma non dico che il pesce sia cattivo, tutt'altro, soltanto bisogna non abusarne e un pezzo di selvaggina fresca alla griglia, su un bel fuoco, offrirà un piacevole cambiamento ai nostri palati!... »

« Goloso » postillava Conseil. « Fa venir l'acquolina in bocca anche a me. »

« Resta da vedere se queste foreste sono ricche di selvaggina, » dissi io « e se la selvaggina non è tale da poter *cacciare* lei il cacciatore. »

« Perdinci, signor Aronnax, » rispose Ned i cui denti sembravano affilati come il taglio di un'ascia « io mangerei anche della tigre, lombata di tigre, se in quest'isola non ci fosse altro quadrupede. »

« L'amico mi inquieta » obiettava Conseil.

« Di qualunque specie sia, » riprese Ned Land « qualunque animale a quattro zampe, senza penne o a due zampe con penne lo saluterò col mio primo colpo di fucile. »

« Bene! » feci io. « Ecco che mastro Land ricomincia con le imprudenze. »

« Non temete signor Aronnax » egli rispose. « E forza coi remi. Chiedo solo venticinque minuti per offrirvi un piatto a modo mio. »

Mezz'ora dopo la partenza il canotto si arenava con dolcezza su una spiaggia sabbiosa, aveva superato felicemente l'anello corallifero che circonda l'isola di Gueboroar.

XXI
QUALCHE GIORNO A TERRA

Nel toccar terra provai una viva emozione. E Ned Land col piede tastava il suolo come per prenderne il possesso. Pur soltanto da due mesi eravamo, secondo l'espressione del capitano Nemo, "passeggeri del *Nautilus*", ossia in realtà prigionieri del suo comandante.

Ci portammo in qualche minuto a un tiro di fucile dalla riva. Il suolo era quasi tutto madreporico; ma il letto di certi torrenti disseccati, con sfasciumi granitici, mostrava che l'isola era da attribuire a una formazione primordiale. L'orizzonte si nascondeva dietro un'ammirevole cortina di foreste. Alberi enormi la cui altezza giungeva anche a duecento piedi erano collegati l'un l'altro da ghirlande di liane, vere amache naturali che ondeggiavano nella brezza leggera. Erano alberi di mimosa, *ficus*, casoarine e teck, ibischi, pendani, palmizi mescolati a profusione; e sotto la loro vôlta verdeggiante, ai piedi dei loro tronchi giganteschi c'erano orchidee, piantine leguminose e felci. Senza nemmeno badare a tutti quei bei campioni di flora papuasiana il canadese lasciò il dilettevole per l'utile. Scorse un albero di cocco e ne abbatté vari frutti, li ruppe, bevemmo il loro latte e masticammo le loro mandorle con una soddisfazione anche protestataria verso il regime alimentare del *Nautilus*.

« Eccellente » diceva Ned Land.

« Squisito » precisava Conseil.

« E non credo » aggiunse il canadese « che il vostro Nemo vorrà opporsi se a bordo portiamo un carico di noci di cocco. »

« Non lo credo neppure io » risposi. « Ma quanto a mangiarne... »

« Peggio per lui » asserì Conseil.

« E tanto meglio per noi! » ribatteva Ned Land. « Ne avremo di più. »

« Solo una parola, mastro Land: » dissi al fiociniere che intendeva saccheggiare un altro albero di cocco « il cocco è buono e va bene, ma prima di riempirne il canotto mi sembrerebbe giusto vedere se l'isola non produce cose altrettanto utili. Dei legumi freschi sarebbero bene accolti nella cucina del *Nautilus*. »

L'orizzonte si nascondeva dietro una cortina di foreste.

« Il signore ha ragione » disse Conseil. « E propongo che si riservino tre posti nella nostra barca: uno per la frutta, un altro per i legumi e il terzo per la selvaggina, di cui finora non ho intravisto neppur il più magro esemplare. »

« Conseil non bisogna mai disperare » replicò Ned.

« Seguitiamo la nostra escursione, » aggiunsi « ma tenendo gli occhi bene aperti. Benché sembri disabitata l'isola può ospitare individui meno esigenti di noi sulla natura della selvaggina. »

« Hé hé! » fece Ned Land con un movimento di mascelle tutt'altro che incongruo.

« E allora Ned? » esclamò Conseil.

« Perbacco, » rispose « comincio a valutare gli incauti dell'antropofagia. »

« Ned, Ned che vi salta in mente » bofonchiava Conseil. « Voi antropofago? Ma io dormo nella stessa cabina. Mi sveglierò mezzo divorato un giorno o l'altro. »

« Amico, mi piacete ma non abbastanza per mangiarci senza stretto bisogno. »

« Non mi fido. A caccia, a caccia! Bisogna uccidere qualche bestia selvaggia appagando il cannibale, o una di queste mattine il signore troverà appena dei brandelli del suo domestico. »

Mentre si scambiavano tante piacevolezze, avanzavamo fra gli imponenti alberi della foresta; e per due ore la percorremmo in lungo e in largo.

Il caso aiutò per prima la nostra ricerca di vegetali commestibili. Uno tra i più utili alberi dei tropici ci fornì un elemento essenziale, che a bordo mancava.

Dico l'albero del pane, abbondantissimo nell'isola Gueboroar. Notai soprattutto quella varietà sprovvista di semi che i malesi chiamano "Rima".

Si distingueva per un tronco diritto, alto quaranta piedi. La cima, graziosamente rotonda e con grandi foglie multilobate, segnalava abbastanza per un naturalista l'"artocarpus" che venne felicemente naturalizzato nelle isole Mascarene. Dalla sua massa verde si staccavano grandi frutti globulari, larghi un decimetro, provvisti all'esterno di rugosità che avevano una disposizione ad esagono. È un albero che senza esigere cure dà frutti per otto mesi l'anno.

Ned Land li conosceva bene tali frutti. Ne aveva mangiati nei molti suoi viaggi ed era esperto del prepararne la sostanza commestibile. La loro vista lo eccitò.

« Che io muoia se non assaggio un po' di quella pasta! » mi disse.

« Assaggiate, amico Ned, assaggiatene quanto volete. Non siamo qui per fare esperienze? Facciamole. »

« Me la sbrigo in fretta » rispose.

E armatosi d'una lente, accese un fuoco di legna secca che scoppiettava allegra. Conseil e io sceglievamo intanto i migliori frutti dell'artocarpus. Alcuni non avevano raggiunto un buon grado di maturità, e la loro pelle spessa ricopriva una polpa bianca ma scarsa di fibra. Altri, numerosissimi, gelatinosi e giallastri, non aspettavano che d'essere còlti.

I frutti non racchiudevano alcun nocciolo. Conseil ne portò una dozzina a Ned Land che dopo averli tagliati a grosse fette li mise su un fuoco di braci e continuava intanto a ripetere:

« Sentirete, sentirete quanto è buono questo pane! ».

« Tanto più quando il pane è mancato per molto tempo » disse Conseil.

« Non è più neppur pane. È un pasticcio finissimo. Voi signore, non ne avete mangiato mai? »

« No mio caro Ned. »

« E allora preparatevi a mandar giù una leccornia. Se non ne vorrete ancora ed ancora, ho finito d'essere il re dei fiocinieri. »

La parte dei frutti esposta al fuoco fu poco dopo completamente carbonizzata. All'interno appariva una pasta bianca, quasi una tenera mollìca: al sapore ricordava il carciofo.

Bisogna ammetterlo, era un pane buonissimo e ne mangiai con trasporto.

« Purtroppo, » dissi « una pasta del genere non si può tenerla fresca; credo sia inutile farne una provvista. »

« Come sarebbe a dire, professore! » esclamò Ned Land. Voi parlate da naturalista, ma io lo farò da panettiere. Conseil, raccogliete un bel mucchio di questi frutti, li riprenderemo tornando. »

« E come li preparerete? » domandai.

« Facendo della polpa una pasta fermentata che si conserverà indefinitamente, senza guastarsi. Quando vorremo goderne la farò cuocere nella cucina di bordo e nonostante che il gusto sia un po' acido vi sembrerà ottima. »

« Allora, mastro Ned, vedo che a questo pane non manca nulla. »

« Signor professore: gli manca un po' di frutta almeno o qualche legume. »

Ultimato il raccolto, tornammo a voler completare quel pasto "terrestre".

Le ricerche non furono inutili, verso mezzogiorno avevamo fatto un'ampia provvista di banane. Nella zona torrida maturano tutto l'anno, e i malesi che hanno dato loro il nome di "pisang" ne mangiano senza farle cuocere. Insieme a quelle banane cogliemmo dei jaks enormi, di sapore molto forte, gustosi manghi e ananassi di inverosimile grossezza. Ma nella raccolta spendemmo gran parte del nostro tempo, non avevamo comunque motivo di rimpiangerlo.

Conseil teneva Ned sempre d'occhio. Il fiociniere camminava avanti, e perlustrando la foresta sceglieva con mano sicura i frutti che dovevano arricchire il carico.

« Adesso, » domandò Conseil « non vi manca più nulla amico Ned? »

« Hum! » fece il canadese.

« Come? Vi lamentate? »

« Tutti questi vegetali non possono formar un pasto. Servono a terminarlo, ma dov'è la minestra? E l'arrosto? »

« Già » dissi. « Ned ci aveva promesso cotolette. Mi sembrano terribilmente problematiche. »

« Signore, » rispose il canadese « la caccia non solo non è finita, ma nemmeno è cominciata. Un po' di pazienza! Finiremo bene con l'incontrar qualche animale di piuma o pelo, se non qui da altre parti. »

« E se non oggi domani, » aggiunse Conseil « perché non dobbiamo allontanarci troppo. Io anzi propongo di tornar al canotto. »

« Come? di già? » esclamava Ned.

« Dobbiamo tornare a bordo prima di notte » dissi io.

« Ma che ora è? » fece Ned.

« Almeno le due. »

« Ah come passa presto il tempo in terraferma! » sospirò mastro Ned Land.

« In cammino! » rispose Conseil.

Tornammo dunque per la foresta e integrammo il nostro

raccolto mediante una razzia di cavoli-palmisti, che bisognò andare a cogliere in cima agli alberi; di piccoli fagioli, in cui riconobbi gli "abrus" dei malesi; e di ignami notevolissimi.

Eravamo sovraccarichi quando arrivammo al canotto. Ma Ned Land non giudicava ancora sufficiente la provvista. Il destino lo favorì: scorse nel momento di imbarcarsi vari alberi alti da venticinque a trenta piedi, della specie dei palmizî. Non meno che l'artocarpus, sono considerati fra i migliori prodotti della Malesia.

Erano alberi del sagù, che crescono senza esigere coltivazione, riproducendosi come i gelsi con i loro polloni e i loro semi.

Ned sapeva come trattare questi alberi. Prese l'ascia e maneggiandola energicamente ne ebbe presto abbattuti due o tre ben maturi: lo si riconosceva dalla polvere bianca sulle loro palme.

Io lo guardavo lavorare, mi sentivo gli occhi d'un naturalista, non d'un uomo affamato. Incominciò col togliere da ogni tronco una striscia di corteccia, dello spessore d'un pollice, che aveva in sé una rete di lunghe fibre inestricabili e congiunte da una specie di farina gommosa. Questa farina era appunto il sagù, sostanza che costituisce l'alimento principale delle popolazioni melanesiane.

Ned Land, per il momento, si accontentò di tagliar a pezzi quei tronchi come avrebbe fatto con la legna da ardere; per estrarne la farina più tardi, setacciarla togliendo i legamenti fibrosi, farne evaporare l'umido al sole e lasciarla indurire in appositi stampi.

Finalmente, alle cinque pomeridiane, carichi di tutte le nostre ricchezze lasciavamo l'isola e mezz'ora dopo giungevamo al *Nautilus*. Nessuno si mostrò. L'enorme cilindro di lamiera pareva deserto. Trasbordate le provviste scesi nella mia camera. Vi trovai pronta la cena, mangiai e mi coricai per dormire.

L'indomani mattina 6 gennaio, nulla di nuovo a bordo. Dall'interno non un rumore, non un segno di vita. Il canotto era rimasto là dove l'avevamo ormeggiato. Decidemmo di tornare sull'isola. Ned sperava d'esser più fortunato, come cacciatore, del giorno prima, e voleva conoscere meglio la foresta.

Al sorger del sole eravamo in navigazione. La barca presa

Ned Land prese l'ascia.

dal flusso che portava verso terra, toccò l'isola dopo pochi minuti.

Sbarcammo, e affidandoci al suo istinto, seguimmo Ned Land le cui lunghe gambe minacciavano di lasciarci molto indietro.

Risalì il pendio verso ovest, poi, attraversando vari letti di torrente, raggiunse l'altopiano contornato da splendidi boschi. Più di un martin-pescatore vedemmo nei dintorni, ma non si lasciavano avvicinare. La loro circospezione mi fece intendere che sapevano giudicar i bipedi della nostra specie, e ne trassi la conclusione che, se non abitata, l'isola era perlomeno frequentata da esseri umani.

Percorsa una fertile prateria, si arrivò a un boschetto animato dai canti e dai voli di moltissimi uccelli.

« Sempre uccelli e basta » disse Conseil.

« Ma ce n'è di quelli che si mangiano » rispose il fiociniere.

« Nessuno, caro Ned, dato che si tratta di pappagalli. »

« Amico, » rispose gravemente Ned « il pappagallo è il fagiano di chi non ha altro da mangiare. »

« E aggiungerò » dissi io « che ben cucinato vale i colpi di forchetta. »

Effettivamente una moltitudine di pappagalli volteggiava là di ramo in ramo, aspettando solo un'educazione ulteriore per esprimersi in qualche lingua umana. Ora schiamazzavano insieme a cocorite di tutte le tinte, a gravi kakatoa dall'aria filosofica, mentre dei colori intensamente rossi passavano come lembi di seta trascinati dal vento, fra i calai dal volo rumoroso, i papua dipinti con le più fini sfumature d'azzurro e altri volatili graziosissimi ma in genere anche loro poco appetibili.

Un uccello tipico di quelle terre, e che di volontà sua è sempre esclusivamente vissuto nelle isole di Arù o nelle isole dei papua, mancava alla collezione. Ma fra poco una buona sorte doveva lasciarmelo ammirare.

Dopo un bosco ceduo avevamo ritrovato una pianura sparsa di cespugli. Qui vidi levarsi a volo bellissimi uccelli che la disposizione delle piume lunghe obbligava a dirigersi contro vento. Il loro volo ondulato, la grazia delle loro traiettorie e curve, lo sfavillio cangiante delle tinte, attraevano e incantavano lo sguardo. Non faticai a riconoscerli.

« Uccelli del paradiso! » dissi forte.

« Ordine dei passeracei, sezione dei clistomori » aggiunse Conseil.

« Famiglia delle pernici? » domandò Ned.

« Non credo mastro Land. Ma conto sulla vostra abilità per non lasciarci scappare una di queste meraviglie. »

« Ci proverò, signor professore, quantunque io sia abituato a maneggiar l'arpione più che il fucile. »

I malesi, che di questi uccelli fanno gran commercio in Cina, per catturarli usano vari metodi che noi non potevamo impiegare. Tendono a volte dei lacci, in cima ai grandi alberi su cui gli uccelli del paradiso abitano volentieri; altre volte ricorrono a un vischio tenace, o persino avvelenano le fonti dove essi bevono abitualmente. Quanto a noi dovevamo sparar loro in volo: cosa che offriva scarse possibilità favorevoli. E infatti consumammo per nulla una parte delle nostre munizioni.

Verso le undici del mattino ci eravamo portati abbastanza in alto nella zona centrale dell'isola, e non avevamo ancora messo a segno un colpo. La fame ci mordeva. I cacciatori si erano fidati della caccia e avevano avuto torto. Per fortuna un bel momento Conseil con suo immediato stupore, fece una coppiola assicurandosi la colazione. Prese un piccione bianco e un colombaccio: spennati in fretta, appesi a uno spiedino di fortuna, li arrostimmo su un bel fuoco di legna secca. Mentre questi suggestivi animali cuocevano, Ned preparò alcuni frutti d'artocarpus. Il piccione e il colombaccio vennero divorati fino alle ossa con elogi vibranti. La noce moscata di cui sono ghiotti profuma la loro carne, ne fa un cibo squisito.

« Come se le pollanche mangiassero tartufi » sentenziò Conseil.

« E dunque Ned, cosa desiderate ancora? » domandai.

« Selvaggina a quattro zampe, signor Aronnax. Tutti questi piccioncini sono appena antipasti, piccoli divertimenti da bocca. Fin quando non avrò ucciso un diretto possessore di cotolette, non sarò appagato. »

« Nè io, caro Ned, se non prendo un uccello del paradiso. »

« Seguitiamo dunque la nostra caccia; » egli disse « ma tornando verso il mare. Siamo all'inizio delle montagne e dev'essere meglio andar di nuovo dove ci sono foreste. »

Era un parere sensato, lo mettemmo in pratica. Un'ora dopo raggiungevamo un'autentica foresta d'alberi del sagù. Innocui serpenti fuggivano sotto i nostri passi. Gli uccelli del paradiso se la battevano al nostro avvicinarci e io disperavo di riuscir mai a prenderne quando Conseil che apriva la marcia si chinò di colpo gettando un grido di trionfo, e venne a porgermi una magnifica preda.

« Ah bravo! » esclamai.

« Il signore è troppo buono » egli rispose.

« Ma no, ragazzo mio! Hai fatto un colpo da maestro: prender vivo un uccello del paradiso, e con le mani!... »

« Se il signore vorrà esaminarlo vedrà che non ho molto merito. »

« E perché, Conseil? »

« Perché questo galantuomo è ubriaco come una quaglia. »

« Ubriaco? »

« Sì, signore: ubriaco delle noci moscate che stava divorando, sotto la pianta dove l'ho preso. Vedete, Ned, ecco i mostruosi effetti dell'intemperanza. »

« Per mille diavoli! » ribatté il canadese « tutto il gin che ho bevuto nel *Nautilus* volete proprio rimproverarmelo? »

Intanto esaminavo il prigioniero. Conseil aveva ragione. L'uccello, stordito dal succo inebriante, era ridotto all'impotenza. Non poteva volare, ma appena camminare. Questo non mi inquietava, e lo lasciai digerir le sue noci moscate. Apparteneva alla più bella delle otto specie viventi in Papuasia e nelle isole attigue. Era un uccello del paradiso "grande smeraldo", tra i più rari. Misurava tre centimetri di lunghezza; testa relativamente piccola, occhi molto vicini all'apertura del becco e piccoli anch'essi. Ma offriva un'ammirevole insieme di colori essendo giallo nel becco, bruno nei piedi e unghie, nocciola nelle ali, imporporate alle estremità, giallo pallido sulla testa e sulla parte posteriore del collo; color smeraldo era la gola, bruni marrone il ventre e il petto. Due reticelle curve ricoperte di pelurie stavano sulla coda prolungata da grandi piume leggere, straordinariamente fini; l'insieme era degno in tutto di quel che gli indigeni hanno chiamato poeticamente "uccello del sole".

Mi auguravo molto di poter tenermi questo superbo esem-

Era un uccello del paradiso "grande smeraldo".

plare fino a Parigi e regalarlo al Jardin des Plantes che non ne possiede neppur uno vivo.

« È proprio rarissimo? » domandò il canadese nel tono del cacciatore che poco apprezza la selvaggina come opera d'arte.

« Rarissimo mio caro Ned, e soprattutto difficile da prendere vivo. Ma anche morti questi uccelli sono oggetto di un mercato importante. Ragion per cui i nativi hanno pensato bene di fabbricarne, come si fabbricano perle o diamanti. »

« Cosa? » esclamò Conseil « si producono falsi uccelli del paradiso? »

« Sì, Conseil. »

« E il signore conosce il metodo adoperato dagli indigeni? »

« A puntino. Gli uccelli del paradiso durante il monsone da est, perdono le magnifiche piume che adornano la loro coda e che i naturalisti chiamano subalarie. I falsari, diciamo così, in volatili le raccolgono, poi le applicano a qualche misero pappagallino previamente mutilato. Tingono la sutura, verniciano l'uccello, e spediscono in Europa i prodotti di questa loro singolare industria. »

« Bah » fece Ned Land. « Se non è proprio l'uccello del paradiso le piume sono le sue, e non ci vedo granché di male dato che non è da mangiare. »

Contrariamente ai miei desideri i desideri del canadese, in ogni modo, non erano soddisfatti. Per fortuna, verso le due egli abbatté un bel maiale boschereccio di quelli che i nativi chiamano "bari-utang". L'animale veniva a proposito per fornirci buona carne di quadrupede; e fu degnamente ricevuto. Ned apparì fiero della sua fucilata: grazie anche alla capsula elettrica il maiale era caduto stecchito.

Ned lo scuoiò e lo vuotò mettendo da parte una mezza dozzina di cotolette per la sera. Poi riprendemmo la caccia, che doveva essere ancor onorata da egregie imprese di Ned e di Conseil.

I due amici, battendo i cespugli, misero in fuga un branco di canguri che balzarono quasi in volo sulle zampe elastiche. Non abbastanza rapidamente perché le capsule elettriche mancassero di colpirne alcuni.

« Ah, signor professore! » gridava Ned Land cui la frenesia del cacciatore dava alla testa « quale selvaggina, specialmente da stufato! Che provvista per il *Nautilus*. Due, tre, cinque a terra! E quando penso che la mangeremo noi tutta questa carne – gli imbecilli là a bordo non ne avranno nemmeno una briciola... »

Credo che ebbro di gioia com'era, se non avesse parlato tanto Ned sarebbe riuscito a massacrare tutto il branco. Ottenne comunque una dozzina di quegli stimabili marsupiali. Piccoli simili ai "canguri-coniglio" che abitano usualmente dentro agli alberi cavi e sono velocissimi ma in compenso ottimi da mangiare.

Eravamo fieri della nostra caccia. Ned tutto allegro voleva tornar l'indomani sull'isola incantata a spopolarla dei quadrupedi commestibili. Ma davvero faceva i conti senza l'oste.

Alle sei eravamo di nuovo sulla spiaggia. Il canotto era al solito posto. Come un lungo scoglio il *Nautilus* emergeva dai flutti a due miglia dalla riva. Senza por tempo in mezzo il canadese provvide alla grande questione della cena. Era bravissimo nel fare arrosti. Le braciole di "bari-utang" grigliate sul carbone, emanarono ben presto un odore delizioso.

Ma vedo che sto seguendo le orme di quel ghiottone. Eccomi in estasi per una grigliata di maiale fresco. Mi si perdoni, come io ho perdonato a mastro Land e per gli stessi motivi.

Insomma la cena fu magnifica. Due colombacci rientravano nella straordinaria imbandigione. La pasta di sagù e il pane d'artocarpus, qualche mango, una mezza dozzina di ananas, il liquore fermentato di certe noci di cocco moltiplicarono l'allegria. Credo che alla fine, non tutte le idee dei miei degni compagni avessero la desiderabile chiarezza.

« E se non tornassimo al *Nautilus* stasera? » domandò Conseil.

« Se non ci tornassimo mai? » aggiunse Ned Land.

Proprio allora, tagliando corto alla proposta del fiociniere una pietra ci arrivò quasi addosso.

Ned Land ottenne una dozzina di canguri.

XXII
LA FOLGORE DEL CAPITANO NEMO

Guardammo verso la foresta, senza alzarci. Mi si era fermata la mano nel movimento verso la bocca; quella di Ned ultimava il suo lavoro.

« Una pietra non cade dal cielo » disse Conseil. « O, altrimenti, bisogna chiamarla aerolito. »

Un'altra pietra ben rotonda, strappando a Conseil un'invidiabile coscia di colombaccio ribadì la sua osservazione.

Ci alzammo tutti e tre, con i fucili imbracciati, disponendoci a qualsiasi lotta.

« Sono scimmie? » domandò Ned Land.

« Press'a poco » rispose Conseil. « Selvaggi. »

« Al canotto! » dissi avviandomi.

Bisognava infatti battere in ritirata. Una ventina d'indigeni armati d'archi e fionde, appariva da un boschetto a cento passi di distanza.

Il canotto era in secca a dieci tese da noi.

Si avvicinavano senza correre, gli indigeni, ma prodigando manifestazioni ostili. Pietre e frecce piovevano.

Ned non aveva voluto lasciar le provviste, e nonostante l'urgenza del pericolo scappava reggendo da una parte il suo maiale, dall'altra i suoi canguri.

Due minuti dopo eravamo a riva. Caricar le provviste, e le armi sul canotto, spingerlo in mare, mettere i remi fu questione brevissima. E non avevamo ancor fatto due gomene che cento selvaggi urlanti, gesticolanti entrarono in acqua fino alla cintola. Guardavo se la loro apparizione non richiamasse in piattaforma qualcuno del *Nautilus*. Ma no: l'enorme testuggine ferma al largo restava assolutamente deserta.

Venti minuti e salivamo a bordo. I boccaporti non erano chiusi. Ormeggiato il canotto, entrammo nel *Nautilus*.

Scesi al salone donde giungevano accordi. Il capitano Nemo era là, curvo sull'organo come in un'estasi musicale.

« Capitano! » gli dissi.

Non mi udì.

« Capitano! » ripetei toccandolo.

Ebbe un sussulto, e voltandosi:

« Ah siete voi! » mi disse. « E allora, avete fatto buona caccia? Erborizzato con successo? ».

« Sì, » risposi « ma disgraziatamente ci siamo trascinati dietro un branco di bipedi la cui vicinanza mi sembra inquietante. »

« Quali bipedi? »

« Dei selvaggi. »

« Selvaggi! » rispose il capitano Nemo con ironia. « E vi stupite, signor professore, perché su un territorio di questo globo avete trovato dei selvaggi? Selvaggi: dove non se ne trovano? E d'altronde sono peggiori degli altri, questi che voi chiamate selvaggi? »

« Ma capitano... »

« Per quanto mi riguarda, signore, ne ho incontrati dovunque. »

« Bene, risposi. Ma se non volete riceverli a bordo del *Nautilus* farete bene a premunirvi. »

« Tranquillizzatevi, signore. Non c'è nulla da temere. »

« Gli indigeni in questione sono molti. »

« Quanti ne avete contati? »

« Un centinaio almeno. »

« Signor Aronnax, » disse il capitano Nemo, dopo aver riavvicinato le mani ai tasti dell'organo « anche se tutti gli indigeni della Papuasia si fossero dati appuntamento su questa spiaggia, il *Nautilus* non avrebbe nulla da temere dai loro attacchi. »

Le sue dita ripresero a scorrere sulla tastiera e notai che egli premeva solo i tasti neri, la musica ne acquisiva un timbro essenzialmente scozzese. Ben presto dimenticò la mia presenza, tutto immerso in una fantasticheria che rispettai.

Qualche momento dopo ero in piattaforma. Faceva ormai notte: a una latitudine così bassa il sole tramonta in fretta, senza crepuscolo. Non scorgevo se non confusamente l'isola Gueboroar. Ma sulla spiaggia, molti fuochi dicevano che gli indigeni non avevano intenzione d'andarsene.

Restai là per qualche ora, da solo, ricordandomi a volte degli indigeni (senza timore, poiché la fiducia del capitano mi si era comunicata); e ammirando la splendida notte tropicale. L'animo s'involava verso la Francia, con le stelle zodiacali che fra qualche ora le avrebbero dato sguardi luminosi. Risplendeva allo zenith fra uno sciame d'astri la luna.

Pensai che il gentile satellite, dopodomani, sarebbe tornato per attrarre a sé le onde e togliere il *Nautilus* dal suo letto di corallo. Verso mezzanotte (nulla aveva turbato l'ombra quieta delle acque né l'alterno rosseggiar degli alberi a riva) scesi in cabina, mi addormentai alla svelta.

La notte passò senza incidenti. I papuasici dovevano aver paura del mostro incagliato nella baia: se no, boccaporti ancora spalancati avrebbero reso lusinghiero e facile l'accesso all'interno del Nautilus.

Verso le 6 del mattino – 8 gennaio – risalii in piattaforma. Le penombre mattinali si dissipavano. Presto l'isola mostrò chiaramente le sue rive, poi si liberarono dalla nebbia le cime delle montagne.

Gli indigeni erano sempre là, più numerosi del giorno prima, forse cinque o seicento. Alcuni di loro, approfittando della bassa marea erano venuti avanti sui banchi di corallo, fino a due gomene dal *Nautilus*. Li distinguevo facilmente. Erano degli autentici papù dalla statura atletica, uomini di bella razza, dalla fronte larga e alta, dal naso grosso ma non schiacciato, dai denti bianchissimi. La capigliatura lanosa tinta di rosso spiccava su un corpo nero e lucente come quello dei nubiani. Al lobo dell'orecchio, tagliato e appiattito, pendevano rosarî di ossicini. Questi selvaggi erano generalmente nudi. Ma notai qualche donna vestita dalle anche alle ginocchia d'una vera "crinolina" d'erbe, appesa a una cintura vegetale. Certi notabili, portavano, al collo, una mezzaluna e collane di conterie rosse e bianche. Quasi tutti armati d'arco, frecce e scudo, tenevano addosso una specie di rete nella quale stavano pietre arrotondate, – proiettili che le loro frombole usavano scagliare con abilità.

Uno di quei notabili, il più vicino al *Nautilus*, lo osservava attentamente. Doveva essere un "mado" d'alto rango, perché si ammantava in una stuoia di foglie di banano, dentellata su gli orli e assai variopinta.

Avrei potuto facilmente abbatterlo, era ben a portata del mio fucile; ma pensai fosse meglio aspettare gli eventi. Fra europei e selvaggi, è utile che gli europei controbattano le azioni ostili ma non attacchino per primi.

Durante tutta la bassa marea, gli indigeni si aggirarono in vicinanza del *Nautilus* ma non fecero strepito. Li udii ripetere la parola "assai", e dai gesti capivo che mi invitavano a scendere a terra: un invito che preferii non accettare.

Quel giorno dunque il canotto non si staccò dal *Nautilus*, con gran dispiacere di mastro Land, impossibilitato a completare le provviste. L'abile Ned impiegò il suo tempo nel preparare le carni e le farine provenienti dall'isola. Quanto ai selvaggi tornarono in terraferma verso le undici del mattino, dopo che i banchi di corallo avevano cominciato a ricevere il flusso dell'alta marea. Ma vidi molti nuovi arrivi sulla spiaggia. Probabilmente dalle isole vicine, o dalla Papuasia strettamente detta. Non avevo però notato piroghe.

Non avendo da far nulla di meglio, volli dragare le belle acque limpide in cui apparivano profusioni di conchiglie, zoofiti e piante pelagiche. Oltretutto era l'ultimo giorno che il *Nautilus* doveva trascorrere in quei luoghi, stando almeno alla promessa del capitano Nemo.

Conseil mi portò una draga leggera, non molto diversa da quelle che servono alla pesca delle ostriche.

« E i selvaggi? » mi domandò. « Non dispiaccia al signore, ma a me non sembrano molto cattivi. »

« Però sono antropofagi, caro figliolo. »

« Si può esser antropofagi e brave persone, » replicò « come essere golosi e onesti. Una cosa non esclude l'altra. »

« E va bene. Ti concedo che siano degli antropofagi onesti, – che divorano i loro prigionieri onestamente. Ma siccome non amo venir divorato sia pure onestamente, mi terrò in guardia: visto che il capitano sembra omettere le precauzioni. E adesso al lavoro! »

Per due ore pescammo alacremente, ma senza catturare nessuna rarità. La draga si riempì d'orecchie di Mida e arpe e melanie, e specialmente dei più bèi "martelli" che avessi visto fin allora. Prendemmo anche qualche oloturia, delle ostriche perlifere e una dozzina di piccole tartarughe.

Ma quando meno me lo sarei aspettato mi imbattei in una meraviglia, per meglio dire una difformità naturale rarissima a trovarsi. Conseil aveva proprio appena dato un colpo di draga, e l'apparecchio risaliva carico di svariate conchiglie abbastanza comuni, quando, tutt'a un tratto, mi vide affondar la mano nella rete ed estrarne una conchiglia con un grido da conchiliologo: il grido più acuto, voglio dire, che insorga da un'ugola umana.

Gli indigeni si aggirarono in vicinanza del *Nautilus*.

« Ma che cos'ha signore? » Conseil domandò. « È stato morso? »

« No, ragazzo mio. Ma avrei dato volentieri un dito per la scoperta che ho fatto! »

« Quale scoperta? »

« Ecco » dissi mostrando la ragione del mio trionfo.

« Ma è semplicemente un'oliva-porfido, genere olive e ordine dei pectinibranchi, classe dei gasteropodi, ramo dei molluschi... »

« Sì, Conseil. Ma invece che da destra a sinistra quest'oliva gira da sinistra a destra. »

« Possibile? »

« Eccome: è una conchiglia sinistrorsa. »

« Una conchiglia sinistrorsa! » Conseil ripeteva col cuore in tumulto.

« Guarda qui la spira! »

« Ah, il signore deve credermi, » Conseil ricevette la preziosa conchiglia con mano tremante « non ho mai provato un'emozione simile! »

E c'era di che essere emozionati. Come osservano, notoriamente, i naturalisti la destrorsità è una legge di natura. Gli astri e i loro satelliti nei moti di traslazione, di rotazione si muovono da destra a sinistra. L'uomo si vale più spesso della mano destra che della sinistra, e quindi i suoi strumenti e apparecchi, scale, serrature, molle d'orologio ecc., vengono generalmente impiegati da destra a sinistra. La natura segue di regola il medesimo criterio nell'avvolgimento delle sue conchiglie: sono destrorse, tranne rare eccezioni, e se per caso vanno in senso contrario gli amatori le pagano a peso d'oro.

Conseil ed io eravamo assorbiti nella contemplazione del nostro tesoro. Mi ripromettevo, io, di arricchirne il Museo, quando una pietra scagliata da un indigeno venne malauguratamente a infrangere il prezioso oggetto nelle mani di Conseil.

Gettai un grido disperato. Conseil, slanciatosi sul suo fucile, mirò a un selvaggio che stava bilanciando la frombola a dieci metri da noi. Volevo fermarlo ma il colpo partì, andando a spezzare il braccialetto di amuleti che adornava l'indigeno.

« Conseil! » esclamai a gran voce.

Conseil, slanciatosi sul suo fucile...

« Ebbene? Non ha visto il signore che quel cannibale ha attaccato per primo? »

« Una conchiglia non vale una vita » gli dissi.

« Questo maledetto straccione! » brontolava Conseil. « Preferirei che mi avesse rotto una spalla! »

Era sincero ma io non la pensavo così. Intanto, da qualche attimo, la situazione era cambiata, ce ne accorgemmo con ritardo. Una ventina di piroghe circondava il *Nautilus*. Queste piroghe scavate nei tronchi d'albero, lunghe, strette e ben manovrabili si equilibravano mediante un doppio bilanciere di bambù che galleggiava sull'acqua. Le occupavano abili rematori seminudi, e fui molto inquieto nel vederle avanzare.

Chiaramente quei papù avevano avuto rapporti con gli europei, conoscevano le loro navi. Ma del nostro lungo cilindro di ferro steso nella baia, senza alberi, senza fumaioli, cosa dovevano pensare? Niente di buono certamente. Ma vedendolo sempre immobile riprendevano fiducia a poco a poco, e cercavano di familiarizzarsi con lui. Proprio la familiarità bisognava impedire. Le nostre armi, cui mancava la detonazione, potevano aver solo un effetto mediocre sugli indigeni, pieni di rispetto esclusivamente per le macchine rumorose. (E in verità il fulmine senza il rombo del tuono, poco poco spaventerebbe gli uomini benché il pericolo sia nel lampo non nel fracasso.)

Le piroghe si avvicinarono al *Nautilus*. Una nuvola di frecce gli venne addosso.

« Diavolo. Grandina! » disse Conseil. « E forse è grandine avvelenata. »

« Bisogna avvertire il capitano » dissi infilando il boccaporto. Scesi nel salone. Non trovai nessuno, mi arrischiai a bussare all'alloggio del capitano Nemo.

Un "avanti!" mi rispose. Entrando vidi il capitano assorto in un calcolo dove le *x* e altri segni algebrici abbondavano.

« Vi disturbo? » domandai per la forma.

« Certo, signor Aronnax. Ma immagino che abbiate ragioni serie per cercarmi. »

« Serissime. Le piroghe degli indigeni circondano il battello. Fra pochi minuti, verremo senza dubbio assaliti da centinaia di selvaggi. »

« Ah » egli fece con tutta calma. « Sono venuti con le piroghe? »

« Sì, signore. »

« Ebbene basterà chiudere il boccaporto. »

« Precisamente, e volevo dirvi... »

« Chiudere il boccaporto è facilissimo. »

Schiacciando un bottone elettrico, trasmise un ordine all'equipaggio.

« Ecco fatto signor professore » mi disse. « Il canotto è al suo posto e il boccaporto è chiuso. Non avrete paura che questi signori infrangano pareti rimaste illese sotto le cannonate della vostra nave? »

« No, capitano, ma un pericolo resta. »

« Quale? »

« Il fatto è che domani a questa stessa ora, bisognerà aprire il boccaporto per rinnovare l'aria... »

« Certamente. Dato che il *Nautilus* respira come i cetacei. »

« Se, allora, i papù sono in piattaforma non vedo come possiate impedir loro di entrare. »

« Pensate dunque che salgano a bordo? »

« Non ne dubito. »

« Ebbene signore, che salgano. Perché impedirglielo? In fondo sono poveri diavoli questi papù. Non voglio che la nostra visita all'isola Gueboroar costi la vita a neppur uno di loro. »

Stavo per ritirarmi, ma il capitano mi trattenne invitandomi a sedergli vicino. Mi chiese notizie sulle nostre escursioni insulari, sulle nostre cacce, e pareva non comprendere affatto il bisogno di mangiar carne che tormentava il canadese. Poi la conversazione sfiorò altri temi; senza diventare più comunicativo egli risultava più affabile.

Fra l'altro venimmo a parlare della situazione in cui si trovava il *Nautilus*, incagliato proprio nello stretto dove fu sul punto di perdersi Dumont d'Urville. E su questo argomento:

« Fu uno dei vostri più grandi marinai, d'Urville, uno dei vostri più intelligenti navigatori! » diceva il capitano Nemo. « È stato il Cook francese. Ma quale disdetta! Aver sfidato le banchise del Polo Sud, i coralli del Pacifico e i cannibali dell'Oceania per morire infine miseramente in un treno! Se quest'uomo energico ha potuto riflettere negli ultimi istanti di vita, li immaginate i suoi tormentosi pensieri? »

Il capitano Nemo pareva commosso. Segno l'evento al suo attivo.

Poi, carte alla mano rintracciammo i percorsi del navigatore francese, i suoi viaggi di circumnavigazione, il doppio tentativo al Polo Sud che portò alla scoperta delle Terre Adélie e Luigi-Filippo; infine, i rilievi idrografici delle principali isole dell'Oceania.

« Ciò che d'Urville ha fatto alla superficie dei mari, » disse il capitano Nemo « io ho potuto farlo dentro all'oceano e più facilmente, più ampiamente di lui. L'*Astrolabe* e la *Zélée*, sballottate senza tregua dagli uragani non valevano il *Nautilus*, tranquillo *gabinetto di lavoro*, un autentico sedentario in mezzo alle acque! »

« Eppure, » obiettai « c'è qualcosa d'analogo fra le due navi di Dumont d'Urville e il *Nautilus*. »

« Quale, signore? »

« Anche il *Nautilus* si è incagliato. »

« Il *Nautilus* non si è incagliato » egli rispose freddamente. « È fatto anche per starsene quieto sul letto dei mari; e le fatiche, le complicate manovre che a d'Urville impose il disincagliamento delle corvette non mi spettano. L'*Astrolabe* e la *Zélée* furono là in punto di morte; il *Nautilus* non corre alcun pericolo. Domani all'ora stabilita la marea lo solleverà piano piano ed esso riprenderà a navigare. »

« Non ho dubbi... »

« Domani, » riprese il capitano Nemo alzandosi « domani alle due e quaranta pomeridiane il *Nautilus* galleggerà; e senza avarie lasceremo lo Stretto di Torres. »

Pronunciate in tono asciutto queste parole fece un leggero inchino. Era un congedo. Me ne andai.

Nella mia stanza c'era Conseil, intendeva sapere il risultato del colloquio.

« Mio caro, » gli dissi « quando il capitano mi ha sentito parlare d'una minaccia degli indigeni, ha risposto con ironia. Ho una sola cosa da dirti; fidati di lui e va' a dormir in pace. »

« Il signore non ha bisogno di me? »

« No, amico mio. Che cosa fa Ned Land? »
« Un pasticcio di canguro alla sua altezza! »
Dormii piuttosto male. Sentivo gli indigeni muoversi in piattaforma, e a tratti con grida assordanti. L'equipaggio restava inerte. Quei cannibali non lo impensierivano più di quanto i soldati rinchiusi in un forte si preoccupino delle formiche vaganti sulle pareti blindate.
Alle sei mi alzai. Il boccaporto non era stato aperto. Ma i serbatoi carichi per ogni occorrenza, funzionavano a dovere e proiettarono alcuni metri cubi d'ossigeno nell'atmosfera impoverita del *Nautilus*.
Lavorai nella mia stanza fino a mezzogiorno, e pareva che a bordo non si facesse alcun preparativo per andarsene.
Dopo un certo indugio mi recai nel salone. La pendola segnava le due e mezza. Fra dieci minuti il flusso doveva raggiungere l'altezza estrema, e se il capitano non aveva fatto una promessa temeraria, il *Nautilus* sarebbe stato immediatamente liberato. Altrimenti, solo dopo molti mesi avrebbe potuto lasciare il suo letto di corallo.
Qualche sussulto premonitore si fece infine sentire nello scafo. Udivo stridere contro la murata le asperità del fondo corallino.
Alle due e trentacinque il capitano entrò nel salone.
« Siamo in partenza » disse.
« Ah » risposi.
« Ho dato ordine d'aprire il boccaporto. »
« E i papù? »
« I papù? » fece il capitano alzando un poco le spalle.
« Non entreranno nel *Nautilus*? »
« Ma come? »
« Dal boccaporto che fate aprire. »
« Signor Aronnax, » rispose tranquillo il capitano Nemo « non si entra quando si vuole dal boccaporto del *Nautilus*: nemmeno quando è aperto. »
Lo guardai.
« Non capite? » mi disse.
« No. »
« Ebbene seguitemi e vedrete. »
Mi avviai verso la scaletta centrale. Trovai là Ned Land e Conseil, intrigatissimi: guardavano gli uomini dell'equi-

paggio aprir il boccaporto mentre urla di rabbia e vociferazioni terribili risonavano all'esterno.

I portelli vennero spalancati. Venti orrende facce si mostrarono. Ma il primo indigeno che mise le dita sul corrimano della scaletta, respinto da non so quale forza invisibile fuggì gridando e saltando in modo frenetico.

Dieci compagni lo avevano seguito. Ebbero la medesima sorte.

Conseil stava in estasi. Ned Land, trascinato dai propri istinti violenti corse alla scaletta. Ma appena ebbe toccato il corrimano egli rimbalzò a sua volta.

« Per mille diavoli! » gridava « sono fulminato! »

Questa parola mi fu subito rivelatrice. Non era più un corrimano, ma un cavo metallico tutto percorso dall'elettricità di bordo che saliva alla piattaforma. Toccandolo, si era investiti da una formidabile scossa, – e sarebbe stato mortale se il capitano avesse immesso nella conduttura tutta l'energia dei suoi apparecchi. Si può dire che un baluardo elettrico separava l'interno del *Nautilus* dagli aggressori.

Spaventati essi battevano in ritirata e lo spavento diventava terrore. Noi, mezzo ridendo frizionavamo il povero Ned che bestemmiava come un turco.

Proprio allora il *Nautilus* sollevato dagli ultimi ondeggiamenti del flusso lasciò il letto di corallo; era il minuto previsto dal capitano Nemo. L'elica batté le acque con una lentezza maestosa. Il passo si fece poi rapido: tenendosi a fior d'acqua la nave sottomarina lasciava intatta il pericoloso Stretto di Torres.

XXIII
AEGRI SOMNIA

Il giorno segunete 10 gennaio il *Nautilus* riprese a navigare immerso, con una velocità almeno di trentacinque miglia l'ora. I giri dell'elica tenevano un ritmo che superava i miei controlli. Pensando a quel meraviglioso "agente" elettrico che dopo averci dato movimento, calore e luce aveva fatto da protettore contro gli assalti esterni (aveva trasformato il *Nautilus* come in un'arca santa, non soggetta alle violenze

Dieci suoi compagni ebbero la medesima sorte.

degli infedeli?), la mia ammirazione non aveva più limiti, e dallo strumento risaliva all'ingegnere che lo aveva prodotto.

Facevamo rotta direttamente a ovest. L'undici gennaio doppiammo il Capo Wessel situato a 135° di longitudine e 10° di latitudine, sulla punta orientale del golfo di Carpentaria. Gli scogli restavano numerosi, ma erano più sparsi e rilevati sulle carte con la massima precisione. Il *Nautilus* evitò facilmente sulla sinistra i frangenti di Money, gli scogli Victoria sulla dritta, lungo il decimo parallelo che seguivamo rigorosamente.

Il 13 gennaio il capitano Nemo avvistava nel Mare di Timor l'isola dello stesso nome, a 122° di longitudine. Ampia milleseicentoventicinque leghe quadrate l'isola è governata da una dinastia di rajah. Questi principi, si pretendono figli di coccodrilli: discendenti cioè dalla più nobile origine consentita a un essere umano. Pertanto gli scagliosi antenati abbondano nei corsi d'acqua dell'isola, dove godono particolare venerazione. Ben protetti, viziati e adulati, dopo varie indigestioni sono loro offerte in pasto delicate fanciulle: guai allo straniero minaccioso per queste sacre lucertole.

Ma Timor non fu visibile da noi che per un momento, a mezzogiorno, mentre il secondo ufficiale ne rilevava la posizione. Ugualmente potei solo intravvedere la piccola isola di Rotti che sta in quel gruppo e le cui donne sono ammiratissime anche sui mercati malesi.

Poi la nostra direzione piegò a sud-ovest. La prua fu messa sull'Oceano Indiano. Dove ci trascinava ancora la fantasia del capitano Nemo? Sarebbe risalito verso le coste dell'Asia? O tendeva ancora a sfiorare l'Europa? Intenzioni mal riferibili a un uomo che fuggiva i continenti abitati. Sarebbe allora disceso a sud? Per doppiare il Capo di Buona Speranza, poi il Capo Horn e spingersi fino al Polo Antartico? O intendeva battere nuovamente i suoi mari del Pacifico, dove il *Nautilus* trovava una navigazione facile e libera? Il futuro l'avrebbe detto.

Passammo gli scogli di Cartier e di Hibernia, di Seringapatam, di Scott, ultimi elementi solidi contro l'elemento liquido. Il 14 gennaio eravamo al di là di qualunque terra. La corsa del *Nautilus* venne sorprendentemente rallentata;

e, molto capricciosa nei suoi movimenti, la nave sottomarina talvolta procedeva in immersione, talvolta in superficie.

Durante questo periodo il capitano Nemo fece notevoli esperienze sulle varie temperature marine a diversa profondità. Nelle condizioni solite questi rilevamenti avvengono per mezzo di strumenti abbastanza complicati, i cui referti sono perlomeno dubbi: si tratti di sonde termometriche, i cui vetri molte volte si rompono sotto la pressione dell'acqua, o di apparecchi basati sulla variazione di resistenza dei metalli alle correnti elettriche. I risultati così ottenuti, non possono esser controllati quanto servirebbe. Ma il capitano Nemo andava personalmente a misurar le temperature nelle profondità marine e il suo termometro, a contatto delle varie zone liquide, gli dava subito e con certezza le misurazioni richieste.

Fu così che, o sovraccaricando i serbatoi, o discendendo per linee oblique grazie ai suoi piani inclinati il *Nautilus* raggiunse via via profondità dai tremila ai diecimila metri; il risultato definitivo degli esperimenti fu che il mare presenta sempre una temperatura di quattro gradi e mezzo alla profondità di mille metri, sotto qualsiasi latitudine.

Seguii con grande interesse queste ricerche. Il capitano vi si applicava con una fervida passione. Mi domandavo, d'altra parte, a che scopo egli facesse tanti studi. A beneficio dei propri simili? Non era probabile, dato che un giorno o l'altro i risultati sarebbero con lui scomparsi in qualche mare ignorato! O voleva forse affidarli a me? Bisognava allora credere in una già ipotecata conclusione del mio strano viaggio, conclusione ben lontana adesso dal lasciarsi immaginare.

Comunque sia, egli mi comunicò parecchie cifre ottenute in merito al rapporto fra le densità nei diversi mari del globo. Ne ricavai un insegnamento personale senza contesto scientifico.

Avvenne nella mattina del 15 gennaio. Il capitano, col quale stavo passeggiando in piattaforma, mi domandò se conoscevo le varie densità presentate dall'acqua marina. Gli risposi negativamente, e aggiunsi che mancavano al riguardo osservazioni decisive.

« Io le ho fatte queste osservazioni » mi disse. « E con garanzia di certezza. »

« Già; » risposi « ma il *Nautilus* è un mondo a parte. I suoi risultati scientifici non arrivano fino a terra. »

« Avete ragione signor professore, » ammise dopo un breve silenzio « è un mondo a parte. È altrettanto straniero alla terra, dei pianeti che la accompagnano intorno al Sole; e nessun uomo conoscerà mai le esperienze scientifiche a cui Giove o Saturno abbiano dato ricetto. Ma siccome il caso ha legato le nostre vite, posso riassumervi le osservazioni fatte qui. »

« Vi ascolto, capitano. »

« Voi sapete signor professore, che l'acqua del mare è più densa dell'acqua dolce; ma questa densità non è uniforme. Infatti se rappresento con uno la densità dell'acqua dolce, trovo un ventottomillesimo per le acque dell'Atlantico, un ventiseimillesimo per le acque del Pacifico e un trentamillesimo per le acque del Mediterraneo... »

"Ah," pensai "il *Nautilus*, si avventura anche nel Mediterraneo?"

« Un diciottomillesimo per le acque del Mar Jonio, un ventinovemillesimo per le acque dell'Adriatico. »

Decisamente il nostro battello non evitava i mari frequentati dell'Europa, e ne conclusi che ci avrebbe ricondotti – forse presto – verso terre meglio civilizzate: una buona notizia per Ned Land...

Molte giornate trascorsero in studi ed esperimenti d'ogni genere, inerenti alla gradazione di salsedine delle acque a profondità diverse, alla loro elettrizzazione, alla loro colorazione, alla loro trasparenza; e il capitano Nemo vi dispiegava un'ingegnosità pari soltanto alla cortesia nei miei riguardi. Poi, non lo vidi per alcuni giorni, e vissi di nuovo come un isolato a bordo della sua nave.

Il 16 gennaio il *Nautilus* parve addormentarsi a pochi metri dalla superficie. Le apparecchiature elettriche non funzionavano, l'immobilità dell'elica lasciava regnare il capriccio delle correnti. Immaginai che l'equipaggio si occupasse di manutenzioni interne, qui particolarmente delicate.

Vidi allora con i miei compagni un singolare spettacolo. Le imposte del salone erano aperte, il fanale del *Nautilus* non dava luce; una vaga penombra teneva le acque, sotto un cielo tempestoso. Stavo osservando il mare in quelle condizioni; mi apparivano solo i pesci più grossi e come ombre appena delineate, quando il Nautilus si trovò all'improvviso trasportato in piena luce. Avevano dunque acceso il fanale? Potei riconoscere presto il mio errore.

Fluttuavamo in mezzo a una fosforescenza che l'oscurità di prima ci rendeva abbagliante. Proveniva da miriadi di animaluzzi luminosi, il cui scintillare aumentava lungo lo scafo metallico della nave. Notavo allora dei lampi, fra quelle estensioni luminose: come da colate di piombo fuso in una fornace o da masse metalliche portate al calor bianco; per contrasto varie zone luminose "facevano ombra" in quell'ambiente igneo, da cui ogni ombra pareva dover essere bandita. No, non era più il calmo irritarsi della nostra solita illuminazione; questa aveva un vigore e un movimento insoliti, – la si sentiva viva!

Era prodotta da un'agglomerazione enorme d'infusori pelagici, di noctiluche miliarie: veri globuli di gelatina diafana, con un tentacolo filiforme, se ne è potuti contare fino a venticinquemila in trenta centimetri cubi di acqua. E la loro luce veniva ancora raddoppiata dai bagliori particolari delle meduse e delle asterie, delle aurelie, dei folaresdati e di altri zoofiti fosforescenti, impregnati del grasso delle materie organiche decomposte dal mare o anche dal muco che secernono i pesci.

Il *Nautilus* attraversò per ore queste acque brillanti, suscitando in noi un'ammirazione estesa ai grossi animali marini che vi giocavano come salamandre. In un fuoco che non brucia vidi nuotar marsuini eleganti rapidissimi, instancabili *clowns* dei mari, e istiofori lunghi tre metri la cui formidabile spada urtava a volte i cristalli del salone. Poi mi apparvero pesci più piccoli, balestre e sgomberoidi saltatori, lupi nasoni, cento altri che striavano nella loro corsa l'atmosfera luminosa.

Quale incanto nello spettacolo! Forse una particolare condizione esterna intensificava il fenomeno, un temporale al disopra di noi? Ma a pochi metri dalla superficie il *Nautilus* non avvertiva il suo furore e dormiva quieto nelle acque tranquille.

Giorno dopo giorno potevamo dunque incontrare meraviglie. Conseil osservava e classificava i suoi zoofiti, molluschi e pesci. Il tempo scorreva rapido, non ne tenevo più il conto. Ned badava a far variare la cucina di bordo. Proprio da lumache ci eravamo adattati al nostro guscio, io dichiaro formalmente che si può diventare una lumaca perfetta.

Vivere così risultava naturale, e avevamo dimenticato il diverso modo d'esistere alla superficie terrestre, quando un avvenimento ci richiamò alla stranezza delle nostre condizioni.

Il 18 gennaio eravamo a 105° di longitudine e 125° di latitudine sud. Il tempo era minaccioso, il mare duro e agitato. Soffiava da est un forte vento. Il barometro, continuando ad abbassarsi da qualche giorno, diceva prossima una lotta degli elementi.

Ero salito in piattaforma mentre il secondo ufficiale prendeva le misure degli angoli orari. Come al solito aspettavo la sua frase quotidiana. Ma, quel giorno, fu sostituita da un'altra non meno incomprensibile. Vidi quasi subito apparir il capitano Nemo, e puntò il cannocchiale sull'orizzonte.

Rimaneva immobile, senza lasciar il punto racchiuso nel suo campo visivo. Poi abbassò il cannocchiale scambiando col "secondo" una dozzina di parole. Questi sembrava preso da un'emozione che invano cercasse reprimere. L'altro manteneva l'abituale freddezza, ma pareva fare al suo ufficiale obiezioni ricevendone in cambio frasi esplicative. Così almeno credetti dai loro toni e gesti.

Io pure avevo scrutato l'orizzonte nella medesima direzione, senza scorgere nulla di allarmante. Il cielo e l'acqua si univano in una linea perfettamente nitida.

Ora il capitano Nemo andava e veniva da un'estremità della piattaforma all'altra, senza guardarmi, senza vedermi forse. Il passo era fermo, tuttavia meno regolare del solito. Ogni tanto si fermava e a braccia conserte osservava il mare. Che cosa cercava in quell'immenso spazio? Il *Nautilus* era a qualche centinaio di miglia dalla costa più vicina!

Il secondo aveva ripreso a guardare nel cannocchiale, interrogava l'orizzonte andando in su e in giù, battendo il piede, con un'agitazione nervosa tutta estranea al comandante del *Nautilus*.

Ma il mistero doveva chiarirsi, e presto: su un ordine del capitano la macchina aumentò la potenza propulsiva, diede all'elica una rotazione più veloce, mentre l'ufficiale richiamava nuovamente l'attenzione del capitano. Questi sospese il proprio andare e venire, fissò il cannocchiale sul punto indicatogli. Continuava a scrutare. Più che mai impensierito scesi nel salone e ne tornai con un ottimo telescopio di cui usavo servirmi. Poi, appoggiatolo sulla gabbia del fanale a pruavia intendevo percorrere con lo sguardo tutta la linea del cielo e del mare.

Ma il telescopio mi fu violentemente tolto di mano.

Mi voltai. Il capitano Nemo mi stava accanto con una fisionomia trasfigurata. L'occhio, pervaso d'una cupa fiamma, balenava dalle sopracciglia aggrottate. I denti erano semiscoperti. Il corpo rigido, i pugni stretti, la testa infossata nelle spalle testimoniavano un odio violento. Non si muoveva. Il mio cannocchiale, cadutogli dalla mano, restava dov'era.

Avevo forse provocato io questa collera? L'incomprensibile capitano Nemo sospettava che io avessi visto qualcosa di proibito agli ospiti del *Nautilus*?

No, l'odio non era direttamente rivolto a me. Egli infatti non mi guardava, teneva gli occhi fissi su un punto dell'orizzonte.

Finalmente tornò padrone di se stesso e la fisionomia riprese l'abituale fermezza. Dopo aver brevemente parlato all'ufficiale, si indirizzò a me.

« Signor Aronnax, » disse in tono alquanto imperioso « chiedo il rispetto d'uno tra gli impegni che ci legano. »

« Quale, capitano? »

« Bisogna che vi lasciate rinchiudere, voi e i vostri compagni, fino a quando giudicherò opportuno restituirvi la libertà. »

« Voi siete il padrone » risposi guardandolo fisso. « Ma posso far una domanda? »

« Nessuna, signore. »

Non potevo che obbedire.

Scesi nella cabina di Ned e Conseil, li informai sulla decisione del capitano. Lascio immaginare come eruppe il canadese! Ma il tempo per qualunque spiegazione venne a mancare: quattro marinai aspettavano alla porta, ci accompagnarono nella cella dove avevamo passato la prima notte a bordo del *Nautilus*.

Ned voleva protestare. L'uscio gli fu richiuso in faccia.

« Il signore mi dirà il significato di tutto questo? » chiese Conseil.

Teneva gli occhi fissi su un punto dell'orizzonte.

Raccontai che cos'era accaduto. Ne rimasero stupiti quanto me e altrettanto poco illuminati.

A poco a poco sprofondavo in un abisso di riflessioni, quella trasfigurata fisionomia del capitano non usciva dal mio pensiero. Ma ero incapace di connettere idee persuasive. Mi smarrivo nelle ipotesi più assurde quando Ned venne a dire:

« Toh! La colazione è servita! ».

Infatti, la tavola era stata preparata. L'ordine del capitano in questo senso doveva aver coinciso con l'accelerazione della velocità del *Nautilus*.

« Il signore mi permette un suggerimento? » domandò Conseil.

« Certo » risposi.

« Bene: il signore faccia colazione. È prudente. Non sappiamo quel che sta per succedere. »

« Hai ragione Conseil. »

« Purtroppo, » disse Ned Land « ci hanno dato solo il *menu* di bordo. »

« Amico, » replicò Conseil « preferite forse non mangiare? »

Era un tagliar corto alle proteste del fiociniere.

Messici a tavola consumammo il pasto in un relativo silenzio. Io mangiai poco. Conseil "si sforzò", sempre per prudenza, e Ned ad ogni buon conto non perse un boccone. Poi ciascuno si rannicchiò nel suo angolo.

Il globo luminoso della cella si spense, lasciandoci in un buio profondo. Ned non tardò ad addormentarsi e – cosa insolita – pure Conseil venne invaso alla svelta da un pesante sopore. Mi domandavo perché quando sentii il mio cervello intorpidirsi rapidamente. Gli occhi, che avrei voluto tener aperti, si chiudevano mio malgrado. Ero in preda ad una allucinazione dolorosa. Certamente qualche sostanza narcotica era stata mescolata ai nostri cibi. Non bastava dunque la clausura per nasconderci quanto dovevamo ignorare!

Sentii chiudersi il boccaporto. Le ondulazioni marine che provocavano un lieve rollio cessarono. Il *Nautilus* aveva lasciato la superficie? Era tornato a immergersi?

Volevo resistere al sonno ma fu impossibile. La respirazione si indeboliva. Sentii un freddo mortale gelarmi le membra appesantite e come paralizzate. Le palpebre caddero sui miei occhi come saracinesche di piombo: non potei risol-

Ciascuno si rannicchiò.

levarle. Ero vinto da un sonno carico d'allucinazioni. Poi scomparvero lasciandomi in un annientamento totale.

XXIV
NEL REGNO DEL CORALLO

L'indomani al risveglio avevo la testa ben libera. Con grande sorpresa mi ritrovavo nella mia stanza. Gli altri, senza dubbio, erano stati ricondotti anch'essi nella loro cabina. Ciò che era accaduto nella notte lo ignoravano, come lo ignoravo io; e il mistero chissà quando e come poteva diradarsi. Ma ero proprio libero di spostarmi nella nave come una volta, o ancora prigioniero? Libero del tutto. Aprii la porta: mi incamminai per il corridoio, salii la scaletta centrale. I portelli chiusi il giorno prima, erano aperti. Arrivai in piattaforma dove Ned e Conseil mi aspettavano.

Li interrogai, non sapevano niente. Presi da un greve sonno che non aveva lasciato loro alcun ricordo, svegliarsi nella loro cabina li aveva assai meravigliati.

Quanto al *Nautilus*, ci parve tranquillo e misterioso come sempre. Galleggiava alla superficie, procedendo a velocità moderata. Nulla a bordo sembrava cambiato.

Gli occhi penetranti di Ned ispezionarono il mare. Era deserto. Il canadese non segnalò all'orizzonte nulla di nuovo, né vela né terra. Una brezza di ponente soffiava con impeto e lunghe onde scapigliate dal vento davano alla nave un sensibilissimo rollio.

Il *Nautilus*, dopo aver rinnovato la provvista d'aria, scese e si mantenne a una profondità media di quindici metri, così da esser pronto a riemergere rapidamente. Operazione che contro ogni abitudine fu compiuta più volte durante la giornata del 19 gennaio. Il secondo ufficiale saliva allora in piattaforma, e la solita frase echeggiava all'interno della nave.

Quanto al capitano non riapparve. Della gente di bordo non vidi che l'impassibile *steward*: mi servì con l'esattezza e il mutismo di sempre.

Verso le due mi trovavo nel salone, occupato a riordinare le mie note, quando entrò il capitano. Lo salutai. Mi rese il saluto appena appena senza parlare. Mi rimisi al lavoro sperando che mi venisse poi qualche spiegazione dell'accaduto nella notte precedente. Nulla. Lo guardai: il viso mi sembrò stanco, gli occhi arrossati parevano dire che non aveva dormito; la fisionomia denotava una tristezza profonda, un accoramento. Andava su e giù per il salone, si sedeva, si rialzava, prendeva a caso un libro e poco dopo lo deponeva, consultava gli strumenti omettendo le annotazioni abituali.

Disse a un tratto:

« Siete medico, signor Aronnax? ».

Così poco mi aspettavo questa domanda che lo guardai senza rispondere.

« Siete medico? » ripeté. « Parecchi vostri colleghi hanno studiato medicina: Gratiolet, Moquin-Tandon e altri. »

« Infatti sono dottore e sono stato interno d'ospedali. Ho praticato per alcuni anni prima di entrare al Museo. »

« Bene, signore. »

La risposta aveva evidentemente soddisfatto il capitano Nemo. Ma non sapendo dove volesse arrivare, aspettai qualche altra domanda, riservandomi d'accoglierla secondo il caso.

« Signor Aronnax, » mi disse il capitano « consentireste a curare uno dei miei uomini? »

« Avete un malato? »

« Sì. »

« Eccomi pronto a seguirvi. »

« Venite. »

Confesso che il mio cuore batteva forte. Non so perché, vedevo una connessione fra questa "malattia" d'un uomo dell'equipaggio e gli episodi appena trascorsi; vi sentivo un mistero preoccupante per me almeno quanto il malato da curare.

Il capitano mi accompagnò a poppa del *Nautilus* ed entrammo in una cabina attigua al quartiere dell'equipaggio.

Là, su un letto stava un uomo di quarant'anni circa, dal viso energico, vero tipo anglosassone.

Mi chinai su di lui. Non era proprio un malato ma un ferito. La testa ricoperta di bende insanguinate posava su un doppio guanciale. Staccai le bende, e il ferito, tenendo i grandi occhi fissi dinanzi a sé, non emise alcun lamento.

La ferita era orrenda. Il cranio fracassato mostrava il cervello a nudo, e la sostanza cerebrale aveva subìto una scor-

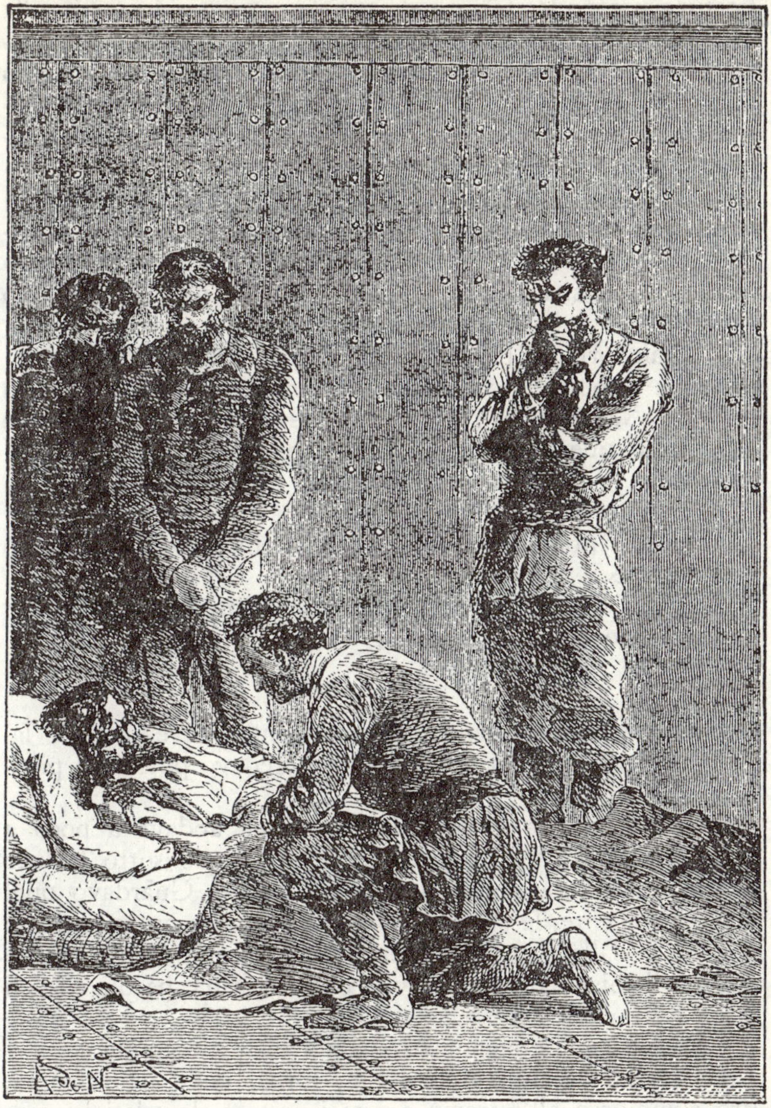

Là, su un letto stava un uomo dal viso energico.

ticatura profonda. Grumi di sangue si erano formati sulla massa diffluente, che presentava un color feccia-di-vino; c'erano insieme contusione e commozione cerebrale. Il ferito respirava con lentezza e qualche spasmodico movimento muscolare agitava il suo viso. La flemmasia cerebrale era completa, implicava paralisi sensoria e motoria.

Presi il polso del ferito. Era intermittente. Le estremità si stavano raffreddando, e vidi avvicinarsi la morte di quell'uomo senza che mi fosse possibile arrestarla. Dopo averlo medicato rimisi a posto la fasciatura e mi volsi al capitano Nemo.

« Quale origine ha la ferita? » domandai.

« Che importa! » rispose evasivamente il capitano. « Un urto del *Nautilus* ha spezzato una leva della macchina, che ha colpito quest'uomo. Ma il vostro parere sulle sue condizioni? »

Esitavo a pronunciarmi.

« Parlate liberamente » disse il capitano. « Quest'uomo non capisce il francese. »

Guardai un'ultima volta il ferito e risposi:

« Fra due ore sarà morto ».

« Niente può salvarlo? »

« Niente. »

La mano del capitano Nemo si contrasse, e qualche lagrima sgorgò dai suoi occhi che non credevo potessero piangere.

Osservai ancora l'uomo da cui se ne andava a poco a poco la vita. Il suo pallore veniva crescendo sotto la luce elettrica che inquadrava il letto di morte. Guardavo quel viso intelligente, le sue rughe precocemente scavate – chissà quando – dalla sventura e forse dalla miseria. Avrei voluto diradar il mistero della sua vita con le ultime parole che gli sfuggissero dalle labbra.

« Potete andare signor Aronnax » disse il capitano.

Lo lasciai accanto al morente, tornai nella mia camera. Ero commosso all'estremo e restai agitato da tristi presentimenti, nelle mie riflessioni spesso interrotte credevo udire sospiri lontani, un triste salmodiare. Erano le preghiere per i defunti in quella lingua a me ignota?

L'indomani mattina salii in piattaforma. Il capitano mi aveva preceduto. Vedendomi:

« Signor professore, » mi disse « vorreste fare una escursione sottomarina? ».

« Con i miei compagni? »

« Se lo gradiscono. »

« Noi siamo ai vostri ordini » capitano.

« Vogliate recarvi dunque a indossare gli scafandri. »

Del morente – o già morto – non una parola. Raggiunti Ned Land e Conseil li informai sulla proposta del capitano. Conseil accettò subito e questa volta Ned si mostrò ben disposto a seguirci.

Erano le otto del mattino. Mezz'ora dopo eravamo vestiti per la nuova impresa e muniti dei necessari apparecchi. Fu aperto il doppio portello; con il capitano Nemo e una dozzina d'uomini dell'equipaggio, a una profondità di dieci metri toccammo il suolo duro su cui posava il *Nautilus*.

Un leggero pendio portava a un fondale accidentato, completamente diverso da quello toccatomi nella prima escursione sotto il Pacifico. Qui, niente sabbia fine né praterie sottomarine, né foresta pelagica. Identificai subito la meravigliosa natura del luogo attuale. Era il regno del corallo.

Si classificò volta a volta il corallo nell'ambito minerale, vegetale o animale. Medicina per gli antichi, gioiello per i moderni, solo nel 1694 il marsigliere Peysonnel gli attribuì definitivamente natura animale.

È un insieme di microscopiche bestioline addette a un polipaio fragile e pietroso. Tali "polipi" hanno un unico generatore, che li ha prodotti per gemmazione; e ciascuno ha la propria esistenza, pur aderendo alla vita comune. Una specie di naturale socialismo. Conoscevo gli ultimi lavori scientifici su questo bizzarro zoofito, che si mineralizza nel medesimo tempo in cui si arborizza (giustissima osservazione dei naturalisti); nulla poteva riuscirmi più interessante d'una visita a simili foreste pietrificate, immerse nei mari.

Gli apparecchi Ruhmkorff entrarono in azione. Percorremmo un banco al primo grado di sviluppo che un giorno sbarrerà tutta quella parte dell'Oceano Indiano. La via era fiancheggiata da cespugli inestricabili, un aggrovigliarsi d'arboscelli con piccoli fiori stellati a raggi bianchi. Solo che, diversamente dalle piante terrestri, le arborescenze fissate alle rocce del fondo, andavano tutte dall'alto in basso.

La luce produceva mille effetti leggiadri giocando tra

quei rami vivacemente colorati. Ero tentato dal cogliere le fresche corolle, sparse di finissimi tentacoli, le une ben fiorite e le altre appena nascenti; lievi pesci dalle rapide pinne le sfioravano come un volo d'uccelli. Ma se la mia mano si avvicinava a questi fiori viventi, a tali animate sensitive, subito un allarme si diffondeva nella colonia. Le corolle bianche rientravano nei loro purpurei astucci, le efflorescenze svanivano sotto i miei occhi, e il cespuglio si trasformava in un blocco di masse pietrose.

La fortuna mi aveva presentato i migliori esemplari di questo zoofito. Era un corallo quale vien raccolto nel Mediterraneo, sulle coste di Francia, d'Italia e di Barberia. Giustificava con i suoi toni vividi i poetici nomi di *fior di sangue* e *spuma di sangue*, dati in commercio ai suoi tipi più belli. Il corallo può costare cinquecento franchi al chilo, e le acque là avvolgevano ricchezze per tutta una moltitudine di corallieri. La preziosa materia, spesso mescolata ad altri polipi, formava quei compatti e inestricabili gruppi chiamati "macciota"; vi notai splendidi campioni di corallo rosa.

Poi i cespugli si rinserrarono e le arborescenze ingrossavano. Autentici boschetti pietrificati, lunghe arcate d'una architettura fantasiosa vennero incontro ai nostri passi. Il capitano penetrò in una buia galleria, dal cui dolce pendio fummo recati a una profondità di cento metri. La luce delle nostre serpentine dava a volte effetti magici, aderendo alle rugose asperità degli archetti e a pendagli disposti come sui lampadari, che essa faceva risplendere di punte di fuoco. Fra gli arboscelli coralliferi vidi altri polipi non meno suggestivi, – meliti o iridi dalle ramificazioni articolate, alcuni ciuffi di coralline verdi o rosse, simili ad alghe incrostate nei loro sali calcarei, che i naturalisti dopo lunghe discussioni hanno definitivamente qualificato come vegetali. Stando a un buon pensatore « qui troviamo forse veramente il punto, dove in oscuro modo la vita si leva da un sonno di pietra restando ancora un po' unita a quell'aspro luogo di partenza ».

Finalmente, dopo due ore di cammino arrivammo a trecento metri di profondità, il limite estremo per il formarsi del corallo. Non esisteva più il cespuglio isolato o il boschetto di basso fusto. Qui trionfavano la foresta immensa e le grandi vegetazioni minerali, gli enormi alberi pietrificati con ghirlande, fra sé e sé, d'eleganti plumarie, queste liane marine tutte sfumature e riflessi. Noi ci addentravamo liberamente sotto gli alti rami perduti nell'ombra dei flutti, mentre ai nostri piedi le tubipore e le meandrine, le astree e fongie e cariofille erano un gran tappeto di fiori con gemme abbaglianti.

Spettacolo indescrivibile. E come dirci l'un l'altro le nostre sensazioni? Eravamo imprigionati sotto le maschere di metallo e di vetro. Perché non riuscir a condividere almeno la vita dei pesci o, meglio, quella degli anfibi, che a lungo percorrono liberamente il duplice mondo delle terre e delle acque?

Il capitano Nemo si fermò. Noi tre lo imitammo, dopo aver proseguito per un momento, e voltandomi vidi che gli altri formavano un semicerchio intorno al loro capo. Ora, guardando con attenzione, notai che quattro uomini dell'equipaggio portavano sulle spalle un grande oggetto oblungo.

Ci si trovava al centro di una vasta radura fra le alte vegetazioni della foresta. Le nostre lampade proiettavano in quello spazio una luce crepuscolare da cui venivano smisuratamente allungate le ombre sul terreno. Al limite della radura l'oscurità diventava profonda, vi apparivano solo minime scintille trattenute dalle creste vive del corallo.

Ned e Conseil mi stavano accanto. Guardavamo, e presentii qualcosa d'eccezionale. Vidi che il suolo presentava dei tumuli con una loro crosta calcarea. I tumuli non alti, e distribuiti con una regolarità che segnalava l'opera dell'uomo.

In mezzo alla radura, su un piedestallo di massi confusamente ammucchiati si ergeva una croce di corallo. Le sue lunghe braccia purpuree evocavano il sangue pietrificato.

A un cenno del capitano, uno dell'equipaggio si fece avanti e cominciò a scavare non lontano dalla croce una fossa, con un piccone che si era tolto dalla cintura.

Capii a un tratto. La radura era un cimitero, la fossa una tomba, e l'oggetto oblungo il corpo dell'uomo morto nella notte. Il capitano Nemo e i marinai del *Nautilus* venivano a sotterrare il compagno in questa dimora comune, in fondo all'inaccessibile oceano!

Il mio animo non era mai stato così sconvolto, mai pensieri così impressionanti lo avevano sovreccitato. Non volevo vedere ciò che gli occhi vedevano.

Intanto, la tomba lentamente si approfondiva. I pesci fuggivano qua e là da un asilo violato. Udivo battere sul terreno calcareo il ferro del piccone: esso scintillava, a volte urtando in una silice. La fossa si allungava, si allargava, e infine fu profonda quanto bastava per accogliere il corpo.

Allora i quattro si avvicinarono. Il corpo avvolto in bisso candido scese nella sua umida tomba. Il capitano Nemo, a braccia conserte, e gli altri compagni si inginocchiarono nell'atto di pregare. I miei due amici e io ci eravamo religiosamente inchinati.

La tomba venne ricoperta con i frantumi di calcare strappati al suolo, che formarono un leggero rigonfiamento.

Poi il capitano e i suoi uomini si rialzarono; avvicinatisi alla tomba, piegarono ancora il ginocchio e tesero la mano per un estremo addio. Ci incamminammo tutti verso il *Nautilus* risalendo a poco a poco.

Apparve infine la luce della nave. All'una eravamo di ritorno.

Mi cambiai, e salito in piattaforma andai a sedermi vicino al proiettore.

Il capitano Nemo mi raggiunse. Gli dissi:

« Così, secondo le mie previsioni quell'uomo è morto durante la notte? ».

« Sì » il capitano rispose.

« E riposa ora accanto ai suoi compagni, in un cimitero di corallo. »

« Sì. Dimenticato da tutti ma non da noi. Nella tomba scavata là, i polipi si incaricano di suggellare i nostri morti eternamente. »

Nascondendo il viso fra le mani con un gesto brusco, egli cercò inutilmente di far tacere un singhiozzo. Poi aggiunse:

« È là il nostro camposanto remoto, a qualche centinaio di piedi sotto la superficie del mare. »

« I vostri morti vi dormono almeno in pace, capitano, al sicuro dai pescicani! »

« Sì, signore, » rispose gravemente il capitano Nemo « al sicuro dai pescicani e dagli uomini! »

Tutti si inginocchiarono nell'atto di pregare.

PARTE SECONDA

I
L'OCEANO INDIANO

Qui incomincia la seconda parte del mio viaggio sotto i mari. La prima, ha avuto fine con l'episodio del cimitero di corallo. Laggiù nessun mostro oceanico sarebbe mai riuscito a turbare l'ultimo sonno degli appartenenti al *Nautilus*, di questi fedeli compagni uniti nella morte come nella vita. « E non ci riusciranno neppure gli uomini! » aveva detto in sostanza il capitano.

Sempre una diffidenza da parte sua, aspra, implacabile, verso le società umane!

Io non mi contentavo, ormai, delle ipotesi soddisfacenti per Conseil. Questo degno giovane persisteva nel ritenere il comandante del *Nautilus* uno tra quegli scienziati misconosciuti che ripagano col disprezzo l'indifferenza dell'umanità. Secondo lui, era un genio incompreso che, oppresso dalle delusioni terrene, aveva dovuto cercare in un mondo inaccessibile la libertà d'azione negatagli altrove. Ma a parer mio, l'ipotesi conveniva solo da un lato alla realtà del capitano Nemo.

No, egli non voleva soltanto fuggire l'abituale mondo umano! Il suo formidabile apparecchio sottomarino non era unicamente rivolto ad appagare un bisogno d'indipendenza, ma forse erano in giuoco anche tremende contese e rappresaglie.

Per ora non vedo alcuna luce effettiva chiarire tale fenomeno, – solo dei bagliori. E devo limitarmi a scrivere, per così dire, quel che dettano gli avvenimenti.

Qual è d'altra parte il nostro legame col capitano Nemo? Egli sa che evadere dal *Nautilus* è impossibile. Non siamo neppure prigionieri sulla parola. Nessun impegno d'onore ci incatena. Siamo dei prigionieri chiamati ospiti per una forma di cortesia. E intanto Ned non ha rinunciato alla speranza di riguadagnare la libertà. È certo che vuol approfittare della prima occasione offertagli dal caso. Io devo indubbiamente far altrettanto. Eppure, non senza una specie di nostalgia porterei altrove con me quella parte dei misteri del *Nautilus* che il capitano mi ha dischiuso! Bisogna odiarlo questo uomo, in fin dei conti, o ammirarlo? È un carnefice o una vittima? E ad essere sinceri: prima d'abbandonarlo per sempre io vorrei aver compiuto questo giro del mondo sottomarino i cui inizi mi incantano. Vorrei aver osservato tutta la serie delle meraviglie nascoste sotto i mari, ciò che nessun uomo aveva ancora visto – dovessi pagar con la vita questo insaziabile bisogno di conoscere. Ben poco ho saputo finora: in tutto abbiamo percorso seimila leghe dell'Oceano Pacifico!

Il *Nautilus*, ora, va tuttavia avvicinandosi ai paesi civilizzati. Quando ci si offra una probabilità di salvezza non devo sacrificare i compagni alla mia passione per l'ignoto. Bisognerà seguirli nella fuga, o guidarli. Ma l'occasione si presenterà mai? In me l'uomo che la violenza ha privato del suo libero arbitrio desidera un'occasione simile; lo scienziato, l'uomo smanioso di conoscere ne ha timore.

Il 21 gennaio 1868 a mezzogiorno, il secondo ufficiale andò a prendere l'altezza del sole. Salii in piattaforma, accesi un sigaro e seguii l'operazione. Mi si confermò che quell'uomo non sapeva il francese. Varie volte feci ad alta voce riflessioni che avrebbero dovuto strappargli qualche segno d'interesse, se le avesse capite; lui restò impassibile e muto.

Intanto uno dell'equipaggio – l'uomo vigoroso che ci aveva accompagnati nella prima escursione sottomarina – venne a pulir i cristalli del proiettore. Esaminai questo apparecchio la cui potenza era moltiplicata da anelli lenticolari, così da tener la luce nel campo utile. E la luce si produceva "nel vuoto", cosa che le assicurava insieme regolarità e intensità. Il "vuoto" economizzava inoltre le punte di grafite tra le quali si sviluppa l'arco voltaico: economia importante per il capitano Nemo, che non poteva rinnovarle facilmente.

Quando il *Nautilus* si preparò ad immergersi scesi nel salone. Il boccaporto venne chiuso, la rotta fu drizzata a ovest.

Solcavano adesso l'Oceano Indiano: vasta pianura liquida di cinquecentocinquanta milioni di ettari le cui acque sono così trasparenti da poter dare le vertigini a chi guardi dalla superficie. Il *Nautilus* procedeva in genere fra i cento e i duecento metri di profondità. Così per qualche giorno. A un uomo che non fosse come me appassionato del mare il tempo sarebbe certamente parso lungo e monotono. Invece non provavo stanchezza né noia.

Eravamo tutt'e tre in condizioni ottime di salute. Il regime gastronomico vi contribuiva largamente, e per mio conto avrei fatto benissimo a meno delle variazioni che Ned Land – per spirito di protesta – si ingegnava ad apportarvi. Per di più a quella temperatura costante non c'era da temere nemmeno un raffreddore.

Nei momenti d'emersione incontrammo grandi quantità d'uccelli acquatici, palmipedi, gabbiani o gavine. Alcuni vennero abilmente presi a fucilate e, con la debita cucinatura fornirono accettabilissimi piatti di selvaggina. Tra i grandi volatori, che vanno molto lontano da qualunque terra e si riposano sulle onde dalla stanchezza del volo, notai magnifici albatros dal grido stridente come un raglio d'asino. La famiglia dei totipalmi era presente con veloci "fregate" che rapivano d'un tratto i pesci affioranti alla superficie; e numerosi fetonti o "paglia in coda", fra gli altri quelli "a fili rossi" che hanno la grossezza dei piccioni e un bianco piumaggio sfumato in rosa, da cui risalta il nero delle ali.

Le reti fornirono svariatissime testuggini del tipo *chelonia embricata*. Questi rettili scendono facilmente in profondità e possono rimaner a lungo sott'acqua, chiudendo la valvola carnosa che sta all'"orifizio" del loro canale nasale. Alcuni, quando vennero presi erano addormentati nel loro guscio al riparo da altre minacce. La carne era in generale mediocre ma le uova una squisita ghiottoneria.

Quanto ai pesci, ridestavano sempre la nostra ammirazione quando dai cristalli sorprendevamo la loro vita acquatica. Catalogai parecchi esemplari nuovi fin allora per me.

Ricorderò un tipo d'*ostracioni* presenti solo nel Mar Rosso, nel Mar delle Indie e nella parte d'oceano che bagna le coste dell'America equinoziale. Essi, come le testuggini e le tatuse, i ricci e i crostacei, sono protetti da una corazza non cretacea né pietrosa ma davvero ossea. Prende a volte la forma di un solido triangolare, a volte di un solido quadrangolare. Certi ostracioni quadrangolari erano sormontati, sul dorso, da quattro grossi tubercoli; notai anche dei trigoni con aculei formati dal prolungamento della loro crosta ossea, ai quali il curioso grugnito ha valso il soprannome di "porci marini"; e c'erano "dromedarî" con grosse gobbe a forma di cono, dalla carne dura e coriacea.

Nel registro quotidiano di mastro Conseil trovo annotati pesci del genere tetrodonti, o spengleriani col dorso rosso e il petto bianco. Poi degli ovoidi realmente simili a uova bruno-cupo, striati da piccole fasce bianche e sprovvisti di coda; diodonti (veri porcospini del mare) idonei a gonfiarsi così da formare una palla irta di aculei; i pegasi volanti dal muso lungo, ai quali le pinne pettorali molto larghe e disposte come ali permettono, se non di volare, di slanciarsi nell'aria. I *blenni saltatori* rigati di nero, dalle lunghe pinne pettorali, lanciati a velocità prodigiose; i bellissimi *churti* dove la natura ha prodigato il giallo e il celeste, l'argenteo e il dorato; le *cotte* sempre sporche di limo, che nuotando producono rumore; i *trygli* dal fegato ritenuto velenoso; i

Albatros, fregate e fetonti.

bodiani che hanno un paraocchi mobile e infine i *soffietti* dal muso lungo e tubolare, veri acchiappamosche dell'Oceano, armati d'un fucile non previsto né da Chassepot né da Remington, svelti nell'uccidere gli insetti colpendoli con una semplice goccia d'acqua...

Dal 21 al 23 gennaio il *Nautilus* percorse duecentocinquanta leghe ogni ventiquattr'ore, a ventidue miglia all'ora. Se potevamo riconoscere le diverse varietà di pesci era perché questi, attratti dalla luce elettrica, cercavano di accompagnarci. La maggior parte, distanziata dalla velocità restava presto indietro; alcuni per un po' di tempo fiancheggiavano il *Nautilus*.

Il 24 mattina, a 12° 5' di latitudine sud e 94° di longitudine avvistammo l'isola Keeling, rilievo madreporico coperto di begli alberi di cocco. L'avevano visitata Darwin e il capitano Fitz-Roy. Il *Nautilus* costeggiò a breve distanza quest'isola deserta. Le sue draghe procurarono molti campioni di polipi e di echinodermi, e interessanti gusci del ramo dei molluschi. Alcuni preziosi prodotti della specie delle delfinule accrebbero i tesori del capitano Nemo; io vi aggiunsi una astrea puntifera, specie di polipo parassita che aderisce spesso a una conchiglia.

L'isola Keeling presto sparì all'orizzonte, e la prua fu messa a nord-ovest verso la punta della penisola indiana.

« Terre civilizzate » mi disse quel giorno Ned Land. « Saranno molto meglio di queste isole della Papuasia dove si incontrano più selvaggi che caprioli! Su quella terra indiana, signor professore, ci sono strade, ferrovie, e città inglesi, francesi e indù. Non si fanno cinque miglia senza incontrare un compatriota. Perbacco, non sarebbe allora il momento di toglier il disturbo al capitano Nemo? »

« No, Ned, no » risposi in tono deciso. « Lasciamo correre, come dite voialtri marinai. Il *Nautilus* si avvicina ai continenti abitati. Torna verso l'Europa; ci conduca pur là. Una volta arrivati nei nostri mari, vedremo quel che la saviezza ci consiglierà di tentare. Del resto, non credo che il capitano Nemo ci lascerebbe andar a caccia sulle coste del Malabar o di Coromandel come nelle foreste della Nuova Guinea. »

« E allora, signore, non si può far a meno del suo permesso? »

Non risposi. Non volevo discutere. In fondo tenevo a sperimentare tutte le alee del destino che mi aveva gettato sul *Nautilus*.

Lasciata l'isola Keeling, in genere la nostra corsa rallentò. Divenne anche più capricciosa, e ci portava spesso a grandi profondità. Si usarono molte volte i piani inclinati che leve manovrate dall'interno potevano muovere sulla linea di galleggiamento. Scendemmo fino a due o tremila metri, senza mai arrivare ai fondali estremi dell'Oceano Indiano che scandagli di tredicimila metri non hanno potuto raggiungere. Quanto alla temperatura delle basse zone acquee, il termometro segnava invariabilmente quattro gradi sopra zero. Osservai che nelle zone superiori, l'acqua era sempre più fredda vicino a riva che in alto mare.

Il 25 gennaio, su un oceano dapprima assolutamente deserto il *Nautilus* passò la giornata alla superficie, battendo i flutti con la sua elica potente e facendoli sprizzare a grande altezza. In queste circostanze era mai possibile a chi lo incontrasse non ritenerlo un cetaceo gigantesco? Passai tre quarti della giornata in piattaforma. Guardavo il mare. Niente all'orizzonte: salvo, verso le quattro pomeridiane, un lungo *steamer* che all'ovest filava in direzione contraria alla nostra. L'alberatura fu visibile, per un momento; ma dalla nave non si poteva scorgere il *Nautilus*, troppo basso sull'acqua. Immaginai che quel vapore appartenesse alla Linea Peninsulare ed Orientale che fa servizio fra l'isola di Ceylon e Sydney, con scali alla punta di Re Giorgio e a Melbourne.

Alle cinque, prima di quel rapido crepuscolo che lega il giorno alla notte nelle zone tropicali, Conseil ed io fummo colpiti da un singolare spettacolo.

Esiste un grazioso animale il cui incontro, secondo gli antichi, presagiva eventi fortunati. Aristotele, Ateneo, Plinio, Oppiano ne studiarono le usanze e gli dedicarono tutte le risorse poetiche degli scienziati greci ed italici. Da essi fu chiamato *Nautilus* e *Pompylius*. Ma la scienza moderna non ratificò il loro battesimo; e questo mollusco ora è noto sotto il nome di Argonauta.

Chi fosse ricorso a Conseil avrebbe imparato che il ramo dei molluschi si divide in cinque classi. La prima o dei cefalopodi, i cui individui sono in certi casi nudi, in altri muniti di guscio, comprende due famiglie: i dibranchiati e i tetrabranchiati, distinti fra loro appunto per il numero delle branchie; la famiglia dei dibranchiati comprende tre generi, l'argonauta, il calamaro e la seppia; l'altra uno solo, il nautilo. Se dopo questa lezione uno spirito ribelle avesse confuso l'argonauta, che è *acetabulifero* ossia portatore di ventose, col nautilo che è *tentaculifero* ossia portatore di tentacoli, sarebbe stato imperdonabile.

Adesso, era un branco di quegli argonauti che stava viaggiando sull'oceano. Potevamo contarne a centinaia. Appartenevano alla specie degli argonauti tubercolati, propria ai mari dell'India.

I leggiadri molluschi andavano a ritroso mediante il loro tubo locomotore, ricacciando da questo tubo l'acqua che avevano aspirata. Dei loro otto tentacoli, sei allungati e assottigliati galleggiavano sull'acqua, mentre gli altri due, arrotondati a mo' di palma, si offrivano al vento come una leggera vela. Vedevo benissimo la loro conchiglia ondulata, a spirale, che Cuvier paragona con giustezza a un'elegante scialuppa. È infatti un vero battello. Trasporta l'animale, che lo ha costruito con le proprie secrezioni, senza che esso vi aderisca.

« L'argonauta » ricordai a Conseil « sarebbe libero di lasciar la sua conchiglia ma non la lascia mai. »

« Così fa il capitano Nemo » rispose giudiziosamente Conseil. « E avrebbe fatto dunque meglio a chiamare la sua nave l'*Argonauta.* »

Per un'ora circa, il *Nautilus* fluttuò in mezzo al branco dei molluschi. Poi non so quale spavento li colse all'improvviso: come a un segnale tutte le vele furono di colpo ammainate e le "braccia" si ripiegarono, i corpi si contrassero, le conchiglie rovesciandosi mutarono centro di gravità; tutta la flottiglia sparì sott'acqua. Fu cosa di un momento. Mai navi di una squadra "in formazione" manovrarono più all'unisono.

Scese intanto rapidissima la notte, e le onde mosse appena dalla brezza si allungarono quietamente sotto la carena del *Nautilus*.

L'indomani 26 gennaio tagliavamo l'Equatore sull'ottantaduesimo meridiano, rientrando nell'emisfero boreale.

Quel giorno un formidabile branco di squali ci seguì in corteo. Tali bestiacce tremende pullulano in quei mari e li

Gli argonauti.

rendono pericolosissimi. Erano squali "philipps" dal dorso bruno, dal ventre biancastro, e armati d'undici schiere di denti; squali "occhiati" (il collo è segnato da una gran macchia nera cerchiata di bianco, che assomiglia a un occhio); squali "isabella", dal muso tondeggiante e sparso di punti scuri. A volte si gettavano contro i cristalli del salone con una violenza preoccupante. Ned Land allora non si teneva più: voleva risalir alla superficie e arpionare questi mostri, soprattutto certi squali-palombo con la bocca pavimentata da denti messi quasi a mosaico, e i "tigrati" lunghi anche cinque metri, che lo provocavano con un'insistenza tutta particolare. Ma poi il *Nautilus*, accelerando, si lasciò facilmente indietro anche i più rapidi tra quei pescicani.

Il 27 gennaio, davanti all'ampio golfo del Bengala incontrammo a più riprese – sinistro spettacolo! – cadaveri galleggianti sui flutti. Erano i morti delle città indiane, portati dalla corrente del Gange fino in alto mare; gli avvoltoi cioè i soli becchini del territorio non li avevano divorati abbastanza. Ma non mancavano i pescicani per aiutarli nella funebre bisogna.

Verso le sette di sera il *Nautilus* a mezza immersione navigava su un mare di latte. A perdita d'occhio, l'oceano pareva lattificato. Era un effetto lunare? No perché la luna, rinnovatasi appena da due giorni, era ancora perduta sotto l'orizzonte nei raggi del sole. Tutto il cielo, benché illuminato dall'astro che se ne andava, pareva nero per il contrasto con la bianchezza delle acque. Conseil non credeva ai suoi occhi e mi interrogava sulle cause dello strano fenomeno. Fortunatamente potevo rispondergli.

« È quello che vien chiamato *mare di latte*: » gli dissi « una gran distesa di flutti bianchi che è visibile spesso verso Amboine e da queste parti. »

« Ma, » domandava Conseil « il signore può dirmi la causa di un fenomeno simile? Immagino che l'acqua non può essersi cambiata in latte, vero? »

« No, ragazzo mio, e la bianchezza che ti sorprende è dovuta solo alla presenza di miriadi di bestiole infusorie, specie di piccoli vermi luminosi, d'aspetto gelatinoso e incolore, sottili come un capello, lunghi non più che un quinto di millimetro. Alcune di queste bestiole aderiscono tra loro per uno spazio di molte leghe. »

Cadaveri galleggianti.

« Molte leghe! » esclamò Conseil.

« Sì; e non cercar di numerare questi infusori! Non riusciresti perché, se non sbaglio, certi navigatori hanno percorso questi mari lattei per più di quaranta miglia. »

Conseil, tenesse conto o no della mia raccomandazione sprofondò in mute riflessioni. Era tipo da voler calcolare i quinti di millimetro che stanno in quaranta miglia quadrate. Io continuai a osservar il fenomeno. Per diverse ore il *Nautilus* tagliò col suo sperone flutti biancastri, e notai che senza il minimo rumore scivolava nell'acqua saponosa quasi incontrasse via via una tra le risacche di spuma che le correnti e controcorrenti dei golfi formano a volte.

Verso mezzanotte il mare tornò improvvisamente a un colore normale. Ma dietro, fino ai limiti dell'orizzonte, il cielo che rifletteva quei flutti parve a lungo trasfuso nella vaga luminosità di un'aurora boreale.

II
UNA NUOVA PROPOSTA DEL CAPITANO NEMO

Il 28 febbraio, quando a mezzogiorno il *Nautilus* emerse, ci trovavamo a 9° 4' di latitudine nord in vista d'una terra situata otto miglia a ovest. Vidi per prima cosa un'agglomerazione di montagne, alte supergiù duemila piedi e dalle forme modellate assai capricciosamente. Dopo che venne fatto il punto tornai nel salone, e in breve seppi che eravamo dinanzi all'isola di Ceylon, la perla che sta appesa al lobo della penisola indiana.

Andai a cercar in biblioteca qualche libro riguardante l'isola, una tra le più fertili del globo. C'era un volume di Sirr H.C., Esq., intitolato *Ceylan and the Cingalese*. Guardai subito i dati geografici dell'isola, cui l'antichità mise tanti nomi. La posizione era fra i 5° 55' e i 9° 49' di latitudine nord, e i 79° 42' e 82° 4' di longitudine all'est del meridiano di Greenwich; la lunghezza, duecentosettantacinque miglia. Larghezza massima centocinquanta miglia; circonferenza, novecento miglia; superficie ventiquattromilaquattrocentoquarantotto, un poco inferiore cioè a quella dell'Irlanda.

Apparvero nel salone dov'ero tornato, il capitano Nemo

e il suo secondo. Il capitano lanciò un'occhiata alla carta. Poi, volgendosi verso di me:

« L'isola di Ceylon » disse « è famosa per le pescherie di perle. Vi piacerebbe signor professore visitarne una? ».

« Certamente, capitano. »

« Bene, è un'impresa facile. Solo che, se vedremo le pescherie, non vedremo i pescatori. La stagione dello sfruttamento non è ancora cominciata. Non importa. Darò ordine di puntare la prua sul golfo di Manaar, e vi arriveremo nella notte. »

Il capitano parlò brevemente al secondo che subito uscì. Poco dopo il *Nautilus* tornava nel suo liquido elemento, e il manometro disse che vi si teneva a una profondità di trenta piedi.

Gli occhi sulla carta, cercai allora il golfo di Manaar: lo trovai al nono parallelo sulla costa nord-occidentale di Ceylon. Era formato da un prolungamento dell'isoletta di Manaar. Per arrivarvi bisognava risalire tutta la costa occidentale di Ceylon.

« Signor professore, » riprese il capitano Nemo « le perle si pescano nel golfo del Bengala e nei mari delle Indie, della Cina e del Giappone, del Sud-America; nel golfo di Panama, nel golfo di California. Ma è a Ceylon che la pesca ottiene i risultati migliori. Noi arriviamo un po' troppo presto; solo in marzo i pescatori si radunano nel golfo di Manaar, e là per trenta giorni le loro trecento imbarcazioni praticano questo redditizio sfruttamento dei tesori marini. Ogni imbarcazione porta dieci rematori e dieci pescatori. Questi, divisi in due gruppi si tuffano alternatamente calandosi a una profondità di dodici metri, con l'aiuto di una pietra pesante che tengono fra i piedi, attaccata alla barca con una corda. »

« Così, » dissi « è sempre in uso questo metodo primitivo? »

« Sempre. Benché le pescherie appartengano al popolo più industrioso del mondo, gli inglesi, cui il trattato di Amiens le ha cedute nel 1802. »

« Mi sembra però che lo scafandro, come lo impiegate voi, renderebbe grandi servigi in operazioni simili. »

« Davvero. Questi poveri pescatori non possono restar molto sott'acqua. L'inglese Perceval nel suo resoconto di viaggio a Ceylon, parla – sì – d'un cafro che resisteva cinque minuti; ma il fatto mi sembra poco credibile. So che certi sommozzatori arrivano fino a cinquantasette secondi, e altri particolarmente abili fino a ottantasette; ma sono rari, e quando tornano a bordo questi disgraziati versano dalle orecchie e dal naso acqua tinta di sangue. Credo che la media del tempo sopportabile per i pescatori sia di trenta secondi, durante i quali si affannano a mettere in una reticella tutte le ostriche perlifere che possono afferrare. Generalmente questi pescatori non arrivano alla vecchiaia: la loro vista si indebolisce, gli occhi si ulcerano; delle piaghe si aprono nel loro corpo, e spesso vengono colti da apoplessia in fondo al mare. »

« Sì, » commentai « è un triste mestiere. E giova appena a soddisfare dei capricci! Ma ditemi capitano, una barca quante ostriche può pescare in una giornata? »

« Da quaranta a cinquantamila all'incirca. Si dice pure che nel 1814 il governo inglese, avendo organizzato la pesca a suo profitto, ricevette dai sommozzatori in venti giorni settantasei milioni di perle. »

« Il pescatore è almeno retribuito a sufficienza? »

« Minimamente. A Panama non guadagna che un dollaro alla settimana. Più spesso, riceve un soldo per ogni ostrica dove sta una perla, e quante ne porta su che non ne contengono affatto! »

« Un soldo a questi poveretti che arricchiscono i loro padroni... Ma è odioso! »

« Dunque, signor professore, visiterete con i vostri compagni la baia di Manaar, e se per caso qualche pescatore impaziente vi si trova in anticipo lo vedrete all'opera. »

« D'accordo, capitano. »

« A proposito signor Aronnax: temete i pescicani? »

La domanda mi parve almeno oziosa.

« Ebbene? » il capitano soggiunse.

« Vi confesso la mia scarsa familiarità con questo genere di pesci, per il momento. »

« Noi altri ci abbiamo fatto l'abitudine e la farete col tempo anche voi. Del resto saremo armati. Strada facendo, si potrà forse dar la caccia a qualche squalo: è una cosa interessante. A domani, professore, e di buon mattino. »

Detto ciò in tono disinvolto il capitano lasciò il salone.

Se foste invitati alla caccia dell'orso nelle montagne svizzere, certo rispondereste "bene! domani andremo a cacciar l'orso". Invitati alla caccia del leone nelle pianure dell'Atlante o della tigre nelle giungle indiane rispondereste: "Ah ah! Dunque si va a cacciar la tigre (o il leone)". Ma invitati alla caccia del pescecane nel suo naturale elemento, vorreste probabilmente riflettere prima d'aderire all'invito.

Io mi passai una mano sulla fronte, imperlata da qualche goccia di sudor freddo.

"Pensiamoci su," mi dissi "e prendiamo tempo. Andare a caccia di lontre nelle foreste sottomarine, come abbiamo fatto in quelle dell'isola Crespo, va bene. Ma andar a spasso in fondo ai mari quando si è quasi certi d'incontrarvi parecchi squali, è tutta un'altra cosa. So bene che in certi paesi i negri non esitano ad attaccare il pescecane con un pugnale in una mano e un laccio nell'altra, ma so pure che dopo aver affrontato queste formidabili belve molti non tornano vivi. Del resto, non sono un negro io e quand'anche lo fossi immagino che in questo caso una lieve esitazione sarebbe legittima."

Eccomi a sognare di pescicani, a figurarmi le loro vaste mascelle armate di tante schiere di denti: adatte a tagliar un uomo in due. Mi sentivo già una pesantezza alle reni. Poi, non gradivo la disinvoltura con la quale il capitano mi aveva rivolto un sì deplorevole invito. Come se riguardasse lo scovare nel bosco qualche inoffensivo volpastro.

"Ma!" pensai. "Conseil indubbiamente non accetta, e questo può dispensarmi dall'accompagnare il capitano Nemo."

Di Ned Land non mi sentivo altrettanto sicuro. Il pericolo, per grande che fosse attraeva sempre una natura così battagliera.

Ripresi a leggere, ma sfogliavo il libro macchinalmente, più che altro. Fra le righe vedevo mascelle terribilmente spalancate.

Entrarono Conseil e Ned con un'aria tranquilla, piuttosto contenta. Non sapevano che cosa li aspettava...

« In fede mia signore, » disse Ned « il vostro capitano Nemo – che il diavolo se lo porti! – ci ha fatto una proposta gentilissima. »

« Ah, » dissi « sapete già che... »

« Non spiaccia al signore, » rispose Conseil « il comandante del *Nautilus* ci ha invitato per domani a visitar in compagnia del signore le magnifiche pescherie di Ceylon. Lo ha fatto con modi squisiti, da vero *gentleman.* »

« Vi ha detto altro? »

« No signore » rispose il canadese. « Salvo che vi aveva già parlato di questa passeggiata. »

« Già » feci. « E non vi ha dato nessun particolare del... »

« Nessuno, signor naturalista. E sarete con noi, vero? »

« Io... ma certamente. Vedo che ci prendete gusto, mastro Land. »

« Sì! È molto curioso, molto curioso. »

« Pericoloso, forse » aggiunsi in tono insinuante.

« Pericoloso? » ribatté Ned Land. « Una semplice escursione su un banco d'ostriche? »

Il capitano Nemo doveva aver proprio giudicato inutile svegliare l'idea dei pescicani nelle menti dei miei compagni. Li guardavo con occhio smarrito, e come se già mancasse loro qualche membro. Dovevo informarli? Certo, ma non sapevo da che parte cominciar il discorso.

« Il signore » disse Conseil « vorrà darci qualche notizia sulla pesca delle perle? »

« Proprio sulla pesca, o su gli incidenti che... »

« Sulla pesca » rispose il canadese. « Prima d'impegnarci sul terreno è meglio conoscerlo. »

« E allora, amici miei, sedetevi. Vi insegnerò tutte le cose che l'autore di questo libro mi ha insegnato. »

Ned e Conseil sedettero su un divano. Ned partì dalla seguente domanda:

« Signore, che cos'è una perla? ».

« Caro Ned, » risposi « per il poeta la perla è una lagrima del mare. Per gli orientali è una goccia di rugiada solidificata; per le signore, un gioiello di forma oblunga e dalla ialina lucentezza d'una materia madreperlacea, che portano al dito, al collo o all'orecchio. Per il chimico è un miscuglio di fosfato e di carbonato di calcio con un poco di gelatina. Finalmente, per i naturalisti è solo una secrezione morbosa dell'organo che, in particolari bivalve, produce la madreperla. »

« Ramo dei molluschi, » disse Conseil « classe degli acefali, ordine dei testacei. »

« Proprio, o sapiente Conseil. Fra questi testacei l'orecchia-di-mare-iride, i rombi e i tridacni, le pinne marine, in una parola tutti quelli che secernono la madreperla cioè la sostanza blu o bluastra, violetta o bianca che tappezza l'interno delle loro valve, sono idonei a produrre perle. »

« Anche le cozze? » domandò il canadese.

« Sì. Le cozze di vari corsi d'acqua nella Scozia, nel Galles e nell'Irlanda; in Sassonia, in Boemia, in Francia. »

« Bene! ci faremo attenzione d'ora in poi » rispose Ned.

« Ma, » aggiunsi « il mollusco che per eccellenza produce la perla è l'ostrica perlifera, la preziosa *meleagrina margaritifera.* La perla non è se non una concrezione madreperlacea che si dispone in forma globulare. Essa, o aderisce alla conchiglia dell'ostrica, o si incrosta nelle pieghe dell'animale. Sulle valve, la perla è aderente; sulla carne è libera. Ma ha sempre per nocciolo un piccolo corpo duro, talvolta un ovulo sterile, talaltra un granello di sabbia, intorno al quale la materia madreperlacea si deposita nello spazio di molti anni: gradatamente per strati sottili e concentrici. »

« Si trovano anche varie perle nella stessa ostrica? » domandò Conseil.

« Sì, ragazzo mio. Certe meleagrine sono un vero scrigno. È stata perfino citata un'ostrica – ma io mi permetto di dubitarne – che non conteneva meno di centocinquanta pescicani... »

« Centocinquanta pescicani! » esclamò Ned Land.

« Ho detto pescicani? » ribattei subito. « Volevo dire centocinquanta perle: pescicani non avrebbe proprio avuto senso. »

« Sicuro » disse Conseil. « Ma il signore ci dirà adesso con quali mezzi si estraggono le perle? »

« Si procede in modi diversi, e spesso quando le perle aderiscono alle valve i pescatori le strappano con delle pinze. Ma, di solito, le meleagrine vengono stese su stuoie di giunco che coprono la riva. Muoiono, così, all'aria pura, e dieci giorni dopo si trovano in un soddisfacente stato di putrefazione. Allora vengono tuffate in vasti serbatoi d'acqua di mare, poi aperte e lavate. Qui comincia il duplice lavoro dei tosatori: separano, dapprima, le placche di madreperla note in commercio come *franca argentata*, *bastarda bianca* e *bastarda nera*, vendute a casse di centoventicinque-centocinquanta chili. Poi vien estratto il parenchima dell'ostrica; dev'essere bollito e setacciato, per estrarne le perle fino alle più piccole. »

« Il prezzo varia secondo la grossezza? » ancora domandò Conseil.

« Non solo secondo grossezza, ma anche secondo la forma delle perle, la loro *acqua* cioè il loro colore; e secondo il loro *oriente*, ossia quella luce iridata e sfumata che le rende tanto gradevoli all'occhio. Le perle più belle sono dette *perle vergini* o *paragoni*; si formano isolatamente nel tessuto del mollusco. Sono bianche, spesso opache, ma qualche volta d'una trasparenza opalina e più comunemente sferiche o piriformi. Sferiche, formano i braccialetti; piriformi gli orecchini, ed essendo le più preziose sono vendute a una a una. Le altre perle aderiscono alla conchiglia dell'ostrica e, di forme più irregolari, si vendono a peso. Infine in un rango inferiore si classificano le perle piccole, note sotto il nome di *sementi*: si vendono a *misura*, servono preferibilmente alla confezione di certi ricami sui paramenti ecclesiastici. »

« Ma questo lavoro di separar le perle secondo grossezza dev'essere lungo e difficile » disse Ned.

« No, amico mio. Lo si fa mediante undici setacci o crivelli forati in misura diversa. Le perle non uscite dai setacci che contano da venti a ottanta fori, sono di prim'ordine. Quelle che non sfuggono ai crivelli di cento-ottocento fori sono di second'ordine. E, infine, le perle per le quali si impiegano setacci con novecento-mille fori formano le *sementi*. »

« È ingegnoso » disse Conseil. « Vedo che la divisione, la classificazione delle perle avviene meccanicamente. E il signore potrà dirci anche quanto rende lo sfruttamento dei banchi d'ostriche perlifere? »

« Stando a questo libro, » risposi « le pescherie di Ceylon sono affittate ogni anno per tre milioni di squali. »

« Di franchi! » corresse Conseil.

« Già, di franchi; » ripresi « tre milioni di franchi. Ma credo che tali pescherie non rendano più quanto rendevano una volta. Così avviene per le pescherie americane, che sotto il regno di Carlo V procuravano quattro milioni di franchi, oggi ridotti a due terzi. Insomma il rendimento generale dello sfruttamento perlifero si può valutare nove milioni di franchi. »

« Ma non sono citate alcune famose perle costate un prezzo enorme? »

« Sì. Risulta che Cesare offrì a Servilia una perla del valore di centoventimila franchi del nostro tempo. »

« Ho sentito anche raccontare » disse il canadese « che una certa signora dell'antichità beveva le perle nell'aceto. »

« Cleopatra » precisò Conseil.

« Doveva essere cattivo? »

« Pessimo, amico Ned. Ma un bicchierino d'aceto che costa un milione e mezzo di franchi, è... un bel prezzo. »

« Mi dispiace che non l'ho sposata io questa signora » disse Ned con un gesto poco rassicurante.

« Ned Land sposo di Cleopatra! » declamò Conseil.

« Ma io dovevo sposarmi, » gli rispose in tono molto serio il canadese « e non è stata colpa mia se è finita male. Avevo perfino comprato una collana di perle per Kat Tender, la mia fidanzata, che poi ha sposato un altro. Bene: la collana non mi era costata più di un dollaro e mezzo eppure – il signor professore vorrà credermi – le perle che la formavano non sarebbero passate attraverso il setaccio a venti fori. »

« Caro Ned, » dissi ridendo « erano perle artificiali, semplici globuli di vetro tinti all'interno con essenza d'Oriente. »

« Eh, quest'essenza d'Oriente deve costar caro! »

« Poco più che nulla! Non è altro che la sostanza argentata delle scaglie dell'alborella, raccolta nell'acqua e conservata nell'ammoniaca. Non ha valore. »

« È forse per questo che Kat Tender ha sposato un altro » rispose filosoficamente mastro Land.

« Ma, » dissi io « se torniamo alle perle più preziose credo che nessun re ne abbia posseduta una superiore a quella del capitano Nemo. »

« Eccola » disse Conseil mostrando il gioiello chiuso in una vetrina.

« Certo non commetto un errore attribuendole un valore di due milioni di... »

« ...Franchi! » disse eccitato Conseil.

« Sì, » risposi « due milioni di franchi, e senza dubbio sarà costata al capitano soltanto la fatica di raccoglierla. »

« Eh! » esclamò Ned Land. « E chi dice che domani nella nostra passeggiata non potremo incontrare la sua gemella! »

« Bah » fece Conseil.

« E perché no? »

« A che ci servirebbero due milioni a bordo del *Nautilus*? »

« A bordo, a niente » disse Ned Land. « Ma altrove... »

« Oh, altrove!... » fece Conseil scuotendo la testa.

« In questo caso » dissi io « mastro Land ha ragione. E se potessimo mai riportar in Europa, o in America una perla vendibile per qualche milione, ciò darebbe grande autenticità e nello stesso tempo maggior valore al racconto delle nostre peripezie. »

« Lo credo » disse il canadese.

« Ma, » domandò Conseil che tornava sempre sul lato istruttivo delle cose « la pesca delle perle offre pericoli? »

« No, » risposi vivacemente « se si prendono certe precauzioni. »

« Cosa si rischia in questo mestiere? » disse Ned Land. « Ingoiar qualche sorsata d'acqua di mare! »

« Giusto. A proposito, Ned, » aggiunsi imitando come potevo il tono disinvolto del capitano Nemo « avete paura dei pescicani? »

« Io? un fiociniere di professione! Prenderli in giro è il mio mestiere! »

« Non si tratta » dissi « di pescarli con lo smeriglio come esca, di issarli sul ponte di una nave, di tagliar loro la coda a colpi d'ascia, di aprir loro il ventre, di strappar loro il cuore e di gettarlo a mare. »

« Allora, si tratta di...? »

« Sì, precisamente. »

« Sott'acqua? »

« Sott'acqua. »

« Ma perdinci, con un buon arpione!... Sapete, signore: questi pescicani sono bestie molto mal costruite: debbono voltarsi sul ventre per acchiapparvi; e in quel momento... »

Ned Land aveva un modo di pronunciare la parola "acchiapparvi" che dava freddo alla schiena.

« E tu Conseil, che cosa pensi dei pescicani? »

« Io, » disse Conseil « col signore sarò sincero. »

"Meno male" pensai.

« Se il signore affronta i pescicani, non vedo perché il suo fedele domestico non dovrebbe affrontarli con lui. »

III
UNA PERLA DA DIECI MILIONI

Venne la notte. Andai a letto. Dormii piuttosto male. Gli squali recitarono una parte molto importante nei miei sogni, trovai al tempo stesso molto giusta e molto ingiusta l'etimologia che alla parola francese "requin" [pescecane] attribuisce una provenienza da "requiem".

L'indomani, alle quattro del mattino, fui svegliato dallo *steward* che il capitano aveva adibito in special modo al mio servizio. Alzatomi rapidamente, mi vestii e andai nel salone.

Il capitano mi aspettava.

« Signor Aronnax, » disse « siete pronto ad andare?

« Sono pronto. »

« Vogliate seguirmi. »

« E i miei compagni, capitano? »

« Sono stati avvertiti e ci aspettano. »

« Non indossiamo gli scafandri? » domandai.

« Non ancora. Non ho lasciato il *Nautilus* avvicinarsi troppo alla costa e siamo parecchio al largo del banco di Manaar; ma ho fatto preparare il canotto, che ci porterà nel luogo preciso dello sbarco risparmiandoci un lungo percorso. Nel canotto stanno i nostri apparecchi da immersione, che indosseremo quando avrà inizio questa esplorazione sottomarina. »

Il capitano Nemo mi accompagnò verso la scaletta per la piattaforma. Trovai là Ned e Conseil entusiasti per la "partita di piacere" che si preparava. Cinque marinai del *Nautilus* già ai remi, ci attendevano nel canotto abbozzato contro bordo.

La notte era ancora buia. Placche di nuvole coprivano il cielo e non lasciavano scorgere che rare stelle. Guardai verso terra, ma vidi solo una linea fosca di cui erano sbarrati i tre quarti dell'orizzonte, fra sud-ovest e nord-ovest. Risalita durante la notte la costa occidentale di Ceylon, il *Nautilus* si trovava a ovest della baia o piuttosto del golfo formato da quella terra e dall'isola di Manaar. Là, sotto le acque cupe spaziava il banco di meleagrine, inesauribile campo di perle lungo più di venti miglia.

Il capitano Nemo, Conseil, Ned Land ed io sedemmo a poppa del canotto. Il capo dell'armamento si mise al timone; i suoi quattro compagni diedero sui remi, la cima fu mollata, e ci scostammo.

Il canotto si dirigeva a sud. I rematori non affrettarono la voga. Notai che i loro colpi di remo, vigorosamente affondati nell'acqua si succedevano a dieci secondi di distanza secondo il metodo generalmente in uso nelle marine da guerra. Mentre l'imbarcazione andava sull'abbrivo le gocciole liquide colpivano crepitando la distesa nera dei flutti, come schizzi di piombo fuso. Una moderata onda lunga, venendo dal largo, imprimeva al canotto un lieve rollio e qualche cresta sciabordava sotto prua.

Restavamo silenziosi. A che cosa pensava il capitano Nemo? Forse alla terra cui si stava accostando e che sentiva troppo vicina a lui, contrariamente a Ned Land, per il quale doveva essere troppo lontana? Quanto a Conseil, stava tra noi come un semplice curioso.

Verso le cinque e mezza i primi lucori all'orizzonte fecero distinguere meglio la linea superiore della costa. Più o meno piatta verso est, si gonfiava un poco verso sud. Cinque miglia la separavano ancora da noi, e la riva si confondeva con le acque brumose. Fra essa e noi il mare era deserto: non una barca, non un tuffatore. Profonda solitudine in quel luogo di raduno dei pescatori di perle. Come il capitano Nemo mi aveva detto arrivavamo un mese troppo presto.

Alle sei fu giorno di colpo, solito fatto nelle regioni tropicali che non conoscono aurora né crepuscolo. I raggi solari dissolsero la cortina di nuvole tesa sull'orizzonte orientale, e l'astro radioso velocemente si alzò.

Vidi distintamente la terra, con qualche albero sparso in varie zone.

Il canotto puntò ormai da vicino sull'isola di Manaar, che si arrotondava a sud. Il capitano Nemo alzatosi osservava il mare.

A suo cenno fu calata l'ancora e la catena ebbe appena da scorrere, perché il fondo era solo a un metro adesso e

Sedemmo a poppa del canotto.

formava qui uno fra gli strati più alti del banco di meleagrine. Il canotto fece dietro-front sul posto, sotto la spinta del deflusso che portava verso il largo.

« Eccoci arrivati, signor Aronnax » disse allora il capitano. « Vedete, questa baia ristretta: proprio qui si raduneranno fra un mese le imbarcazioni da pesca degli sfruttatori del banco, e sono queste le acque dove i sommozzatori andranno audacemente a frugare. La baia favorisce questo genere di pesca. È riparata dai venti più forti, il mare non vi è mai agitatissimo, circostanza molto utile al lavoro dei pescatori. Adesso indosseremo gli scafandri, e cominceremo la nostra passeggiata.

Non risposi; aiutato da qualcuno dell'equipaggio cominciai a rivestirmi come si doveva. Il capitano e i miei compagni fecero altrettanto. Nessuno fra i marinai doveva accompagnarci nella nuova escursione.

Eccoci imprigionati fino al collo nei pesanti abiti di caucciù, le bretelle ci fissarono sulla schiena gli apparecchi da respirazione. Quanto ai Ruhmkorff, niente. Prima di introdur la testa nella mia capsula di rame lo dissi al capitano.

« Ci sarebbero inutili » mi rispose. « Non andremo a grandi profondità, e i raggi solari basteranno a illuminarci. D'altronde non è prudente portar con sé in queste acque una lanterna elettrica: la sua luce potrebbe attirare qualche pericoloso passante. »

Tale frase mi fece voltar la testa verso Conseil e Ned Land; ma i due amici avevano già chiuso le loro calotte metalliche, non potevano più sentire né rispondere.

Avevo un'ultima domanda da rivolgere al capitano Nemo: « E le nostre armi? I nostri fucili? ».

« Dei fucili? Perché mai? I vostri montanari non attaccano forse l'orso con un pugnale alla mano? L'acciaio non è più sicuro del piombo? Ecco una solida lama. Mettetela nella vostra cintura, e andiamo. »

Guardai gli altri due. Erano armati come noi, e in più Ned Land brandiva un enorme arpione che aveva messo nel canotto prima di lasciare il *Nautilus*.

Seguendo l'esempio del capitano, mi lasciai rinchiudere la testa nella pesante sfera di rame, e i nostri serbatoi d'aria furono immediatamente messi in azione. Poco dopo i marinai del canotto ci sbarcavano a catena e camminando nel-

Ned Land brandiva un enorme arpione.

l'acqua per un metro e più mettemmo piede sulla sabbia compatta. Il capitano fece un cenno. Lo seguimmo per un pendio molto dolce e sparimmo sott'acqua.

Qui le idee che mi ossessionavano se ne andarono via. Tornai sorprendentemente calmo. La facilità dei movimenti accrebbe la mia fiducia, e la stranezza dello spettacolo assorbì la mia immaginazione.

Il sole inviava già sotto le acque un chiarore sufficiente. Le più piccole cose erano percettibili. Dopo dieci minuti eravamo a cinque metri di profondità e il terreno si fece quasi piatto.

Intorno a noi, come in palude i gruppetti di beccaccini, si alzavano a volo curiosi pesci del genere dei monotteri, che per la sola pinna hanno quella caudale. Riconobbi il giavanese, autentico serpente lungo otto decimetri e dal ventre livido – facile sarebbe confonderlo col grongo senza le linee d'oro ai fianchi. Nel genere delle stromatee dal corpo ben compresso e ovale, osservai alcuni sari colorati vivacemente che portavano la loro pinna dorsale come una falce (sono pesci commestibili che seccati e marinati, dànno un piatto squisito detto *karawade*); poi dei tranchebarri, genere assiforoidi, ricoperti da una corazza scagliosa a otto falde longitudinali.

Penetrava sempre meglio la luce nella massa delle acque. Il suolo cambiava, a poco a poco: succedette alla sabbia finissima una vera carreggiata di rocce arrotondate, rivestite da un tappeto di molluschi e zoofiti. Tra gli esemplari dei due rami notai placene dalle valve sottili e ineguali, specie di ostracee, proprie al Mar Rosso e all'Oceano Indiano; lucine aranciate dalla conchiglia orbicolare, succhielli subulati, qualcuna tra le porporine persiche che fornivano al *Nautilus* un'ammirevole tintura; murici cornuti, rizzantisi sott'acqua come mani pronte ad afferrarvi; turbinelle cornigere tutte irte di spine, lingule ianti, anatine (conchiglie commestibili che alimentano i mercati dell'Indonesia), pelagie *panopire* lievemente luminose. E infine certe ammirevoli oculine flabelliformi: quei magnifici ventagli tali da comporre una tra le più ricche arborescenze di quei mari.

Correvano là in mezzo goffe legioni di articolati e specialmente ranine dentate, birghe, partenopi orrende e ripugnanti. Un non meno schifoso animale vidi parecchie volte, l'enorme granchio-gigante studiato da Darwin. La natura gli ha dato l'istinto e la forza bastevoli perché possa nutrirsi di noci di cocco: il granchio si arrampica sugli alberi a riva, fa cadere la noce che urtando al suolo si fende, e l'apre con le sue chele potenti. Laggiù, sotto le acque tale granchio correva con rapidità impareggiabile.

Verso le sette mettemmo finalmente piede sul banco delle meleagrine, dove le ostriche perlifere si riproducono a milioni. Questi preziosi molluschi aderivano alle rocce, fissati là da un bisso di color bruno che non permette spostamenti. In questo sono inferiori anche ai mitili, cui la natura non ha negato ogni possibilità di muoversi.

La meleagrina, la perla-madre le cui valve sono pressapoco identiche, ha una forma di conchiglia arrotondata, dalle pareti spesse, molto rugose all'esterno. Qualcuna era sfogliata e striata di fasce verdastre irraggianti dal loro vertice: erano ostriche giovani. Le altre, dalla superficie ruvida e nera, vecchie di dieci anni e più, in larghezza raggiungevano i quindici centimetri.

Il capitano Nemo ci indicò con la mano il prodigioso cumulo di meleagrine, io sentii che questa miniera era veramente inesauribile: la forza creatrice della natura supera l'istinto distruttivo dell'uomo. Fedele a questo istinto Ned Land si affrettava a riempir dei più vistosi molluschi una rete che portava al fianco.

Ma non potevamo fermarci. Bisognava seguire il capitano che pareva avviato su sentieri a lui ben noti. Il terreno risaliva notevolmente, qualche volta alzando il braccio superavo la superficie marina. Poi, il livello del banco scendeva a capriccio. Spesso giravamo intorno alle alte rocce assottigliate, a forma piramidale. Nella loro anfrattuosità grossi crostacei, dritti sulle lunghe zampe come macchine da guerra, ci guardavano fisso; e ai nostri piedi strisciavano miriane, glicere, aricie ed anellidi che allungavano smisuratamente le antenne, i loro cirri tentacolari.

Davanti a noi si aprì una vasta grotta svacata in un pittoresco mucchio di rocce, ricoperte dai più lussuosi *licci* della flora sottomarina. Dapprima, la grotta mi sembrò finire in un buio assoluto. I raggi solari parevano gradualmente spegnervisi. La vaga trasparenza non era più altro che luce affogata.

Il capitano vi entrò. Lo imitai. I miei occhi si abituarono presto a quelle relative tenebre. Distinguevo svariate circonvoluzioni e ricadute della vôlta, i suoi pilastri naturali ben piantati sulle basi granitiche, come le grosse colonne dell'architettura toscana. Perché la nostra enigmatica guida ci trascinava in fondo a questa cripta sottomarina? Lo avrei saputo in breve.

Dopo essere scesi per un ripido pendio, toccammo il fondo d'una specie di pozzo circolare. Qui il capitano Nemo si fermò, e con la mano indicava uno spettacolo per me ancora nuovissimo.

Era un'ostrica straordinaria, una tridacne gigantesca, un'acquasantiera da versarci addirittura un lago d'acqua benedetta: una vasca che in larghezza superava i due metri, ossia era più grande di quella che ornava il salone del *Nautilus*.

Mi avvicinai al fenomenale mollusco. Col suo bisso, aderiva a una tavola di granito, e si sviluppava tutto solo nelle acque immobili della grotta. Valutai sui trecento chili il peso di questa tridacne. Un'ostrica simile, contiene quindici chili di carne; proprio un Gargantua ne succhierebbe qualche dozzina...

Al capitano Nemo indubbiamente era nota l'esistenza del bivalve in questione. Non doveva essere la prima volta che gli faceva visita, e pensai che ci avesse condotti là solo per mostrarci una curiosità della natura. Mi sbagliavo: egli aveva un particolare interesse a osservarne lo stato attuale.

Le due valve erano socchiuse. Il capitano si avvicinò e introdusse il pugnale per non lasciarle richiudersi; poi con la mano alzò la tunica membranosa, frangiata agli orli, che era il mantello dell'animale.

Fra le pieghe fogliacee vidi una perla la cui grossezza eguagliava quella d'una noce di cocco. La forma sferica, la perfetta limpidezza, l'ammirevole *oriente* ne facevano un gioiello inestimabile. Spinto dalla curiosità, tesi il braccio per afferrarla, soppesarla e palparla. Ma il capitano fece un gesto negativo e togliendo il pugnale lasciò che le due valve si richiudessero istantaneamente.

Capii allora qual era lo scopo. La perla nascosta sotto il mantello della tridacne continuava insensibilmente a crescere. Ogni anno, la secrezione del mollusco le aggiungeva nuovi strati concentrici. Lui solo, il capitano Nemo, cono-

Mi avvicinai al fenomenale mollusco.

sceva la grotta dove maturava un sì meraviglioso frutto della natura: lui solo, per così dire, l'allevava per trasportarla un giorno nel suo museo. Forse anche, imitando i cinesi e gli indiani, aveva determinato lui stesso la produzione introducendo fra le pieghe del mollusco una particella di vetro o metallo che la materia madreperlacea aveva poi ricoperto. Comunque fosse, paragonando tale perla a quelle che mi erano già note, anche nella collezione del capitano la valutai dieci milioni di franchi almeno. Una superba stranezza della natura, non un oggetto di lusso: quale orecchio femminile avrebbe potuto reggerlo?

La visita era finita. Il capitano lasciò la grotta e risalimmo sul banco di meleagrine fra le acque chiare non ancora turbate dalla pesca.

Camminavamo ognuno per suo conto, da veri oziosi, e fermandoci o scostandoci a capriccio. Non pensavo davvero più ai pericoli che avevo ridicolmente esagerato. Il fondale risaliva, presto la mia testa emerse nettamente. Conseil mi raggiunse, e appoggiando la sua grossa capsula alla mia fece con gli occhi un saluto amichevole. Ma l'altofondo non misurava che poche tese, rientrammo subito nel *nostro* elemento: ormai ho forse il diritto a chiamarlo così.

Dieci minuti dopo il capitano Nemo si fermava bruscamente. Voleva tornare sui propri passi? No. Fece segno di rannicchiarci con lui in fondo a una gran buca. Poi mi indicò un punto della massa liquida, e guardai attentamente.

A cinque metri da me un'ombra appariva: scese fino al suolo. L'inquietante idea dei pescicani mi riprese. Ma sbagliavo, non avevamo a che fare con dei mostri oceanici.

Era un uomo. Un uomo vivo, un indiano o un negro, un pescatore, un povero diavolo senza dubbio, venuto ad anticipare sulla raccolta. Scorgevo la carena del suo canotto, ancorato un po' sopra la sua testa. Si tuffava e risaliva in continuazione. Una pietra tagliata a pan di zucchero stretta fra i suoi piedi e unita alla barca da una corda, gli serviva per scendere giù più rapidamente in fondo al mare. Era tutta la sua attrezzatura. Raggiunto il suolo, a cinque metri circa di profondità si precipitava a riempire in ginocchio il sacco, issava la pietra e riprendeva un'operazione che durava appena trenta secondi.

Non eravamo visti. L'ombra della roccia ci nascondeva al

pescatore. E come avrebbe potuto immaginare, quel pover'uomo, che altri uomini fossero là sotto le acque a osservare i suoi movimenti, per non perdere alcun aspetto della sua pesca?

Molte volte risalì e si tuffò di nuovo. Non prendeva che una decina di meleagrine per ogni tuffo, perché bisognava strapparle dal banco a cui si tenevano afferrate col loro bisso robusto. E quante, fra quelle ostriche, non contenevano alcuna perla!

Guardavo con attenzione profonda. La manovra si compiva regolarmente e, per una mezz'ora, niente parve minacciar il pescatore. Mi stavo dunque familiarizzando con lo spettacolo, quando a un tratto, mentre l'indiano era in ginocchio sul fondo, lo vidi far un gesto di spavento, alzarsi e prendere slancio per risalire alla superficie.

Capii il suo terrore. Un'ombra gigantesca appariva là sopra. Un pescecane assai grosso che venne su di lui in diagonale, con l'occhio di fuoco e le mascelle aperte.

Ero annichilito, incapace di qualunque movimento.

Il vorace mostro con un nuovo colpo di pinna, si lanciò direttamente verso l'uomo: gettatosi di lato questo evitò il morso, ma non un colpo di coda che percuotendolo nel petto lo rovesciò al suolo.

La scena era durata pochi secondi. Il pescecane tornò alla carica: voltandosi sul dorso stava per tagliare quell'uomo in due pezzi ma il capitano Nemo si era alzato di scatto. Col pugnale andò dritto sulla belva, pronto a lottare corpo a corpo con essa.

Nel momento in cui stava per azzannare l'indiano, questo scorse il nuovo avversario e tornando a nuotare sul ventre gli andò addosso.

Io lo rivedo ancora. Ripiegato in sé aspettava con un magnifico sanguefreddo l'arrivo dello squalo, evitò l'urto gettandosi da parte con un'enorme sveltezza e gli affondò il pugnale nel ventre. Ma tutto non era ancora concluso. Durava una lotta tremenda.

Il pescecane, se così si può dire aveva ruggito. Il sangue gli sgorgava a fiotti dalla ferita. Il mare si tinse di rosso e attraverso quel liquido opaco non vedevo più nulla.

Più nulla, fino al momento in cui, fattasi una schiarita, vidi il capitano aggrappato a una pinna dell'animale, egli

Durava una lotta tremenda.

crivellava di pugnalate nel ventre il suo nemico, non riuscendo tuttavia a vibrargli il colpo definitivo, cioè a colpirlo in pieno cuore. Lo squalo dibattendosi agitava furiosamente le acque, che minacciavano di rovesciarmi al suolo.

Avrei voluto correre in aiuto. Ma inchiodato dall'orrore non sapevo muovermi.

Guardavo, con l'occhio smarrito. Vidi altre fasi della lotta. Il capitano cadde all'indietro, rovesciato sotto una massa greve che lo opprimeva. Poi le mascelle del pescecane si aprirono smisuratamente come una trancia d'officina, e sarebbe stata la fine del capitano Nemo se, rapido come il pensiero, tenendo l'arpione in pugno Ned Land non si fosse precipitato e la sua terribile arma non avesse colpito.

I flutti s'impregnarono di una massa di sangue. Lo squalo li agitava, li percuoteva con un furore indescrivibile. Ned Land non aveva mancato il colpo. Ormai il mostro rantolava. Colpito al cuore si dibatteva in spasimi tali che il rigurgito gettò a terra Conseil.

Intanto Ned Land aveva liberato il capitano. Questi, rialzatosi senza ferite, andò diritto sul pescatore, tagliò rapidamente la corda che lo legava alla pietra, lo prese nelle braccia e con un forte colpo di tallone salì alla superficie.

Tutt'e tre lo seguimmo e, in pochi istanti, miracolosamente salvi raggiungevamo la barca del pescatore.

Prima cura del capitano fu richiamare il disgraziato alla vita. Non sapevo se vi sarebbe riuscito: lo speravo, perché l'immersione del povero diavolo non era stata lunga. Ma nel duello, il colpo di coda poteva averlo percosso mortalmente.

Sotto le vigorose frizioni di Conseil e del capitano egli riprese invece a poco a poco i sensi. Aprì gli occhi. Quale dovette essere la sua meraviglia, forse il terrore, nel veder le quattro grosse teste di rame su di lui.

E che dovette mai pensare quando il capitano Nemo preso da una tasca dello scafandro un sacchetto di perle ne fece dono a lui. La magnifica elemosina dell'uomo delle acque al povero indiano di Ceylon fu accolta da questi con mano tremante. Gli occhi attoniti mostravano del resto che egli non sapeva a quali esseri sovrumani attribuire nel tempo stesso il dono della vita e un'improvvisa sua ricchezza.

Tornammo al banco di meleagrine. Rifacendo il cammino percorso, dopo una mezz'ora eravamo al nostro canotto.

Una volta reimbarcati ognuno di noi, ben aiutato, si liberò della pesante corazzatura.

Poi subito il capitano Nemo rivolgendosi al canadese:

« Grazie mastro Land » gli disse.

« È una rivincita » Ned Land rispose. « Ve la dovevo. »

Un pallido sorriso sfiorò le labbra del capitano Nemo, ed egli vi aggiunse due sole parole: « Al *Nautilus* ».

La barca volò sulle onde. Pochi minuti dopo incontrammo il cadavere galleggiante del pescecane. Dal color nero che segnava le estremità delle pinne, riconobbi il terribile melanottero del Mar delle Indie, uno tra i pescicani propriamente detti. In lunghezza superava i venticinque piedi; l'enorme bocca occupava un terzo del corpo. Era un adulto, come si vedeva dalle sei schiere di denti disposte a triangoli isosceli sulla mascella superiore.

Conseil lo guardava con un interesse esclusivamente scientifico, e sono certo che lo collocava (non a torto) nella classe dei cartilaginosi, ordine dei condropterigi a branchie fisse, famiglia dei selacidi e genere degli squali.

Mentre contemplavo tale massa inerte, una dozzina di quei voraci melanotteri apparve repentinamente intorno alla barca; senza curarsi affatto di noi si gettò sul cadavere per disputarne fin l'ultimo brandello.

Alle otto e mezza tornavamo a bordo del *Nautilus*. Qui volli riflettere bene sugli episodi avvenuti durante l'escursione al banco di Manaar. Si imponevano due conclusioni: l'una riguardava l'audacia impareggiabile del capitano Nemo, l'altra il suo altruismo verso un essere umano, verso un rappresentante, insomma di coloro che egli fuggiva vivendo sotto i mari. Nonostante le sue frasi in materia, quest'uomo strano non era riuscito ancora a uccidere il proprio cuore.

Quando gli segnalai la mia osservazione, rispose in un tono lievemente commosso:

« Quell'indiano, signor professore, vive nel paese degli oppressi; e a un simile paese io appartengo ancora e apparterrò fino all'ultimo respiro! ».

IV
IL MAR ROSSO

Durante la giornata del 29 gennaio l'isola di Ceylon sparì dietro a noi; e il *Nautilus*, filando a venti miglia all'ora, scivolò nel labirinto di canali che separa le Maledive dalle Laccadive. Poi avvistò l'isola Kittan, terra d'origine madreporica scoperta da Vasco de Gama nel 1499: una tra le diciannove isole principali dell'arcipelago delle Laccadive, situato tra i 10° e i 14° 30' di latitudine nord e i 69° e i 50° 72' di longitudine est.

Avevamo percorso seimiladuecentoventi miglia, cioè settemila cinquecento leghe, dal nostro punto di partenza nei mari del Giappone.

L'indomani – 30 gennaio – quando il *Nautilus* risalì alla superficie dell'oceano, nessuna terra era in vista. Facevamo rotta a nord-nord-ovest verso quel mare di Oman, scavato fra l'Arabia e la penisola indiana, che serve da sbocco al Golfo Persico.

Un vicolo cieco, senza uscita possibile. Dove ci guidava dunque il capitano Nemo? Non ne sapevo nulla e la cosa non soddisfece Ned Land, che quel giorno, mi aveva domandato dove stessimo andando.

« Stiamo andando, mastro Ned, dove ci porta la fantasia del capitano. »

« È una fantasia » egli rispose « che non può condurci lontano. Il Golfo Persico non ha altre vie d'uscita. Se ci entriamo, non tarderemo molto a dover tornare sui nostri passi. »

« Ebbene, torneremo sui nostri passi, mastro Land. E se dopo il Golfo Persico il *Nautilus* vuol visitare il Mar Rosso, lo stretto di Bab-el-Mandeb è pur disposto a lasciarlo passare. »

« Come voi mi insegnate signore, » replicò Ned Land « il Mar Rosso non è meno chiuso del golfo. L'istmo di Suez non è ancora tagliato, e se lo fosse una nave bizzarra come la nostra non si arrischierebbe nei suoi canali interrotti da chiuse. Quindi, il Mar Rosso non è ancora la strada che ci ricondurrà in Europa. »

« Ma io non ho detto che torneremo in Europa. »

« Quali sono allora le vostre ipotesi? »

« Penso che dopo aver visitato questi interessanti paraggi dell'Arabia e dell'Egitto il *Nautilus* scenderà per l'Oceano Indiano, forse attraverso il canale di Mozambico, forse al largo delle Mascarene, così da raggiungere il Capo di Buona Speranza. »

« E una volta arrivati al Capo di Buona Speranza? » insistette Ned con una tenacia particolare.

« Bene, entreremo in quell'Atlantico che noi ancora non conosciamo. Ma dite, amico Ned, vi ha già stancato il viaggio sotto i mari? Ne avete abbastanza dello spettacolo sempre vario sulle meraviglie sottomarine? Per conto mio, vedrò con un gran dispiacere la fine del nostro viaggio eccezionale. »

« Ma sapete signor Aronnax, che fra poco saremo imprigionati da tre mesi a bordo di questo *Nautilus*? »

« No, Ned. Non lo so e non voglio saperlo e non conto i giorni né le ore. »

« Ma la conclusione? »

« La conclusione verrà a suo tempo. Del resto non ci possiamo far nulla. Stiamo discutendo inutilmente. Se mi veniste a dire, caro Ned, "una possibilità d'evasione si offre", la discuterei con voi. Ma non è il caso d'oggi, e per dirvela sinceramente non credo che il capitano Nemo vorrà davvero avventurarsi nei mari europei. »

Il dialogo prova che, fanatico del *Nautilus*, io mi ero diciamo così "incarnato sotto la pelle" del comandante.

Quanto a Ned terminò allora con le seguenti parole dette in un'aria da monologo: « Tutto questo è buono e bello, ma a parer mio dove non c'è libertà il piacere va' a farsi friggere ».

Per quattro giorni fino al 3 febbraio il *Nautilus* percorse il Mare di Oman a velocità e profondità diverse. Sembrava andar a caso, come esitando sulla rotta da seguire; ma non superò mai il Tropico del Cancro.

Lasciando quel mare vedemmo per breve tempo Mascate, la più importante città nel paese di Oman. Ammirai il suo strano aspetto, fra le rocce nere che la circondano e da cui si staccano in bianco pieno le sue case e i suoi forti. Scòrsi le cupole tondeggianti delle moschee, le punte leggiadre dei minareti, le terrazze fresche e verdeggianti. Ma fu appena una visione. Il *Nautilus* sprofondò subito nelle onde cupe, in quei pressi.

Poi costeggiò tenendosi a sei miglia dalle coste arabiche del Mahrah e dello Hadramaut, le montuose loro variazioni segnate da qualche rudere antico. Il 5 febbraio arrivammo finalmente nel golfo di Aden, vero imbuto dentro a quel collo di bottiglia di Bab-el-Mandeb che versa le acque indiane nel Mar Rosso.

Il 6 febbraio si era in vista di Aden, inerpicata su un promontorio che un ristretto istmo unisce al continente: una specie di Gibilterra altrettanto inaccessibile. Gli inglesi ne hanno ricostruito le fortificazioni dopo avervi preso il potere nel 1839. Intravidi i minareti ottagonali di questa città, una volta il più ricco e attivo emporio della costa a quanto dice lo storico Edrisi.

Credevo veramente che il capitano Nemo adesso sarebbe tornato indietro. Ma mi sbagliavo. Con mia grande sorpresa non lo fece.

Il giorno dopo imboccavamo lo stretto di Bab-el-Mandeb: significa, in arabo, "porta delle lagrime". Largo venti miglia, è lungo appena cinquantadue chilometri. Per il *Nautilus* lanciato a tutta velocità superarlo fu questione di un'ora. Ma io non vidi nulla, neppure l'isola di Perim dove il governo britannico ha fortificato la posizione di Aden. Troppi *steamers* inglesi o francesi in viaggio da Suez a Bombay, a Calcutta o a Melbourne, o alle isole Bourbon e Maurice solcavano lo stretto, perché il *Nautilus* volesse mostrarvisi. Navigammo cauti in immersione.

E a mezzogiorno solcavamo il Mar Rosso..., celeberrimo lago delle tradizioni bibliche, che nessuna pioggia rinfresca, che nessun fiume importante arricchisce d'acqua, l'eccessiva evaporazione *pompa* senza posa facendogli sparire ogni anno una fetta di liquido alta un metro e mezzo. Chiuso, ridotto davvero a un lago, tale golfo sarebbe forse ormai prosciugato: è inferiore da questo punto di vista ai suoi vicini, il Caspio e l'Asfaltite, il cui livello si è abbassato solo fino al punto in cui l'evaporazione ha esattamente pareggiato la somma delle acque ricevute.

Il Mar Rosso è lungo duemilaseicento chilometri, ha una larghezza media di duecentoquaranta. Ai tempi dei Tolomei, degli imperatori romani fu la maggior arteria commerciale nel mondo; il taglio dell'istmo gli restituirà quest'antica importanza, già resagli in parte dalle ferrovie di Suez.

Non mi sforzai a intendere per quale capriccio il capitano Nemo ci avesse fatto entrare qui. Ma approvai senza riserve il fatto che c'eravamo. Il *Nautilus* si mise a un'andatura media, ora tenendo la superficie, ora immergendosi per evitare qualche nave. E io potei osservare l'esterno e l'interno di un mare singolarissimo.

L'8 febbraio dalle prime luci del giorno apparve Moka, città in rovina le cui mura cadono al solo rumor del cannone: la ombreggia a tratti qualche palmeto dattifero. Centro importante una volta: racchiudeva mercati pubblici e ventisei moschee, le mura protette da quattordici forti si estendevano per tre chilometri.

Poi il *Nautilus* si accostò alla riva africana dove il mare è più profondo. Dentro a un'acqua limpidissima, le imposte spalancate del salone lasciarono ammirare splendidi cespugli di corallo e vaste formazioni rocciose, con le loro verdi pellicce di alghe e di fuchi. Nuovo spettacolo indescrivibile, nella varietà delle magnificenze riunite fra scogli e isolotti vulcanici lì accanto alla costa libica.[1] Eppure, la massima bellezza di arborescenze simili ci apparve verso le rive orientali, cui il *Nautilus* tornò presto. Lungo le rive del Tehama: l'incanto dovuto agli zoofiti fioriva qui non solo al di sotto del livello del mare ma, anche, veniva da intrecci alti fino a dieci braccia sopra di esso. Più fantasiosi questi, tuttavia meno coloriti degli altri, la cui freschezza resisteva meglio, nell'umidità vitale delle acque.

Ero ancora tutto felice di guardare. E molti tipi nuovi rivelavano ai miei occhi la flora, la fauna sottomarine, nella luce del proiettore elettrico. Fonge agariciformi, attinie dal color d'ardesia, il *thalassianthus aster* per esempio, e tubipore fatte come flauti in attesa del soffio del Dio Pan (conchiglie proprie a quel mare stabilite nelle cavità madreporiche); infine le mille varietà d'un polipo che non avevo ancora osservato nel suo elemento,... la volgare spugna.

La spugna non è un vegetale, come ancora sostengono certi naturalisti ma un animale dell'ultimo ordine, il polipo inferiore a quello del corallo. La sua animalità non è da mettere in dubbio; nemmeno è difendibile ormai l'opinione

[1] Evidente *lapsus* dell'autore.

Vaste formazioni rocciose, con le loro pellicce di alghe.

degli antichi, tenace nel veder qui un anello di congiunzione fra la pianta e l'animale. Ma anche i più validi naturalisti non concordano sul modo d'organizzazione biologica della spugna. Per gli uni è un polipo; per altri, come per Milne-Edwards, è un esemplare unico e isolato.

La classe degli spongiarî comprende su per giù trecento specie abitanti in moltissimi mari, o in alcuni corsi d'acqua da cui viene il titolo di "fluviatili". Prediligono in ogni modo il Mediterraneo, le acque dell'arcipelago greco, della costa di Siria e del Mar Rosso. Qui si riproducono, prosperano, le fini e dolci spugne valutate fin centocinquanta franchi: la spugna bionda di Siria, la spugna dura di Barberia, ecc. Non potevo aspirare a studiarle presso gli scali del Levante da cui ci divideva l'insuperabile istmo di Suez; consentii dunque a farlo nel Mar Rosso.

Riuscii ad aver vicino Conseil mentre il *Nautilus* a una profondità media fra gli otto e i nove metri, sfiorava lentamente le rocce.

Vi crescevano spugne d'ogni forma, pediculate e fogliacee globulose e digitate. Giustificavano i nomi di cesto-di-fiori, calice e conocchia, corno d'alce, di piede di leone, coda di pavone e guanto di Nettuno, dati loro dai pescatori; poetici più che gli scienziati. Dai tessuti fibrosi impregnati d'una sostanza gelatinosa semifluida, uscivano ininterrottamente piccoli fili d'acqua che dopo aver portato la vita in ciascuna cellula ne erano espulsi da un movimento contrattile. Quella gelatinosa sostanza dopo la morte del polipo imputridisce, liberando ammoniaca. Restano allora soltanto le fibre cornee e gelatinose di cui si compone la spugna domestica, in un suo colore rossastro: vale per usi diversi a seconda del grado di elasticità, di permeabilità o resistenza alla macerazione.

Questi polipi aderivano alle rocce, alle conchiglie dei molluschi e anche agli steli d'idrofiti. Guarnivano anfrattuosità pur minime, gli uni espandendosi, gli altri drizzandosi o pendendo come escrescenze coralligene. Dissi a Conseil che tali spugne si pescano in due modi: con la draga o raccogliendole a mano. Il secondo metodo (esige l'impiego dei tuffatori) è preferibile. Rispettando il polipo nel suo tessuto, gli lascia un valore assai più alto.

Quanto ai pesci erano numerosi e spesso notevoli. Ecco le più frequenti prede del *Nautilus*: razze, tra le quali le

La pesca delle spugne.

limme a forma ovale, di color mattone con macchie blu e riconoscibili dal doppio aculeo dentellato; *arnakcs* dalla schiena argentea, patenacchi dalla coda picchiettata e *bockat*, ampi mantelli lunghi due metri che ondulavano nell'acqua, Aodonti, del tutto sdentati, ostracioni dromedarî dalla groppa che termina in un aculeo ricurvo lungo un piede e mezzo; ofidie, all'incirca murene con coda argentata e dorso bluastro, con pinne pettorali brune orlate di grigio; fiatole, specie di stromatee a sottili righe d'oro e agghindate coi tre colori della Francia; centropodi, mulle auriflamme dalla testa gialla e scari e labri e balestre, gobie, e molti altri pesci, già da noi incontrati.

Navigavamo, il 9 febbraio, nella parte più larga del Mar Rosso che è compresa fra Suakin a ovest e Quofondah a est. Il diametro è qui di centonovanta miglia.

A mezzogiorno, dopo il rilevamento del punto, il capitano salì in piattaforma dove mi trovavo. Mi disposi a interrogarlo sui progetti ulteriori. Lui mi venne vicino, con grazia mi offrì un sigaro e disse:

« Ebbene, signor professore, il Mar Rosso vi piace? Avete dunque osservato le bellezze che possiede, e intravisto le città costruite sulle rive? ».

« Sì, capitano Nemo. E il *Nautilus* vi si è altrettanto a meraviglia prestato. Quale nave intelligente! »

« Sì, signore. Intelligente audace e invulnerabile. Non teme gli uragani tremendi del Mar Rosso, né le sue correnti né i suoi scogli. »

« Infatti » dissi « questo mare è citato tra i più cattivi. Se non sbaglio aveva nei tempi antichi una pessima fama. »

« Pessima, signor Aronnax. Gli storici greci e latini ne parlano in modo non lusinghiero, Strabone dice che è particolarmente ostico sotto i venti Etesi e nella stagione delle piogge. L'arabo Edrisi, descrivendolo come il golfo di Colzum, racconta che le navi si perdono in gran quantità su i suoi banchi di sabbia e che nessuno osa navigarvi la notte. Secondo lui è un mare esposto a uragani spaventosi, vi abbondano le isole inospitali e "non offre niente di buono". Tale è anche l'opinione di Arriano, Agatarchide e Artemidoro. »

« Insomma, » feci notare « questi sapienti non navigavano a bordo del *Nautilus*. »

« Proprio così » rispose sorridendo il capitano. « E sotto questo rapporto i moderni non ne sanno più degli antichi. Molti secoli ci vollero per scoprire la potenza meccanica del vapore! Fra cent'anni si sarà visto un altro *Nautilus*? I progressi vanno piano, signor Aronnax. »

« È vero » riconobbi. « La nostra nave è in anticipo di un secolo, forse più d'uno. Che peccato se un tal segreto morisse col suo inventore! »

Il capitano non rispose. Dopo qualche momento di silenzio:

« Parlavate » disse « dell'opinione degli antichi storici sui pericoli che offre la navigazione nel Mar Rosso? ».

« Già, ma i timori non erano anche esagerati? »

« Sì e no, signor Aronnax. » Ebbi l'impressione che egli conosceva a fondo il suo Mar Rosso. « Quanto non costituisce più un pericolo per una nave moderna, ben attrezzata e solidamente costruita, arbitra della propria direzione grazie all'obbediente vapore, presentava minacce d'ogni genere agli antichi. Bisogna immedesimarsi nei primi navigatori che si avventuravano su barche fatte con assi cucite con corde di palma, calafatate di resina polverizzata, e spalmate con grasso di cane marino. Loro, non avevano neppur strumenti per rilevare la direzione, navigavano "alla stima" fra correnti che appena conoscevano. Così i naufragi erano, dovevano essere molto numerosi. Ma oggi gli *steamers* adibiti alle linee fra Suez e i mari del Sud non rischiano più nulla, per le collere di questo golfo: anche a dispetto dei monsoni contrarî. I loro capitani e i passeggeri non si dispongono alla partenza con sacrifici propiziatorî, e al ritorno non vanno più adorni di fasce e nastri dorati, a ringraziare gli dei nel tempio più vicino. »

« Ne convengo » dissi. « E penso che il vapore abbia ucciso intanto la riconoscenza nel cuore del marinaio. Ma capitano, avendo talmente studiato questo mare, potete dirmi l'origine del suo nome? »

« Molte spiegazioni corsero in proposito, signor Aronnax. Vi interessa ascoltare un cronista del secolo XIV? »

« Davvero. »

« Costui tramanda fantasiosamente che il nome Mar Rosso nacque dopo il passaggio degli ebrei, quando il faraone ebbe trovato la morte sotto le onde che si erano richiuse per ordine di Mosè:

Manifestando questa meraviglia,
Divenne l'acqua rossa, vermiglia...
Poi non lo seppero più chiamare
Altrimenti che il *rosso mare.* »

« Spiegazione di poeta. Non saprei contentarmene. Vi chiedo adesso un'opinione personale. »

« Eccola. Secondo me, nel nome Mar Rosso bisogna veder una traduzione della parola ebraica "Edrom"; se quegli antichi lo chiamarono così dovettero riferirsi a una particolare tinta delle sue acque. »

« Tuttavia, finora ho visto solo acque limpide, non colorate in alcun modo speciale. »

« Certo. Ma avanzando verso il fondo del golfo noterete questo aspetto singolare. Io ricordo la baia di Tor tutta rossa, come un lago di sangue. »

« E voi pure attribuite la colorazione alla presenza di un'alga microscopica? »

« Sì. È una materia mucillagginosa color porpora, prodotta da meschine pianticelle chiamate *trichodesmie*: ce ne vogliono quarantamila per riempire un millimetro quadrato. Forse ne incontrerete a Tor. »

« Non è dunque la prima volta allora che navigate sul Mar Rosso col *Nautilus*? »

« No, signore. »

« E allora, poiché avete ricordato un momento fa il passaggio degli israeliti e la catastrofe degli egizî, vi domando se qui sul fondo avete mai visto tracce del grande avvenimento storico. »

« No, signore. E per un'ottima ragione. »

« Quale? »

« Il luogo dove Mosè venne a passare con il suo popolo oggi è talmente insabbiato, che i cammelli possono appena bagnarvi le zampe. Capirete bene, il *Nautilus* non vi troverebbe abbastanza acqua. »

« E il luogo?... » domandai.

« Il luogo è situato un poco oltre Suez, nel braccio che una volta formava un profondo estuario, quando il Mar Rosso si estendeva fino ai Laghi Amari. Sia stato un fatto miracoloso o no, gli israeliti sono comunque passati di là per arrivare alla Terra Promessa, e l'esercito del faraone vi trovò la sua fine. Io penso dunque: gli scavi praticati in quelle sabbie riporterebbero alla luce grandi quantità d'armi, di materiale egizio. »

« È assai logico » risposi. « E bisogna sperare per gli archeologi che questi scavi si facciano, presto o tardi, quando nuove città sorgeranno sull'istmo dopo l'apertura del canale di Suez. Un canale proprio inutile, a una nave come il *Nautilus*. »

« Senza dubbio, ma assai utile al mondo intero. Gli antichi, per i loro affari commerciali, avevano capito l'utilità di stabilir una comunicazione fra il Mar Rosso e il Mediterraneo; ma non pensarono a scavare un canale diretto, e presero per intermediario il Nilo. Molto probabilmente la costruzione del canale fra il Nilo e il Mar Rosso fu intrapresa sotto Sesostri, per credere alla tradizione. Ciò che è sicuro è che 615 anni prima di Cristo, Necos intraprese i lavori per un canale alimentato dal Nilo, attraverso la pianura egizia che guarda l'Arabia. Il canale si risaliva in quattro giorni, e aveva una larghezza tale che due triremi potevano incrociarvisi. I lavori furono ultimati probabilmente da Tolomeo II. Strabone lo vide in atto ma la debole inclinazione fra il punto di partenza (presso Bubaste) e il Mar Rosso ne limitava la navigazione a pochi mesi dell'anno. Quel canale servì al commercio fino al tempo degli Antonini. Abbandonato, insabbiato, poi restaurato per ordine del califfo Omar, fu definitivamente riempito nel 761 o 762 dal califfo Al-Mansor, che voleva impedire l'arrivo dei viveri a Mohammed ben Abdallah, in rivolta contro di lui. Durante la spedizione d'Egitto, il vostro generale Bonaparte ritrovò le tracce di quei lavori nel deserto di Suez e, sorpreso dalla marea, rischiò l'annegamento poche ore prima di raggiungere Hagiaroth, proprio dove Mosè si era accampato tremilacento anni innanzi. »

« Ebbene, ciò che gli antichi non osarono intraprendere, la congiunzione fra i due mari che accorcerà di novemila chilometri la rotta da Cadice alle Indie, il signor De Lesseps lo ha fatto. E tra poco l'Africa sarà un'immensa isola. »

« Sì, professor Aronnax. Avete diritto all'orgoglio per il vostro compatriota. È un uomo che fa onore alla sua nazione meglio dei più grandi capitani! Ha cominciato come tanti altri subendo dispiaceri e ripulse, ma ha trionfato grazie al genio della volontà. Triste dover pensare che quest'opera candidata a essere veramente internazionale, un'opera tale da poter glorificare un regno, sarà riuscita mediante l'energia di un uomo solo. Onore insomma a De Lesseps! »

« Sì, onore a questo grand'uomo civile » aggiunsi tutto sorpreso dall'accento col quale il capitano Nemo aveva parlato.

« Purtroppo, » egli riprese « non posso condurvi attraverso il Canale di Suez. Ma scorgerete le lunghe banchine di Port Said dopodomani, quando saremo nel Mediterraneo. »

« Nel Mediterraneo! » esclamai.

« Sì, professore. La cosa vi stupisce? »

« Mi stupisce aver ascoltato che ci saremo dopodomani. »

« Davvero? »

« Sì, capitano, pur sapendo che dovrei aver l'abitudine a non stupirmi di niente sulla vostra nave. »

« Ma perché la sorpresa? »

« Per la spaventevole velocità che dovreste imprimere al *Nautilus* in funzione dell'arrivare dopodomani in pieno Mediterraneo, dopo aver fatto il giro dell'Africa e doppiato il Capo di Buona Speranza! »

« Chi vi dice che faremo il giro dell'Africa, signor professore? Chi ha parlato del Capo di Buona Speranza? »

« Insomma, a meno che il *Nautilus* non navighi in terra ferma e non passi sopra l'istmo... »

« O sotto, signor Aronnax. »

« Sotto? »

« Proprio così » rispose quieto il capitano Nemo. « Da molto tempo, sotto quella lingua di terra la Natura ha compiuto quel che gli uomini fanno oggi alla sua superficie. »

« Eh? Ci sarebbe un passaggio? »

« Sì. Un passaggio sotterraneo che ho battezzato *Arabian Tunnel*. Si apre al disotto di Suez e sbocca nel golfo di Pelusa. »

« Ma l'istmo è composto solo di sabbie instabili... »

« Fino a una certa profondità. Cinquanta metri sotto, c'è una inamovibile base di roccia. »

« Forse per caso avete scoperto il passaggio? » domandai sempre più attonito.

« Caso e ragionamento signor professore. Anzi, ragionamento più che non stretto caso. »

« Capitano, vi ascolto ma le mie orecchie si ribellano a quanto odono. »

« Ah, professore? *Aures habent et non audient*[1] è una storia d'ogni tempo. Non solo esiste questo passaggio ma a me è servito più d'una volta. Altrimenti non mi sarei avventurato oggi nel vicolo cieco del Mar Rosso. »

« È un'indiscrezione domandarvi come avete scoperto il tunnel? »

« Signore, » mi rispose il capitano « nulla deve restare segreto fra persone che non debbono più lasciarsi. »

Non rilevai l'insinuazione, e aspettavo il racconto del capitano Nemo.

« Signor professore, » mi disse « è stato un semplice ragionamento naturalista a offrirmi la scoperta di questo passaggio, conosciuto solo dai naviganti nel *Nautilus*. Avevo osservato che nel Mar Rosso e nel Mediterraneo esistono vari pesci di specie assolutamente identiche: ofidie e fiatole, persici, esoceti... Ragionandoci su mi domandai se non esistesse qualche comunicazione fra i due mari.

« Se esisteva la corrente sotterranea doveva andare dal Mar Rosso al Mediterraneo: per necessario effetto del dislivello.

« Allora pescai molti pesci accanto a Suez, infilai le loro code in anelli di rame e li ributtai a mare. Qualche mese dopo sulle coste siriane ritrovavo alcuni tra i miei pesci con l'anello rivelatore. Avevo dimostrato la comunicazione fra i due mari. Cercandone la via infine, la trovai, mi ci avventurai e fra poco, signore, avrete percorso anche voi il mio tunnel arabico. »

[1] « Hanno orecchi e non odono. »

V
ARABIAN TUNNEL

Riferii nel giorno stesso a Conseil e a Ned Land la parte della conversazione che li interessava direttamente. Quando rivelai loro che fra due giorni ci saremmo trovati nel Mediterraneo, Conseil batté le mani ma Ned Land si strinse nelle spalle.

« Un tunnel sottomarino! » esclamò. « Una comunicazione tra i due mari! Chi ha mai sentito parlare d'una tal cosa? »

« Amico Ned, » rispose Conseil « avevate forse mai sentito parlare del *Nautilus*? No! Eppure ci siamo, esiste. Dunque non alzate con tanta leggerezza le spalle; non rifiutatevi a credere in ogni cosa di cui non abbiate mai sentito parlare. »

« Staremo a vedere! » rispose Ned Land scotendo la testa. « Dopotutto io non chiedo di meglio che crederci, in questo *passaggio* del capitano Nemo; voglia il cielo che ci porti davvero nel Mediterraneo. »

La sera stessa, a 21° 30' di latitudine nord, navigando in superficie il *Nautilus* si avvicinò alla costa araba. Scòrsi Gedda, importante emporio dell'Egitto e della Siria, della Turchia e delle Indie. Distinsi abbastanza nettamente l'insieme delle costruzioni, le navi ormeggiate lungo le banchine e quelle che il loro pescaggio obbligava ad ancorarsi in rada. Il sole, piuttosto basso all'orizzonte, arrivava ancora in pieno sulle case della città e faceva risaltare il loro candore. Un po' fuori, capanne di legno o di canne rivelavano il quartiere abitato dai beduini.

Presto Gedda sparve nelle ombre della sera, e il *Nautilus* si immerse di nuovo nelle acque, leggermente fosforescenti.

L'indomani 10 febbraio, apparvero varie navi che andavano in direzione opposta alla nostra. Il *Nautilus* riprese la sua navigazione sottomarina; ma a mezzogiorno, quando bisognava fare il punto, tornò ad emergere fino alla linea di galleggiamento.

Accompagnato da Ned e da Conseil andai a sedermi in piattaforma. La costa a est si mostrava come una massa appena sfumata in una nebbia umida.

Appoggiati al canotto, stavamo parlando di questo e di

Capanne di legno o di canne.

quello. A un tratto Ned Land disse tendendo la mano verso un punto sul mare:

« Vedete qualche cosa, là, professore? ».

« No, » risposi « ma lo sapete: non ho i vostri occhi. »

« Guardate bene. Davanti a dritta, quasi all'altezza del proiettore. Non vedete una massa che ha l'aria di muoversi? »

« Sì, » dissi dopo un'attenta osservazione « vedo alla superficie come un lungo corpo nerastro. »

« Un altro *Nautilus*? » disse Conseil.

« No » rispose Ned. « Io mi sbaglio di grosso se non è un animale marino. »

« Ci sono balene nel Mar Rosso? » domandò Conseil.

« Sì ragazzo mio, » risposi « ogni tanto se ne incontra qualcuna. »

« Non è una balena » riprese Ned Land che non perdeva di vista la *cosa*. « Le balene ed io siamo vecchi amici e non potrei sbagliarmi sul conto loro. »

« Aspettiamo » disse Conseil. « Il *Nautilus* si dirige proprio da quella parte, e fra poco ne sapremo qualcosa. »

Quella cosa nerastra fu in breve a un miglio appena da noi. Sembrava un grosso scoglio isolato nel mare. Cos'era? Non potevo ancora pronunciarmi.

« Ah, si muove! si tuffa! » esclamò Ned Land. « Per mille diavoli, cosa può essere quest'animale? Non ha la coda biforcuta come le balene e i capodogli, e le pinne sembrano membra tronche. »

« Ma allora...? » feci.

« Ecco! » riprese il canadese « eccolo sulla schiena, e punta le mammelle verso il cielo! »

« È una sirena, » esclamò Conseil « una vera sirena, non dispiaccia al signore! »

Il nome di *sirena* mi orientò. Capii che l'animale apparteneva a quell'ordine di esseri marini che la leggenda ha trasformato in sirene, metà donne metà pesci.

« No, » dissi a Conseil « non è una sirena ma un curioso essere di cui restano nel Mar Rosso ancora pochi esemplari. È un dugongo. »

« Ordine dei sirenidi e gruppo dei pisciformi, sottoclasse dei monodelfi, classe dei mammiferi, ramo dei vertebrati » soggiunse Conseil.

« Vedete qualche cosa, là? »

E in questi casi non c'era più niente da dire.

Ned continuava intanto a guardare. I suoi occhi luccicavano di bramosia, alla vista del dugongo. La sua mano pareva pronta ad arpionarlo. Si sarebbe detto che egli aspettasse il momento di gettarsi in mare, per attaccare il dugongo nel suo elemento.

« Oh signore, » mi disse con voce tremante dall'emozione « non ho mai ucciso *di questa roba*! »

Tutto Ned Land era in queste parole.

Poco dopo apparve in piattaforma il capitano Nemo. Vide il dugongo. Comprese l'atteggiamento del fiociniere e, rivolgendosi direttamente a lui:

« Se aveste in pugno un arpione, mastro Land, non vi brucerebbe la mano? ».

« Proprio come dite signore. »

« E non vi spiacerebbe riprendere, per un giorno, il vostro mestiere di pescatore aggiungendo questo cetaceo all'elenco dei molti che avete già colpito? »

« Non mi spiacerebbe affatto. »

« Ebbene, vi ci potete provare. »

« Grazie » disse Ned Land, e i suoi occhi fiammeggiavano.

« Soltanto, » riprese il capitano « dovete impegnarvi a non fallir il colpo. Nel vostro interesse. »

« È pericoloso se lo si attacca, il dugongo? » domandai io benché Ned avesse frapposto un'alzata di spalle.

« Qualche volta sì » rispose il capitano. « Va al contrattacco e rovescia a volte l'imbarcazione dei suoi aggressori. Ma, per mastro Land, questo pericolo non è da temere: il suo colpo d'occhio è pronto, il suo braccio è sicuro. Se gli raccomando di non fallir il bersaglio è perché il dugongo è considerato, giustamente, una selvaggina delicatissima, e so che mastro Land non disprezza i buoni bocconi. »

« Ah, » fece il canadese « questa bestia si prende anche il lusso d'esser buona da mangiare? »

« Sì, mastro Land. La sua carne – vera carne – è estremamente apprezzata. In tutta la Malesia, viene riservata alla tavola dei principi. Per questo si dà al dugongo una caccia talmente accanita che esso, come il congenere *lamantino*, diventa sempre più raro. »

« Ma capitano, » disse seriamente Conseil « e se per caso

questo fosse l'ultimo della razza? Non converrebbe risparmiarlo nell'interesse della scienza? »

« Forse sì » reintervenne il canadese. « Ma nell'interesse della cucina è meglio dargli la caccia. »

« Allora: fate pure » concluse il capitano.

Sette uomini dell'equipaggio muti e impassibili come sempre vennero in piattaforma. Uno portava un arpione, e una sagola analoga a quella che usano i pescatori di balene. Il canotto fu estratto dall'alveolo, venne messo in mare. Sei vogatori presero posto sui loro banchi e il timoniere si mise alla barra. Ned, Conseil ed io sedemmo a poppa.

« Non venite capitano? » domandai.

« No, signore. Ma vi auguro buona caccia. »

Il canotto si scostò dalla nave e sotto la spinta dei sei remi, si diresse velocemente verso il dugongo che galleggiava a due miglia dal *Nautilus*.

Arrivato a qualche gomena dal cetaceo, rallentò la corsa. I remi si tuffavano senza rumore nelle acque tranquille. Ned Land, arpione in pugno, andò ad appostarsi in piedi sulla prua. L'arpione che serve a colpire la balena è, in generale, attaccato a una lunga corda che si svolge rapidamente quando l'animale ferito la trascina via. Ma, in questo caso, la corda non misurava più d'una decina di braccia, e l'estremità era soltanto fissata a un bariletto che galleggiando doveva indicare il cammino subacqueo del dugongo.

Mi ero alzato, osservavo attentamente l'avversario del canadese. Questo dugongo – chiamato anche alicoro – ricordava molto il lamantino. Il corpo oblungo terminava in una coda molto allungata, e le pinne laterali in vere dita. La differenza dal lamantino consisteva nel fatto che la mascella superiore era armata di due denti lunghi e aguzzi, autentiche zanne divergenti.

Il dugongo che Ned si preparava ad attaccare aveva dimensioni eccezionali, la sua lunghezza oltrepassava certo i sette metri. Non si moveva, pareva addormentato alla superficie, cosa favorevole alla cattura.

La barca si avvicinò prudentemente a tre braccia dall'animale. I remi vennero bilanciati sui loro scalmi. Ned Land, con il corpo un po' gettato all'indietro, brandiva l'arpione da quell'esperto che era.

A un tratto si udì un sibilo e il dugongo sparì. L'arpione,

scagliato con forza, non doveva aver colpito che l'acqua.

« Per mille diavoli! » esclamò Ned furioso. « L'ho fallito! »

« No » dissi. « L'animale è ferito, ecco il suo sangue. Ma l'arma non gli è rimasta nel corpo. »

« Il mio arpione! il mio arpione! » gridava Ned Land. I marinai tornarono a remare e il timoniere diresse la barca verso il bariletto galleggiante. Ripescato l'arpione, ci si mise di nuovo all'inseguimento dell'animale.

Tornava ogni tanto alla superficie per respirare. La ferita non lo aveva indebolito, poiché filava a grande velocità. Manovrata da braccia vigorose l'imbarcazione volava sulle sue tracce. Più d'una volta non fu che a poche braccia da lui, il canadese si teneva pronto a colpire; ma allora il dugongo sfuggiva all'attacco con un tuffo perentorio ed era impossibile coglierlo.

Si può immaginare la collera dell'impaziente Ned Land. Lanciava al disgraziato avversario le più energiche bestemmie della lingua inglese. Per mio conto, mi limitavo a sentirmi indispettito dall'abilità del dugongo nello sventare le nostre astuzie.

L'inseguimento durava senza pause da un'ora, io cominciavo a pensare che sarebbe stato molto difficile impadronircene quando il cetaceo fu preso da una malaugurata idea di vendetta: avrebbe poi dovuto pentirsene. Si rivolse al canotto e venne al contrattacco.

La manovra non sfuggì a Ned Land.

« Attenti! » disse.

Il timoniere esclamò qualche parola nella sua lingua bizzarra, certamente per ordinar ai rematori di stare in guardia.

Il dugongo, arrivato a venti piedi dal canotto si fermò, fiutò l'aria con le vaste narici aperte non all'estremità ma nella parte superiore del muso. Prese slancio, gettandosi su di noi.

Al canotto fu impossibile evitare l'urto e rovesciandosi a mezzo imbarcò una o due tonnellate d'acqua. Ma, grazie all'abilità del timoniere, venendo investito di sbieco e non in pieno, non si rovesciò. Ned Land aggrappato alla prua crivellava di colpi il gigantesco animale che tenendo i denti conficcati nello scafo, sollevava adesso la barca come un leone una gazzella. Eravamo tutti rovesciati l'uno addosso

Il gigantesco animale sollevava la barca.

all'altro, non so come sarebbe finita l'avventura, se il canadese dopo essersi di nuovo accanito contro l'avversario non l'avesse finalmente colpito al cuore.

Udii lo stridore dei denti sulla lamiera, e il dugongo scomparve portando via l'arpione. Ma il barile tornò presto alla superficie, qualche momento dopo apparve il corpo dell'animale rovesciato sul dorso. La barca lo raggiunse, lo prese a rimorchio e tornò verso il *Nautilus*.

Paranchi di grande potenza furono necessari per issare il dugongo in piattaforma. Pesava cinquemila chili. Fu squartato sotto gli occhi del canadese, che teneva a seguir l'operazione in tutti i suoi particolari. Nello stesso giorno lo *steward* servì per pranzo alcune fette di quella carne, preparata abilmente dal cuoco di bordo; fu trovata ottima e anche superiore a quella del vitello.

L'indomani 11 febbraio la dispensa del *Nautilus* si arricchì di una nuova, delicata selvaggina. Una comitiva di rondini marine si abbatté sul *Nautilus*. Si trattava d'una specie di *sterna nilotica*, propria dell'Egitto: il cui becco è nero e la testa grigia e punteggiata, l'occhio circondato di puntini bianchi, il dorso, le ali e la coda grigiastre; il ventre e la gola bianchi, le zampe rosse. Catturammo anche qualche dozzina d'anitre del Nilo, uccelli selvatici dal sapore eccellente.

La velocità del *Nautilus* era moderata. Procedeva vagabondando, si sarebbe detto. Notai che l'acqua del Mar Rosso diventava sempre meno salata via via che ci avvicinavamo a Suez.

Verso le cinque di sera avvistavamo a nord il capo di Ras Mohammed. Forma l'estremità dell'Arabia Petrea, compresa fra il golfo di Suez e il golfo di Acabah.

Il *Nautilus* penetrò nello stretto di Jubal che porta al golfo di Suez. Vidi bene un'alta montagna dominante, fra i due golfi, il Ras Mohammed: era il monte Oreb, quel Sinai in cima al quale Mosè incontrò Dio faccia a faccia e che la fantasia si immagina coronato sempre da folgori.

Verso le sei il *Nautilus*, ora in superficie, ora in immersione passava al largo di Tor, situata in fondo a una baia le cui acque risultavano colorate di rosso: osservazione anticipatami dal capitano Nemo. Poi scese la notte, nel pesante silenzio rotto a volte dal grido del pellicano o di qualche uccello notturno, dal suono d'una risacca fremente contro le rocce, o dal gemito lontano d'uno *steamer* che solcava il golfo con le grandi pale delle sue ruote.

Dalle otto alle nove il *Nautilus* restò immerso di qualche metro. Secondo i miei calcoli dovevamo essere vicinissimi a Suez. Dal salone vedevo i fondali rocciosi che la nostra luce elettrica faceva splendere. Ebbi l'impressione che lo stretto andasse rinserrandosi di momento in momento.

Alle nove e un quarto, poiché eravamo tornati alla superficie salii in piattaforma. Mi attraeva moltissimo percorrere il tunnel del capitano Nemo; non riuscivo a star fermo e cercavo l'aria fresca della notte.

Di là dal buio, scorgevo un pallido lume nella bruma, a circa un miglio da noi.

« Un faro galleggiante » disse qualcuno vicino a me.

Mi voltai e riconobbi il capitano.

« È il faro galleggiante di Suez » disse. « Non tarderemo a raggiungere l'entrata del tunnel. »

« L'ingresso non dev'essere facile. »

« No, signore. Perciò ho l'abitudine di star nella gabbia del timoniere, a guidare la manovra io stesso. E ora se volete scendere, signor Aronnax, il *Nautilus* scenderà, lui, sotto le onde e non tornerà alla superficie che dopo aver superato l'*Arabian Tunnel.* »

Seguii il capitano Nemo. Il boccaporto venne chiuso, i serbatoi d'acqua si riempirono e la nave si immerse a una decina di metri.

Mentre stavo andando nella mia stanza il capitano mi fermò.

« Professore, » disse « gradireste essermi accanto nella gabbia del pilota? »

« Non osavo chiedervelo. »

« Allora venite. Vedrete tutto quanto si può vedere, d'una navigazione al tempo stesso sotterranea e sottomarina. »

Il capitano mi fece strada verso la scaletta centrale. Poi a metà scala aprì una porta, seguimmo i corridoi superiori e arrivammo nella gabbia del pilota che sporgeva, come ho accennato, dall'estremità della piattaforma.

Era una cabina di sei piedi in lunghezza e in larghezza,

non molto diversa da quelle per i timonieri sugli *steamboats* del Mississippi o dello Hudson.

Al centro, si manovrava una ruota disposta verticalmente, ingranata sulle trozze del timone che correvano fino a poppa. Quattro obloidi in vetro lenticolare aperti nelle pareti, permettevano al pilota di guardar in tutte le direzioni.

La cabina era oscura. Ma presto i miei occhi si abituarono alla penombra e scorsi il pilota, un uomo vigoroso, con le mani appoggiate sul cerchio della ruota. Fuori il mare appariva largamente illuminato dal proiettore che splendeva dietro la cabina, all'altra estremità della piattaforma.

« Ora, » disse il capitano Nemo « cerchiamo il passaggio. »

Fili elettrici collegavano la gabbia del timoniere alla sala delle macchine. Dal suo posto il capitano poteva dirigere simultaneamente la direzione e il moto del *Nautilus*. Premette un bottone di metallo, e subito la velocità ebbe una forte diminuzione.

Guardavo in silenzio l'alta muraglia tagliata a picco che in quel momento costeggiavamo, l'incrollabile appoggio per il sabbioso massiccio della costa. La seguimmo per un'ora, a pochi metri di distanza. Il capitano non distoglieva lo sguardo dalla bussola sospesa nella cabina fra i due cerchi concentrici. Obbedendo ai suoi gesti il timoniere correggeva via via la direzione.

Mi ero messo all'obloide di babordo, e scorgevo bellissime costruzioni di corallo, zoofiti e alghe, crostacei i quali agitavano grandi zampe sporgenti dalle anfrattuosità della roccia.

Alle dieci e un quarto il capitano Nemo prese lui stesso il timone. Un'ampia galleria nera, profonda, si apriva davanti a noi. Il *Nautilus* vi si addentrò audacemente. Un insolito rumore veniva dai suoi fianchi: erano le acque del Mar Rosso che la pendenza del tunnel faceva correre verso il Mediterraneo. Il *Nautilus* seguì il torrente, rapido come una freccia, nonostante gli sforzi delle macchine che lavoravano a marcia invertita.

Sulle vicine muraglie non vedevo ormai altro che righe fulgide, linee rette, solchi di fuoco tracciati dalla velocità lungo lo splendore elettrico. Mi premevo con la mano il cuore palpitante.

Il capitano Nemo prese il timone.

Alle dieci e trentacinque il capitano Nemo lasciò il timone e volgendosi verso di me:

« Il Mediterraneo » disse.

Trascinato da quel torrente il *Nautilus* aveva oltrepassato in meno di venti minuti l'istmo di Suez.

VI
L'ARCIPELAGO GRECO

Il giorno dopo, 12 febbraio, verso l'alba il *Nautilus* risalì alla superficie. Tre miglia a sud appariva vagamente il profilo di Pelusio. Un torrente ci aveva davvero portati da un mare all'altro. Ma quel tunnel facile alla discesa sarebbe certamente riuscito, per la salita, impraticabile.

Verso le sette Ned e Conseil mi raggiunsero. Loro due avevano tranquillamente dormito senza badare alla prodezza del *Nautilus*.

« E allora Signor Naturalista, » domandò Ned in modo alquanto canzonatorio « questo Mediterraneo?... »

« Navighiamo alla sua superficie, amico Ned. »

« Eh? » fece Conseil. « Nella notte abbiamo?... »

« Sì, nella notte appena trascorsa, abbiamo in pochi minuti superato quell'istmo "insuperabile". »

« Non ci credo affatto » rispose Ned.

« E avete torto mastro Land, » precisai « quella costa bassa che si arrotonda verso sud è la costa egiziana. »

« Raccontatela ad altri, signore » ribatté l'ostinato canadese.

« Ma poiché lo dice, » intervenne Conseil « bisogna credere al signore. »

« D'altra parte, Ned, il capitano Nemo mi ha fatto gli onori del suo tunnel. Io stavo accanto a lui nella gabbia del timoniere, mentre il capitano dirigeva personalmente il *Nautilus* lungo l'angusto passaggio. »

« Avete sentito, Ned? » disse Conseil.

« E avendo voi buoni occhi, » aggiunsi « potete scorgere voi stesso le banchine di Port Said addentrarsi nel mare. »

Il canadese guardò bene.

« Effettivamente avete ragione, » egli riconobbe « e il vostro capitano è un uomo in gamba. Siamo nel Mediterraneo. Bene. Ma adesso per piacere trattiamo un poco delle nostre faccende private senza farci sentire. »

Capii a volo dove egli voleva arrivare. In ogni modo era meglio parlarne, dato che lo desiderava; e andammo tutt'e tre a sederci presso il riflettore, dov'eravamo meno esposti agli spruzzi delle onde.

« Ned vi ascoltiamo » dissi. « Che cosa volete farci sapere? »

« È semplicissimo » rispose. « Siamo quasi in Europa. Prima che i capricci del capitano Nemo ci trascinino in fondo ai mari polari o ci riportano in Oceania, io chiedo di lasciare il *Nautilus*. »

Discutere questo tema con Ned Land mi imbarazzava sempre, lo confesso. Non volevo affatto ritardare la libertà dei miei compagni, e tuttavia non provavo alcun desiderio di staccarmi dal capitano Nemo. Grazie a lui, grazie alla sua nave, io di giorno in giorno andavo completando i miei studi sottomarini e rielaboravo un libro sui fondali del mare stando nel suo elemento medesimo. Avrei mai ritrovato una occasione simile per indagare le meraviglie dell'Oceano? No di certo, e non potevo dunque rassegnarmi all'idea di abbandonare presto un battello così straordinario.

« Amico Ned, » dissi « rispondetemi con franchezza. A bordo vi annoiate? Deplorate che la sorte vi abbia gettato in mano al comandante del *Nautilus*? »

Tardò un momento a rispondere. Poi incrociando le braccia:

« Francamente, » disse « non mi dolgo di questo viaggio sotto i mari. Sarò contento d'averlo fatto. Ma perché io l'abbia fatto bisogna che il viaggio finisca. Ecco il mio pensiero ».

« Finirà, Ned. »

« Dove e quando? »

« Dove? non lo so. Quando? non posso dirlo o, meglio, immagino che finirà nel tempo in cui questi mari non avranno più niente da insegnarci. Tutto quel che ha avuto un inizio ha sempre una fine, a questo mondo. »

« Io la penso come il signore, » disse Conseil « e trovo possibilissimo che dopo aver percorso tutti i mari del globo il capitano Nemo apra, a tutt'e tre, la gabbia. »

« Apra la gabbia? » esclamò il canadese. « Volete forse dire la gabbia delle nostre povere ossa? »[1]

« Non esageriamo mastro Land » risposi. « Non abbiamo nulla da temere dal capitano. Però non condivido nemmeno le idee di Conseil. Abbiamo appreso molti segreti del *Nautilus* e io non spero che il suo comandante, per renderci la libertà, si rassegni a vederli correre per il mondo con noi. »

« Ma allora che sperate mai? » domandò Ned.

« Che verranno circostanze di cui potremo, di cui dovremo approfittare, fra sei mesi come oggi. »

« Bah, » fece Ned Land. « E dove saremo fra sei mesi, per piacere, Signor Naturalista? »

« Forse qui, forse in Cina. Lo sapete che il *Nautilus* è un corridore. Attraversa gli Oceani come una rondine e i cieli come un treno espresso i continenti. Non teme i mari frequentati. Chi può escludere che ora vada a raggiungere le coste francesi o inglesi, o dell'America, dove una fuga potrà venir tentata meglio di qui? »

« Signor Aronnax, i vostri argomenti peccano dalla base. Voi parlate al futuro: "saremo qui, saremo là". Io parlo al presente: "siamo qui e dobbiamo approfittarne". »

Ero messo con le spalle al muro dalla logica di Ned Land, mi sentivo battuto su questo terreno. Non sapevo replicare per il momento.

« Signore, » egli riprese « immaginiamo per assurdo che il capitano Nemo vi offra giusto oggi la libertà, accettereste? »

« Non lo so » risposi.

« E se aggiungesse che l'offerta fatta oggi non sarà rinnovata, accettereste? »

Non rispondevo.

« Che ne pensa l'amico Conseil? » insistette Ned Land.

« L'amico Conseil, » rispose tranquillamente il degno giovane « l'amico Conseil non ha niente da dire. È disinteressato per intiero nella questione. Come il signor Aronnax e come l'amico Ned è celibe. Né moglie né genitori né figli lo aspettano al paese. È al servizio del signore, la pensa

[1] Nell'originale c'è un gioco di parole intraducibile, fra "volée", volo, e "volée", bastonatura.

come il signore, parla come il signore, ma con suo grande rincrescimento non bisogna contare su di lui per comporre una maggioranza. Solo *due persone* ci sono qui: da una parte il signore, dall'altra Ned Land. L'amico Conseil sta ad ascoltare ed è pronto a segnar i punti. »

Non potei impedirmi di sorridere, nel vedere Conseil annichilire così totalmente la sua personalità. E in fondo Ned Land doveva essere contento di non averlo contro.

« Allora signore, » egli disse « dato che Conseil non esiste discutiamo solo fra noi due. Io ho parlato. Voi mi avete sentito. Che cosa avete da rispondere? »

Evidentemente bisognava arrivare a una conclusione. E i sotterfugi e le scappatoie mi ripugnavano.

« Amico Ned, » dissi « eccovi la mia risposta. Voi avete ragione. I miei argomenti non reggono davanti ai vostri. Non si deve contare sulla buona volontà del capitano Nemo. La prudenza più elementare gli vieta di rimetterci in libertà. Per contro, la prudenza vuole che noi approfittiamo della prima occasione per lasciare il *Nautilus.* »

« Bravo, signor Aronnax. Questo si chiama parlar saggiamente. »

« Soltanto, » dissi « un'osservazione, una sola. Bisogna che l'occasione sia seria. Bisogna che il nostro primo tentativo di fuga riesca; perché se abortisce, non troveremo una nuova occasione. Il capitano Nemo non ci perdonerà. »

« Giusto » rispose Ned. « Ma il vostro discorso va bene per qualsiasi tentativo di fuga, abbia luogo fra due anni o fra due giorni. Dunque il punto è sempre questo: se un'occasione favorevole si presenta, bisogna accoglierla. »

« D'accordo. E adesso, Ned, saprò quel che intendete per occasione favorevole? »

« Il fatto che, in una notte molto buia, il *Nautilus* passi a breve distanza da una costa europea. »

« E tentereste di fuggir a nuoto? »

« Sì, essendo abbastanza vicini a riva e col *Nautilus* in superficie; no, in caso diverso. »

« E in tal caso? »

« In tal caso riuscirei a impadronirmi del canotto. So come si manovra. Noi ci introdurremmo dall'interno, e tolti i bulloni saliremmo alla superficie. Nemmeno il timoniere che sta alla prua si accorgerebbe della fuga. »

« Va bene, Ned. Tenetevi in attesa dell'occasione. Ma non dimenticate che un insuccesso sarebbe la nostra perdita. »

« Non lo dimenticherò, signore. »

« Voi conoscete ora tutto il mio pensiero sul vostro disegno? »

« Ne ho molta voglia, signor Aronnax. »

« Ebbene: penso – non dico: "spero" – che l'occasione favorevole non si presenterà. »

« E perché? »

« Il capitano Nemo sa certamente che non abbiamo rinunciato alla speranza di tornare liberi; e starà in guardia, specialmente accanto alle coste d'Europa. »

« Io sono del parere del signore » disse Conseil.

« Lo vedremo » rispose Ned Land, scotendo la testa con aria ben risoluta.

« E per ora, » aggiunsi « lasciamola lì. Non più una parola su tutto questo. Il giorno in cui vi sembrerà opportuno, ci avvertirete e vi seguiremo. Mi rimetto intieramente a voi. »

Così ebbe termine la conversazione, che poi doveva avere effetti tanto gravi. Bisogna dire che anche il futuro immediato sembrò confermare le mie previsioni, desolando il canadese. Il capitano Nemo diffidava molto di noi in quei mari frequentati, o soltanto voleva evitare al massimo possibile le navi di tutte le nazioni che solcano il Mediterraneo? Non so, ma generalmente fece rotta in immersione e al largo delle coste. Il *Nautilus*, o emergeva con la sola gabbia del timoniere, o scendeva a grandi profondità.

Non feci dunque conoscenza dell'isola Carpathos, una tra le Sporadi, se non mediante un verso di Virgilio che il capitano Nemo mi citava indicando un punto del planisfero:

« Est in Carpanthio Neptuni gurgite vates
Coeruleus Proteus... ».

Quella era stata infatti la residenza di Proteo, il vecchio pastore delle greggi di Nettuno. Oggi è l'isola di Scarpanto: fra Rodi e Creta. Ne vidi solo le fondamenta granitiche attraverso il cristallo del salone.

L'indomani 14 febbraio volevo addentrarmi per qualche ora nello studio dei pesci dell'arcipelago: ma le imposte del salone rimasero ermeticamente chiuse. Il *Nautilus* si dirigeva verso Candia, nell'antica isola di Creta. Quando mi ero imbarcato sull'*Abraham Lincoln*, tutta quest'isola era appena insorta contro il dispotismo turco. Ma che cosa fosse poi accaduto dell'insurrezione lo ignoravo e certamente il capitano Nemo privo d'ogni rapporto con la terraferma non avrebbe saputo dirmelo.

Così mi astenni dal parlarne quando la sera mi trovai solo con lui nel salone. Fra l'altro mi sembrò taciturno e preoccupato. Poi, contrariamente alle sue abitudini, fece aprire le imposte e andando dall'uno all'altro cristallo, osservò attentamente le acque. Perché? Non potevo indovinarlo, e per mio conto approfittai dell'occasione per esaminare i pesci che mi passavano davanti agli occhi.

Notai quelle gobie afise citate da Aristotele, e volgarmente note come "cavedani di mare", che si incontrano più spesso nelle acque salate verso il delta del Nilo. Accanto a loro si agitavano delle pagre fosforescenti, che gli egizi venerarono come animali sacri e il cui arrivo nel Nilo, del quale annunciavano il fecondante straripamento, era festeggiato con cerimonie religiose. Poi vidi delle cheiline, lunghe tre decimetri – pesci ossei dalle scaglie trasparenti e dal color livido a macchie rosse: sono grandi mangiatrici di animali marini acquistandone un sapore squisito. Erano ricercatissime dai buongustai di Roma antica. Le loro interiora, unite a latte di murena, cervella di pavone e lingua di fenicottero, rappresentavano un piatto "divino" che mandava in estasi Vitellio.

Un altro abitante di quei mari suscitò il mio interesse risvegliando nozioni sul mondo antico: il pesce remora che ama viaggiare attaccato al ventre dei pescicani. Stando agli antichi questo pesciolino, aggrappandosi alla carena di una nave, poteva fermarla; e uno della sua specie trattenne la nave su cui stava Antonio nella battaglia d'Azio, facilitando la vittoria di Augusto. Da che cosa dipendono mai le sorti delle nazioni! Poco dopo vidi mirabili antiadi dell'ordine dei liutani, pesci sacri per i greci che attribuivano loro il potere di scacciare i mostri marini dalle acque che frequentavano: il nome significa *fiore* e lo giustificano con i loro colori cangianti, in tutta la gamma dal rosapallido allo splendore del rubino. Ero intento al rinnovarsi delle visioni meravigliose, quando mi colpì uno spettacolo inatteso.

Nell'acqua apparve un uomo, un tuffatore con una borsa di cuoio alla cintura. Non era un corpo abbandonato ai flutti: si trattava d'un uomo ben vivo e che nuotava con forza, scomparendo ogni tanto perché andava a respirare alla superficie.

Mi voltai verso il capitano Nemo e con voce rotta dall'emozione:

« Un uomo! Un naufrago! » esclamai. « Bisogna salvarlo. »

Il capitano, in silenzio, venne a guardare.

L'uomo si era avvicinato. Lui pure – tenendo la faccia contro il cristallo ci osservava.

Con mia gran meraviglia il capitano Nemo gli fece un segno. L'altro rispose con la mano, salì immediatamente alla superficie e non fece ritorno.

« Non vi preoccupate: » disse il capitano « è Nicola del Capo Matapan, soprannominato il *Pesce.*[1] Lo conoscono in tutte le Cicladi. Che tuffatore ardito! L'acqua è il suo elemento e lui ci vive più che sulla terra, recandosi in continuazione da un'isola all'altra, fino a Creta.

« Voi lo conoscete? »

« Perché no, signor Aronnax? »

Il capitano si diresse verso un mobile collocato vicino al cristallo di sinistra. Là accanto vidi un cofano cerchiato di ferro: aveva sul coperchio una placca di rame che portava la sigla del *Nautilus* col motto *Mobilis in mobile.*

E il capitano senza preoccuparsi di me aprì il mobile, specie di cassaforte in cui mi apparve un gran numero di lingotti.

Erano lingotti d'oro, rappresentavano una somma enorme. Dove li aveva acquisiti il capitano e che cosa adesso voleva farne?

Non dissi nulla. Guardai. Egli prendeva a uno a uno i lingotti e li metteva ordinatamente nel cofano, che riempì interamente. Si arrivava forse a più di mille chili d'oro, pressapoco cinque milioni di franchi.

Il cofano fu saldamente chiuso. Gli fu scritto sopra un indirizzo, in caratteri che dovevano appartenere al greco moderno.

[1] In italiano nell'originale.

« Un uomo! Un naufrago! » esclamai.

Il capitano Nemo aprì il mobile.

Poi il capitano Nemo premette un bottone. Apparvero quattro uomini dell'equipaggio e non senza fatica spinsero il cofano fuori del salone. Mi accorsi che lo issavano, mediante paranchi, sulla scaletta di ferro.

Il capitano Nemo si volse a guardarmi.

« Dicevate, signor professore?... »

« Non dicevo nulla. »

« Allora signore, permettetemi di augurarvi la buona sera. »

E così dicendo uscì dal salone.

Rientrai nella mia stanza assai turbato, come si può immaginare. Cercai inutilmente il sonno. Mi domandavo il rapporto fra l'apparizione del palombaro e il cofano riempito d'oro. Presto, da certi movimenti di rollìo e di beccheggio notai che il *Nautilus* saliva alla superficie.

Poi udii rumor di passi in piattaforma. Il canotto veniva liberato e calato in mare. Urtò contro il fianco del *Nautilus*; ogni rumore finì.

Dopo due ore lo stesso rumore, lo stesso viavai in piattaforma. L'imbarcazione venne ricollocata nel suo alveolo e il *Nautilus* nuovamente si immergeva.

Così, quei milioni erano stati portati al loro indirizzo? Su quale punto del continente? Chi era il destinatario?

Raccontai l'indomani a Conseil e al canadese i fatti della notte, che eccitavano oltre ogni dire la mia curiosità. Essi non ne rimasero meno sorpresi di me.

« Ma dove li prende, tanti milioni? » domandava Ned Land.

A una domanda simile, nessuna risposta possibile. Fatta colazione mi recai nella grande sala a scrivere. Presi le mie note fino alle cinque del pomeriggio. A un tratto – era conseguenza d'una disposizione fisica tutta mia? – ebbi estremamente caldo, e dovetti togliermi la casacca di bisso. Cosa incomprensibile: eravamo lontani dalle più alte latitudini e del resto il *Nautilus*, immerso, non avrebbe dovuto subir variazioni di temperatura. Guardai il manometro. La profondità era di sessanta piedi, il calore atmosferico non avrebbe dovuto raggiungerci.

Continuai nel mio lavoro ma il caldo si accrebbe tanto da diventare intollerabile.

"Che ci sia un incendio a bordo?" mi domandai.

Stavo per andarmene quando entrò il capitano. Dopo aver consultato il termometro mi si rivolse:

« Quarantadue gradi » disse.

« Me ne accorgo, » risposi « e se appena il caldo cresce ancora non potremo sopportarlo. »

« Oh, signor professore, questo caldo aumenterà soltanto se lo vorremo. »

« Potete moderarlo a vostro piacere? »

« No, ma posso allontanarmi dal focolaio che lo produce. »

« Viene dall'esterno allora? »

« Certo, siamo in mezzo a una corrente d'acqua che bolle. »

« Possibile? » esclamai.

« Guardate. »

Le imposte si aprirono e vidi il mare interamente bianco. Un fumo di vapori solforosi dilagava tra i flutti che bollivano come l'acqua di una caldaia. Appoggiai una mano sul cristallo, ma il calore era tale che dovetti subito ritirarla.

« Dove siamo? » domandai.

« Vicino all'isola Santorino, signor professore. Precisamente nel canale che separa Nēa Kamenni da Palēa Kamenni. Ho voluto offrirvi lo spettacolo di un'eruzione sottomarina. »

« Credevo » dissi « che la formazione di queste nuove isole fosse compiuta. »

« Nulla è mai compiuto nei paesi vulcanici, dove il globo è sempre travagliato dai fuochi sotterranei. Già nell'anno diciannove della nostra era, secondo Cassiodoro e Plinio una nuova isola, Theia la divina, apparve nel luogo stesso dove recentemente si sono formati questi isolotti. Poi sprofondò nelle onde, per riapparire nell'anno sessantanove e sprofondare la seconda volta. Da quell'epoca fino alla nostra il lavoro plutonico restò sospeso. Ma il 3 febbraio 1866 un nuovo isolotto che fu chiamato Giorgio, emerse fra i vapori solforosi presso Nēa Kamenni saldandosi a esso il giorno 6. Sette giorni dopo, il 13 febbraio, apparve l'isolotto Aphroessa a dieci metri da Nēa Kamenni. Ero in questi mari quando il fenomeno si produsse, potei osservarne le fasi; Aphroessa, di forma rotonda, nel diametro si estendeva per trecento piedi e trenta in altezza. Era fatta di lave nere e vetrose, miste a frammenti feldspatici. Infine il 10 marzo un isolotto più piccolo, chiamato Reka, fece capolino vicino a Nēa Kamenni: in breve i tre isolotti saldati tra loro, formarono un'unica isola. »

« E il canale dove ci troviamo adesso? » domandai.

« Eccolo » rispose il capitano mostrandomi una carta dell'arcipelago. « Come vedete, vi ho segnato i nuovi isolotti. »

« Ma un giorno questo canale si colmerà? »

« È probabile, signor Aronnax. Dopo il 1866 otto isolotti minuscoli sono spuntati dinnanzi al porto di San Nicola, a Palēa Kamenni. Sembra evidente che Nēa e Palēa, in un tempo non lontano si uniranno. Nel Pacifico sono gli infusorî che formano i continenti; qui vi provvedono i fenomeni eruttivi. Guardate, professore, ecco il lavoro che si compie sotto le onde. »

Tornai al cristallo. Il *Nautilus* si era fermato. Il caldo diventava intollerabile. Da bianco il mare diventava rosso, per la presenza d'un sale di ferro. Benché il salone fosse ermeticamente chiuso, un insopportabile odore sulfureo vi si diffondeva, e vedevo fiamme la cui scarlatta violenza annientava il potere della luce elettrica.

Grondavo sudore, soffocavo, ancora un po' e cuocevo. Sì, veramente mi sentii cuocere.

« Non possiamo restar ancora in quest'acqua bollente » dissi al capitano.

« No: sarebbe un'imprudenza » egli rispose.

Diede un ordine. Il *Nautilus* virò di bordo allontanandosi da una fornace che non poteva, impunemente, sfidare. Un quarto d'ora dopo respiravamo alla superficie.

Pensai che se Ned Land avesse scelto quella zona per il nostro tentativo di fuga, non saremmo usciti vivi dal mare di fuoco. Nella mattina seguente, 16 febbraio, lasciammo il gran braccio di mare che fra Alessandria e Rodi arriva a profondità di tremila metri; passando al largo di Cerigo il *Nautilus* abbandonava l'arcipelago greco dopo aver doppiato il Capo Matapan.

VII
IL MEDITERRANEO IN QUARANTOTTO ORE

Il Mediterraneo, il mare azzurro per eccellenza, il "Grande Mare" degli Ebrei, il "Mare" dei Greci, il "Mare nostrum" dei romani: con le sue rive fiorite di aranci e d'aloe, di cactus, di pini marittimi e profumate di mirti; contiguo a rudi montagne, quasi omogeneo a un'aria pura e trasparente ma ancora travagliato dai fuochi della terra, è un effettivo campo di battaglia su cui Nettuno e Plutone lottano per l'impero del mondo. Su queste rive e su queste acque dice Michelet, l'uomo si ritempra in uno tra i più generosi climi terrestri.

Ma per quanto bello sia, io non ho potuto dar che uno sguardo assai rapido a tale mare esteso su due milioni di chilometri quadrati. I lumi del capitano Nemo mi mancarono anch'essi perché l'enigmatico personaggio non si mostrò neppure una volta durante questa veloce traversata. Dovette avvicinarsi alle seicento leghe il cammino fatto dal *Nautilus* dentro al Mediterraneo; e il viaggio si compì in quarantott'ore. Partiti la mattina del 16 febbraio dalle acque greche, il 18 all'alba eravamo oltre lo stretto di Gibilterra.

Avevo intuito che il Mediterraneo racchiuso fra terre che egli fuggiva, dispiaceva al capitano Nemo. Gli venivano certo di qui troppi ricordi o forse rimpianti. Egli non vi trovava d'altra parte quelle libertà e autonomie di manovra che gli erano offerte dagli oceani – il suo *Nautilus* pativa come una reclusione fra le sponde ravvicinate dell'Africa e dell'Europa.

Tenemmo dunque una velocità di venticinque miglia all'ora. Inutile aggiungere che con grande sua collera Ned Land dovette rinunciare ai tentativi di fuga. Non poteva servirsi del canotto, intanto che percorrevamo dodici o tredici metri al secondo. Andarsene dal *Nautilus* in condizioni simili era come saltare da un treno in piena corsa, bravata ovviamente incauta. Oltretutto le nave emergeva solo di notte, a rifornirsi d'aria.

Così anche l'interno del Mediterraneo dovetti osservarlo pressapoco nei limiti che il viaggiatore su un treno rapido incontra via via per le sue visioni, godendosi i remoti orizzonti, ma non i primi piani che passano veloci come il

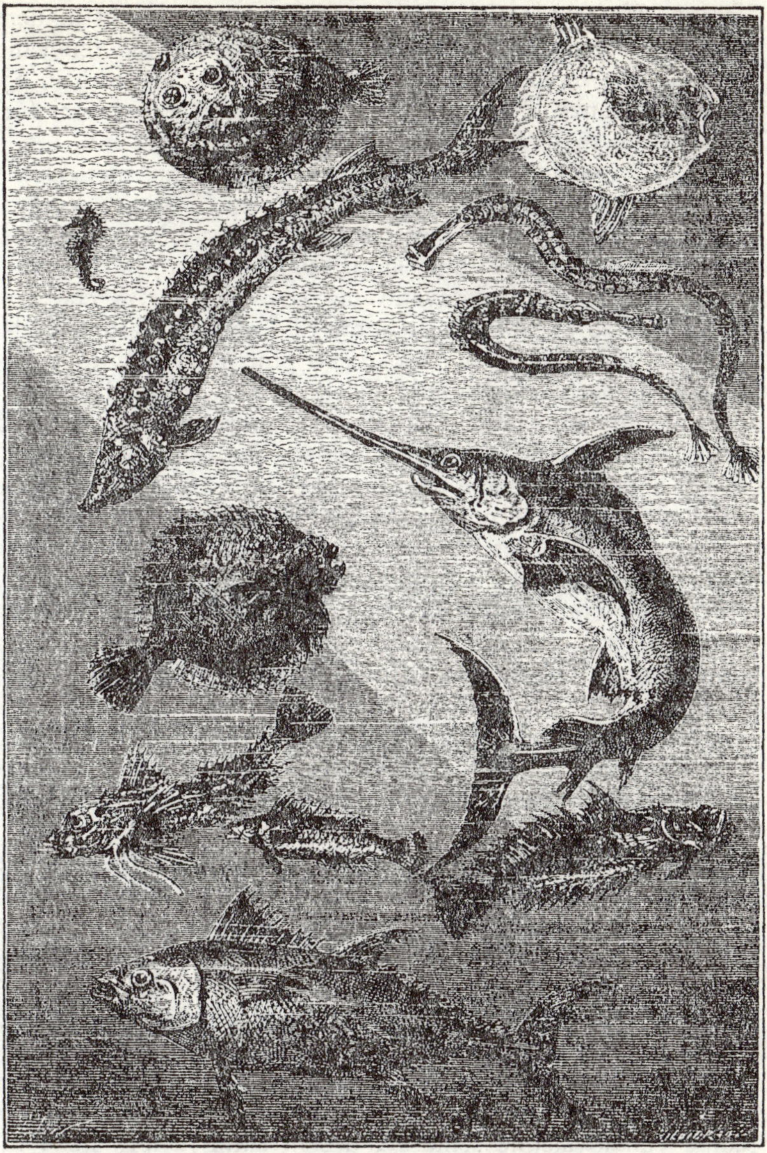

lampo. Insieme a Conseil potei in ogni modo distinguere alcuni pesci mediterranei che le energiche pinne tenevano per qualche momento a fianco del *Nautilus*. Stavamo in agguato dinnanzi ai cristalli del salone, e gli appunti mi forniscono un materiale riassumibile in breve.

Vidi serpeggiare certe lamprede lunghe un metro, che sono poi comuni a molti climi. Le oirinche, una specie di razze col ventre bianco, col dorso grigio cenere e picchiettato, si dispiegavano come ampi scialli portati via dalle correnti. Altre razze passavano ma così alla svelta che non potei dire se meritassero il nome di "aquile", dato loro dai greci, o le qualifiche di topo rospo pipistrello dovuto ai pescatori moderni. Squali-milandri lunghi dodici piedi e particolarmente temuti dai palombari, si impegnavano tra loro in gare di velocità. Volpi marine (dotate d'olfatto finissimo) apparivano come grandi ombre bluastre. C'erano orate del genere *sparo*, lunghe fin a tredici decimetri: si pavoneggiavano nei loro vestiti o argentei o azzurri ornati come da nastri e risaltanti fra il bruno cupo delle pinne. Furono pesci sacri a Venere, e hanno gli occhi incastonati in sopracciglia d'oro. Magnifici storioni lunghi da nove a dieci metri, grandi corridori, sbattevano la coda potente sui cristalli, mostrando un dorso bluastro con piccole macchie brune. Ma fra tutti quei vari abitanti del Mediterraneo, ne ho potuto meglio osservare una famiglia corrispondente al settantatreesimo tipo dei pesci ossei. Erano sgombri-tonni dal dorso blu scuro, avevano il ventre corazzato d'argento e i raggi dorsali mandavano bagliori dorati. Hanno fama di seguir le navi amandone l'ombra fresca sotto i torridi cieli tropicali; non la smentirono, accompagnando il *Nautilus* così come una volta accompagnarono forse i vascelli di La Pérouse. Gareggiavano con noi in velocità. Non mi stancavo d'ammirarli, fatti com'erano veramente per la corsa, con la loro testa piccola, il corpo liscio e fusiforme che oltrepassava a volte i tre metri di lunghezza, le pettorali robustissime e le caudali biforcute. Nuotavano in formazione triangolare come volano alcune schiere d'uccelli simili a loro nella rapidità; ne inferivano gli antichi una familiarità loro con la geometria e la strategia. Eppure non sfuggono all'agguato dei provenzali da cui sono apprezzati quanto lo erano, una volta, nella Propontide e in Italia; ciecamente, da veri sciocchi, questi mirabili pesci finiscono per cacciarsi a migliaia nelle tonnare marsigliesi e morirvi.

Aggiungerò tipi solo intravisti da me e da Conseil. Gimonti-fierasferi bianchicci (passavano come imprecisabili vapori); murene-grongo, serpenti di tre o quattro metri, decorati in verde e blu e giallo; gadimerluzzi lunghi tre piedi, il cui fegato è un boccone delicato; cepole-tenie fluttuanti come alghe leggere; quei trygli che i poeti chiamano pesci-lira e i pescatori pesci-fischiatori (il muso porta due lame triangolari e dentellate che ricordano lo strumento del vecchio Omero); cheppie ritenute sensibili alla voce argentina delle campanelle; splendidi rombi, quasi i fagiani del mare; e infine a branchi le affascinanti mulle-triglie, uccelli del paradiso marini. Erano pagate a Roma anche diecimila sesterzi ciascuna e fatte morire "a tavola" per vederle, con occhio crudele, mutar tinta dal rosso cinabro della vita fino al bianco pallido della morte.

Tra i mammiferi credo d'aver riconosciuto due o tre capodogli, qualche delfino, una dozzina di foche bianche nel ventre e nere nel pelame, chiamate *monaci*: realmente somigliano a domenicani lunghi tre metri!

Conseil ritenne d'aver scorto una testuggine larga sei piedi, con tre creste sporgenti longitudinali. Mi dispiacque, non poter dire altrettanto: da quella descrizione credetti fosse un *liuto*. Specie abbastanza rara.

Venendo agli zoofiti mi deliziai per qualche istante con una meravigliosa geleolaria aranciata che si aggrappò al cristallo di sinistra: un lungo e tenue filamento diramatosi in numerosissimi ramicelli, conclusi nel più fine merletto mai dovuto alle rivali di Aracne. Nessun altro zoofito mediterraneo si sarebbe, verosimilmente, offerto ai miei sguardi se il *Nautilus* nella serata del 16 non avesse ridotto la sua velocità, così singolare. Ecco in quali circostanze.

Stavamo passando fra la Sicilia e la costa tunisina. In quel breve spazio fra il capo Bon e lo stretto di Messina, il fondale ha una brusca ascesa. Vi si è formata una vera e propria crosta su cui poggiano diciassette metri d'acqua, mentre da un lato e dall'altro la profondità è di centosettanta metri. Il *Nautilus* dovette manovrare cautamente per non sbattere contro la barriera sottomarina.

Mostrai a Conseil, sulla carta del Mediterraneo, il luogo in questione.

« Non dispiaccia al signore » osservò Conseil « ma è come un istmo sommerso che unisca l'Europa all'Africa. »

« Sì » risposi. « Blocca l'intiero stretto di Libia; e gli esami di Smith hanno provato che una volta i due continenti erano uniti tra Capo Boco e Capo Furina. »

« Non stento a crederlo. »

« Aggiungo che esiste una barriera analoga fra Gibilterra e Centa. Nei tempi geologici essa chiudeva il Mediterraneo. »

« Eh; » fece Conseil « se una spinta vulcanica riportasse un giorno questi due sbarramenti al di sopra del mare?... »

« Non è affatto probabile, Conseil. »

« Ma il signore mi lasci concludere: se il fenomeno avvenisse, che guaio per il signor De Lesseps tanto occupato a tagliare quel suo istmo. »

« D'accordo. Ma io ripeto che non avverrà. La violenza delle forze sotterranee è in continua diminuzione. Numerosissimi nei primi giorni del mondo i vulcani si spengono a poco a poco; decresce il calore interno, si abbassa la temperatura negli strati profondi della Terra, secolo per secolo, in misure notevoli. E a detrimento del nostro globo. Perché il calore è la sua vita. »

« Ma il sole... »

« Il sole non basta, Conseil. Renderebbe forse la vita a un cadavere? »

« No, che io sappia. »

« Ebbene la Terra un giorno diventerà questo freddo cadavere. Sarà inabitata come la Luna, che ha perduto da molto tempo il suo calore vitale. »

« Fra quanti secoli? » domandò Conseil.

« Fra qualche centinaio di migliaia d'anni ragazzo mio. »

« Beh, » egli rispose « abbiamo tutto il tempo occorrente per finire questo viaggio. Se Ned Land non ci mette la coda, beninteso. »

E Conseil tornò ad osservare l'alto fondale che il *Nautilus* rasentava a velocità moderata.

Su un suolo roccioso e vulcanico si prosperava una gran flora vivente, spugne, oloturie, cidippi ialini a cirri rossastri, che emettevano una lieve fosforescenza; beroe, volgarmente chiamate cetrioli di mare e luccicanti in uno spettro solare. Comatule ambulanti larghe un metro, la cui porpora arrossava le acque; euriali arborescenti d'estrema bellezza; pavonacee a lunghi steli e molti ricci commestibili di specie diverse, e attinie verdi dal tronco grigiastro, dal disco bruno, perse in una loro olivastra capigliatura fatta di tentacoli.

Uscito dallo stretto di Libia il *Nautilus* riprese in acque più profonde la sua corsa abituale.

Durante la notte dal 16 al 17 febbraio entrammo nel secondo bacino mediterraneo, le cui profondità maggiori arrivavano a tremila metri. Il *Nautilus* scese fin dove era possibile.

Là, in mancanza di meraviglie naturali le acque mi presentarono scene emozionanti e lugubri. Stavamo infatti attraversando una parte del Mediterraneo versatissima in sinistri. Dalle coste algerine alle rive della Provenza quante navi sono scomparse! Il Mediterraneo è appena un lago se lo confrontiamo alle immense pianure liquide del Pacifico; ma è un lago capriccioso, dai flutti volubili – oggi propizio e carezzevole per la fragile tartana che sembra cullarsi fra i due azzurri oltremarini dell'acqua e del cielo, domani tormentato e rabbioso, scatenato dai venti, fino a poter spezzare le navi più robuste con le sue brevi onde che percuotono a fittissimi colpi.

Vidi molti relitti giacere sul fondo, gli uni già incrostati di corallo, gli altri ricoperti solo da uno strato di ruggine. E scafi galleggianti fra due acque, molte volte a rovescio.

Tra quelle navi alcune erano naufragate per collisione, altre per aver urtato contro uno scoglio. Ne vidi di colate a picco, l'alberatura dritta e le vele irrigidite dall'acqua. Sembravano ancora in un'immensa rada foranea, aspettandovi il momento di partire. Quando il *Nautilus* passava loro vicino e le avvolgeva nella sua luce elettrica, parevano lì lì per salutarlo con la bandiera... Ma regnavano invece la morte e il silenzio dall'uno all'altro porto di sventura.

Notai che i relitti erano più numerosi quanto più il *Nautilus* si avvicinava a Gibilterra. Le coste dell'Africa e dell'Europa vanno rinserrandosi in quei dintorni e si accrescono le collisioni. Vedevo molte carene di ferro, fantastiche rovine di *steamers*, coricati sul fianco o tuttora all'impiedi come animali formidabili. Una di queste navi con il fianco squarciato e il fumaiolo crollato, le ruote fattesi nient'altro

Vidi molti relitti giacere sul fondo.

che scheletri, il timone scostatosi dalla ruota di poppa e pur ancora trattenuto dalla catena di ferro, offriva un aspetto spaventoso. Qualche sopravvissuto poteva raccontare il naufragio? Non so come immaginai che la nave sepolta in quelle acque fosse l'*Atlas* sparito da una ventina d'anni, corpo e beni, e di cui più nessuno aveva notizie. Terribile storia da intraprendere quella sui fondali mediterranei, un enorme ossario di vittime e di ricchezze.

Il 18 febbraio verso le tre del mattino, eravamo dinnanzi a Gibilterra.

Nello stretto esistono due correnti. Una superiore e nota da molto tempo, che va dall'Oceano al Mediterraneo; una controcorrente inferiore la cui presenza è stata accertata per deduzione. Infatti la quantità d'acqua nel Mediterraneo via via accresciuta dall'apporto oceanico e dai fiumi che sfociano, dovrebbe rendere ogni anno più alto il livello di questo mare. (L'evaporazione non basta a ristabilire l'equilibrio.)

Ma il fatto non avviene. E si è dovuto logicamente ammettere la presenza d'una corrente inferiore, che lungo lo stretto di Gibilterra versa nell'Atlantico il sovrappiù delle acque mediterranee.

Deduzione esatta. A questa controcorrente si unì il *Nautilus* percorrendo rapidamente lo stretto. Vidi per qualche attimo le rovine magnifiche del tempio d'Ercole, sprofondato (dicono Plinio e Avieno) con l'isola bassa che lo reggeva. Poco dopo emergemmo sull'Atlantico.

VIII
LA BAIA DI VIGO

L'Atlantico: si estende per venticinque milioni di miglia quadrate, è lungo novemila miglia e largo, in media, duemilasettecento. Lo ignorarono quasi per intiero gli antichi tranne forse i cartaginesi, questi olandesi dell'antichità: nelle loro peregrinazioni commerciali seguirono le coste dell'occidente europeo e africano. L'Atlantico, con le sue rive parallelamente sinuose abbraccia un perimetro immenso che alimentano i maggiori fiumi del mondo, il San Lorenzo, e il Mississippi, il Rio delle Amazzoni e la Plata, l'Orenoco e

Il tempio d'Ercole.

il Niger, il Senegal e l'Elba, la Loira, il Reno; gli portano acque dai paesi più civili e dalle zone più selvagge. La sua fluida pianura è ininterrottamente solcata dalle navi d'ogni paese, vi sventolano tutte le bandiere del mondo e la concludono due punte quanto mai temute dai naviganti: il Capo Horn, il Capo delle Tempeste.

Il *Nautilus* tagliava le acque dell'Atlantico col suo sperone dopo aver percorso quasi diecimila leghe in tre mesi e mezzo, un tragitto che supererebbe in estensione uno tra i grandi circoli terrestri. Dove andavamo ora, e che cosa ci riservava l'avvenire?

Usciti dallo stretto di Gibilterra avevamo preso il largo. Ora il *Nautilus* stava alla superficie, e le nostre passeggiate quotidiane su piattaforma ci erano restituite.

Ricominciai subito, accompagnato da Ned Land e da Conseil. Dodici miglia lontano da noi si profilava vagamente il Capo San Vincenzo, punta sud occidentale della penisola iberica. Veniva un forte vento da sud. Il mare era grosso, agitato: imprimeva al *Nautilus* un forte rollio. Difficilissimo tenersi sulla piattaforma che i rimbalzi delle ondate spazzavano a ogni momento. Così tornammo dentro, paghi questa volta d'una boccata d'aria.

Andai nella mia stanza. Conseil si diresse verso la sua ma Ned Land, con un fare assai preoccupato, mi seguì. La nostra corsa verso il Mediterraneo aveva travolto i suoi progetti, egli mostrava un'irritazione violenta.

Quando l'uscio della mia stanza fu chiuso, Ned sedette e mi guardò senza battere ciglio.

« Amico Ned, » dissi « vi capisco. Ma non avete niente da rimproverarvi. Nelle condizioni in cui il *Nautilus* navigava sarebbe stato pazzia voler andarsene. »

Non rispose. Teneva le labbra strette; e le sopracciglia aggrottate denunciavano in lui una tensione ossessiva.

« Andiamo » soggiunsi. « Non c'è ancora motivo per disperare. Ora risaliremo la costa del Portogallo. Non lontane sono la Francia, l'Inghilterra, dove facilmente troveremmo rifugio. Ah! se il *Nautilus* uscito dallo stretto avesse messo prua a sud, se ci avesse trascinati verso luoghi incogniti, sarei turbato come voi. Ma adesso è chiaro, il capitano Nemo non evita i mari acquisiti alla civiltà e fra qualche giorno potrete agire con fiducia. »

Ned mi guardò ancora più rigidamente e, dissuggellando infine le labbra:

« È per stasera » disse.

Sussultai. Non ero preparato a una dichiarazione simile. Avrei voluto rispondere ma non trovavo parole.

« Si è stabilito di aspettare circostanze favorevoli » riprese Ned. « Ora queste circostanze sono mie. Questa sera passeremo a poche miglia dalla costa spagnola. La notte è buia il vento viene dal largo. Ho avuto la vostra parola, signor Aronnax; conto su di voi. »

Poiché continuavo a tacere si alzò e venendomi vicino:

« Stasera alle nove » disse. « Ho avvertito Conseil. Allora il capitano sarà nella sua stanza e probabilmente coricato. Né i meccanici né i marinai possono vederci. Conseil e io andremo alla scaletta centrale. Voi signor Aronnax resterete nella biblioteca a due passi da noi, aspettando il mio segnale. Remi e albero e vela stanno nel canotto. Sono riuscito perfino a portarvi qualche provvista. Mi sono munito d'una chiave inglese per svitare i bulloni che uniscono il canotto allo scafo del *Nautilus*. Così, tutto è pronto. A stasera. »

« Il mare è cattivo » dissi.

« D'accordo » egli rispose. « Ma occorre rischiare. La libertà val la pena di pagarla. Del resto l'imbarcazione è solida, e fare qualche miglio col vento teso non è un problema. Chissà se domani non saremo al largo per cento leghe? Se le circostanze ci favoriscono, tra le dieci e le undici saremo sbarcati su qualche punto della terraferma oppure saremo morti. Quindi, nelle mani di Dio e a stasera! »

Il canadese se ne andò lasciandomi inquietissimo. Fin allora mi ero detto che avrei sempre potuto riflettere, sulla faccenda e discuterla. Il mio testardo compagno invece non lo permetteva. Ma che potevo dirgli dopo tutto? Ned aveva cento volte ragione. Una via si offriva quasi da sé e lui ne approfittava. Come rimangiarmi la parola, forse compromettendo per un mio interesse personale l'avvenire dei compagni? L'indomani il capitano Nemo non poteva forse renderci lontani da ogni terra?

Un sibilo particolare mi avvertì che i serbatoi si riempivano poi il *Nautilus* tornò a immergersi.

Restai nella mia stanza. Volevo evitare incontri col capitano, nascondergli l'emozione che sentivo. Passai dunque una triste giornata fra il desiderio della libertà e la riluttanza ad abbandonare quel meraviglioso *Nautilus*, lasciando incomplete le mie esperienze sottomarine. Lasciar adesso l'oceano raggiunto, "il mio Atlantico" come mi piaceva chiamarlo; non rinnovare qui le visioni che mi avevano offerto i mari delle Indie e il Pacifico! Uno straordinario romanzo mi si fermava al primo volume, il mio sogno finiva come al momento più bello! E se a tratti mi immaginavo ormai in salvo, a terra con i miei compagni, subito dopo tornavo ad augurarmi contro ogni saggezza che qualche imprevisto mandasse in fumo i progetti di Ned Land.

Nonostante che volessi restarmene nascosto, due volte andai nel salone. Volevo consultare la bussola, e veder se il *Nautilus* davvero si avvicinava alla costa o se ne allontanava. Ora ci teneva sempre nelle acque portoghesi. Puntava al nord costeggiando. Dunque bisognava decidersi. Prepararsi a fuggire. Il mio bagaglio non era pesante: le mie note, e basta.

Quanto al capitano Nemo mi domandavo che cosa avrebbe pensato della nostra evasione; ragionavo sulle inquietudini, sui torti, forse, che gli avrebbe procurato, attraverso il successo o il fallimento della nostra impresa. Lamentarmi di lui non potevo: nessuna ospitalità era mai stata più franca della sua. Ma lasciandolo non meritavo accuse di ingratitudine. Nessun impegno d'onore ci legava a lui. Era sulla forza delle cose che egli contava, e non sulla nostra parola, per averci stabilmente con sé. La pretesa altamente ripetuta di tenerci sempre legati al *Nautilus* giustificava ogni nostro tentativo.

Dopo la traversata dell'arcipelago greco, non avevo più rivisto il capitano. La sorte me lo avrebbe fatto incontrare prima della nostra fuga? Lo desideravo e lo temevo nello stesso tempo. Stando con l'orecchio teso verso la sua camera attigua alla mia, non udii alcun rumore: doveva essere vuota.

Dubitai persino che questo strano personaggio fosse a bordo. Le mie idee su di lui si erano abbastanza modificate, da quando il canotto aveva lasciato il *Nautilus* per una misteriosa operazione notturna. Ora, pensavo che il capitano Nemo dovesse tener dei rapporti particolari con la terraferma. Altre volte erano passate settimane intere senza che lo incontrassi. Cosa faceva allora, mentre lo ritenevo in preda a qualche accesso di misantropia? Non si era forse allontanato per svolgere qualche attività ben nascosta?

Non riuscii a togliermi da un'ansia insopportabile. La giornata d'attesa mi sembrò eterna.

Come al solito il pranzo mi fu servito in camera. Mangiai controvoglia. Mi alzai da tavola alle sette. Centoventi minuti – li contavo – mi separavano ancora dal momento in cui avrei dovuto raggiungere Ned Land. La mia agitazione era estrema. Il polso batteva con violenza. Non potevo star fermo, andavo su e giù come per ingannare il mio turbamento. L'idea che la nostra temeraria impresa mi portasse a rovina, era l'ultima delle preoccupazioni; ma al pensiero di vederci scoperti prima dell'ora, al pensiero di finir dinnanzi a un capitano Nemo indignato o, forse (ancora peggio), addolorato per il mio tentativo di lasciarlo, il cuore sussultava.

Volli veder il salone un'ultima volta. Guardai i tesori radunati là dentro come può farlo un uomo alla vigilia di un perpetuo esilio, di una partenza senza ritorno. Avrei voluto, anche, penetrare con lo sguardo attraverso i cristalli nell'Atlantico; ma le imposte erano saldamente chiuse, un mantello di lamiera nascondeva un panorama che non avrei mai ritrovato.

Là accanto c'era la porta, praticata in un angolo del salone, dalla quale si accedeva alla camera del capitano Nemo. La vidi socchiusa. Tutto stupito feci involontariamente un passo indietro. Se il capitano si fosse trovato nella stanza mi avrebbe visto. Non udendo alcun segno di vita mi avvicinai. La stanza era deserta. Feci qualche passo all'interno. Sempre il medesimo aspetto severo, cenobitico.

Guardandomi intorno, alcune acqueforti che non avevo notato durante la prima visita mi sorpresero. Erano dei ritratti, concernevano personaggi storici la cui esistenza fu intiera dedizione a una grande idea umana: Kosciuszko, l'eroe caduto gridando *Finis Poloniae*!; Botzaris, il Leonida della Grecia moderna; O'Connell difensore dell'Irlanda; Washington fondatore dell'unione americana. E ancora: Manin, patriota italiano; Lincoln ucciso da uno schiavista; e infine un martire dell'emancipazione negra, John Brown, appeso alla sua forca, così come terribilmente lo ha disegnato Victor Hugo.

Quale legame esisteva fra queste eroiche figure e l'animo del capitano Nemo? Potevo forse interpretare adesso il mistero della sua vita? Veder in lui un campione dei popoli oppressi? Aveva partecipato alle recenti battaglie politiche e sociali? Forse era stato uno tra gli eroi della guerra civile americana, guerra deplorevole e per sempre gloriosa?...

L'orologio a pendolo sonò le otto. Fin dal primo colpo, trasalendo, ebbi l'impressione che uno sguardo penetrasse nell'intimo della mia mente, e uscii in fretta dalla stanza.

Tornai a osservare la bussola. La direzione era sempre a nord. Il *loch* segnava una velocità moderata; il manometro una profondità all'incirca sessanta piedi. Le "circostanze" favorivano ancora i progetti di Ned.

Nella mia stanza indossai un vestiario pesante, stivali da mare, berretto di lontra, casacca di bisso foderata con pelo di foca. Ero pronto. Aspettai. Solo i fremiti dell'elica rompevano il profondo silenzio che durava a bordo. Ascoltavo, tendevo l'orecchio. Qualche scoppio di voci non mi avrebbe improvvisamente annunciato che Ned era stato còlto nel tentativo d'evasione?

Alle nove meno qualche minuto, appoggiai l'orecchio alla porta del capitano Nemo. Non il minimo rumore. Lasciai la mia stanza e tornai nel salone, immerso ora nelle penombra e deserto.

Aprii la porta di comunicazione con la biblioteca. Medesima penombra, medesima solitudine. Mi appostai alla porta che dava sulla scala centrale. Aspettavo il segnale di Ned Land.

I fremiti dell'elica diminuirono a un tratto, poi cessarono interamente. Perché dunque? Se l'arrestarsi dal *Nautilus* favorisse o danneggiasse l'opera di Ned Land non avrei saputo dirlo.

Il silenzio era turbato ormai soltanto dai battiti del mio cuore.

Ma venne un urto improvviso. Capii che il *Nautilus* aveva raggiunto il fondo dell'oceano. La mia inquietudine si moltiplicava. Avrei voluto correre da Ned Land e persuaderlo a rinviare il suo tentativo. Indubbiamente la situazione non era più favorevole.

Ed ecco aprirsi la porta della sala, apparire il capitano Nemo. Non facendo preamboli:

« Ah, signor professore, » mi disse in tono affabile « vi cercavo. Avete imparato bene la storia della Spagna? ».

Anche la storia del proprio paese, nelle condizioni in cui mi trovavo io, per quanto la si conosca non se ne potrebbe dire una parola.

« Allora, » riprese il capitano « non sono stato chiaro nella mia domanda? Conoscete la storia di Spagna? »

« Ben poco » risposi.

« Ah gli scienziati! Che cosa mai sanno? In ogni modo sedetevi e vi racconterò un interessante episodio storico. »

Si distese su un divano, io mi sedetti accanto a lui nella penombra.

« Professore, » mi disse « fate bene attenzione. Da un certo lato la storia risponderà qui a una domanda che voi non avete appagato. »

« Vi ascolto, capitano » dissi non sapendo proprio dove il mio interlocutore volesse andar a parare.

« Signor professore, » egli riprese « se mi è concesso risalirò al 1702. Voi sapete certo che a quell'epoca il vostro re Luigi XIV, convinto che bastasse il gesto di un potente per mandare sotto terra i Pirenei, aveva imposto agli spagnoli come re suo nipote, il duca di Anjou. Questo principe venuto a regnare più o meno male col nome di Filippo V, ebbe molti grattacapi fuori dalle frontiere.

« L'anno prima le case reali d'Austria, Olanda e Inghilterra avevano concluso all'Aja un trattato d'alleanza, per strappare la corona di Spagna a Filippo V e metterla in capo a un arciduca, prematuramente detto Carlo III.

« La Spagna fece guerra contro la coalizione. Ma era quasi sprovvista di soldati e di marinai. Tuttavia il denaro non le mancava, se i galeoni in arrivo con l'oro e l'argento dalle Americhe potevano entrare nei suoi porti. Verso la fine del 1702, essa aspettava un gran convoglio che la Francia faceva scortare da ventitré vascelli, essendo l'Atlantico battuto dalle navi dei coalizzati.

« Il convoglio doveva andar a Cadice; ma il suo comandante, saputo che la flotta inglese incrociava da quelle parti, volle dirigersi a un porto francese.

« Gli altri ufficiali spagnoli del convoglio protestarono.

Esigevano che si andasse in un porto spagnolo: se non a Cadice, nella baia di Vigo non ancora bloccata.

« L'ammiraglio De Château-Renaud ebbe la debolezza di ubbidire all'ingiunzione, e i galeoni entrarono nella baia di Vigo.

« Disgraziatamente essa costituisce una rada aperta che non può in alcun modo essere difesa. Bisognava affrettarsi a scaricare i galeoni prima dell'arrivo delle flotte coalizzate; il tempo non sarebbe mancato, per lo sbarco, se tutt'a a un tratto non fosse nata una miserabile questione di rivalità.

« Seguite bene la vicenda?... »

« Perfettamente » risposi, non intendendo tuttavia affatto i motivi per questa lezione di storia.

« Continuo. Ecco quanto avvenne. I mercanti di Cadice godevano d'un privilegio grazie al quale tutto ciò che arrivasse dalle Indie Occidentali li riguardava direttamente. Ora, scaricare i lingotti dei galeoni a Vigo andava contro questo diritto. Protestarono a Madrid, e ottennero dal misero Filippo V che il convoglio non scaricato restasse in sequestro, nella baia di Vigo, fino a che le flotte nemiche si fossero allontanate.

« Mentre si prendeva questa decisione, il 22 ottobre 1702 i *visitatori* inglesi arrivarono nella baia. Nonostante l'inferiorità delle sue forze, l'ammiraglio De Château-Renaud si batté coraggiosamente. Ma quando vide che le ricchezze del convoglio stavano per andare al nemico, incendiò e sabordò i galeoni: questi affondarono con i loro immensi tesori. »

Il capitano Nemo si era fermato. Una volta di più non vedevo in che modo il racconto dovesse interessarmi.

« E allora? » domandai.

« E allora, signor Aronnax, noi siamo nella baia di Vigo: penetrarne i misteri vi sarà facile. »

Dopo essersi alzato mi pregò di seguirlo. Avevo, intanto, ripreso la calma. Obbedii. Il salone era buio, ma attraverso i cristalli liberati adesso dalle imposte il mare scintillava. Guardai.

Intorno al *Nautilus*, per un raggio di mezzo miglio, le acque apparivano sature di luce elettrica. Il fondo sabbioso era chiaramente visibile. Alcuni uomini dell'equipaggio con lo scafandro, si prodigavano nello sgombrare botti quasi imputridite e casse sventrate, fra gli altri relitti ancora anneriti

L'ammiraglio incendiò e sabordò i galeoni.

dal fuoco. Da quelle casse, da quelle botti emergevano lingotti d'oro e d'argento, uscivano in quantità piastre e gioielli.

La sabbia ne era cosparsa. Raccolto un prezioso bottino quegli uomini poi tornavano al *Nautilus*, vi deponevano i fardelli, e andavano a riprendere la loro inesauribile pesca d'argento e d'oro.

Me ne rendevo ben conto: era il teatro della battaglia avvenuta il 22 ottobre 1702. Qui erano affondati i galeoni carichi di ricchezze. E il capitano Nemo veniva a incassarvi, secondo le proprie esigenze, i milioni di cui zavorrava il *Nautilus*. Solo per lui infine le Americhe avevano generato questi metalli preziosi. Era l'erede incondizionato di tesori sottratti agli Incas, ai vinti di Fernando Cortez.

« Sapevate professore, » disse sorridendo « che il mare è così ricco? »

« Sapevo » risposi « che a due milioni di tonnellate si valutò il danaro in oro o in argento custodito dalle sue acque. »

« Esatto. Ma per estrarre questo danaro le spese oltrepasserebbero i profitti. Qui invece io non ho che da raccogliere quel che gli uomini hanno perduto; e non solo nella baia di Vigo, ma in mille altri luoghi di cui la mia carta sottomarina ricorda l'ubicazione. Adesso, capite come io sia ricco a miliardi? »

« Ormai lo capisco. Lasciatemi però dire che almeno sfruttando questa baia di Vigo non avete fatto che precedere i lavori d'una società concorrente. »

« E quale? »

« La società che dal governo spagnolo ha ottenuto l'esclusiva per la ricerca dei galeoni affondati. Gli azionisti fiutano qui un enorme beneficio: cinquecento milioni. »

« Cinquecento milioni! » rispose il capitano Nemo. « C'erano, ma non ci sono più. »

« Lo vedo » dissi. « E avvertire quegli azionisti sarebbe forse un bel gesto di carità... Ma lo accoglierebbero bene? Ai giocatori duole meno perdere danaro, in genere, che certe loro pazze speranze. E io li compatisco meno degli sventurati ai quali le presenti ricchezze, se ben distribuite, avrebbero alleggerito il peso della vita. Per essi resteranno sterili... »

Non avevo ancora finito d'esprimere quest'idea, che sentii d'aver offeso il capitano Nemo.

Da quelle casse emergevano lingotti.

« Sterili! » ribatté animandosi. « Credete che tali ricchezze non abbiano una buona destinazione, quando le raccolgo? È *per me* che mi darei la pena di farlo? Ignoro forse che esistono sulla terra uomini sofferenti, razze oppresse, poveretti da confortare, vittime da vendicare? Non capite dunque... »

Si fermò sulle ultime parole, come pentito d'aver detto troppo. Ma io non dubitavo: qualsiasi ragione l'avesse portato a cercar indipendenza nel mare, anzitutto era rimasto umano. Partecipava alle sofferenze dell'umanità; e c'era una immensa dimensione caritatevole nel suo riferirsi alle razze asservite, come agli individui bisognosi.

Non era più un mistero per me la sorte dei lingotti d'oro che il capitano aveva mandato a terra, quando il *Nautilus* navigava presso Creta.

IX
UN CONTINENTE SCOMPARSO

La mattina dopo, 19 febbraio, entrò nella mia stanza Ned Land. Aspettavo che venisse. Pareva molto deluso.

« E allora? » si limitò a dirmi.

« E allora! Ned, il caso si è messo ieri contro di noi. »

Sì. Bisognava proprio che questo maledetto capitano andasse a fermarsi, col *Nautilus* in fondo all'oceano, nel momento della nostra evasione possibile! »

« Già. Aveva un impegno col suo banchiere. »

« Il suo banchiere? »

« O esattamente la sua banca! Insomma, l'oceano stesso: dove i suoi capitali restano estremamente al sicuro. »

Raccontai a Ned gli avvenimenti del giorno prima, nella segreta speranza d'indurlo a non abbandonare il capitano. Ma in lui vidi solo il rammarico per non avere potuto scendere dal *Nautilus* a percorrere il campo di battaglia di Vigo.

« In ogni modo non finisce così » aggiunse. « È solo un colpo d'arpione mancato. Un'altra volta riusciremo, e anche stasera se è necessario. »

« Qual è la direzione attuale? » gli domandai.

« Non so. »

« E va bene. Vedremo i rilievi a mezzogiorno. »

Ned Land tornò da Conseil. Appena vestito andai nel salone. La bussola non era tranquillizzante. La rotta puntava a sud-sud-ovest. Stavamo voltanto le spalle all'Europa.

Con impazienza attesi che il *punto* fosse riportato sulla carta. Verso le undici i nostri serbatoi si vuotarono e la nave risalì alla superficie. Corsi in piattaforma dove Ned mi aveva preceduto.

Nessuna terra in vista. Nient'altro che l'oceano. Qualche vela all'orizzonte, diretta senza dubbio verso il lontano Capo San Roque per trovarvi i venti favorevoli a doppiare, infine, il Capo di Buona Speranza. Il tempo era coperto e una burrasca si annunciava. Ned tutto arrabbiato insisteva nel voler forare con lo sguardo l'orizzonte brumoso. Sperava ancora che dietro la nebbia risaltasse la terra desiderata?

A mezzogiorno il sole apparve per qualche momento, e l'ufficiale approfittò della schiarita per la solita operazione. Poi facendosi il mare più agitato, scendemmo tutti e il boccaporto fu richiuso.

Un'ora dopo consultai la carta. La posizione del *Nautilus* vi era segnata con 16° 17' di longitudine e 33° 22' di latitudine, a centocinquanta miglia dalla costa più vicina. Inutile ormai pensare alla fuga. Si immagina facilmente la collera di Ned quando ebbe la notizia.

Io non ero desolato. Anzi sentii andarsene qualcosa d'opprimente e ripresi con una certa serenità il mio lavoro abituale.

Verso le undici di sera ebbi una visita inaspettata del capitano Nemo. Domandò, assai gentilmente, se mi sentivo stanco per la veglia della notte prima. Risposi che non lo ero.

« Allora, signor Aronnax, vi propongo una bella escursione. »

« Fate, capitano. »

« Avete finora esplorato i fondali marini solo di giorno e al chiarore del sole. Gradireste vederli in una notte buia? »

« Certamente. »

« La passeggiata, vi avverto, sarà faticosa. Bisogna camminare molto e ascendere una montagna. Poi la manutenzione stradale non è ottima da queste parti. »

« Raddoppiate la mia curiosità. Sono ben pronto a seguirvi. »

« Venite dunque. Andiamo a metterci gli scafandri. »

Arrivato al guardaroba capii che avremmo fatto questa escursione noi due soli. Il capitano fra l'altro non mi disse nulla riguardo a Ned o Conseil.

I serbatoi abbondantemente carichi d'aria ci furono messi sulla schiena, ma nessuna lampada elettrica era preparata. Lo dissi al capitano.

« Non servirebbe » egli rispose.

Pensavo d'aver capito male ma non potei ripetere l'osservazione, perché la testa del capitano era già entrata nell'involucro metallico. Finii di bardarmi, qualcuno mi porse un bastone ferrato: e dopo qualche minuto camminavamo sul fondo dell'Atlantico a una profondità di trecento metri.

La mezzanotte era prossima. Regnava il buio nelle acque ma il capitano mostrò in lontananza un'emanazione rossastra, una specie di fuoco acceso a due miglia circa dal *Nautilus*.

Cosa fosse e quali materie lo alimentassero, perché e come si mantenesse vivo nell'oceano mi era impossibile capirlo. In ogni modo ci illuminava. Vagamente, è vero, ma feci in breve l'abitudine a quell'oscurità incompleta.

Camminavamo verso il chiarore, su un terreno piatto lievemente in salita. Facevamo passi lunghissimi, aiutandoci coi bastoni; tutto sommato il cammino era lento perché i piedi affondavano spesso come in una fanghiglia viscida d'alghe e sparsa di pietre piatte.

Notai una specie di crepitio sopra la mia testa. Si rafforzava a volte e diventava come uno scoppiettio. Ne intesi presto la ragione: era pioggia.

Cadeva violentemente alla superficie marina. Ebbi la bizzarra idea che di lì a poco sarei stato bagnato fradicio!

Dall'acqua, dentro all'acqua! Mi trovai a ridere per una immaginazione così barocca. Ma insomma, sotto lo scafandro non si avverte il *liquido elemento* e pare che là intorno ci sia un'atmosfera appena più densa di quella terrestre, ecco tutto.

Dopo una mezz'ora di cammino, il suolo diventò alquanto roccioso. Le meduse e i minuscoli crostacei, le *pennatule* gli davano lievi fosforescenze. Intravedevo monticelli di sassi e ciuffi d'alghe. Molte volte il piede scivolava sul viscido tappeto d'erbe marine, ed era provvidenziale il bastone ferrato. Voltandomi, scorgevo ancora il riflettore del *Nautilus* pallido in lontananza.

Le accumulazioni sassose che ho detto avevano una certa regolarità, non sapevo darmene una spiegazione. Giganteschi solchi si perdevano nell'oscurità. E mi pareva che le suole di piombo calcassero un letto d'ossami, spezzandoli con un rumore secco.

Intanto si accresceva il chiarore rossastro che ci guidava, – adesso infiammava l'orizzonte. La sua presenza sotto le acque mi incuriosiva all'estremo. Era il manifestarsi di qualche forza elettrica? Mi dirigevo verso un fenomeno naturale tutto ignoto agli scienziati? Oppure – ebbi anche questo pensiero – proveniva dall'uomo il fenomeno?

Stavo per incontrare laggiù dei compagni, degli amici del capitano Nemo, ai quali andava a far visita?

Addirittura una colonia di esiliati che avevano trovato libertà in fondo all'oceano? Tutte queste idee folli e inammissibili mi attraevano.

Il cammino si rischiarava sempre di più. Vidi che il fuoco biancastro si irradiava dalla cima d'una montagna. Ma io scorgevo appena il suo riverbero nell'acqua: il focolaio, la sorgente dell'inspiegabile chiarore doveva trovarsi sull'altro versante della montagna.

Nei dedali sassosi che via via si rinnovavano il capitano Nemo procedeva senza esitazioni. Conosceva la strada. L'aveva percorsa spesso, certamente. Io lo seguivo con fiducia, pensandolo come un genio del mare. La sua alta statura risaltava in nero sul fondo luminoso dell'orizzonte.

Era l'una del mattino quando arrivammo alle prime erte della montagna. Ma per scalarle dovemmo avventurarci in un bosco prendendo sentieri difficili.

Sì! un bosco d'alberi morti, senza foglie, senza linfa, alberi mineralizzati dal sale delle acque, e dominati qua e là da pini giganteschi. Somigliava a una miniera di carbon fossile ancora in piedi, stretta con le radici a un terreno sprofondato, e le cui ramificazioni paragonabili a fini intagli di carta nera spiccassero nettamente sul cumulo delle acque. Si immagini una foresta dello Hartz aggrappata al fianco d'una montagna, ma una foresta inghiottita. I sentieri erano ingombri d'alghe e di fuchi, vi brulicava un mondo di crostacei. Io procedevo arrampicandomi sulle rocce, scavalcando i tronchi coricati, rompendo le liane di mare che ondeggiavano fra un albero e l'altro; e spaventando pesci che volavano di ramo in ramo... Nell'impeto perdevo la stanchezza. Seguivo la mia instancabile guida.

Quale spettacolo! Come descrivere quegli alberi e quelle rocce, in basso cupe e selvagge, in alto colorate a mille toni rossi sotto il chiarore che la riverberante potenza delle acque moltiplicava? Ci inerpicavamo su rocce che franavano dietro a noi con un sordo brontolio da valanga.

A destra e a sinistra c'erano tenebrose gallerie dove lo sguardo si perdeva. Vaste radure si aprivano, che parevano diboscate dalla mano dell'uomo; e forse improvvisamente sarebbe apparso un abitante di questa montagna sottomarina?

Ma il capitano seguitava ad andar su e non volevo restar indietro. Il bastone mi aiutava molto, c'erano là precipizi lungo i quali camminavo con piede fermo e senza vertigini. Ora saltavo un crepaccio la cui profondità mi avrebbe fatto far dietro-front su qualsiasi ghiacciaio; ora mi avventuravo sul tronco vacillante d'un albero che sovrastava a un abisso. Rocce monumentali, chine sulle loro basi irregolarmente tagliate parevano sfidare le leggi dell'equilibrio.

Fra le loro ginocchia di pietra spuntavano alberi come zampilli sotto una pressione formidabile: torri naturali, larghe falde di roccia pendevano secondo angoli che le leggi della gravitazione non avrebbero tollerato nel solito mondo terrestre.

Ed io stesso, non sentivo forse la differenza prodotta dalla vigorosa densità dell'acqua? Nonostante i miei abiti grevi la mia testa di rame e le mie suole metalliche scalavo pendii ripidissimi trovando l'agilità d'uno stambecco o d'un camoscio.

Nel raccontare tutto questo sento benissimo che non potrò apparir verosimile. Faccio la storia di eventi assurdi in apparenza che però sono reali, incontestabili. Non ho sognato, ho visto e sentito.

Due ore dopo la partenza del *Nautilus* eravamo oltre alla zona degli alberi, a cento piedi sopra le nostre teste scorgevamo la vetta della montagna proiettarsi in ombra sulla luminosità irradiantesi dall'altro versante. Pochi alberelli pietrificati rormavano qua e là zigzag sardonici. I pesci si alza-

Un bosco d'alberi morti.

vano a frotte sotto i nostri passi, come uccelli sorpresi nell'erba alta. La massa rocciosa schiudeva impenetrabili cavità e profonde caverne, nelle quali sentivo agitarsi una vita possente.

Il sangue dava un balzo quando un'enorme antenna, a un tratto, mi tagliava la strada o una spaventevole pinza sbatteva rumorosamente nell'ombra! Migliaia di punti luminosi costellavano le tenebre. Erano gli occhi dei grandi crostacei accovacciati nelle loro tane, delle aragoste giganti che stavano ritte come alabardieri muovendo le zampe con stridori di ferraglia; dei titanici granchi pontati in avanti come cannoni sui loro affusti, e dei polipi i cui orrendi tentacoli erano un vivo cespuglio di serpi.

Cos'era quel mondo soverchiante le misure abituali, potevo io definire tali mostri cui la roccia forniva quasi una seconda corazza? Mi era incomprensibile la realtà della loro esistenza vegetativa, e non sapevo da quanta profusione di secoli la Natura li tenesse in fondo all'oceano.

Non potevo fermarmi. Familiarizzato con questi truci esseri il capitano Nemo non vi badava. Raggiungemmo un breve pianoro dove altre sorprese mi aspettavano. Vi intravidi rovine pittoresche dov'era segnalata l'opera dell'uomo e non più solo quella del Creatore. Nei cumuli di pietre restavano vagamente identificabili antichi templi e palazzi, rivestiti da traboccanti zoofiti in fiore: in mancanza d'edera, alghe e fuchi avevano steso là un gran tappeto.

Ma chi aveva trasformato le rocce e le pietre in *dolmen* preistorici? Dove mi trovavo, dove mi aveva trascinato la fantasia del capitano Nemo?

Avrei voluto interrogarlo. Non potendo farlo, almeno lo afferrai per un braccio. Scuotendo la testa e indicandomi la cima della montagna parve dire:

« Seguimi! Continua a seguirmi! ».

Lo feci in un ultimo slancio e dopo alcuni minuti eravamo sul picco sovrapposto a tutta quella massa rocciosa.

Guardai il versante che avevamo scalato. La montagna non si ergeva per più di sette o ottocento piedi sulla pianura. Ma dall'altro lato, c'era un dislivello pressapoco doppio. Il mio sguardo abbracciava là un vasto spazio illuminato con violenza. Questa montagna era un vulcano. Cinquanta piedi sotto a noi, fra una pioggia di pietre e di scorie

Aragoste giganti, titanici granchi.

il cratere, vomitava lava a torrenti, a cascate di fuoco dentro l'oceano. Torcia enorme il vulcano illuminava la pianura fino all'estremo limite dell'orizzonte.

Ho accennato che il cratere sottomarino gettava *lave*, non *fiamme*.

Le fiamme richiedono l'ossigeno dell'aria, e non possono durare sott'acqua. Ma le colate di lava, incandescenti per natura propria, arrivano fino al rosso bianco; possono lottare contro l'elemento liquido evaporando al suo contatto. Le acque portavano via in fretta con le loro correnti questi gas in diffusione, e le cascate laviche scendevano ai piedi della montagna come fanno le deiezioni del Vesuvio su Torre del Greco.

Là in basso, sgretolata e demolita appariva una città d'altri tempi con i suoi tetti sfondati, i templi abbattuti e le colonne stese al suolo. Vi si intuivano ancora le proporzioni esatte d'una architettura paragonabile forse alla toscana. Più lontano, i resti d'un immenso acquedotto. Su un'altura vicina alla nostra montagna scorgevo tutta disfatta un'acropoli con le incerte forme di un suo Partenone; in distanza qualcosa come un antico porto che avesse dato riparo, su una riva scomparsa, ai vascelli mercantili e alle triremi da guerra; ancora più in là varie linee di mura crollate e d'ampie strade deserte, un'intiera Pompei sottomarina, che il capitano Nemo risuscitava adesso per i miei sguardi!

Dov'ero? Dov'ero? A ogni costo volevo saperlo, parlare e udire, dopo aver liberato la testa dalla sfera di rame che l'imprigionava.

Ma il capitano venutomi accanto mi fermò con un gesto. Poi raccolse una pietra gessosa e avvicinatosi a un nero masso di basalto vi tracciò questa sola parola:

ATLANTIDE

Un lampo attraversò la mia mente! L'Atlantide: insomma l'antica Meropide di Teopompo, l'Atlantide di Platone, un continente negato da Origene e Porfirio, D'Anville e Malte-Brun e Humboldt, che lo esiliano fra i racconti leggendari; ma ammesso da Plinio e Ammiano Marcellino, da Buffon, D'Avezac e molti altri! Eccolo sotto i miei occhi, con le irrecusabili testimonianze della sua catastrofe! Mi trovavo in un territorio inghiottito che esistette per gli an-

Là in basso, appariva una città d'altri tempi.

tichi fuori dall'Europa, dall'Asia e dalla Libia oltre le Colonne d'Ercole: qui aveva vissuto il gran popolo degli Atlanti, nemico ai Greci nelle prime loro guerre!

Storico di quelle alte gesta è Platone in persona. Nel suo dialogo di Timeo e Critias che tuttavia gli fu ispirato da Solone poeta e legislatore.

Un giorno Solone discorreva con alcuni savi vegliardi di Sais, città allora d'ottocento anni, come testimoniavano gli *annali* incisi nelle sacre mura dei suoi templi. Uno tra quei vegliardi raccontò la storia di un'altra città nata mille anni prima che nascesse Sais. Era stata invasa e in parte distrutta dagli Atlanti. Costoro – il vecchio diceva – occupavano un continente immenso, più grande dell'Africa e dell'Asia riunite: si estendeva dal dodicesimo grado di latitudine al quarantesimo grado nord. Gli Atlanti dominavano anche l'Egitto. Vollero imporre il loro potere alla Grecia, ma furono respinti dall'indomabile sua resistenza. Passarono dei secoli. Un cataclisma recò inondazioni e terremoti. Bastarono una notte e un giorno per l'annientamento di Atlantide tolte le sue cime più alte che emergono ancora formando Madera e le Azzorre, le Canarie, le isole del Capo Verde. Dunque mi trovavo su una montagna di quel continente! Vi si erano affacciati i contemporanei del primo uomo? E premevo con le mie grevi suole gli scheletri d'animali vissuti in tempi favolosi, all'ombra di questi alberi ora mineralizzati.

Avessi potuto inoltrarmi nello smisurato territorio che certamente univa l'Africa all'America! E visitare le sue città antidiluviane. Forse qui sotto ai miei occhi stavano Makhimos la guerriera, Eusebes la pia, i cui abitanti giganteschi vivevano per secoli interi e non mancava loro la forza d'ammucchiare i massi resistenti, tuttora, all'azione delle acque. Ma un giorno qualche grande fenomeno eruttivo le porterà forse alla superficie dell'oceano, morte ormai da chissà quanto tempo, le città di Atlantide? Molte navi hanno avvertito scosse eccezionali nel passare là sopra... Tutta quella parte del globo è ancora travagliatissima dalle forze plutoniche, fino all'equatore.

Mentre io fantasticavo il capitano Nemo, appoggiato con i gomiti a una stele muschiosa, rimaneva immobile e a sua volta come pietrificato in un'estasi. Qui egli usava forse venir spesso a ritemprarsi fra le immagini d'una storia estremamente antica, lui che si era negato alla vita moderna?

Restammo per un'ora in contemplazione, nello splendore della lava che assumeva a volte un'intensità formidabile. Le ebollizioni dall'interno facevano correre lunghi brividi sulla montagna. Rumori profondi, ben trasmessi dall'ambiente liquido si ripercuotevano con una maestosa vastità.

Per un momento comparve la luna, attraverso la massa delle acque: diffuse qualche pallido raggio sul continente inghiottito. Non fu che un luccichìo, ma d'effetto indescrivibile. Il capitano si drizzò gettando un ultimo sguardo sulla pianura, e con la mano mi invitò a seguirlo.

Discendemmo rapidamente per la via tenuta salendo. Dopo la foresta minerale ci si presentò il riflettore del *Nautilus* che brillava come una stella. Eravamo nuovamente a bordo quando l'alba imbiancava la superficie dell'Oceano.

X
LE MINIERE SOTTOMARINE

L'indomani – 20 febbraio – mi svegliai molto tardi: alle undici. Mi vestii in fretta. Non volevo tardar oltre, a sapere la direzione del *Nautilus*. Gli strumenti mi dissero che andavamo sempre verso sud a una velocità di venti miglia all'ora, a una profondità di cento metri.

Venne Conseil nel salone. Gli raccontai la nostra impresa notturna, e poiché le imposte erano aperte poté vedere qualcosa del continente sommerso.

Il *Nautilus* rasentava infatti a dieci metri dal suolo la pianura dell'Atlantide. Filava come un pallone trasportato, dal vento, su praterie terrestri; ma anche meglio corrisponderebbe al vero l'immaginarci su un treno espresso. Fuggivano dinnanzi ai nostri occhi rocce bizzarre, foreste passate dal regno vegetale a quello animale, pietrami a loro volta ricoperti da ampi tappeti d'assidie e d'anemoni, fra lunghi idrofiti verticali; poi blocchi lavici singolarmente profilati che attestavano la forza delle esplosioni plutoniche.

Qualche volta il fondale molto accidentato obbligava il *Nautilus* a rallentare, a insinuarsi come un cetaceo nelle strozzature fra i pendii. Se il labirinto diventava inestricabile il battello si alzava come un aerostato, e superato l'ostacolo riprendeva a correre poco più su del fondo marino...

Verso le quattro del pomeriggio il terreno, fin allora generalmente composto di fango denso e rami mineralizzati, cominciò a mutare: divenne più roccioso, sparso in maggior quantità di tufi basaltici, lave e ossidiane solforose. A un certo punto vidi sbarrato l'orizzonte meridionale da un'alta muraglia che sembrava escludere ogni nostro passaggio. La sommità evidentemente superava il livello oceanico. Doveva essere almeno un'isola, sia delle Canarie sia tra quelle del Capo Verde. Poiché, forse apposta, il *punto* non era stato fatto, ignoravo la nostra posizione. Una muraglia simile mi parve comunque segnare la fine dell'Atlantide, percorsa da noi solo in piccola parte.

Il venir della notte concluse le mie osservazioni. Ero rimasto solo. Il *Nautilus*, rallentando, volteggiava al di sopra degli ostacoli qualche volta sfiorandoli, altre portandosi bruscamente alla superficie. Vedevo allora brillare alcune costellazioni, in quell'àmbito zodiacale che la coda di Orione precede. Sarei rimasto ancora a lungo ma le imposte si chiusero. Il *Nautilus* era arrivato nei pressi dell'alta muraglia. Come avrebbe manovrato non sapevo immaginarlo. Me ne andai dalla stanza.

Il *Nautilus* pareva fermo, adesso. Mi addormentai dopo essermi proposto un sonno ridotto a poche ore.

Ma erano già le otto quando il mattino dopo tornai nel salone. Guardai il manometro: ci trovavamo alla superficie. (E udii rumor di passi in piattaforma.) Nessun rollìo segnalava tuttavia un muoversi delle onde.

Salii fino al boccaporto: era aperto. Ma invece della gran luce che mi aspettavo vidi una profonda oscurità. Mi ero ingannato, era ancora notte? No, la notte non ha tenebre così perentorie. Non sapevo più che pensare quando una voce mi pervenne:

« Siete voi, professore? »

« Ah, capitano Nemo, » risposi « dove siamo? »

« Sotto terra professore. »

« Sotto terra? » esclamai. « E il *Nautilus* sta a galla? »

« È sempre a galla. »

« Non capisco davvero... »

« Aspettate un momento. Il nostro faro adesso si accenderà e se vi piacciono le cose chiare sarete soddisfatto. »

Andai ad "aspettare" in piattaforma. L'oscurità era tale che nascondeva del tutto anche il capitano Nemo. Ma guardando allo zenith, esattamente sopra la mia testa credetti notare un barlume indeciso. Quasi subito l'accendersi del proiettore lo cancellò abbagliandomi.

Dopo aver chiuso per un momento gli occhi, guardai. Il *Nautilus* era fermo. Galleggiava accanto a una proda disposta come una banchina. Il mare che lo reggeva adesso era un lago, imprigionato fra muraglie: poteva avere due miglia di diametro, sei miglia insomma di circonferenza. Il livello – come il manometro mi aveva indicato – doveva corrispondere a quello marino, poiché necessariamente una comunizione esisteva fra questo "lago" e l'oceano. Le muraglie, inclinate sulle loro basi, andavano curvandosi a vôlta con l'aspetto di un grande imbuto rovesciato, alto cinque o seicento metri. Stava in cima a un orifizio circolare; era venuto di là il barlume, apparsomi nel buio.

Rinunciando a indagare subito per mio conto se l'enorme caverna fosse opera della natura o dell'uomo, mi avvicinai al capitano Nemo.

« Dove siamo? » domandai.

« Proprio nel centro d'un vulcano spento » egli rispose. « Un vulcano che il mare ha invaso per qualche convulsione del suolo. Mentre voi dormivate, signor professore, il *Nautilus* è penetrato qui lungo un canale naturale, aperto dieci metri sotto al livello dell'oceano. Qui è il suo porto d'immatricolazione, un porto sicuro, comodo, segreto, al riparo da tutti i giuochi del vento. Trovatemi nei vostri continenti o nelle vostre isole una rada che valga questa laguna, protetta contro ogni uragano. »

« Davvero, qui siete protetto in tutti i sensi, capitano Nemo. Chi potrebbe mai raggiungervi dentro a un vulcano? Ma non ho visto un'apertura, lassù? »

« È il cratere. Pieno un tempo di lave, di vapori, di fiamme; ora fa entrare quest'aria vivificante che respiriamo. »

« Ma di quale ex-vulcano si tratta? »

« Appartiene a uno tra i molti isolotti sparsi nella zona. Per le navi, un semplice scoglio; per noi una caverna immensa. Il caso me l'ha fatta scoprire e mi ha servito bene. »

Il *Nautilus* galleggiava accanto a una proda.

« Ma qualcuno non potrebbe scendere dall'orifizio che forma il cratere del vulcano? »

« Non meno difficilmente di quanto possa raggiungerlo. Fino a un centinaio di piedi, la base interna a questa montagna è praticabile; ma più in alto le pareti strapiombano e non ci si può arrampicare. »

« Capitano, vedo che la Natura è vostra amica dovunque. Qui siete al sicuro. Nessuno può insidiarvi. Ma perché questo rifugio? Il *Nautilus* non ha bisogno di un porto. »

« No, professore. Tuttavia ha bisogno di elettricità per muoversi, di elementi per produrre l'elettricità, di sodio per alimentare questi elementi; di carbone per ottenere il sodio e di miniere per estrarre il carbone. Bene, qui l'oceano ricopre intere foreste sommerse fin dai tempi geologici; mineralizzate, trasformate in carbon fossile mi hanno offerto una miniera inesauribile. »

« E allora i vostri uomini qui lavorano da minatori? »

« Esattamente. Queste miniere si estendono sotto il mare, come quelle di Newcastle. È da esse che i miei uomini, in scafandro, piccone alla mano, vanno a estrarre un carbon fossile che non ho mai chiesto alle miniere di terraferma. Quando brucio il combustibile per ottenere il sodio, il fumo che esce dal cratere dà nuovamente alla montagna l'aspetto di un vulcano in attività. »

« Forse li vedremo al lavoro i vostri compagni? »

« No, almeno questa volta. Tendo a riprendere subito il nostro giro nel mondo sottomarino. Mi accontenterò dunque di attingere il sodio dalle riserve che posseggo qui. Il tempo per caricarlo, cioè un giorno solo, e torneremo in viaggio. Se desiderate percorrere la caverna e far il giro della laguna, provvedete dunque in giornata, signor Aronnax. »

Ringraziai, e dopo aver trovato i miei compagni che erano ancora in cabina li invitai a seguirmi, senza dir loro dove eravamo.

Salirono in piattaforma. Conseil, non meravigliato mai di nulla, aveva accolto come "naturale" lo svegliarsi sotto una montagna dopo essersi addormentato sotto il mare. Ma Ned Land non ebbe che un pensiero: vedere se la caverna offriva qualche via d'uscita.

Dopo colazione, verso le dieci, ci recammo sulla proda.

« Ed eccoci ancora una volta a terra » disse Conseil.

« Io non la chiamo *terra*, questa » rispose Ned. « E non ci stiamo sopra ma sotto... »

Fra la montagna e le acque c'era una sponda sabbiosa che nella sua massima larghezza misurava cinquecento piedi. Vi si poteva fare agevolmente il giro della laguna. Ma alla base delle pareti il suolo era tormentato, vi erano sparsi a cumuli i massi vulcanici e certe grandissime pietre pomici. Sotto i raggi del proiettore la polvere micacea, sollevata dai nostri passi, volava via come una nuvola di scintille.

La riva si elevava sensibilmente allontanandosi dal luogo del nostro sbarco, presto arrivammo a delle rampe lunghe e sinuose, che permettevano una salita graduata; ma bisognava reggersi con prudenza fra i conglomerati non tenuti insieme da alcun cemento e il piede scivolava sui trachiti vetrosi, misti di feldspato e di quarzo. La natura vulcanica del luogo risaltava dovunque, ne parlavo ai miei compagni.

« Vi immaginate che cosa doveva essere questo imbuto » domandai loro « quando era pieno di lave ribollenti e il liquido incandescente si alzava fin lassù all'orifizio, come un metallo in fusione risale le pareti del crogiuolo? »

« Me lo immagino benissimo » rispose Conseil. « Ma il signore vorrà dirmi perché il gran *fonditore* ha sospeso le operazioni? E la fornace come si è trasformata in un lago quieto? »

« Molto probabilmente, Conseil, perché una convulsione locale ha formato sotto al livello marino quell'apertura che è servita al *Nautilus*. Le acque dell'oceano si sono allora precipitate nella montagna. Una tremenda lotta si è svolta fra i due elementi: Nettuno infine ha vinto. Ma sono passati molti secoli da allora, e il vulcano sommerso ha dato luogo a una tranquilla caverna. »

« Benone » replicò Ned Land. « Accetto la spiegazione, ma deploro, nel nostro interesse, che l'apertura non si sia prodotta più su del livello del mare. »

« Ma, amico Ned, » fece Conseil « se il passaggio non fosse sottomarino il *Nautilus* non avrebbe mai potuto entrarvi. »

« E io aggiungo mastro Land, » dissi « che le acque non sarebbero mai penetrate nella montagna; il vulcano sarebbe rimasto un vulcano. Doglianze superflue le vostre. »

Le rampe diventavano sempre più ripide e strette. Crepacci le tagliavano, ogni tanto e bisognava superarli. Masse strapiombanti dovevano venir aggirate. Camminammo in ginocchio, strisciammo anche sul ventre. Grazie all'agile Conseil e alla forza del canadese gli ostacoli furono superati.

A una certa altezza, la natura del terreno mutò, senza diventare più praticabile. Ai conglomerati e ai trachiti succedettero neri basalti: disposti a placche tutte grumose o a prismi regolari, quasi un colonnato che sostenesse l'immensa vôlta. Splendido esempio d'architettura naturale. Fra i basalti serpeggiavano lunghe tracce di lava raffreddata, a strisce bituminose; qua e là c'erano ampi tappeti di zolfo. Una luce più forte entrando dal cratere, inondava adesso le deiezioni vulcaniche in cuore alla montagna spenta.

Ma il nostro cammino trovò a circa duecentocinquanta piedi d'altezza ostacoli insuperabili. La curvatura interna diventava strapiombo, e la salita si trasformò in percorso circolare. Qui il regno vegetale cominciava a mescolarsi col regno minerale. Arbusti e qualche albero spuntavano dalla parete. Riconobbi le euforbie gocciolanti linfa caustica. Certi eliotropi impotenti a giustificar il proprio nome dato che i raggi solari non arrivavano mai fino a loro, lasciavano tristemente pendere i grappoli di fiori, le cui tinte e i cui profumi erano svaniti. Qualche crisantemo stava ai piedi di aloe dalle lunghe foglie tristi, malaticce. Eppure fra le colate di lava scorsi piccole violette, ancora lievemente profumate, e le fiutai con delizia. Poi, Ned esclamò:

« Un alveare! ».

« Un alveare? » ripetei tutto incredulo.

« Sì, un alveare. E delle api che gli ronzano attorno. »

Mi avvicinai, dovetti arrendermi all'evidenza. Stavano là intorno a un gran buco aperto nel tronco d'un *dragoniere*, migliaia di questi insetti particolarmente diffusi nelle Canarie.

Ned Land ovviamente volle farsi una bella provvista di miele e io non volli essere sgarbato opponendomi al suo desiderio. Foglie secche mischiate a zolfo si accesero sotto la scintilla del suo acciarino, le api cominciarono a trovarsi affumicate. I ronzii finirono, a poco a poco: l'alveare sconvolto ci abbandonò varie libbre di miele profumato. Ned riempì il suo zaino.

« Mettendo miele nella pasta d'*artocarpus*, » disse « potrò offrirvi un dolce lussuoso. »

« Perdinci! » esclamò Conseil « fosse pan pepato! »

« E vada per il pan pepato » dissi io. « Ma riprendiamo questa bella stradaccia. »

Ogni tanto la laguna appariva in tutto il suo sviluppo. Il riflettore la illuminava per intero, partendo dal *Nautilus* completamente immobile. Sulla sua piattaforma e sulla riva gli uomini dell'equipaggio si agitavano.

Stavamo aggirando la cresta più alta fra i primipiani di roccia che sostenevano la vôlta, quando vidi che non solo le api rappresentavano dentro al vulcano il mondo animale. Degli uccelli da preda volteggiavano nell'ombra, o balzavano in volo dai nidi inerpicati sulla roccia. Erano sparvieri dal ventre bianco e gheppî stridenti. Altrove pedonavano, con tutta la rapidità dei loro trampoli, belle e grasse ottarde. Figurarsi se la bramosia del canadese non si infiammò dinnanzi a tal selvaggina, anche disperandolo perché non aveva il fucile! Volle sostituire il piombo con le pietre; dopo vari tentativi infruttuosi riuscì a ferire una tra quelle magnifiche ottarde. Poi arrischiò lungamente la vita, per impadronirsene; tanto fece che l'ottarda andò a raggiungere nello zaino la provvista di miele.

Bisognò scendere a riva, la cresta diventava impraticabile. Il cratere spalancato ci si era offerto alla vista grande come la bocca d'un grande pozzo. Di là, il cielo era apparso abbastanza per esteso, c'erano nuvole scapigliate dal vento, che gettavano sulla cima della montagna alcuni loro fumosi brandelli. Una mezz'ora dopo l'ultima bravata del canadese eravamo nuovamente alla riva interna.

Vi si apriva una bellissima grotta. I miei compagni e io ci stendemmo con voluttà sul suo tappeto di sabbia fine. Il fuoco aveva lisciato le pareti, tutte cosparse di polvere di mica. Ned Land le tastava cercando di sondare il loro spessore; la conversazione tornò allora a dibattere i suoi eterni progetti di evasione. Senza compromettermi troppo, ritenni lecito dargli questa speranza: che il capitano Nemo era sceso a sud unicamente per rinnovare la provvista di sodio. Forse adesso voleva subito dirigersi verso le coste europee o americane,... cosa assai desiderata da Ned Land.

Eravamo da più di un'ora in quella grotta, la conversazione venne a languire; una sonnolenza ci invase e io mi lasciai prendere da un sonno vero e proprio.

Arrischiò lungamente la vita.

Sognavo – non si scelgono i proprî sogni – che mi ero ormai ridotto alla vita vegetativa di un mollusco. La grotta rappresentava le valve della mia conchiglia...

Fui ridestato all'improvviso da Conseil.

« All'erta! all'erta! » gridava il degno giovanotto.

« Cosa c'è? » domandai alzandomi a mezzo.

« L'acqua ci assale! »

Mi levai in piedi. Il mare si precipitava come un torrente nel nostro asilo, e, non essendo molluschi, dovevamo scappare. Poco dopo non correvamo più rischi.

« Ma che è successo? » domandò Conseil. « Qualche fenomeno nuovo? »

« Ma no, amici, » risposi « è soltanto la marea. Stava per sorprenderci come l'eroe di Walter Scott! Il mare si gonfia, e per una naturalissima regola il livello della laguna sale con lui. Ce la siamo cavata con un piccolo bagno. Andiamo a cambiarci sul *Nautilus*. »

Tre quarti d'ora dopo eravamo a bordo. I marinai stavano ultimando il carico di sodio, e il battello avrebbe potuto ripartire quasi subito.

Ma il capitano Nemo non diede alcun ordine. Voleva aspettare la notte, per uscire segretamente dal passaggio sottomarino? Forse. Comunque sia il *Nautilus*, lasciato il suo porto d'immatricolazione, navigava l'indomani al largo da ogni terra e a qualche metro di profondità nell'Atlantico.

XI
IL MAR DEI SARGASSI

La direzione non cambiava. Ogni speranza di ritorno nelle acque europee doveva attualmente, venire messa da parte. Il capitano Nemo teneva la prua a sud. Verso dove? Non osavo tentare delle risposte.

Il *Nautilus* attraversò una zona dell'Atlantico molto rimarchevole. Nessuno ignora l'esistenza d'una grande corrente calda, detta Gulf Stream; dai canali della Florida si dirige allo Spitzberg, ma prima d'entrare nel Golfo del Messico si divide in due braccia: quello principale sfiorerà le coste d'Irlanda e di Norvegia, l'altro piega a sud all'altezza

Il mare si precipitava come un torrente.

delle Azzorre e poi (dopo aver lambito l'Africa) descrivendo un ovale allungato torna verso le Antille.

Questo secondo braccio – o piuttosto una collana che un braccio – col suo anello d'acqua calda avviluppa la parte dell'oceano fredda, quieta, immobile, che vien chiamata Mare dei Sargassi. Vero lago in pieno Atlantico: la grande corrente non impiega meno di tre anni per farne il giro.

Il Mar dei Sargassi copre tutta la parte sommersa dell'Atlantide. Certi autori ritengono persino che le innumerevoli erbe di cui è sparso, vengano dalle praterie di quell'antico continente. È probabile invece che tali erbaggi, alghe e fuchi, strappati alle rive europee e americane, siano portati là dal Gul Stream. È una tra le ragioni che aiutarono Colombo a immaginare l'esistenza d'un nuovo mondo. Quando le navi dell'ardito navigatore raggiunsero il Mar dei Sargassi dovettero, a fatica, e con spavento degli equipaggi, affrontar tutte quelle erbe che bloccavano il loro cammino; persero tre settimane nell'attraversarle.

Questa la zona che il *Nautilus* percorreva adesso, un'autentica prateria col suo tappeto folto d'alghe, di *fucus natans*, d'uva del Tropico, e a volte compatto fino a poter essere tagliato dalla prua d'una nave solo a stento. Perciò il capitano, che non voleva arrischiare l'elica nella massa erbosa, tenne almeno a qualche metro di profondità la nostra rotta.

"Sargassi" viene dal vocabolo spagnolo "sargazzo" che significa alga. È principalmente un'alga, l'alga nuotatrice o porta bacche, a formare l'immenso banco. Ma ecco perché tali idrofiti (secondo Maury nella *Geografia fisica del Globo*) vanno a riunirsi in questo tranquillo bacino dell'Atlantico.

« La spiegazione mi sembra risultare » egli dice « da un esperimento noto a tutti. Mettendo in un vaso frammenti di sughero o di qualsiasi altro corpo galleggiante, e imprimendo all'acqua del vaso un moto circolare, si vedranno frammenti riunirsi in un gruppo al centro della superficie liquida, ossia nel punto meno agitato. Qui il vaso è l'Atlantico, il Gulf Stream è il movimento circolare, e il Mar dei Sargassi il punto centrale dove i corpi galleggianti si riuniscono. »

Condivido l'opinione di Maury, dopo aver potuto studiare il fenomeno in un ambiente dove le navi entrano di rado. Sopra noi galleggiava roba d'ogni provenienza – stretta fra le erbe brunastre: tronchi d'albero strappati alle Ande o alle Montagne Rocciose e venuti giù per il Rio delle Amazzoni o il Mississippi, innumerevoli relitti, fasciami sfondati e così appesantiti dalle conchiglie, dalle anatifere che non potevano risalire alla superficie oceanica. E il tempo confermerà l'altra opinione di Maury, secondo cui le materie accumulate in tal modo nei secoli finiranno per mineralizzarsi, sotto l'azione delle acque, formando ingentissime miniere di carbon fossile. Riserva preziosa che la Natura destina all'epoca in cui saranno esaurite le miniere dei continenti.

In mezzo all'inestricabile tessuto d'erbe e di fuchi notai graziosi alcyoni stellati dai rosei colori, attinie che lasciavano ricadere la chioma lunga dei loro tentacoli, meduse verdi e rosse e blu; specialmente quei grandi rizostomi di Cuvier il cui ombrello bluastro porta un festone violetto.

Tutta la giornata del 22 febbraio la passammo nel Mar dei Sargassi. Poi l'oceano riprese il solito aspetto.

Da allora per diciotto giorni, dal 23 febbraio al 12 marzo, il *Nautilus* tenne una velocità costante di cento leghe ogni ventiquattr'ore. Senza dubbio il capitano Nemo voleva portar in fondo il suo programma, e io ero certo che si disponeva a tornare nei mari australi del Pacifico dopo aver doppiato il Capo Horn.

I timori di Ned Land erano dunque giustificati. Per lungo tempo non si poteva più tentare l'evasione. Né vi era modo per opporsi alla volontà del capitano Nemo. La sola cosa da fare era sottomettersi. Ma quanto non si poteva più chiedere alla forza o all'astuzia io amavo sperare che lo si ottenesse con la persuasione. Terminato quel giro negli oceani il capitano non si sarebbe deciso a renderci la libertà, contro il giuramento di non rivelare mai la sua esistenza? Giuramento d'onore cui avremmo tenuto fede. Ma bisognava trattare con lui la delicata questione: avrebbe accolto la mia richiesta di libertà? Non mi aveva dichiarato lui stesso fin dal principio e in maniera formale, che il segreto della sua vita esigeva la nostra prigionia perpetua a bordo del *Nautilus*? Il mio silenzio stesso, per quattro mesi, non aveva dovuto sembrargli accettazione di questa legge? Tornare sull'argomento rischiava di provocar sospetti nocivi ai nostri disegni, se qualche favorevole circostanza li avesse poi resi di nuovo attuali. Tutti questi dubbi io li pesavo, li voltavo e rivoltavo nella mente, li sottoponevo a Conseil non meno incerto di me. Insomma, nonostante un ottimismo innato capivo che le possibilità di rivedere un giorno o l'altro i miei simili diminuivano sempre.

Durante quei diciotto giorni nessun incidente particolare segnò il nostro viaggio. Vidi poco il capitano. Lavorava. Spesso trovavo in biblioteca libri che egli aveva lasciato aperti: soprattutto opere di storia naturale. Il mio studio sui fondali marini portava ora numerose sue annotazioni in margine, che a volte contraddicevano le mie teorie e i miei risultati. Ma il capitano si accontentava di ridimensionarla così, la mia opera: quasi mai ne discuteva con me. Qualche volta sentivo intanto diffondersi le armonie malinconiche del suo organo, eseguite con molto pathos: le udivo solo di notte, peraltro quando il *Nautilus* si era addormentato nei deserti oceanici.

Navigavamo anche per intiere giornate in superficie. Il mare pareva abbandonato. Solo qualche grosso veliero in rotta per le Indie si dirigeva verso il Capo di Buona Speranza.

Un giorno ci inseguirono le scialuppe d'un *baleniere* che ci aveva scambiati senza dubbio per un cetaceo di gran pregio. Ma il capitano non volle far perdere a questa brava gente tempo e fatica, la distolse dalla caccia immergendosi. L'episodio interessò molto Ned Land. Non credo di sbagliarmi: dispiaceva, al canadese, che la nostra balena di lamiera fosse intangibile per quegli arpioni.

Branchi d'eleganti e vivacissimi delfini ci accompagnarono lungamente. Andavano a gruppi di cinque o sei, cacciando in muta come i lupi nelle campagne; non sono meno voraci dei *cani marini*, se ha detto il vero quel professore di Copenaghen che estrasse dallo stomaco di un delfino tredici marsuini e quindici foche. Ma in realtà si trattava d'un'orca, vale a dire la maggior specie conosciuta, lunga a volte più di ventiquattro piedi. Tra i delfinidi rientravano dieci generi e quelli che vidi io erano *delfinorinchi*, tipici per il loro muso strettissimo e lungo quattro volte il cranio. Il corpo pressappoco di tre metri era nero sul dorso: sul ventre d'un bianco rosato, con qualche piccola macchia.

Conseil riuscì a classificare svariati pesci volanti. E ve-

Sentivo diffondersi le armonie del suo organo.

demmo i delfini dar loro la caccia con una splendida precisione. Qualunque fosse l'efficacia del suo volo, qualunque traiettoria descrivesse, anche sopra al *Nautilus*, il povero pesce trovava la bocca del delfino spalancata per riceverlo. Erano *pirapedi* o *trigli-nibbio* dalla bocca luminosa che, di notte, tracciate nell'aria righe di fuoco, nelle acque buie, si tuffavano come stelle filanti.

Fino al 13 marzo navigammo così. Quel giorno, il *Nautilus* fu adoperato per scandagli che mi interessarono a fondo.

Avevamo percorso quasi tredicimila leghe, dal nostro luogo di partenza nel Pacifico. Il punto ci situava a 45° 37' di latitudine sud e 37° 53' di longitudine ovest. Eravamo nella zona dove il capitano Denham dello *Herald* filò quattordicimila metri di sonda senza toccar fondo. E il tenente Parker, della fregata americana *Congres*, trovò lo stesso risultato filandone quindicimilacentoquaranta metri.

Il *Nautilus* venne mandato a una profondità estrema per il controllo di questi scandagli. Mi disposi a prender nota di tutta la faccenda. Le imposte del salone furono aperte, e iniziò la manovra per scendere in quelle acque tanto remote.

Non si trattava di fare un tuffo dopo aver riempito i serbatoi. Forse non avrebbero potuto accrescere sufficientemente il peso specifico del *Nautilus*. Per risalire si sarebbe poi dovuto espellere il sovraccarico d'acqua, e le pompe non sarebbero bastate a vincere la pressione esterna.

Il capitano Nemo decise di andar a cercare il fondo oceanico con una diagonale particolarmente allungata, grazie ai piani laterali: che ricevettero un'inclinazione di quarantacinque gradi. Poi l'elica fu spinta alla velocità massima, le sue quattro pale percuotevano l'acqua con una violenza straordinaria.

Lo scafo del *Nautilus* fremette come una corda sonora e discese secondo un moto regolare. Il capitano ed io, nel salone, guardavamo l'ago del manometro che si spostava in fretta. Presto fu oltrepassata la zona "abitabile", dove risiede la maggior parte dei pesci. Com'è noto alcuni tra essi vivono a grande profondità. Scorsi l'esanche, quasi un *cane marino* con sei fessure respiratorie; il telescopio dagli occhi enormi; il malarmato-corazzata, dalle pinne toraciche grigie e le pettorali nere, con le placche ossee rosa pallido; infine il *granatiere* a milleduecento metri di profondità.

Domandai al capitano se aveva mai trovato pesci in zone ancora più basse.

« Pesci? » mi rispose « raramente. Ma allo stato attuale della scienza che cosa si presume e che cosa si sa? »

« Ecco, capitano. Si sa che negli strati molto bassi dell'oceano, la vita vegetale sparisce prima della vita animale. Che là dove ancora si incontrano esseri animati non vegeta più neppure un solo idrofito. Le pellegrine, le ostriche vivono anche a una profondità di duemila metri, e Mac Clintock, l'eroe dei mari polari, ha raccolto una stella vivente a duemila cinquecento. L'equipaggio del *Bull-Dog* ha pescato un'asteria alla profondità di duemilaseicentoventi braccia, più di una lega. Ma, capitano, forse state per dirmi che l'ignoranza resta. »

« No, signor professore, » egli rispose « non commetterò tale scortesia. Vorrei solo domandarvi come spiegate, voi, che si possa vivere a questa profondità. »

« Lo spiego con due ragioni. In primo luogo c'è che le correnti verticali, da attribuire a differenze di salsedine e densità nelle acque, producono un movimento che basta a tener in vita rudimentale le asterie e le encrine. »

« Giusto » disse il capitano.

« Poi: l'ossigeno è la base della vita e la quantità d'ossigeno disciolto nell'acqua marina aumenta con la profondità; la pressione dei bassi strati marini vi contribuisce. »

« Ah, si sa questo? » egli rispose in torno leggermente sorpreso. « Ebbene, professore, è giusto saperlo perché è la verità. Aggiungo che la vescica natatoria dei pesci contiene più azoto che ossigeno, quando essi vengono pescati alla superficie; e più ossigeno che azoto quando la pesca è fatta molto in profondo. Cosa che vi dà ragione. Ma continuiamo le nostre esperienze. »

Osservai il manometro, – indicava una profondità di seimila metri. La nostra immersione durava da un'ora. Il *Nautilus* scivolando sui piani inclinati continuava a scendere. Le acque ormai deserte erano d'una ammirevole trasparenza, diafane come nessuno saprebbe dipingerle... Un'ora dopo eravamo a tredicimila metri – circa tre leghe e un quarto –, il fondo oceanico non si annunciava ancora.

Verso i quattordicimila metri intravidi certi picchi nerastri che spuntavano dentro le acque. Ma queste vette potevano appartener a montagne alte come l'Himalaya o il Monte Bianco, magari di più; il sottostante livello restava imprecisabile.

Scendemmo ancora, nonostante le enormi pressioni cui il *Nautilus* era sottoposto. Sentivo tremar le lamiere; le traverse si arcuavano; le paratie gemevano e pareva che i cristalli del salone si accartocciassero per la pressione delle acque. E certamente il robusto nostro apparecchio avrebbe ceduto se, come aveva detto il capitano, non fosse stato resistente come un blocco massiccio.

Fra le rocce vedevo ancora qualche conchiglia, qualche serpula o spinorbia, e certe asterie.

Ma anche gli ultimi rappresentanti della vita animale scomparvero e il *Nautilus* oltrepassò i limiti dell'esistenza umana come fa il pallone innalzandosi nell'aria sopra le zone respirabili. Avevamo raggiunto una profondità di sedicimila metri, – quattro leghe; il *Nautilus* sopportava adesso una pressione di milleseicento atmosfere, ossia milleseicento chili per ogni centimetro quadrato di superficie.

« Che situazione! » esclamai. « Inoltrarsi dove l'uomo non era mai arrivato! Guardate, capitano, guardate queste rocce e queste grotte, estremi ricettacoli del globo nei quali la vita non è possibile! E perché dover conservarne solo il ricordo? »

« Vi farebbe piacere » domandò il capitano « tenerne con voi qualcosa di meglio che il ricordo? »

« Che mai dite? »

« Che è facilissimo prendere un'immagine fotografica di questo paesaggio sottomarino. »

Infatti, rispondendo a un ordine del capitano una macchina fotografica venne portata nel salone. Attraverso i cristalli il mare elettricamente illuminato appariva con perfetta chiarezza. Nessun'ombra, nessuna degradazione nella nostra luce artificiale. Il sole non sarebbe stato più favorevole ad una operazione come questa. Il *Nautilus*, sotto la spinta dell'elica che i piani inclinati coadiuvavano, pareva immobile. La macchina fu puntata verso l'oceano, e in alcuni secondi ottenemmo una *negativa* d'estrema nitidezza.

È la copia positiva quella che presento qui. Vi si vedono

rocce primordiali che non hanno mai conosciuto la luce dei cieli, quei graniti inferiori che formano le poderose fondamenta del globo; grotte scavate nella massa rocciosa, tanti altri profili d'incomparabile purezza il cui contorno si staglia in nero come per opera di qualche famoso artista fiammingo. Poi un orizzonte di montagne, un'ammirevole linea ondulata quale sfondo al paesaggio. Non riesco a descrivere l'insieme delle rocce levigate, nere, senza un'attenuazione di intensità nelle loro forme particolarissime e saldamente collocate su quella sabbia risplendente nella luce elettrica.

Il capitano Nemo, finita la sua operazione mi disse:

« Risaliamo, signor professore. Bisogna non eccedere troppo nell'audacia, non esporre troppo lungamente il *Nautilus* a pressioni simili ».

« Risaliamo » gli feci eco.

« Tenetevi saldo. »

Ma a un tratto capitombolai sul tappeto.

Fermatasi l'elica a un segnale del capitano, i *piani* rizzati verticalmente, il *Nautilus* si innalzava con rapidità fulminea come un pallone nell'aria. Tagliava le acque mandando un fremito sonoro. Ogni immagine esterna si confondeva. Quattro minuti, e il battello aveva superato le quattro leghe che lo distanziavano dalla superficie oceanica; balzatone fuori come un pesce volante ricadde sollevando ondate gigantesche.

XII
CAPODOGLI E BALENE

Nella notte dal 13 al 14 marzo riprendemmo a dirigerci a sud. Pensavo che raggiunta l'altezza del Capo Horn il *Nautilus* mettesse prua a ovest, per andare nel Pacifico e chiudervi il proprio giro del mondo. Non fece nulla di ciò, puntava ancora verso le regioni australi. Dov'eravamo diretti? Al polo? Mi pareva cosa insensata. Forse le temerarietà del capitano giustificavano ormai per intero le apprensioni di Ned Land... Questi non alludeva più, da tempo, ai suoi progetti di fuga: era diventato meno comunicativo e quasi silenzioso. Vedevo come gli pesasse la prolungata prigionia, sentivo quanta collera si accumulava in lui. Nell'incontrare

È la copia positiva quella che presento qui.

il capitano gli occhi di Ned mandavano un tetro fuoco, e avevo paura che la sua violenza naturale esplodesse funestamente.

Il 14 marzo, lui e Conseil vennero a trovarmi nella mia stanza. Domandai la ragione della visita.

« Una breve domanda da farvi, signore » Ned Land rispose.

« Parlate pure, Ned. »

« Quanti uomini credete che ci siano a bordo del *Nautilus*? »

« Non lo so, amico mio. »

« Mi pare che alla manovra non occorra un equipaggio molto numeroso » soggiunse.

« Effettivamente, data l'organizzazione tecnica, una decina d'uomini al massimo dovrebbe bastare. »

« Ebbene, » disse il canadese « perché ve ne dovrebbero essere di più? »

« Perché? » replicai io.

Guardavo fisso Ned Land, le cui intenzioni erano chiare.

« Perché, » ripresi « se ho da fidarmi dei miei presentimenti, e ho ben capito l'indole, l'esistenza stessa del capitano, il *Nautilus* non è solo una nave. Dev'essere anche un rifugio per coloro che insieme al comandante abbiano spezzato ogni rapporto con la terraferma. »

« Forse » disse Conseil. « Tuttavia, il *Nautilus* non può dar alloggio che a un certo numero di persone; il signore non potrebbe calcolarne il *maximum*? »

« E in che modo, Conseil? »

« Con la matematica. Data la capienza della nave, la quantità d'aria che racchiude; se uno sa quanta un uomo ne consuma respirando, e mette in relazione il fatto con la necessità per il *Nautilus* di tornare alla superficie, ogni ventiquattr'ore... »

La frase di Conseil rimaneva in sospeso, ma capii dove tendeva ad arrivare.

« Ti capisco » dissi. « Ma un calcolo simile che non è difficile a farsi, darà un numero molto incerto. »

« Non importa » disse Ned Land, testardo.

« Ecco il conto » risposi. « Un uomo assorbe, ogni ora l'ossigeno che sta in cento litri d'aria: ventiquattr'ore esigono ossigeno per duemilaquattrocento litri. Bisogna vedere

Nell'incontrare il capitano gli occhi di Ned...

quante volte duemilaquattrocento litri d'aria sono contenuti nel *Nautilus.* »

« Precisamente » disse Conseil.

« ...Ora, » ripresi « dato che la capacità del *Nautilus* è millecinquecento tonnellate, e ogni tonnellata significa qui mille litri, il *Nautilus* contiene un milione e mezzo di litri d'aria. Divisi per millequattrocento... »

Feci un rapido calcolo a matita.

« ...danno un quoziente di seicentoventicinque. Equivale a dire che l'aria contenuta nel *Nautilus* potrebbe in sé bastare a seicentoventicinque uomini, per un giorno. »

« Seicentoventicinque! » ripeté Ned.

« Ma siate pur certo » aggiunsi « che fra passeggeri e marinai e ufficiali non raggiungiamo la decima parte di questa cifra. »

« È sempre troppo per tre persone » mormorò Conseil.

« Quindi, mio povero Ned, devo consigliarvi pazienza. »

« E anche di più » volle dire Conseil. « La rassegnazione. »

Aveva usato la parola giusta.

« Dopotutto, » ripresi « il capitano non potrà andare sempre a sud! Dovrà fermarsi, non foss'altro davanti alla banchisa; e tornare verso i mari più frequentati. Allora riesamineremo i progetti di Ned Land. »

Il canadese scosse la testa, passandosi una mano sulla fronte, e andò via.

« Il signore mi permetta una breve osservazione » fece Conseil. « Ned pensa a tutto quel che non può avere. Vive della sua vita passata. Tutto quanto ci è proibito lo affligge. I ricordi lo opprimono, gli pesano sull'anima. Bisogna capirlo. Che ha da fare qui? Niente. Non è uno scienziato come il signore, e non può trovar piacere come noi nelle ammirevoli visioni marine. Rischierebbe di tutto se potesse avvicinarsi a una taverna del suo paese! »

Certo la monotonia dell'esistenza a bordo doveva riuscir insopportabile per Ned, abituato a una vita libera e impetuosa. Gli avvenimenti capaci d'appassionarlo erano rari. Tuttavia, proprio quel giorno un imprevisto lo ricongiunse ai suoi bei tempi di fiociniere.

Verso le undici del mattino mentre navigava in superficie, il *Nautilus* si trovò in mezzo a un branco di balene. L'incontro non mi sorprese; sapevo che questi animali perseguitati a oltranza, cercano rifugio verso le alte latitudini.

La parte che la balena recita nel mondo marino e la sua influenza sulle scoperte geografiche, sono state grandi. Facendosi correr dietro i baschi per primi, poi gli asturiani, e gli inglesi e gli olandesi, li agguerrì contro i pericoli dell'Oceano; intanto li conduceva da un'estremità della terra all'altra. Le balene amano frequentare i mari australi e quelli boreali. Antiche leggende pretendono inoltre che questi cetacei attrassero i pescatori fino a sette leghe soltanto dal Polo Nord. O il fatto è vero o un giorno lo sarà; e probabilmente in questo modo, cacciando la balena nelle regioni sia artiche sia antartiche, gli uomini raggiungeranno il Polo.

Il mare era tranquillo e noi stavamo seduti in piattaforma. Corrispondendo all'ottobre delle nostre latitudini il marzo dava belle giornate autunnali. Fu il canadese – lui non poteva sbagliarsi – ad avvistare una balena a est. Guardando attentamente vidi un dorso nerastro sollevarsi, riabbassarsi in modo alterno, cinque miglia lontano dal *Nautilus*.

« Ah! » esclamò Ned Land. « Fossi a bordo d'un baleniere, ecco un incontro notevole per me! Si tratta d'una buona balena: guardate con quale potenza gli sfiatatoi lanciano le colonne d'aria e di vapore! Per mille diavoli, ma perché dovermene stare qui in questo pezzo di lamiera? »

« Ma come, Ned! » risposi. « Non vi sono ancora passate le vecchie frenesie per la pesca? »

« Forse che un pescatore di balene può estraniarsi dal mestiere? Forse è lecito stancarsi delle emozioni che una caccia simile vi dà? »

« Avete pescato mai in questi mari, Ned? »

« Mai, signore. Solo nei mari boreali: nello stretto di Behring come in quello di Davis. »

« Allora la balena australe vi è ancora ignota. È la balena franca quella che avete cacciato finora: non si azzarderebbe mai a percorrere le acque calde dell'Equatore. »

« Ma che mi raccontate signor professore? » replicò il canadese tutto incredulo.

« Dico la verità. »

« Ma andiamo! Io che vi sto parlando, nel sessantacinque, due anni e mezzo fa, vicino alla Groelandia ho arpionato una balena che portava ancora nel fianco l'arpione d'un baleniere di Behring. Ora domando: in che modo, dopo essere

Il *Nautilus* si trovò in mezzo a un branco di balene.

stato colpito a ovest dell'America, quell'animale sarebbe venuto a farsi uccidere a est, se dopo aver doppiato o il Capo Horn o il Capo di Buona Speranza non avesse tagliato l'Equatore? »

« Io la penso come Ned » disse Conseil. « Ma sentiamo cosa risponderà il signore. »

« Il signore vi risponderà, amici miei, che le balene vivono, a seconda della loro specie, in certi mari dai quali non escono. E se una balena è passata dallo stretto di Behring a quello di Davis, fu semplicemente perché esiste il passaggio da un mare all'altro, o in America o in Asia. »

« Bisogna credervi? » domandò Ned strizzando l'occhio.

« Al signore bisogna credere » rispose Conseil.

« E allora, » continuò il canadese « se non ho mai pescato da queste parti non conosco le balene che le frequentano? »

« Ve l'ho detto, Ned. »

« Una buona ragione per farne la conoscenza » sillogizzò Conseil.

« Guardate, guardate! » disse Ned con voce emozionata. « Si avvicina! Viene verso noi. Mi sfida. Sa che non posso fare nulla contro di lei...! »

Pestava i piedi, la sua mano fremeva brandendo un arpione immaginario.

« I cetacei di qui, » domandò « sono grossi come quelli dei mari boreali? »

« All'incirca. »

« Perché io ho visto delle balene molto grosse, signore: balene che misuravano anche cento piedi di lunghezza! E ho sentito dire che la *Hullamock* e la *Umgallick* delle Aleutine, superano a volte i centocinquanta. »

« Questo poi mi sembra esagerato » risposi. « Non sono altro che balenottere, con le pinne dorsali; al pari dei capodogli sono in genere minori che la balena franca. »

« Ah, » tornò a dire Ned i cui sguardi non lasciavano l'oceano « si avvicina! Viene nelle acque del *Nautilus*. »

E riprendendo la conversazione:

« Ma vengono ricordati capodogli giganteschi. Sono anche cetacei intelligenti. Alcuni – pare – si ricoprono d'alghe e di fuchi: così vengono scambiati per isolotti. Ci si accampa lì sopra, ci si installa, si accende il fuoco... ».

« Vicino alla Groenlandia ho arpionato una balena. »

« Si costruiscono persino case » disse Conseil.

« Sì, mattacchione » rispose Ned. « Poi un bel giorno il pesce si immerge e porta gli inquilini con sé, nell'abisso. »

« Come nei viaggi di Sinbad il Marinaio » feci osservare ridendo. « Ah mastro Land, pare proprio che amiate le storie straordinarie. Che razza di capodogli i vostri! Basta non crederci. »

« Signor naturalista, » rispose serio serio il canadese « delle balene bisogna credere tutto... Come cammina, questa qui! Come ci schiva!... Dicono che questi animali fanno anche il giro del mondo in quindici giorni. »

« Chissà. »

« Ma certo non sapete, signor Aronnax, che all'inizio del mondo le balene filavano ancora più veloci. »

« Davvero, Ned? E perché? »

« Avevano la coda di traverso proprio come i pesci, vale a dire che batteva l'acqua da destra a sinistra e da sinistra a destra. Ma il Creatore, vedendo che andavano troppo veloci, tolse loro la coda; da allora battono l'acqua in verticale a danno della rapidità. »

« Bene, Ned, » dissi riprendendo una sua espressione « bisogna credervi? »

« Non troppo. Come adesso che vi dico: esistono balene lunghe trecento piedi che pesano centomila libbre. »

« Sarebbero effettivamente molte. Bisogna ammettere però che alcuni cetacei raggiungono uno sviluppo straordinario. Forniscono, sembra, fino a centoventi tonnellate d'olio. »

« Eccome. L'ho visto con i miei occhi » disse il canadese.

« E io lo credo volentieri. Qualche balena non eguaglia forse in grossezza cento elefanti? Immaginate gli effetti di una simile massa lanciata a tutta velocità. »

« Davvero possono affondare dei bastimenti? » domandò Conseil.

« Bastimenti non credo » risposi. « Si racconta però che nel 1820, proprio in questi mari del Sud, una balena gettandosi sull'*Essex* lo fece rinculare di quattro metri al secondo. La nave imbarcò acqua da poppa, e affondò quasi subito. »

Ned mi guardava con aria maliziosa.

« Io ho ricevuto un colpo di coda di balena – affermò – nel mio canotto naturalmente. Con i miei compagni sono balzato a sei metri d'altezza. Ma in confronto alla balena del signor professore, la mia era solo un balenotto. »

« E questi nobili animali vivono a lungo? » domandò Conseil.

« Mille anni » rispose a volo il canadese.

« Come lo sapete? »

« Si dice. »

« E perché lo si dice? »

« Eh, lo sanno. »

« No, » intervenni « non lo sanno ma lo suppongono ed ecco qui il ragionamento a cui si appoggiano. Quattrocento anni fa questi bestioni avevano una grossezza superiore all'attuale. Con una certa logica l'inferiorità delle balene d'oggi viene attribuita al loro non aver preso ancora un completo sviluppo. Questo ha fatto dire a Buffon, che le balene possono e forse devono vivere mille anni. Mi sentite? »

Ned Land non sentiva. Non ascoltava più. La balena continuava ad avvicinarsi e lui la divorava con gli occhi.

« Ah, » esclamò a un tratto « ma non è una balena sola. Sono dieci, venti; è tutto un branco. E non poter fare nulla. Starsene così: mani e piedi legati. »

« Ebbene, » fece Conseil « perché non chiedere il permesso di caccia? »

Non aveva ancora terminato la sua frase che Ned Land si era diretto al boccaporto per correre alla ricerca del capitano. Poco dopo, salivano entrambi in piattaforma. Osservato attentamente il branco di cetacei che giocherellava a un miglio dal *Nautilus*:

« Sono balene australi » disse il capitano. « Una fortuna per tutta una flotta di balenieri. »

« Ebbene, signore, » domandò il canadese « non posso dare loro la caccia? Almeno per non dimenticarmi del mio antico mestiere? »

« Perché mai? » rispose il capitano. « Dar la caccia unicamente per distruggere! Non sappiamo che farcene, a bordo, dell'olio di balena. »

« Eppure nel Mar Rosso ci avevate autorizzato a uccidere un dugongo! »

« La caccia procurò allora carne fresca all'equipaggio. Oggi si tratterebbe d'ammazzare per ammazzare. So benissimo che è un privilegio umano, ma non ammetto questi giuochi micidiali. Distruggendo la balena australe come già la balena franca (creature innocue e bonarie) i vostri simili, mastro Land, commettono azioni riprovevoli. Hanno già spopolato la baia di Baffin e annienteranno tutta una specie d'animali utili. Lasciateli tranquilli questi poveri cetacei! Abbondano già di nemici naturali: capodogli, pescispada, pescisega — voi siete in soprannumero. »

Si immagini il volto di Ned Land durante questa lezione. Predicar a un cacciatore significa parlare al vento. Ned guardava il capitano Nemo senza ascoltarlo. Infine fischiò tra i denti lo *Yankee Doodle*; mise le mani in tasca e ci voltò la schiena.

Dopo aver ancora osservato il branco e i suoi dintorni, il capitano si rivolse a me:

« Queste balene avranno davvero un gran brutto da fare, tra poco. Li vedete signor Aronnax, a otto miglia sottovento certi punti nerastri in agitazione? ».

« Sì » risposi.

« Sono capodogli. Animali pericolosissimi che ho incontrato qualche volta in branchi di due o trecento capi. Loro – belve crudeli e malefiche – è giusto sterminarle. »

Ned si voltò bruscamente.

« E allora capitano, » dissi io « nell'interesse medesimo delle balene... »

« Inutile esporsi a pericoli, signor professore. Il *Nautilus* basterà a disperdere questi capodogli. Ha uno sperone d'acciaio valido suppergiù quanto l'arpione di mastro Land. »

Il canadese fece un'alzata di spalle. Attaccare dei cetacei con lo "sperone". Chi aveva mai udito una cosa simile!

« Aspettate, signor Aronnax » disse il capitano. « Vi mostreremo una caccia inedita. Nessuna pietà per questi capodogli. Non sono altro che bocca e denti. »

Bocca e denti: sintesi perfetta del capodoglio macrocefalo anche se in lunghezza certi esemplari superano i venticinque metri. L'enorme testa di questo cetaceo prende circa un terzo del corpo. Meglio armato che non la balena (la cui mascella superiore è provvista soltanto di fanoni) ha venticinque grossi denti, alti venticinque centimetri, cilindrici e conici in cima: pesano due libbre ciascuno. Nella parte superiore della enorme testa, e in ampie cavità divise da cartilagini, stanno tre o quattrocento chilogrammi del prezioso olio

Non sono altro che bocca e denti.

chiamato "bianco di balena". Il capodoglio è un animale difforme, piuttosto girino che pesce stando a Frédol. È mal costruito essendo per così dire "mancato" in tutta la parte sinistra; e non vede che dall'occhio destro.

Il branco seguitava ad avvicinarsi. Viste le balene si preparava ad attaccarle. E c'era da scommettere sulla vittoria dei capodogli: non solo perché molto più adatti a battersi, ma anche per la disposizione a restare immersi lungamente senza bisogno di venire in superficie a respirare.

Era tempo di correre in aiuto alle balene. Il *Nautilus* si immerse; Conseil, Ned e io ci mettemmo ai cristalli del salone, il capitano andò in timoneria per manovrare la nave in senso distruttivo. Sentii i battiti dell'elica farsi precipitosi e la nostra velocità accrescersi.

La battaglia fra capodogli e balene era già iniziata quando il *Nautilus* arrivò sul campo. Manovrò in modo da tagliare il branco dei macrocefali. Questi, dapprima, si mostrarono poco impressionati dal nuovo mostro che interveniva nella mischia. Poi in breve dovettero badare ai suoi colpi.

Quale strage! Anche Ned Land finì col battere le mani, entusiasmato. Il *Nautilus* non era più che un arpione formidabile, brandito dal suo capitano. Si lanciava contro quelle masse carnose passandole da parte a parte, lasciandosi indietro ogni volta tronconi d'animale che si contorcevano. Ai formidabili colpi di coda sferrati contro i suoi fianchi era insensibile; così agli urti che provocava. Tolto di mezzo un capodoglio balzava verso un altro e girava su di sé per non mancare la preda, docile al timone, tuffandosi quando il cetaceo andava in giù, risalendo con lui quando tornava alla superficie; lo colpiva di fronte o di sbieco, tagliando o lacerando col suo terribile sperone.

Quell'omerico massacro durò un'ora. Varie volte dieci o dodici capodogli tentarono di schiacciar il *Nautilus* sotto le loro masse. Ai cristalli si affollavano le bocche enormi, tutte pavimentate di denti, gli occhi feroci: Ned Land allora non stava più in sé, minacciava e insultava. Per un momento i cetacei si aggrappavano alla nave come i cani afferrano per le orecchie un cinghiale, nella macchia. Ma il *Nautilus* forzando l'elica li travolgeva, li trascinava in basso o li riconduceva verso la superficie, non curandosi né del loro enorme peso né della stretta che ritentavano.

Finalmente la schiera dei capodogli si dissipò. Le onde tornavano quiete. Sentii che il *Nautilus* emergeva. Il boccaporto venne aperto e corremmo in piattaforma.

Il mare era sparso di cadaveri mutilati. Galleggiavamo fra giganteschi corpi dal dorso bluastro e dal ventre bianchiccio, sanguinolenti e gibbosi. Qualche superstite terrorizzato fuggiva all'orizzonte. Le acque erano tinte in rosso per diverse miglia, ci trovavamo in un mare di sangue.

Il capitano Nemo si unì a noi.

« E allora mastro Land? » disse.

« E allora, signore, » Ned rispose « certamente è stato uno spettacolo terribile. Ma io sono un cacciatore e non un macellaio e questo è un macello. »

« Abbiamo massacrato delle bestiacce assassine. Il *Nautilus* non è una scure da macellaio. »

« Preferisco il mio arpione. »

« A ciascuno la sua arma » il capitano ribatté guardando fisso Ned Land.

Temevo che questi si abbandonasse a gesti deplorevoli. Ma lo attirò la vista di una balena che il *Nautilus* rasentava.

Essa non aveva potuto sfuggire ai capodogli. Riconobbi la balena australe dalla testa schiacciata interamente nera. Il misero cetaceo, coricato su un fianco, presentava un ventre squarciato dai morsi. All'estremità della pinna mutilata pendeva ancora un balenotto morto anch'esso, coinvolto nel massacro.

Il capitano fece accostare il *Nautilus* al cadavere della balena. Due uomini ne scalarono il fianco e mi sorprese vederli estrarre dalle mammelle dell'animale il latte che vi stava, equivalente a due o tre barili.

Mi fu offerta una tazza di questo latte ancora caldo. Dichiarai la mia ripugnanza. Il capitano mi assicurò che era un latte eccellente, in tutto simile a quello di mucca.

Lo assaggiai e dovetti consentire. Avevamo una risorsa di più per la cucina; trasformato in burro o in formaggio, questo latte avrebbe portato variazioni gradevoli nel vitto di bordo.

Fu in ogni modo un giorno da ricordare con inquietudine. Mi avvidi, in seguito, che l'animosità di Ned Land verso il capitano peggiorava; dovevo sorvegliare attentamente tutto il procedere della questione.

XIII
LA BANCHISA

Avevamo ripreso la nostra consueta rotta a sud. Il *Nautilus* percorreva a forte velocità, il cinquantesimo meridiano. Tendeva a raggiungere il Polo? Non lo credevo. Fin allora i tentativi analoghi erano sempre falliti... E la stagione era già molto inoltrata; il 13 marzo delle zone antartiche corrisponde al 13 settembre di quelle boreali, aprendo la stagione equinoziale.

Il 14 marzo, a 55° di latitudine scòrsi dei ghiacci galleggianti: ambigui blocchi lividi, dai venti ai venticinque piedi, simili a scogli e il mare vi si rompeva. Ned Land che aveva fatto dei viaggi nei mari artici, era familiarizzato con lo spettacolo degli *icebergs*; Conseil e io li vedevamo per la prima volta.

Nell'atmosfera, verso l'orizzonte a sud, stava una fascia bianca d'aspetto abbagliante. I balenieri inglesi la chiamano "ice-blinck". Anche le più dense nuvole non possono oscurarla. Annunzia la presenza di un *pack*, o banco di ghiaccio.

Poco dopo apparvero infatti dei blocchi considerevoli, il cui bagliore variava secondo i capricci della nebbia. Alcuni mostravano vene verdi, quasi le avesse tracciate il solfato di rame. Altri, simili a enormi ametiste, lasciavano entrare la luce: la riflettevano sulle mille sfaccettature dei loro cristalli.

Più scendevamo a sud più queste isole galleggianti aumentavano di numero, d'importanza. Gli uccelli polari vi facevano i nidi a migliaia. Erano procellarie e berte che ci assordavano con il loro gridare. Alcune, scambiando il *Nautilus* per il cadavere d'una balena, venivano a riposarvisi, e picchiettavano col becco la lamiera sonora.

Durante la navigazione fra i ghiacci il capitano rimase spesso in piattaforma. Osservava attentamente il paesaggio e a volte lo sguardo calmo si animava. Ma in genere egli restava fermo e in silenzio, fino a quando l'impegno nella manovra doveva riprendere il sopravvento. Allora, evitava abilmente l'urto dei ghiacci alcuni tra i quali erano lunghi varie miglia, e alti dai settanta agli ottanta metri. Spesso l'orizzonte pareva completamente chiuso. Al sessantesimo grado di latitudine ogni passaggio risultò impossibile. Poi fu trovata ancora una volta la stretta apertura nella quale scivolare audacemente, ben sapendo che aveva breve durata.

Il freddo era abbastanza intenso. Messo all'esterno del *Nautilus* il termometro segnava da due a tre gradi sotto zero. Ma eravamo ricoperti di pellicce: foche e orsi marini ne avevano fatto le spese. All'interno il riscaldamento elettrico sfidava i freddi più duri. E sarebbe bastato immergersi di qualche metro per trovare una temperatura sopportabile. anche intorno a noi.

Due mesi prima, a questa latitudine avremmo goduto di una perpetua luce diurna; ora invece la notte veniva per tre o quattro ore, e più innanzi avrebbe tenuto sei mesi di tenebra intorno al Polo.

Superammo il 15 marzo la latitudine delle Shetland e delle Orcadi meridionali. Il capitano disse che, un tempo, molte tribù di foche vivevano in questi luoghi; ma i balenieri inglesi e americani, nella loro furia distruttrice, massacrando gli animali adulti e le femmine gravide avevano lasciato dietro a sé una morte stabile.

Il 16 marzo, verso le otto del mattino il *Nautilus* tagliò il Circolo Polare Antartico. I ghiacci circondavano la nave e chiudevano l'orizzonte. Si passava, il viaggio proseguiva.

« Ma il capitano dove vuol andare? » domandavo ai miei compagni.

« Dinnanzi a sé » rispose Conseil. « E infine non potrà andar oltre, si fermerà. »

« Non ci scommetterei » dissi.

E invero questa navigazione avventurosa non mi dispiaceva affatto. I ghiacci prendevano forme affascinanti. Ecco risultarne una città orientale, con i suoi minareti e le sue moschee; poi una metropoli come gettata al suolo da un terremoto. Aspetti ininterrottamente vari stagliavano negli obliqui raggi del sole, o si perdevano in grigie brume fra uragani di neve. E intanto sempre detonazioni, frane, grandi capriole di *icebergs*, lo scenario mutava come in un diorama.

Se il *Nautilus* era immerso, mentre avvenivano i maggiori rivoluzionamenti del paesaggio, il rumore si diffondeva nelle acque con terribili intensità e correvano ondate fin nel profondo dell'oceano. Allora, il nostro battello rollava e beccheggiava come abbandonato a una tempesta. Poi, temevo che restassimo definitivamente prigionieri dei ghiacci; ma col suo istinto il capitano Nemo scopriva dal più leggero indizio sempre nuovi passaggi.

Nella lunga giornata del 16 marzo i ghiacci sbarrarono più che mai la strada. Non era ancora la banchisa, ma vasti *ice-fields* cementati dal freddo. L'ostacolo non poté fermare il capitano Nemo, venne affrontato l'*ice-field* con estrema violenza. Il *Nautilus* entrava come un cuneo nella massa friabile e la tagliava, tra scricchiolii minacciosi. Era l'antico ariete, scagliato da una forza nuovissima. I frantumi del ghiaccio proiettati in alto ricadevano intorno a noi come grandine.

Per la sua esclusiva forza di propulsione il battello si scavò un canale. Trascinato dallo slancio, a volte correva sul campo di ghiaccio e lo rompeva col suo peso; altre volte, cacciatosi sotto l'*ice-field* lo spaccava con un moto di beccheggio rinnovandovi vaste lacerazioni.

Ci assalirono burrasche temibili. Non si riusciva allora a veder nulla da un'estremità all'altra della piattaforma. Il vento oscillava bruscamente da un punto all'altro della bussola. La neve si accumulava a strati così duri, che bisognava romperla a colpi di piccozza. Su tutte le parti esterne del *Nautilus* c'era ghiaccio.

In queste circostanze, il barometro andò a livelli generalmente bassissimi. Scese persino a 73° 5'. Le indicazioni della bussola non offrivano garanzie. Gli aghi impazziti segnavano direzioni contradditorie, man mano che ci si avvicinava al polo magnetico meridionale che non coincide con l'estremo sud. Effettivamente, secondo Hansten questo polo magnetico è situato a pressappoco 70° di latitudine e 130° di longitudine; per Duperrey, a 135° di longitudine e 70° 30' di latitudine. Bisognava compiere diverse osservazioni sulle bussole in varie parti della nave, e fare una media. Ma infine si ricorreva molte volte alla *stima*, per segnare il cammino: metodo poco soddisfacente fra tutti quei passaggi tortuosi i cui punti di riferimento mutavano in continuazione.

Il 18 marzo, dopo venti assalti inutili il *Nautilus* parve definitivamente bloccato. Non c'erano più *streams*, *palks*, *ice-fields*, ma una interminabile e ferma barriera di montagne saldate tra loro.

« La banchisa! » disse Ned Land.

Capii che a suo avviso l'ostacolo era insuperabile. Durante una fugace apparizione del sole verso mezzogiorno, il capitano ottenne un rilevamento abbastanza esatto che dava la nostra posizione a 51° 30' di longitudine, 67° 39' di latitudine sud. Eravamo ormai ben innanzi nella zona antartica.

Di mare, di superficie liquida, più nulla. Oltre al *Nautilus* appariva una grande pianura tormentata, a blocchi mescolati confusamente, nell'accozzaglia stravagante che ricopre un fiume poco prima della rottura dei ghiacci: qui in proporzioni gigantesche. Qua e là snelle guglie, picchi aguzzi, alti fino a duecento piedi; più lontano pareti tagliate a picco e grigiastre, fra qualche raggio di sole mezzo affogato nelle brume. Dappertutto un silenzio selvaggio, appena inciso dal batter d'ali delle procellarie e delle berte. Tutto era gelato, là: anche il suono.

Il *Nautilus* aveva dunque finito la sua avventurosa corsa fra i campi di ghiaccio.

« Signore, » mi disse quel giorno Ned Land « se il vostro capitano va più avanti... »

« Ebbene? »

« ...è un uomo troppo in gamba. »

« Perché, Ned? »

« Perché nessuno può superar la banchisa. È un uomo potente, il vostro capitano; ma per mille diavoli non è più potente della natura, e là dove lei ha posto dei limiti bisogna fermarsi, volendo o non volendo. »

« È vero, Ned. Ma avrei voluto sapere che cosa c'è, dietro alla banchisa. Un muro è quanto mi irrita di più. »

« Il signore ha ragione » disse Conseil. « I muri furono inventati per offendere gli uomini di scienza. Non ci dovrebbero esser muri in nessuna parte. »

« Bah, » fece il canadese « dietro alla banchisa si sa benissimo che c'è... »

« Che cosa? » domandai.

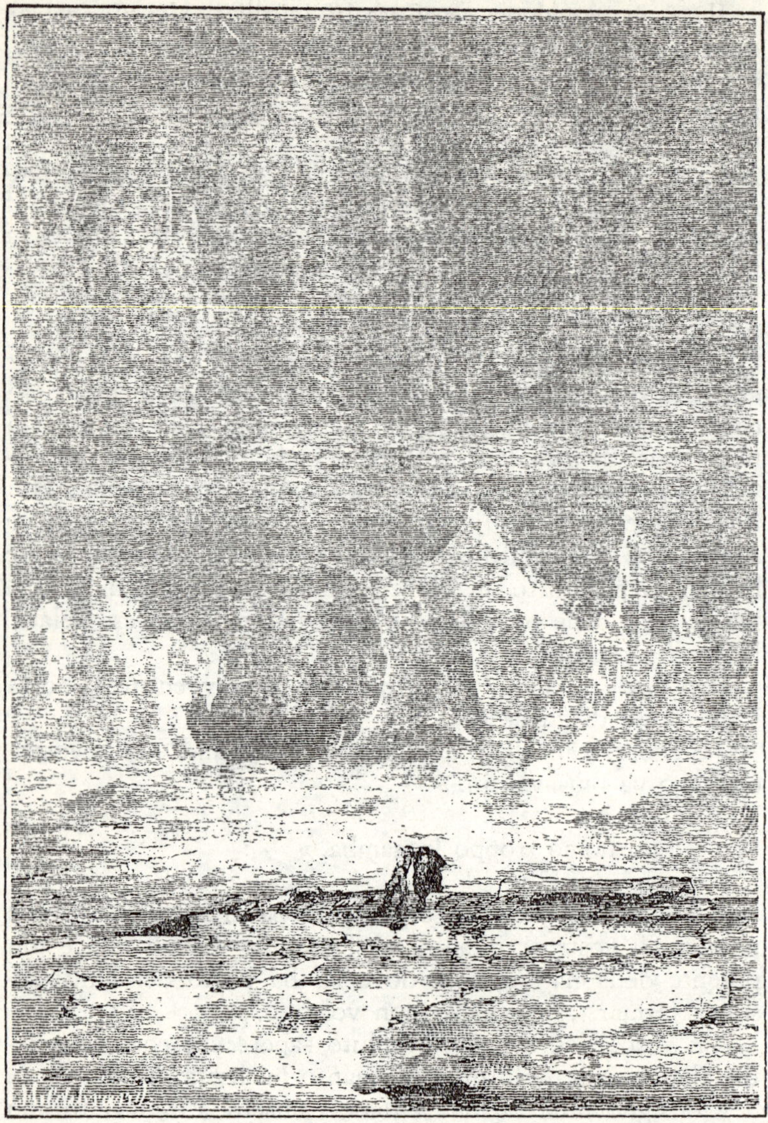

« La banchisa! »disse Ned Land.

« Ghiaccio e ancora ghiaccio! »

« Voi ne siete certo, Ned, ma io niente affatto. Ecco perché vorrei andar a vedere. »

« Ebbene, signore, » rispose il canadese « rinunciate a questa idea. Siete arrivato alla banchisa ed è già molto. Non andrete più lontano, né voi né il vostro capitano Nemo né il suo *Nautilus*. E lo voglia o no il capitano torneremo verso il nord, verso il paese della gente per bene. »

In verità, malgrado i suoi sforzi, malgrado i poderosi mezzi impiegati per spezzare i ghiacci il *Nautilus* era costretto all'immobilità. Di solito chi non può andar oltre se la cava col ritornare sui propri passi. Ma, nel nostro caso, era impossibile tornare quanto andare oltre, i passaggi si erano richiusi dietro a noi, e restando ancora ferma la nave non avrebbe tardato a trovarsi bloccata. Fu appunto quel che le accadde, verso le due del pomeriggio il ghiaccio la strinse ai fianchi con incredibile sveltezza. Dovetti riconoscere che il capitano si era mostrato ancor peggio che imprudente.

Eravamo in piattaforma. Lui che da un po' di tempo esaminava la situazione, mi disse:

« E allora? Che ne pensate? ».

« Penso che siamo in trappola, capitano. »

« In trappola? Vale a dire? »

« Vale a dire che non possiamo andar avanti né indietro, né in qualunque altra direzione. Vien chiamato "essere in trappola", almeno nei paesi civili. »

« Allora, signor Aronnax, pensate che il *Nautilus* non riuscirà a liberarsi? »

« È difficile pensar altrimenti, capitano. La stagione è troppo avanzata perché si possa contare su una rottura dei ghiacci. »

« Ah signor professore, » egli rispose con ironia « siete ben fedele a voi stesso! Non vedete che impedimenti e ostacoli. Ma vi affermo che il *Nautilus* non solo tornerà libero: andrà più lontano. »

« Più a sud? »

« Sì, professore. Andrà al Polo. »

« Al Polo! » esclamai mostrandomi del tutto incredulo.

« Sì » riprese freddamente il capitano. « Al Polo Antartico, un punto finora sconosciuto dove si incrociano tutti

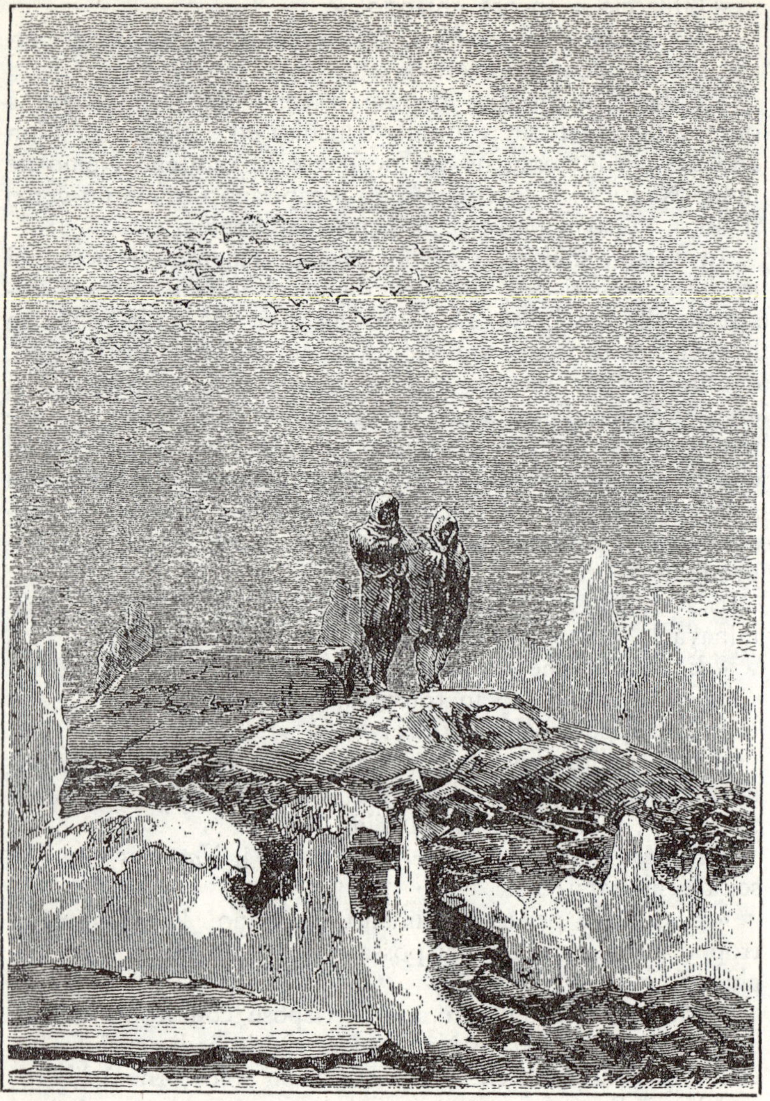

Il *Nautilus* era costretto all'immobilità.

i meridiani del globo. Forse non vi è chiaro? Posso fare del *Nautilus* quello che voglio. »

Bene, lo sapevo audace fino alla temerità. Ma voler arrivare al Polo Sud, inaccessibile ancora più di quel Polo Nord non raggiunto ancora da alcun navigatore, costituiva un'idea realmente insensata; non bisognava essere matti per allevarla?

Domandai al capitano se avesse già scoperto questo luogo, pieno di mistero...

« No, » rispose « e adesso noi lo scopriremo insieme. Dove tanti altri hanno fallito, io non fallirò. Non avevo mai portato il *Nautilus* così innanzi sui mari australi; ebbene lo ripeto, andrà ancora più avanti. »

« Voglio credervi » dissi ricambiandogli l'ironia di prima. « Vi credo. Andiamo oltre! Per noi gli ostacoli non esistono! Spezziamo questa banchisa. Facciamola saltare in aria, e se resiste diamo al *Nautilus* delle ali per volarle sopra! »

« Sopra? » rispose tranquillo il capitano Nemo. Non sopra; ma sotto. »

Improvvisamente vidi quel che egli si preparava a fare. Avevo inteso. Le doti formidabili del *Nautilus* consentivano questo proposito eccezionale.

« Vedo che incominciamo a capirci, signor professore. » (Ebbe un mezzo sorriso.) « State intravedendo una possibilità ma io direi il successo, fin d'ora, per la nostra impresa. Quanto, su una nave comune, è impossibile diventa facile con il *Nautilus*. Se intorno al Polo esiste un continente la nostra nave si fermerà dinnanzi a esso. Ma trovando invece un mare libero, andrà al Polo. »

« In effetti, » dissi trascinato dalla persuasione del capitano « se alla superficie il mare è reso solido dai ghiacci le sue acque inferiori restano libere, per il provvidenziale motivo che il grado di congelazione è superato dalla massima densità dell'acqua di mare. Se non sbaglio, la parte immersa della banchisa sta all'altra come quattro sta ad uno? »

« Pressapoco, signor professore. Mettete che ci sia un piede di spessore nella parte emergente, gli *icebergs* ne hanno tre sotto. Ora, poiché queste montagne di ghiaccio non oltrepassano in altezza i cento metri, al massimo ne pescheranno trecento. Uno scherzo per il *Nautilus* andare più sotto. »

« Un bellissimo scherzo. »

« Si potrà anche cercare più in fondo la temperatura uniforme delle acque marine; e allora sfideremo impunemente i trenta o quaranta gradi di freddo che esistono alla superficie. »

« Giusto, giusto! »

« La sola difficoltà » riprese il capitano Nemo « viene dal dover stare vari giorni in immersione senza rinnovo per la provvista d'aria. »

« Tutto qui? Il *Nautilus* ha dei grandi serbatoi, li riempiremo, e l'ossigeno necessario l'avremo. »

« Ben immaginato signor Aronnax » rispose sorridendo il capitano. « Ma non volendo sembrarvi poi temerario espongo, in anticipo, le obiezioni. »

« Ne avete? »

« Una sola. Se al Polo Sud troviamo il mare è possibile che sia interamente gelato, e ci impedisca di risalire in superficie. »

« Ma, capitano, dimenticate che il *Nautilus* ha un potente sperone? Non si potrà lanciarlo in diagonale contro i ghiacci, che all'urto si apriranno? »

« Eh, ne avete delle idee, oggi! »

« D'altra parte, » aggiunsi entusiasmandomi sempre più « non dovrebbe esserci mare libero al Polo Sud come al Polo Nord? I poli del freddo e i poli terrestri non coincidono; fino a prova contraria è immaginabile o un continente, o un oceano sgombro di ghiacci in quei due punti del globo. »

« Anch'io la penso così, signor Aronnax. Vi faccio solo notare che dopo aver contrapposto tante obiezioni al mio progetto, adesso mi schiacciate con gli argomenti a favore. »

Il capitano diceva giusto. Adesso lo oltrepassavo in audacia. Lo precedevo, lo distanziavo... Ma no, povero pazzo! Il capitano Nemo sapeva assai meglio di me il pro e il contro della questione, lo divertiva vedermi galoppare nelle fantasticherie dell'impossibile.

Lui intanto non perse tempo e chiamò il secondo ufficiale. Si parlarono rapidamente nella loro lingua misteriosa; già informato o no, il secondo era calmissimo.

Ma per quanto impassibile non lo fu meglio di Conseil

quando annunciai, al degno giovanotto, la partenza verso il Polo Sud. Un "come piacerà al signore" accolse la notizia; e dovetti soddisfarmene. Quanto a Ned Land mai spalle si erano alzate in modo così perentorio.

« Accidenti, » mi disse « voi e il capitano Nemo mi fate pietà. »

« Ma andremo al Polo, mastro Ned. »

« Possibile. L'impossibile è tornarne. »

E Ned Land rientrò in cabina, « per evitare un guaio » disse lasciandomi.

Ormai i preparativi erano cominciati. Le vigorose pompe del *Nautilus* aspiravano aria nei serbatoi e l'immagazzinavano, sotto alta pressione. Verso le quattro il capitano mi annunciò che i boccaporti stavano per chiudersi. Mandai un ultimo sguardo sulla banchisa che dovevamo lasciarci indietro. Il tempo era buono, l'atmosfera piuttosto limpida e il freddo molto vivo: dodici gradi sotto zero. Ma essendo caduto il vento, questa temperatura risultava abbastanza sopportabile.

Una diecina d'uomini montò sul *Nautilus* e, con i picconi, spaccò il ghiaccio intorno alla carena che fu, in breve, liberata. Era un ghiaccio "giovane", non ancora grosso. Tutti scendemmo all'interno. I serbatoi normali ricevettero l'acqua tenuta libera sotto la linea di galleggiamento, e il battello non tardò a immergersi.

Ero andato nel salone, con Conseil. Attraverso i cristalli vedevamo avvicinarsi gli strati inferiori dell'Oceano australe. Il termometro risaliva. L'ago del manometro si spostava sul quadrante.

A trecento metri circa, fluttuavamo sotto l'ondulata banchisa. Ma il *Nautilus* scese ancora, raggiunse gli ottocento metri. La temperatura dell'acqua che alla superficie era sui dodici gradi ne accusava undici adesso. Ovviamente, quella interna al *Nautilus* si manteneva assai meno fredda. E le manovre venivano eseguite con ottima precisione.

« Si passerà » disse Conseil.

« Ci conto proprio! » risposi.

Dentro al mare libero il battello puntava direttamente verso il Polo, senza allontanarsi dal cinquantaduesimo meridiano. Fra 67° 30' e 90°, bisognava percorrere ventidue gradi e mezzo di latitudine ossia un poco più di cinquecento leghe. Facevamo in media ventisei miglia all'ora, la velocità d'un treno espresso. Andando sempre così quaranta ore sarebbero bastate per arrivare al Polo.

Conseil e io restammo anche per una parte della notte in osservazione davanti ai cristalli. Il mare prendeva luce dal riflettore. Ma era deserto: non vivevano pesci in quelle acque prigioniere. Tenevamo un'andatura molto rapida, lo si avvertiva dai sussulti del lungo scafo d'acciaio.

Verso le due andai a riposarmi per qualche ora e Conseil mi imitò. Non vidi il capitano Nemo, immaginavo che si trovasse nella gabbia del timoniere.

Era il 19 marzo. Alle cinque tornai nel salone. Il *loch* elettrico segnalava una minore velocità. La nave stava risalendo alla superficie, ma cautamente, svuotando a poco a poco i serbatoi.

Mi batteva il cuore. Saremmo emersi nell'aria libera del Polo?

No, sentii un urto del *Nautilus* contro la parte inferiore della banchisa, ancora molto grossa a giudicar dal rumore. Avevamo *toccato*, secondo l'espressione marinaresca,... ma in senso inverso e a mille piedi e oltre di profondità. Ghiacci per duemila piedi dovevano sovrastarci, all'incirca, ivi compresi quelli emergenti. La banchisa era dunque più alta di prima. Circostanza assai poco rassicurante.

Nella giornata il *Nautilus* rinnovò varie volte la stessa esperienza, urtando contro la muraglia che faceva da soffitto. Qualche volta la incontrò a novecento metri, lo spessore oltrepassava milleduecento metri, duecento fra i quali emergenti. Era il doppio dell'altezza calcolata quando il *Nautilus* si era immerso.

Tenni nota delle varie profondità, facendo così il profilo di quella catena sottomarina.

A sera nessun cambiamento fondamentale per la nostra situazione. Sempre incontravamo il ghiaccio, fra i quattrocento e i cinquecento metri. Diminuzione ben certa ma quale spessore ci divideva ancora dalla superficie!

Erano le otto. Da quattro ore l'aria avrebbe dovuto essere rinnovata, in base alle usanze quotidiane di bordo. Non ne pativo granché sebbene il capitano non avesse finora chiesto ai serbatoi un apporto d'ossigeno.

Dormii male quella notte. Speranza e timore mi assediavano insieme, e presto mi alzai. Il *Nautilus* continuava a tastare il soffitto. Verso le tre del mattino notai che "toccavamo" a soli cinquanta metri di profondità, la banchisa ridiventava a poco a poco *ice-field* insomma, o, da montagna ritornava pianura.

Non toglievo più lo sguardo dal manometro. Continuavamo ad alzarci, seguendo in diagonale la muraglia che risplendeva dentro alla luce elettrica. La banchisa si assottigliava via via.

Finalmente, alle sei in quel memorabile mattino la porta si aprì, il capitano entrò nella sala.

« Il mare libero! » disse.

XIV
IL POLO SUD

Corsi in piattaforma. Sì! Il mare libero! Appena qualche ghiaccione, alcuni *icebergs* in movimento; più là una gran distesa marina. Innumerevoli uccelli nell'aria, e pesci nelle acque svarianti dal blu intenso al verde oliva. Il termometro segnava tre centigradi sopra lo zero. Quasi una primavera, per noi, dischiusasi oltre la banchisa che ancora si profilava a nord.

« Siamo al Polo? » domandai al capitano e la mia voce era turbata.

« Non lo so » rispose. « Faremo il punto a mezzogiorno. »

« Ma il sole uscirà dalla nebbia? » dissi guardando il cielo grigiastro.

« Anche poco basterà. »

Dieci miglia più a sud c'era un isolotto, alto duecento metri. Andavamo in quella direzione, con la prudenza dovuta alla possibilità d'incontrare scogli.

Un'ora dopo lo avevamo raggiunto, in un'altra ora ne facemmo il giro. Aveva da quattro a cinque miglia di circonferenza. Uno stretto canale lo separava da un territorio ampio, forse un continente. La visione sembrava confermare le ipotesi di Maury. Questo sagace americano ha notato che fra il Polo Sud e il sessantesimo parallelo i ghiacci galleg-

Il capitano Nemo entrò nella sala.

gianti hanno dimensioni enormi, senza riscontro con quelle visibili nell'Atlantico settentrionale. Ne ha concluso che il circolo antartico racchiude grandi terre, poiché gli *icebergs* non si formano in alto mare ma esclusivamente a riva. E stando ai suoi calcoli la massa dei ghiacci, intorno al Polo australe, forma una calotta larga suppergiù quattromila chilometri.

Il *Nautilus* per timore d'incagliarsi aveva fatto altre gomene lontano da una spiaggia, sottostante a grandiose rocce. Fu messo in mare il canotto. Il capitano, due uomini che portavano strumenti, Conseil e io vi scendemmo. Erano le dieci. Non avevo visto Ned Land: certamente non voleva darsi vinto sulla questione del Polo Sud.

Il canotto arrivò a terra. Mentre Conseil stava per saltar giù lo trattenni.

« Capitano, » dissi « sia vostro l'onore di mettere per primo il piede su questa riva! »

« Grazie, signore » egli rispose. « E se non esito a farlo è perché fino ad oggi nessun uomo deve avervi camminato. »

Detto questo, saltò agilmente sulla sabbia. Lo vedevo emozionato. Inerpicatosi su una roccia che terminava a strapiombo un piccolo promontorio, stette là con le braccia conserte, immobile e muto, quasi a prendere possesso delle terre australi. Cinque minuti dopo si rivolse a noi.

« Sono a vostra disposizione » esclamò.

Sbarcai insieme a Conseil, lasciando i due uomini nel canotto.

Il terreno si presentava per un largo spazio come un tufo rossastro, simile a mattoni macinati. C'erano scorie e tracce di lava, pietre pomici. Non si poteva metter in dubbio un'origine vulcanica. Qua e là certe "fumarole" d'odore solforoso rappresentavano il persistere di un interno fuoco. Ma arrampicatomi su una ripida altura, non scorsi alcun vulcano per molte miglia. (Nelle regioni antartiche James Ross ha trovato in piena attività i crateri dell'Erebus e del Terror.)

La vegetazione mi apparve estremamente scarsa. Licheni del tipo *Usnea melanoxantha* avvolgevano le nere rocce. Pianticelle microscopiche (diatomee rudimentali) e fuchi color porpora e cremisi, sorretti da piccole vesciche natatorie, componevano la magra flora della regione.

Inerpicatosi su una roccia, il capitano Nemo...

Sulla spiaggia erano disseminati molluschi, mitili e patelle, lisce bucarde a forma di cuore, e soprattutto *clios* oblunghi e membranosi, con due lobi arrotondati a far vece della testa. Vidi a miriadi quei *clios* boreali, lunghi tre centimetri, che la balena ingoia ad enormi boccate. Vere e proprie farfalle marine, animavano con grazia le acque verso riva.

Ma nell'aria sovrabbondava la vita. Volavano, svolazzavano a migliaia uccelli assordanti di grida. Altri occupavano le rocce guardandoci senza timore, e accalcandosi familiarmente tra i nostri passi. Erano pinguini, agili e svelti nell'acqua quanto a terra sono goffi e pesanti. Mandavano grida, in verità, barocche, dalle loro assemblee pur sobrie di gesti.

Nell'aria passavano albatri fuligginosi con apertura d'ali di quattro metri (giustamente li chiamano avvoltoi dell'oceano); procellarie gigantesche, tipo *quebrante-huesos* dalle ali arcuate, grandi mangiatrici di foche, dal dorso nero e altre innumerevoli procellarie biancastre o blu, proprie ai mari antartici, queste ultime « così oleose » dissi a Conseil « che gli abitanti delle Färoër mettono loro uno stoppino e le accendono ».

« Un po' ancora, » rispose « e sarebbero lampade perfette. Ma alla Natura non si può chiedere un servizio anticipato di stoppini. »

Dopo un mezzo miglio il suolo ci apparve crivellato dai nidi di sfenisco: sono tane che essi scavano per deporvi le uova. Il capitano Nemo li fece poi oggetto d'una caccia ampia e accurata, – gli sfenischi hanno ottima carne. Lanciano ragli d'asino... Grossi come oche, color ardesia il corpo, bianco il ventre e incravattati in tinta limone, si lasciavano ammazzare a colpi di pietra senza cercar scampo.

La nebbia non si alzava, il sole alle undici non era ancora apparso. Senza sole niente rilevamenti. Come appurare se avevamo o no raggiunto il Polo?

Vidi a un tratto il capitano appoggiato con i gomiti a una roccia, tenendo gli occhi al cielo. Sembrava molto impaziente. Eppure non ci si poteva far nulla, il sole diversamente dal mare non obbediva al capitano Nemo.

Venne mezzogiorno senza che il sole fosse mai spuntato. Poi la folta nebbia si risolse in neve.

« A domani » mi disse rassegnatamente il capitano. Si tornò al *Nautilus* tra soffi di tormenta.

Migliaia d'uccelli.

Durò fino all'indomani una tempesta di neve. Era impossibile stare in piattaforma. Dal salone udivo gridare le procellarie e gli albatri scatenatisi nella tormenta. Il *Nautilus* non rimase fermo: costeggiando si inoltrò per dieci miglia a sud, nel barlume che veniva dall'orizzonte.

L'indomani 20 marzo non cadeva più neve. Il freddo era un po' cresciuto, vidi sul termometro due gradi sotto zero. Le nebbie si alzavano e sperai che il nostro rilevamento potesse infine effettuarsi.

Dato che il capitano ancora non appariva, il canotto provvide a Conseil e a me portandoci a terra. La natura del suolo anche nella nuova zona si confermava vulcanica. Dovunque scorie, tracce di lava, o basalti; ma il cratere non era in vista. Moltissimi uccelli ravvivavano anche qui il panorama, spartendone tuttavia l'impero con i mammiferi marini che ci inviavano dolci occhiate. Erano foche di varia specie; molte stavano a terra, altre coricate su ghiaccioni alla deriva, e parecchie uscivano dal mare o vi tornavano. Al nostro avvicinarci non fuggivano, ce n'erano tante da poter approvvigionare centinaia di navi.

« In fede mia, » disse Conseil « è una fortuna che Ned non sia venuto. »

« E perché? »

« Gli sarebbe piaciuto far un massacro generale. »

« *Generale* è forse troppo, ma lo immagino deciso ad arpionare molta roba. Dispiacendo al capitano Nemo che non uccide inutilmente animali pacifici. »

« Ha ragione. »

« Senza dubbio, Conseil. Ma dimmi: non hai già classificato questi nobili rappresentanti della fauna marina? »

« Il signore sa » rispose Conseil « che non sono ferrato nella pratica. Quando mi avrà detto i nomi... »

« Foche, trichechi. »

« Due generi che appartengono alla famiglia dei pinnipedi » si affrettò a dire il mio dotto compagno. « Ordine dei carnivori, gruppo degli unguicolati; sottoclasse dei monodelfi; classe dei mammiferi e ramo dei vertebrati. »

« Bravo! Ma i due generi, foche e trichechi, si ripartiscono in varie specie; se non sbaglio avremo qui molte occasioni per occuparcene. Andiamo. »

Erano le otto, ci restavano da impiegar quattro ore prima

che il sole potesse venir utilmente osservato. Ci dirigemmo verso una baia che si apriva nella scogliera, a picco della riva.

Intorno a noi, terre e ghiacci erano gremiti di mammiferi marini; dove stava il vecchio Proteo, mitologico pastore cui spettava controllare le immense greggi di Nettuno? Qui dominavano le foche. Si tenevano a gruppi distinti, il padre vigilava sulla famiglia e la madre allattava i piccoli, mentre i giovani ormai forti si emancipavano a breve distanza. Quando le foche volevano spostarsi procedevano a lievi salti ottenuti contraendo il corpo, e si aiutavano un po' goffamente con le loro pinne imperfette, che nei lamantini formano quasi degli avambracci. Nell'acqua (loro vero elemento) questi animali dalla spina dorsale mobile e dal bacino stretto, dal pelame raso e fitto, dai piedi palmati nuotano a meraviglia. E riposando hanno atteggiamenti graziosissimi. Così gli antichi (per la dolce fisionomia, per lo sguardo espressivo come le più belle segnalazioni femminili, per i loro occhi vellutati e limpidi) poetizzandoli mutarono i maschi in tritoni e le femmine in sirene.

Feci notare a Conseil lo sviluppo dei lobi cerebrali, in questi intelligenti cetacei. Salvo l'uomo non esiste mammifero così ricco in materia. E infatti, le foche possono venir educate: si addomesticano facilmente e (d'accordo con altri naturalisti) penso che opportunamente addestrate renderebbero grandi servigi come "cani da pesca".

La maggior parte dormiva, sulle rocce o sulla sabbia. C'erano alcune varietà di stenorinchi, lunghi tre metri, bianchi nel pelame, con una testa da bull-dog, e dieci denti per ciascuna mascella. Fra essi strisciavano elefanti marini, dalla corta e mobile proboscide: giganti della specie, lunghi dieci metri. Nessuno mostrava turbamento per il nostro avvicinarci.

« Non sono mai animali pericolosi? » domandò Conseil.

« No, a meno che vengano aggrediti. Quando una foca difende il suo piccolo, può aver un furore terribile; e a volte ne va a pezzi tutta una barca. »

« È giustizia » disse Conseil.

« Non lo nego. »

Due miglia in là fummo bloccati dal promontorio che difendeva la baia contro i venti del sud. Cadeva a picco nel mare e schiumava nella risacca. Udivo anche violenti muggiti, quali potevano venire da una mandria di ruminanti. Conseil domandò notizie.

« Un concerto di tori? »

« No, di trichechi. »

« Si stanno battendo? »

« O si battono o stanno giocando. »

« Non dispiaccia al signore, vorrei vederla una cosa simile. »

« Vediamola Conseil. »

Ed eccoci a scalare le rocce nerastre, con franamenti imprevedibili e sdrucciolate per il ghiaccio. Andai due o tre volte a rotoloni. Conseil era più abile, non si sgomentava e mi aiutava a rialzarmi.

« Se il signore tenesse le gambe un poco più larghe, resterebbe meglio in equilibrio. »

Quando arrivammo in cresta, apparve una vasta pianura bianca tutta coperta di trichechi. Giocavano fra loro. Gli urli erano di gioia, non di collera.

Hanno zanne d'avorio ricercatissime, i trichechi. E vanno incontro per questo allo sterminio. Là potei osservarli a mio agio, non conoscevano ancora l'umana ferocia. Notai quella loro pelle molto grossa e rugosa, fulvo-rossastra; il pelame corto e rado. Alcuni erano lunghi quattro metri. Più fiduciosi dei loro congeneri settentrionali non avevano sentinelle intorno all'accampamento, tutt'altro.

Esaminata la città dei trichechi pensammo al ritorno. Erano le undici, e se il capitano trovava condizioni favorevoli volevo assistere al rilevamento. Ma non speravo molto che il sole apparisse, nemmeno quel giorno. Le nubi lo nascondevano.

Volli in ogni modo tornare al *Nautilus*. Per le undici e mezza fummo di nuovo là dov'eravamo sbarcati. Il canotto aveva portato a terra il capitano. Lo scorsi in piedi su un masso basaltico, e aveva intorno i suoi strumenti. Con lo sguardo fissava l'orizzonte a nord, dove il sole nascosto proseguiva la sua curva allungata.

Entrambi aspettammo senza parlare. Venne mezzogiorno; e come il giorno prima il sole non si mostrò.

Pessima sorte. L'osservazione falliva di nuovo. Se, l'indomani, andava ancora così bisognava definitivamente rinunciare.

Infatti eravamo al 20 marzo. Il 21, giorno dell'equinozio, dopo la rifrazione il sole avrebbe lasciato l'orizzonte per sei mesi dando inizio alla grande notte polare. Dopo l'equinozio di settembre era emerso dall'orizzonte settentrionale, alzandosi a spirali oblunghe fino al 21 dicembre. Poi aveva cominciato a ridiscendere, e il 21 marzo sarebbe andato via.

Comunicai i miei timori al capitano.

« È vero » disse. « Se non ho domani l'altezza del sole, per sei mesi non posso averla. Ma appunto perché il caso ci ha condotto in questi mari verso il 21 marzo, se a mezzogiorno il sole si mostrerà ricorreremo a un metodo d'osservazione particolare. »

« Perché dunque? »

« Perché, quando il sole descrive spirali tanto allungate, è difficile misurarne esattamente l'altezza sull'orizzonte; gli strumenti possono commettere gravi errori. »

« E come farete, allora? »

« Mi varrò esclusivamente del mio cronometro. Se domani a mezzogiorno il disco solare, tenendo conto della rifrazione, sarà tagliato proprio in due dall'orizzonte settentrionale, vorrà dire che siamo al Polo Sud. »

« Certo » risposi. « Però l'affermazione non ha un rigore matematico, dato che l'equinozio non cade necessariamente a mezzogiorno. »

« Giusto. Ci esponiamo tuttavia a un massimo errore di cento metri, e non abbiamo bisogno di meglio. Allora, a domani! »

Il capitano tornò a bordo, io e Conseil fino alle cinque andammo su e giù per la spiaggia, osservando e cercando. Non trovai quasi nulla di singolare tranne un uovo di pinguino, notevole per la grossezza, e che un amatore avrebbe pagato forse più di mille franchi. Il color isabella, i segni che l'ornavano come geroglifici ne facevano un elegante soprammobile. Lo affidai a Conseil. Reggendolo come una egregia porcellana cinese lo portò intatto al *Nautilus*.

Pranzai con appetito; nel suo eccellente sapore un fegato di foca mi ricordò la carne di maiale. E andai a letto, non senza aver invocato come un indù i favori dell'astro radioso.

L'indomani alle cinque del mattino salivo in piattaforma. Vi trovai il capitano.

« Il tempo migliora un poco » disse. « Ho speranze. Fatta

colazione andremo a terra per sceglierci un buon posto e aspettare. »

Intanto andai da Ned Land. Desideravo condurlo con me. L'ostinato Ned rifiutò, mi accorsi che il suo umore peggiorava tenacemente.

Dopo colazione mi portarono a terra. Il *Nautilus* si era spostato ancora di qualche miglio durante la notte. Era al largo, a una buona lega dalla riva, sovrastata da un picco alto quattro o cinquecento metri. Insieme a me il canotto recava il capitano Nemo, due uomini dell'equipaggio e gli strumenti: un cronometro, un cannocchiale e un barometro.

Vidi numerose balene, appartenenti alle tre grandi famiglie dei mari australi: la balena franca o *Right Whale* degli inglesi, priva di pinna dorsale; la *Hump-back*, balenottera dal ventre pieghettato, con le pinne biancastre che malgrado il nome non formano ali; e la *Fin-back* d'un bruno giallastro, il più vivace fra i cetacei. Questo poderoso animale si fa sentir da lontano lanciando a grande altezza le colonne d'aria e di vapore, come turbini di fumo. Le balene se la spassavano a branchi nelle acque tranquille, questo bacino del Polo Antartico doveva fare da rifugio ad animali ormai troppo perseguitati in altri mari.

Toccavamo terra alle nove. Il cielo schiariva, le nubi fuggivano a sud. Presto il capitano si avviò verso il picco a cui evidentemente pensava come a un osservatorio. Fu una faticosa ascensione fra lave taglienti e pietre pomici, in un'atmosfera spesso condizionata dalle fumarole.

Ci vollero due ore, per arrivare in cima a quel picco metà in porfido e metà in basalto. Di lassù abbracciammo con lo sguardo una gran distesa marina, che, verso nord, segnava nettamente la linea di confine col cielo. Ai nostri piedi, terre accecanti di candore. Sulle nostre teste un diafano azzurro libero da nebbie. E a nord, il disco solare era una palla di fuoco già intaccata dalla lama dell'orizzonte. Le balene rinnovavano in quantità magnifici zampilli. Lontano, il *Nautilus* pareva un cetaceo addormentato. E a sud e a est stava una terra immensa, una massa ghiacciata o rocciosa di cui non si vedevano i limiti.

Appena arrivato in cima il capitano mediante il barometro ne rilevò l'altezza, doveva tenerne conto nella sua osservazione.

Fu una faticosa ascensione.

Vennero le undici e tre quarti. Il sole, visibile appena per rifrazione, apparve come un disco d'oro inviando i suoi estremi raggi su quel territorio deserto, su quei mari che l'uomo non ha tuttora solcato.

Con il suo cannocchiale a lente reticolata il cui specchietto tramutava la rifrazione, il capitano osservò il sole in discesa a poco a poco per una diagonale molto allungata. Io tenevo il cronometro e mi batteva forte il cuore: se metà del disco all'orizzonte scompariva a mezzogiorno esatto del cronometro, eravamo al Polo!

« Mezzogiorno » dissi.

« Il Polo Sud » rispose gravemente il capitano offrendomi il cannocchiale. Vidi il sole tagliato proprio in due metà dall'orizzonte.

E poco dopo il capitano Nemo, appoggiatami una mano sulla spalla, narrava:

« Signore, nel 1600 l'olandese Gheritk trascinato dalle correnti e sospinto dalle tempeste, toccò i 64° di latitudine sud scoprendo le Nuove Shetland. Nel 1773, il 17 gennaio, l'illustre Cook seguendo il trentottesimo meridiano arrivò a 67° 30' di latitudine; nel 1774, il 30 gennaio, sul centonovesimo meridiano toccò 75° 15' di latitudine. Nel 1819 il russo Bellinghause era sul sessantanovesimo parallelo, e nel 1821 sul sessantaseiesimo a 111° di longitudine ovest. Nel 1820 l'inglese Brunsfield venne fermato al sessantacinquesimo grado; l'americano Morrel, i cui resoconti però sono malfidi, risalendo il quarantesimo meridiano scopriva il mare libero a 70° 14' di latitudine. Nel 1825 l'inglese Powel non riusciva a superare il sessantaduesimo grado; quell'anno un semplice pescatore di foche, l'inglese Weddel, arrivò a 72° 14' sul trentacinquesimo meridiano, e a 74° 15' sul trentaseiesimo. Nel 1829 l'inglese Forster comandante del *Chanticleer*, dichiarava il possesso del continente antartico a 63° 26' di latitudine e 66° 26' di longitudine. Nel 1831 l'inglese Boscoë (1° febbraio) scopriva la Terra di Enderby a 68° 50' di latitudine, nel 1832 il 5 febbraio la Terra di Adelaide a 67° di latitudine, e il 21 febbraio la Terra di Graham a 64° 45' di latitudine... Nel 1838 il francese Dumont d'Urville, fermato dalla banchisa a 62° 57' di latitudine, rilevava la Terra di Luigi Filippo; due anni dopo in una nuova puntata a sud battezzava a 66° 30' la Terra Adelia, e otto giorni dopo a 64° 40' la Costa Clarie. Nel 1838 l'inglese Wilkes avanzava fino al sessantanovesimo parallelo, lungo il centesimo meridiano. Nel 1839 l'inglese Balleny scopriva la Terra Sabrina, al limite del Circolo Polare. E infine, nel 1842 l'inglese James Ross al comando dell'*Erebus* e del *Terror*, il 12 gennaio, a 76° 56' di latitudine e 171° 7' di longitudine est trovava la Terra Vittoria; il 23 dello stesso mese rilevava il settantaquattresimo parallelo, il punto più alto raggiunto fin allora. Il 27 gennaio era a 76° 8', il 28 a 77° 32', il 2 febbraio a 78° 4'; e nel 1842 tornava al settantunesimo parallelo, che non poté superare. Ebbene io, capitano Nemo, questo 21 marzo 1868 al novantaseiesimo grado ho raggiunto il Polo Antartico e assumo il possesso di questa parte del globo, un sesto dei continenti conosciuti. »

« Lo assumete in nome di chi, capitano? »

« In nome mio, signore. »

Egli dispiegò una bandiera nera che portava una N d'oro, ricamata sulla stoffa. Poi rivolgendosi al sole, alle sue ultime irradiazioni lambenti l'orizzonte marino:

« Addio sole! » esclamò. « Tu ora ci lasci, astro radioso. Coricati sotto questo libero mare, e lascia che una notte di sei mesi tenga le sue ombre sul mio nuovo dominio. »

XV
ACCIDENTE O INCIDENTE?

Il giorno dopo alle sei del mattino cominciarono i preparativi per la partenza. Gli ultimi lucori emanati dal crepuscolo sparivano nella notte. Il freddo era pungente. Le costellazioni splendevano con una particolare intensità. Allo zenit brillava quell'ammirevole Croce del Sud, che è la stella polare delle regioni antartiche.

C'erano dodici gradi sotto zero, e il vento a tratti mordeva. Sull'acqua libera i ghiacci erano sempre più frequenti, il mare tendeva a congelarsi dovunque. Numerose lastre alla superficie annunciavano la formazione del nuovo ghiaccio. Evidentemente il bacino australe, durante i sei mesi dell'inverno, sarebbe stato del tutto inaccessibile. Che avveniva delle balene allora? Passando sotto alla banchisa andavano

« Addio sole! » esclamò.

senza dubbio a cercarsi mari più abitabili. Quanto alle foche e ai trichechi, abituati a vivere nei più duri climi, dovevano restare dov'erano. Hanno l'istinto di scavar buchi nell'*ice-field* e poi tenerli sempre aperti. Dai buchi vengono a respirare; e quando gli uccelli cacciati dal freddo hanno emigrato verso nord, le foche e i trichechi sono padroni esclusivi del continente polare.

Ora i serbatoi d'acqua si erano riempiti e il *Nautilus* scese, lentamente, fino a una profondità di mille piedi. L'elica venne accelerata e la nave fece rotta a nord su una media di quindici miglia all'ora. Verso sera procedeva già sotto la calotta gelata della banchisa.

Le imposte del salone, per prudenza, erano state chiuse, dato che il *Nautilus* poteva venir urtato da qualche blocco sommerso. Così passai la giornata nel rivedere le mie note, con la mente ancora presa dai ricordi del Polo. Eravamo arrivati a quel luogo "inaccessibile" senza fatiche, senza pericoli, come se il nostro vagone fluttuante scivolasse lungo le rotaie d'una ferrovia. E adesso cominciava il ritorno. Mi aspettavano nuove grandi sorprese? Ne ero convinto; le meraviglie sottomarine sono inesauribili. Finora, nei cinque mesi e mezzo passati a bordo di questa nave, avevamo fatto quattordicimila leghe e in simile percorso più lungo dell'Equatore quanti eventi avevano reso sbalorditivo il nostro viaggio! La caccia nei boschi di Crespo, l'arenamento nello Stretto di Torres, il cimitero di corallo, le peschiere di Ceylon e il tunnel arabico, il fuoco a Santorino, i milioni nella baia di Vigo, l'Atlantide, il Polo Sud! Anche la notte, di sogno in sogno, questi ricordi non diedero tregua alla mia mente.

Verso le tre del mattino mi risvegliò un fortissimo urto. Drizzatomi a mezzo ascoltavo nell'oscurità, quando a un tratto finii sul pavimento. Certo il *Nautilus* dopo aver urtato, sbandava gravemente sul fianco.

Mi appoggiai alla parete e poi raggiunsi il salone, illuminato dal soffitto. I mobili erano rovesciati. Per fortuna le vetrine saldamente poste avevano resistito. Per lo spostamento della verticale, i quadri appesi verso tribordo premevano contro le tappezzerie, quelli del lato opposto avevano curiose posizioni oblique.. Il *Nautilus* dunque era sbandato a tribordo, e se ne stava immobile.

Udivo rumor di passi, voci confuse. Il capitano non apparve. Mentre stavo per lasciare il salone, entrarono Ned Land e Conseil.

« Che succede? » domandai.

« Venivo a domandarlo io » rispose Conseil.

« Per mille diavoli! » esclamò Ned « io lo so. Il *Nautilus* ha urtato, e a giudicare da quanto sbanda non credo che potremo cavarcela come nello Stretto di Torres. »

« Ma almeno siamo in superficie? »

« Mah » rispose Conseil.

« È facile accertarlo » risposi.

Guardai il manometro. Con mia gran meraviglia dava una profondità di trecentosessanta metri.

« Che diavolo significa? » esclamai.

« Bisogna interrogare il capitano Nemo » disse Conseil.

« Ma dove trovarlo? » fece Ned Land.

Li invitai a seguirmi e uscimmo dal salone. Nella biblioteca, nessuno. Alla scaletta centrale e nel posto equipaggio, nemmeno. Immaginai che il capitano stesse nella gabbia del timoniere. Il meglio era aspettare, e tornammo nel salone.

Eravamo là da venti minuti orecchiando i minimi rumori, quando entrò il capitano. Parve non vederci. La fisionomia di solito impassibile si mostrava inquieta. Osservò in silenzio bussola e manometro, e andò a puntare un dito su un punto del planisfero, nella zona relativa ai mari australi.

Non volli interrompere il suo esame. Poi, quando si volse verso di me gli dissi ricambiandogli un'espressione che aveva usato nello Stretto di Torres:

« Un incidente, capitano? ».

« No, signore » rispose. « Questa volta è un accidente. »

« Grave? »

« Forse. »

« C'è un immediato pericolo? »

« No. »

« Il *Nautilus* si è incagliato? »

« Sì. »

« E com'è successo? »

« Una sorpresa della natura, non l'imperizia degli uomini. Non sono stati fatti errori nelle manovre. Ma l'equilibrio ha le sue durate e i suoi crolli. È possibile sfidare le leggi umane, non si resiste a quelle naturali. »

Bizzarro momento, quello, per una riflessione "filosofica". Certo la risposta non mi diceva nulla.

« Posso sapere qual è la causa dell'*accidente*? » insistetti.

« Un'enorme massa di ghiaccio, tutta una montagna si è capovolta. Quando gli *icebergs* sono corrosi alla base da acque più calde o da urti ripetuti, il loro centro di gravità si sposta in alto. A un certo punto si rovesciano totalmente, ribaltano. Così è accaduto. Una di queste montagne, capovolgendosi ha urtato il *Nautilus* che navigava in immersione. Poi, scivolando sotto al suo scafo e alzandolo con una forza irresistibile lo ha portato in acque meno dense, dove ora è coricato sul fianco. »

« Ma svuotando dei serbatoi lo si potrebbe rimetter in equilibrio. »

« È quel che si sta tentando, signore. Non sentite le pompe in azione? Il manometro dice che il *Nautilus* risale; ma anche il blocco di ghiaccio risale con lui, e fin tanto che un ostacolo non fermi il suo moto ascensionale la nostra posizione non cambia. »

Infatti, la nave dava sempre la stessa banda a tribordo. Certamente avrebbe ritrovato l'equilibrio quando l'*iceberg* si fosse fermato. Ma non avremmo forse urtato prima nella volta della banchisa, trovandoci minacciosamente premuti fra due blocchi di ghiaccio?

Riflettevo su tutte le possibili conseguenze, e intanto il capitano guardava ancora il manometro. Dopo l'urto il *Nautilus* era risalito di pressapoco centocinquanta piedi, ma teneva sempre lo stesso angolo con la perpendicolare.

Ora, nello scafo si percepì un lieve movimento e il *Nautilus* un poco si raddrizzava. Gli oggetti, nel salone, tendevano a riprendere le posizioni normali: le pareti si ravvicinavano alla verticalità. Nessuno di noi parlava. Con emozione vedevamo e sentivamo la nave raddrizzarsi. Il pavimento sotto i nostri piedi ridiventava orizzontale. Trascorsero dieci minuti.

« Finalmente ritti! » esclamai.

« Sì » disse il capitano andando verso la porta.

« Ma galleggeremo? »

« Non c'è dubbio. I serbatoi non sono ancora svuotati; quando lo saranno il *Nautilus* risalirà per forza alla superficie. »

Uscì, e mi avvidi presto che volontariamente il moto ascensionale era stato fermato. Altrimenti, la nave finiva per urtare contro la volta della banchisa; era meglio tenerla fra due acque.

« L'abbiamo scampata bella! » disse Conseil.

« Già. Potevamo venir schiacciati fra le masse di ghiaccio o almeno imprigionati. E allora, non potendo rinnovare l'aria... Eh, l'abbiamo scampata bella! »

« Se è finita » mormorò Ned Land.

Non volli far discussioni, lasciai perdere. E le imposte poco dopo si aprirono; irruppe la luce esterna.

Eravamo nell'acqua, ma a dieci metri si ergeva da una parte e dall'altra un'abbagliante muraglia di ghiaccio. Altre muraglie risultavano stare sopra e sotto al *Nautilus*. Sopra, perché la parte inferiore della banchisa si dispiegava come un immenso soffitto. Sotto, perché l'*iceberg* rovesciatosi e a poco a poco scivolato riceveva dalle pareti laterali due appoggi che lo tenevano fermo. Il *Nautilus* era prigioniero in un autentico tunnel di ghiaccio, largo venti metri circa, e pieno d'acqua. Sembrava facile uscirne sia in avanti sia all'indietro, e qualche centinaio di metri più sotto ritrovar un passaggio libero sotto la banchisa.

Benché quella del soffitto fosse stata tolta il salone risplendeva di una luce intensa: il ghiaccio moltiplicava gli effetti del proiettore. Su quelle masse capricciosamente intagliate i raggi trovavano specchi magici; da ogni parte veniva una luce diversa, secondo le vene che correvano nel ghiaccio. E a migliaia specialmente gemme simili a zaffiri incrociavano i loro riflessi blu con quelli che era naturale attribuire a smeraldi, a diamanti e a rubini.

« Com'è bello! » esclamava Conseil.

« Uno spettacolo incantevole » dissi. « Non è vero Ned? »

« Per mille diavoli, sì! » egli rispose. « Una faccenda grossa. Mi fa rabbia l'ammetterlo. Nessuno ha mai visto roba simile. Ma potrà costarci caro. E a dire la verità penso che stiamo guardando cose proibite, interdette dalla volontà divina a noi poveri uomini. »

Ned poteva anche non sbagliarsi. E a un grido di Conseil mi voltai.

« Che succede? »

« Bisogna chiudere gli occhi! Il signore non guardi! »

Tutto agitato egli veramente serrava le mani intorno agli occhi.

« Ma cos'hai, ragazzo mio? »

« Sono abbacinato, accecato! »

Mi rivolsi verso il cristallo, ma era impossibile sopportare con la vista il fuoco che lo divorava.

Il *Nautilus* era scattato a grande velocità. Tutti gli immobili splendori prodotti dai ghiacci si erano trasformati in raggi folgoranti. Pareva che fuggissero tra un labirinto di lampi.

Le imposte si richiusero. Ma ancora per un tempo abbastanza lungo le nostre mani difesero gli occhi feriti, esitanti.

« Parola d'onore non l'avrei mai creduto » disse Conseil.

« E io ancora non ci credo... » ribatté il canadese.

« Quando torneremo a terra, » aggiunse Conseil « viziati da tali spettacoli, cosa ci sembreranno i nostri miserabili paesaggi e le meschine opere compiute dall'uomo? No, il mondo abitato non è più degno di noi. »

Sentir parlare così un buon fiammingo garantiva l'alto grado d'ebollizione cui era giunto il nostro entusiasmo. Ma Ned Land volle gettare un po' d'acqua fredda.

« Il mondo abitato? » disse scuotendo la testa. « Non dubitare amico Conseil, l'abbiamo perso per sempre. »

Erano le cinque del mattino, quando sentimmo un nuovo urto a prua del *Nautilus*. Lo sperone doveva aver dato contro a un blocco di ghiaccio. Per un errore nella manovra? Il tunnel sottomarino non offriva una facile navigazione. Comunque fosse, il *Nautilus* retrocedeva.

« Torniamo indietro? » domandò Conseil.

« Sì » risposi. « Qui il tunnel non deve lasciare via d'uscita. »

« E allora?... »

« Allora la manovra è pur semplice. Torneremo sui nostri passi e usciremo da sud. Ecco tutto. »

Volevo fingere la sicurezza che non avevo. Il moto retrogrado si accelerò, e pur andando a macchina indietro la nave cominciava davvero a correre.

« Avremo del ritardo... » disse Ned.

« Che importa? Ora più ora meno, basta che si esca. »

« Sì, » ripeté il canadese « basta che si esca... »

Feci un po' di movimento fra il salone e la biblioteca.

Seduti, i miei compagni tacevano. Mi abbandonai infine su un divano e presi un libro, i miei occhi vi correvano sopra macchinalmente.

Dopo un poco di tempo Conseil si avvicinò.

« È interessante quel che il signore sta leggendo? »

« Interessantissimo. »

« Lo credo bene. È il libro del signore, questo che tiene in mano. »

« Il mio libro? »

Guardai il titolo: *I grandi fondali sottomarini*. Non me ne ero accorto. Chiusi il libro e ripresi la passeggiata. Ned e Conseil si alzarono per andarsene.

« Restate, amici » dissi trattenendoli. « Rimaniamo insieme fino a quando saremo fuori da questo benedetto tunnel. »

« Come piace al signore » dichiarò Conseil.

Passarono delle ore. Guardavo con insistenza gli strumenti appesi alla parete. Il manometro segnava una profondità costante di trecento metri; la bussola una direzione sempre a sud; il *loch* una velocità di venti miglia all'ora, preoccupante in uno spazio così limitato.

Alle otto e venticinque vi fu un altro urto, questa volta a poppa. Impallidii, e i compagni mi erano venuti vicino. Presi la mano di Conseil. Ci interrogavamo con lo sguardo.

D'un tratto il capitano entrò nel salone. Gli andai incontro.

« La via verso sud è sbarrata? » domandai.

« Sì. L'*iceberg* nel rovesciarsi ha chiuso ogni via di uscita. »

« Siamo bloccati? »

« Esattamente. »

XVI
MANCANZA D'ARIA

Stava, intorno al *Nautilus*, una bara di ghiaccio. Eravamo sepolti nella banchisa.

Ned Land sferrò contro il tavolo un formidabile pugno. Conseil taceva. Io guardavo il capitano, che aveva ripreso la solita impassibilità. Aveva incrociato le braccia, rifletteva.

Disse poi con voce calma:

« Signori, abbiamo due modi per morire nella situazione in cui ci troviamo. »

L'inesplicabile personaggio si esprimeva come un professore di matematica in cattedra, dinnanzi ai suoi allievi.

« Il primo, » riprese « è morire schiacciati. Il secondo morire asfissiati. Non conto la possibilità di morir di fame; qui i viveri sono certamente meno inclinati di noi ad estinguersi presto. Vediamo, dunque, l'alternativa tra schiacciamento e asfissia. »

« L'asfissia » risposi « non mi sembra da temere perché i nostri serbatoi sono pieni. »

« Giusto, » replicò il capitano « ma daranno aria soltanto per due giorni. L'atmosfera del *Nautilus* chiede un'immediata ossigenazione. Fra quarantott'ore la riserva sarà esaurita. »

« Ebbene liberiamoci prima delle quarantott'ore! »

« Lo tenteremo, forando la muraglia che ci rinchiude. »

« Quale parte sembra più adatta? »

« Deciderà lo scandaglio. Farò poggiare il *Nautilus* sul blocco inferiore, e i marinai vestendo lo scafandro aggrediranno il ghiaccio dove sia meno resistente. »

« Si possono aprire le imposte del salone? »

« Nessun dubbio. Siamo fermi. »

Il capitano uscì. Dei sibili annunciarono che l'acqua entrava nei serbatoi. Sceso lentamente, il battello si posò sul ghiaccio a una profondità di trecentocinquanta metri.

« Amici miei, » dissi « la situazione è grave. Ma conosco il vostro sangue freddo e la vostra energia. »

« Signore, » mi rispose Ned « non è il momento per annoiarvi con le mie recriminazioni. Sono pronto a battermi per la salvezza comune. »

« Bene » esclamai tendendogli la mano.

« Aggiungerò, » soggiunse « che riesco a maneggiare il piccone come l'arpione. Il comandante può disporre di me. »

« Non rifiuterà certo il vostro aiuto. Venite Ned. »

Accompagnai il canadese là dove gli uomini del *Nautilus* stavano indossando gli scafandri; riferii al capitano l'offerta di Ned che fu accettata. Indossò il vestito da mare e fu pronto come gli altri. Ognuno portava sulla schiena l'apparecchio Rouquayrol con un ampio quantitativo d'aria pura.

Non servivano invece le lampade Ruhmkorff nelle acque già luminose.

Tornai nel salone, e accanto a Conseil contemplai l'ambiente nel quale giaceva il battello.

Poco dopo vedemmo una dozzina d'uomini metter piede sul banco di ghiaccio, riconobbi Ned Land dall'alta statura. Anche il capitano era là.

Fece praticare dei sondaggi, che dovevano fornire la direzione giusta. Lunghi scandagli vennero fatti nelle pareti laterali; ma oltre i quindici metri si era ancora fermati dalla muraglia. Quanto alla vôlta, corrispondeva alla banchisa che era alta più di quattrocento metri. Il capitano fece allora sondare in basso: qui una parete larga dieci metri ci separava dall'acqua; tale era lo spessore di questo *icefield*. Bisognava toglierne una parte eguale, in superficie, alla linea di galleggiamento del *Nautilus*: circa seimilacinquecento metri cubi.

Il lavoro fu iniziato subito e condotto con instancabile ostinazione. Non si scavò intorno al *Nautilus*, cosa che offriva particolari difficoltà; l'immensa fossa fu delineata a otto metri dal fianco sinistro. Poi i picconi intaccarono il ghiaccio in vari luoghi, e grossi blocchi vennero staccati dalla massa. Per un bizzarro effetto del peso specifico i blocchi, meno pesanti dell'acqua, balzavano se così si può dire verso la vôlta del tunnel, il cui spessore in alto si accresceva quanto in basso diminuiva. Ma l'importante stava in questa diminuzione.

Dopo due ore di energico lavoro, Ned rientrò sfinito. Nella seconda schiera andammo a picconare anche Conseil e io. Ci dirigeva il secondo-ufficiale.

L'acqua mi riuscì freddissima ma il lavoro fece presto a scaldarmi.

Quando rientrai, a mia volta, dopo due ore per mangiar qualche cosa e riposare, trovai una notevole differenza tra il buon fluido che mi forniva l'apparecchio Rouquayrol e l'atmosfera nel *Nautilus*, già carica d'acido carbonico. L'aria non era stata ancora rinnovata. Prodigandoci complessivamente per dodici ore non togliemmo che una fetta di ghiaccio alta un metro, circa seicento metri cubi. Tenendo questa media occorrevano ancora cinque notti e quattro giorni, per finire l'impresa.

« Cinque notti e quattro giorni! » dissi ai miei compagni. « E nei serbatoi abbiamo aria per due giorni! »

« Senza contare » precisò Ned « che una volta usciti da questa prigione ci troveremo ancora sotto la banchisa, lontani da ogni comunicazione con l'atmosfera. »

La realtà era terribile. Ma ciascuno l'aveva guardata in faccia, e rimaneva deciso a battersi fino in fondo.

Durante la notte ancora una fetta d'un metro fu tolta dall'alveolo. E, al mattino, quando indossato lo scafandro attraversai la massa liquida a una temperatura di sei o sette gradi sotto zero, notai che le muraglie laterali si ravvicinavano a poco a poco. Le acque più distanti dalla fossa, non riscaldate dal nostro lavoro, mostravano la loro tendenza a ghiacciarsi. Il nuovo e imminente pericolo riduceva al minimo ogni possibilità di salvezza. Il ghiaccio in formazione non avrebbe stritolato il *Nautilus* come vetro?

Lo dissi al capitano Nemo.

« Lo so » rispose con la calma che nulla o quasi poteva alterare. « È una minaccia di più, ma non vedo il modo per stornarla. L'unica via di scampo è fare più presto della glaciazione. Bisogna arrivar primi: ecco tutto. »

Arrivar primi! Ma ormai avevo fatto un'abitudine a questi suoi motti.

Lavoravo di piccone con frenesia. Del resto, adesso voleva dire lasciar il *Nautilus* e respirare direttamente l'aria pura tolta ai serbatoi.

Scavammo per un altro metro. Quando tornai a bordo, la sera, mi sentii quasi asfissiato dall'acido carbonico che saturava l'aria. Prodotto dalle nostre respirazioni aveva ormai invaso tutta la nave. Bisognò aprire le valvole dei serbatoi, quella sera, diffondendo nel battello un po' d'aria pura.

Ripresi l'indomani 26 marzo il lavoro intaccando il quinto metro di scavo. Le pareti laterali e la vôlta si ispessivano a vista d'occhio. Ovviamente si sarebbero congiunte prima che il *Nautilus* divenisse libero. Mi assalì una disperazione. A quale scopo scavare per morire ugualmente soffocati, compressi da un'acqua trasformatasi in pietra, supplizio che nemmeno la ferocia del peggiore selvaggio aveva inventato! Mi pareva che le formidabili mascelle d'un mostro, via via, si ravvicinassero intorno al mio corpo.

Vedendo a un certo momento passarmi accanto il capi-

Le muraglie laterali si ravvicinavano a poco a poco.

tano Nemo, impegnato come tutti noi nel lavoro, gli toccai un braccio e indicai le mura della nostra prigione. La parete a tribordo era ormai a meno che quattro metri dallo scafo.

Egli mi accennò di seguirlo. Rientrammo a bordo. Tolto lo scafandro accompagnai il capitano nel salone.

« Signor Aronnax, » mi disse « bisogna tentare qualche metodo eroico. Altrimenti il ghiaccio verrà presto a stringerci come in un blocco di cemento. »

« Sì, » risposi « ma che fare? »

« Ah, se il *Nautilus* fosse così forte da sopportare questa pressione: senza restarne schiacciato! »

« Ebbene? » domandai non afferrando l'idea.

« Non capite che il congelamento verrebbe in nostro aiuto? Ecco: la solidificazione dell'acqua farebbe esplodere il nostro carcere di ghiaccio come avviene, spesso, per le pietre più dure. Per noi, diventerebbe forse la salvezza. »

« Sì, capitano: forse. Ma qualunque resistenza possegga il *Nautilus*, non sopporterebbe una pressione così tremenda, si appiattirebbe come una lamina di metallo.

« Lo so. Quindi non possiamo aspettarci un sufficiente aiuto dalla natura, dobbiamo pensarci noi. Bisogna impedire la solidificazione. Dobbiamo fermarla. Non soltanto le pareti laterali si rinserrano: a prua e a poppa restano solo dieci piedi d'acqua. Il ghiaccio si avvicina da tutte le parti. »

« Per quanto tempo ancora i serbatoi ci permetteranno di respirare, a bordo? »

Mi guardò in faccia:

« Dopodomani saranno vuoti ».

Sudai freddo. Ma potevo stupirmi dell'annuncio? Il 22 marzo il *Nautilus* si era immerso nelle acque del Polo. Eravamo al 26. Da cinque giorni vivevamo sulle riserve d'aria. E in gran parte bisognava destinarle ai lavoratori. Oggi, mentre scrivo queste note l'impressione d'allora mi ritorna viva al punto che una specie di terrore mi invade, l'aria sembra mancar ai miei polmoni!

Il capitano rifletteva, silenzioso adesso. Visibilmente una idea gli si aggirava nella mente. E pareva venirne respinta. Egli negava fiducia a se stesso? Infine queste parole gli uscirono dalle labbra:

« L'acqua bollente ».

« L'acqua bollente? » esclamai.

« Proprio. Siamo chiusi in uno spazio molto esiguo. Dei getti d'acqua bollente, lanciati a ripetizione dalle pompe, non potrebbero alzar la temperatura dell'acqua freddissima, e ritardarne il congelamento? »

« Bisogna provarci » dissi con impeto.

« Proviamoci, signor professore. »

Il termometro dichiarava allora, all'esterno, sette gradi sotto zero. Il capitano mi portò nelle cucine dove stavano grandi apparecchi per distillare acqua potabile. Furono caricati d'acqua, e tutto il calore elettrico delle pile fu lanciato attraverso le serpentine. In pochi minuti, l'acqua raggiunse i cento gradi. Fu mandata verso le pompe mentre gradualmente nuova acqua prendeva il suo posto. Il calore sviluppato dalle pile era tale, che l'acqua fredda, attinta dal mare, dopo aver solo attraversato gli apparecchi giungeva bollente alle pompe.

Il getto cominciò, e il termometro segnava tre ore dopo all'esterno sei gradi sotto zero. Un grado guadagnato. Due ore più tardi, il termometro segnalò quattro gradi.

« Ci riusciremo » dissi al capitano dopo aver seguito e controllato gli sviluppi dell'operazione.

« Credo anch'io » mi rispose. « Non saremo schiacciati. Resta l'asfissia da temere. »

Durante la notte la temperatura dell'acqua pervenne a un grado sotto zero. I getti non riuscirono a portarla più in alto. Ma poiché il congelamento dell'acqua marina avviene solo a due gradi sotto zero, fui rassicurato contro i pericoli da quella parte.

Sei metri di ghiaccio erano stati tolti all'alveolo, quando rifacemmo i conti il giorno dopo. Quattro ancora da togliere, ossia quarantott'ore di lavoro. L'aria non poteva ormai venir più rinnovata all'interno del *Nautilus*.

La pesantezza che sentivo era intollerabile. Verso le tre pomeridiane un'angoscia irruppe violentemente, fra gli sbadigli che mi slogavano la mascella. I polmoni ansimavano cercando aria, aria, aria. Mi distesi poiché le forze e quasi già la conoscenza venivano meno. Conseil, sofferente delle medesime sofferenze non mi lasciava.

Unico, enorme sollievo, l'indossare gli scafandri per il turno di lavoro. Poi i picconi risonavano sul ghiaccio. Le braccia si stancavano, le mani si scorticavano ma che importava! L'aria entrava nei polmoni, respiravamo ancora!

Fatta la sua parte, ognuno lasciava a un compagno il serbatoio che doveva ridargli vita.

Passò anche quel giorno. Due soli metri restavano da togliere. Ma i serbatoi erano quasi vuoti. Il pochissimo che vi restava lo dovevano avere i lavoratori. Neppur un atomo per il *Nautilus*!

Orribile notte! Mi alzai al mattino con turbinose vertigini che mi rendevano ubriaco. E tutti provavano gli stessi sintomi, qualcuno rantolava.

Era il sesto giorno della nostra prigionia. A quel punto il capitano Nemo ritenne necessario e possibile sfondare il ghiaccio che ancora ci separava dalla massa liquida. Aveva conservato il suo animo intrepido, la sua energia.

La nave fu resa più leggera, vale a dire sollevata dal ghiaccio mediante un cambiamento del peso specifico. Quando tornò a galleggiare fu alata, in modo da poter sormontare la grande fossa commisurata alla sua linea di galleggiamento; i serbatoi d'acqua furono riempiti, il *Nautilus* discese calandosi nell'alveolo.

Tutto l'equipaggio tornò a bordo, la doppia porta di comunicazione fu chiusa. Il battello poggiava sullo strato di ghiaccio che ormai aveva solo un metro di spessore, e forato dagli scandagli in mille punti.

Le valvole dei serbatoi furono aperte per intiero. Cento metri cubi d'acqua vi si precipitarono, accrescendo di centomila chili il peso cui arrivava in precedenza il battello.

Noi aspettavamo, sofferenti ma riaperti alla speranza. Veniva giocata la nostra salvezza sull'ultima carta.

Nonostante i ronzii che mi assordivano percepivo ora dei fremiti sotto il *Nautilus*. Avveniva uno spostamento. Poi il ghiaccio scricchiolò con fracasso, ricordando in grande quello del cartone nello stracciarsi; e il *Nautilus* discendeva.

« Stiamo passando! » mormorava Conseil al mio orecchio.

Non riuscii a dir nulla. Gli presi la mano e la strinsi in una specie di convulsione automatica.

A un tratto, spinto in giù dal sovraccarico il *Nautilus* si infilò nell'acqua come una palla di cannone, ossia cadde allo stesso modo che nel vuoto.

Ogni forza elettrica fu concentrata nelle pompe, e inco-

Semidisteso su un divano.

minciarono a espellere l'acqua dai serbatoi. In alcuni minuti finì la caduta. Presto il manometro segnalò anzi un movimento ascensionale. L'elica lanciata a tutta forza fece sussultare il *Nautilus* e ci spinse verso nord.

Quanto sarebbe durata la navigazione fino al mare libero? Un giorno? Sarei morto ben prima.

Semidisteso su un divano in biblioteca, vaneggiavo soffocando. La mia faccia era viola, le facoltà intellettuali erano spente. Non vedevo e non sentivo.

Quante ore trascorsero così non saprei dirlo. Ma pervenni come a sentire l'inizio della mia agonia. Intuii che stavo per morire.

Repentinamente delle boccate d'aria mi entrarono nei polmoni. Eravamo in superficie? Avevamo passato la banchisa?

No: erano Ned e Conseil a offrirmi un momento di sollievo. Pochi atomi d'aria restavano in fondo a un apparecchio: li avevano conservati e mentre loro stessi soffocavano mi davano vita a goccia a goccia! Volli respingere l'apparecchio. Loro mi tennero le mani, e per qualche momento respirai con voluttà.

Erano le undici del mattino. Doveva essere il 28 marzo. E il capitano Nemo? Aveva trovato qui la sua fine? I compagni erano morti con lui?

Sul manometro intravidi che eravamo a venti piedi dalla superficie. Una tavola di ghiaccio ci separava dall'aria. E non era possibile romperla?

Forse. In ogni caso il *Nautilus* voleva tentarlo. Lo sentii acquisire una posizione obliqua, abbassandosi di poppa ed ergendo lo sperone. Poi, spinto dalla sua elica potente, attaccò l'*icefield* dal sotto in su come un formidabile ariete. Lo infrangeva via via, indietreggiava, tornava a scagliarsi contro il blocco che si incrinava, – finalmente uno sforzo estremo lo portò sulla superficie gelata a premerla col suo peso.

Il boccaporto fu aperto, si può dire "strappato". L'aria pura entrò a fiotti.

XVII
DAL CAPO HORN ALLE AMAZZONI

Mi trovai in piattaforma, non so come. Forse mi ci aveva portato Ned Land. Ma respiravo. *Aspiravo* la viva aria marina. Accanto a me i compagni si beavano delle sue fresche ricchezze.

« Ah, » diceva Conseil « quanto è buono l'ossigeno! Il signore non abbia paura di respirare: ce n'è per tutti. »

Ned Land non parlava. Apriva le sue mascelle, e quale forza di inspirazione! Lui "tirava" come una stufa in pieno fuoco.

Ritrovammo le nostre forze. Guardandomi intorno vidi che in piattaforma eravamo soli. Nessuno dell'equipaggio. Né il capitano Nemo. Agli strani marinai del *Nautilus* bastava l'aria che circolava all'interno: nessun altri che noi era salito all'aperto.

Le mie prime parole furono ringraziamenti ai due compagni. Ned e Conseil avevano prolungato o almeno confortato la mia esistenza, durante quell'agonia.

« Bene signor professore, » rispose Ned « non val la pena di parlarne. Che merito abbiamo? Nessuno. È questione d'aritmetica: la vostra vita conta più che le nostre. Dunque bisognava difendere voi. »

« No, » risposi « non conta più delle vostre! Nessuno è superiore a uomini generosi e buoni, e voi lo siete. »

« Va bene, va bene » ripeté Ned imbarazzato.

« E tu hai sofferto molto, Conseil. »

« Ma non troppo, per essere sincero col signore. Sì, mi mancava qualche boccata d'aria, ma credo che ci avrei fatto l'abitudine. D'altra parte, guardavo il signore che veniva meno e questo non mi dava voglia di respirare. Era una cosa che, direi, mi tagliava il respi... »

Confuso per il doppiosenso non finì la parola.

« Amici miei, » risposi commosso « ormai siamo legati l'uno all'altro per sempre, e avete su di me dei diritti... »

« Dei quali abuserò » interruppe il canadese.

« Eh? » fece Conseil.

« Sì, » riprese Ned « abuserò di un diritto: portarvi con me quando mi riuscirà di lasciare questo *Nautilus* infernale. »

Respiravo.

« A proposito, » disse Conseil « andiamo dalla parte buona? »

« Sì » risposi. « Stiamo andando dalla parte del sole e qui il sole è a nord. »

« Va bene » disse Ned. « Ma rimane da sapere se andiamo verso il Pacifico o verso l'Atlantico, cioè verso i mari deserti o verso quelli frequentati. »

Non potevo rispondere a questo; e temevo che il capitano ci riportasse nell'immenso oceano che bagna, a un tempo, le coste dell'Asia e quelle dell'America. Avrebbe completato in tal modo il suo giro del mondo sottomarino, tornando nei mari dove il *Nautilus* trovava la più completa indipendenza. Ma appunto nel Pacifico, lontano da ogni terra abitata, che fortuna potevano avere i progetti di Ned?

Intanto il *Nautilus* andava alla svelta. Il Circolo Polare venne tagliato, e la prua fu messa sul promontorio di Horn. Eravamo nei suoi dintorni la sera del 31 marzo.

Le sofferenze di prima erano dimenticate. Non guardavamo che all'avvenire. E, quella sera, mi risultò evidente con grandissima soddisfazione che tornavamo a nord per la rotta atlantica.

« Buona notizia, » rispose Ned « ma dove va il *Nautilus*? »

« Non lo so. »

« Che il capitano, dopo il Polo Sud voglia affrontare il Polo Nord e ricondurci nel Pacifico dal famoso passaggio di Nord-Ovest? »

« Non è escluso » disse Conseil.

« E sia, » ribatté l'altro « noi taglieremo la corda in precedenza. »

Il primo aprile, quando un po' avanti mezzogiorno il battello fu in superficie avvistammo a occidente una costa.

Era la Terra del Fuoco, detta così dagli antichi navigatori dopo aver visto numerose fumate alzarsi dalle capanne degli indigeni. Forma una vasta agglomerazione di isole, per trenta leghe di lunghezza e ottanta di larghezza, da 53° di latitudine australe e da 67° 50' a 77° 15' di longitudine ovest. La riva apparve bassa, in lontananza c'erano alte montagne. Credetti vedere anche il Monte Sarmiento, alto duemilasettanta metri: un blocco piramidale di schisto dalla vetta molto aguzza, che a seconda della propria visibilità « annuncia il buono o il cattivo tempo » disse Ned Land.

« Un bel barometro! »

« Sì, signore. Un barometro naturale, e non mi ha mai ingannato quando frequentavo i passaggi dello Stretto di Magellano. »

Giusto allora la vetta risaltò nettamente nel cielo. Era un presagio di bel tempo. E non bugiardo.

Tornato a immergersi il *Nautilus* costeggiò la riva tenendosi a qualche miglio. Dai cristalli vidi molte liane e fuchi giganti; quelle alghe *porta-pere* (già incontrate al Polo) con i loro filamenti lucidi e vischiosi erano lunghe fino a trecento metri; come autentici cavi, resistentissimi, servono per ormeggiare le navi. Un'altra erba chiamata *velp*, dalle foglie incrostate di coralli, tappezzava il fondale ed era insieme nido e cibo per i molluschi i granchi le seppie. Foche e lontre potevano fare là magnifici banchetti, ingoiando legumi marini e pesce: nella miglior tradizione inglese.

Verso sera quasi eravamo già all'arcipelago delle Malvine, ne avvistai il mattino dopo le vette. Il mare era poco profondo. Le due isole dominanti nell'arcipelago, circondate da un gran numero di isolotti, dovevano rientrare un tempo nel territorio magellanico. Le scoprì il famoso John Davis che le chiamò Davis-Southern Islands. Poi da Richard Howikns vennero dette Maiden Islands; le ribattezzarono come Malvine i pescatori di Saint-Malo, e Falkland gli inglesi ai quali oggi appartengono.

Ammirai parecchie meduse e le più belle del genere, le crisaore tipiche alle Malvine. Alcune evocavano ombrelli emisferici liscissimi, con dodici festoni regolari; altre un cestino capovolto da cui uscissero graziosamente foglie e ramoscelli rossi. Nuotavano agitando le quattro braccia fogliacee, lasciando pendere alla deriva l'opulenta chioma dei loro tentacoli. Avrei voluto prenderne qualche esemplare ma non sono che nuvole, ombre, sembianze: si evaporano lasciando l'elemento nativo.

Scomparse all'orizzonte le Malvine il *Nautilus* scese a venti-venticinque metri e tallonò la costa americana. Il capitano seguitava a non mostrarsi.

Fino al 3 aprile non lasciammo i dintorni della Patagonia, navigando ora in immersione ora alla superficie. Venne doppiato il largo estuario del Rio de la Plata e, il 4 aprile, ci si trovò all'altezza dell'Uruguay, ma cinquanta miglia al largo.

La rotta era sempre a nord, e lungo la sinuosa America meridionale.

Verso le undici del mattino passammo il Tropico del Capricorno e si andò al largo di Capo Frio. Dispiacendo a Ned Land il capitano non doveva amare le coste abitate del Brasile, filava alla massima velocità. Non un pesce, non un uccello riusciva a seguirci.

Durante la sera del 9 aprile avvistammo la punta estremamente orientale nell'America del Sud, il Capo San Roque. Il *Nautilus* si allontanò un'altra volta cercando più nel profondo la vallata sottomarina da quel capo a Sierra Leone, sulla costa africana. La "vallata" si biforca, all'altezza delle Antille; e a nord termina in una depressione enorme, novemila metri. Fino alle Piccole Antille c'è una muraglia di sei chilometri tagliata a picco, e verso le isole del Capo Verde un'altra muraglia non meno rilevante; insieme limitano il continente sommerso dell'Atlantide.

Per due giorni quelle acque profonde e deserte furono attraversate mediante i piani inclinati. L'11 aprile si mutò improvvisamente rotta e la terra ci riapparve, là dove sbocca il Rio delle Amazzoni; l'ampio estuario porta in mare tant'acqua che lo dissala per varie leghe.

L'Equatore era stato tagliato. Venti miglia a ovest stavano le Guiane, territorio francese dove avremmo facilmente trovato un rifugio. Ma il vento soffiava forte, i cavalloni furiosi non erano da affrontare con un semplice canotto. Ned Land lo aveva capito e stette zitto.

Grande pesca fecero gli uomini del *Nautilus* in quella zona, l'11 e il 12 aprile. E in una rete venne a bordo una specie di razza molto appiattita, che, tagliandole la coda, avrebbe formato un disco perfetto e doveva pesare venti chili. Era bianca sul dorso, rossastra sul ventre, con grandi macchie di un profondo blu e cerchiate in nero, liscissima di pelle; aveva una pinna bilobata. Stesa in piattaforma si dibatteva con movimenti convulsivi, e un ultimo sforzo l'avrebbe forse portata a rituffarsi in mare. Ma Conseil che teneva a questo pesce gli si gettò addosso, lo afferrò a due mani prima d'ogni mio possibile intervento.

E subito, eccolo andar per terra con le gambe all'aria, paralizzato in metà del corpo.

« Padrone! » gridava « aiutatemi! »

E subito, ecco Conseil andar per terra.

Era la prima volta che il bravo giovane non si rivolgeva "in terza persona".

Ned Land e io lo aiutammo a rialzarsi, lo frizionammo energicamente. Ripresi del tutto i propri sensi, l'eterno classificatore mormorò con voce ancora sconvolta:

« Classe dei cartilaginosi, ordine dei condrotterigi a branchie fisse... Sottordine dei selacidi! Famiglia: razze. Genere: torpedini. »

« Sì amico mio, » dissi « è una torpedine che ti ha ridotto così. »

« Ah il signore può credermi!, mi vendicherò di questa bestiaccia! »

« E come? »

« Mangiandola. »

Lo fece la sera stessa ma fu pura rappresaglia, la "bestiaccia" francamente era coriacea.

Il povero Conseil era capitato su una torpedine del peggior tipo: una *cumana.* Questo strano animale, in un ambiente conduttore qual è l'acqua fulmina i pesci a vari metri di distanza: tanto grande è la forza del suo impianto elettrico.

Il 12 aprile ci avvicinammo alla costa olandese verso la foce del Maroni. Qui vivevano in famiglie numerosissimi lamantini: i *manati* (come i dugonghi e gli stelleri appartengono all'ordine dei sirenidi). Begli animali pacifici, inoffensivi, dovevano pesar almeno quattromila chili. Dissi a Ned e a Conseil che la previdente natura dà a questi mammiferi un compito importante: tocca a loro come alle foche pascolar nelle praterie sottomarine distruggendo, così, le agglomerazioni erbose, allo sbocco dei fiumi tropicali.

« E sapete » aggiunsi « che cosa accade dopo che gli uomini hanno ucciso in massa queste utili bestie? Le erbe putrefatte avvelenano l'aria, e un'aria intossicata qui significa febbre gialla. Il terribile male si è irresistibilmente sviluppato, dall'estuario del Rio de la Plata fino alle Floride. Bisogna credere a Toussenel: un flagello assai peggiore colpirà i nostri discendenti quando i mari saranno spopolati di balene e di foche. Allora, tutti invasi da polipi, meduse e calamari, essi diventeranno enormi focolai d'infezione. Non esisteranno più "quegli ampi stomaci che Dio aveva incaricato di schiumar i mari"... »

Qui vivevano in famiglie numerosissimi lamantini.

Peraltro l'equipaggio catturò una mezza dozzina di *manati*: bisognava metter in cambusa la loro carne eccellente, preferibile a quella di bue o di vitello.

Un'altra pesca, fatta in modo singolare, arricchì le riserve del *Nautilus*. Si trattò per prima cosa di *echeneidi* a disco piatto, con lamelle fra le quali il detto echeneide può crear il vuoto: aderendo a qualunque superficie come una ventosa. Le remore che avevo osservato nel Mediterraneo appartengono alla stessa specie. Ma qui c'era l'echeneide *osteopode*; i marinai ne catturarono una gran quantità e riversarono la preda in tinozze piene d'acqua.

Poi il *Nautilus* si avvicinò a riva. Numerose testuggini marine dormivano a filo delle onde. Sarebbe stato però difficile impadronirsi di questi rettili, il minimo rumore li sveglia. Gli echeneidi parteciparono alla cattura in modo essenziale. Questo pesce è un amo vivente, incomparabile: i marinai attaccarono alla coda degli echeneidi un anello abbastanza largo da non ostacolarne i movimenti, e all'anello una lunga corda, ormeggiata a bordo dall'altro capo. Gli echeneidi ributtati in mare cominciarono subito a far la loro parte, fissandosi alle corazze delle testuggini. Poi non lasciavano presa. Venivano "alati" a bordo e con essi le testuggini cui aderivano. Ci si impadronì in questo modo di svariate cacuane larghe un metro, pesanti duecento chili. Hanno corazze ricoperte di placche cornee, grandi, sottili, trasparenti, e preziosissime. D'altra parte valevano molto dal punto di vista gastronomico, sono squisite come le testuggini franche.

Finimmo così il nostro soggiorno presso le Amazzoni. Venuta la notte il *Nautilus* tornò in alto mare.

XVIII
I POLIPI

Per qualche giorno ci si tenne lontani dalla costa americana. Probabilmente le acque del Golfo del Messico e del Mar delle Antille, fitte di isole e solcate dagli *steamers* non andavano a genio al capitano Nemo.

Il 16 aprile avvistammo la Martinica, la Guadalupa da circa trenta miglia.

Ned Land aveva di nuovo ragioni per sentirsi contrariato. La fuga sarebbe stata facile, in vicinanza di queste terre, riuscendo a impadronirsi del canotto. Ma in pieno oceano rimaneva impossibile.

Con i due compagni ebbi una lunga conversazione sull'argomento. In sei mesi, prigionieri a bordo del *Nautilus* avevamo percorso diciassettemila leghe e (diceva Ned) non c'erano motivi per immaginare che finisse lì. Egli fece allora una proposta inattesa. Domandare categoricamente al capitano Nemo: voleva proprio tenerci per sempre a bordo della sua nave?

L'idea non mi convinse. Secondo me non aveva alcuna probabilità di successo. Non bisognava sperar nulla dal comandante del *Nautilus*, solo noi potevamo risolvere la faccenda. E negli ultimi tempi il capitano era diventato più malinconico e meno socievole. Sembrava voler evitarmi: non l'incontravo più che a rari intervalli. Una volta gli piaceva discorrere sulle meraviglie sottomarine: adesso mi lasciava ai miei studi e non veniva più nel salone.

Quale mutamento era avvenuto in lui, e perché? Non avevo nulla da rimproverarmi. Forse, ora, la nostra presenza a bordo gli pesava? Ma io non speravo di trovarlo disposto a ridarci la libertà.

Pregai Ned di lasciarmi riflettere ancora. Quella nostra iniziativa avrebbe potuto ravvivare sospetti, metterci in una condizione penosa e nuocere ai tentativi di fuga. Soltanto, ero anch'io più deciso ad andarmene. Contrariamente al nostro "ospite" non eravamo dei fuorilegge. Per quanto mi riguardava, non volevo seppellire me stesso, né i miei studi. Ora potevo aspirar a scrivere l'autentico libro del Mare, e desideravo che venisse pubblicato non in un'epoca remota.

Il 20 aprile ci tenemmo a una profondità media di millecinquecento metri. Adesso la terra più vicina era l'arcipelago delle Lucaie. Qui incontrammo grandi pareti sottomarine, le cui rocce distribuite su ampie basi lasciavano apparire cavità insondabili dai nostri raggi elettrici.

Queste rocce erano tappezzate d'erbe alte, di colossali laminarie e fuchi-spalliera che evocavano un mondo di Titani.

Discorrendone, Conseil e io venimmo a ricordare i più grossi animali marini: il titanico repertorio vegetale era in funzione del nutrimento offerto a esseri giganteschi? Però dai cristalli non scorgevo ancora, su quei lunghi filamenti, altro che i principali articolati della famiglia dei branchiuri, lambre a zampe lunghe, granchi violacei, *clios* propri al Mare delle Antille.

Verso le undici Ned mi annunciò che un formidabile movimento dal profondo raggiungeva le grandi alghe.

« Bah, » dissi « quelle sono proprio le caverne adatte ai polipi, e non sarebbe strano vederne apparire qualcuno. »

« Che tipo? » domandò Conseil « calamari? insomma roba appartenente alla classe dei cefalopodi? »

« No, » risposi « polipi molto grossi. Tuttavia Ned si deve essere sbagliato, non vedo niente. »

« Mi dispiace » Conseil replicò. « Vorrei poter contemplare faccia a faccia uno tra questi polipi giganti, ultrafamosi, che possono trascinare anche le navi in fondo agli abissi. Ne ho sentito discorrere molto, sono chiamati krak... »

« *Krak*, basterà » Ned lo interruppe con sarcasmo.[1]

« *Kraken* » andò avanti Conseil finendo la parola senza preoccuparsi per l'ironia dell'amico.

« Non mi si farà credere » disse il canadese « all'esistenza di questi animali. »

« E perché no? Abbiamo pur creduto al narvalo del signore. »

« Ma avendo torto, Conseil » intervenni.

« Certamente. Eppure qualcuno ci crede. »

« Sarà benissimo. Per mio conto, ammetterò che esistono questi mostri dopo averli sezionati con le mie mani. »

« Allora il signore non crede ai polipi giganti? » domandò Conseil.

« Eh, chi diavolo ci ha mai creduto? » esclamò Ned.

« Molta gente, amico. »

« Non dei pescatori: degli scienziati, forse! »

« Scusate, Ned, » replicai « dei pescatori e degli scienziati. »

« Io che vi sto parlando, » disse Conseil con un'aria seria seria « ricordo perfettamente d'aver visto una grossa imbarcazione trascinata sotto le onde da un cefalopode. »

[1] Gioco di parole intraducibile: "Krak" si pronuncia come il vocabolo francese "craque", in italiano *frottola*.

« Avete visto una cosa simile? » domandò il canadese.

« Sì. »

« Con i vostri occhi? »

« Con i miei occhi. »

« E dove per piacere? »

« A Saint-Malo. »

« Nel porto? » domandò Ned Land ironico più che mai.

« No. In una chiesa. »

« In una chiesa! »

« Sì, amico Ned: c'era un quadro che descriveva proprio una faccenda simile. »

« Bella! Il signor Conseil mi ha messo nel sacco! »

« Effettivamente è sincero » feci io. « Ho sentito parlare del quadro. Evoca una leggenda, e sapete come giudicare le leggende in fatto di storia naturale! D'altra parte, quando si tratta di mostri, l'immaginazione non chiede altro che perdersi. Non soltanto si è attribuita ai polipi la capacità di trascinar a fondo le navi, ma un certo Olaus Magnus descrive un cefalopode lungo un miglio, somigliante più a un'isola che a un animale. Si racconta pure che il vescovo di Nidros installò un giorno un altare sopra una roccia; dopo la Messa quella roccia si affrettò a rituffarsi in mare. Era un polipo. »

« È tutto? » domandò Ned.

« No » risposi. « Un altro vescovo: Pontopiddan di Berghem dice che su un polipo poté manovrare un reggimento di cavalleria. »

« Le sballavano grosse i vescovi, una volta! »

« Ma i naturalisti antichi tramandarono mostri la cui bocca pareva un golfo – erano troppo grossi per superare lo Stretto di Gibilterra. »

« Alla grazia! »

« In tutti questi racconti » domandò Conseil « c'è qualcosa di vero? »

« Niente, amici, nient'altro che favole, o leggende. Ma all'immaginazione dei narratori deve corrispondere almeno un pretesto. Esistono polipi e calamari molto grossi, anche se meno dei cetacei. Aristotele misurò un calamaro a cinque cubiti: tre metri e dieci. I pescatori ne incontrano la cui lunghezza supera un metro e ottanta. A Trieste e a Montpellier, nei musei tengono scheletri di polipi lunghi due metri. E poi, secondo i naturalisti, un polipo lungo sei piedi avrebbe tentacoli di ventisette piedi. Basta, vero?, per farne un mostro terribile. »

« Ma ai nostri giorni questi colossi vengono pescati? » domandò Ned.

« Se non se ne pescano, i marinai perlomeno ne vedono. Un mio amico, il capitano Bos di Le Havre mi ha detto varie volte che incontrò uno di questi mostri presso l'India. Il fatto, comunque sia, decisivo è avvenuto qualche anno fa. Nel 1861. »

« Che fatto? » domandò ancora Ned.

« Ecco. Nel 1861, a nord-est di Teneriffa, circa alla medesima latitudine dove noi siamo adesso, l'equipaggio dell'avviso l'*Alecton* vide un enorme calamaro nuotare nelle sue acque. Il comandante Bouguer lo avvicinò, lo assalì a colpi di arpione e poi di fucile, senza fortuna poiché l'arpione e i proiettili traversavano senza nuocerlo quella carne gelatinosa. Dopo alcuni tentativi infruttuosi l'equipaggio riuscì a far passare un nodo scorsoio intorno al corpo del mollusco. Il nodo scivolò fino alle pinne caudali che lo trattennero; allora si cercò di tirar il mostro fin su a bordo, ma il peso era tale che sotto la trazione della corda il polipo venne diviso dalla coda, e rimastone privo sparì sott'acqua. »

« Finalmente ecco un fatto » disse Ned.

« Un fatto indiscutibile. Fu proposto di chiamare tale polipo "calamaro di Bouguer". »

« E che lunghezza aveva? »

« Non era pressapoco sei metri? » domandò Conseil che appostato alla finestra esaminava di nuovo gli anfratti rocciosi.

« Ah, sì, pressapoco. »

« La testa non era forse coronata da otto tentacoli, agitantisi nell'acqua come serpi? »

« Davvero. »

« Gli occhi a fior di testa erano straordinariamente grandi. »

« Sì, Conseil. »

« E la bocca rassomigliava a un becco di pappagallo, ma un becco formidabile. »

« Proprio. »

Lo assalì a colpi di arpione.

« Bene, con il permesso del signore, non sarà il calamaro di Bouguer, ma eccone qui perlomeno un fratello. »

Io guardavo Conseil. Ned si precipitò all'osservatorio.

« Una bestia spaventevole » esclamò.

Corsi anch'io a guardare ed ebbi un moto di repulsione: mi si agitava dinnanzi un essere orrendo, propriamente adatto alle leggende teratologiche.

Era un calamaro lungo otto metri, che muovendosi all'indietro puntava rapidissimo sul *Nautilus*. Vedevo gli immensi occhi glauchi. Le otto braccia o meglio gli otto piedi radicati nel capo, che hanno valso a questi animali il nome di cefalopodi, erano lunghi due volte il corpo e si torcevano come le chiome delle Furie. Era possibile scorgere non confusamente le duecentocinquanta ventose nella parte interna dei tentacoli, le loro capsule emisferiche. Ora le vidi incollarsi per un certo tempo al cristallo facendovi il vuoto. La bocca – proprio un becco corneo da pappagallo – si apriva e richiudeva verticalmente e la lingua, anch'essa cornea, armata per suo conto di varie file di denti aguzzi, balzava fremebonda da quella trancia. Che fantasia della natura! E il corpo doveva pesare dai venti ai venticinquemila chilogrammi. La sua tinta, mutando con rapidità secondo l'umore dell'animale passava dal grigio-livido a un bruno-rossastro e viceversa.

Che cosa irritava questo polipo? Certamente il *Nautilus*, più forte di lui e sul quale le braccia succhiatrici, le mandibole spinte ora all'assalto non facevano presa.

Volli approfittare dell'occasione. Incominciai a disegnare la piovra con una buona matita.

« Forse è lo stesso polipo dell'*Alecton* » disse Conseil.

« No, questo è intiero e l'altro ha perso la coda » Ned rispose.

« Non sarebbe un motivo sufficiente » obiettai. « Le braccia e la coda in questi animali si rifanno per partenogenesi; dopo sette anni, al calamaro di Bouguer la coda può essere ben ricresciuta. »

« E se il calamaro di Bouguer non è questo, è forse uno di quelli là » disse Ned.

Altre piovre apparivano infatti al cristallo di sinistra. Ne contai sette. Facevano corteo al *Nautilus* e udivo i loro becchi stridere contro lo scafo di lamiera.

Era un calamaro lungo otto metri.

Continuai a disegnare. Si andava non molto svelto.

A un tratto il battello si fermò, e una scossa l'aveva fatto sussultare interamente.

« Forse abbiamo urtato? » domandai.

« In ogni caso galleggiamo. »

Non c'era dubbio che il *Nautilus* galleggiava, ma non camminava. Le pale dell'elica non battevano l'acqua. Passò un minuto. Il capitano accompagnato dal suo ufficiale in seconda entrò nel salone.

Non lo vedevo da tempo. Il suo aspetto era cupo. Non ci rivolse la parola, forse non ci vide neppure; andò ai cristalli, osservò i polipi per qualche tempo e diede istruzioni all'ufficiale.

Questi uscì. Poco dopo si richiusero le imposte, il soffitto si illuminò.

Andai verso il capitano.

« Una bella collezione di polipi » dissi col tono che si può assumere dinnanzi a una vetrina d'acquario.

« Già, signor naturalista. Noi daremo loro battaglia corpo a corpo. »

Restai un po' interdetto.

« Corpo a corpo? »

« Veramente. L'elica si è fermata. Penso che le mandibole cornee d'uno fra questi calamari siano incastrate nelle sue pale. Certo non possiamo camminare. »

« E quali intenzioni avete? »

« Risalire alla superficie, massacrare questa robaccia. »

« Difficile impresa. »

« Sì, i proiettili elettrici sono impotenti contro queste carni molli dove non trovano abbastanza resistenza per esplodere. Ma noi attaccheremo con le asce. »

« E con l'arpione, » disse il canadese « se non respingerete il mio aiuto. »

« Io l'accetto, mastro Land. »

« Vi accompagneremo » io aggiunsi. E seguendo il capitano ci dirigemmo alla scaletta centrale.

Là una dozzina di uomini armati con asce d'abbordaggio era pronta all'attacco. Conseil e io prendemmo, a nostra volta, delle asce. Ned brandì un arpione.

Il *Nautilus* intanto era asceso in superficie; un marinaio andò a svitare i bulloni del boccaporto. Ma non appena furono allentati il boccaporto si aprì con estrema violenza, risucchiato evidentemente dalle ventose di un polipo.

Una di quelle terribili braccia venne come un serpente giù per la scaletta, venti altre si agitavano là sopra. Con l'ascia il capitano Nemo tagliò quel tentacolo, che vedemmo scivolare per i gradini contorcendosi. Ma altri due sferzarono l'aria e si abbatterono sul marinaio che precedeva il capitano, lo sollevarono con violenza.

Il capitano gettò un grido lanciandosi in piattaforma. Noi salimmo dietro a lui.

Orribile scena. Il marinaio preso nel tentacolo e succhiato dalle ventose danzava in aria secondo i capricci di quell'enorme proboscide. Rantolava, soffocava farfugliando: « A moi! A moi! ». Queste parole *dette in francese*[1] mi stupirono profondamente! Avevo dunque a bordo un compatriota e forse più d'uno. L'invocazione era straziante e forse la ricorderò per tutta la vita.

L'infelice non aveva scampo. Chi avrebbe potuto strapparlo fuori da quella stretta poderosa? Ma il capitano si era precipitato sul polipo e con un colpo d'ascia gli tagliò un altro braccio. L'ufficiale in seconda lottava rabbiosamente contro altri tentacoli, l'equipaggio si batteva con furia. Ned Land, Conseil ed io affondavamo le nostre asce nelle masse carnose. Un odore di muschio saturava ormai l'atmosfera.

Per un momento, sperai che il marinaio potesse venir tolto all'atroce supplizio. Sette tentacoli del polipo erano adesso tagliati. L'ultimo, quello che ancora teneva la vittima si torceva in aria. Ma nel momento in cui il capitano e l'ufficiale gli arrivavano sotto, il polipo gettò un liquido nerastro proveniente da una borsa che stava nel suo addome. Ne venimmo accecati. Dissipatasi la nuvola nera erano scomparse la piovra e la sua vittima.

Dieci o dodici polipi avevano invaso la piattaforma, i fianchi del *Nautilus*. Noi rotolavamo l'uno sull'altro fra i tronconi di serpi in un lago di sangue e inchiostro nero. I tentacoli vischiosi, furibondi, parevano rinascere via via come le teste dell'Idra. L'arpione di Ned a ogni colpo affondava in uno di quegli occhi glauchi e lo spaccava. Ma il

[1] In corsivo nel testo.

Una di quelle terribili braccia venne giù per la scaletta.

Il tentacolo che teneva la vittima si torceva in aria.

canadese, a un tratto, fu rovesciato sulla piattaforma da un tentacolo che non aveva potuto evitare.

Mi sentii come annichilito. Il vorace becco della piovra era aperto su Ned Land, egli stava per venir tagliato in due. Riuscii a vincere l'angoscia buttandomi là addosso, ma il capitano Nemo mi aveva preceduto. La sua scure colpì fra le enormi mandibole; e repentinamente libero il canadese, alzatosi, infilò il suo arpione nel triplice cuore del polipo.

« Mi dovevo questa rivincita » disse poi il capitano a Ned Land che si inchinò senza rispondere.

La battaglia era durata un quarto d'ora. Presi d'assalto, mutilati, colpiti a morte, parecchi di quei mostri, gli altri lasciarono finalmente il campo sparendo nell'acqua.

Tutto rosso di sangue e fermo adesso, in vicinanza del proiettore, il capitano guardava il mare dov'era finito uno tra i suoi compagni. Piangeva.

XIX
IL GULF STREAM

Ho detto che il capitano Nemo piangeva. Il suo dolore lo avvertimmo a lungo.

Nel mio era entrato per molto il grido che disperatamente cercava di lanciare quel povero francese, dimenticando l'altro suo linguaggio, aggiunto per motivi a me ignoti.

Tra i marinai del *Nautilus* legatisi corpo e anima al capitano Nemo, fuori da ogni raggruppamento umano normalmente detto, avevo dunque avuto un compatriota. E lui solo rappresentava la Francia nella misteriosa associazione? Un problema unitosi agli altri che mi apparivano qui insolubili.

Il capitano Nemo tornò nella sua stanza e, per diversi giorni, non lo rividi. Ma doveva essere colpito a fondo, se giudicavo dalla nave che aveva in lui la propria stessa anima. Il *Nautilus* non teneva più una rotta decisa. Il suo andare ci risultò senza mèta.

Passarono dieci giorni. Solo il 1° maggio, riprendemmo a dirigerci nettamente verso nord, dopo aver avvistato lo sbocco del canale di Bahama. Percorrevamo il più gran fiume del mare che ha le sue rive, i suoi particolari pesci, la sua temperatura. Dico il Gulf Stream.

Un fiume davvero, che scorre liberamente nell'Atlantico senza mescolarsi alle altre acque oceaniche. Un fiume salato – più salato del mare che lo avvolge. È profondo in media tremila piedi, largo sessanta miglia. Può scorrere a una velocità di quattro chilometri l'ora. L'invariabile volume delle sue acque non ha rivali tra gli altri fiumi del globo.

La sorgente del Gulf Stream, scoperta dal comandante Maury, o almeno il suo punto di partenza è nel Golfo di Guascogna. Qui le acque ancora deboli di temperatura e di colore incominciano a prendere aspetti caratteristici. Il Gulf Stream scende a sud, costeggia l'Africa equatoriale, riscalda le proprie acque al sole della zona torrida, attraversa l'Atlantico, sfiora Capo San Roque sulla costa brasiliana e poi si biforca, uno dei due rami va ad assorbire nuove molecole calde nel Mar delle Antille. Qui il Gulf Stream, indirizzato a equilibrar le temperature mescolando le acque tropicali con quelle boreali, comincia a svolgere il suo vero lavoro. Riscaldato al calor bianco nel Golfo del Messico, sale a nord lungo le coste americane e avanza fino a Terranova; devia premuto dalla corrente fredda dello Stretto di Davis; riprende la rotta oceanica tenendo, su uno dei grandi circoli del globo, la linea lossodromica. Verso il quarantatreesimo parallelo si ridivide in due bracci l'uno dei quali, aiutato dall'Aliseo di nord-est torna al Golfo di Guascogna e alle Azzorre, mentre l'altro intiepidisce le rive irlandesi e norvegesi poi oltrepassa lo Spitzberg (dove la sua temperatura scende a quattro gradi) per formare il mare libero del Polo.

Su questo fiume oceanico il *Nautilus* andava ora navigando. All'uscita del canale di Bahama, su quattordici leghe di larghezza e trecentocinquanta metri di profondità il Gulf Stream avanza a otto chilometri all'ora. Velocità che decresce regolarmente quanto più esso procede verso il nord; ed è augurabile che tale regolarità si mantenga. Dovessero – come si è ritenuto giusto prevedere – modificarsi la sua direzione e la sua velocità, i climi europei subirebbero mutamenti a effetto incalcolabile.

Verso mezzogiorno, ero in piattaforma con Conseil. Gli descrivevo alcune particolarità del Gulf Stream. Poi gli dissi di immergere le mani nell'acqua.

Conseil lo fece e rimase stupito: non provava alcuna sensazione di freddo o di caldo.

« Questo » dissi io « avviene perché la temperatura del Gulf Stream all'uscita dal Golfo del Messico è molto simile a quella del sangue. Il Gulf Stream è un gran calorifero, gli si deve il perpetuo verde su molte coste europee. E credendo a Maury questa corrente, se utilizzata bene, darebbe abbastanza calore per mantener in fusione un fiume di ferro che fosse grande quanto le Amazzoni o il Missouri.

L'8 maggio eravamo all'altezza della Carolina del Nord. Qui il Gul Stream è largo settantacinque miglia, e profondo duecentodieci metri. Il *Nautilus* continuava ad andar chissà dove, e a bordo ogni sorveglianza pareva bandita. Devo ammettere che in queste condizioni era possibile un'evasione coronata da successo: le rive abitate offrivano dunque buoni rifugi; il mare era continuamente percorso da *steamers* dalle golette che fanno cabotaggio sulle coste americane. Le circostanze sarebbero state favorevoli, quantunque ben trenta miglia separassero il *Nautilus* dalla riva. Ma un duro ostacolo rovinò i progetti del canadese. Il tempo era pessimo. Ci stavamo avvicinando a una zona dove sono frequenti le tempeste, a quella patria delle trombe marine e dei cicloni generati, appunto, dal Gulf Stream. Affrontare un mare scatenato con un fragile canotto era andar incontro ad un disastro. Lo stesso Ned Land lo riconobbe. E via via rodeva il freno, in preda a un desiderio furioso di libertà.

« Signore, » egli mi disse, l'8 maggio « bisogna farla finita. Voglio risolvere la faccenda. Il vostro Nemo si tiene lontano da terra e risale verso nord. Ma io lo dichiaro: ne ho avuto abbastanza del Polo Sud. Non vengo al Polo Nord. »

« Ma che si può fare, Ned, se l'evasione è nuovamente esclusa? »

« Son tornato alla mia vecchia idea: bisogna parlare al capitano. Voi siete rimasto zitto quando eravamo nei vostri mari; io voglio parlare, adesso che siamo nei miei. Quando penso che fra qualche giorno il *Nautilus* sarà all'altezza della Nuova Scozia e là, verso Terranova, si apre una larga baia, in quella baia si getta il San Lorenzo ed è proprio il mio fiume, il fiume di Québec, la mia città natale..., bene pensandoci un furore mi sale al cervello e i capelli mi si rizzano in testa. Sentite: fra non molto io mi butto in mare! Non resto più qui. Ci soffoco. »

Aveva dunque esaurito ogni pazienza. La sua fisionomia venne alterandosi di giorno in giorno. Potevo intendere il suo stato d'animo perché anch'io trovavo ora insopportabile il distacco dal mondo abitato. Da sette mesi non ne avevamo notizie. Oltretutto, le sparizioni del capitano Nemo e, quando riappariva, le sue tetraggini, il suo morboso silenzio mi turbavano a fondo: era lontanissimo dall'entusiasmo dei primi giorni. Bisognava essere un fiammingo come Conseil per accettare quietamente una vita simile, una "società" fatta di cetacei e analoghi cittadini del mare... Questo bravo ragazzo, se gli avessero messo le branchie al posto dei polmoni sarebbe stato davvero un pesce egregio.

« E allora, signore? » insisté Ned Land.

« E allora Ned, volete che io domandi al capitano che intenzioni ha, nei nostri riguardi? »

« Sì, signore. »

« Nonostante che ce le abbia già fatte sapere? »

« Eh, desidero saperle un'ultima volta. Parlate solo a mio nome se volete. »

« Ma lo si incontra di rado. Anzi, mi evita. »

« Ragion di più per andare a trovarlo. »

« Sono deciso ora a fargli quella domanda, Ned. »

« Quando? »

« Quando lo incontrerò. »

« Signor Aronnax, volete che io stesso vada a trovarlo? »

« No. Lasciate fare a me. Domani... »

« Oggi » disse Ned Land.

« E va bene. Oggi lo vedrò » risposi.

Tornato nella mia stanza udii rumor di passi in quella del capitano. Non dovevo perdere quest'occasione per incontrarlo. Bussai. Non ebbi risposta; bussai nuovamente e infine girai la maniglia, l'uscio si aprì.

Il capitano adesso era curvo sul suo tavolo da lavoro, non doveva avermi sentito. Gli andai vicino deciso a parlargli. Alzò bruscamente la testa, aggrottò le sopracciglia e disse in tono abbastanza ruvido:

« Voi qui? che cosa volete? »

« Parlarvi, capitano. »

« Ma io sono occupato, signore. Sto lavorando. La libertà

che vi lascio, di isolarvi quanto volete, non mi è concessa? »

L'accoglienza era tutt'altro che incoraggiante. Ma ormai avevo preso la mia decisione.

« Signore, » dissi freddamente « devo parlarvi di qualche cosa che non mi è permesso rinviare. »

« Quale cosa? » domandò con ironia. « Avete fatto qualche scoperta che ignoro? L'oceano vi ha rivelato altri segreti? »

Eravamo fuori strada. Ma prima che rispondessi lui parlò in altro tono mostrandomi un manoscritto aperto sul tavolo:

« Ecco, signor Aronnax, scritto in varie lingue. Riassume i miei scritti sul mare, e se Dio vorrà non deve perire con me. Con la mia firma, preceduto dalla storia della mia vita, verrà chiuso in un plico insommergibile. L'ultimo superstite a bordo del *Nautilus* getterà in mare quel plico, che andrà dove lo porteranno le onde ».

Il nome di quest'uomo, la sua autobiografia! Avrei forse potuto venirne a conoscenza un giorno... Ma adesso vidi solo la possibilità di collegarvi il mio discorso.

« Capitano » risposi. « Devo approvar il pensiero che vi spinge ad agire così. Non bisogna perdere il frutto dei vostri studi. Ma perdonatemi: il modo che avete scelto mi sembra primitivo. Chi può immaginare dove i venti porteranno quel plico e in quali mani cadrà? Non esistono metodi preferibili? Voi, o uno dei vostri uomini, non potete forse... »

« Mai signore » mi interruppe il capitano.

« Allora io stesso, i miei compagni, siamo pronti a ricevere in custodia il manoscritto, e una volta ottenuta la libertà... »

« La libertà! » esclamò il capitano alzandosi.

« Sì, signore. Proprio di questo intendevo parlarvi. Da sette mesi siamo a bordo della vostra nave. Oggi, vi domando, in nome dei miei compagni e mio, se la vostra intenzione è di trattenerci qui per sempre. »

« Signor Aronnax » disse il capitano Nemo « vi rispondo oggi quello che ho risposto sette mesi fa: chi è entrato nel *Nautilus* non deve lasciarlo. »

« Ma è un imporci la schiavitù! »

« Chiamatela come volete. »

« Dovunque, uno schiavo ha qualche diritto a recuperare

la libertà. E ogni mezzo che gli si offra a questo fine può risultargli buono. »

« Il diritto, » rispose il capitano « chi ve lo nega? Ho forse mai voluto incatenarvi a un giuramento? »

Mi fissava tenendo le braccia incrociate sul petto.

« Signore, » dissi « riprendere un'altra volta questo argomento non piacerebbe a voi né a me. Ora lo abbiamo messo sul tappeto, esauriamolo. Ve lo confermo, non è solo della mia persona che si tratta. Per me lo studio è un aiuto, una potente diversione, un entusiasmo, una passione che può farmi anche dimenticare tutto. Io sono al pari di voi un uomo nato per vivere oscuro, ignorato nella speranza di fornir un giorno ai posteri il risultato del mio lavoro, dentro chissà quale plico esposto alle fortune delle onde e dei venti. Insomma posso ammirarvi... e quasi volentieri seguirvi in una *parte* che sotto certi aspetti comprendo; ma ben altri aspetti, nella vostra vita, la mostrano avvolta da complicazioni e misteri che noi soli qui, i miei compagni ed io, non possiamo aprire. Pur quando il nostro animo ha palpitato per voi, commosso da una vostra sofferenza o da qualcuno tra i vostri atti di genio e di coraggio, sempre dovemmo negarci anche la minima espressione della simpatia dovuta alle buone e alle belle cose, vengano dall'amico o dal nemico. Ebbene, anche questo sentirci stranieri dà alla nostra posizione qualcosa d'inaccettabile, d'impossibile, soprattutto per un uomo come Ned Land. Vi siete mai domandato che cosa possa far nascere in circostanze simili l'amore per la libertà, l'odio per la schiavitù in un carattere come il suo? Quali vendette o almeno rivincite possa egli pensare, tentare?... »

Tacqui. Il capitano rispose:

« Ned Land pensi, tenti e provi tutto quel che vuole, non mi importa. Sono stato io ad andare a cercarlo? Non lo tengo qui per mio piacere. Quanto a voi, signor Aronnax, siete fra coloro che riescono a capir tutto, anche il silenzio. Non ho da rispondervi altro. Questa prima volta in cui avete voluto trattare l'argomento sia anche l'ultima; poiché una seconda volta non vorrei neppure ascoltarvi ».

Mi ritirai. A partire da allora i nostri rapporti furono tesi. Dopo che ebbi riferito la conversazione ai miei due compagni:

« Ora sappiamo » disse Ned « che non si può sperare nulla da lui. Il *Nautilus* si avvicina a Long Island, fuggiremo con qualunque tempo. »

Ma il cielo divenne sempre più minaccioso, l'uragano risultava imminente. L'atmosfera si fece biancastra, lattiginosa; nembi si accumulavano e nuvole basse fuggivano rapide; il mare ingrossava portandoci lunghe ondate. Quasi tutti gli uccelli erano spariti. Il barometro andava giù in fretta e la miscela dello *Storm-glass* cominciò a decomporsi per l'elettricità che saturava l'atmosfera.

La tempesta venne il giorno 18 maggio, precisamente quando il *Nautilus* era all'altezza di Long Island di New York. Posso descriverla perché invece di fuggirla immergendoci profondamente nel mare, il capitano Nemo, per un capriccio?, volle sfidarla restando alla superficie.

Il vento soffiava da sud-ovest, dapprima con una velocità di quindici metri al secondo, poi di venticinque metri alle tre pomeridiane: è l'equivalente delle tempeste.

Sotto le raffiche il capitano non lasciò la piattaforma. Si era fatto legare alla cintura per resistere alle ondate enormi. Anch'io stavo in piattaforma ed ero legato come lui.

Spazzavano il mare grandi e veloci brandelli di nuvole che penetravano nelle onde. E non c'era più intervallo fra le masse ondose d'altezza crescente. Il *Nautilus* ora filando sul fianco, ora drizzandosi come un albero rollava e beccheggiava spaventosamente.

Verso le cinque venne una pioggia torrenziale, non indebolì né il vento né il mare. L'uragano si scatenava facendo quarantacinque metri al secondo, suppergiù quaranta leghe all'ora. È a questo grado che esso rovescia molte case, inserisce tegole e ogni sorta d'oggetti nei muri, rompe cancelli di ferro, sposta cannoni da ventiquattro pollici. Ma il *Nautilus* giustificava il detto d'un esperto ingegnere: « Ogni scafo ben costruito può sfidare il mare ». Non era un'immobile roccia che i cavalloni avrebbero demolita: era un fuso d'acciaio, mobile e obbediente, senza attrezzature, senza alberatura, che impunemente traversava l'uragano.

Intanto io osservavo con cura le onde scatenate. Erano alte fino a quindici metri e lunghe ancor più di centocinquanta; veloci pressapoco un terzo del vento, quindici metri al secondo. La pressione delle onde – lo si è calcolato –

può raggiungere i tremila chilogrammi su ogni piede quadrato della superficie che investono. Onde simili, alle Ebridi, spostarono un masso di ottantaquattromila libbre. E altre nell'uragano del 23 dicembre 1864, dopo aver travolto in parte la città di Yeddo nel Giappone, facendo settecento chilometri all'ora andarono a rompersi lo stesso giorno sulle coste americane.

Nella notte la tempesta qui accrebbe ancora la sua violenza. Il barometro si abbassò fino a 710 millimetri. Nel crepuscolo avevo visto passare all'orizzonte un piroscafo che lottava con estrema fatica e cappeggiava a piccolo vapore per tener la prua al mare. Doveva essere uno *steamer* di linea fra New York e Liverpool o Le Havre. Sparì presto nell'ombra.

Alle dieci di sera il cielo era in fiamme, solcato continuamente dai fulmini. Un orribile fracasso lasciava appena distinguere l'urlar delle onde, il muggire del vento e gli scoppi di tuono. Il ciclone che veniva ancora da est vi tornava attraverso il nord, l'ovest, il sud, in direzione inversa a quella delle tempeste circolari nell'emisfero australe.

Ah quel Gulf Stream! Giustificava il suo nome di re delle tempeste. Gli si devono molti cicloni formidabili, per le differenze di temperatura nell'aria che sovrasta le sue correnti.

Una grandine di fuoco era succeduta alla pioggia, le gocce d'acqua si tramutavano in spilli fulminanti. E sembrava che il capitano Nemo per avere una morte degna di lui volesse lasciarsi folgorare. Durante uno straordinario beccheggio il *Nautilus* rizzò in aria lo sperone d'acciaio, come l'asta di un parafulmine; e io ne vidi sprizzar lunghe scintille.

Ero affranto, strisciai sul ventre verso il boccaporto, lo aprii e scesi nel salone. L'uragano era arrivato allora alla massima intensità. Non si poteva star in piedi nemmeno all'interno della nave.

Il capitano rientrò verso mezzanotte. Sentii i serbatoi lentamente riempirsi, il *Nautilus* si immerse a poco a poco. Dai cristalli vidi grandi pesci spaventati passare come fantasmi nelle acque di fuoco: alcuni restavano fulminati sotto i miei occhi.

E il *Nautilus* continuava a scendere. Avevo pensato che

Un piroscafo cappeggiava a piccolo vapore

Una grandine di fuoco era succeduta alla pioggia.

a quindici metri di profondità si ritrovassero acque tranquille. No. Le zone superiori erano troppo agitate. Bisognò scendere fino a cinquanta metri.

Ma laggiù, veramente regnavano il silenzio e la pace! Chi avrebbe detto che l'uragano squassava in alto l'oceano?

XX
47° 24' DI LATITUDINE E 17° 28' DI LONGITUDINE

Dalla tempesta eravamo stati spinti a est. Ogni illusione di evadere verso New York o il San Lorenzo svaniva. Disperato il povero Ned si isolò come il capitano Nemo. Conseil e io non ci lasciavamo più. Ho detto che il *Nautilus* aveva deviato verso est. Più esattamente avrei dovuto dire nord-est. Per vari giorni errò in superficie o in immersione, fra quelle nebbie tanto ostiche ai navigatori. Sono dovute principalmente alla fusione dei ghiacci che tiene l'atmosfera in un'estrema umidità. Quante navi perdute in queste acque, mentre stavano per avvistare un faro sulla costa! E quante collisioni a dispetto d'ogni segnale d'allarme.

Qui il fondo marino pareva dunque un campo di battaglia dove giacessero i vinti dell'oceano: vecchi e tutti ricoperti di incrostazioni o giovani (e balenanti nella splendida luce del nostro proiettore, con le guarnizioni metalliche e le carene di rame). Moltissime navi si erano perdute qui, insieme ai loro equipaggi, alle loro folle di emigranti, e c'erano luoghi di lugubre fama attraverso le statistiche: il Capo Race e l'isola Saint-Paul, lo stretto di Belle-Ine, l'estuario del San Lorenzo. Gli annuali tramandavano nomi di vittime come il *Solway*, l'*Iris* e il *Paramatta*, lo *Hungarian*, il *Canadian*, l'*Anglo-Saxon*, lo *Humboltd*, l'*United-States*, tutti incagliati; l'*Arctic*, il *Lyonnais* affondati per collisione, il *Président*, il *Pacific*, il *City-of-Glasgow*, spariti per cause ignote.

Il 15 maggio eravamo sull'estremità meridionale del banco di Terranova. Il banco di Terranova è stato prodotto da alluvioni marine, mediante i detriti organici venuti o dall'Equatore col Gulf Stream, o dal Polo boreale con la controcorrente fredda che segue la costa americana. Vi si ammucchiano anche i massi erratici portati dai ghiacci galleggianti, e qui si è formato un enorme ossario di pesci, molluschi, zoofiti: vi muoiono a miliardi.

Il mare non è molto profondo accanto a Terranova: qualche centinaio di braccia tutt'al più. Ma, verso sud, c'è improvvisamente una fossa di tremila metri.

Il Gulf Stream ci si allarga, perde velocità e temperatura, ma diventa un mare.

Tra i pesci che il *Nautilus* impaurì al suo passaggio, voglio ricordare il cicloptero lungo un metro, con il dorso nerastro e il ventre arancione: dà ai suoi congeneri un esempio poco seguito di fedeltà coniugale. Poi un unernack molto grosso, specie di murena smeraldina che ha sapore eccellente dei *karrak*, la cui testa con gli occhi grandi somiglia un poco a quella di un cane; delle blennie "ovovivipari" come i serpenti, dei neri ghiozzi di due centimetri, dei macruri a lunga coda e dallo scintillio argenteo, pesci veloci avventuratisi lontano dai mari iperborei.

Le reti ci offrirono inoltre un pesce ardito, vigoroso e muscoloso, con aculei nella testa e pungiglioni alle pinne: quasi uno scorpione di due o tre metri che è nemico feroce delle blennie, dei gadi e dei salmoni. È la cotta, vive nei mari settentrionali con il suo bruno corpo a tubercoli e le pinne rosse. Bisognò faticare non poco per impadronirsene a bordo. La cotta grazie alla conformazione dei suoi opercoli preserva gli organi respiratori dal contatto con l'atmosfera, e per qualche tempo può vivere fuor d'acqua.

Cito i boschiani, pesciolini che nei mari boreali accompagnano a lungo le navi; gli argentini propri all'Atlantico settentrionale, i pesci scorpioni, e vengo ai gadi, insomma ai merluzzi che sorprendemmo nelle loro acque predilette.

Questi merluzzi sono pesci di montagna. Perché Terranova è una montagna sottomarina. Quando il *Nautilus* attraversò le loro falangi, Conseil non poté trattenere un'osservazione.

« Questi sarebbero dei merluzzi? Ma io li credevo piatti come limande o sogliole! »

« Ingenuo! » esclamai. « I merluzzi sono *piatti* esclusivamente dal salumiere, dove stanno ben aperti e mondati. In acqua, sono pesci fusiformi come i cefali e magnificamente fatti per la velocità. »

« Voglio credere al signore » rispose Conseil. « Che nuvolo di merluzzi! Che formicaio! »

« Eh, amico mio, ce ne sarebbero molti di più se non avessero nemici come i pesci-scorpioni e gli uomini! Sai quante uova, in una sola femmina sono state contate? »

« Teniamoci in grande » rispose Conseil. « Cinquecentomila? »

« Undici milioni. »

« Per ammetterlo voglio far io personalmente il conto. »

« Contali pure, ma farai prima fidandoti di me. Del resto bisogna contar a decine di migliaia i francesi, inglesi e americani, i danesi e norvegesi che pescano merluzzi. Se ne fa un consumo prodigioso; non fosse per l'incredibile fecondità di questi pesci i mari ne sarebbero già spopolati. Solo in Inghilterra e in America, nel pescare merluzzi sono impiegate cinquemila navi con settantacinquemila uomini di equipaggio. Ogni nave in media ne pesca quarantamila, si arriva così a venticinque milioni. Stesso risultato per le coste norvegesi. »

« Bene » fece Conseil. « Mi fido e non le conterò. Ma voglio mettere in chiaro una cosa. »

« Quale? »

« Che se tutte queste uova si schiudessero basterebbero tre merluzzi per nutrire l'Inghilterra, l'America e la Norvegia. »

Mentre sfioravamo il fondo del banco di Terranova vidi le lunghe lenze ognuna con duecento ami, che il buon peschereccio getta a dozzine. Ogni lenza, appesantita da un piccolo grappino, aveva una grippia fissata in una boa di sughero alla superficie. Ci volle abilità per manovrare all'interno di questa gran rete sottomarina.

Poi il battello salì verso il 42° di latitudine, all'altezza di San Giovanni di Terranova e Heart's Content, dove termina il cavo transatlantico.

Ma invece di continuare a nord il *Nautilus* fece rotta a est, pareva intenzionato a seguir il cavo.

Fu il 17 maggio, pressapoco a cinquecento miglia da Heart's Content, che intravidi il cavo steso sul fondo a una profondità di duemilaottocento metri. Conseil non era stato preavvertito, lo scambiò sulle prime per un gigantesco serpente di mare; era disposto a classificarlo con il suo metodo consueto. Ma io disingannai il bravo giovane, e volli anche narrargli alcune vicende storiche.

Il primo cavo fu messo negli anni 1857 e 1858. Trasmise circa quattrocento telegrammi, poi cessò di funzionare. Nel 1863 venne fabbricato un altro cavo, lungo tremilaquattrocento chilometri e pesante quattromilacinquecento tonnellate; lo imbarcarono sul *Great Eastern*. Ma anche questo tentativo fallì.

Il 25 maggio, il *Nautilus* a tremilaottocentotrentasei metri sotto il livello del mare era proprio nella zona dove avvenne la rottura fatale all'impresa. Seicentotrentotto miglia dalla costa d'Irlanda... Fu notato, verso le due pomeridiane, che le comunicazioni con l'Europa erano interrotte. Gli elettricisti a bordo decisero di tagliar il cavo prima di ripescarlo, e alle undici ebbero in loro potere la parte avariata. Fecero una giunta, un'impiombatura; poi il cavo fu nuovamente immerso. Qualche giorno dopo si spezzò, senza poter essere questa volta ripescato. Gli americani non si scoraggiarono. L'ardito Cyrus Field, promotore dell'impresa e che vi rischiava tutta la sua fortuna, indisse una nuova sottoscrizione. Un altro cavo venne fabbricato con migliori criteri.

Il fascio dei fili conduttori, isolati con guttaperca, era protetto da un materasso e un'armatura metallica. Il *Great Eastern* riprese il mare il 13 luglio 1866. L'operazione andò a buon fine. Ci furono tuttavia degli incidenti: nello svolgere il cavo gli elettricisti videro più volte che dei chiodi vi erano stati messi recentemente per danneggiarne "l'anima". Il capitano Anderson, i suoi ufficiali e gli ingegneri a bordo si riunirono, deliberarono, e fecero sapere che il colpevole appena venisse scoperto sarebbe stato gettato in mare, senza processo. Da allora i tentativi criminali cessarono. Il 23 luglio il *Great Eastern* era a ottocento chilometri da Terranova, quando gli fu telegrafata la notizia dell'armistizio fra Austria e Prussia dopo Sadowa. L'impresa era andata a buon fine; con il suo primo telegramma della nuova serie la giovane America indirizzò alla vecchia Europa queste savie parole, non frequentemente comprese:

« Sia gloria a Dio in cielo, pace in terra agli uomini di buona volontà ».

Non mi aspettavo certamente di trovar il cavo elettrico

nel suo stato originario, come all'uscita dall'officina. E infatti, ricoperto di conchiglie, foraminifere ecc., lasciava a malapena distinguere là sotto l'involucro pietroso che si opponeva ai molluschi perforanti. Ma era tranquillo, al riparo dai movimenti oceanici con la sua pressione favorevole al trasmettersi della scintilla elettrica da un continente all'altro in trentadue centesimi di secondo. La durata del cavo sarà praticamente infinita; l'involucro di guttaperca viene rafforzandosi nell'acqua marina, e il cavo non è immerso a profondità tali che possa rompersi per effetto della pressione.

Il *Nautilus* lo seguì fino al fondale più basso quattromilaquattrocentotrentuno metri; là il cavo riposava ancora senza alcuno sforzo di trazione. Poi ci avvicinammo al punto dove si era prodotto l'incidente nel 1863. Il fondo costituiva qui una vallata larga centoventi chilometri, vi si poteva mettere il Monte Bianco senza che la sua cima emergesse. La vallata è chiusa a est da una muraglia verticale, alta duemila metri. Vi arrivammo il 28 maggio trovandoci così a centocinquanta chilometri dall'Irlanda.

Il *Nautilus* voleva accostare le isole britanniche? No. Con mia sorpresa ridiscese a sud. Mentre aggiravamo l'isola di Emeraude vidi, per un momento il Capo Clear e il faro di Fastenet che guida a migliaia le navi provenienti da Glasgow e da Liverpool.

Una domanda si offrì allora alla mia mente: il *Nautilus* avrebbe osato percorrere la Manica? Ned Land rifattosi vivo non smetteva di interrogarmi. Ma che cosa rispondergli? Il capitano Nemo era sempre alla macchia. Dopo aver lasciato scorgere dal canadese le coste americane voleva ora mostrarmi la Francia?

Continuammo a scendere a sud. Il 30 maggio, eravamo in vista di Land's End, fra la punta estrema dell'Inghilterra e le Sorlinghe che il *Nautilus* lasciò sulla sinistra.

Per entrare nella Manica doveva rivolgersi francamente a est. Ma non lo fece.

Per tutto il 30 maggio eseguì una serie di cerchi che mi intrigarono moltissimo. Pareva cercar un luogo che stentasse a trovare. Verso mezzogiorno il capitano venne personalmente a fare il punto. Non parlava e mi sembrò cupo più che mai.

L'indomani il *Nautilus* procedette allo stesso modo. Era chiaro che si voleva reperire un dato luogo nell'oceano. E ancora il capitano venne a far il punto come il giorno prima. Il mare era quieto, il cielo azzurro. Otto miglia a est un piroscafo apparve sulla linea dell'orizzonte. Nessuna bandiera vi si scorgeva.

Il capitano Nemo fece quel giorno il punto con estrema precisione. L'assoluta calma del mare lo permetteva; il *Nautilus* immobile non subiva rollio né beccheggio. Ero in piattaforma. Terminata l'operazione il capitano disse:

« È qui ».

Scese per il boccaporto, mentre il piroscafo che aveva modificato la rotta sembrava avvicinarsi.

Tornai nel salone. Il boccaporto fu chiuso, udii il sibilo dell'acqua nei serbatoi. Cominciammo a scendere in verticale tenendo l'elica bloccata.

Dopo alcuni minuti il battello a ottocentotrentatré metri, si posava sul fondo. Il soffitto luminoso allora si spense, le imposte furono aperte e attraverso i cristalli vidi il mare illuminato dal riflettore per un mezzo miglio.

Guardai a destra, nient'altro che le acque immobili. Ma a tribordo una massa isolata sul fondo risvegliò la mia attenzione. Era avvolta in un impasto di conchiglie bianchicce, come in una coltre di neve. Guardando bene credetti riconoscere le forme ingrossate d'una nave, disalberata, che doveva essere colata a picco di prua. Il naufragio doveva risalire a un'epoca lontana, data la grossa incrostazione calcarea.

E a un tratto mi vidi accanto il capitano Nemo, lo udii dire lentamente:

« Questa nave si chiamava *Le Marseillais*. Ebbe settantaquattro cannoni, fu varata nel 1762. Il 13 agosto 1778 comandata da La Poype-Vertrieux, si batteva audacemente contro il *Preston*. Nel 1779, il 4 luglio assistette con la squadra dell'ammiraglio D'Estaing alla presa di Granata; nel 1781, il 5 settembre partecipò al combattimento dato dal conte De Grasse nella baia di Chesapeak. La Francia repubblicana mise nel 1794 alla nave un altro nome. Il 16 aprile, quell'anno, essa raggiungeva a Brest la squadra di Villaret-Joyeuse, per scortare il convoglio di grano che veniva dall'America al comando dell'ammiraglio Van Stabel. L'11 e il 12 pratile, anno II, la squadra si batté coi vascelli in-

Il capitano Nemo disse: « È qui ».

glesi... Signore, oggi è il 13 pratile: 1 giugno 1868. Settantaquattro anni or sono giorno per giorno, qui a 47° 24' di latitudine e 17° 28' di longitudine questa nave, dopo una eroica battaglia, disalberata e con l'acqua nella stiva, con un terzo dell'equipaggio fuori combattimento all'arrendersi preferì lasciarsi affondare con i suoi trecentocinquantasei marinai. Inchiodò a poppa la bandiera. Scomparve mentre quei marinai ancora gridavano: "Viva la Repubblica!". »

« Il *Vengeur* » esclamai.

« Sì, signore. Il *Vengeur*, un bel nome » mormorò il capitano incrociando le braccia.[1]

XXI
ECATOMBE

Il mio sguardo non si staccava dal capitano Nemo. Adesso egli tendeva le mani verso il glorioso relitto. Forse non avrei mai saputo chi egli fosse, le sue origini e il suo destino; ma vedevo sempre più in lui l'uomo trasparire sotto lo scienziato. Non una misantropia intellettuale lo aveva chiuso nel *Nautilus* insieme ai compagni; ma un rancore, un odio mostruoso o sublime che il tempo lasciava intatto.

Voleva egli ancora vendicarsi? In realtà stavo per saperlo.

Ora il *Nautilus* risaliva pian piano alla superficie. Disparvero le forme confuse del *Vengeur*. Un lieve rollio mi avvertì presto che eravamo a galla.

Udii nel medesimo tempo una sorda detonazione. Guardai il capitano, non mosse ciglio. E inutilmente gli rivolsi domande. Rassegnatomi ad andarmene salii in piattaforma dove Ned Land e Conseil mi avevano preceduto.

« Ma quella detonazione? » domandai.

« Una cannonata » rispose Ned Land.

La nave poco prima all'orizzonte si era avvicinata al *Nautilus* e forzava chiaramente le macchine. Sei miglia ora la separavano da noi.

« Che bastimento è, Ned? »

[1] *Vengeur*: in italiano "vendicatore".

« Il *Vengeur* » esclamai.

« Dall'alberatura e da altro scommetterei che è una nave da guerra. Per mille diavoli, ci venga addosso e affondi se è necessario questo *Nautilus*! »

« Amico Ned, » rispose Conseil « che male può fare al nostro battello? Attaccarlo sott'acqua? Venir a cannoneggiarlo in fondo al mare? »

« Potete riconoscere la nazionalità di questa nave? » domandai a Ned Land.

Aggrottando le sopracciglia e socchiudendo le palpebre, fissò il bastimento con tutta l'energia del suo sguardo.

« No, signore » concluse. « Non so riconoscerla. La bandiera non è issata. Vedo ormai bene che è una nave da guerra: porta una lunga fiamma in cima all'albero di maestra. »

Per un altro quarto d'ora guardammo il bastimento che si avvicinava. Ma poteva mai aver identificato il *Nautilus* da questa varia distanza, e tanto meno sapere che cosa fosse in realtà la nostra nave?

A un certo punto Ned dichiarò che il misterioso bastimento era un gran vascello da guerra munito di sperone, un due-ponti corazzato. Denso fumo nero usciva dai suoi due fumaioli; le vele ammainate si confondevano con le linee dei pennoni. Al picco non aveva realmente bandiera. Ed era ancor impossibile distinguere i colori della fiamma, ondulante come un nastro sottile.

Ma veniva avanti in fretta. Forse ci si offriva una possibilità di salvezza, mediante questa nave.

« Signore, » mi disse Ned Land « se arriva a un miglio da noi io mi getto in mare e vi esorto a imitarmi. »

Non risposi. Il bastimento ingrandiva sempre. Fosse inglese o francese, americano o russo, non ci avrebbe respinti dopo il nostro arrivo là intorno!

« Il signore voglia ricordare » disse Conseil « che abbiamo qualche esperienza in fatto di nuoto. Può affidarmi la cura di rimorchiarlo, anche... se al signore non dispiace. »

Prima che rispondessi una bianca nuvoletta apparve in prua al vascello da guerra. Qualche secondo dopo, le acque zampillarono a poppa del *Nautilus* e una detonazione colpì i miei timpani.

« Ma come? Sparano contro di noi! » esclamai.

« Brava gente! » fece il canadese.

« Non ci hanno preso, dunque, per naufraghi aggrappati a un relitto. »

« Non dispiaccia al signore... Bene! » e Conseil si scrollò di dosso l'acqua che un'altra cannonata aveva fatto arrivare fino a lui. « Ecco: hanno riconosciuto il narvalo e sparano contro il narvalo... »

« Ma vedranno pure che il narvalo porta degli uomini » opinai.

« Sparano forse per questo » disse Ned guardandomi.

Ricollegai varie cose. Indubbiamente era stata da tempo compresa, nel mondo, l'essenza del cosiddetto mostro. Quando si era scontrato con l'*Abraham Lincoln*, quando Ned Land lo aveva colpito con l'arpione, esso era apparso al comandante Farragut ormai non come un narvalo ma come una nave sottomarina, assai più pericolosa d'un soprannaturale cetaceo.

Sì, doveva essere così. Per tutti i mari si dava adesso probabilmente la caccia a un nemico tanto insolito.

E terribile: se, come era lecito pensare, veniva usato per qualche opera di vendetta. Mentre eravamo segregati di notte nelle nostre stanze, in pieno Oceano Indiano, il *Nautilus* aveva forse attaccato qualche nave? L'uomo sepolto nel cimitero di corallo era stato vittima di uno scontro voluto dal capitano Nemo?

Le cannonate intanto si moltiplicavano. Nessuna colpì il *Nautilus*, per il momento. La nave corazzata era adesso a tre miglia. Uno di questi suoi proiettili cilindro-conici, se avesse colpito il *Nautilus* non marginalmente, gli sarebbe stato fatale.

Ned Land tornò alla carica:

« Signore, dobbiamo far di tutto per uscire da questo brutto passo. Tentiamo dei segnali! Accidenti, forse capiranno che non siamo dei pirati ».

Cavò di tasca il fazzoletto per agitarlo in aria. Ma lo aveva appena fatto che, atterrato da una mano di ferro nonostante la sua forza grandissima, cadde sul ponte.

« Miserabile! » diceva il capitano « vuoi che ti inchiodi allo sperone del *Nautilus* prima d'avventarlo su quella nave? » Torceva nel pugno una spalla del canadese.

Poi, lasciandolo per rivolgersi alla nave i cui proiettili non avevano smesso di imperversare:

« Miserabile! vuoi che... »

« Sai chi sono, nave d'una nazione maledetta! Non mı serve la tua bandiera per riconoscerti! Guarda! ti mostrerò la mia ».

E dispiegava sulla prua una bandiera nera, identica a quella da lui collocata al Polo Sud.

Una palla di cannone batté di striscio sul *Nautilus*; rimbalzando sfiorò il capitano, e finì in mare.

Egli fece un gesto di noncuranza. Disse poi seccamente rivolgendosi a me:

« Scendete, voi e i vostri compagni ».

« Volete dunque attaccare questa nave? » gli domandai.

« Sto per affondarla, signore. »

« No. Non lo farete! »

« Lo farò » rispose. « Astenetevi dal giudicarmi, signore. Una fatalità vi mostra cose che non dovreste vedere. L'aggressione è in corso, la risposta sarà terribile. Scendete! »

« Ma di quale paese è la nave? »

« Non lo sapete? Ebbene tanto meglio. Resterà un segreto almeno per voi. Scendete! »

Non potevamo far altro. Una quindicina di marinai stava intorno al capitano, guardava con odio il bastimento assalitore.

Scesi nel momento in cui un nuovo proiettile scalfiva il fianco del *Nautilus*, e il capitano gridava: « Colpisci, stupida nave! Prodiga le tue inutili cannonate! Non eviterai lo sperone del *Nautilus*. Ma non qui devi perderti: non voglio che i tuoi resti vadano a mescolarsi con quelli del *Vengeur* ».

Tornai nella mia stanza. L'elica fu messa in moto. Allontanandosi in fretta, il *Nautilus* si mise fuori tiro. L'inseguimento ebbe inizio, e il nostro battello voleva solo mantenere la distanza.

Verso le quattro pomeridiane, non potendo vincere l'inquietudine che mi divorava tornai verso la scaletta centrale. Il boccaporto era aperto. Mi arrischiai in piattaforma, dove il capitano andava su e giù con passo agitato. Guardava la nave, a cinque o sei miglia sottovento. Il *Nautilus* correva intorno a lei come una belva, e attirandola verso est si lasciava inseguire.

Tentai un'ultima ammonizione. Ma avevo appena interpellato il capitano Nemo che questi ordinandomi il silenzio:

« Io sono il diritto, » mi disse « sono la giustizia! Sono l'oppresso. Ecco l'oppressore! Per sua mano ciò che ho amato e adorato e venerato: patria, moglie, figli, mio padre, mia madre, tutto ho visto perire. E tutto quel che io odio è là. Tacete! »

Gettai ancora uno sguardo al vascello da guerra che forzava le macchine. Poi raggiunsi Ned e Conseil.

« Dobbiamo fuggire » dissi.

« Bene » fece Ned. « Di che paese è la nave? »

« Non lo so. Ma certamente verrà affondata nella notte... Meglio morire con lei che unirci a una rappresaglia atroce, e ingiudicabile da noi. »

« È il mio parere » soggiunse freddamente Ned Land. « Aspettiamo la notte. »

La notte venne in breve. A bordo regnava un profondo silenzio. La bussola indicava che non avevamo cambiato rotta. Sentivo l'elica battere le onde a velocità regolare. Il *Nautilus* era in superficie, e rollava lievemente.

Avevamo deciso di fuggire quando la nave inseguitrice fosse abbastanza vicina per sentirci e vederci: splendeva la luna, che sarebbe stata piena fra tre giorni. Una volta a bordo di quel vascello, se non riuscivamo a prevenire il colpo che lo minacciava, lo avremmo perlomeno tentato. Varie volte pensai che il *Nautilus* si disponsse all'attacco. Ma soltanto lasciava avvicinarsi l'avversario, poi riprendeva la fuga.

Gran parte della notte passò. Noi spiavamo l'occasione buona. Quasi non parlavamo. Ned Land avrebbe voluto gettarsi fin d'ora, lo convinsi ad aspettare.

Alle tre del mattino salii in piattaforma. Il capitano vi era sempre rimasto. Stava in piedi, a prua, vicino alla bandiera che una brezza leggera agitava sulla sua testa. Non staccava gli occhi dal vascello.

La luna allora passava sul meridiano, Giove sorgeva a oriente. Il cielo e l'oceano gareggiavano in tranquillità.

Il vascello era a due miglia da noi. Si era di nuovo ravvicinato, inseguendo il bagliore fosforescente che segnava la presenza del *Nautilus*. Vidi le sue luci di posizione, verde e rossa, e il fanale bianco sospeso al grande straglio di trinchetto. Un riverbero vago illuminava l'alberatura; notavo che le macchine erano mandate a tutta forza, scintille e

Non staccava gli occhi dal vascello.

incandescenti scorie di carbone balzavano dalle ciminiere.

Rimasi là fin quasi al mattino. Il vascello stava ora a un miglio e mezzo, con le prime luci dell'alba riprese il suo cannoneggiamento: anche il secondo ufficiale venne in piattaforma e lo accompagnavano parecchi marinai. Il capitano non mostrò di vederli. Furono prese disposizioni che si sarebbero potute chiamare "lo zaffarancio di combattimento" del *Nautilus*. Erano molto semplici. Il corrimano che faceva da ringhiera intorno alla piattaforma fu abbassato. Le gabbie del proiettore, quella del timoniere rientrarono nello scafo; il lungo sigaro di lamiera non offriva più sporgenze che potessero impacciare la manovra.

Tornai nel salone. Il *Nautilus* restava in superficie. Qualche lucore mattutino penetrava le acque, poi vidi i cristalli diventare rosei per il sole nascente. Quella terribile giornata incominciava.

Alle cinque il *loch* segnalò un rallentamento. Il *Nautilus* si lasciava dunque avvicinare. Era più facile distinguere le cannonate.

« Amici, » dissi « il momento è venuto. Una stretta di mano e che Dio ci protegga! »

Ned era ardente, Conseil quieto, io nervoso; dovevo far uno sforzo per controllarmi.

Attraversammo la biblioteca. Mentre stavo aprendo l'uscio che dava sulla scaletta centrale, il boccaporto si rinchiuse bruscamente.

Ned si lanciava verso gli scalini ma io lo trattenni. Con un fischio ben noto l'acqua entrava nei serbatoi. Infatti, poco dopo, il *Nautilus* si immerse per qualche metro.

Ragionavo sul perché della manovra. Il *Nautilus* non voleva colpire il vascello nella sua corazza impenetrabile, ma proprio sotto la linea di galleggiamento: là dove nessuna protezione metallica avvolge la carena.

Eravamo ancora prigionieri, testimoni forzati del dramma che incominciava. Messici tutt'e tre nella mia stanza ci guardavamo senza parlare. Io aspettavo, ascoltavo, nel silenzio, non vivevo che nell'udito.

La velocità si riaccrebbe. Così il *Nautilus*, prendeva slancio. Tutto lo scafo adesso fremeva.

E improvvisamente gridai. Si era prodotto un urto, ma abbastanza leggero. Sentii quasi in me la forza penetrativa dello sperone d'acciaio. E un suono come di rotture, di raschiamenti. Il *Nautilus* entrava nella nave avversaria come un grosso ago nella tela!

Non potei reggere. Corsi nel salone.

Il capitano Nemo era là. Cupo e implacabile guardava dal cristallo di babordo.

Una enorme massa colava a fondo, dietro quel cristallo; il *Nautilus* accompagnandola controllava il suo discendere nell'abisso. Vidi uno scafo squarciato in cui l'acqua affluiva spaventosamente, poi la doppia linea dei cannoni, i bastingaggi. Il ponte era coperto d'ombre nere che si agitavano.

L'acqua saliva. Quei poveretti balzavano nel sartiame, si aggrappavano agli alberi. Era un formicaio umano, invaso dal mare: un'attrazione irresistibile.

Venne a un tratto un'esplosione. L'aria compressa fece volare i ponti come se nella nave fosse scoppiata la Santa Barbara. Ne risentimmo un contraccolpo terribile, il *Nautilus* ebbe una forte deviazione.

E il vascello sprofondava adesso rapidamente. Intravidi le sue coffe affollate di vittime, le barre che portavano grappoli d'uomini, infine la cima dell'albero di maestra. Tutto scomparve nel risucchio.

Mi volsi a guardare il capitano. Non si era mosso. Quando la tragedia fu conclusa egli andò verso la porta della sua stanza, e in breve lo vidi entrare là; alla parete di fondo, sotto i ritratti dei suoi eroi erano collocati ora quelli di una donna ancor giovane, di due bambini. Li guardava. Dopo aver teso le braccia verso quei ritratti si inginocchiò piangendo.

XXII
LE ULTIME PAROLE DEL CAPITANO NEMO

Le imposte del salone vennero chiuse, senza che fosse data altra luce. Nel *Nautilus* dominavano il buio e il silenzio. Esso correva rapidissimo a cento piedi di profondità. Dove andava, a nord o a sud? Quali erano le intenzioni del comandante, dopo l'orribile rappresaglia?

Ero tornato nella mia stanza, con Ned e Conseil e non

Il vascello sprofondava rapidamente.

riuscivamo a parlare. Verso il capitano Nemo non sapevo togliermi una estrema collera. Qualunque cosa avesse egli sofferto, era infame il vendicarsi o il punire così.

Alle undici venne riaccesa la luce elettrica. Andai nel salone, era deserto. Consultai gli strumenti: il *Nautilus* puntava a nord facendo venticinque miglia all'ora, in superficie o qualche volta scendendo a trenta piedi di profondità.

Fatto il rilevamento sulla carta, vidi che passavamo dinnanzi allo sbocco della Manica, ci si dirigeva verso i mari boreali quanto mai in fretta.

A sera, duecento leghe erano state percorse nell'Atlantico. E il mare si oscurò fino al sorgere della luna.

Non riuscii a dormire. Soffrivo incubi troppo violenti.

Dopo quel 2 giugno, chi sa fin dove arrivammo nell'Atlantico settentrionale. A una velocità sempre grandissima, nelle nebbie iperboree. Raggiungemmo le punte dello Spitzberg? Quasi la Nuova Zemlia? Attraversammo il Mar Bianco e il Mar di Kara, il golfo dell'Obi, l'arcipelago di Liarrov? Non so rispondere. Non potevo nemmeno riferirmi allo scorrere del tempo; gli orologi di bordo erano stati fermati. Pareva che la notte e il giorno, come nelle regioni polari, non seguissero più il loro corso regolare. Mi sentivo trascinato in quei dominii dello Strano dove è del tutto a suo agio la fantasia sovreccitata di Edgar Poe.

Sempre mi ritrovavo disposto a vedere, come il favoloso Gordon Pym, una « figura umana velata, più grande di qualsiasi abitante della terra: per traverso a quella cateratta che non lascia arrivare nelle vicinanze del Polo »!

Credo – ma probabilmente sbaglio – che l'avventurosa corsa del *Nautilus* sia durata quindici o venti giorni, e avrebbe oltrepassato in ogni modo quell'estensione di tempo a me ignoto, – senza la catastrofe da cui il viaggio fu concluso. Non sapevamo più nulla del capitano Nemo e dell'intiero suo equipaggio. Sempre o quasi, il *Nautilus* navigava in immersione. Quando risaliva alla superficie per rinnovare l'aria, i boccaporti si aprivano e tornavano a richiudersi automaticamente. Mai il *punto* venne registrato sulla planisfera. Dove fossimo lo ignoravo ormai giorno per giorno.

Esaurita ogni riserva di pazienza, anche Ned Land non si lasciava più vedere fuori dalla sua cabina. Conseil, là, non riusciva a cavargli di bocca una parola, e temeva addirittura che egli meditasse il suicidio. Gli stava dunque accanto il più possibile.

Una mattina – di quale giorno non saprei dire – mi ero assopito alle prime luci: assopimento penoso, da malato. Fui risvegliato da Ned Land che subito mormorò chinandosi sul letto:

« È venuto il momento di scappare! ».

« Ma allora... quando? »

« Nella prossima notte. Non c'è più sorveglianza a bordo del *Nautilus*. Tutto sembra finire nell'assurdo qui. Voi sarete pronto? »

« Sì. Ma dove siamo? »

« Ho visto delle terre apparire fra la nebbia, stamattina, venti miglia ad est. »

« Di quali terre può trattarsi? »

« Non lo so ma non importa. La direzione del *Nautilus* sembra favorire un tentativo di rifugiarci in terraferma. »

« Ebbene, Ned: fuggiremo stanotte anche se dovessimo perderci in mare! »

« Il mare è cattivo, c'è un vento forte, ma venti miglia o pressapoco non mi spaventano. Sono riuscito a nascondere nel canotto un po' di viveri e qualche bottiglia d'acqua. »

« Vi seguirò. »

« D'altra parte » aggiunse il canadese « se mi scoprono resisto: mi faccio uccidere. »

« Morremmo insieme caro Ned. »

Il *Nautilus*, quella mattina non lasciò la superficie. Restai a lungo in piattaforma, dove potevo appena tenermi in equilibrio fra i colpi delle onde. Il cielo rimaneva minaccioso, ma se una terra era là dietro a quelle nebbie dense bisognava fuggire, non volevo più dubitarne.

Tornai nel salone, avevo insieme timore e desiderio d'incontrarvi il capitano Nemo. Ma che cosa dirgli se mai? Avrei saputo nascondergli l'orrore che egli ancora mi ispirava? No. Dunque era meglio non ritrovarmi più faccia a faccia con lui. Meglio dimenticarlo. Eppure...

Mi fu interminabile quella giornata, probabilmente l'ultima che avrei vissuto a bordo del *Nautilus*. Mangiai qualcosa alle sei, mi ero forzato a vincere la ripugnanza per il cibo pensando alle imminenti fatiche.

Alle sei e mezza Ned entrò nella mia stanza.

« Non ci rivedremo prima della nostra fuga » disse. « Alle dieci anche se il cielo fosse libero non sarà ancora sorta la luna. Profitteremo dell'oscurità. Venite al canotto dove Conseil e io vi aspetteremo. »

Poi uscì, non ebbi il tempo di rispondergli. Per verificare la direzione del *Nautilus* andai nel salone. Si correva a nord-est, velocissimi, immersi ora di cinquanta metri.

Guardavo – come se fosse stato certamente per l'ultima volta – quei profusi capolavori della natura e dell'arte che nel salone formavano una raccolta insuperabile, ma destinata a perire in fondo ai mari con il suo autore. Poi tornai nella stanza.

Indossai validi indumenti da mare, le mie note erano pronte a seguirmi. Il cuore batteva la carica. Non avrei saputo nascondere l'agitazione parlando col capitano Nemo.

Ascoltai, l'orecchio all'uscio della sua camera. Era là, udivo dei passi. Non si era coricato. Ogni suo passo che avvertivo mi turbava, – sarebbe forse entrato a domandarmi perché fuggivo? Non ero affatto sicuro del contrario, per quanto ragionassi. L'impressione divenne acuta fino a consentire l'idea d'entrar io stesso da lui, guardarlo bene in faccia e provocarlo a capire.

Un'idea folle: mi distesi sul letto per calmare un poco il tumulto che avevo in me. Lentamente si placava, infatti. E ritrovavo un'agitatissima memoria peraltro di tutto quanto la mia vicenda sottomarina, degli episodi vissuti dopo che ero caduto in mare dall'*Abraham Lincoln*, le cacce sott'acqua, gli indigeni della Papuasia e il cimitero di corallo, l'Arabian Tunnel, il sommozzatore cretese, la baia di Vigo, l'Atlantide; la banchisa e il Polo Sud, il combattimento contro le piovre, l'uragano sul Gulf Stream, il *Vengeur*, e quell'atroce realtà del vascello affondato col suo equipaggio... Nel bene e nel male, dentro a queste immagini fitte e sovrapposte il capitano Nemo assumeva una grandezza smisurata: perdute le dimensioni che fossero confrontabili alle mie era ormai sovranamente l'Uomo delle Acque, il genio dei mari.

Vennero le nove e mezza. Tenevo gli occhi chiusi e non avrei voluto pensare. Ancora mezz'ora!

In quel punto, ecco arrivarmi di lontano una musica delicatissima e triste, l'espressione musicale di un'anima che voglia invano sciogliersi dai legami terrestri. Non per la prima volta ero affascinato dalle armonie che il capitano Nemo modulava all'unisono con l'organo del *Nautilus*.

Ma un pensiero sopraggiunto mi rinnovò l'ansia. Per unirmi a Ned e a Conseil là dove mi aspettavano dovevo attraversare il salone ed evidentemente il capitano, adesso, vi si trovava. Forse mi avrebbe parlato! Vederlo e ascoltarlo poteva incatenarmi di nuovo alla sua nave...

Erano prossime le dieci. Il momento per lasciare la mia stanza e raggiungere i compagni.

Non esitai infine. Anche se l'uscio dischiuso con la massima cautela parve a me far un rumore tremendo. Rasentando le pareti, nell'oscuro corridoio, arrivai alla porta angolare del salone e l'aprii piano piano. Nuovamente il buio. Gli accordi dell'organo risonavano debolmente. Il capitano Nemo era là. Non si accorse del mio entrare. Credo che sarebbe avvenuto ugualmente in piena luce, tanto era assorbito nella musica.

Mi inoltrai sul tappeto evitando i vari ostacoli, e dopo cinque minuti ero alla porta comunicante con la biblioteca.

Stavo aprendola, quando un sospiro del capitano Nemo mi fece trasalire. Capii che si alzava. Lo intravidi anche: un po' di luce entrava ora dalla biblioteca nel salone. Egli camminava verso di me tenendo le braccia incrociate sul petto, più scivolando quasi che camminando: uno spettro. Ma il suo piangere era d'uomo vivo. E l'udii mormorare queste parole – le ultime sue parole che ascoltai:

« Dio onnipotente! Basta! Basta! ».

Un attimo dopo ero in biblioteca. Per la scaletta centrale e il corridoio superiore arrivai al canotto, dov'erano già entrati i miei compagni.

« Andiamocene! Andiamocene! » dicevo.

« Sùbito » rispose Ned.

L'apertura nel fianco del *Nautilus* fu previamente chiusa e inchiavardata, Ned Land aveva con sé una chiave inglese. L'apertura del canotto fu trattata allo stesso modo, e Ned prese a svitare i bulloni che ancora univano il canotto alla nave sottomarina.

Udimmo rumori dall'interno. Voci si mescolavano animatamente. Che succedeva? Eravamo scoperti? Ned Land mi diede un pugnale.

Il canotto fu lanciato nel vortice.

« Sì » mormorai. « Ci batteremo fino all'ultimo. »

Aveva interrotto il suo lavoro, Ned. Ma una parola si lasciava intendere a ripetizione dentro al gridare dell'equipaggio, una parola terribile, che a noi tre venne rivelando come non fossimo il motivo per tanta agitazione.

« Maelström! Maelström! » si gridava.

Il Maelström... un nome davvero terrificante. Eravamo andati a finire col *Nautilus* nel peggior trabocchetto delle coste norvegesi? Il battello veniva trascinato là dentro, proprio quando il nostro canotto stava per liberarsi?

È noto che durante l'alta marea le acque rinserrate fra le isole Far Oër e Lofoten prendono un'irresistibile violenza, formando un vortice dal quale nessuna nave ha mai potuto uscire. Da tutto il giro dell'orizzonte, affluiscono qui le spinte e controspinte da cui viene prodotto il gorgo chiamato incisivamente "l'ombelico dell'oceano". La sua forza attrattiva si estende a quindici chilometri. Riguarda non solo le navi, ma anche le balene e gli orsi bianchi delle zone boreali.

Era là che il *Nautilus* – involontariamente o volontariamente? – era stato condotto dal suo capitano. Il battello descriveva, ora, una spirale il cui raggio si accorciava a poco a poco. E aggrappato ancora al suo fianco, il canotto subiva il medesimo gurgite vertiginoso. Lo sentivo. Provavo l'impressione di capogiro che accompagna ogni movimento circolare troppo lungo e accentrato. Eravamo presi dal terrore, da un orrore estremo, – sudavo freddo come devono farlo gli agonizzanti. E quale frastuono, intorno al canotto! L'acqua muggiva, ululava picchiando sulle aguzze rocce del fondale: dove anche i corpi più duri si rompono, e i tronchi limandosi diventano "pelliccia" secondo l'espressione norvegese.

Il *Nautilus* pareva difendersi come un essere umano, scricchiolava nei muscoli d'acciaio. Si rizzava per intiero, a volte, e noi ci sentivamo impennare con lui.

« Bisogna tener duro » disse Ned. « E riavvitare i bulloni! Stando attaccati al *Nautilus* possiamo ancora salvarci. »

Ma si udì uno scricchiolare più violento che mai. Le chiavarde saltarono. Il canotto, uscendo dall'alveolo, fu lanciato nel vortice come un sasso da una fionda.

Battei la testa contro un ferro, perdendo conoscenza.

Ero nella capanna d'un pescatore.

XXIII
CONCLUSIONE

Ecco la conclusione del mio viaggio sotto i mari. Ciò che accadde quella notte; il modo nel quale il canotto fosse balzato fuori dall'enorme risucchio, con Ned Land, Conseil e il sottoscritto, non lo so nemmeno minimamente. Tornando in me – i compagni mi stavano accanto e mi stringevano le mani – ero nella capanna d'un pescatore delle Lofoten. L'entusiasmo negli abbracci fu memorabile.

Non possiamo, ancora, dar una data al nostro ritorno in Francia. I mezzi di trasporto fra la Norvegia settentrionale e il Sud lasciano molto a desiderare. Ora si aspetta il battello che due volte al mese va e viene da Capo Nord.

Qui in mezzo alla brava gente che ci ha raccolto sto riordinando la narrazione del viaggio. Narrazione veridica: non ho tolto, né aggiunto, né esagerato alcun fatto che mi risulti importante. Ho raccontato nel modo più fedele al vero questa inverosimile mia vicenda, dentro a un "elemento" che l'uomo non aveva saputo finora conquistare appieno, e del quale il progresso aprirà un giorno definitivamente le vie.

Mi crederanno? Non so. Poco importa, dopotutto. Ma non affermo ingiustamente d'aver percorso in meno di dieci mesi ventimila leghe sotto i mari. E il *Nautilus*? Ha potuto resistere alla stretta del Maelström? Il capitano Nemo è ancora vivo? Vuol compiere nell'oceano nuove terribili rappresaglie, o fermarsi all'ultima ecatombe? Avremo il manoscritto con la storia della sua esistenza?

Lo spero. Vorrei anche sperare che il *Nautilus* fosse uscito "vivo" dal gorgo dove tante navi si sono perdute. Se così è, possa almeno in futuro spegnersi l'odio nell'animo ardente del capitano. Il giustiziere sparisca, e l'uomo di scienza continui a essere un *genio del mare*! Una sorte tanto strana, quanto meritevole di venir detta sublime. Non l'ho forse inteso per esperienza personale nei dieci mesi trascorsi come al di là delle regole e dei limiti della Natura, e, tuttavia, esplorandola, studiandola quanto meglio potevo? Invero: alla domanda posta seimila anni fa dall'Ecclesiaste. « Chi ha mai potuto sondare la profondità dell'abisso? », almeno due uomini hanno ora un diritto a rispondere io; il capitano Nemo e questo minuscolo suo testimone.

Indice